Olivier Truc est né à Montpellier. Il est journaliste depuis 1986. Il vit à Stockholm depuis 1994 où il est le correspondant du *Monde* et du *Point*. Spécialiste des pays nordiques et baltes, il est aussi documentariste.

Le Dernier Lapon est son premier roman.

L'Imposteur
Calmann-Lévy, 2006

Prix du Meilleur Polar
des lecteurs de POINTS

Ce roman fait partie de la sélection 2013 du
**Prix du Meilleur Polar
des lecteurs de POINTS !**

De janvier à octobre 2013, un jury composé de 40 lecteurs et de 20 professionnels recevra à domicile 9 romans policiers, thrillers et romans noirs récemment publiés par les éditions Points et votera pour élire le meilleur d'entre eux.

Les Lieux infidèles, **de l'auteur irlandaise Tana French, a remporté le prix en 2012.**

Pour tout savoir sur les livres sélectionnés, donner votre avis sur ce livre et partager vos coups de cœur avec d'autres passionnés, rendez-vous sur :

www.prixdumeilleurpolar.com

Olivier Truc

LE DERNIER LAPON

ROMAN

Éditions Métailié

Les éditeurs remercient J.-P. Métailié et le laboratoire Géode de l'université de Toulouse-Le Mirail pour la carte.

TEXTE INTÉGRAL

ISBN 978-2-7578-3606-4
(ISBN 978-2-86424-883-5, 1ʳᵉ publication)

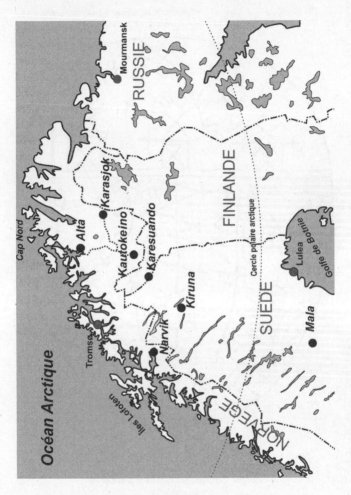

Laponie

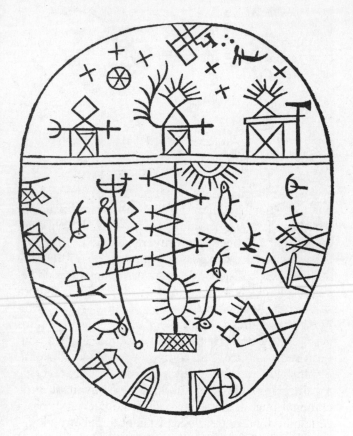

Exemple de tambour sami

Source : Christopher Forster et Ter Gjerde

1693.
Laponie centrale.

Aslak trébucha. Signe de fatigue. Normalement, ses pas trouvaient toujours. Le vieil homme n'avait pas lâché son paquet. Il roula sur lui-même. Le choc fut amorti par la couche de bruyère. Un lemming s'en échappa. Aslak se redressa. D'un coup d'œil derrière lui, il estima la distance de ses poursuivants. Les aboiements approchaient. Il lui restait peu de temps. Il reprit sa course silencieuse. Le visage creusé et des pommettes rebondies lui donnaient un air mystique. Ses yeux étaient enflammés. Ses pieds trouvaient à nouveau seuls la trace. Son corps se dédoublait. Il sourit, respira plus vite, à s'en faire tourner la tête, léger, le regard aiguisé, les pas infaillibles. Il savait qu'il ne chuterait plus. Il savait aussi qu'il ne survivrait pas à cette nuit doucereuse. Ils le pistaient depuis trop longtemps. Cela devait finir. Il ne perdait pas un détail de ce qui l'entourait, le plateau qui s'élevait, le mouvement des pierres, la berge élégante du lac à la forme de tête d'ours, les montagnes au loin, pelées, douces, où ses yeux distinguaient des rennes assoupis. Un torrent s'écoulait. Il s'arrêta, le souffle à peine haletant. Ici. Il fixa les lieux. Le torrent qui s'écoulait et se déversait dans le lac, les traces de rennes qui filaient dans la montagne vers l'est, où la lueur du soleil à venir indiquait le début de sa dernière journée. Il resta grave, serra son paquet. Un petit îlot s'élevait dans un coin du lac. Il s'en approcha, trancha des branches de bouleau nain à l'aide de son couteau. L'îlot était couvert de bruyère et d'arbrisseaux. Les aboiements se rapprochaient. Il se déchaussa, jeta dans l'eau les branches pour éviter de laisser ses traces dans la vase. Il continua ainsi jusqu'au rocher, grimpa, souleva les bruyères et enfouit son paquet. Il rebroussa chemin, puis il reprit sa course. Il n'avait plus peur. Les chiens couraient toujours. Plus près. Les hommes ne tardèrent pas à apparaître derrière le sommet de la colline. Aslak fixa une derrière fois le lac, le torrent, le plateau, l'îlot. Les reflets mauve-orangé du soleil marbraient les nuages. Il courait, et pourtant il sentait que ses pas ne le portaient plus. Il fut bientôt rattrapé par les chiens, des dogues qui l'entourèrent en grognant sans le toucher. Il ne bougea plus. C'était fini. Les hommes étaient là, le souffle court, les yeux exorbités. Ils transpiraient, l'air mauvais. Mais les yeux pleins de crainte aussi. Leurs tuniques étaient écorchées, leurs chausses détrempées et ils s'appuyaient sur les bâtons. Ils attendaient. L'un d'eux s'approcha. Le vieux Lapon le regarda. Il savait. Il avait compris. Il avait déjà vu, par le passé. L'homme évitait le regard du Lapon, il passa derrière lui.

Le vieux eut le souffle coupé quand le coup violent lui fit éclater la joue et lui brisa la mâchoire. Le sang gicla d'un coup. Il tomba à genoux. Un deuxième coup de bâton allait tomber. Le Lapon était chancelant, choqué, même s'il avait tenté de préparer son corps. Un homme sec arriva. L'autre retint son geste et reposa son bâton. Il demeura en retrait. L'homme sec était vêtu de noir. Il jeta un regard froid à Aslak, puis à l'homme au bâton, qui recula de deux pas, le regard fuyant.

– Fouillez-le.

Deux hommes s'avancèrent, heureux que le silence soit brisé. Ils lui arrachèrent brutalement son manteau.

– Allez, diable de sauvage, ne résiste pas.

Aslak était silencieux. Il ne résistait pas. Mais ces hommes avaient peur. La douleur le gagnait. Le sang coulait. Les hommes le tiraillaient, l'obligèrent à baisser son pantalon en peau de renne, lui arrachèrent ses chausses, son bonnet à quatre coins que l'un d'entre eux jeta au loin en prenant soin de cracher dessus. L'autre lui prit son couteau en bois de renne et en bouleau.

– Où l'as-tu caché ?

Le vent soufflait maintenant sur la toundra. Cela lui fit du bien.

– Où, esprit du diable ? cria l'homme en noir, d'un ton si menaçant que même ceux qui l'accompagnaient reculèrent d'un pas.

L'homme en noir entama une prière silencieuse. Le vent était tombé. Les premiers moustiques se manifestaient. Le soleil prenait maintenant appui sur la montagne. La tête du Lapon dodelinait, douloureuse. Il sentit à peine le coup lorsque le bâton lui arracha à moitié la tempe.

La douleur le réveilla. Une douleur presque insupportable. Sa tête avait dû éclater. Le soleil était haut. Il sentit la puanteur l'entourer. Des hommes, des femmes, des enfants étaient penchés sur lui. Ils étaient

11

édentés, en haillons, le regard torve. Ils puaient la peur et l'ignorance. Il était allongé par terre. Les mouches avaient remplacé les moustiques. Elles s'agglutinaient sur ses plaies béantes.

L'homme en noir s'avança, la petite foule s'écarta. Le pasteur Noraeus se posta devant.

– Où est-il ?

Aslak se sentait fiévreux. Le sang imprégnait sa tunique poisseuse dont l'odeur l'étourdissait. Une femme lui cracha dessus. Les enfants rirent. Le Lapon pensa à son fils malade, qu'il avait essayé de sauver en invoquant les dieux lapons. Le pasteur gifla l'enfant le plus proche de lui.

– Où l'as-tu mis ? cria-t-il. Les enfants se cachèrent derrière leur mère.

Un homme à la blouse bleu ciel s'approcha et chuchota à l'oreille du pasteur. Celui-ci resta impassible. Puis il fit un signe de tête. L'homme en bleu tendit la main vers le Lapon, et deux autres hommes le soulevèrent sous les bras. Le Lapon poussa un cri. Son regard était voilé de douleur. Les hommes le traînèrent jusqu'à la maison basse en bois qui servait à toutes les œuvres du village.

– Regarde ces icônes immondes, jeta le pasteur luthérien. Tu les reconnais ?

Aslak avait peine à respirer. Son crâne semblait sur le point d'exploser. La chaleur montait. Les mouches le démangeaient de façon insoutenable. Sa joue déchirée semblait grouiller de vie. Les habitants du village s'entassaient dans la salle où la chaleur devenait suffocante.

– Le porc est déjà bourré de vers, grimaça l'un des hommes d'un air de dégoût. Il lui cracha dessus. Le glaviot heurta Aslak comme un coup de poignard.

– Suffit, hurla le pasteur. Tu vas être jugé, Lapon ! cria-t-il à nouveau en tapant sur l'épaisse table en rondins pour faire taire la populace.

Ces gens l'écœuraient. Il n'avait qu'une hâte, repartir vers Uppsala.

– Silence, vous autres ! Respectez votre seigneur et votre roi.

Son regard noir se reporta sur les icônes des dieux lapons et sur la représentation de Tor.

– Lapon, ces icônes t'ont-elles apporté le moindre bien ?

Aslak gardait les yeux à moitié fermés. Il revoyait les lacs de son enfance, les montagnes qu'ils avaient courues tant de fois, cette toundra épaisse où il aimait à s'enfoncer, ces bouleaux nains qu'il avait appris à sculpter.

– Lapon !

Aslak gardait les yeux fermés. Il bougea légèrement.

– Elles ont guéri, souffla-t-il dans un râle. Mieux que ton Dieu.

Un murmure emplit la salle.

– Silence, hurla le pasteur. Où est ta cache ? vociféra-t-il. Où est-elle, dis-le, si tu ne veux pas brûler, maudit. Parle, créature, mais vas-tu parler !

– Au feu, au feu ! cria une femme qui tenait un marmot sur son sein blanc et flasque.

Les autres femmes reprirent :

– Au feu, brûlez-le.

– Silence, silence !

– Au bûcher le Lapon, au bûcher. L'enfer sur lui.

Le pasteur transpirait, il voulait en finir. La puanteur, la proximité de ce diable noiraud au visage en sang et celle de ces paysans abrutis et laids lui devenaient insupportables. Dieu le mettait à l'épreuve. Il ne manquerait pas de rappeler à son évêque d'Uppsala qu'il avait en ces terres vierges de Laponie servi le Seigneur avec zèle, alors qu'aucun pasteur ne voulait y monter. Mais maintenant cela suffisait.

– Lapon, lança-t-il en élevant le ton et le doigt pour imposer le silence, tu as vécu une vie de péchés, entêté dans tes superstitions païennes.

Le silence s'était installé, mais la tension était étouffante.

Le pasteur tira à lui une épaisse bible enluminée. Son doigt était tendu vers les mots accusateurs.

– Qui sacrifie à d'autres dieux sera voué à l'anathème ! cria-t-il soudain, grondant d'une voix caverneuse qui effraya les hommes.

Une grosse paysanne au visage congestionné poussa un soupir et s'évanouit, vaincue par la chaleur. Aslak s'écroula à terre.

– Ce prophète ou ce faiseur de songes devra mourir, car il a prêché l'apostasie envers Yahvé ton Dieu.

Les hommes et les femmes se mettaient à genoux, marmonnant des prières, les enfants tournaient des yeux affolés, le vent s'était mis à souffler dehors, apportant un air chaud, lourd.

Le pasteur s'était tu. Dehors, des chiens aboyaient. Puis ils s'arrêtèrent aussi. Seule restait la puanteur de la salle commune.

– La sentence a été confirmée par le tribunal royal de Stockholm. Lapon, que les justices divine et royale soient rendues.

Deux hommes crasseux s'emparèrent d'Aslak et le portèrent sans ménagement dehors. Le bûcher était déjà dressé, entre la rive du lac et la dizaine de maisons de bois qui formaient le village.

Aslak fut solidement attaché au poteau qu'il avait fallu faire venir de la côte, par le fleuve, car on ne trouvait pas d'arbre adapté à ce genre d'office dans la région. Le pasteur se tenait debout, stoïque, tandis que les moustiques le suçaient.

Les villageois ne remarquèrent pas l'arrivée d'un jeune garçon en contrebas, dans sa barque remplie de peaux à échanger. Il resta figé en voyant la scène, comprenant aussitôt le drame qui se nouait. Il connaissait l'homme sur le bûcher. Il appartenait à un clan voisin.

Un paysan venait de mettre le feu au bûcher. Le feu gagna rapidement les branches. Aslak se mit à gémir. Il essaya de se forcer à desserrer sa paupière valide.

Il distinguait le lac devant lui, la colline. Il aperçut la silhouette du jeune Lapon qui paraissait tétanisé. Les flammes commençaient à le lécher.

– Il a sauvé les autres, qu'il se sauve lui-même ! ricana un homme borgne à qui il manquait une main.

Le pasteur le frappa.

– Ne blasphème pas ! hurla-t-il en le frappant à nouveau. L'homme fila en se tenant la tête de son unique main.

– Lapon, Lapon, tu vas brûler en enfer, cria-t-il en s'enfuyant. Maudit, maudit !

Un enfant se mit à pleurer.

Puis soudain le Lapon cria. Pris par les flammes, il délirait, hurlait, un hurlement inhumain, lancinant, un cri qui était le cri d'un homme qui n'était plus un homme. Le cri s'écoulait en un gargouillement insupportable jusqu'à ce qu'il semble trouver une fréquence au-delà de la douleur, comme si sa voix changeait de dimension. Une forme d'harmonie inattendue s'en dégagea, affligée de souffrance, mais cristalline pour qui savait filtrer le tourment.

– Le maudit, il chante ses dieux ! lança un villageois apeuré en se prenant la tête à deux mains. Le pasteur restait impassible. Ses yeux cherchaient le regard du Lapon, comme si celui-ci allait lui révéler à travers les flammes où il avait caché ce qu'il était venu chercher.

Le cri d'Aslak pétrifia le jeune garçon lapon dans sa barque. Il reconnut, fasciné, terrifié, la voix de gorge d'un chant lapon. Il était le seul ici à pouvoir en saisir les paroles. Le chant, lancinant, guttural, l'emmenait hors de ce monde. Le joïk devenait de plus en plus haché, précipité. Le Lapon condamné aux feux de l'enfer voulait dans un dernier élan transmettre ce qu'il devait transmettre.

Puis la voix se tut. Le silence s'imposa. Le jeune Lapon aussi restait silencieux. Il avait fait demi-tour, voguant la tête pleine des râlements du mourant. Son sang avait été tellement glacé qu'il avait été saisi d'une évidence. Il savait ce qu'il devait faire. Et ce que, après lui, son fils devrait faire. Et le fils de son fils.

1

Lundi 10 janvier.
Nuit polaire.
9 h 30. Laponie centrale.

C'était la journée la plus extraordinaire de l'année, celle qui portait tous les espoirs de l'humanité. Demain, le soleil allait renaître. Depuis quarante jours, les femmes et les hommes du vidda survivaient en courbant l'âme, privés de cette source de vie.

Klemet, policier et rationnel, oui rationnel puisque policier, y voyait le signe intangible d'une faute originelle. Pourquoi, sinon, imposer à des êtres humains une telle souffrance ? Quarante jours sans laisser d'ombre, ramenés au niveau du sol, comme des insectes rampants.

Et si, demain, le soleil ne se montrait pas ? Mais Klemet était rationnel. Puisqu'il était policier. Le soleil allait renaître. *Finnmark Dagblad*, le quotidien local, avait même annoncé dans son édition du matin à quelle heure la malédiction allait être levée. Que le progrès était beau. Comment ses ancêtres avaient-ils pu supporter de ne pas lire dans le journal que le soleil allait revenir à la fin de l'hiver ? Peut-être ne connaissaient-ils pas l'espoir ?

Demain, entre 11 h 14 et 11 h 41, Klemet allait redevenir un homme, avec une ombre. Et, le jour d'après, il conserverait son ombre quarante-deux minutes de plus. Quand le soleil s'y mettait, ça allait vite.

Les montagnes allaient retrouver leur relief et leur superbe. Le soleil se coulerait au fond des vallons, donnant vie à des perspectives endormies, réveillant l'immensité douce et tragique des hauts-plateaux semi-désertiques de la Laponie intérieure.

Pour l'instant, le soleil n'était qu'une lueur d'espoir, se reflétant sur les nuages orangés et rosâtres qui couraient au-dessus des sommets à la neige bleue.

Comme à chaque fois qu'il était face à un tel spectacle, Klemet repensait à son oncle, Nils Ante, connu comme l'un des chanteurs de joïks les plus doués de la région. De son chant de gorge lancinant, son oncle poète racontait les merveilles et les mystères du monde.

Nils Ante avait bercé toute l'enfance de Klemet de ses joïks envoûtants, contes enchantés qui valaient largement tous les livres que les petits Norvégiens lisaient chez eux. Klemet n'avait pas eu besoin de livres. Il avait eu l'oncle Nils Ante. Klemet, en revanche, n'avait jamais su chanter et il avait estimé qu'il était indigne de décrire avec des mots la nature qui l'entourait.

– Klemet ?

Parfois, quand il était en patrouille sur cet immense plateau désertique qu'on appelait le vidda, comme aujourd'hui, il s'offrait une courte pause nostalgique. Mais il se taisait, écrasé par le souvenir du joïk, incapable de poésie.

– Klemet ? Tu veux bien me prendre en photo ? Avec les nuages derrière.

Sa jeune collègue brandissait son petit appareil photo sorti de sa combinaison bleu marine.

– Tu crois que c'est le moment ?

– C'est pas pire que de rêvasser, lui répondit-elle en lui tendant l'appareil.

Klemet bougonna. Il fallait toujours qu'elle ait réponse à tout. Lui, les bonnes réponses ne lui venaient généralement que trop tard. Il retira ses moufles. Autant se débarrasser de la chose au plus vite. Le ciel était dégagé et le froid d'autant plus agressif. La température avoisinait les moins vingt-sept degrés.

Nina enleva sa chapka en peau de phoque et poils de renard, libérant sa chevelure blonde. Elle enfourcha sa motoneige et, dos aux nuages bigarrés, offrit son large sourire à l'objectif. Sans être d'une beauté époustouflante, elle était gracieuse et avenante, avec de grands yeux bleus expressifs qui trahissaient le moindre de ses sentiments. Klemet trouvait cela très pratique. Le policier prit la photo, légèrement mal cadrée, par principe. Nina était arrivée à la police des rennes depuis trois mois, mais c'était sa première patrouille. Jusque-là, elle avait été en poste au commissariat de Kiruna, le quartier général situé côté suédois, puis à Kautokeino, côté norvégien.

Agacé par ses demandes incessantes de photos, Klemet s'arrangeait pour mettre un bout de doigt sur l'objectif. Quand elle lui montrait ensuite le résultat, Nina lui avait à chaque fois expliqué avec son gentil sourire qu'il fallait être attentif à bien mettre les doigts sur les côtés. Comme s'il avait dix ans. Il n'avait pas supporté son ton. Il avait renoncé à mettre les doigts. Il trouverait autre chose.

Le vent soufflait légèrement. Par ce froid, c'était rapidement une torture. Klemet jeta un coup d'œil sur le GPS de sa motoneige. Pur réflexe. Il connaissait ces montagnes par cœur.

– Allons-y.

Klemet enfourcha sa motoneige et s'élança, suivi par Nina. En bas de la colline, il suivit le cours d'un ruisseau invisible, recouvert de glace et de neige. Il déportait son corps pour éviter les branches de bouleau, se retournait par acquit de conscience pour s'assurer que Nina suivait. Mais il fallait bien avouer qu'elle maîtrisait déjà presque parfaitement sa machine. Ils continuèrent ainsi une heure et demie, enchaînant collines et vallons. À l'approche du sommet de Ragesvarri, la pente se raidit. Klemet se redressa sur le scooter et accéléra, toujours suivi par Nina. Deux minutes plus tard, le silence se fit.

Klemet enleva son casque sous lequel il portait sa chapka et sortit sa paire de jumelles. Dressé sur le marchepied de la motoneige, un genou sur la selle, il observa longuement les alentours, scrutant les arêtes des collines, cherchant des taches mouvantes sur la neige. Puis il sortit un thermos et proposa du café à Nina. Elle s'avança vers la motoneige de Klemet, s'enfonçant jusqu'à mi-cuisse dans la poudreuse. Elle peina pour venir jusqu'à lui. Les yeux de Klemet pétillaient de malice, mais il réfrénait son sourire. Voilà pour la photo, se dit-il.

– Ça a l'air plutôt calme, non ? constata-t-elle entre deux gorgées.

– Oui, ça a l'air. Johan Henrik m'a dit que son troupeau commençait à se disperser. Ses rennes n'ont déjà plus assez à manger. Et s'ils passent la rivière, cette tête de mule d'Aslak va encore être en pétard, je connais le bonhomme.

– Aslak ? Celui qui habite sous une tente ? Tu crois que leurs troupeaux vont se mélanger ?

– À mon avis, c'est déjà fait.

Le téléphone de Klemet sonna. Le policier prit son temps pour coincer l'appareil sous l'oreillette de sa chapka.

– Police des rennes, Klemet Nango, répondit-il.

Il écouta longuement, tenant toujours sa tasse à deux mains, ponctuant parfois d'un grognement entre deux gorgées.

– Ouais, on sera là dans quelques heures. Ou peut-être demain. Et tu n'as vu vraiment aucune trace de lui ?

Klemet but une nouvelle gorgée en écoutant, puis il raccrocha.

– Bon, finalement, ce sont encore les rennes de Mattis qui ont fichu le camp les premiers. C'était Johan Henrik. Il m'a dit qu'il a vu une trentaine de rennes de Mattis qui ont franchi la route et sont chez lui. Allons-y.

2

5 h 30. Kautokeino.

L'entrée du musée était dévastée. La neige s'engouffrait par la double porte béante. Le verre brisé se mêlait aux flocons déjà durcis par le vent glacial.

Le faisceau des phares d'un scooter des neiges qui s'arrêta brutalement devant le bâtiment vint éclairer la scène.

Gêné par sa lourde combinaison, le conducteur s'élança pesamment vers l'entrée. Il se frotta énergiquement les joues, essayant de refouler son pressentiment.

Lui et sa femme avaient atterri dans cet espace ignoré du Grand Nord norvégien à l'ère prétouristique. Leur fascination pour les Lapons et leur talent de joailliers avait trouvé à Kautokeino le lieu où leurs deux passions pouvaient s'épanouir.

Au fil des ans, avec sa femme, il avait patiemment bâti l'un des lieux les plus surprenants du pays. Surplombant la vallée, une dizaine de bâtiments asymétriques s'étaient agglutinés les uns aux autres. Helmut décrocha une lampe torche dans l'entrée et commença sa pénible reconnaissance. Sa « cité interdite », comme certains l'avait baptisée, avait choqué quelques esthètes de la laponitude et rendu méfiants les artisans sami. Helmut s'était mis à apprendre les techniques lapones pour travailler l'argent, au point de devenir l'un des meilleurs experts de la région. Il avait rendu ses lettres de noblesse à cet art dispersé par le nomadisme en lui offrant un lieu d'exposition ambitieux. Helmut avait compris que la partie était gagnée le jour où Isak Mattis Sara, chef de la siida de Vuorje, un puissant clan lapon à l'ouest de Karasjok, lui avait apporté le berceau en bouleau de son enfance afin de l'exposer dans la bâtisse dédiée au mode de vie lapon. Il avait maintenant l'une des plus belles collections d'Europe du Nord.

Helmut traversa la pièce suivante, immense, consacrée aux collections d'Asie centrale. Les bijoux en argent et les poteries étaient là. Tout semblait en ordre.

Il entendit soudain un bruit lointain de pas sur le verre brisé. Des pas qui devaient venir de l'entrée. Il s'arrêta pour écouter. L'écho affaibli traversait les salles. Il retenait sa respiration, tendant l'oreille. Instinctivement, Helmut attrapa un poignard afghan suspendu au mur et éteignit sa lampe torche.

– Helmut !

On l'appelait. Il poussa un soupir de soulagement.

– Ici. Dans le salon afghan ! cria-t-il à son tour. Il reposa le poignard.

Au bout de quelques secondes, il vit apparaître une silhouette emmitouflée qui avançait lourdement. À la rondeur boursouflée de la combinaison, il reconnut aussitôt le journaliste.

– Johan, bon Dieu, qu'est-ce que tu fiches ici ?

– C'est Berit qui m'a appelé. Elle a vu un scooter partir il y a une demi-heure environ.

Helmut reprit sa progression, troublé. Tout semblait là. Un jeune soûlard aurait-il brisé la porte d'entrée ?

Son impression se renforça quand il arriva enfin dans la dernière pièce, « la salle blanche » où s'entassaient les trésors de l'art lapon, les plus belles pièces de joaillerie, d'un argent vif finement ciselé.

Helmut aperçut alors la porte de l'entrepôt. Elle était ouverte, poignée arrachée. Quelqu'un s'était acharné dessus. Son ventre se serra à nouveau.

Une lumière crue éclaira bientôt la vaste pièce. Il y avait surtout des caisses rangées et numérotées sur des étagères murales. Le centre de la pièce était occupé par de vieilles tables en pin. Tout était en ordre. Bien, bien. Son regard retourna alors sur la première étagère. Deux caisses contenaient des chameaux en corne sculptée fabriqués dans un atelier de Kandahar. Bien. Mais l'étagère du dessus était vide. La douleur dans le ventre fut brutale. L'étagère n'aurait pas dû être vide ! La caisse avait disparu.

À voir le visage de l'Allemand, le journaliste comprit.

– Qu'est-ce qui manque ?

Helmut avait la bouche ouverte, le regard stupéfait.

– Helmut, qu'est-ce qui manque ?

Le directeur du centre regarda le journaliste, ferma la bouche et déglutit.

– Le tambour, réussit-il à articuler.

– Oh putain !

3

11 h 30. Laponie centrale.

Nina était cambrée sur son scooter, manette d'accélérateur à fond. Les branches des bouleaux nains lui fouettaient le visage. La machine puissante grimpait la pente raide avec facilité. L'épaisse couche de neige atténuait le relief et rendait la progression plus facile. Quelques secondes seulement après Klemet elle parvint au gumpi, à mi-hauteur d'une colline douce calée dans un léger vallon. Elle s'étonnait toujours que les éleveurs puissent vivre ainsi dans des gumpi précaires des semaines d'affilée en plein hiver, par des températures qui pouvaient descendre à moins trente-cinq, moins quarante parfois, isolés de tout, à des dizaines de kilomètres du premier village. Le vent avait forci et rien ne semblait pouvoir le freiner sur ces montagnes pelées et désertiques, même si le gumpi était légèrement à l'abri en contrebas du sommet. Elle enleva son casque, réajusta sa chapka et détailla le gumpi. Un mélange de caravane et de baraque de chantier, en plus petit. De la fumée sortait d'une cheminée en fer-blanc. Le gumpi était blanc, monté sur de gros patins qui permettaient de le remorquer. Les côtés étaient renforcés par des plaques de métal. C'était moche, mais l'esthétique importait peu sur la toundra.

Nina regardait le capharnaüm devant le refuge. La motoneige de l'éleveur, un établi sommaire pour couper du bois avec une hache plantée dans l'un des rondins, des bidons en fer ou en plastique, deux caisses métalliques posées sur une remorque de scooter, des bouts de cordes plastifiées un peu partout, et même la peau et la tête d'un renne jetées devant le gumpi. Du sang tachait la neige. Les viscères étaient étalés, au milieu de sacs-poubelles déchiquetés, sans doute par un renard. Nina passa par la porte étroite à la suite de Klemet, entré sans frapper.

Mattis se redressa lentement en se frottant les joues.

– *Bores*, le salua Klemet.

Comme il le faisait d'habitude, Klemet avait profité du fait que la liaison était encore bonne, sur le lac, pour passer un coup de fil à Mattis et le prévenir de son arrivée.

Nina s'avança à son tour et se pencha vers Mattis.

– Bonjour. Nina Nansen. Je viens de commencer à la police des rennes, patrouille P9 avec Klemet.

Mattis lui tendit sa main graisseuse que Nina serra en lui souriant.

La jeune policière regarda autour d'elle, impressionnée par le désordre et la saleté. L'ameublement était spartiate. Dans le sens de la longueur, à gauche, quelques étagères surchargées de bidons remplis de liquides colorés, de boîtes de conserve et d'ustensiles accrochés à des clous, lanières de cuir, couteaux traditionnels. À la réflexion, se dit Nina, l'étagère était relativement ordonnée. Ces objets devaient être importants pour le berger. Puis un lit superposé.

À droite, un poêle et un banc-coffre. Entre le lit et le banc, une table longue et étroite. La couchette supérieure était encombrée de sacs plastiques d'où émergeaient des vêtements, des boîtes de nourriture. Des cordes, des couvertures, une combinaison de scooter, une grosse pelisse en peau de renne, plusieurs paires de gants, une chapka, tout un fouillis emmêlé et crasseux. Mattis était allongé sur la couchette de dessous, à moitié enfoncé dans un gros sac de couchage posé sur des peaux de rennes. Le sac était recouvert de plusieurs couvertures déchirées et tachées de nourriture et de graisse.

Une grosse casserole mise à feu doux chauffait sur le petit poêle. À ses pieds, une autre marmite était emplie de neige en train de fondre.

Sur un fil suspendu qui traversait le gumpi, deux chausses en peau de renne et plusieurs paires de chaussettes à la propreté douteuse séchaient, ainsi que deux bouts de peau de renne dont les poils avaient été enlevés. Deux paires de grosses chaussures d'hiver dépassaient de sous l'étagère.

Nina balayait du regard le modeste gumpi de ses yeux grands ouverts. Elle aurait voulu prendre des photos, mais n'osait pas. C'était sale, repoussant. Et fascinant. Elle réalisait qu'elle venait de mettre un pied dans un monde inconnu. Cela dépassait son entendement. Comment, en Norvège, pouvait-on vivre comme ça ? Dans son propre pays ? Ça lui rappelait un reportage qu'elle avait vu à la télévision sur un campement tzigane en Roumanie. Il ne manquait plus que les enfants à moitié nus. En même temps, Nina se sentait gênée. Elle ne savait pas très bien pourquoi. Klemet paraissait à l'aise. Mais il était de cette région. Il savait. Ça aussi, c'était donc un visage du royaume scandinave. Klemet

27

lui avait expliqué que Mattis ne vivait pas de façon permanente ici. Mais tout de même ! Ça, la Norvège ? Dans le village de Nina, au sud de la Norvège, les pêcheurs avaient des cabanes à peine plus grandes que ça, posées sur l'eau. Ils y entreposaient leur barque, leurs filets. Nina venait s'y cacher parfois, quand elle était enfant, pour observer les gros bateaux de pêche qui accostaient au village et que sa mère lui interdisait d'approcher. Les hommes apportent le péché avec eux, lui disait sa mère. Sa mère voyait le péché partout.

Mais dans les cabanes de pêcheurs il n'y avait pas cette misère. Dans ce gumpi non plus, d'ailleurs, se dit Nina après quelques instants. Ce gumpi respirait la détresse.

Sa mère aurait su prendre soin de cette pauvre âme. Elle savait toujours quelle décision prendre, faire la part entre le bien et le mal. Elle se demanda si Klemet se faisait les mêmes réflexions, ou si son collègue était blasé. Ou s'il pensait que de telles conditions étaient normales ici.

Mattis les regardait tous les deux d'un air incertain. Il avait le regard fuyant.

– Ah, tu m'as fait peur au téléphone tout à l'heure, lança l'éleveur à Klemet qui vint s'installer en face de lui, sur la banquette. Quand tu m'as appelé, t'as dit « police ». J'ai eu une de ces trouilles. T'aurais pu dire police des rennes.

Klemet rigolait en sortant des tasses de son sac à dos.

– C'est vrai quoi, poursuivit Mattis. La police qui vous appelle, on sait jamais quelle tuile va vous tomber dessus. Mais la police des rennes, au moins, on sait que c'est jamais bien sérieux. Pas vrai, Klemet ?

Klemet semblait content de son coup. Il sortit une bouteille en plastique contenant un liquide transparent.

– Ah, ah, s'exclama Mattis. Moi, tu ne me la fais pas !

– Non, c'est de l'eau cette fois-ci, assura Klemet.

Mattis s'était détendu. Il commença à chantonner en ouvrant les bras à destination de Nina, un chant de gorge lancinant, saccadé, guttural parfois, auquel Nina ne comprenait rien. Ça devait être un joïk de bienvenue. Klemet souriait en écoutant.

Nina vint s'asseoir en bout de banquette, elle aussi maculée de multiples taches.

– Avant de t'asseoir, tu peux amener la marmite qui est sur la table, lui dit Mattis.

Nina le regarda d'un œil noir. L'autre n'avait pas fait un geste pour se lever.

– Mais bien sûr, dit-elle en souriant. Tu as l'air si fatigué. C'était beau ce que tu chantais.

Nina voyait que Mattis montrait des signes d'ébriété. Elle n'aimait pas voir les gens dans cet état. Cela la mettait mal à l'aise. Elle enleva sa chapka, cherchant un endroit à peu près propre pour la poser, puis se releva gracieusement, porta la marmite qu'elle plaça sur la table. Sans attendre, Mattis plongea sa fourchette dedans et en tira un morceau de viande qu'il commença à mâcher, laissant le bouillon dégouliner sur le sac de couchage dont il s'était à peine extrait.

– Moi aussi, j'avais un oncle qui était chanteur de joïk, dit Klemet.

– Ah ça, c'est vrai que ton oncle Nils Ante, c'était un bon joïkeur.

– Il était capable d'improviser un chant comme ça, là, devant toi, pour raconter un lieu, une personne ou quelque chose qu'il venait de voir et qui l'avait touché.

Même quand il parlait, il avait une voix un peu traînante. Je voyais ses yeux se mettre à pétiller quand il allait chanter.

– Et alors, il fait quoi ton oncle maintenant ?

– Il est vieux. Il ne chante plus.

Klemet plongea à son tour un couteau pour attraper un morceau qu'il posa dans sa gamelle. Nina le laissait agir à sa guise. Il avait l'habitude de traiter avec les éleveurs. Il fallait toujours prendre son temps avec eux, lui avait dit Klemet. Elle se demandait si Mattis avait vraiment le droit d'abattre un renne comme ça.

Klemet se repenchait déjà sur la gamelle, visiblement peu pressé d'entamer la conversation. Il aperçut un tibia.

– Je peux ? demanda-t-il à Mattis.

L'autre fit un geste du menton, tout en sortant un paquet de tabac.

Le téléphone mobile sonna alors que Klemet s'apprêtait à briser le tibia de renne d'un coup de manche de poignard.

– Satan ! maugréa-t-il. Il regarda un instant l'os fin, comme s'il en attendait une réponse. Il n'en pendouillait que quelques morceaux de viande bouillie dans l'eau salée. L'air renfrogné, il se tourna vers Mattis. Le Sami finissait de se rouler une cigarette. Du bouillon luisait sur son menton. Un petit bout de viande était resté piégé dans sa barbe. Klemet fit la grimace, l'os et le poignard toujours en main. Entre deux sonneries, on n'entendait plus que cet insensé vent de Sibérie qui glaçait le Finnmark depuis deux jours. Comme si les trente degrés en dessous de zéro n'y suffisaient pas.

Mattis en profita pour tirer un bidon de trois litres de sous sa couchette. Il le posa sur la table et remplit sa tasse.

Le téléphone sonnait toujours. Même en plein vidda, la couverture téléphonique pouvait parfois les atteindre.

Le téléphone cessa soudain de sonner. Klemet regarda l'écran. Il ne dit rien. Nina le regarda avec insistance. Son coéquipier finit par lui tendre le téléphone. Nina lut le nom.

– Je rappellerai plus tard, se contenta de dire Klemet.

Visiblement, les éleveurs devenaient très vite nerveux et impatients quand des troupeaux se mélangeaient.

Mattis poussa le bidon vers Klemet.

– Non merci.

Il regarda Nina, qui lui fit non de la tête en le remerciant d'un sourire. Mattis vida la moitié de sa tasse et plissa les yeux en grimaçant.

Klemet reprit le tibia et le brisa net. Il le tendit à Nina. Il n'y avait plus rien de souriant dans le visage de la jeune femme. Elle s'était mise à l'aise, à demi étendue sur la banquette, ayant largement ouvert sa combinaison. Une température presque acceptable régnait dans le gumpi.

– Tu en veux ?

– Non, répondit-elle sèchement. Elle sentait que, finalement, elle n'allait pas échapper à la blague favorite de Klemet.

Il porta l'os lentement à sa bouche, en la fixant, et aspira bruyamment une portion de moelle. Il s'essuya du revers de la manche. Il fit un clin d'œil à Mattis et se tourna vers Nina le regard pétillant.

– Tu sais que c'est le Viagra du Lapon ?

L'œil incertain, Mattis observait tour à tour les deux policiers, jusqu'à ce que Klemet éclate de rire.

Nina le regarda. Oui, pensa-t-elle, elle l'avait déjà entendu au moins deux fois de sa bouche durant les quatre jours de patrouille.

Maintenant, laissant apparaître une bouche édentée, Mattis riait aussi, d'un rire de dément qui surprit Nina. Il prit à son tour l'os à moelle et l'aspira avidement.

– Hé, le Viagra du Lapon !

Il riait sans plus pouvoir s'arrêter, bouche grande ouverte, chicots au vent. Des morceaux de viande sautaient de sa bouche. Nina se demandait ce qu'elle faisait là, mais n'en laissait rien paraître. Elle savait que Klemet jouait un peu avec elle et espérait qu'il saurait ne pas dépasser les limites. Elle se sentait encore trop novice dans ce milieu des éleveurs pour dire à Mattis ce qu'elle pensait.

À son tour, l'éleveur tendit l'os dégoulinant à Nina, tandis que de la bave lui coulait du coin de la bouche.

– Allez, allez, le Viagra du Lapon !

Et il explosa à nouveau de rire, jetant un œil rapide à Klemet. Puis il se lança dans un nouveau joïk, ponctuant ses effets de la main, regard fixé sur Nina, même s'il ne semblait pas vraiment la voir. Klemet avait l'air de s'amuser de la situation. Il s'essuyait le coin des yeux, regardant Mattis en souriant.

Toujours en bout de banquette, Nina avait ramené les genoux sous son menton et croisé ses bras autour de ses jambes. Vêtue d'une combinaison, ce n'était pas évident. C'était sa position de boudeuse. Elle faisait la moue, mais par diplomatie gratifia l'éleveur d'un sourire poli de refus. Visiblement, ils ne voyaient pas souvent une femme par ici.

– Ah, eh bien moi, je me sens en pleine forme, insista Klemet en jetant un œil coquin à Nina.

Et Mattis repartit de son rire en se tapant les cuisses.

– Hé, c'est qu'elle est belle, hein, hoqueta l'éleveur.

Klemet se redressa soudain et se servit une louche de bouillon. En le voyant redevenu sérieux, Mattis arrêta brutalement de rire. Nina s'était dépliée pour se verser du café, renonçant au bouillon de renne. Mattis lui jeta un regard en coin, détaillant avec insistance la jeune femme dont le pull bleu foncé épousait grossièrement la forme des seins. Puis il jeta un coup d'œil rapide à Klemet et baissa les yeux.

Nina se sentait mal à l'aise. Cet éleveur, avec son air libidineux, la dégoûtait, même si elle savait qu'elle devait surtout en avoir pitié.

– Alors Mattis, tes rennes sont passés de l'autre côté de la route. Tu sais qu'ils sont chez Johan Henrik ? Il nous a appelés.

Mattis fut surpris par le brusque changement de Klemet. Il le regarda nerveusement, puis Nina, passant de son visage à ses seins.

– Ah bon ? fit-il d'un air innocent. Il se frottait la nuque, regardant Klemet de biais.

Le téléphone sonna à nouveau. Klemet le prit sans cesser de regarder Mattis. La connexion fut interrompue plus vite encore. Cette fois-ci, l'écran montrait que c'était le commissariat de Kautokeino. Il attendrait aussi.

– Alors ? reprit Klemet.

Nina observait l'éleveur. Il avait les pommettes hautes et le menton fuyant, le teint buriné, une barbe plutôt fournie pour un Lapon. Quand il allait parler, il donnait l'impression de commencer par une grimace, les yeux plissés, la lèvre inférieure venant chevaucher la supérieure, avant d'ouvrir grand les yeux et la bouche. En dépit du malaise que lui inspirait l'homme, Nina était assez fascinée. Jamais elle n'avait rencontré un tel personnage. Dans son petit village du Sud, au bord d'un fjord à deux mille kilomètres de là, on ne voyait pas de gens comme lui. Ça n'existait pas !

– Ben je sais pas.

Klemet ouvrit son sac et en sortit un jeu de cartes d'état-major au 50 000e. Il repoussa la marmite et des boîtes de haricots remplies de mégots. Mattis en profita pour vider le reste de sa tasse, en grimaçant encore, puis il la remplit aussitôt à ras.

– Regarde, nous sommes là. Ça c'est la rivière, là le lac par où tu pars vers le nord pour ta transhumance. En ce moment, Johan Henrik a ses rennes là et là, dans les bois.

– Ah ouais ? dit Mattis dans un bâillement.

– Et les tiens ont traversé par la rivière.

– La rivière…

Il rigola, eut un hoquet, reprit son sérieux.

– Ah oui mais c'est que mes rennes, ils savent pas lire les tracés, tu sais.

– Mattis, tu sais parfaitement ce que je veux dire. Tes rennes ne doivent pas être de ce côté de la rivière. Tu sais que ça va encore être l'enfer ce printemps quand vous allez devoir séparer vos rennes avec Johan Henrik. Vous allez vous disputer, comme d'habitude. Tu sais bien tout le travail que ça représente de trier les rennes.

– Et de surveiller son troupeau quand on est tout seul, en plein hiver dans la toundra, c'est pas du travail peut-être ?

– Où s'étend ton pâturage d'hiver ? demanda Nina.

La jeune policière n'avait encore qu'une vision théorique de l'élevage de rennes, acquise rapidement lors de sa formation à Kiruna. Petite fille, elle avait souvent gardé les quelques moutons que sa mère élevait. Plus pour le plaisir d'ailleurs, car les moutons se gardaient tout seuls au fond du fjord. Chez elle, être berger n'était pas un métier, tout au plus un passe-temps. Que l'on doive passer sa nuit en pleine bourrasque glacée pour garder des rennes lui paraissait incroyable. Elle avait besoin de se rapporter à des données concrètes et mesurables pour comprendre.

Mattis bâilla encore, se frotta les yeux, but une gorgée d'eau-de-vie. Il ignora la question de Nina.

– Et pourquoi il râle comme ça Johan Henrik, dit-il en regardant Klemet. Il a qu'à repousser ses rennes vers la colline. Il a du monde, lui.

– Mattis, dit Nina, je t'ai demandé où s'étendait ton pâturage ?

La jeune femme avait parlé très calmement. Elle ne pouvait pas imaginer que Mattis fasse exprès d'ignorer sa question.

– Oui, il a du monde, répliqua Klemet. Mais tu es quand même sur ses terres. C'est comme ça. Tu es responsable de ton troupeau.

– Et alors, c'est pas moi qui les ai tracées, ces frontières. C'est ces fichus fonctionnaires de l'Office de gestion des rennes, avec leurs beaux crayons de couleur et leurs règles bien droites, dans leurs bureaux bien chauffés.

Il but une gorgée, sans sourciller cette fois. Il était énervé.

– Et j'ai passé presque toute la nuit à surveiller le troupeau, moi. Tu crois que c'est drôle ?

– Mattis, peux-tu s'il te plaît me montrer les limites de ton pâturage ?

Nina conservait une voix douce.

– Tu n'as personne pour t'aider ? continua Klemet.

– Pour m'aider ? Qui ?

– Aslak t'aide parfois.

– Eh bien pas cette fois. L'hiver a été pourri pour tout le monde. Il doit faire la gueule encore. Et puis les rennes n'ont pas assez à manger. Ils n'arrivent pas à casser la glace et à attraper le lichen. Et puis j'en ai marre, moi. Et j'ai pas d'argent pour leur acheter des granulés. Alors, mes rennes, ils vont là où y'a à bouffer. Ils se rabattent sur la mousse des troncs d'arbres, dans les bois. Qu'est-ce que j'y peux, moi ?

Il but une rasade plus longue.

– Mais j'irai voir tout à l'heure.

Il vida la tasse. Bâilla longuement.

– Et la petite demoiselle, elle veut que je lui lise son avenir ?

– La petite demoiselle aurait voulu que tu lui montres les limites de ton pâturage.

– Klemet te dira. Pas d'avenir alors ? Eh ben je vais dormir, moi.

Et, sans plus de façon, il se retourna dans son sac de couchage.

Klemet leva les yeux au ciel et fit signe à Nina qu'ils partaient.

Une fois dehors, Klemet alla jeter un coup d'œil au scooter de Mattis, toucha le moteur et resta un instant à observer la machine.

– Klemet, pourquoi Mattis ne me répondait pas ?

– Ah, tu sais, c'est un peu macho comme milieu ici. Ils sont pas habitués à voir des femmes sur la toundra en plein hiver, et encore moins en uniforme. Ils savent pas très bien comment gérer ça.

– Mmhh. Et toi, tu sais bien sûr ?

– Qu'est-ce que tu veux dire ?

– Rien, rien. Alors, ces limites de pâturage ? Ton bon ami m'a dit que tu me montrerais.

La neige se remettait à tomber, en dépit du froid. Klemet déplia la carte sur la selle de son scooter et montra à Nina le pâturage.

– Mais alors, si c'est un bois qu'il lui faut pour l'instant, il pourrait amener son troupeau vers le nord-ouest, il y a un bois bien plus important et c'est au milieu de sa zone, loin de Johan Henrik.

– Oui, peut-être. Peut-être ont-ils déjà été là. Et peut-être que le gros de son troupeau y est encore. On peut aller jeter un œil si tu veux, dit Klemet. Et après on passera voir Johan Henrik.

Ils se remirent en selle. Quelques minutes plus tard, Klemet s'arrêta au milieu du lac. Il savait qu'à cet endroit son téléphone captait le réseau. Le premier message était de Johan Henrik. Il semblait excédé. Le second message, du commissariat de Kautokeino, était plus sec encore. La patrouille P9 devait rentrer toutes affaires cessantes. Johan Henrik devrait encore attendre.

4

12 h. Kautokeino.

Karl Olsen avait laissé tourner le moteur de son pick-up. L'aire de parking, à quelques kilomètres à l'extérieur de Kautokeino, était presque vide, à part une remorque abandonnée devant l'entrée de l'enclos à rennes, délaissé en cette période de l'année. On ne le voyait pas de la route. Il se resservit une tasse de café, le but brûlant et regarda autour de lui. Il faudrait bientôt commencer à vérifier le matériel. Il repoussa sur le front sa casquette verte à visière brune à l'effigie d'une marque d'engrais et se gratta le crâne, doucement, les yeux plissés. Oui, il faudrait beaucoup d'orge cette année. Et puis il voulait essayer les tomates sous serre. Il y avait de nouvelles aides de l'UE à récupérer. Pas pour le marché local non, mais c'était toujours populaire chez les touristes ce genre de trucs, les tomates de Laponie. Il ricana tout seul.

La nouvelle du vol faisait encore la une du journal de 9 heures. « C'était le premier tambour traditionnel sami à revenir définitivement en territoire sami, expliquait l'Allemand à la radio. Ces tambours étaient utilisés par les chamans. Celui-ci a une valeur énorme pour la population d'ici. C'est un drame pour eux, car

38

cela fait des années que les gens se battent pour que ces tambours reviennent enfin sur la terre de leurs ancêtres. »

Karl Olsen prit un air mauvais en entendant l'interview.

– La terre de leurs ancêtres... quel con ce Boche. Qu'est-ce qu'il en sait de ses ancêtres, lui ?

Il jeta le reste du café refroidi par la fenêtre. Ils n'avaient rien de plus depuis ce matin, se dit Karl Olsen. Il se reversa un peu de café.

Quelques minutes plus tard, une Volvo bleu ciel vint se ranger près de son pick-up coréen. Un homme élancé et moustachu vint s'asseoir près de lui.

– Café ?

– Oui, dit le nouveau venu en enlevant son bonnet. Bon, qu'est-ce que tu as ? Fais vite, je n'ai pas beaucoup de temps.

– Cette histoire de tambour ?

– Oui. Tout le monde est sur les dents.

– Tu sais, Rolf, j'ai bien connu ton père, un brave gars. Je crois qu'il m'aimait bien aussi.

– Et ?

– Ça fait combien de temps que tu es dans la police maintenant, mon gars ?

– Dix-sept ans. C'est pour parler de ma vie que tu voulais me voir ici ?

– Et ça fait quoi, trois ans que tu es revenu au village ?

– Un peu plus oui, tu le sais bien.

– Écoute petit, cette histoire de tambour, c'est emmerdant.

– Oui c'est embêtant, bien sûr c'est embêtant. Et alors ?

39

– Ça va exciter tout le monde cette affaire, tu vois.

– Ça excite déjà tout le monde.

– Ouais, ouais, je viens d'entendre cet abruti d'Allemand, « un féritable drame, un féritable drame », fit le paysan en imitant le directeur du centre culturel.

Rolf Brattsen n'aimait pas l'Allemand non plus. Il donnait trop d'importance aux Lapons, pas assez aux Norvégiens.

Karl Olsen se tourna un peu plus vers le policier. Il avait toujours cette raideur de la nuque qui l'obligeait à se contorsionner pour voir ses interlocuteurs. Il regarda Rolf Brattsen de travers.

– Écoute, Rolf, je vais te dire les choses. Parce que moi je suis comme ça, je dis les choses. Tu sais qui je suis, tu sais que je suis au Parti du progrès. Et tu sais ce qu'on pense de ces histoires de Lapons, au Parti.

Le policier se taisait maintenant.

– Je sais pas ce que tu en penses, toi, mais je sais ce que ton père en pensait. Et ton père et moi, on pensait pareil. Tu sais que c'était un bon Norvégien ton père, hein ? Et toi, t'es un bon Norvégien aussi, hein petit ?

Le vieux paysan, fatigué de sa position, s'avança pour orienter le rétroviseur de façon à voir le regard du policier sans se tordre le cou.

– Alors petit, je sais que tu es un bon gars. Ton père était un bon gars. Tu sais qu'avec lui, on a mené la vie dure aux cocos dans le temps. Eh ben les Lapons, c'est pareil, hein, communistes et compagnie ces gars-là, avec leurs histoires de droit à la terre. Moi, la terre, je sais ce que c'est. Et la terre, elle décide toute seule à qui elle veut appartenir, et c'est à celui qui s'en occupe, pas à un autre, tu comprends ? Et moi je m'en occupe de la terre. Et ce putain de tambour, ça va les réveiller ces gars-là. Mon tambour, ma terre, et tout le bordel quoi. Tu vois, c'est pas bon pour nous leurs baratins. Et puis ça va rameuter les fouille-merdes d'Oslo, on n'a pas besoin d'empotés de la capitale, hein ? On est mieux entre nous hein, quoique on serait encore mieux sans ces Lapons.

Le paysan s'arrêta un instant pour vider par la fenêtre son café refroidi et s'en resservir du chaud.

– Dis donc, t'es pas un bavard toi. T'es comme ton père, tiens. Ah c'était un bon gars. Carré, un gars de confiance, tu sais. Ah les cocos, ils en ont chié avec nous. Tu lui ressembles, tu sais. Il serait fier de toi, petit.

– Écoute Karl, dit soudain le policier, ces enculés de Lapons, je les aime pas plus que toi. Et j'aime pas voir ces enculés de Russes qui se baladent chez nous, et ces enculés de Pakistanais qui nous envahissent. Mais je suis policier, d'accord.

– Oh là petit, comme tu t'emportes, sourit mielleusement le paysan, content de la tournure que prenait enfin la conversation. Bien sûr que tu es policier, et un bon policier. Je voulais juste que tu saches que tu n'étais pas seul. Il faut pas qu'ils se mettent trop à réfléchir ces gars-là. Et je me dis que ce tambour-là, c'est peut-être pas si grave s'ils le récupèrent pas. Sinon, ça pourrait leur donner des idées. Tu vois, déjà qu'ils ont leur propre police…

– La police des rennes ? La brigade légère ! Des espèces de tordus de faux flics de pacotille !

Pour la première fois, le policier s'emportait.

– Tiens, continua Rolf Brattsen, ceux de Kautokeino sont chez ce dégénéré de Mattis. Cette espèce de débile qui passe son temps à chanter en picolant au lieu de garder ses rennes.

– Ah, ils sont chez lui ? releva le paysan, en essayant de se retourner vers le policier.

Karl reprit aussitôt.

– Ça, pour être dégénéré, il l'est. Mais bon, c'est à force de baiser entre eux, pas vrai. Parce que tu le connais, le père de Mattis ?

– Le vieux fou là, celui qu'on disait chaman ?

– Ça c'est ce qu'on croit, petit. La vérité, c'est que le Mattis, son père, eh bien c'est son oncle, le propre frère de sa mère, tu piges ?

Rolf Brattsen secoua la tête.

– Bon, je dois rentrer au poste. Je ne savais pas que toi et mon père vous vous étiez si bien connus, dit le policier.

Il se tourna pour la première fois vers le paysan, le scrutant.

– Il ne m'avait jamais parlé de toi.

Le paysan regardait droit devant lui.

– Va faire ton travail mon gars, répondit Karl Olsen sans soutenir son regard. Et n'oublie pas qui sont les tiens. Et que ce tambour, il faudrait peut-être pas trop se presser de leur retrouver, parce que ça va nous les exciter, ces communistes de Lapons.

5

16 h 30. Kautokeino.

Klemet Nango et Nina Nansen arrivaient par le versant sud-est du village. Ils empruntèrent « l'autoroute », comme on l'appelait l'hiver, remontant la large rivière glacée qui passait au milieu du village, pour rejoindre le centre où était situé le commissariat. L'entrée publique se trouvait à côté du Vinmonopolet, le magasin d'État de vente d'alcool au détail, et il n'était pas rare que des clients se trompent de porte.

Les lueurs du soleil avaient déjà disparu de l'horizon depuis longtemps, mais il restait une vague lueur bleutée. Klemet et Nina laissèrent leurs motoneiges sur le parking, portèrent à deux chaque caisse dans le garage, puis montèrent à l'étage où étaient les bureaux.

– Ah, vous tombez à pic, il y a une réunion qui démarre dans le bureau du Shérif, leur dit la secrétaire du commissariat en les croisant dans l'escalier. Je ne sais plus où donner de la tête moi, avec cette histoire de tambour.

– Quoi, le tambour ?

– Ah, tu n'es pas au courant ? Tu verras, dit-elle en brandissant une liasse de papiers. Je file.

Les deux policiers allèrent poser leur matériel puis se rendirent dans la salle de réunion. Ils furent accueillis par la voix de Tor Jensen, qu'on surnommait le Shérif, à cause de sa façon de rouler des épaules et de porter dans le civil un chapeau de cow-boy en cuir.

Le Shérif les laissa s'installer. Il y avait quatre autres policiers. Klemet Nango nota l'absence de Rolf Brattsen, l'adjoint du commissaire.

– Dans la nuit de dimanche à lundi, un tambour lapon a été volé chez Juhl, commença Tor Jensen. Vous savez que ce tambour est spécial, c'était le premier à revenir de façon permanente en Laponie. Je ne suis pas lapon mais, pour les Lapons, c'est apparemment important. C'est important pour toi, Klemet ? Tu es le seul Lapon ici.

– J'imagine, oui. Enfin je sais pas, dit-il, l'air un peu gêné.

– En tout cas, ça fait un sacré ramdam. Les Lapons crient qu'on leur vole à nouveau leur identité, qu'on les discrimine encore et toujours, etc. À Oslo, ça les énerve, évidemment, surtout qu'une conférence importante de l'ONU sur les populations autochtones se tient dans trois semaines et que nos amis lapons sont comme vous le savez tous par cœur notre chère population autochtone à nous. On t'a appris ça à l'école de police, Nina ? Ça m'étonnerait. Bref, ça les rend nerveux nos amis d'Oslo, ils aiment bien passer pour des premiers de la classe à l'ONU, surtout avec tout le pognon qu'on leur file, et ils ne voudraient pas se faire taper sur les doigts pour une histoire de tambour.

– Est-ce qu'on a déjà une idée sur un coupable ? demanda Nina.

– Non, répondit le Shérif.

– Des hypothèses ? reprit Nina.

– Avant d'en venir là, on reprend depuis le début.

La secrétaire entra. Elle distribua à chacun cinq feuilles agrafées.

– Donc ce tambour était dans une caisse fermée, reprit le Shérif. Un collectionneur privé l'a expédié au musée récemment. Le tambour a disparu avec la caisse. Apparemment, rien d'autre n'a disparu. Il y a eu effraction. Deux portes ont été brisées. La porte d'entrée était une porte vitrée, elle a volé en éclats. Photo un. Et puis la porte des archives. Photo deux. Elle a été forcée, on ne sait pas comment. Il y a un plan des lieux. Voilà, démerdez-vous avec ça.

Klemet feuilleta rapidement les feuilles. Le contenu en était maigre. Du travail bâclé.

– Je vous rappelle : grosse pression politique d'Oslo, mais aussi des politiciens lapons ici. Sans compter l'extrême droite qui tente de gagner des points sur le dos des Lapons et qui en rajoute. Les gars, vous filez au musée creuser cette histoire. Klemet et Nina, vous êtes en renfort pour patrouiller en ville. Il paraît que ça bouge un peu.

– Et les hypothèses ? demanda Nina avec un doux sourire. Cela faisait la deuxième fois aujourd'hui qu'un interlocuteur évitait de répondre à ses questions et elle commençait à trouver ça irritant.

Le Shérif la regarda un instant en silence.

– Tout ce qu'on sait, c'est qu'une voisine – il jeta un œil vers le maigre rapport –, Berit Kutsi, a entendu un scooter dans la nuit. Même si ce n'est pas anormal avec les va-et-vient des éleveurs à toute heure du jour et de la nuit, c'est inhabituel à cet endroit. Les traces ont été effacées par la tempête de neige. Ah, l'enquête est confiée à Rolf. Je vous veux au rapport demain matin.

– Klemet, comment ça se passe sur le vidda ? demanda le Shérif après le départ des autres.

– Ça recommence à être tendu. Mauvais hiver. Pour les petits éleveurs, c'est très dur. Je crois qu'on va assister à une escalade de conflits.

– Klemet, ce serait bien qu'on n'ait pas trop de gros pépins avec cette conférence, si tu vois ce que je veux dire.

Klemet fit la moue.

– Va dire ça aux rennes.

– Et toi, va le dire aux éleveurs, c'est ton boulot. En attendant, emmène Nina faire un tour en ville. Et pour bosser, Klemet, pas pour lui faire la causette.

– Tu me fatigues, Shérif.

– Je te connais Klemet.

Klemet et Nina roulèrent quelques centaines de mètres en scooter le long de la route d'Alta jusqu'au carrefour. On disait seulement « le carrefour », car c'était le croisement stratégique de Kautokeino. La route venait d'Alta, sur la côte septentrionale, et partait vers la Finlande puis vers Kiruna en Suède. Les poids lourds l'empruntaient pour relier le sud au nord de la Norvège. Elle avait le mérite d'aller tout droit, même s'il fallait traverser deux frontières, plutôt que de passer par l'interminable route des fjords norvégiens. L'axe perpendiculaire menait moins loin. D'un côté au parking du supermarché, et de l'autre à la route qui desservait plusieurs entreprises et au-delà, l'imposant temple en bois que l'on apercevait, un tantinet dominant.

Une dizaine de personnes occupait le milieu du carrefour. La plupart d'entre eux arboraient la tenue traditionnelle sami, dont les couleurs vives ressortaient sur la neige. Deux femmes âgées tenaient une banderole visiblement faite à la va-vite et à peine lisible. Les lettres bavaient. « Rendez-nous notre tambour. » Pas besoin d'en dire plus, songea Klemet. Un groupe se tenait autour d'un brasero. La température était un peu plus clémente, avec un léger moins vingt. Mais le froid était mordant à cause du petit vent qui soufflait.

Les policiers allèrent se garer sur le parking, à côté du brasero. Il y avait peu de circulation. Comme d'habitude, à vrai dire. Une femme, qui avait l'air proche de la soixantaine, se tourna vers eux et leur proposa du café.

– Alors Berit, qu'est-ce que vous faites là ? lui demanda Klemet.

Il connaissait Berit Kutsi depuis longtemps. Sa peau fine épousait le contour de son visage. Ses pommettes très relevées tiraient vers le haut ses joues qui ne se ridaient que lorsqu'elle souriait. Il émanait beaucoup de bonté de son visage et ses paupières légèrement tombantes sur le coin des yeux accentuaient un regard plein d'empathie. Il connaissait d'ailleurs tous les manifestants. Ils étaient lapons, mais aucun n'était éleveur de rennes, à part Olaf, le plus jeune des manifestants. Il était penché sur la vitre ouverte d'une voiture et discutait avec le chauffeur. Les autres bergers n'avaient pas le temps d'être là. Ils étaient sur le vidda, à garder les rennes ou à dormir pour récupérer d'une nuit de veille dans le froid, comme Mattis sans doute en ce moment. À tenter d'oublier que dans quelques heures il faudrait ressortir dans le froid, le vent cinglant, il faudrait remettre ces couches de vêtements, oublier la gueule de bois, lancer le scooter seul dans la toundra, en espérant ne pas avoir d'accident. Plus d'une fois, on avait retrouvé des bergers morts de froid non loin de leur scooter embouti contre un rocher invisible sous la neige. Éleveur de rennes passait à juste titre pour le métier le plus dangereux du Grand Nord.

– Dis donc, elle est mignonne la petite, dit Berit en riant. Sacré Klemet. Il ne faut pas vous laisser faire ma petite, ajouta-t-elle pour Nina. Klemet, c'est un coureur. Il n'a peut-être pas l'air comme ça, hein, mais gare à vos fesses.

Nina regardait Klemet avec un sourire un peu gêné. Le policier voyait bien que la jeune femme paraissait surprise par le franc-parler des gens du Nord qui devait jurer avec la retenue des Scandinaves du Sud.

Klemet et Berit se connaissaient depuis l'enfance. Et elle l'avait toujours charrié.

– Berit, tu as bien entendu le scooter devant le musée ?

– Eh bien, j'ai déjà tout dit à Rolf. Quand j'ai entendu le scooter, j'ai pensé que c'était un éleveur qui venait de la vallée du côté nord, de l'autre côté de la colline où il y a le centre, précisa Berit pour Nina. Il y a des troupeaux dans cette direction. Mais le scooter s'est arrêté devant le centre, ce qui n'arrive jamais en pleine nuit, et le moteur a continué à tourner au ralenti.

– Il était quelle heure ?

– Vers les 5 heures du matin, peut-être, ou plus tôt. C'est souvent l'heure à laquelle je me réveille, avant de me rendormir. Mais c'est le bruit du moteur qui m'a réveillée quand il est reparti.

– Vous avez vu le scooter ou la personne ? demanda Nina.

– À un moment, ses phares ont éclairé ma chambre comme en plein jour. Du coup, je n'ai pas pu voir le pilote. Pas de face en tout cas. Mais quand il est reparti, de dos, j'ai vu qu'il avait une combinaison plutôt orange, tu sais, comme celle des ouvriers des chantiers.

Cela faisait peu. Contrairement à ce que pensait le Shérif, la disparition du tambour ne traumatisait pas Klemet plus que cela, outre l'aspect délit s'entend. Klemet n'avait jamais été un Lapon très orthodoxe. Il y avait des tas de raisons à cela. Et il n'aimait pas trop les remuer. Encore moins devant des non-Lapons.

Berit était retournée sur le bord du carrefour, avec d'autres manifestants qui bloquaient l'accès à la route menant à l'église.

Olaf, le plus jeune des manifestants, qui allait sur ses cinquante ans, s'avança vers lui, démarche fière et énergique, mâchoire volontaire et bouche gourmande sous des pommettes hautes. Il avait des cheveux noirs mi-longs et ondulés qui tranchaient avec la brosse châtain de Klemet.

– Tiens, la police maintenant.

Il parlait vite.

– Qu'est-ce que tu nous veux ? Tu as déjà retrouvé le tambour, Klemet ? Mademoiselle, bonjour, dit-il l'œil charmeur à Nina.

– Bonjour, lui répondit Nina avec un sourire poli. Klemet ne jugea pas utile de saluer.

– Klemet, s'il te reste un peu de sang lapon, tu dois comprendre que le vol de ce tambour, c'est un scandale. Un coup de poignard ! Nous, Lapons, n'accepterons jamais. C'est la goutte d'eau en trop, tu comprends. Tu peux le comprendre, ça, Klemet, ou tu as oublié que tu étais lapon ?

– Dis donc Olaf, tu baisses d'un ton, d'accord.

– Vous avez vu ce tambour ? demanda Nina.

– Non. Je crois qu'il devait être exposé dans quelques semaines.

– Pourquoi est-il si important ? poursuivit Nina.

– C'est le premier tambour à revenir en Laponie, répondit Olaf, regardant tout à tour les deux policiers. Pendant des décennies, les pasteurs suédois, danois et norvégiens nous ont pourchassés pour confisquer et brûler les tambours des chamans. Ça leur faisait peur. Pensez donc, on pouvait parler avec les morts ou guérir. Ils en ont brûlé des centaines, des tambours. Il en reste à peine plus d'une cinquantaine dans le monde, dans des musées à Stockholm ou ailleurs en Europe. Et même chez des collectionneurs. Mais aucun chez nous, sur notre propre terre. Incroyable non !? Et là, enfin, ce premier tambour était revenu. Et on le vole ? C'est de la provocation !

– Qui pourrait avoir intérêt à faire ça ? reprit Nina.

– Qui ?

Olaf redressa le menton, se passa une main dans les cheveux.

– Qui a intérêt à votre avis à ce que ce tambour disparaisse ? Ceux qui ne veulent pas que les Lapons redressent la tête bien sûr.

Klemet observait Olaf. Le berger l'énervait avec ses grands airs. Il avait beau être éleveur de rennes, Olaf Renson arrivait toujours à trouver le temps nécessaire pour participer à ce genre de manifs. Mais c'était un cas. Un militant pur et dur de la cause lapone depuis le milieu des années 1970. À cette époque, plusieurs compagnies norvégiennes, chiliennes, australiennes et autres développaient des chantiers de mines ou de barrages en Laponie. L'une d'elles, Mino Solo, une société chilienne, s'était mis tout le monde à dos à cause de méthodes peu orthodoxes, provoquant des manifestations dont Olaf Renson avait été une figure de proue. Il s'y était taillé une solide réputation de militant et de justicier. Il arrivait régulièrement à donner mauvaise conscience à Klemet.

Deux camions étaient arrivés au carrefour. Ils étaient bloqués par les deux vieilles Lapones qui, pour le principe, restaient quelques secondes devant chaque véhicule avant de le laisser continuer. Les chauffeurs – suédois d'après les plaques – ne semblaient pas se formaliser. Dans l'autre sens, plusieurs voitures faisaient la queue. Le conducteur d'une Volvo rouge commença à klaxonner, bientôt suivi par un autre. Les petites vieilles continuaient à leur rythme, restant cinq secondes devant chaque véhicule.

L'un des camions était arrivé au niveau du carrefour. Il y avait deux personnes dans la cabine. Le chauffeur suédois paraissait hilare, il tapait sur le coude de son passager, que Klemet reconnut comme étant Mikkel, un berger d'ici qui travaillait pour des éleveurs plus fortunés. Le chauffeur baissa sa vitre, son bras tatoué pendit par la fenêtre, en dépit du froid. Klemet n'était pas très loin, il put entendre le chauffeur suédois crier à l'une des Lapones un retentissant : « Hé la vieille, tu baises ? »

La vieille femme, heureusement, ne comprit pas. Écroulé de rire, le chauffeur tapa la main de son passager, avant de démarrer. Klemet secoua la tête de dépit. Il avait honte pour eux.

Olaf était retourné de l'autre côté du carrefour. Il se dressa fièrement devant la Volvo rouge, toisa le conducteur sans un mot. Il tourna son regard vers Klemet, comme s'il lui jetait un défi. Puis, grand seigneur, il fit signe au chauffeur de passer.

Johan Mikkelsen, le journaliste, venait d'arriver. Il tendit son micro à Olaf qui prit l'air outré. Klemet pouvait presque lire sur ses lèvres ce qu'il disait.

Olaf faisait de grands gestes de la main, dans cette posture cambrée qu'on lui connaissait. Alors que l'interview commençait, un minibus arriva en klaxonnant de la route face au supermarché. Le journaliste tendit le micro vers le klaxon. Cela ferait de la bonne ambiance pour le journal de 18 heures. Un homme de forte stature sortit en hurlant du minibus. C'était le pasteur. Il avait une tête brutale aux traits épais et, avec sa barbe blonde fournie, il ressemblait à un bûcheron vociférant.

Klemet et Nina traversèrent le carrefour.

– Vous allez me dégager tout de suite cette route ! Qu'est-ce qui vous prend ?

Le pasteur était hors de lui. Les trois vieux manifestants qui bloquaient la route s'écartèrent gentiment pour laisser passer le pasteur. Celui-ci se calma aussitôt.

– Que se passe-t-il, mes amis ?

– Ah monsieur le pasteur, c'est le tambour, dit l'un des hommes.

La mine du pasteur se renfrogna.

– Le tambour, le tambour. Allons mes amis, oui c'est bien embêtant, ce tambour. Mais bon, vous le retrouverez, allez. Rentrez chez vous, et ne me bloquez plus ma route.

Olaf arriva vers le pasteur, en même temps que les deux policiers et le journaliste, qui avait toujours son micro ouvert.

– Ce n'est pas ta route, pasteur, et ce tambour, ce n'est pas n'importe quel tambour, tu devrais le savoir mieux que quiconque, puisque ce sont des prédécesseurs à toi qui ont brûlé les autres.

Devant le petit groupe, l'expression du pasteur se fit mielleuse. Mais ses lèvres étaient pincées, signe qu'il prenait sur lui.

– Allons mes enfants, tout ça c'est du passé, tu le sais bien, Olaf. Tu devrais le savoir en tout cas, plutôt que d'agiter ces braves gens.

– Agiter ? Ce tambour, c'est notre âme, c'est notre histoire !

Le pasteur explosa à nouveau.

– Ce tambour de malheur, c'est un outil du diable ! Et vous, la police, vous seriez assez aimables de libérer l'accès au temple. J'attends des fidèles.

Klemet n'était pas à l'aise avec ce pasteur. Il appartenait à la secte luthérienne des laestadiens, et ce n'étaient pas des tendres. Ça lui rappelait trop sa famille.

– Olaf, vous pouvez continuer à manifester, mais vous libérez la route, c'est clair ? lui intima Klemet Nango.

– Ah, le collabo a tranché, persifla Olaf. Toujours du côté de l'autorité, pas vrai Nango ? Après tout, tu portes l'uniforme. Allez, vous autres, laissez passer monsieur le brûleur de tambours.

Le pasteur le fusilla du regard.

– Et vous, monsieur le pasteur, vous remontez au temple et vous gardez vos commentaires pour vous.

C'était Nina qui avait parlé, et tout le monde la regarda, étonné. Olaf lui adressa un sourire. Mais, déjà, l'attention générale se reportait sur le carrefour.

Les klaxons avaient redoublé. La file s'allongeait toujours. C'était l'heure des courses. Coincé parmi les autres, Karl Olsen s'énervait sur son klaxon. Le paysan était rouge d'excitation. Il avisa Berit Kutsi.

– Mais bon Dieu, Berit, tu vas leur dire de me laisser passer à la fin.

– Ah, je vais leur dire d'accélérer un peu, dit Berit, en reconnaissant le paysan.

– Dis donc, tu ne devais pas venir travailler à la ferme aujourd'hui ? lui demanda sèchement Olsen.

Le paysan bougonna, accéléra brutalement et disparut au milieu des klaxons.

– Il n'a pas l'air très aimable, dit Nina à Berit.

– La vie n'est pas toujours très aimable par ici. Mais les cœurs bons veillent et soufflent sur le vidda. À la grâce de Dieu, salua Berit en repartant.

6

Mardi 11 janvier.
Lever du soleil : 11 h 14 ; coucher du soleil : 11 h 41.
27 minutes d'ensoleillement.
8 h 30. Kautokeino.

L'épisode de la veille avait plongé la patrouille P9 au cœur de remous insolites pour la police des rennes. Nina, jeune diplômée de l'école de police, était sans doute mieux préparée car elle venait de passer deux années à Oslo, baignant dans une atmosphère où les questions de politique et de société étaient âprement discutées. La scène du carrefour lui avait prouvé qu'en dépit des apparences des tensions existaient, même ici. Elle ignorait tout de ces histoires sami. Un député du parti populiste FrP s'était inquiété un jour de l'idée d'un tribunal sami qui traiterait exclusivement les affaires sami. « Et la prochaine étape, ce sera un tribunal pakistanais !? » s'était-il écrié. Les critiques avaient été vives, mais l'affaire en était restée là. On commençait à s'habituer aux débordements du Parti du progrès.

La première visite ce matin était dédiée à Lars Jonsson, le pasteur aux traits marqués et à la tête noueuse. La voiture des policiers avait dû se frayer un passage à travers le carrefour toujours occupé par une douzaine de Lapons respectant le rituel de la veille. La voiture des policiers n'y échappa pas. Berit Kutsi se mit de côté après cinq secondes, et salua Nina et Klemet de la main. Klemet roula le long de « la route du pasteur ». Il arrêta son véhicule sur le terre-plein devant la somptueuse église en bois rouge. Le pasteur travaillait dans la sacristie.

Klemet n'aime pas ce pasteur, et cela se voit, se dit Nina. Les policiers de Kautokeino s'étaient partagé les interrogatoires. L'inspecteur Rolf Brattsen et ses hommes se chargeaient de faire le tour des habitués du samedi soir. Les jeunes désœuvrés se retrouvaient autour du billard du pub et finissaient souvent la nuit dans un brouillard éthylique où des bêtises pouvaient être commises. De l'avis de Brattsen, ce n'était jamais bien grave : des poubelles renversées, des voisins réveillés, des courses de voitures ou de motoneiges sur le lac gelé, des coups de feu tirés sur des lampadaires, des filles malmenées ou un peu forcées. Il allait interroger ces bons à rien un par un, et il saurait vite si l'un d'eux avait fait le mariole chez Juhl. À Klemet et Nina revenait la tournée des autres, « des politiques » comme disait Brattsen avec mépris, le pasteur, les représentants du FrP, et tout autre suspect potentiel.

– Bonjour Lars, nous venons pour le tambour, commença Klemet.

– Ah, le tambour. Que l'on m'accuse d'avoir brûlé j'imagine ?

Le pasteur prit une profonde inspiration.

– C'est une mauvaise idée de ramener des tambours ici. Et vous savez pourquoi, mademoiselle ? Pas à cause du tambour en lui-même, mais à cause de tout ce qui va avec. Le tambour, ce sont des âmes qui errent, c'est la transe, et ce sont les dérapages qui l'accompagnent, et les moyens utilisés pour entrer en transe, c'est l'alcool, mademoiselle. L'alcool et ses ravages. Jamais je n'accepterai ça, gronda le pasteur.

Les deux policiers restèrent silencieux un instant. Le pasteur avait les yeux flamboyants et la mâchoire frémissante.

– Voyez-vous, il a fallu des décennies pour sortir les Sami de cette spirale maléfique. Seule la grâce de Dieu et le rejet des vieilles croyances les a sauvés. Ils s'en portent bien, croyez-moi, ils craignent Dieu, et il doit en aller ainsi. Un tambour, c'est le mal qui revient. L'anarchie, les souffrances de l'alcool, les familles éclatées, la fin de tout ce que nous avons bâti ici depuis cent cinquante ans.

Nina sentait qu'elle était trop ignare sur la question pour argumenter avec le pasteur mais elle vit que Klemet s'agitait sur sa chaise.

– Je ne connais pas beaucoup de Sami adeptes du chamanisme de nos jours, rétorqua Klemet.

Le pasteur le fusilla du regard.

– Qu'en sais-tu, homme de peu de foi ? Depuis quand t'intéresses-tu à ces choses, au salut des âmes ? Ta famille, oui, mais toi ? Tu fréquentais plus le garage et les soirées que l'Église dans ta jeunesse.

– Pasteur, le coupa Nina, ce que nous voulons savoir, c'est qui a pu avoir intérêt à voler ce tambour ?

– Et à le brûler, n'est-ce pas ? Si je l'avais, je le brûlerais aussitôt, croyez-moi !

Il se calma d'un coup.

– C'est une image, bien entendu. Je respecte la culture de nos amis sami, humm. Tant que cela reste de la culture, n'est-ce pas…

– Vous avez une façon plutôt méprisante d'en parler, le coupa Nina.

– Méprisante ? Non, non, ne vous méprenez pas. Mais je sais ce qui gronde derrière. Je connais l'attrait de ces forces maléfiques, je les combats. Notre aîné Laestadius avait compris avant tout le monde comment sauver les Sami. Et on ne saurait montrer la moindre faiblesse !

Il s'emportait à nouveau.

– Lars, où étais-tu dimanche soir ?

– Klemet, surveille tes paroles ! Tu me vois aller voler ce tambour, sérieusement ?

Nina trouvait que le pasteur était trop familier avec son collègue. Et hautain. Elle n'aimait pas.

– Pourriez-vous vous contenter de répondre, lui intima Nina d'un ton qui ne cherchait plus à être aimable. Et ne pas oublier que vous parlez à un officier de police.

Le pasteur lui adressa un sourire mielleux.

– Après la messe de dimanche, je passe toujours le reste de l'après-midi en famille, avec mon épouse et mes quatre filles. Nous allons faire une grande promenade en emmenant du jus d'airelles chaud et des gâteaux d'avoine, c'est la seule occasion de la semaine où nous mangeons des gâteaux. Ma femme les fait le matin. Et le soir nous dînons tôt de quelques tartines, après que j'ai supervisé les devoirs des filles. Ma foi, c'est à peu près ça. Après dîner, nous lisons la Bible et nous nous couchons assez tôt. Et il en fut ainsi dimanche aussi, ma femme et mes filles vous le confirmeront.

– Avez-vous remarqué que la présence de ce tambour dérangeait des gens ? enchaîna Nina.

– Je pense bien. Certains de mes paroissiens m'en parlaient. Ils ne voyaient peut-être pas les mêmes risques que moi, et je ne peux pas le leur reprocher. Ce sont des gens simples, comme il se doit, car Dieu aime les gens simples. Je les rassurais bien entendu, comme il revient au pasteur de rassurer ses paroissiens. Mais je ne vois aucun d'entre eux aller commettre un tel délit. Mes paroissiens craignent Dieu et respectent la loi des hommes, j'en réponds, dit-il d'un ton de défi.

À Kautokeino, les gros bras ne couraient pas les rues. Il suffisait de secouer les gens de la bonne façon. Quand il ne s'agissait pas d'histoires de rennes bien sûr, car là, les règles n'étaient plus les mêmes. Kautokeino était relativement épargné par les histoires de drogue. Il y en avait, comme partout ailleurs, mais les trafiquants étaient généralement des routiers de passage.

Rolf Brattsen savait où ses suspects favoris se retrouvaient quand ils n'étaient pas à l'école ou au travail. Ou à ne rien faire quand ils pointaient au chômage. Ils s'essayaient au hip-hop sami ou à ce genre de fadaises. Le mieux, se dit-il, serait de pouvoir embarquer rapidement l'un d'entre eux. Au moins en garde à vue. Avant cette conférence de l'ONU, ce serait du meilleur effet pour son matricule. À la différence de la police des rennes, il opérait en civil. Mais cela ne changeait rien. On le reconnaissait de loin. L'inconvénient des endroits où l'on a passé trop de temps, se dit-il. Il repensa à la réflexion de Karl Olsen sur son nombre d'années passées dans la police ici. Et qu'avait-il gagné ? À Kautokeino, on serait toujours perdant face aux Sami. L'État avait trop mauvaise conscience vis-à-vis de sa population autochtone soi-disant maltraitée par le passé. Tu parles ! Résultat, on ne pouvait pas se permettre de taper trop fort. De la figuration, voilà à quoi Rolf en était réduit, à de la figuration. Il arrêta sa voiture derrière le théâtre, et il fut content de voir trois jeunes debout en train de fumer et boire des bières. Ils ne bougèrent pas quand Rolf Brattsen descendit de son véhicule.

Il les connaissait tous les trois. Il les avait déjà embarqués pour des bricoles. C'était sa façon à lui de procéder. Il fallait faire sentir à ces gars-là qu'il les avait à l'œil et qu'à la moindre incartade le poste et la cellule de dégrisement attendaient. Maintenir la pression. Qu'ils n'aillent pas s'imaginer tout permis ici sous prétexte qu'ils sont sami.

– Alors, en pleines révisions ?

Les jeunes continuaient à fumer leurs cigarettes roulées. Ils se regardaient en souriant. Pas inquiets visiblement, remarqua l'inspecteur Brattsen.

– Le week-end s'est bien passé ?

– Ouais, finit par répondre l'un d'eux, qui en dépit du froid portait des baskets.

– Des fêtes ?

– Ouais.

– Vous étiez à quelle fête dimanche ?

– Dimanche ?

Celui aux baskets, qui portait une doudoune Canada Goose en plumes d'oie, comme beaucoup de jeunes ici, paraissait réfléchir.

– Vous n'étiez pas invité en tout cas, dit-il crânement, déclenchant le rire de ses amis.

Son regard exprimait autre chose. Il pouvait y avoir des tas de raisons à cela, se dit Brattsen.

– Belle doudoune, dis donc, remarqua Brattsen.

Le jeune ne répondait plus, tirant sur sa cigarette.

– Je peux y jeter un œil ?

Brattsen examina la doudoune. Il tira sur un petit bout qui dépassait de la manche de la doudoune. Une plume en sortit. Il l'examina attentivement. Il observa avec autant d'attention celles des deux autres jeunes qui se regardaient maintenant nerveusement.

– On dirait qu'il y a eu un vol d'oies sauvages dans le coin ces derniers temps. C'est pourtant pas l'époque des migrations, dit Brattsen.

Les trois jeunes le regardaient sans comprendre.

– Eh les gars, vous me prenez pour un branque ? Vos doudounes, c'est de la contrefaçon. Tombées d'un camion, j'imagine ?

Sa remarque fut accueillie par un long silence.

– J'ai pas entendu !

– On peut rien vous cacher inspecteur, dit celui aux baskets qui avait fini sa cigarette et enfoncé ses mains dans les poches.

– Dis donc, Erik, t'as décidé de me chauffer les oreilles aujourd'hui. À quelle soirée étiez-vous dimanche, qui vous a vus, jusqu'à quelle heure êtes-vous restés, par où vous êtes rentrés ? Quelles étaient les autres soirées ? Je veux tout savoir, et tout de suite ! Sinon vos fausses plumes d'oie, je vous les plante dans le cul une par une !

Erik regarda rapidement ses amis.

– Il n'y avait qu'une soirée dimanche, et c'était chez Arne, à l'auberge de jeunesse.

– Près du centre Juhl ? Tiens donc. Eh bien vous allez venir me raconter tout ça tranquillement au chaud au commissariat, les petits gars.

Lorsque les deux policiers se retrouvèrent dans la voiture après être sortis du temple, Nina se tourna vers son collègue.

– Klemet, il m'a semblé que tu avais du mal avec ce pasteur.

Le policier la regarda longuement avant de répondre. Il mit l'index sur la bouche.

– Chuuut. Pas maintenant. Tu vas me gâcher le moment le plus magique de l'année.

Nina le regarda sans comprendre. Klemet ramassa le *Finnmark Dagblad* du jour et lui montra la dernière page, celle de la météo. Nina comprit aussitôt et sourit. Elle regarda sa montre. Il restait moins d'un quart d'heure. Klemet conduisait rapidement. Il dépassa le commissariat, continua jusqu'à la sortie de Kautokeino et emprunta un sentier qui serpentait sur le haut de la colline qui dominait le village. Il s'arrêta enfin. Des voitures et des motoneiges étaient déjà garées là. Certains habitants du village avaient déployé des peaux de rennes et s'étaient installés avec des thermos et des sandwichs. Des enfants couraient en criant, leur mère leur dit de se taire. Les gens étaient couverts de parkas, de couvertures, de chapkas. Certains sautaient sur place. Aucun ne détournait le regard de l'horizon. La lueur magnifique se reflétait de plus en plus ardemment sur quelques rares nuages qui reposaient mollement au loin. Nina était saisie. Elle regarda sa montre. 11 h 13. On voyait maintenant nettement un halo vibrionnant troubler le point d'horizon que chacun fixait. Nina eut le réflexe de plonger la main dans la poche de sa combinaison, mais elle se retint de demander à Klemet de prendre une photo en voyant l'émotion évidente de son collègue. Elle le prit discrètement en photo et se tourna pour profiter de l'instant. Les enfants s'étaient tus, le silence était impressionnant, à la hauteur de l'instant. Nina ne connaissait pas ce phénomène dans le sud de la Norvège, mais elle en ressentait pourtant pleinement la puissance charnelle et même spirituelle. Elle s'adossa comme Klemet à la voiture pour s'offrir, enfin, au premier rayon du soleil. Elle tourna la tête. Klemet était recueilli, les yeux plissés. Le soleil avait de la difficulté à décoller. Il demeurait à proximité de l'horizon. Klemet paraissait maintenant observer son ombre dans la neige comme s'il découvrait une magnifique œuvre d'art. Puis les enfants se remirent à jouer, des adultes à se taper les mains ou à sauter sur place. Le soleil avait tenu parole. Tout le monde était rassuré. L'attente, quarante journées sans ombre, n'avait pas été vaine.

Après le lever – et le coucher – du soleil, Klemet et Nina étaient allés déjeuner au Villmarkssenter. Le nom de l'auberge, le centre des terres sauvages, collait bien à la situation du lieu.

La ville lapone de Kautokeino comptait environ deux mille âmes, loin de la côte, à l'intérieur de la Laponie. Depuis les monts qui surplombaient le village, de chaque côté de la rivière, la vue portait très loin sur le vidda, mais pas assez tout de même pour se faire une idée de l'étendue réelle de cette commune de la taille d'un pays comme le Liban. Un millier d'autres habitants, eux aussi en partie éleveurs de rennes, peuplaient le reste de cette immense municipalité, vivant dans de petits hameaux isolés.

Ils choisirent le plat du jour, un émincé de renne en sauce brune avec de la confiture d'airelles rouges et de la purée. Nina avait pris une photo de son assiette avant de commencer. Pendant tout le repas, elle avait montré une curiosité insatiable pour la gastronomie sami. Quand elle fut satisfaite, Klemet lui dit ce qu'il avait ruminé depuis le premier coup de fourchette.

– Nina, n'essaye pas de prendre ma défense dans un interrogatoire. Devant le pasteur, passe encore, mais jamais devant un éleveur. Tu comprends ?

– Non, je ne comprends pas. Si quelqu'un manque de respect à un policier, il me manque de respect aussi. Je ne peux pas faire semblant de ne pas entendre.

– Il ne s'agit pas de ça, Nina. Mais les Sami ont une relation particulière à l'autorité, tu t'en rendras compte, peut-être. Une relation un peu… vieux jeu. Où les rôles ont leur importance.

Klemet espérait que Nina comprenne à demi-mot. Mais elle le regardait, attendant la suite. Il décida d'en rester là. Mads, le patron de l'auberge, vint leur servir du café et s'asseoir à leur table.

– Alors, comment marchent les affaires ? lui demanda Klemet.

– Calme, calme. Un Français, quelques routiers, un couple de vieux touristes danois. Habituel pour cette période de l'année. Et vous, les affaires ?

– Un peu moins calme que d'habitude en cette saison, lui dit Klemet en souriant. Je ne t'ai pas présenté Nina, ma nouvelle collègue. Elle vient du Sud, la région de Stavanger.

– Bienvenue, Nina, ça te plaît ici ?

– Beaucoup, merci. Tout est nouveau pour moi.

– Et tu commences avec une drôle d'affaire, cette histoire de tambour…

– Oui, mais ce n'est pas vraiment de notre ressort, corrigea Nina. Nous donnons un coup de main seulement. D'ailleurs cet après-midi, nous allons faire des constats de rennes accidentés à Masi. Le train-train de la police des rennes reprend le dessus.

– Et puis Mattis a encore des rennes qui se baladent un peu partout. On doit téléphoner aux voisins pour faire le point. Nina, on passera aussi à l'Office des rennes en rentrant de Masi pour avoir le dernier état de son troupeau.

– Ce tambour en tout cas, quelle histoire ! insista Mads. Les gens ne parlent plus que de ça.

– Et ils en disent quoi, les gens ?

– Oh, tu sais, des rumeurs. Ils parlent de mafia russe, de vieux chamans. Si tu veux mon avis, beaucoup de délires. On se demande surtout ce qu'il avait de particulier, ce tambour.

– On se demande aussi, fit Klemet en donnant le signal du départ.

La brève apparition du soleil n'était déjà plus qu'un lointain souvenir lorsque la patrouille P9 rentra en fin d'après-midi au commissariat. Nina avait rempli pour la première fois un constat d'accident de renne. Elle avait été surprise de voir le formulaire spécifique où il fallait entourer sur le dessin du renne les parties où la bête avait été accidentée. Ils ramenaient aussi les paires d'oreilles taillées avec la marque du propriétaire qui allaient rejoindre d'autres paires d'oreilles dans le congélateur de la police des rennes. Pièces à conviction, mais aussi certitude que l'éleveur ne pourrait pas demander deux fois le remboursement du même renne.

À l'Office des rennes, ils avaient eu droit à un exposé de la situation administrative du troupeau de Mattis. Ce n'était pas flamboyant. Ils remontaient dans leur voiture lorsque le téléphone de Klemet sonna. Il écouta et raccrocha rapidement. Son regard exprimait une émotion que Nina ne lui connaissait pas.

– Nous partons tout de suite. Au gumpi de Mattis. Son corps a été retrouvé.

7

19 h 45. Laponie centrale.

Klemet et Nina arrêtèrent leurs scooters des neiges et laissèrent les phares allumés. Nina hésitait à quitter la chaleur de l'engin. Elle était fourbue. Ils avaient refait le chemin en sens inverse, en pleine nuit, obligés de redoubler d'attention. Elle regarda Klemet. Il semblait insensible au froid et à la fatigue et s'avançait déjà vers le gumpi qui apparaissait dans un halo de lumière. Autour de l'abri s'éparpillaient les bidons, les tas de bois, les cordes. Nina reconnaissait le fouillis laissé la veille.

– Tiens, voilà la police montée, lança un homme qui sortait du gumpi et que Nina ne reconnut pas tout de suite dans sa combinaison et sa chapka. Le ton n'était pas fait pour être sympathique. Nina reconnut Rolf Brattsen. La scène était éclairée par les phares des scooters. De la neige poudreuse tourbillonnait dans les faisceaux, des ombres passaient. La scène paraissait irréelle.

– T'as rentré tous tes rennes au bercail et tu t'emmerdais ? continua Brattsen.

Nina ne savait pas pourquoi, mais ce policier ne semblait pas aimer Klemet.

– Il est comme ça avec tout le monde, lui chuchota Klemet en devançant sa question. Klemet regarda autour de lui. Il avait déjà oublié la froideur de l'accueil.

– Eh dis donc, Bouboule, depuis quand la police des rennes joue à la vraie police ? C'est pas un renne qui a été buté ici. Qu'est-ce que tu fais dans le coin ?

– Ordre du Shérif, répondit Klemet. Peut-être un conflit entre éleveurs.

– Conflit entre éleveurs, tu parles ! Conflit entre ivrognes, ouais !

– Bouboule ? sourit Nina en regardant son coéquipier.

– Nina…

– Oui ?

Klemet n'avait pas l'air de sourire.

– Travaille.

Nina souriait encore, et cela agaça Klemet. Il continuait à ignorer l'autre policier.

– C'est mignon.

– Nina !

– Je plaisante.

Klemet dépassa le gumpi. Deux autres policiers s'affairaient un peu plus haut, au flanc de la colline protégeant le gumpi du vent d'est. Le chemin avait été tracé dans la neige épaisse avec un scooter qui éclairait la scène.

– Salut Klem, dit un policier en le voyant.

– Salut.

– Tiens, regarde, t'as jamais vu ça.

Le corps était allongé sur un gros rocher aplati. La neige avait été en partie dégagée.

– Bon Dieu, grogna Klemet en grimaçant. Bon Dieu.

Derrière lui, Nina s'était arrêtée. La brise froide avait sur elle un effet anesthésiant. Heureusement. L'éleveur gisait sur le dos, corps apparemment bleu, si ce n'était pas un effet des phares de scooter qui sculptait des ombres inquiétantes sur son visage, yeux ouverts, d'après ce qu'elle put voir quand un policier souffla la pellicule de neige. Nina regarda le visage. Elle découvrit les horribles blessures, tellement incongrues dans cette contrée si paisible et magnifique : les deux oreilles de l'éleveur avaient été découpées. La chair était à vif, mais déjà congelée. Le trou du conduit auditif était à moitié couvert de neige.

– On ne les a pas retrouvées, dit un policier, suivant le regard de ses collègues. Le légiste n'est pas arrivé encore, mais on estime que la mort remonte à moins de six heures. Il a été poignardé. Vous verrez dans le gumpi, il est sens dessus dessous. Il a été fouillé.

Il montra le scooter carbonisé.

– C'est la fumée qui nous a alertés. Ou plutôt qui a alerté Johan Henrik, son voisin. On a eu de la chance qu'il l'aperçoive. C'est lui qui nous a appelés. Il avait essayé de te joindre, apparemment.

– Il a visiblement été torturé, dit Nina. Quelle barbarie.

– Vous devez être parmi les derniers à l'avoir vu vivant, leur dit soudain Rolf Brattsen, qui s'était approché par-derrière. Rendez-vous utiles. Essayez de voir s'il manque quelque chose par rapport à votre souvenir.

– C'était très en désordre déjà quand on y était, remarqua Nina.

Brattsen cracha dans la neige et ne répondit pas.

Nina regarda le corps. Elle s'attarda sur le visage, sur les yeux ouverts de Mattis. Bizarrement, il avait cette grimace que Nina avait remarquée lorsque l'éleveur s'apprêtait à parler. Allait-il supplier son meurtrier lorsqu'il s'était fait poignarder ? Qu'était-il sur le point de dire ? Ses mains étaient recroquevillées. Le trou laissé par les oreilles tranchées commençait déjà à être moins dérangeant.

– On a de la chance avec le froid et la neige, dit Klemet. Ils ont stoppé l'effusion de sang et d'odeur. Aucun animal n'est venu se servir encore. C'est comme ça qu'on retrouve les cadavres de rennes normalement, avec les charognards qui volent au-dessus.

– Je n'avais pas remarqué qu'il avait des cernes comme ça sous les yeux.

– L'effet de la torture peut-être, tenta l'autre policier. Ou le froid, je ne sais pas. Le corps a de ces réactions bizarres parfois.

La bouche de Mattis était légèrement entrouverte. On voyait qu'il manquait des dents. Mais depuis longtemps.

– Mattis est mort comme il a vécu, dit Klemet, en le regardant. Comme un pauvre. La mort n'a même pas voulu lui fermer la bouche. Jusqu'au bout, il aura eu l'air d'un pauvre bougre édenté.

Klemet aussi regardait les yeux de Mattis. Il remarqua les cernes. S'attarda dessus. Il s'approcha encore et examina les oreilles.

– La coupure est plutôt nette, remarqua-t-il.

– On n'a pas regardé sous les vêtements encore, continua l'autre policier, mais il n'y a eu apparemment qu'un coup de couteau aussi. Puissant sûrement, et bien placé du premier coup, en dépit des couches de vêtements.

Klemet toucha délicatement le pourtour des oreilles, durci par le gel. Il regarda encore le visage et les yeux cernés de Mattis puis se mit en marche vers le gumpi.

– Tu relèveras les empreintes ! cria Brattsen au policier qui prenait des photos du corps et des lieux.

Puis il s'avança vers Klemet, à l'entrée du gumpi.

– Eh Bouboule, ne perd pas ton temps ici, d'accord, c'est pas pour toi ça. Va plutôt t'occuper des rennes de cet alcoolo. Ils vont encore aller faire chier tout le monde, encore plus maintenant qu'il n'y a plus personne pour les garder.

Il remit son casque et démarra nerveusement, suivi d'un autre policier. La nuit sembla tomber d'un coup sur la scène du crime. Il ne restait plus que les scooters de l'équipe technique et de la patrouille P9.

– Qu'est-ce qu'on fait, Klemet ? demanda Nina. On va s'occuper des rennes ?

– Brattsen n'est pas mon chef, grogna Klemet. On dépend de Kiruna, et éventuellement du Shérif si le cœur m'en dit. Sûrement pas de lui.

– Oui, mais pour les rennes, il a raison.

– On va y aller, dit-il en entrant dans le gumpi. Il va falloir rameuter d'autres patrouilles de la police des rennes, on ne peut pas le faire tout seul. On appellera quand on redescendra sur le lac.

Klemet alla s'asseoir à la place qu'il avait occupée le matin. Le gumpi était encore plus en désordre, ce qui semblait pourtant difficile. Il était bien éclairé par une lampe à gaz. Tout ce qui avait recouvert la couchette supérieure était à terre ou avait été jeté à l'extérieur. Même chose pour les sacs de couchage et les couvertures de la literie où Klemet et Nina avaient laissé Mattis sombrer dans le sommeil. Même le poêle avait été renversé. Soit on s'était battu, soit tout avait été minutieusement fouillé. Ou les deux. Le scooter avait été brûlé, pas le gumpi. Pourquoi ?

– Tu remarques quelque chose, Nina ?

Nina avait imité son partenaire et était venue s'installer à la place occupée la veille pour conserver la même vision.

– Encore plus de bazar.

Son regard fouillait le gumpi. Elle se leva et fit trois pas.

– On ne semble pas avoir touché à l'étagère.

Certains bidons et boîtes de conserve étaient jetés au sol. Mais les couteaux, lanières de cuir et morceaux de bois étaient encore rangés. Difficile de dire en revanche s'il en manquait.

Klemet suivait son regard.

– Un éleveur n'aurait jamais volé un couteau, lui dit-il. Chez les Sami, tu peux voler un renne, mais jamais ce qu'il y a sur un traîneau. On ne s'en prenait pas aux choses matérielles qui pouvaient vous sauver la vie sur le vidda. C'est ce que m'a appris mon oncle Nils Ante. Les bergers ne franchissaient jamais cette frontière invisible.

Les couteaux sami, finement ciselés, étaient tous là. Au vu des couteaux, ses pensées furent ramenées aux oreilles coupées de Mattis. Elle avait du mal à imaginer une telle barbarie dans son pays. Elle prit des gants, attrapa le premier couteau, l'enleva de sa gaine, et fit de même avec les trois autres. Ils étaient tous propres. Elle revint s'asseoir sur la banquette.

– Il faut peut-être relever les empreintes quand même. Dis-moi, Klemet, on m'avait dit que la police des rennes, c'était plutôt un travail de médiateurs, de prévention des conflits. Des conflits, oui, mais au point de se tirer dessus ? Et cette torture, ces oreilles ?

– Oui, c'est étrange, admit Klemet. Il est déjà arrivé que des bergers échangent des coups de feu. Surtout quand l'alcool s'en mêle. Mais on n'a jamais eu de mort, du moins pas directement. Et pas qu'on sache en tout cas. Mais, là, avec les oreilles…

– Pourquoi a-t-on fait ça ?

Klemet resta un moment silencieux.

– Vol.

– Quoi, vol ?

– Tous les rennes sont marqués aux oreilles. Aux deux oreilles. J'espère qu'on t'a appris ça pendant ton stage à Kiruna. Et tu as besoin des marques des deux oreilles pour identifier le propriétaire. Les voleurs coupent les oreilles des rennes. Pour qu'on ne puisse pas identifier à qui appartient le renne. Pas de propriétaire, pas de plainte.

– Et pas de plainte, pas d'enquête, compléta Nina.

– Ou, s'il y en a une, elle est classée en moins de deux, acquiesça Klemet.

– Ce serait quoi, alors, une vengeance ? Mattis était un voleur de rennes ?

Klemet fit la moue.

– Voleur et voleur. Ouais, un peu, si l'on veut. Mattis était surtout un pauvre type. Il suffit de regarder le gumpi, la saleté, le bazar. Et il était alcoolique. Une vengeance ? Ça se pourrait. Les temps sont durs pour tout le monde en ce moment. Il faut qu'on aille interroger Johan Henrik. Lui non plus, ce n'est pas un tendre.

– Tu crois qu'il aurait pu faire ça ?

– Mattis était en conflit avec tous ses voisins. Il surveillait trop peu ses bêtes. Il était seul. Aslak l'aidait parfois. Mais sinon il était seul. Et sur le vidda, tu ne fais pas grand-chose tout seul.

– Combien de voisins a-t-il ?

Klemet ouvrit sa combinaison et en sortit une carte d'état-major du coin. Il l'étala sur la table. Il pointa son doigt sur le gumpi de Mattis.

– Tu te rappelles, dit-il en faisant glisser son doigt, c'est le bois où Johan Henrik a ses rennes, et voilà la rivière que les rennes de Mattis ont traversée. La zone de pâturage de Mattis couvre cette partie. Et tu as Johan Henrik qui va donc de là, la rivière, jusqu'à ce lac. Et Aslak de l'autre côté de cette montagne. Et puis tu en as encore un, Ailo, qui appartient à la famille Finnman.

– Le fameux clan Finnman ? J'en ai entendu parler, dit Nina. Apparemment, leur réputation est arrivée jusqu'à Kiruna.

En les énumérant ainsi, Klemet se disait que le pauvre Mattis n'avait décidemment pas eu de chance dans la vie. Avoir son pâturage d'hiver entre ces trois lascars, ça ne vous rendait pas la vie facile.

8

Mercredi 12 janvier.
Lever du soleil : 10 h 53 ; coucher du soleil : 12 h 02.
1 h 09 mn d'ensoleillement.
Laponie centrale.

Il avait fallu faire venir quatre autres patrouilles de Karasjok et Alta en Norvège, d'Enontekiö, côté finlandais, et même de Kiruna en Suède. Klemet dirigeait les opérations. Nina était la seule femme. La faible lueur à l'horizon leur avait permis de commencer à travailler dans des conditions presque tolérables.

À dix, les policiers avaient réussi à rassembler les rennes de Mattis. Il leur avait fallu toute la journée. Heureusement, le troupeau de Mattis n'était pas si important et le relief limitait ses possibilités d'éparpillement. En accord avec les éleveurs voisins, les rennes avaient été dirigés par petits groupes vers l'enclos situé à une dizaine de kilomètres au sud-est du gumpi.

Ils avaient commencé par le plus simple, en identifiant le renne de tête, reconnaissable à son âge et à ses bois. Il était en bordure d'un lac, entouré du plus gros du troupeau. Par expérience, Klemet savait que le troupeau de Mattis était assez craintif. Il ne serait pas facile de l'approcher sans qu'il s'enfuie. Il indiqua aux policiers d'évoluer en cercle afin de contenir les rennes. Les bêtes n'osaient pas franchir cette barrière invisible et s'étaient mis à tourner en rond, comme ils le faisaient d'habitude. Klemet s'avança très lentement, laissant son scooter à quelques mètres de la ronde des rennes, puis il continua à pied, tenant son lasso orange. Les rennes l'évitaient mais continuaient leur sarabande en piétinant la neige. Klemet surprenait parfois dans le faisceau d'un scooter les grands yeux affolés des rennes. Mais ils ne faisaient toujours rien pour briser l'encerclement. Klemet prépara son lasso et le lança vers le renne de tête. Il attrapa par un bois un autre renne qui commença à se débattre furieusement. Les autres bêtes tournaient maintenant autour d'eux tandis que les policiers tournaient autour des rennes en deux cercles parfaits. Le soleil n'allait pas tarder à se dégager de l'horizon pour la deuxième fois de l'année. Klemet approchait lentement du renne qui ne cessait de se cabrer. Il amena la corde à terre, obligeant la bête à se courber, et il réussit à lui immobiliser la tête le temps de dégager le lasso. Le renne bondit ensuite pour retrouver le cercle. Klemet dut recommencer l'opération deux fois avant d'attraper le renne de tête. Il était plus gros mais moins vigoureux. Et surtout plus habitué à être traité de la sorte. Klemet laissa une bonne longueur de lasso et le tira jusqu'à son scooter. Il se mit lentement en route. Le renne suivait docilement et les autres se mirent naturellement à sa suite, formant un triangle étiré derrière lui. Les policiers encadraient la formation et poussaient les retardataires et les rebelles. La patrouille finlandaise, arrivée avec une remorque spéciale, dut attraper et ficeler sur la remorque deux jeunes rennes qui n'arrivaient pas à suivre.

À quelques kilomètres de l'enclos, quatre policiers s'étaient détachés pour aller préparer l'arrivée des rennes. Ils avaient retiré plusieurs barrières pour ouvrir l'enclos et, de part et d'autre de l'ouverture, étiré sur des dizaines de mètres des barrières mobiles constituées de larges bandes de tissu plastifié à hauteur d'homme formant un large entonnoir. À l'approche de l'enclos, certains rennes de queue redevinrent nerveux. Les patrouilleurs accéléraient plus brutalement pour contenir les rennes.

Derrière les bandes de tissu, les quatre policiers demeuraient immobiles. Si les rennes prenaient peur en les apercevant, ils risquaient de faire demi-tour en dépit des scooters. Il faudrait tout recommencer. Ils ne soupçonnèrent rien et les policiers à pied coururent lourdement dans la neige en portant les bandes de tissu derrière les derniers rennes pour refermer le piège. Les policiers les firent ensuite passer dans un autre enclos attenant.

La journée se poursuivit sur ce rythme. Le reste du troupeau était réparti en cinq petits groupes. À chaque fois, il fallait d'abord reconnaître le terrain, observer le comportement du troupeau, identifier les axes selon lesquels les scooters devaient progresser pour pousser les rennes devant eux, dans la direction souhaitée, voir là où il fallait bloquer des passages pour que les rennes ne s'engouffrent pas à nouveau dans une mauvaise direction. Les policiers menaient une course contre la montre à cause du manque de luminosité, mais leurs jumelles à vision nocturne leur permettaient de travailler. En milieu de soirée, la totalité du troupeau avait été amenée dans l'enclos.

Les dix policiers s'étaient regroupés au pied des barrières. Ils avaient coupé du bois et creusé un trou dans la neige pour faire un feu. Nina était épuisée et sentait le froid la gagner. Fascinée, elle voyait le ciel s'animer. Une aurore boréale semblait prendre possession du firmament. Des apparitions verdâtres, verticales, discrètes, venant toujours de la même direction, se mouvaient lentement. Tout le monde était silencieux. L'aurore, les aurores ne semblaient plus vouloir s'arrêter. Elles se succédaient, serpentaient, incertaines et longilignes. La sarabande s'amplifiait. Le ciel clignotait, secoué de pulsations. Une cavalcade, sous un cône strié. Le ciel entier était pris de convulsions lumineuses. Le café chauffa bientôt. Les pensées des policiers revinrent à Mattis. Il restait sûrement quelques rennes isolés, sans compter ceux qui s'étaient à coup sûr mélangés aux troupeaux des voisins de Mattis. Ceux-ci seraient identifiés lors du prochain tri de printemps.

– Que va-t-il se passer avec les rennes de Mattis ? demanda Nina.

– Les hommes de l'Office des rennes vont venir demain, dit Klemet. Ça les regarde maintenant. Ils vont nourrir les bêtes, et décider de leur sort.

Mattis n'avait plus de famille proche. Les rennes seraient sûrement envoyés à l'abattoir. Triste ironie, pensa Klemet, épuisé, en repensant à tout le mal que Mattis avait dit des employés de l'Office peu avant sa mort. Les rennes rassemblés avaient l'air famélique. Le troupeau de Mattis passait pour l'un des plus mal entretenus de la région. Klemet repensa au visage édenté du cadavre de Mattis. Son troupeau était à son image. Le policier resta silencieux, soufflant mécaniquement sur son café déjà refroidi depuis longtemps. Là-haut, la mosaïque de flammèches enflammait le royaume des morts de toute la puissance des feux du ciel.

9

Jeudi 13 janvier.
Lever du soleil : 10 h 41 ; coucher du soleil : 12 h 15.
1 h 34 mn d'ensoleillement.
9 h. Kautokeino.

La nuit avait été courte pour Klemet Nango et Nina Nansen. Le Shérif présidait la réunion de 9 heures au commissariat. Brattsen était là aussi. Deux thermos de café se dressaient au milieu de la table de réunion. Tout le monde se servait. Le Shérif n'avait pas l'air de bonne humeur. Il ne disait rien pour l'instant, attendant que tout le monde soit servi, mais Klemet le connaissait assez pour savoir qu'Oslo avait dû lui sonner les cloches.

Le Shérif finit par se redresser d'un coup.

– Bon. Nous avons un gros problème.

Il insista sur *gros*.

– Deux grosses affaires en vingt-quatre heures. Ça va faire exploser notre quota annuel. Un vol, et par n'importe quel vol, et un meurtre, plutôt exceptionnel vous l'avouerez. Oslo qui commence à paniquer avec cette histoire de conférence, et ça ne m'étonnerait pas qu'avec les oreilles coupées de Mattis, on voie débarquer les journalistes d'Oslo, de Stockholm, et pourquoi pas de l'étranger. Surtout après les histoires d'abus sexuels d'il y a deux ans. Bien, qu'est-ce que vous avez ?

Brattsen fut le premier à prendre la parole.

– Côté meurtre, nous avons commencé à interroger les voisins. Pour l'instant, nous n'avons eu qu'Ailo Finnman. Nous n'avons pas encore l'heure exacte du décès. Finnman dit qu'il était à Kautokeino. Nous sommes en train de vérifier. Mais il y a tous ceux du clan aussi. Ils sont cinq à se relayer en ce moment. Il dit qu'il n'avait pas de conflit de pâturage avec Mattis, même s'il ajoute que ça n'aurait sûrement pas tardé vu la façon dont ce fainéant de Mattis s'occupait de ses bêtes. C'est Finnman qui emploie le terme, se crut-il obligé de préciser avec un sourire bref.

– Tu auras fini quand de vérifier les autres membres du clan Finnman ?

– J'espère d'ici ce soir. Il y a deux bergers dans la toundra. On ne les reverra pas avant.

– Qui d'autre ?

– Johan Henrik et Aslak, dit Klemet, devançant Brattsen.

Brattsen jeta un regard froid à Klemet.

– Comme le dit Bouboule – il laissa un silence exprès –, deux autres bergers. Nous ne les avons pas encore eus.

– Des indices ?

– Pas de trace de scooter. La neige a tout effacé. Pas impossible qu'on en trouve sous la couche de neige qui est assez légère. Nous cherchons des empreintes. Le scooter a été incendié. On fait des relevés. On ne sait pas si l'incendie est lié ou non au meurtre. Peut-être a-t-il brûlé avant que le meurtrier n'arrive. On ne sait pas. Les oreilles font pencher pour un règlement de comptes entre bergers. Cela me paraît assez évident. Qu'en pense notre expert ? ajouta-t-il sarcastique.

Klemet acquiesça silencieusement.

– Même si je trouve ça incroyable, ajouta Klemet. Mais Mattis semblait de plus en plus déprimé ces derniers temps. Il était assez désespéré quand nous l'avons vu avant sa mort. Je ne l'avais jamais vu boire comme ça.

– Ouais, bon, personne ne croira à la thèse du suicide en tout cas, alors qu'est-ce que vous avez d'autre ? reprit le Shérif.

– Nous allons reprendre toutes les affaires de vols de rennes depuis deux ans, dit Brattsen.

– Je ne suis pas sûr que ça nous serve à grand-chose, interrompit Klemet. Dans la plupart des cas, les éleveurs ne portent pas plainte. Ils savent bien que ça ne sert à rien, et puis, ils préfèrent régler leurs affaires entre eux, sans la police.

– Ouais, d'ailleurs on est quelques-uns à se demander un peu à quoi tu sers, Bouboule, lui lança Brattsen.

– Tu reprendras quand même toutes ces affaires, décida le Shérif. Il faut bien commencer quelque part. Donc, pour résumer : nous avons un éleveur torturé à mort. Pourquoi le torturer ? Soit par vengeance, soit pour lui faire avouer quelque chose. Vengeance de quoi, de vol ? Ou d'autre chose ? Faire avouer quoi ? Qu'il a volé ? Quoi, des rennes ou autre chose ? Ou veut-on lui faire avouer autre chose ? Qui c'est, ce Mattis ? Klemet, je veux que tu ailles creuser tout ça. Il me faut des réponses, vite. Je veux aussi que tu retrouves les deux autres éleveurs, surtout ce Johan Henrik qui avait un conflit avec Mattis. Sinon, quoi de nouveau sur le tambour ?

– Ah oui, la, boîte à coucou des Lapons, ricana Brattsen.

Un autre policier prit la parole.

– Le tambour était dans une caisse. C'est un legs d'un collectionneur privé. Un Français apparemment. Un vieux. On essaye de le contacter. D'après le directeur du musée, personne n'a eu le temps ou la possibilité de le photographier encore. Le musée voulait d'abord le traiter, pour le protéger, et c'est ce qu'ils devaient faire dans les jours à venir. Donc il n'y a pas de photo du tambour lui-même. Pas ici, en tout cas. On ne sait pas quels dessins il y a dessus.

– Bon Dieu, c'est incroyable, s'emporta Brattsen. On est à l'époque où Google scanne la moindre feuille de PQ qui traîne, et on n'a même pas l'image de ce putain de tambour, alors que ça serait si important ? Même pas pour les assurances ?

– Oui, étonnant, dit le Shérif.

– Je peux essayer de voir avec le collectionneur, lança Nina. J'ai été jeune fille au pair en France, ça va me rafraîchir un peu mon français.

– D'accord, dit le commissaire. Sinon, qu'est-ce qu'on a comme pistes pour l'instant ?

– Dimanche soir, des jeunes avaient une soirée bien arrosée chez un des gars qui habite à l'auberge près du centre Juhl. Ils ont terminé très tard. Mais sûrement pas à 5 heures du matin.

– Berit ne nous a pas parlé de cette soirée, nota Nina.

– Peut-être pas, mais elle a bien eu lieu, insista Brattsen. A priori, aucun des gamins n'a fait le coup, leurs explications se recoupent, et vu ce que j'ai sur eux, tout porte à croire qu'ils ne racontent pas d'histoires, dit Brattsen avec un sourire entendu. Ensuite, on peut imaginer une histoire de trafic, un autre collectionneur qui aurait commandité le coup, après tout il s'agit de pièces rares.

– Ouais, le fric, pourquoi pas. Nina, tu creuseras ça avec ton Français. Faudrait peut-être voir si d'autres tambours ont été volés.

– Tu veux dire par d'autres que par les pasteurs suédois et norvégiens depuis trois siècles, ne put s'empêcher de railler Klemet.

Le Shérif le regarda, étonné du trait d'humour de Klemet. Cela ne lui ressemblait pas trop. Pas ce genre d'humour, en tout cas. Il sourit franchement, observant du coin de l'œil la grimace mauvaise de Brattsen. Il reprit.

– Mais localement ? Qui a intérêt à ce que ce tambour disparaisse ?

– On comprend en tout cas que la présence du tambour ne semblait pas plaire au pasteur, nota Klemet. La peur que ça réveille les vieux démons, que ça écarte ses ouailles. Peur d'un réveil religieux ou quelque chose comme ça.

– Tu vois vraiment le pasteur faire le coup ? dit le commissaire.

– Lui ou quelqu'un d'autre.

– Et pourquoi pas Olaf, jeta Brattsen. Après tout, ce vol, ça l'arrange bien finalement. Ça lui permet d'agiter tout le monde et de ressortir ses histoires de droits bafoués et de droit à la terre, et j'en passe. Et, comme par hasard, juste avant la conférence de l'ONU. Ces types-là, ils rêvent que de nous foutre dehors. Je l'ai entendu à la radio tout à l'heure, faire son indigné. Il disait que, de toute façon, ce tambour n'aurait jamais dû être dans un musée, qu'il appartenait au peuple lapon. Et ce type-là est un tordu, un vrai coco. Il manipule tout le monde. Il a quand même été coffré pour l'histoire de l'attentat à l'explosif contre un engin minier en Suède.

– Tu sais bien que ça n'a jamais été prouvé et qu'il a été relâché au bout de quatre jours, dit Klemet. Et tu sais aussi bien que moi qu'Olaf ne représente qu'une petite minorité.

– Peut-être, mais ce mec n'est pas clair. Et tu sais aussi bien que moi qu'il a fricoté avec l'IRA à l'époque des manifs contre le barrage d'Alta. Et je n'ai pas de problème à le voir faire le coup pour provoquer de l'agitation. Une belle provoc comme les cocos savaient le faire dans le temps.

11 h 30. Kautokeino.

Klemet et Nina s'arrêtèrent au supermarché de Kautokeino pour faire le plein de victuailles avant de repartir en patrouille à scooter. Ils avaient décidé de commencer par aller voir Johan Henrik. C'était non seulement le voisin le plus proche, mais aussi celui qui a priori avait été l'un des derniers en contact avec Mattis. Ils verraient Aslak ensuite.

Les courses étaient un moment important dans la vie de la police des rennes. Quand on partait pour plusieurs jours de patrouille en pleine toundra, bivouaquant dans des gumpis ou au mieux des cabanes, par grand froid, après des heures harassantes de conduite, le repas était choyé. C'était rarement de la grande gastronomie, il fallait que ça tienne au corps, suffisamment longtemps pour le cas où l'on décalerait un repas à cause d'une virée trop longue. Klemet aimait ce moment-là. Le choix d'un sac de pommes de terre congelées suffisait à laisser son esprit vaguer. Avec des côtelettes – il prenait un autre sac de congelés – et de la sauce béarnaise, il faudrait en prendre un sachet, cela ferait un repas parfait ce soir, après plus de deux ou trois heures de scooter. Il ne faudrait pas trop cuire les côtelettes, non, et puis mettre un peu d'ail avec les patates, il avait appris ça d'un collègue qui passait ses vacances à Majorque.

– Ce soir, je ferai la cuisine, annonça Klemet.

Il ne voulait pas prendre de risques.

– C'est sympa, répondit Nina. Je dois dire que ce n'est pas mon fort.

Elle regardait les congelés s'entasser et se disait que ça ne devait pas être le fort de Klemet non plus.

– Mais on fait un jour sur deux, tu sais, c'est la règle chez nous.

Ils continuèrent à piocher, se consultant à chaque fois. Klemet fit aussi le plein de pain polaire un peu sucré, de mesost, le fromage mou caramélisé, et de tubes de sauces aromatisées à la crevette ou aux œufs de poisson pour les casse-croûtes. Ça aussi, c'était important. Il commençait à avoir faim. Du coup, il fut pressé de partir. Il compléta rapidement de café, sucre, chocolat, fruits secs, ketchup, pâtes, quelques packs de bières légères. Il hésita à passer au monopole acheter une bouteille de cognac, puis renonça. Ils passèrent ensuite faire le plein des scooters et des jerricans de réserve. Pendant que Nina officiait à la pompe, Klemet alla remplir les bidons d'eau. Il vérifia ensuite les lanières qui maintenaient les caisses, les jerricans et les bidons sur leurs remorques.

Ils prirent l'autoroute et grimpèrent rapidement sur la colline après la sortie du village. La crête était baignée par une forte luminosité. Klemet en avait presque oublié que le soleil avait refait son apparition. Il resplendissait. Bon signe, se dit-il.

La très forte réflexion sur la neige rendait la conduite parfois hasardeuse, surtout pour Nina dont les lunettes de soleil étaient trop faibles. Elle se fiait à Klemet.

Ils arrivèrent à proximité du gumpi de Johan Henrik peu après le début d'après-midi. Le soleil avait disparu, mais la lumière était encore vive. Johan Henrik avait été prévenu par téléphone de leur arrivée. En période de tension, comme en ce moment, les éleveurs n'aimaient pas trop être surpris. Johan Henrik les accueillit sur le pas de son gumpi. Au moment où Klemet et Nina mettaient pied à terre, l'un des fils du berger, coiffé seulement d'une chapka, partit sur son scooter. Il leur adressa un signe de tête et mit plein gaz, filant comme une fusée, dressé sur son engin, un genou plié sur la large selle.

Johan Henrik, mégot vissé au coin de la bouche et barbe de plusieurs jours, alla attraper un poncho en peau de renne accroché à l'extérieur du gumpi, l'enfila sans enlever sa cigarette et s'approcha des policiers. Il les salua, toujours le mégot aux lèvres. Il avait de petits yeux rusés, une bouche de travers et le nez fin. Des mèches crasseuses dépassaient de sa chapka fourrée rejetée en arrière. Il avait le teint buriné d'un homme qui a beaucoup enduré et la moue de celui qui a trop enduré.

Klemet comprit, lorsqu'il vit Johan Henrik enfiler sa pelisse, que celui-ci n'avait pas l'intention de les accueillir dans son gumpi et qu'il désirait donc que l'entretien soit le plus bref possible. Ça ressemblait bien au bonhomme, se dit-il. Sale tête de mule. Si Johan Henrik avait, à l'instar des autres éleveurs lapons, toujours été respectueux de l'autorité, il n'avait jamais fait d'effort pour faciliter leur tâche. Un trait commun aux éleveurs qui préféraient régler leurs histoires entre eux.

– Où il va, ton fils ? commença Klemet.

– Les rennes sont inquiets. Trop de circulation en ce moment, entre vous, avec la mort de Mattis, et les bergers qui vont porter des granulés aux rennes. Ça les inquiète. Pas bon.

Il mâchonnait son mégot.

– Alors, tu veux savoir si j'ai tué Mattis ?

– En gros, oui.

Les deux hommes s'observaient. Le berger regardait le policier, yeux à demi-fermés. Il prit le temps de rallumer le bout de sa cigarette.

– Tu sais ce que je pense ? reprit-il après avoir aspiré une bouffée. Celui qui a mis le feu au scooter, c'était pour alerter. Pour que le corps se fasse pas bouffer. Voilà ce que je pense. Et en disant ça, j'ai répondu à la question que tu n'as pas posée. À part ça, je sais rien.

– Tu sais rien.

– Rien. D'autres questions ?

Klemet le regarda. Il n'aimait pas son attitude. Une brise légère soufflait, mais cela suffisait à mordre la peau du visage. Klemet n'avait pas froid. Il avait appris depuis longtemps à ne pas avoir froid. Depuis sa jeunesse. Le froid, comme la nuit, vous enlevait votre raison, éveillait des frayeurs épouvantables. Il ne pouvait plus se permettre d'avoir froid. Il se l'était juré, il y a longtemps. Une vieille histoire à laquelle il essayait de ne pas penser mais dont il n'arrivait jamais vraiment à se défaire. Johan Henrik continuait à mâchouiller son mégot, tirant dessus plus souvent que pour l'empêcher de s'éteindre, les yeux plissés, immobile dans sa pelisse. Nina se sentait exclue de ce face-à-face silencieux. Klemet le voyait, mais il ne pouvait rien faire pour sa jeune collègue pour l'instant. La tension était palpable. Johan Henrik était un dur à cuire, l'un de ces éleveurs de l'ancienne génération qui avait connu l'époque où il n'y avait pas de scooter des neiges, pas de quad, pas d'hélicoptère. L'époque où les bergers gardaient leurs rennes à ski, quel que soit le temps, passant des heures à rassembler leurs bêtes quand il fallait aujourd'hui dix minutes en scooter pour abattre la même besogne.

Par égard pour Nina, Klemet décida de ne pas prolonger ce face-à-face qui ne pouvait s'avérer que stérile.

– Quand as-tu vu Mattis pour la dernière fois ?

– Mattis ? J'aurais bien aimé le voir un peu plus souvent. Parce que ses rennes, ils étaient là tout le temps, mais lui…

Klemet resta silencieux, attendant que Johan Henrik réponde à sa question. Nina demeurait stoïque. Elle avait du cran cette fille, se dit Klemet. Le froid ne semblait pas la gêner. Ses joues et le bout de son nez retroussé étaient d'un rouge vif, ses cils légèrement givrés, mais elle tenait sa position. Johan Henrik prit son mégot entre deux doigts, le maintenant à l'intérieur de la paume, cracha dans la neige, tira sur sa cigarette. Mais il ne disait toujours rien. Il avait l'air buté, bouche à demi tordue.

– Tes rennes vont bien ? demanda soudain Klemet.

La bouche de l'éleveur se tordit encore plus. Presque un tic.

– Bien sûr qu'ils vont bien. Quel rapport ?

Bouche à nouveau tordue.

– Pas de rapport, pas de rapport. Je me demandais juste. On va sûrement avoir du boulot à faire le tri des rennes de Mattis. Il doit y en avoir un peu partout dans le coin, sûrement dans ton troupeau aussi. Et comme tu sais, il y a une enquête en cours maintenant.

– Et alors, en quoi ça regarde mes rennes ?

– Oh, c'est pas les tiens qui m'intéressent, bien sûr que non. Mais je dois savoir combien de rennes de Mattis sont en vie, voir leur état exact. Il y a tout à penser que c'est une histoire de vol de rennes qui est derrière tout ça, tu ne crois pas ?

– Et on tuerait un éleveur pour ça ?

– Tu t'es bien fait tirer dessus, toi, il y a dix ans.

– C'était pas pareil.

– Ça reste à voir. En tout cas, on a rassemblé le gros du troupeau de Mattis, mais on doit voir les troupeaux voisins.

Klemet laissa passer un instant, observant la bouche déformée de Johan Henrik, sa lèvre à laquelle le mégot éteint pendouillait. Puis il reprit, comme s'il prononçait une sentence.

– Il va falloir qu'on rassemble ton troupeau et qu'on compte tes bêtes, Johan Henrik.

– Satan ! cria l'éleveur comme par réflexe. Il cracha son mégot dans la neige. Le bout noirâtre atterrit sur l'ombre du policier. Celui-ci se déplaça légèrement. Pas touche à son ombre. Klemet se maudissait parfois d'être aussi superstitieux. Cela ne faisait pas sérieux pour un policier. Mais il tenait à son ombre intacte.

– Réfléchis, on repassera plus tard.

Klemet avait décidé de laisser mijoter l'éleveur.

– J'ai pas tué Mattis, qu'est-ce que tu as besoin de savoir de plus ?

Johan Henrik s'agitait sous sa pelisse. Les éleveurs avaient horreur qu'on s'intéresse de trop près au nombre de rennes qu'ils avaient. C'était comme demander combien on avait sur son compte en banque. L'éleveur était piégé, et il le savait.

– Bien sûr, il y aurait un moyen, dit le policier pour s'assurer que l'éleveur avait bien compris le message.

La bouche du berger se tordit à nouveau dans une grimace méfiante. Après plus d'un demi-siècle passé sur la toundra, il était habitué aux coups tordus, plus que le policier ne pouvait l'imaginer.

– La dernière fois que j'ai vu Mattis, il m'a franchement inquiété, continua Klemet. J'ai besoin de savoir comment il allait. Je sais que tu avais des problèmes avec lui, mais je sais aussi que tu le connaissais bien.

Johan Henrik semblait évaluer la proposition. Mattis était mort maintenant. Et il n'avait aucune envie que les policiers comptent ses rennes. Ça suffisait déjà avec ces pinailleurs de l'Office qui le harcelaient avec leurs quotas absurdes et lui envoyaient des lettres recommandées.

– Mattis était au bout du rouleau. S'il n'avait pas eu les oreilles coupées, j'aurais bien parié sur un suicide.

Johan Henrik commençait à se rouler une nouvelle cigarette, prenant maintenant son temps.

– Aslak, dit-il. Il mouilla le papier, regardant Klemet par en dessous, les yeux inquisiteurs, comme pour tester la réaction du policier. Aslak, il menait Mattis par le bout du nez. Tu peux pas t'imaginer. Mattis le considérait comme son dieu, mais bon sang, Aslak le terrifiait aussi. Ça oui, il le terrifiait. Ça m'a toujours gêné quand je les voyais ensemble.

– Tu dis qu'il le terrifiait, comment ça ? demanda Nina. À son étonnement, Johan Henrik la regarda dans les yeux. Il jeta un œil à Klemet, en finissant de rouler sa cigarette, puis revint à Nina et lui répondit.

– Tu es nouvelle, dit l'éleveur.

C'était un constat, pas une question.

– Tu as déjà rencontré Aslak ?

– Non, dit Nina, soudain intriguée.

– Tu vas sûrement le découvrir bientôt.

Il n'y avait plus rien de soupçonneux dans le regard de Johan Henrik. Visiblement, l'évocation d'Aslak avait un certain effet sur lui, tout dur à cuire fût-il.

– Aslak est un type pas comme les autres. Il vit retiré du monde dans la toundra, avec ses rennes et sa femme. Plus personne ne vit comme eux aujourd'hui.

Klemet se taisait, mais il opinait de la tête. Il sentait le regard de Nina sur lui. Il ne lui avait jamais parlé d'Aslak, qu'il connaissait pourtant depuis longtemps, et Nina avait l'air de sentir quelque chose. Elle était intriguée, mais n'en laissait rien paraître devant l'éleveur, ce que Klemet appréciait. Johan Henrik tira sur sa cigarette puis poursuivit.

– Aslak effrayait Mattis comme il effraye tout le monde sur le vidda. Moi je n'ai pas peur de lui, parce que je sais. J'ai vu. Aslak, il est mi-homme mi-bête. Je l'ai vu un jour marcher à quatre pattes au milieu de son troupeau. C'est le dernier sur le vidda à castrer ses rennes avec les dents. Tu le savais, ça, Klemet ?

Il se tourna à nouveau vers Nina.

– Vous ne trouverez pas meilleur chasseur de loup dans toute la région. Je l'ai vu de mes yeux, un jour. Il avait suivi un loup qui avait tué plusieurs de ses rennes. Il avait suivi le loup pendant des heures dans la neige pour l'épuiser. Il s'était débarrassé de son fusil pour ne pas être alourdi, il avait juste un bâton. Quand il l'a rejoint, le loup s'est jeté sur lui. J'étais loin de là, de l'autre côté de la vallée, mais j'ai pu suivre ça aux jumelles. Tu sais comment il l'a eu ? Alors que le loup fonçait sur lui la gueule ouverte, il a couru le poing en avant et lui a enfoncé le poing et le bras dans la gueule, et de l'autre main il lui a fracassé le crâne à coups de bâton. Tu te rends compte ? Le bras enfoncé dans le gosier !

– Et avec Mattis ? demanda Nina.

– Tu comprendras peut-être quand tu verras Aslak. Il impressionne les gens, sans avoir besoin d'ouvrir la bouche. Et Mattis était particulièrement impressionnable. Tu savais que le père de Mattis était un chaman ? Klemet ne te l'a pas dit ? Un type d'un autre temps. Bizarre, discret, mais respecté. Il est mort depuis longtemps. Mattis a toujours vécu dans ce monde-là. Mais lui, il n'avait aucun don, aucun talent. Rien. Fils de chaman, tu vas pas loin dans la vie avec ça. Et on peut pas dire qu'il était respecté, Mattis. Je crois bien qu'il picolait beaucoup à cause de ça. Enfin c'est ce que j'en dis.

Johan Henrik ralluma sa cigarette. Le vent était tombé. Il faisait un peu moins froid. Klemet se sentait engourdi, mais il ne sentait pas trop le froid avec ses bottes en peau de renne. Nina avait les bottes réglementaires de la police qui n'étaient pas aussi efficaces. Elle piétinait sur place pour se réchauffer. La conversation durait plus que prévu et Johan Henrik, même s'il était maintenant loquace, ne s'était pas décidé à les faire entrer au chaud dans son gumpi.

– Mais d'une certaine façon, Aslak avait Mattis à la bonne. Aslak avait fréquenté son père Anta à une époque. Ils étaient proches. Et puis Aslak et Mattis,

92

chacun à leur manière, ce sont des exclus. Mattis était exclu par les autres, et Aslak s'est exclu lui-même. Il l'aidait parfois avec ses rennes.

– Mais pas ces derniers temps ?

– Quand Mattis était dans ses périodes où il buvait beaucoup, il se recroquevillait et il n'osait pas aller chercher l'aide d'Aslak. Il avait honte de se montrer dans cet état devant Aslak.

– Ils étaient en conflit parfois ?

– Comment dire… Mattis était en conflit avec tout le monde, mais ça tournait. Ces derniers temps, Mattis ne fichait pas grand-chose. Je sais que ça avait énervé Aslak qui le lui avait signifié, Mattis me l'a dit la semaine dernière. Mattis avait peur. Je ne pense pas qu'Aslak lui aurait fait le moindre mal, mais Mattis était tellement sous sa coupe qu'il suffisait qu'Aslak lui dise quelque chose pour qu'il s'imagine des horreurs.

– Alors pourquoi dis-tu qu'il faut chercher du côté d'Aslak ?

– Je dis, je dis… ce que je dis, c'est que je sais pas tout.

– Et le tambour, tu as une idée ? demanda Klemet.

– Le tambour ?

Johan Henrik tira une bouffée, cracha par terre.

– On n'a pas besoin de tambour ici. C'est fini cette époque. Qui veut réveiller ces histoires, à part les Lapons d'opérette ? Tu crois que j'ai le temps de m'occuper de tambour ? Cite-moi un seul berger qui a le temps de s'occuper de ces fadaises.

– Olaf est très impliqué.

– L'Espagnol ? Tu rigoles ! On ne peut pas être berger à mi-temps, ça n'existe pas, ça. Je me demande bien comment il fait lui. Et qu'est-ce qu'il veut en

93

faire de son tambour, si on le retrouve, hein ! Regarde ce que ça a rapporté à Mattis !

– Qu'est-ce que tu veux dire ? s'étonna Nina.

– Mattis était obsédé par les tambours. Avec son père chaman, et tout ça. Il tournait pas rond, Mattis. Il était comme obsédé par ces tambours, tu sais, le pouvoir des tambours, le pouvoir des chamans, tous ces machins. Au lieu de s'occuper de ses rennes.

Il sortit soudain une paire de jumelles de sous sa pelisse et scruta la vallée. Il jeta sa cigarette.

– Il faut que j'y aille.

– Johan Henrik, où étais-tu mardi dans la journée ?

Le berger regarda Klemet d'un air mauvais. Il était en train de réajuster ses gants en peau de renne.

– Je gardais mes rennes avec mon fils, toute la journée, et avec Mikkel et John, deux des bergers des Finnman, on a essayé de repousser le troupeau de Mattis qui allait partout. Ça devrait suffire comme alibi, non ?

Il cracha par terre et sans attendre de réponse, grimpa sur son scooter et démarra violemment. En quelques secondes, il n'était plus qu'un point dans la vallée.

10

Jeudi 13 janvier.
20 h. Kautokeino.

Le client penché sur le zinc paraissait ne pas apercevoir le petit homme qui s'agitait près de lui depuis un bon moment. Ce n'était pas très grave. Il ne faisait que gesticuler, sans la moindre agressivité, même si le petit homme prenait parfois des airs exaspérés. Mais il partait aussitôt d'un grand éclat de rire, se jetait sur sa bière pour en avaler de longues rasades et se remettait à gesticuler auprès du client accoudé. Le pub de Kautokeino accueillait ce soir-là son public habituel d'un soir de semaine, c'est-à-dire très peu de monde. Le pub était au rez-de-chaussée d'une maison située juste en face d'un gros chalet construit récemment par les dissidents fondamentalistes de l'église de Kautokeino. Certains trouvaient cette promiscuité bizarre, mais après tout, les ultrareligieux et les pécheurs invétérés avaient souvent besoin les uns des autres. Le pub avait une salle où étaient disposées une dizaine de tables carrées et rondes, sans unité, ce qui n'empêchait pas une certaine harmonie de s'en dégager. Même chose pour les sièges, tous dissemblables. Le sol était recouvert de lino rouge sombre. Sur les murs en épais rondins était affiché un curieux mélange de photos encadrées de voitures des années 1950 et 1960, d'Elvis et de quelques autres gloires du rock, et de peintures représentant des motifs sami, campements d'éleveurs de rennes, troupeaux, aurores boréales. Au-dessus du bar, il y avait des bois de rennes de toutes tailles et formes. Au plafond, des ampoules rouges jetaient une lumière tamisée reflétée par la neige fondue qui luisait sur le lino. Deux tables étaient occupées. À l'une d'elles, trois hommes engoncés dans des combinaisons usées vidaient silencieusement des bières. L'un d'entre eux avait la poitrine barrée d'un lasso orange et la tête coiffée d'une chapka à moitié rejetée en arrière, dévoilant une mèche collée par la sueur. À voir leur tenue et leur mine fatiguée, il s'agissait d'éleveurs qui devaient rentrer d'une veille pas trop lointaine du village. À l'autre table, une femme en tenue lapone traditionnelle et colorée, et coiffe locale. L'homme au zinc remarqua qu'elle ne buvait pas de bière, mais un café. Elle ne semblait pas vraiment à sa place et jetait des regards fréquents sur le petit homme gesticulant, comme si elle veillait sur lui. La jeune serveuse, de derrière le bar, s'adressa à elle.

– Berit, tu veux que je remplisse ta tasse ?

Berit secoua la tête et adressa un signe de remerciement de la main.

– Dis donc, reprit la serveuse, je ne voudrais pas que ton frère fasse fuir notre nouveau client. Tu ne veux pas le tenir un peu ?

Le client posa son verre.

– Il ne me dérange pas, dit-il.

– Oh, mais vous comprenez notre langue, s'étonna la serveuse. Et vous parlez suédois ? Mais à votre accent, vous n'êtes pas suédois ?

– Non, je suis français, mais j'ai vécu en Suède il y a des années.

– Oh, un Français…

La serveuse lui fit un joli sourire.

– Une autre bière ?

– Merci, oui.

– C'est rare les étrangers ici, et encore plus qui parlent notre langue.

– Possible, dit l'homme qui, en portant le verre à ses lèvres, prenait son temps pour apprécier les formes pleines de la serveuse.

Celle-ci s'en rendait compte et lui sourit.

– Vous êtes en vacances ici ? demanda-t-elle.

– Lena, cria soudain l'un des trois éleveurs, des bières !

Lena leva un instant les yeux au ciel et apporta trois nouvelles bières aux éleveurs. Celui qui l'avait appelée, le berger au lasso, la regardait fixement. Lena évita son regard, l'air de rien. Le manège n'échappa pas au Français. Mais il s'en moquait.

André Racagnal approchait les soixante ans, mais il savait qu'il faisait moins que son âge. Il était encore bien bâti, avec une gueule burinée qui indiquait une vie passée au grand air, des cheveux bruns plaqués en arrière. Il portait la tenue des coureurs de toundra, pantalon de randonnée à poches sur les cuisses, veste polaire, foulard autour du cou. Une gourmette argentée avec une inscription en caractères gras ornait son poignet gauche et une grosse montre à bracelet métallique, l'autre poignet.

Lena revint derrière le bar et retrouva son sourire pour le Français.

– Alors, reprit-elle, en vacances ?

– Non.

97

Le Français buvait lentement. Il sortit un paquet de cigarettes et le tendit à Lena.

– On ne peut pas fumer à l'intérieur, mais je peux vous montrer où, dit-elle en regardant l'homme dans les yeux. Il plissa légèrement les yeux comme pour évaluer la serveuse, fit une moue encourageante de la bouche et un mouvement du bras en forme d'invitation.

– Lena !

Le cri venait de derrière. Il était impérieux.

Lena leva à nouveau les yeux au ciel. Le Français trouvait ce tic exaspérant, mais la fille avait des formes qu'il trouvait irrésistibles. Il ne se retourna pas, continuant à siroter sa bière.

Il entendit l'un des éleveurs, derrière lui, hausser la voix. Une voix fatiguée, ou plutôt pâteuse. Le gars ne paraissait pas apprécier les minauderies de Lena pour cet « étranger qui avait l'air de se sentir si supérieur ». Il entendit Lena chuchoter quelque chose.

– Et alors, qu'est-ce que ça fait qu'il parle suédois. Bon Dieu, je m'en tape moi.

Le Français se redressa lentement, but encore et posa les mains de part et d'autre du zinc, resserrant les poings, de façon à ce qu'ils soient bien visibles, puis resta sans plus bouger, le dos toujours tourné aux éleveurs.

Le petit homme qui oscillait entre le zinc et la table de Berit, resté calme depuis un moment, recommença à s'agiter. Il s'adressa au Français en grimaçant. C'était haché, rapide, incohérent.

– Alors, alors, j'ai fait un tour en voiture, je suis revenu, en voiture. Tu as une voiture ? Tu m'emmènes ? La mienne a quatre roues, quatre, et j'ai quatre doigts…

Ce faisant, il lui mettait sous le nez sa main droite qui n'avait effectivement que quatre doigts, qu'il fit courir sur le zinc, et il imitait maintenant le bruit d'une voiture et accomplissait des virages entre les verres. Il éclata de rire, se tapa les cuisses, se tourna vers Berit en levant les bras au ciel, applaudit, rigola bruyamment, donna une tape dans le dos du Français qui ne broncha pas et but à nouveau. Berit se leva tranquillement, le prit par la main et le ramena à table. Il redevint calme, gardant un large sourire sur les lèvres.

– Lena, trois bières et des snaps, gronda l'éleveur au lasso dont la voix traînait.

Lena apporta la commande puis revint près du Français.

– Venez, je vais vous montrer où on fume.

Elle prit son manteau long à col fourré et le précéda, passant au milieu des tables, évitant le regard noir de l'éleveur qui vidait son snaps cul sec.

Le Français la suivit, verre à la main. Au fond du bar, un petit couloir donnait plus loin à droite sur une seconde salle. Celle-ci était vide, à l'exception d'un billard qui occupait son centre. Dans le couloir, côté gauche, il y avait une porte que la serveuse poussa. Elle donnait sur une petite pièce recouverte d'un toit en bois sommaire. Les murs étaient des panneaux qui se démontaient l'été. Il faisait froid dans la pièce.

Le Français proposa une cigarette à la serveuse, garda longtemps ses mains potelées dans les siennes pour la lui allumer, lui caressant doucement un doigt, puis alluma la sienne. Lena lui souriait en aspirant la fumée.

– Tu as un soupirant, on dirait ?

– Bah, c'est un vieil ami.

– Un éleveur ?

Elle rit.

– Ici, tout le monde l'est, ou presque. Ou si vous ne l'êtes pas, vous êtes d'une famille d'éleveurs, ce qui revient au même. Lui, c'est un fils d'une des grandes familles d'ici, les Finnman. Ils ont des milliers de rennes sur le vidda.

– Lena, tu es née ici ?

– Oui. Et vous, à Paris ?

Il était de Rouen, mais il ne voulait pas la décevoir.

– Oui, de Paris. Tu as déjà été à Paris, Lena ?

– Oh non ! Mais un jour, j'irai.

– Tu as quel âge, Lena ?

– J'ai dix-huit ans, depuis quelques mois. J'ai commencé à travailler au pub la semaine de mon anniversaire. On n'a pas le droit avant. Vous vous appelez comment ?

– André.

André Racagnal commençait à avoir froid et se demandait comment abréger cette discussion niaise. Il voulait baiser cette fille, c'est tout. Il voyait ses lèvres fines. Ça le gênait un peu, il préférait les lèvres plus charnues, souvenir d'Afrique, mais pour le reste, ce qu'il avait vu au bar lui plaisait. Pour ses dix-huit ans, elle n'était peut-être plus tout à fait fraîche, mais il avait appris que les filles d'ici déjà très jeunes se maquillaient beaucoup, ce qui les vieillissait. Il avança la main vers le visage de la jeune fille quand la porte s'ouvrit d'un coup. C'était le fils Finnman, avec sa chapka toujours bizarrement fichée sur le crâne et les yeux de plus en plus vitreux. André se dit que l'homme était bourré et qu'il fallait faire attention. Il n'aurait pas de mal à maîtriser l'éleveur dans cet état, mais ils étaient trois. Et, même de petite taille, il savait que les éleveurs étaient des boules de muscles. Finnman se planta devant le Français qui le dépassait d'une bonne tête. Il leva la main sur Lena qui cria mais Racagnal bloqua son mouvement. L'autre poing de l'éleveur partit d'un coup en direction du Français, mais fut ralenti par l'épaisse combinaison. Racagnal l'évita sans problème et se contenta de repousser vigoureusement l'éleveur qui tomba sur les deux autres, arrivés sur ces entrefaites. Lena commença à engueuler Finnman, mais celui-ci se relevait déjà. Il se jeta à nouveau sur le Français, tandis que Lena quittait rapidement la salle. Finnman tomba cette fois lourdement dans la neige qui recouvrait en partie le sol. Il essuya la poudreuse de son visage et se jeta à nouveau en avant. Le Français n'eut pas vraiment de mal à l'éviter, tant il était maladroit, mais le Sami repartait encore. La joute au ralenti se prolongeait. À force d'éviter trop facilement les assauts de cet entêté de Finnman, Racagnal baissait un peu trop sa garde. Finnman en profita pour toucher le Français au menton. Un autre éleveur se jeta aussi dans la mêlée, balança un coup de pied dans le tibia du Français qui trébucha sous la douleur. Le troisième éleveur lui fonça dessus et il bascula en arrière. Sa chute fut amortie par la neige. André Racagnal commençait maintenant à rendre les coups. Tout tournait encore au ralenti. Le petit homme du bar s'encadrait dans le chambranle de la porte et gesticulait en poussant des cris incohérents. Il fut soudain repoussé par un homme dont la voix emplit la salle enneigée.

– Mikkel, John, Ailo, c'est fini maintenant !

À la surprise d'André Racagnal, les trois éleveurs se redressèrent et se calmèrent instantanément.

– Attendez-moi au bar.

Les trois hommes sortirent sans dire un mot.

L'inspecteur, qui se présenta comme Rolf Brattsen, semblait intrigué par la présence de Racagnal.

– Tout va bien ?

– Ouais. Ils sont un peu nerveux les gens du coin.

– Vous n'êtes pas d'ici. Les Sami ont le sang plus chaud que les Scandinaves. Ils se donnent des airs, mais ils ne sont jamais très méchants. Vous allez me suivre au commissariat, c'est juste à côté, je vais enregistrer votre déposition.

– Oh je n'ai pas l'intention de porter plainte pour ça.

– Peut-être, mais il me faut votre déposition quand même.

Racagnal n'avait pas l'intention de lui dire ce qu'il faisait ici, mais il ne pouvait pas se permettre de se mettre la police à dos. Ce flic avait l'air plutôt borné, mais il saurait s'en débarrasser rapidement. En traversant le bar, il nota que les trois éleveurs attendaient debout, sans dire un mot.

– Vous êtes fiers ? Rentrez dessoûler, leur dit simplement le policier comme s'il parlait à des enfants. Je passerai vous voir plus tard.

André Racagnal sortit en jetant un regard insistant à Lena qui lui adressa un petit geste discret de la main. Il le regretta aussitôt car il nota que cela n'avait pas échappé à Brattsen. Ils sortirent dans le froid, traversèrent la route, longèrent le supermarché et entrèrent dans le commissariat, vide à cette heure. Brattsen fit passer le Français dans son bureau et se mit derrière son écran.

– Qui étaient ces trois types ? demanda le Français.

– Ailo Finnman, celui qui avait le lasso, est le fils d'une des grandes familles d'ici. Un éleveur. Il doit valoir pas loin de deux mille rennes. Les deux autres, Mikkel et John, sont des bergers qui travaillent pour lui quand il y a du boulot. Le reste du temps, ils travaillent pour un agriculteur d'ici ou font d'autres petits boulots. Ils avaient passé la journée dehors à garder leurs rennes. Il y a eu des petits problèmes dans le coin ces derniers temps.

Le Français ne releva pas, ce qui sembla décevoir le policier.

– Allez, racontez-moi votre histoire vite fait, qui vous êtes, ce que vous faites là et tout le reste.

Racagnal raconta. Il était géologue, travaillait pour une compagnie française, venait faire de la prospection dans le coin. Il avait pris ses quartiers au Villmarkssenter, même si les nouveaux hôtels étaient plus luxueux. Il comptait rester dans le coin quelques semaines.

– C'est rare de voir des prospecteurs en cette saison, souligna le policier. En principe, ils sont là l'été quand ils peuvent voir les roches. Qu'est-ce que vous pouvez voir sous la neige ?

Le policier était sceptique. Le géologue s'en moquait, mais il fallait le rassurer.

– J'ai beaucoup travaillé dans la région il y a longtemps. Plusieurs années. Je connais pas mal le coin. L'hiver, quand c'est gelé, on a accès à des zones qui sont marécageuses et inaccessibles l'été. C'est ces zones qui m'intéressent. Et dans l'intérieur du vidda c'est sec, il n'y a pas tant de neige, vous devez le savoir. Non, je vous assure, un bon prospecteur peut faire du très bon boulot même l'hiver.

Racagnal voyait bien que le policier n'était pas convaincu, mais il n'allait pas lui faire un cours. Il ne comprendrait rien, de toute façon.

– Qu'est-ce que vous cherchez ?

– Oh, comme d'habitude, sourit le géologue, d'un sourire suffisamment figé pour que le policier comprenne qu'il avançait là sur un domaine réservé. Et comme tout le monde, j'imagine. J'espère juste avoir plus de nez que mes collègues.

– Mais encore ?

Ce flic l'emmerdait. Le Français se redressa.

– Écoutez, la loi ne m'oblige pas à vous dire quoi. J'ai déposé ma demande de permis d'exploration à la mairie, tout est dans les règles. Je cherche. Si je trouve, vous saurez bien assez vite.

Racagnal espérait l'avoir mouché, mais le policier prenait visiblement mal qu'un étranger vienne lui faire la leçon sur la loi norvégienne.

– Où est-ce que vous étiez dans la journée de mardi ? lui demanda soudain Brattsen en le regardant plus intensément.

11

Jeudi 13 janvier.
20 h. Laponie centrale.

La moindre lueur avait disparu depuis longtemps quand Klemet et Nina arrivèrent au gumpi de la police des rennes. La cabane était un peu plus accueillante que les gumpis des éleveurs. La police en avait d'autres, répartis aux quatre coins de la Laponie, et certains étaient de véritables petits chalets de montagne. Celui-ci était très sobre, constata Nina. Il était constitué de deux compartiments, dont l'un faisait office de cuisine. Elle remarqua que Klemet s'en emparait d'autorité. Ils avaient vidé les scooters des caisses et des sacs et tout entassé dans la petite entrée. Nina avait peu d'expérience dans la brigade, mais suffisamment pour savoir que l'arrivée dans un bivouac répondait à un certain rituel. On commençait par chauffer le gumpi et par préparer la nourriture.

Elle ressortit à nouveau chercher du bois sec entreposé sous un abri. C'était une règle d'ici. Quand on partait en mission sur la toundra, on emportait son bois avec soi, pour être sûr qu'il y en ait toujours un stock au gumpi. Question de vie ou de mort pour soi et pour les autres, si une patrouille devait s'arrêter dans

105

l'urgence. Nina s'était vite faite à ces règles indispensables dans un environnement aussi dur. Même si elle venait du Sud maritime, elle avait été élevée dans un village au fond d'un fjord où l'isolement n'était finalement pas très différent, se disait-elle. Elle arracha des écorces de bouleau pour en faire du petit bois. Les flammes s'élevèrent rapidement. Elle remplit de neige une grande casserole qu'elle vint placer sur le poêle.

Dans la partie habitat du gumpi, deux lits à étage se faisaient face, séparés par une table longue. Nina remonta l'une des couchettes supérieures contre le mur et jeta son sac sur l'autre. Elle alluma deux bougies sur la table.

Elle se sentait bien maintenant, et pour la première fois depuis qu'ils patrouillaient ensemble, elle trouvait que Klemet se rendait plus accessible. Son partenaire était assez secret, plutôt pas bavard. Elle le regrettait, car on lui avait dit, à Kiruna, que Klemet était le membre de la police des rennes le plus expérimenté. Il était même le seul Sami parmi ces policiers. Il s'en était plaint, et elle pouvait le comprendre car la connaissance de la langue pouvait être un atout parmi ces éleveurs qui utilisaient plutôt leur langue pour tout ce qui avait trait à l'élevage de rennes. Elle le regardait faire dans la cuisine, et il semblait détendu. Elle décida d'en profiter.

– Klemet, dit-elle prudemment, ça te vient d'où ce surnom de Bouboule ? Parce que tu n'as rien de quelqu'un qui a des problèmes de poids. Je veux dire, pour ton âge.

Nina se mordit la lèvre, se maudissant déjà de sa gaffe. Elle le gratifia de son plus chaleureux sourire pour compenser sa maladresse. Klemet arrêta de touiller. Il se tourna vers Nina qui s'efforçait de continuer à sourire pour montrer qu'il n'y avait aucune malice dans sa question. Klemet remua à nouveau, et restait silencieux en la regardant. Il finit par abréger sa gêne.

– Calme-toi, Nina… Ça m'est égal. Quand j'étais jeune, je méritais sans doute ce surnom. Aujourd'hui, ça me gêne seulement quand c'est un type comme Brattsen qui l'emploie, parce que je sais qu'il le fait pour me blesser.

Nina sourit, mais préféra changer de sujet.

– Pourquoi Johan Henrik a-t-il appelé Olaf l'Espagnol ? demanda Nina après s'être assise.

Klemet rigola.

– Tu n'as pas remarqué ?

– Quoi ? Il est brun aux yeux marron ?

– Non, ce n'est pas ça. Tous les Lapons sont bruns aux yeux marron. Rien d'autre ?

Nina ne voyait pas.

– Les gens l'appellent l'Espagnol ici à cause de sa façon de se tenir. Ils disent qu'il a la fesse fière, comme les toreros qu'on voit à la télé. Alors, on l'appelle l'Espagnol.

– La fesse fière ?

Nina sourit en repensant au manifestant qui lui avait lancé un sourire si charmeur. Elle se sentait un peu perdue dans ce monde si loin de ses repères où chacun semblait se connaître depuis si longtemps. Quand elle était sortie de l'école de police à Oslo quelques mois plus tôt, elle n'avait pas eu le choix. C'était le sort des boursiers comme elle. L'État payait tout, mais il fallait accepter sans rechigner la première affectation. Et les villages du Grand Nord polaire n'étaient pas franchement très demandés. Donc elle avait atterri ici. Nina n'y avait jamais mis les pieds avant. Comme beaucoup de Nordiques du Sud, elle ignorait tout de ces contrées dépeuplées et semi-désertiques du Nord.

– Et cette condamnation ?

– Olaf est suédois. Dans la région, les passeports et les frontières n'ont pas trop d'importance, sauf avec la Russie. Les gens se baladent. On a tous du sang mélangé ici. La plupart, en tout cas. Moi aussi je suis suédois, par ma mère. Olaf habite normalement Kiruna, il est député dans le parlement sami suédois, mais ses rennes ont des pâturages des deux côtés de la frontière, comme pas mal d'éleveurs. Et en plus, entre Kautokeino et Kiruna, tu as un bout de Finlande. Olaf a été soupçonné d'avoir plastiqué un engin minier, en 1995 je crois. Il a fait de la garde à vue, mais on a jamais rien pu prouver. Sauf que l'incarcération d'un militant lapon a fait beaucoup de bruit à l'époque. Il a été relâché au bout d'une semaine et, bien sûr, il a joué de ça. Ça l'a aidé à se faire élire. Et il en fait voir à tout le monde depuis.

– Et ces histoires d'IRA ?

– À l'époque des manifs contre le projet de barrage à Alta, à la fin des années 1970, des types de l'IRA ont traîné dans le coin. Un bateau a été arraisonné dans un petit port pas loin de la frontière russe. Il y avait des armes et des explosifs à bord. Deux types ont été arrêtés. Mais l'histoire a été étouffée. On a appris plus tard que les deux types étaient des mules de l'IRA et que leur contact était Olaf. L'IRA avait proposé son aide pour faire sauter le barrage, rien que ça. Mais, comme je disais, l'affaire a été étouffée et Olaf laissé en paix.

– C'est quoi cette histoire de barrage ?

– Oh, j'étais tout jeune policier. Entre ici et Alta, ils ont voulu construire un barrage, pour produire de l'électricité. Mais ça voulait dire qu'il fallait inonder une vallée, une vallée qui était utilisée par les Sami pour leurs rennes. Il y a eu des manifs, les écolos s'en sont mêlés. Eux, ils se fichaient des Sami, ils venaient d'Oslo, ils voulaient protéger la nature. Mais bon, tout ce petit monde s'est retrouvé sur les barricades.

– Et toi ?

– Moi ? Eh bien je te disais, j'étais policier. C'était juste avant que je parte pour Stockholm. Et je faisais mon travail de policier.

– Mais c'était quand même injuste, non ?

Klemet la regarda. Il avait beau savoir qu'ici, les fonctionnaires avaient le droit d'exprimer des avis, il se sentait toujours incertain. Mais il sentait sa collègue sincère.

– Pour tout te dire, je comprenais les manifestants. C'était une atteinte à leur mode de vie et à la nature. Oui, j'aurais peut-être pu être de leur côté. Mais bon, j'étais policier.

La chaleur commençait à se dégager du gros four à bois. Klemet avait commencé à faire cuire les pommes de terre et la viande. Nina sentait ses joues rouges sans même les voir, tant une chaleur intense semblait s'en dégager après qu'elles avaient été exposées au froid pratiquement toute la journée. Elle se remémorait les mises en garde de Berit, mais elle ne se sentait pas inquiète en présence de son collègue.

– Tu connais bien tous ces éleveurs ? demanda-t-elle.

– J'en connais pas mal, oui, lâcha-t-il après de longues secondes. Normal après dix ans dans la police des rennes.

– Non, mais je veux dire est-ce que tu les connais sur un plan personnel, si tu les connaissais avant d'être dans la police par exemple ?

Klemet tournait les morceaux de viande. Il prenait son temps.

– Quelques-uns.

Quand les questions devenaient un peu personnelles, il fallait lui arracher chaque réponse.

– Aslak et Mattis ?

– Ouais. Un peu. Pas trop. On s'était perdus de vue depuis longtemps. Surtout Aslak.

– Vous avez été proches ?

– Non. Pas proches.

– Tu as été éleveur de rennes aussi ?

Il s'arrêta de remuer un instant.

– Non. On n'était pas éleveur dans ma famille. On était pauvre.

Nina réfléchit un instant.

– Mattis était éleveur et il ne me donnait pas l'impression d'être riche.

– Mais chez nous on n'était pas alcoolique. Si Mattis avait eu les idées plus claires, il aurait peut-être arrêté d'élever des rennes depuis longtemps, comme mon grand-père s'est arrêté dans le temps parce qu'il n'arrivait plus à nourrir sa famille. Mattis était comme tous ces Lapons persuadés qu'ils ne sont plus rien s'ils ne sont pas éleveurs de rennes.

Nina garda le silence. Elle trouvait Klemet injuste avec les éleveurs. Elle se dit qu'il y avait peut-être un peu de jalousie.

– On va manger maintenant. Et ensuite on va appeler le commissariat.

Nina comprit que la discussion était close.

– Chez nous, au village, il n'y avait pas d'alcooliques, dit Nina. Dans le fjord, tout le monde se surveillait. Ma mère était très pratiquante, évangéliste. Et ils étaient nombreux dans le village. Parfois, quand des bateaux accostaient, il y avait des pêcheurs qui buvaient, et ça causait toujours des problèmes. Ces soirs-là, ma mère n'était jamais tranquille. Je me rappelle qu'elle veillait, avec ses amies, jusqu'à ce que les bateaux soient repartis.

– L'alcool, ça cause toujours des problèmes, dit Klemet en déposant les plats sur la table. Ils mangèrent en silence.

Quand ils eurent rangé, Klemet déploya une carte sur la table, plaça les bougies dessus. Il passa quelques coups de téléphone à des éleveurs puis appela le Shérif en mettant le haut-parleur. Klemet lui fit un rapide résumé de la rencontre avec Johan Henrik. Ils ne pourraient voir Aslak que le lendemain, au plus tôt.

– Quand j'y pense, avez-vous une idée pour le scooter de Mattis. Pourquoi le brûler ? Et pourquoi ne pas brûler le gumpi dans ce cas ?

– Pour effacer des empreintes ? suggéra Nina.

– On aurait alors aussi brûlé le gumpi, coupa Klemet.

Le commissariat avait récupéré les coordonnées téléphoniques du collectionneur français. Il ne parlait pas bien anglais, et il faudrait donc que Nina fasse appel à ses souvenirs.

– Qu'elle l'appelle sans tarder, insista le Shérif. Nous n'avançons pas. Et Oslo me tanne déjà. On a aussi les premiers journalistes qui ont commencé à débarquer. Ça rend tous les gens nerveux ici. Brattsen a parlé avec les deux bergers de Finnman. Ils confirment avoir passé la journée avec lui sur la toundra. Ils étaient ensemble presque tout le temps, vers Govggecorru. Trop loin pour faire des allers-retours jusqu'au gumpi de Mattis à cette heure-là. Ça nous arrange pas.

Nina entendit le Shérif bougonner. Elle l'imaginait en train de manger les réglisses salés qu'il avait toujours en quantité sur son bureau. Il mastiquait encore quand il reprit la parole.

– Klemet, il faut absolument que tu voies Aslak au plus tôt demain. Des voisins directs de Mattis, il est le dernier. S'il n'a pas d'alibi, il ne faudra pas hésiter à le coffrer. Si ce n'est pas lui, on est vraiment dans la merde.

– Le coffrer, le coffrer… demande ça à Brattsen, ça lui ferait tellement plaisir. Ce n'est pas un travail pour nous, tu le sais.

– Je le sais, mais s'il le faut tu le feras, Klemet. Et ça donne quoi les affaires de vol depuis deux ans ?

– Pas eu le temps encore. De toute façon, c'est peut-être sur dix ans ou vingt qu'il faut chercher, tu sais bien. Les histoires de vol de rennes, ça fait des vendettas pas possibles ici. Mais on va y travailler ce soir avec Nina. Et l'analyse des indices dans le gumpi, ça donne quoi ?

Le Shérif reprenait un réglisse.

– Ça donne des dizaines d'empreintes bien sûr, dont bien sûr les tiennes et celle de Nina. Ça donne pour l'instant une heure du décès vers 14 heures. Ça donne aussi que le scooter carbonisé est bien celui de Mattis. Ils ont essayé de sécuriser des traces de motoneige sous la poudreuse mais ça ne donne pas grand-chose pour l'instant. Et, pour ton info, Olaf et ses vieux Lapons sont toujours au carrefour. Ils ont installé un campement avec deux gumpis, et ils ont planté des tentes aussi. Ils vont passer la nuit. C'est la kermesse. Mais le pasteur s'est calmé.

Klemet reposa son téléphone. Il sortit remplir le groupe électrogène de diesel et le lança. On l'entendait à peine de l'intérieur. Nina avait sorti son ordinateur portable et déjà réglé les connexions satellite. Le gumpi venait de passer de l'état de cuisine-restaurant à celui de base opérationnelle. Klemet mit son téléphone en charge à côté de celui de Nina, sortit également son ordinateur portable et se connecta sur le serveur intranet de la police. Il rentra ses mots de passe, tapa quelques mots clefs et se retrouva vite avec une longue liste d'affaires de vols de rennes. Nina, assise à côté de lui, suivait sa progression et lui jeta un regard dubitatif.

– Deux cent trente-cinq entrées sur deux ans. Ça fait beaucoup, non ? C'est un tel problème ici ?

Klemet resta un instant silencieux, se frottant le menton, regardant les rubriques des premières affaires.

– Sans compter toutes les affaires dont on ne sait jamais rien. À mon avis, tu peux multiplier facilement par cinq. Ça a toujours été un problème ici. Et, après tout, c'est même pour ça que la police des rennes a été créée après la Deuxième Guerre mondiale. Les éleveurs en avaient marre de se faire voler des rennes par les Norvégiens. Tu sais, les gens n'avaient plus rien à manger après que les Allemands avaient tout brûlé dans la région pendant leur retraite.

– Et aujourd'hui ?

– Eh bien tu as toujours des vols par les Norvégiens, plutôt vers l'automne, quand les rennes se sont bien gavés d'herbe pendant tout l'été. L'automne, vers septembre, avant la transhumance vers les pâturages d'hiver, c'est là où la viande est la plus tendre. Il y a toujours des Norvégiens de la côte capables de dégommer un renne du bord de la route, histoire de remplir le congélo. Mais ce n'est pas ce genre de vols dont on parle ici. Les Norvégiens ne viennent pas sur la toundra en plein hiver. Ça, c'est le domaine des Sami.

– C'est bizarre, j'ai du mal à voir les Sami comme des voleurs de rennes. J'imaginais mal des conflits entre eux. Je pensais qu'ils se serreraient les coudes.

Klemet fit une moue. Nina continua :

– Si je te comprends, ça nous laisserait encore quelques centaines de suspects parmi les éleveurs de rennes, si on peut remonter sur des vendettas qui ont plusieurs décennies…

– En théorie, oui. Il n'y a pas que les vendettas. Si deux troupeaux sont mélangés, un éleveur peut décider d'abattre les rennes étrangers trouvés dans son troupeau. Ça lui fait économiser les siens. Un renne s'identifie aux marques sur les deux oreilles. Tu fais disparaître les deux oreilles, et hop, terminé, pas d'identification possible, pas de plainte possible, pas d'enquête non plus. C'est le plus souvent comme ça, même si les gens d'ici n'aiment pas trop en parler. Et puis prélever quelques rennes sur le troupeau du voisin, on estime que c'est pas si dramatique. On se doute bien que le voisin fait pareil. Au printemps, les jeunes rennes qui ont perdu leur mère connaissent le même sort. Un veau non marqué trouvé en pleine forêt, eh bien, il appartient à la forêt, c'est-à-dire à celui qui le trouve. Dans bien des cas, les éleveurs ne considèrent pas ça comme du vol, pas comme nous on l'entend en tout cas.

– Mattis était impliqué dans des affaires comme ça ?

– Mattis comme tous les autres. Ensuite, tu as différents degrés. Tu as ceux qui prélèvent un ou deux rennes, tu as ceux qui en volent une dizaine, et puis tu as ceux qui doublent leur troupeau en l'espace de quelques années. Les Finnman, par exemple, ont cette réputation. On n'a jamais rien pu prouver. Mais c'est leur réputation dans la région. Je vais commencer à faire un tri, toi tu devrais appeler en France tant qu'il n'est pas trop tard.

Nina avait passé neuf mois en France comme jeune fille au pair. Cela remontait à l'année précédant son entrée dans la police. C'était en fait même à cause de ce qui s'était passé en France qu'elle avait décidé d'entrer dans la police. Elle n'en avait parlé à personne. À une exception près : la commissaire de police qui lui avait fait passer l'oral d'admission à l'école et qui l'avait soutenue par la suite. En gardant le secret. Nina avait conservé un sentiment de honte de l'incident en France, car elle avait une idée très claire de ce qui était bien et mal. Les restes de l'éducation rigoriste donnée par sa mère. Elle savait que ce qui s'était passé en France était mal, et pourtant elle avait été entraînée sur cette pente sans pouvoir y résister. Contre sa volonté. En perdant le contrôle d'elle-même. Le simple souvenir de cette perte de contrôle lui était pénible. Un sentiment de dégoût, envers cet homme, envers elle-même. Pourquoi n'avait-elle pas trouvé la force de persuader cet homme ? Pourquoi ne l'avait-il pas écoutée ?

Elle regarda le numéro de téléphone. Un numéro parisien. C'était à Paris que ça s'était passé. Elle composa les chiffres, après avoir ajusté ses oreillettes. Une voix masculine lui répondit rapidement. Dès qu'elle ouvrit la bouche, elle fut surprise de constater à quel point son français était encore fluide.

– Bonjour monsieur, je m'appelle Nina Nansen.

– Bonjour mademoiselle, lui répondit une voix polie et distinguée. Et plutôt jeune.

– Je vous appelle à propos d'un tambour sami que vous avez légué au musée de Kautokeino.

– Le tambour, oui, tout à fait, mais j'imagine que vous souhaitez parler à mon père, c'est lui qui a fait ce legs. Je suis Paul, son fils.

– Ah, oui, s'il vous plaît.

– Le problème c'est que mon père n'est pas en état de vous répondre au téléphone. Il est alité, il a du mal à parler. Il est très faible. Que puis-je faire pour vous ?

– Je suis de la police norvégienne, et je vous appelle parce que le tambour a été volé dans la nuit de dimanche à lundi à Kautokeino chez Juhl.

– Ah oui, je sais, vos collègues ont appelé dans la journée. Ils m'ont fait comprendre que quelqu'un parlant français appellerait. Quelle histoire étrange. Vous l'avez retrouvé ?

– Non monsieur, c'est pour cela que j'aurais des questions à poser à votre père.

– Eh bien si je puis vous aider, je le ferai volontiers. Sinon, je ferai passer vos questions à mon père.

– En fait, le musée n'avait pas encore ouvert la caisse. Nous n'avons donc aucune idée d'à quoi ressemble ce tambour. Nous voudrions savoir ce qu'il avait de spécial, qui il aurait pu intéresser.

– Je peux vous rappeler sur ce numéro dans quelques minutes ? Je vais demander à mon père.

Après avoir raccroché, Nina se tourna vers l'écran de Klemet. Son coéquipier parcourait les dossiers de plaintes pour vol. Selon le fichier de la police, le nom de Mattis apparaissait dans trois cas au cours des deux dernières années. Par curiosité, Klemet avait lancé une recherche sur l'ensemble de la base de données où les affaires étaient digitalisées depuis 1995. Il y avait douze incidences. Sur les douze plaintes, neuf avaient été classées sans suite, faute de preuves. Une proportion classique dans ce genre d'affaires. Généralement de petites affaires. La plupart d'entre elles venaient des voisins directs, soit les Finnman, ce qui était assez cocasse quand on connaissait leur réputation sulfureuse, soit Johan Henrik dans deux cas un peu plus sérieux. Aucune plainte ne provenait d'Aslak. Sans le connaître encore, Nina ne s'en étonna pas. Cela semblait correspondre à l'image qu'elle commençait à se faire de cet homme sur lequel couraient tant de bruits.

Le téléphone de Nina sonna peu après. Paul, le fils du collectionneur, avait pu poser quelques questions à son père. Le tambour lui avait apparemment été remis en mains propres par un Sami avant la Deuxième Guerre mondiale, lorsque le vieil homme était en Laponie.

– Mon père a participé à plusieurs expéditions avec Paul-Émile Victor à cette époque, au Groenland et en Laponie. C'est même pour ça que je m'appelle Paul. Mon père lui a voué toute sa vie une admiration sans limites. Il se sent maintenant très faible et, d'après ce que j'ai compris, il avait promis de renvoyer le tambour en Laponie quand le moment serait venu. Il n'a pas été plus précis. C'est moi qui l'ai envoyé au musée. D'après mon père, il y avait aussi une sorte de problème avec ce tambour, mais comme je vous l'ai dit, mon père est assez faible. Je n'ai pas compris quel genre de problème. Il faudra que je vous rappelle pour vous en dire plus. C'est tout ce que je sais pour l'instant.

– Pourrez-vous lui demander qui était ce Lapon, et ce qu'il y avait sur le tambour ?

Nina raccrocha ensuite. Le nom de ce Français, Paul-Émile Victor, ne lui disait rien, mais il y avait ce vieux Lapon, et ce tambour à problème.

– Paul-Émile Victor ? Non, je ne vois pas, dit Klemet quand elle lui résuma sa conversation.

Il lança un message radio à Aslak pour le prévenir de leur venue le lendemain matin. Aslak n'avait ni téléphone fixe ni téléphone mobile. Il possédait juste une vieille radio, d'un stock de l'OTAN. Klemet ne savait pas si l'éleveur était à l'écoute, et il partait du principe qu'il ne répondrait pas. C'était plus pour Klemet une façon de se motiver. Rencontrer Aslak ne lui plaisait pas. Il se leva pour remettre du bois dans le poêle. Le gumpi était maintenant bien chauffé. Par la petite fenêtre, il ne pouvait voir qu'une obscurité compacte. Il aperçut une vague aurore boréale sur la gauche, verdâtre, mais rien d'exceptionnel. Il ferait beau demain. Il pensa à son oncle Nils Ante. Il ne savait pas pourquoi, mais toutes ces manifestations de la nature le renvoyaient toujours à son oncle. Son oncle qui savait si bien décrire ces phénomènes avec des mots merveilleux et simples alors que lui se sentait si balourd face à la nature. Et, à la réflexion, il n'y avait pas qu'en présence de la nature qu'il se sentait maladroit. Il balaya l'aurore de ses pensées.

Nina préparait des cafés en poudre. Sa longue queue de cheval blonde flottait sur son gros pull et son visage frais semblait concentré sur la tâche. Son pull moulait grossièrement ses seins. Elle rappelait à Klemet ces grandes filles saines et simples qui lui faisaient envie quand il était jeune mais qui lui étaient inaccessibles. Elles n'étaient jamais pour lui. Il se sentait trop différent, trop… maladroit. On en revenait toujours au même point. Là, dans ce gumpi, loin de tout…

– Ça va Nina, tu te sens bien ?

Elle se tourna vers lui et lui adressa son sourire éclatant.

– Oui, merci. Trois sucres, comme d'habitude ?

– Trois, oui. Tu te plais ici ?

– Beaucoup.

Elle versait le café dans les tasses en plastique coloré.

– Finalement, je ne comprends pas pourquoi il y a si peu de candidats pour le Nord à l'école de police. Moi, ça me plaît.

– Tant mieux. C'est bien pour nous d'avoir des gens du Sud. Surtout des femmes. Ça manque ici.

Elle lui souriait à nouveau, mais ne disait rien. Klemet se sentait idiot, et ça l'énervait parce que ça lui rappelait ses vingt ans. Il ne trouvait jamais ce qu'il fallait dire, ou toujours trop tard, quand un autre avait déjà emporté le butin. Il se leva.

– Oui, il n'y a pas beaucoup de jolies filles comme toi ici. Tu as l'intention de rester ?

Il s'était approché pour prendre sa tasse.

Nina ne semblait pas réagir aux efforts de son collègue. C'était vexant, se dit Klemet. Elle lui souriait toujours, en remuant le lait en poudre dans son café.

– Je me sens bien ici. Ce que je découvre des Sami et des Norvégiens d'ici m'intéresse. Je n'aurai aucun problème à rester quelques années. J'en parlerai à mon copain, dit-elle en affichant toujours le même sourire.

Bon Dieu, se disait Klemet, qu'est-ce que je me sens con. Il regrettait maintenant d'avoir engagé la conversation sur cette voie, même si Nina ne semblait pas s'en rendre compte, ce qui était encore plus vexant. Il se rappelait un ami qui savait enflammer les filles d'un regard appuyé au bon moment. Lui, il n'avait jamais su faire. Le téléphone le sauva. C'était celui de Nina.

12

22 h. Kautokeino.

André Racagnal était ressorti au bout d'une heure du commissariat. Ce policier borné était coriace. Il le portait sur le front. Coriace et borné. Racagnal avait d'abord senti ses os se glacer quand le policier lui avait demandé ce qu'il faisait le mardi. Il avait réfléchi à toute vitesse, se repassant le film de la journée. Mais non, ce n'était pas ça qui intéressait le policier. Brattsen avait même été assez indulgent pour l'éclairer tout de suite, évoquer le meurtre de cet éleveur de rennes. Racagnal était resté de marbre. Mais il avait ressenti un immense soulagement. Le policier ne soupçonnait rien. Ensuite, il avait pu répondre de façon beaucoup plus détachée, reprenant le ton cynique qu'il affectait parmi tous. Le policier avait pourtant insisté. Ça ne lui avait pas suffi qu'il ait un alibi en béton pour ce fameux mardi. Il lui avait encore posé quantité de questions sur son métier de prospecteur.

Son absence de Kautokeino mardi, jour où avait été commis le meurtre de l'éleveur sami, était pourtant simple. Il avait dû faire un aller-retour à Alta, à une heure et demie de là, sur la côte plus au nord, et sa voiture avait été bloquée au garage parce que le gara-giste avait fermé le temps d'une manif du Parti du progrès. La première manif dans le coin depuis un quart de siècle, et il fallait que ça tombe sur lui ! Une manif « qu'on ne peut pas manquer », lui avait assuré le garagiste, qui avait embarqué ses deux mécaniciens avec lui. Mais quel connard ce garagiste ! Et il s'était senti obligé de tout lui expliquer, que cette manif, c'était une réaction des Norvégiens qui en avaient marre des Lapons qui pétaient plus haut que leur cul avec leur maudit tambour, que ce tambour volé à Kautokeino ça les échauffait, qu'ils prétendaient avoir des droits, mais que eux, les Norvégiens, ils en avaient autant, des droits, pas vrai, et que si on filait des droits aux Lapons, il faudrait bientôt en donner autant aux Somaliens. « Hein, franchement, c'était pas possible ça, hein ? »

Quel abruti, avait pensé Racagnal. Il se foutait des Lapons, des Norvégiens, des Somaliens et de leur tambour. Il se foutait de tout le monde. Il voulait son 4×4. Le pire c'était que le garagiste avait semblé sûr que ça plairait à un Français de voir que les Norvégiens aussi pouvaient manifester. Abruti. Racagnal était allé faire ses achats de matériel, avait dit qu'il passerait les prendre plus tard, puis avait passé le reste de la jour-née dans les pubs d'Alta. On en faisait vite le tour. Il avait commencé au bar de l'hôtel Nordlys, puis il s'était rabattu, sur les conseils du chauffeur de taxi, sur le pub Han Steike, dans le centre. Le bar était surtout devenu intéressant en milieu d'après-midi, quand il s'était rempli de collégiennes sortant de l'école. Les jeunes Norvégiennes riaient beaucoup. Racagnal n'avait pas pu s'empêcher de les détailler de pied en cap. Il fallait qu'il fasse attention. L'une d'elles, avec les cheveux au bol et la frange qui lui arrivait au ras des yeux, avait attiré son œil plus que les autres. Elle n'était pas plus jolie, mais il ne pouvait s'empêcher de penser que celle-là, avec sa frange au ras des yeux qui lui faisait redresser le menton pour y voir clair, faisait salope. Ouais, une petite salope. D'habitude, les fillettes aux cheveux bouclés l'attiraient. Mais là, cette petite blonde avec sa frange l'avait excité. Racagnal avait jeté un œil autour de lui. Il y avait une dizaine de clients attablés, la plupart devant un café, plus trois ouvriers en combinaison fluorescente qui finissaient leur journée avec une bière au zinc. La bande des collégiennes riait de bon cœur. Celle avec la frange avait sorti un cahier. Elles étaient plusieurs à faire leurs devoirs dans le café. Trop dangereux ici, s'était dit le Français. Racagnal s'était concentré sur son verre, sur sa mission. Ça n'avait pas aidé. Le visage enfantin s'imposait quand même à lui. Une petite salope à la peau douce. Racagnal avait fermé les yeux. Pour se calmer, il s'était rappelé son dernier séjour au Congo. Le Congo... Les gamines du Kivu. Il n'y avait qu'à se baisser. Même pas à se baisser. On vous les apportait. Ce serait plus compliqué ici...

C'était deux jours plus tôt déjà. La police lui avait ensuite fichu la paix. Il avait pu se consacrer aux préparatifs de sa mission. Il avait établi ses quartiers au Villmarkssenter, qui longtemps avait fait office de seul hôtel à Kautokeino. C'était un endroit simple, avec un patron de bonne volonté dont la femme, danoise, avait le verbe haut, fumait et buvait, mais uniquement sur la terrasse pour ne pas choquer les clients. Il était déjà venu il y a longtemps. Trois autres hôtels avaient poussé depuis la construction d'un petit aérodrome ces dernières années. Le brusque développement du village venait de l'intérêt accru des compagnies minières pour la région. Autour de Kautokeino, à l'intérieur du Finnmark, la prospection minière n'était en principe autorisée qu'en été, à l'époque où les rennes se trouvaient à plusieurs centaines de kilomètres au nord, dispersés sur les pâturages le long de la côte. En hiver, après la transhumance d'automne, les rennes se concentraient à nouveau dans la région entre Kautokeino et Karasjok où ils se nourrissaient de lichen. Les Sami n'autorisaient aucune activité qui puisse perturber leurs bêtes ou risquer de les faire fuir chez les voisins. De rares exceptions étaient accordées lorsque l'activité était limitée et non intrusive. André Racagnal avait rempli une demande où il avait expliqué qu'il allait faire sa reconnaissance à pied dans la plupart des cas, et exceptionnellement en scooter sur un périmètre clairement délimité, en respectant une piste balisée. C'était plus simple au Kivu, mais Racagnal savait que si on voulait travailler ici, il fallait respecter ces règles. Tant que lesdites règles ne le freinaient pas de façon outrancière, en tout cas.

Klemet Nango avait profité du coup de téléphone pour rejoindre sa place. Il s'assit devant son ordinateur et reprit sa lecture des dossiers de vols de rennes. Mais la vision des lèvres de Nina devant le téléphone, de son pull joliment déformé, relança sa rêverie. Vingt-cinq ans après, il ressentait la même amertume. Que d'occasions manquées… Et pourtant, dans sa jeunesse, Klemet avait fréquenté les mêmes fêtes que ses congénères, organisées dans les mêmes granges ou au fond des mêmes clairières. Combien de fois n'avait-il pas traîné à la sortie des granges, au bout de chemins forestiers, crânement appuyé sur sa Volvo P1800 rouge décapotable. Il avait installé un magnétophone à cassettes sur le tableau de bord et il écoutait *Pretty Woman*. Mais la fille ne disait jamais oui. C'est à cette époque qu'on l'avait surnommé Bouboule. Il se donnait beaucoup de mal pourtant. La vitre de sa Volvo ne se baissait pas complètement ce qui faisait que son coude avait toujours une position impossible quand il essayait de paraître décontracté. Il rêvait d'être garagiste. Il adorait les voitures et la mécanique. Un ronronnement de moteur était une merveille, presque aussi beau que les joïks de l'oncle Nils Ante. Lors des fêtes de la Saint-Jean, où les mâts étaient dressés, il furetait coude en l'air au volant de sa P1800. Mais les filles comme Nina n'étaient jamais pour lui. Klemet ne buvait pas, regardait les autres s'amuser, appuyé sur le capot de sa Volvo. Il ne se plaignait pas, car les filles étaient contentes de le trouver en fin de soirée, quand leurs cavaliers étaient ivres morts. Bouboule était alors le copain fidèle sur qui on pouvait compter, le seul à rester sobre. Il attrapait parfois un baiser, jamais rien de définitif ni de poussé, mais les filles le laissaient faire volontiers, sachant qu'il n'irait pas plus loin ou qu'au moins, si on lui disait stop, lui saurait s'arrêter. En fait, il rassurait. Et même s'il se sentait souvent frustré, il estimait y trouver son compte. Des jours durant, ces baisers volés suffisaient à enflammer son esprit.

Depuis qu'il était policier, il avait acquis de l'assurance vis-à-vis des femmes. Ou tout du moins prenait-il son comportement pour de l'assurance. Un autre trouverait sans doute que son attitude souvent rude cachait de la maladresse.

Klemet se rappelait comme si c'était hier du jour où il était revenu à Kautokeino, après des années d'absence, en uniforme de policier, toujours bien charpenté, mais bien entraîné. On l'avait regardé différemment. Il en avait tiré une satisfaction énorme. Des femmes de la région il avait pu obtenir plus que des baisers au coin de la bouche, surtout lorsqu'il partait en mission plusieurs jours, visitant les fermes. Personne n'avait plus osé l'appeler Bouboule. Personne, jusqu'à l'arrivée de Brattsen, qu'une âme charitable avait mis au courant de ce surnom d'autrefois. Personne d'autre que Brattsen n'osait l'utiliser, mais il surprenait parfois des regards, lorsque Brattsen le provoquait, et ça le blessait. Il fut sorti de sa rêverie lorsque Nina raccrocha après avoir parlé français un moment.

– C'était Paul. Le Lapon que son père a connu travaillait comme guide pour l'expédition française. Paul a vu le tambour de nombreuses fois dans le bureau de son père, il se rappelle une croix au milieu, et qu'une ligne séparait le tambour en deux parties. Il ne se souvient plus des symboles, à part des rennes.

– Rien d'extraordinaire en somme, grogna Klemet. Une croix au milieu, on en trouve sur la plupart des tambours sami. Ça symbolise en général le soleil. Et la ligne qui sépare le tambour en deux, c'est aussi très commun. Ça sépare le monde des vivants du monde des morts. Enfin, je pense. C'est ce que l'oncle Nils Ante disait si mes souvenirs sont bons. Pareil pour les rennes, c'est pas ça qui va nous faire progresser beaucoup.

Klemet se frotta le crâne. Ce type d'affaire était exceptionnel pour la police des rennes. Un vol de tambour, un meurtre. Quasiment pas d'indices, si ce n'est

125

des relations tendues entre éleveurs. Mais c'était toujours le cas. À qui profitait la mort de Mattis ? Il ne voyait pas bien. Ses rennes seraient abattus par l'Office de gestion, et de toute façon ils étaient en mauvais état. Qui allait récupérer son district ? Est-ce que ça pouvait représenter une piste ? Il faudrait voir avec l'Office. Mais Klemet en doutait. Le partage des terres était également très contrôlé et répondait à des logiques administratives strictes.

– Paul m'a dit que son père avait conservé des vieux papiers de cette expédition dans un coffre.

Klemet réfléchissait encore. Il prit soudain son téléphone et appela le Shérif. Tor Jensen décrocha rapidement. Il était tard.

– Tor, il faut envoyer Nina en France pour l'enquête. On n'avancera pas sinon.

Nina regarda son coéquipier avec de grands yeux étonnés. Klemet n'avait même pas pris la peine de lui demander son avis. Elle n'entendait plus ce que disait le Shérif, mais ça ne devait sûrement pas être une décision évidente pour un petit commissariat comme le leur.

Quand Klemet raccrocha, elle n'eut pas le temps de protester.

– Le Shérif est d'accord. Apparemment, Oslo l'embête tellement qu'il pense qu'il n'aura aucun mal à réclamer des moyens supplémentaires. Ça me paraît une bonne idée, non ?

– Tu aurais pu me demander !

– Pourquoi, tu as une meilleure idée ? Il faut que tu ailles jeter un œil sur ces papiers. On n'a aucune prise sur cette histoire pour l'instant. Et les esprits s'échauffent. Le Shérif m'a dit qu'il y a eu une manif du FrP à Alta. Manif contre manif.

– Tu n'es pas obligé de me traiter comme une petite fille !

Elle était en colère. Klemet se taisait, pensif. « Ça, c'est pour toutes les fois où je t'ai attendue à la sortie des bals quand j'étais jeune et que tu embrassais tous les autres », pensa-t-il bizarrement. Le fait que Nina était à peine née à cette époque ne l'effleura pas.

– Si tu as une meilleure idée, dis-le.

Il avait pris un air buté.

– Je ne te parle pas de ton idée. Mais c'est quand même bizarre cette façon dont je suis invisible, avec tes copains éleveurs ou avec toi.

– Les éleveurs ne sont pas mes copains.

– Ah bon ? Vous semblez bien vous comprendre en tout cas. Au prochain interrogatoire, dis-le simplement si tu veux que je vous prépare du café. Il y a un cours spécial pour les élèves enquêtrices à l'école de police d'Oslo, tu ne savais pas ? Ça s'appelle « comment-aider-votre-collègue-mâle-à-résoudre-les-enquêtes-trop-difficiles-pour-vous ». On apprend à faire le café, à sourire, à être encourageante, à jouer la débile lors des interrogatoires pour mettre en valeur les questions de son collègue… Tu vois ?

Klemet restait buté. Il sentait qu'il voulait répondre, mais il ne voyait pas quoi. Et ce qui l'énervait le plus, c'est qu'il trouverait quand ce serait trop tard et hors de propos. Cette gamine l'agaçait. Espèce de morpionne. Il avait trente ans de plus qu'elle, il avait fait tous les commissariats de la région, sans compter Stockholm, et en plus elle la ramenait. Et à force de parler de café, ça lui avait donné envie d'en boire. Sale gamine, pensa-t-il encore.

Il se leva. La colère de Nina semblait s'apaiser. Il nota avec satisfaction qu'elle ne s'était pas opposée à son idée. Il lui proposa du café. Elle accepta, signe que l'incident était clos.

Nina enchaîna.

– Tu penses que des Sami indépendantistes ont pu faire le coup ?

– Tout autant que le FrP. Ils ont tous quelque chose à gagner s'il y a de l'agitation sur ces histoires. Tu as les élections communales et législatives dans moins d'un an.

– Et Mattis ? Les affaires de vols de rennes ?

– La plus grosse affaire dans laquelle il a été impliquée remonte à il y a une dizaine d'années. C'est à cette époque aussi que Johan Henrik s'est fait tirer dessus. Il y avait eu une succession d'hivers pourris, avec des automnes pourris, un peu comme cette année. Des chutes de neige, et puis ça fond, et puis un coup de froid par-dessus qui fait une couche de gel. Et puis un nouveau redoux, et rebelote, une nouvelle couche de glace. Deux-trois fois comme ça, ça suffit, et les rennes n'arrivent pas à casser les couches de glace pour accéder au lichen. Ça fiche la pagaille partout. Tout le monde devient nerveux. Les rennes peuvent mourir de faim par centaines, par milliers. Une famille dans un district très exposé avait perdu des milliers de rennes comme ça. Elle avait reconstitué une partie de son stock en volant des centaines de rennes de ses différents voisins. Mattis était impliqué. Il n'était pas celui qui avait organisé le coup, mais on l'accusait de complicité. Il a écopé d'une petite peine de prison de quelques mois.

– Mais comment faisaient-ils pour voler des bêtes, avec les marques des oreilles ?

– Ils redécoupaient les oreilles.

– Redécoupaient ?

– Oui, ils découpaient la partie des oreilles où était la marque, et ils retaillaient leur propre marque.

– Mon Dieu !

– Résultat : des centaines de rennes avec de toutes petites oreilles. Parfois, ils avaient même tellement découpé que des infections s'en mêlaient. Tous les rennes repérés avaient été abattus. Depuis cette affaire, même la taille des oreilles des bêtes est réglementée, elles n'ont pas le droit d'être trop petites !

Nina était abasourdie. Elle avait du mal à croire que certains Sami se livrent à de tels trafics. Comme la plupart des Nordiques, elle ignorait tout de leur mode de vie. Ou plutôt, elle n'en avait qu'une image stéréotypée. Ce qui revenait finalement au même.

– Et les autres histoires où Mattis a été impliqué ?

– Des bricoles. Je crois que c'est du temps perdu. Mattis était un pauvre type. Et mon sentiment est que la plupart des gens d'ici le voyaient comme ça, comme un pauvre type malchanceux, pas comme une menace.

– Et on coupe les oreilles aux pauvres types en Laponie ?

Klemet resta silencieux. Elle n'avait pas tort. Quelque chose ne collait pas. On ne tuait pas non plus quelqu'un pour un vol de rennes, surtout que Mattis était de ceux qui ne devaient pas faire partie des gros méchants dans ce domaine.

– Mattis vivait seul ?

– À ma connaissance, oui. Aslak pourra peut-être nous éclairer. Je ne lui connaissais pas de liaison. Tu as bien vu son gumpi, ça sentait le vieux célibataire.

– Pourquoi, les femmes sont acceptées dans les gumpi ?

– Non, ce n'est pas ce que je voulais dire. Les gum-pis, c'est territoire réservé. Ou alors, quand une femme y est accueillie, c'est rarement l'épouse de l'éleveur… Mais les bergers essayent souvent d'y maintenir un semblant d'ordre. Lui, il avait aussi lâché là-dessus.

– Il m'a mise mal à l'aise quand on l'a rencontré. Il me matait les seins.

– Ah bon !? Il a fait ça ?

Klemet s'efforça de la regarder dans les yeux.

– Et son regard vicieux…

Klemet s'intéressa subitement aux bouts de ses doigts.

– Bah, tu y attaches trop d'importance, dit-il enfin. Un homme seul au milieu de la toundra qui voit débarquer une jolie fille comme toi, ça lui remue les méninges, c'est tout, c'est bien naturel.

– Non, ce n'est pas naturel.

C'était au tour de Nina de prendre un air buté, et Klemet sentit qu'il valait mieux ne pas insister. Il ne savait plus vraiment où poser les yeux. Heureusement, elle reprenait le fil de sa pensée.

– Pas de famille du tout ?

– Sa mère est morte depuis longtemps. Son père est décédé plus récemment. S'il a des frères et sœurs, ils ne sont pas dans le coin.

– Un homme seul, en quelque sorte. Un homme seul, un pauvre type, sans le sou, alcoolo, à qui on a coupé les oreilles on ne sait quelle raison avant de le poignarder. Et tout ça à peine plus de vingt-quatre heures seulement après le vol du tambour. Ça ne te paraît pas étrange ?

– Mais Satan ! Enfin, qui a dit que c'était normal ? s'énerva Klemet. Pour l'instant, on n'a pas d'indice, pas d'arme du crime, pas d'empreinte utile, pas de motif.

– Et le tambour ?

– Quoi le tambour ?

– Je ne sais pas. Je cherche le lien qu'il peut y avoir. Après tout, Mattis fabriquait des tambours. Ou, en tout cas, Johan Henrik nous a dit que Mattis était obsédé.

– C'est vrai. J'ai retourné ça dans ma tête aussi, mais ce serait quoi ? On ne sait rien sur ce tambour. C'était un vieux tambour. C'était…

Klemet referma brusquement le capot de son ordinateur portable. Il posa ses mains dessus. Nina attendait. Elle devait avoir raison. Le problème c'était qu'il n'avait pas envie de se compliquer la vie. Ce n'était pour ça qu'il avait rejoint la police des rennes. Il était venu ici justement parce qu'il en avait assez des coups tordus, des enquêtes dans les petits villages de la côte où l'alcool faisait des ravages, avec la prostitution, les trafics. Il en avait eu sa claque de tout ça, des patrouilles seul le samedi soir à cause des budgets trop serrés. L'angoisse à chaque sortie. Cela lui avait valu, après quelques années de ce traitement, une bonne dépression, et il connaissait pas mal de collègues de sa génération qui avaient foncé dans le mur aussi. Qu'est-ce qu'elle pouvait y comprendre ? Il n'avait aucune envie de s'étaler sur cette dépression qui l'avait arrêté des mois. Les nerfs avaient lâché. Il n'y avait rien de spécial à dire. Alors oui, la police des rennes, c'était la tranquillité, le grand air, et surtout pas des coups tordus !

Il poussa un soupir. Il allait parler, puis renonça. Mais il ne pouvait pas trop faire la fine bouche. Avec les nouvelles directives de la police, les femmes allaient être mises en avant afin d'obtenir des quotas satisfaisants. Quarante pour cent de femmes au moins dans les postes de direction. Vu l'absence de femmes flics dans le Grand Nord, Nina était promise à une promotion très rapide si elle ne commettait pas d'erreur à la police des rennes.

– Tu as peut-être raison, finit par lâcher Klemet.

13

Vendredi 14 janvier.
Lever du soleil : 10 h 31 ; coucher du soleil : 12 h 26.
1 h 55 mn d'ensoleillement.
7 h 30. Laponie centrale.
Gumpi de la police des rennes.

Le lendemain matin, Klemet se leva tôt. Dehors il
faisait nuit noire. Le vent venait s'écraser sur la
fenêtre où s'accumulaient des cristaux de neige sou-
levée par la bourrasque. Le poêle s'était éteint. Il frissonna. Il sentait ses jambes mollement engourdies
dans la chaleur du sac de couchage mais il n'hésita
pas longtemps. Il sortit complètement de son sac,
enfila ses chaussures en peau de renne et s'étira. Nina
dormait encore sur la couchette opposée, de l'autre
côté de la table. Elle était la première femme à faire
partie de la police des rennes, et les abris de la brigade
n'avaient pas été pensés pour accueillir hommes et
femmes en même temps. Cette promiscuité n'avait
pas semblé déranger Nina quand elle s'était couchée
la veille au soir. Tant mieux. Klemet n'aurait pas supporté de plaintes. Il remit du bois dans le poêle et
lança le feu. Son remue-ménage réveilla Nina. Tandis que Klemet préparait le café, elle s'habilla

rapidement, salua son collègue et sortit. Elle revint cinq minutes plus tard, toilette faite dans la neige.

– Je dois dire que ça n'est pas désagréable, dit-elle, les joues rougies après s'être frotté le visage de neige.

Klemet posa café et nourriture sur la table. Il avait eu le temps de plier son sac. Il montra la casserole remplie d'eau chaude.

– Tu peux finir ta toilette si tu veux, je reviens dans cinq minutes.

Il s'arrêta un instant sur le perron de la cabane, s'obligeant à affronter le vent glacé, regard planté dans l'obscurité, comme s'il essayait de la fouiller. Il déboutonna sa combinaison et la fit glisser de ses épaules jusque sur ses genoux. Il s'obligeait à cet exercice chaque matin, quand la nuit régnait encore sur la toundra. Il n'aimait pas. Mais c'était un rituel. Il fallait qu'il s'y astreigne. Son regard balaya l'obscurité. Il restait immobile, pour sentir le froid s'emparer de lui. Il respira un grand coup et s'avança dans le noir. Il se tapa les épaules puis prit de la neige et se frotta la figure, le torse, sous les bras, le cou, s'essuya et rentra.

Ils s'assirent en silence et mangèrent.

– Quand partons-nous pour chez Aslak ?

– Bientôt.

Klemet mastiquait lentement sa tartine de crème d'œufs de poissons.

– Aslak est un type particulier, dit-il sans la regarder. Il est très respecté dans la région, et craint aussi. Mais il est craint parce qu'il est différent. Il n'a pas fait comme les autres, qui se sont acheté des maisons, des tas de scooters, de voitures tout-terrain, qui travaillent avec des hélicoptères et qui commencent même parfois à embaucher des Thaïlandais pour les aider à garder les rennes. Il est… il est comme resté dans un autre temps.

– Et ça le rend spécial ?

– Disons que les gens voient en lui une image du passé. Et c'est une image pour laquelle ils peuvent avoir un peu de nostalgie, je crois.

– Tu en as, toi ?

8 h 30. Laponie centrale.

Klemet et Nina avaient quitté leur bivouac en moto-neige depuis trois quarts d'heure quand l'incident survint. Un incident apparemment anodin, mais que Nina n'oublierait pas. Comme d'habitude, Klemet roulait en tête. Le jour n'était toujours pas levé, mais la lueur de l'aube, amplifiée par la neige épaisse, donnait une visibilité presque suffisante pour se passer des phares. Nina tenait fermement les poignées chauffantes du guidon, bercée par le ronronnement puissant de son engin qui répondait au moindre coup de poignet. La chaleur du moteur contre ses cuisses se répandait le long de son corps. Ils ne devaient plus être très loin de chez Aslak. Le vent froid était bloqué par la visière de son casque. Seul un filet persistant s'immisçait par une fente et la gênait comme une mouche entêtée. Elle rêvassait en repensant au portrait étrange que tout le monde semblait dresser de cet homme. Elle regardait sans les voir les bouleaux nains sur sa gauche, le long de ce qui devait être une rivière glacée. Ils abordaient maintenant le flanc mou d'une montagne, s'éloignant de la rivière invisible qui serpentait nettement au fur et à mesure qu'ils montaient en pente douce. Ils roulaient doucement, à bas régime, et pour une fois, se disait

135

Nina, on entendait presque la nature tout en roulant. Elle ôta son casque, ne gardant que sa chapka, et elle rêvassait encore lorsqu'un coup de feu brutal couvrit le ronronnement du scooter et la fit sursauter. Un éclair noir la dépassa sur la droite. Elle ne réalisa ce que c'était que lorsqu'elle vit devant elle une large silhouette chaussée de skis qui gesticulait devant le scooter de Klemet. L'homme, surgi des hauteurs, s'était arrêté dans un nuage de poudreuse et mis en travers de la route de Klemet, le forçant à piler. Nina vit que Klemet restait calme sur son scooter, relevait sa visière, tandis que l'autre, oui, l'autre l'engueulait. Nina était stupéfaite. Cet homme venait de leur tirer dessus, ou tout au moins avait-il tiré pour les prévenir, mais Klemet restait bien là assis sans réagir à se faire engueuler. D'instinct, Nina comprit que ce devait être Aslak. Elle releva les oreilles de sa chapka pour mieux saisir ce qui se passait.

– … que c'est un enfer en ce moment. Mais bon Dieu, comment il faut le dire ? Vous ne pouvez pas passer par ici. J'ai mes rennes là-bas. S'ils ont peur à cause de vous, ils vont foutre le camp de l'autre côté où il n'y a rien à bouffer. C'est un enfer, je te dis. Bon Dieu, c'est pas possible ! Vous devez passer de l'autre côté, pas ici, c'est clair ?!

Le ton était incroyablement autoritaire, menaçant, même si aucune menace n'avait besoin d'être exprimée. Mais toute l'attitude du berger exprimait la force, une puissance qui vous enveloppait. Nina avait l'impression que si Aslak – car ça collait tellement bien à l'image qu'elle s'en faisait – devait se jeter sur Klemet, il n'en ferait qu'une bouchée. Et, bizarrement, elle eut à cet instant le sentiment que Klemet ne ferait rien pour se défendre. Étrange, se dit-elle.

Aslak portait une pelisse en peau de renne comme celle de Johan Henrik. Celle-ci tombait plus bas. Il avait aussi des bottes et des pantalons en cuir ainsi que des gants en peau de renne. Pas de casque, mais une épaisse chapka, qui ressemblait à celle des policiers.

Nina n'osait pas faire un geste. Elle regardait, nette dans la lumière du phare de sa motoneige, la silhouette immobile de son coéquipier et Aslak, dont les yeux sombres cernés de rides profondes exprimaient la fureur. Il avait le visage très marqué, mangé d'une barbe de quelques jours, une mâchoire carrée inhabituelle chez les Sami, les traits relevés avec des pommettes arrogantes, un nez fort et une bouche épaisse, sensuelle presque. Mais ce regard pénétrant était ce qui impressionnait le plus Nina. Il émanait de lui une force brute. Il tenait toujours son fusil à la main, un bâton dans l'autre. Tous ses gestes étaient lents, mais on voyait que son corps entier bougeait à chaque mouvement. Aslak, en dépit de son épaisse couche de vêtements, était un homme d'une vitalité étonnante. Nina pensa l'espace d'un éclair qu'ils n'étaient pas armés, comme c'était l'usage dans la police. Les armes étaient dans un coffre du commissariat. Pratique…

Aslak se tourna enfin vers elle. Ses yeux la dévisagèrent. Elle affronta son regard. Il n'y avait plus rien de menaçant dans celui-ci, se dit-elle. Juste… comme une immense fatigue. Nina était en train de se dire que l'interrogatoire risquait d'être compliqué lorsqu'elle se figea. Un cri affreux retentit. Un cri long, rauque, qui exprimait une douleur atroce. Le cri venait de loin. Mais d'où ? Cette terreur était invisible, mais le cri se répercutait dans la vallée. Puis il cessa, laissant place au vent qui l'avait porté jusqu'à eux. Nina fut prise d'une angoisse soudaine, inexplicable. Ce cri inhumain la glaçait. Mais il fallait faire quelque chose. Elle se tourna vers les deux hommes. Aslak était silencieux. Il n'exprimait aucune surprise. Il avait toujours les yeux posés sur elle. Son visage était bouleversant. Ses lèvres maintenant pincées avaient perdu toute sensualité. Klemet brisa le silence.

– Qu'est-ce que c'était ?

10 h. Kautokeino.

André Racagnal entra dans le magasin de chasse et pêche de Kautokeino. Il aperçut presque aussitôt la voiture de police qui tournait et venait se garer. Le policier qui l'avait interrogé quelques jours plus tôt en sortit. Merde, pensa-t-il. Le géologue français envisagea un instant de faire demi-tour, mais il jugea préférable de rester pour ne pas attirer l'attention du vendeur. Racagnal s'arrangea pour glisser au fond du magasin, vers les couteaux.

Rolf Brattsen entra, se dirigea vers le mur de gauche où s'étalait le matériel de pêche. Il sembla se plonger dans l'observation attentive de mouches colorées. Racagnal se détourna et s'absorba dans la comparaison de lames larges lorsqu'il sentit une présence derrière lui.

– C'est pour du gros gibier, ça…

Racagnal releva la tête. Le policier était là. Le géologue s'efforça de lui sourire pour lui dire bonjour.

– Qui sait, je serai peut-être chanceux un jour de chasse. C'est une bonne lame ?

– Les couteaux, je n'y connais rien, répondit le policier en le regardant fixement. Vous allez chasser ?

– Je vais partir faire mon exploration, comme vous le savez. Dès que j'aurai mon autorisation de la commune, ce qui ne devrait pas tarder. Je finis de m'équiper.

Il reposa le couteau – il n'en avait pas besoin, et comme le policier ne semblait pas vouloir partir, il reprit.

– Vous avez du nouveau dans votre affaire ?

– On cherche, on cherche.

Brattsen se tenait tout près de lui. Le policier avait perdu son allure de policier. Il avait l'air presque avenant, avec un sourire, un peu figé certes, mais en tout cas il semblait faire un effort pour adopter un visage qui ne fît pas trop buté. Le pire c'était qu'il n'y arrivait même pas, pensa Racagnal.

Le Français n'avait pas de temps à perdre, mais il sentait qu'après l'interrogatoire de l'autre jour, il devait veiller à son attitude. Rien ne devait mettre le policier sur la piste d'Alta. Racagnal repensa à sa visite au pub et en chassa vite l'image.

– Vous n'avez pas fait de mauvaise rencontre ? lui demanda le policier.

Bon Dieu. Racagnal se retint un instant avant de répondre. Le policier pouvait-il soupçonner quoi que ce soit ? Non. C'était tout simplement impossible.

– Non. J'ai bien peur d'avoir dû renoncer à ma romance de l'autre soir. Tant pis. Mais je vais travailler un moment ici. Je ne peux pas me mettre tout le monde à dos.

– Non, bien sûr.

Les deux hommes restèrent un moment silencieux, et Brattsen reprit.

– Elle vous plaisait bien, hein, cette petite, j'ai bien vu…

Racagnal observa Brattsen, pour essayer de percer ses intentions. Le policier avait toujours son air qui se forçait à être avenant. Ou peut-être l'était-il vraiment.

– Elle était… intéressante.

– Un peu jeune, non ?

– Majeure, me semble-t-il, avança prudemment le géologue.

– Sans doute, sans doute, répliqua Brattsen, les yeux plantés dans les siens, et reprenant, sans y prendre garde, son air naturel et buté. Son visage changea à nouveau.

– Vous partez quand sur le vidda ?

– Je termine de m'équiper. Et puis il faut surtout que je trouve un guide, un gars d'ici.

– Ah oui, bien sûr, un guide. Vous prenez qui ?

– Je ne sais pas encore. Il me faut un type endurant qui connaisse le terrain.

– Oh ça, vous n'aurez pas de mal. Les gars d'ici ne sont peut-être pas des lumières dans des bureaux, mais ils sont solides et, dehors, c'est leur élément. Si vous ne tombez pas sur un alcoolo bien sûr.

– On m'a recommandé un éleveur qui s'appelle Renson, un Suédois d'origine, quelqu'un de futé apparemment.

Brattsen le coupa brusquement, l'air soupçonneux.

– Renson ? Je serais vous, je trouverais quelqu'un d'autre.

– Pourquoi ?

– Trouvez quelqu'un d'autre, c'est tout, conseil d'ami. Si vous ne voulez pas prendre de retard avec votre exploration.

André Racagnal sentait qu'il était inutile d'insister. Mais ça ne l'arrangeait pas. Au Villmarkssenter, on lui avait vanté les mérites de Renson. Un berger atypique, un peu cabochard, mais très dégourdi, avec beaucoup de contacts et surtout disponible, car il appartenait à un clan puissant qui pouvait prendre le relais pour s'occuper de ses rennes en son absence.

– Tant pis, je trouverai bien.

– J'en suis sûr. Et ne vous inquiétez pas, lui lança le policier, je suis sûr que vous retrouverez une petite dans le coin.

Là-dessus, il fit demi-tour et sortit. Sans avoir rien acheté ni regardé autre chose, nota Racagnal. À croire qu'il ne s'était pas trouvé là par hasard.

14

Vendredi 14 janvier.
10 h 30. Laponie centrale.

Nina n'avait pas entendu la réponse d'Aslak. Elle n'était pas sûre qu'il ait d'ailleurs répondu. Ses lèvres n'avaient pas bougé. Elles étaient restées pincées, douloureuses. Avec ce regard qui tout à la fois glaçait et brûlait. Elle était exaspérée. Pour une fois, elle n'en laissait rien paraître. Mais elle était exaspérée. Elle ne comprenait rien à ces gens qui passaient leur temps à se taire, à son partenaire qui avait l'air de trouver ça normal. Alors qu'il était policier ! Il était bien placé pour exiger des réponses, il en avait le droit ! Mais non, il restait là, tout aussi silencieux. Il ne pipait pas mot. Comme s'il perdait ses moyens face à Aslak. Oui, c'est ça, se dit-elle. Lui aussi est impressionné par Aslak.

Quand elle était allée se présenter au chef de la police des rennes à Kiruna, côté suédois, ce dernier l'avait mise en garde. La police des rennes n'était pas une brigade comme une autre. En principe, lui avait dit le chef, on ne prenait pas des gens aussi jeunes. Cependant, comme il n'y avait que des hommes à la brigade, il fallait féminiser. Mais ce n'était pas un monde de femmes. Et, après avoir hésité un moment, le chef avait

142

aussi dit : ce n'est peut-être même pas un monde pour nous, les non-Lapons.

Le silence était retombé, le cri semblait finir de fuir au fond de la vallée, mais Nina en avait encore la chair de poule. Nina regarda autour d'elle, toute cette blancheur, ces montagnes pelées d'où émergeaient quelques bouleaux nains, quelques rochers, cette lueur bleutée dans le ciel où le soleil peinait à s'immiscer. Le regard portait loin, d'où ils se tenaient, à flanc de montagne, mais il n'accrochait rien d'humain. Le campement d'Aslak devait être de l'autre côté du sommet.

– Aslak, nous avons des questions à te poser. Nina va te suivre. Elle verra avec toi.

Nina s'attendait à tout sauf à ça. Ce n'était pas du tout ce qui était prévu ! Elle allait ouvrir la bouche mais Klemet enchaîna aussitôt, sans la regarder, comme s'il fuyait son regard. Oui, il fuyait son regard ! Et il ne posait pas les yeux sur Aslak. Que lui arrivait-il ?

– Il faut que je repasse au gumpi. Je t'expliquerai. Préviens-moi quand tu as fini, je reviendrai te chercher ici. Ou ailleurs, on verra.

Il la regarda, brièvement, rebaissa les yeux. Nina ne l'avait jamais vu comme ça. Elle regarda Aslak, qui les toisait tous les deux.

Aslak ne répondit pas. Il releva son fusil d'un geste rapide, regarda Klemet. D'un geste aussi adroit, il le passa en bandoulière et se mit en route, glissant en silence vers le sommet.

En peu de temps ils eurent rejoint le campement, de l'autre côté du sommet. Nina resta assise un moment sur son scooter, après en avoir éteint le moteur. Elle était fascinée par ce qu'elle voyait. Le campement était composé de trois tentes couvertes de branchage, de terre et de mousse. De la plus grande d'entre elles s'échappait une fumée par l'ouverture du sommet. À côté de la tente la plus éloignée, Nina aperçut un enclos où une dizaine de rennes s'étaient mis à tourner en rond à leur arrivée. Ils montraient leur inquiétude, peu habitués sans doute aux moteurs. Nina ne voyait pas de scooter. Elle avait l'impression de découvrir une carte postale d'avant-guerre, comme sur le livre sur les Sami qu'elle avait feuilleté à Kiruna. Des campements comme celui-ci n'existaient plus. Même si elle n'avait pas encore tout vu, les bergers qu'elle avait rencontrés jusqu'à présent ne se refusaient pas un minimum de confort. Aslak, si. Cet homme était d'une autre trempe. À côté de l'entrée, il y avait une sorte d'échafaudage où étaient suspendus des quartiers de viande séchés au vent, qui devaient être durs comme de la pierre.

Nina sentait qu'elle allait entrer dans un monde qu'elle n'avait jamais soupçonné, bien plus encore qu'avec les autres éleveurs de rennes. Elle allait franchir une nouvelle frontière. Le vent la poussait vers l'entrée tandis que résonnaient à ses oreilles les cris d'Aslak sur un Klemet impassible, le coup de fusil, ce hurlement terrifiant dont elle sentait qu'elle allait bientôt en découvrir la source. Aslak se baissa le premier pour entrer. Il disparut dans une semi-obscurité. Puis il souleva une épaisse bâche qui faisait office de porte. Elle s'apprêtait à se courber quand elle tourna son regard vers lui. Il la fixait, les yeux noirs pétillant d'intensité au milieu de ses rides profondes, le visage buriné et à moitié enfoui sous cette barbe drue. Nina ne savait interpréter ce regard qui ne bougeait pas. Elle se baissa, avança, fit deux pas et se retrouva devant l'âtre. Elle toussa aussitôt, gênée par la fumée qui envahissait l'espace. Elle aperçut un emplacement libre à gauche et alla s'y placer. Au niveau du sol, l'air était respirable. Elle se débarrassa de sa chapka, et elle déployait ses cheveux blonds quand Aslak entra à son tour. En percevant à nouveau le regard d'Aslak sur elle, elle se sentit soudain gênée d'exposer sa chevelure, comme si elle montrait quelque chose d'indécent. Elle se dépêcha de les attacher, et s'en voulut aussitôt. Aslak restait silencieux, attendant qu'elle s'installe. Nina se sentait tellement loin de tout ce qu'elle connaissait qu'elle se sentait incapable d'ouvrir la bouche. Ses yeux commençaient à s'habituer à la pénombre et ce fut alors seulement qu'elle distingua, de l'autre côté de l'âtre, une forme qui bougeait. Elle se déplaça un peu et vit une femme, engoncée dans une lourde tenue en peau de renne et coiffée d'une chapka nouée sous le menton. Elle faisait des gestes très lents. Elle avait le menton légèrement fuyant, les pommettes hautes, moins marquées qu'Aslak toutefois, et des yeux en amande qui auraient été magnifiques s'ils n'avaient été aussi éteints, se dit Nina. Ces yeux vides étaient bouleversants, pensa Nina. Sans savoir pourquoi, elle fut certaine que c'était elle qui avait crié tout à l'heure. La femme ne semblait même pas avoir remarqué leur présence. Elle se tourna lentement, prit une bûche et la posa délicatement dans l'âtre. Nina la regardait, gênée par son attitude. Elle ne paraissait pas blessée, tout au plus… lointaine, absente, détournée de ce monde. Elle poussa soudain un très long soupir. Nina retint sa respiration, craignant d'entendre à nouveau le cri. Mais rien de plus ne vint. Son regard fixé sur les flammes gardait la même immobilité.

– C'est ma femme, dit Aslak. Elle ne parle pas. Elle est ailleurs.

Comme si la parole d'Aslak l'avait sortie de sa torpeur, la femme se mit à chantonner. Nina reconnut le même genre de mélodie de gorge que Mattis avait entonnée. Ça devait être un de ces joïks. Nina était incapable de lui donner un âge. Elle pouvait bien avoir entre trente et soixante ans.

– C'est elle qui a crié ? demanda enfin Nina, rompant un silence qu'elle commençait à trouver lourd.

– C'est elle.

– Pourquoi ?

– C'est sa façon de parler.

Il resta silencieux quelques secondes.

– Comme les enfants, reprit Aslak d'une voix sourde.

Nina observait Aslak. Il semblait peser le moindre mot. Il n'y avait que l'âtre qui les séparait. Elle repensait au comportement de Klemet. Entre ces deux-là, Nina pouvait presque palper un voile de tension. Elle ne comprenait pas pourquoi elle n'arrivait pas à se lancer dans la discussion. Quelque chose d'indéfinissable planait ici, mêlé à la fumée. Elle essaya de revenir à des pensées rationnelles, à cette enquête qui les amenait toujours plus loin de ses terres connues. Aslak. Était-il un simple voisin ? Avait-il des raisons suffisantes pour tuer Mattis ?

– Vous aviez des questions à me poser ?

Nina sentait qu'elle n'était pas la bienvenue ici.

– Nous enquêtons sur le meurtre de Mattis. Vous savez qu'il a été tué, que son scooter a été incendié et son gumpi fouillé. Nous faisons le tour des voisins. J'ai des questions précises à vous poser, qui rentrent dans le cadre de la procédure de routine et de l'enquête de voisinage.

Nina se rendait compte qu'elle donnait un luxe de détails pour se justifier, alors qu'elle n'avait pas à le faire. Mais le regard intense d'Aslak posé sur elle, et son silence, l'impressionnaient et la désarçonnaient. Et cela l'énervait !

– Où étiez-vous lundi et mardi ?

– À votre avis ?

Nina regarda longuement le berger. Aslak avait les lèvres qui formaient une espèce de moue dédaigneuse. Même comme ça, trouvait Nina, elles gardaient une sensualité sauvage. Les braises se reflétaient dans son regard, et Nina trouvait ce regard dangereux. Cet homme était capable de tuer, se dit-elle.

– Où étiez-vous ?

– Avec mes rennes.

– Avec vos rennes. Hmmm.

Nina sentait qu'Aslak ne ferait rien pour lui faciliter la tâche. Évidemment, il ne connaissait pas la menace d'arrestation qui pesait sur lui. Elle avait l'impression de revivre exactement la même situation qu'avec Johan Henrik. Elle jeta un coup d'œil vers l'épouse dont le regard restait perdu vers le sommet de la tente, absorbé par la fumée qui s'en échappait. Il n'y aurait rien à en tirer non plus.

– Quand avez-vous vu Mattis pour la dernière fois ? continua Nina.

Aslak se pencha au-dessus de la marmite. Il y plongea son gobelet en bouleau et but une gorgée brûlante de bouillon de renne. Après seulement, il fit signe à la policière de se servir. Elle plongea son gobelet dans la marmite.

– Je l'ai vu dimanche, lâcha enfin Aslak. Dimanche. Il était mal. Mal. Mal tout le temps. Pouvait plus. Il est venu manger ici. On s'était croisés à l'ouest, à trois quarts d'heure d'ici. Je lui ai dit de s'occuper de ses rennes. Il en avait de mon côté. Et du côté de Johan Henrik. Il était dépassé.

Il but une longue gorgée en aspirant bruyamment et reprit, le regard plus intense encore.

– C'est vous qui l'avez tué. C'est vous. Vos règles, vos tracés. On ne peut plus vivre de l'élevage comme avant.

– Personne ne l'obligeait à boire, répliqua Nina.

– Qu'est-ce que vous en savez ? Personne ne l'aidait. Ça faisait six mois qu'il n'avait pas ouvert une lettre. Il n'osait plus. Il avait peur.

– De quoi avait-il peur ? reprit Nina.

– Il avait peur d'être perdu. De s'être perdu. D'avoir tout raté.

– Vous voulez dire comme éleveur ?

– Comme éleveur, comme homme. Un éleveur qui ne sait pas s'occuper de ses rennes, ce n'est pas un homme.

– D'après ce que je commence à comprendre de votre mode de vie, un éleveur qui travaille seul n'a aucune chance, ça n'a rien avoir avec le fait d'être un homme ou pas, coupa Nina. Il y a toujours eu l'entraide sur le vidda, non ?

– Ah oui, qu'est-ce que vous en savez, vous ? C'est Klemet qui vous a dit ça ? Il ne suffit pas d'être lapon pour savoir et comprendre ce qui se passe ici.

– C'est lui qui s'est mis dans cette situation, pas le système, répliqua Nina. Où étiez-vous lundi et mardi ?

Tout en posant ses questions, Nina comprenait que quelle que soit la réponse d'Aslak, elle serait vraisemblablement impossible à vérifier. Aslak limitait au minimum les contacts avec la ville. Il n'avait pas besoin d'aller se ravitailler en essence. Il n'avait pas de téléphone mobile à tracer. Une impasse.

Elle sentait qu'il ne servait à rien d'essayer de peser sur Aslak comme Klemet l'avait fait sur Johan Henrik. Aslak était d'une tout autre trempe.

Il fallait travailler autrement. Plus cette enquête avançait, plus elle avait l'impression qu'ils tâtonnaient. Elle avait en outre l'impression que Klemet prenait trop de gants avec les éleveurs. Pour ne rien dire de son comportement inexplicable vis-à-vis d'Aslak un peu plus tôt. Était-il trop proche d'eux ? Les Sami donnaient pourtant l'impression de se méfier de lui. Elle repensa à ce que le Shérif leur avait dit avant de partir : arrêtez Aslak s'il n'a pas d'alibi…

– Aslak, vous réalisez qu'en ne répondant pas aux questions vous vous rendez suspect ?

Le berger lui jeta un regard froid – indifférent peut-être – que Nina soutint.

– Quels étaient vos rapports avec Mattis ? Il paraît que vous étiez proches ? Mais que vous aviez aussi des différends.

Aslak serrait les mâchoires, gardant son regard planté dans les yeux de Nina. Elle se forçait à le soutenir, mais s'étonnait de voir à quel point ses yeux étaient capables d'exprimer des sentiments aussi forts et tragiques. Elle comprenait pourquoi il impressionnait tant les gens. Mais elle n'en avait pas peur.

– Mattis s'était perdu. Depuis longtemps. Surtout depuis la mort de son père. J'ai connu son père. C'était un vrai Sami. Il savait d'où nous venions. Vous entendrez beaucoup d'histoires sur lui. Des bonnes et des mauvaises. Mais les gens ne savaient rien de lui. Il avait le pouvoir. Il avait la connaissance. Il avait la mémoire. Mattis n'avait rien de ça. Il se donnait des airs de chaman.

– Comment ça ?

– Vous l'avez rencontré avant sa mort ?

– Oui, pourquoi ?

– Il n'a pas essayé de vous lire l'avenir ou de vous vendre un tambour ?

Nina se rappelait la scène du gumpi, avec Mattis à moitié ivre, matant ses seins.

– Si, il a essayé.

– Mattis était comme un enfant. Son père était trop grand pour lui. Et votre société, votre système n'ont fait que le rabaisser encore plus. Le perdre encore plus.

Nina ne voulait pas rentrer dans ce type de discussion. Elle se rappela ce que lui avait dit Johan Henrik sur l'exceptionnelle résistance d'Aslak.

– Aslak, c'est vrai que vous avez tué un loup en lui enfonçant votre poing dans la gueule ?

Aslak ne répondit pas tout de suite. Il remua les braises. Nina regarda sa main penchée au-dessus de l'âtre. Elle y aperçut plusieurs cicatrices. Qui remontaient vers le poignet. Les traces laissées par les dents du loup, se dit Nina le cœur battant.

– C'est vrai.

– Il paraît que vous l'avez poursuivi pendant des heures, à ski ?

– Possible.

– Vous pouvez faire combien de kilomètres comme ça en une journée ?

Aslak s'était à nouveau fermé. Elle voyait ses lèvres qui ne formaient à nouveau plus qu'un mince filet. Sa femme se mit à remuer lentement la tête, de gauche à droite. Un murmure sortait de sa bouche, un murmure guttural, elle ouvrit légèrement la bouche, le murmure devint plus puissant.

– Sortez ! lui dit soudain Aslak.

Nina fut surprise par cette réaction soudaine. Elle se dit qu'elle avait mis le doigt sur un point sensible.

– Sortez tout de suite ! gronda Aslak.

Que se passait-il maintenant ? Nina regardait Aslak, qui se levait. Nina le voyait, menaçant, mais il ne faisait pas le moindre geste vers elle. Sa seule présence était menaçante, et suffisait.

Son regard était sans appel. Le murmure de sa femme s'amplifiait. Nina réalisa tout d'un coup où elle était, en pleine toundra, face à un homme à la réputation mystérieuse, cernée par le gel et la désolation, loin de son partenaire. Elle eut soudain froid, mais ses frissons exprimaient aussi autre chose qu'elle ne voulait pas s'avouer. La fumée lui piquait les yeux. Elle boucla son sac. Elle voulait maintenant fuir ce murmure lancinant. Elle se leva à moitié et avança vers la sortie, suivie par Aslak qui se planta devant l'entrée de la tente. Elle allait démarrer leur scooter lorsque le cri terrible retentit à nouveau. Nina se retourna vers Aslak. Il soulevait la tenture, s'apprêtant à revenir à l'intérieur. Le cri se poursuivait. Nina oublia aussitôt ses questionnements, ses peurs. Elle était désemparée, et elle jeta un regard plein d'empathie à Aslak. Celui-ci avait le visage figé, dur. Il respirait plus vite, menton dressé en un geste de défi, poings serrés. Nina aperçut, par l'ouverture, la femme d'Aslak qui levait les bras au ciel sur un masque de souffrance extrême. Puis elle entendit. Et ce qu'elle entendit la poursuivit pendant toutes les heures que dura le voyage de retour. Le cri.

15

Vendredi 14 janvier.
11 h. Kautokeino.

Berit Kutsi était arrivée ce matin là plus tard que d'habitude. Elle craignait de voir débarquer Karl Olsen, mais le vieux paysan irascible ne se montra pas. Heureusement, elle n'avait pas besoin de lui pour abattre sa tâche. Elle savait très bien ce qu'elle devait faire. À vrai dire, elle avait toujours su ce qu'elle devait faire. Depuis son enfance. Elle savait où était sa place. Les gens comme elle savaient toujours où était leur place. Berit avait quitté l'école à onze ans à peine. L'école n'était pas un bon souvenir. Elle avait tout juste appris le norvégien. Elle n'avait pas eu le choix. C'est pour cela qu'on l'avait mise à l'école. Pour apprendre le norvégien. Quand elle en avait su assez pour se débrouiller, elle avait quitté l'école, tout simplement. Elle en savait assez pour comprendre où était sa place dans la société norvégienne.

Elle pénétra dans la grange. Elle devait s'occuper des vaches. Les bêtes passaient le plus clair de l'année à l'étable. Les vaches étaient peu nombreuses dans l'intérieur du Finnmark. Ces territoires sauvages ne semblaient guère supporter d'autres animaux que les rennes. Mais quelques paysans comme Olsen avaient réussi à faire leur trou ici, même s'ils étaient minoritaires et tout juste tolérés par les Sami.

Olsen était un homme injuste, radin. Berit se méfiait de lui. Elle en avait peur aussi. Mais Berit Kutsi appartenait à un clan mal vu dans la région. Et trouver du travail, quand on n'était pas d'une famille possédant ses propres rennes, relevait de la mission impossible.

Dieu merci, sa foi lui permettait de traverser ces épreuves. Dieu était un maître exigeant mais miséricordieux. Elle avait confiance. Même si elle ne comprenait pas tout. Il lui arrivait de maudire Olsen, lorsqu'il l'humiliait. Mais elle lui pardonnait toujours. Le pasteur insistait toujours là-dessus. Pour atteindre le domaine des cieux, il fallait pardonner à l'homme et s'en remettre à Dieu. C'était aussi simple que cela, lui assurait le pasteur. « Pas de salut sans cela », le pasteur était formel.

Berit était une laestadienne fidèle, confiante et craintive. Elle avait renoncé à sa propre vie pour se consacrer très tôt à ce jeune frère mis à l'épreuve par Dieu. Elle passa derrière les vaches qu'elle savait reconnaître mieux que ces enfants qu'elle n'avait jamais eus. Après tant d'années avec les vaches, elle avait tout simplement du mal à imaginer qu'elle eût pu mieux comprendre des êtres humains. Parfois, elle se disait que les êtres humains ne valaient pas la peine, s'ils étaient tous comme Olsen. Mieux valaient les vaches. Elle travaillait dans cette ferme depuis l'âge de douze ans. Elle en avait maintenant cinquante-neuf.

Elle devait toutefois veiller aux autres. Dieu n'aurait pas aimé qu'elle se contente des vaches. Cette pensée fit sourire Berit. Elle se permettait parfois de telles libertés… Imaginer que Dieu ait un avis sur ses vaches.

Berit eut un peu honte de lui prêter des pensées si élémentaires. Dieu était amour, mais il fallait le craindre.

Le pasteur non plus n'aurait pas aimé que Berit se contente des vaches. Il avait trop besoin de Berit. Les vaches étaient toutefois plus de son ressort. Le pasteur était un homme très proche des préoccupations quotidiennes de ses paroissiens. Le pasteur était un ami de Karl Olsen, et la bonne marche des affaires de Karl Olsen plaisait à Dieu, lui disait le pasteur Jonsson, parce que les vaches étaient des créatures de Dieu, pas comme les rennes. Berit ne voyait pas bien la différence et, de façon générale, Berit reprochait au pasteur de s'intéresser un peu trop à la politique, même si elle n'y comprenait pas grand chose. Berit pensait que le pasteur ne traitait pas toutes ses brebis de la même façon. Berit s'occupait mieux de ses vaches que le pasteur de ses brebis. Elle lui avait dit cela un jour, et il s'était mis en colère. Le pasteur le lui répétait assez souvent. « Ma bonne Berit, tu n'y es pas du tout, c'est plus compliqué, je t'expliquerai après la messe », avait-il l'habitude de lui dire. Il n'expliquait jamais rien. Cette histoire de tambour aussi avait énervé le pasteur. Le jour où il avait entendu Olaf Renson, le député sami, dire à la radio que l'identité des Sami était menacée par le vol de ce tambour, ce même jour où Olaf Renson avait traité le pasteur de « brûleur de tambours » au carrefour, le pasteur avait confié toute sa frustration et sa colère à Berit. « Dieu ne parlait pas sami, Berit, n'oublie jamais cela ! » Berit le croyait volontiers, puisqu'elle avait appris à lire dans une bible en norvégien.

Non, Berit ne se contentait pas de veiller sur les vaches de Karl Olsen. Berit devait veiller sur les âmes faibles du vidda. Et sur les âmes pures. Quand elle pensait aux unes et aux autres, des images très nettes venaient à son esprit. Mattis et Aslak. Ils étaient comme les chefs de file des cohortes de bergers, ce petit peuple du vidda, avec ses grandeurs et ses misères, avec ses élans et ses souffrances. Berit vivait au même rythme qu'eux. Son esprit les accompagnait dans les montagnes, les réchauffait lors des veilles interminables par grand froid. Berit priait beaucoup pour eux. Les Évangiles norvégiens étaient remplis de bonnes paroles pour les âmes du vidda, et les pasteurs laestadiens qui s'étaient succédé n'avaient jamais faibli sur la transmission de la parole de Dieu. Mais quand elle pensa à ce qu'elle savait, Berit frissonna. Elle s'arrêta un instant de traire les vaches. Elle alla se laver les mains, s'essuya le visage et se glissa dans le fond de l'étable où un petit recoin accueillait ses instants de recueillement. Elle se signa, et elle pria pour le salut des âmes faibles et des âmes pures du vidda.

16 h 30. Kautokeino.

Lorsqu'ils s'étaient retrouvés, Klemet n'avait fourni aucune explication à sa jeune collègue sur son étrange comportement avec Aslak. La patrouille P9 n'avait fait qu'une halte de quelques heures pour se reposer. Le règlement de la brigade prescrivait une nuit de repos dans un chalet si les distances en scooter excédaient deux cent cinquante kilomètres, mais Nina avait tellement insisté pour poursuivre l'enquête qui stagnait trop, selon elle, que Klemet s'était laissé fléchir. Restait juste à espérer que leur GPS ne soit pas contrôlé au retour.

Elle est pressée de faire ses preuves, songeait Klemet. Depuis que l'idée lui avait traversé l'esprit, il pensait à cette histoire de quota, et il ne pouvait s'empêcher de voir que même si c'était lui le chef de patrouille, du fait de l'expérience et de l'ancienneté, c'était elle qui avait l'avenir devant elle. Elle me commandera un jour…

Pour l'instant, il lui fallait trouver une stratégie pour avancer sur l'enquête. Et éviter de se retrouver à nouveau dans une situation aussi embarrassante que celle avec Aslak. Heureusement, Nina n'avait pas insisté. Avait-elle compris quelque chose ? Aslak lui avait-il raconté ? Il ne le pensait pas. Ce n'était pas le genre d'Aslak.

Le Shérif les attendait dans son bureau. Il piochait dans son bol de réglisses plus qu'il n'aurait dû. Son adjoint Rolf Brattsen était déjà assis en face de lui. Klemet savait ce qui se passait dans la tête du Shérif : Tor Jensen imaginait sans difficulté que Brattsen prendrait un jour sa place. Brattsen avait de l'ambition. Ça embêtait le Shérif, Klemet le savait, car les opinions de Brattsen, plutôt radicales, s'accordaient mal avec le délicat équilibre qu'il fallait tenter de préserver dans cette région. Kautokeino était une ville norvégienne avec les mêmes attributs que n'importe quelle ville norvégienne, mais c'était en plus une des rares villes proprement sami, avec un statut à part, comme le droit pour ses habitants de s'exprimer en sami dans leurs rapports avec l'administration. La majorité de la population était sami, et il en était toujours allé ainsi. Non seulement ça, mais la police des rennes, avec sa juridiction transnationale, devait souvent avancer sur des œufs. Le domaine de compétence de la police des rennes s'étendait sur la Laponie norvégienne, mais aussi sur les territoires lapons de Suède et de Finlande. Le quartier général de la police était à Kiruna, en Suède. Cette police des rennes était considérée par les responsables politiques comme une expérience réussie de coopération nordique. Mais l'équilibre restait précaire, Klemet le savait. Lui-même était compté sur le « quota suédois ». Il était passé par l'école de police suédoise. Mais ça n'avait pas grande importance pour lui. Ses parents venaient de la région. Pour les Sami, ces histoires de frontières étaient futiles. Moins pour lui, respectueux de l'ordre, mais quand même…

– Alors Rolf, ça progresse un peu tout ça ?

Le Shérif commençait à haranguer Brattsen.

– Tu sais qu'Oslo parle d'envoyer des équipes du Sud. Ça la foutrait mal. Le capital confiance dont on dispose à Oslo et à Stockholm n'est pas très élevé après l'histoire des pédophiles, alors tu serais gentil de faire du résultat, pour parler comme à Oslo. Où en êtes-vous ?

Klemet observait Brattsen. Celui-ci prenait son temps, commençant par un tour d'horizon de la salle. Outre le Shérif, il y avait Klemet, Nina et un membre suédois de l'équipe scientifique venu en renfort du siège à Kiruna.

– Eh bien je pense que c'est bien que Fredrik, notre scientifique sur l'affaire, nous fasse un point. Fredrik…

Le Suédois venu du QG de Kiruna était un grand blond ventru aux cheveux en brosse. Il regarda tout le monde, s'attarda sur Nina qu'il n'avait pas encore rencontrée et ouvrit un dossier. Il jeta un coup d'œil rapide dessus et s'adressa à Jensen, qui s'impatientait en mâchonnant ses réglisses.

– Bien. Le meurtre d'abord. Le rapport du légiste ne devrait plus tarder. Mais ça m'étonnerait qu'on soit prioritaire. Le meurtre d'un berger lapon, ce n'est pas en haut de la liste. Je veux le voir en tout cas avant d'interpréter certaines choses. À la fois sur le type de couteau utilisé, la longueur de la lame qui peut nous donner des indications importantes, les traces de coups éventuels et le découpage des oreilles. Cela semblait plutôt net, comme vous le savez. Dans le gumpi, nous avons relevé beaucoup d'empreintes. De ce côté, nous ne sommes pas très avancés parce que, en fait, il y a les empreintes de policiers et de tous les éleveurs des alentours. Pour les éleveurs, je peux comprendre. Mais je dois quand même remarquer que j'étais déçu de relever vos empreintes…

Le policier scientifique regarda Klemet et Nina, sans rien ajouter. Mais Brattsen se chargea de relever leur bourde.

– C'est vrai que la police montée n'est pas franchement habituée au travail de la police, pas vrai, Bouboule ?

– Brattsen, ça suffit, l'interrompit le Shérif. Quoi d'autre, Fredrik ?

– Nous sommes retournés au gumpi après qu'il s'est arrêté de neiger. Pas la peine de faire un dessin, j'imagine, sur nos chances d'isoler des traces dans la neige. Mais comme la neige n'était pas tombée depuis un moment, la couche d'en dessous était assez compacte, et par endroits durcie par le vent. Je sais que ça paraît fastidieux, mais en enlevant cette couche de poudreuse dans le périmètre autour du gumpi, je me dis que l'on pourrait peut-être relever des traces.

– C'est de la foutaise et de la perte de temps, s'emporta Brattsen. Et puis tu cherches des traces de quoi ? De scooter ? Ça pourrait être des traces de ski aussi. Moi je dis qu'il faut chercher le motif, et on trouvera où chercher. Et le motif, c'est tout vu. C'est un règlement de comptes entre éleveurs.

– Brattsen, le coupa Klemet, tu sais bien que tu peux avoir tous les motifs de la terre mais, que si tu ne relies pas un meurtre à des observations sur le terrain, ça ne tient pas devant un tribunal. Et ça, tu vois, je l'ai appris au cours de mon passage au groupe Palme.

– Laisse tomber l'aspirateur, continua Brattsen en ignorant Klemet et en s'adressant toujours à Fredrik, et cherche plutôt des traces sur les couteaux des éleveurs par exemple, si tu veux vraiment des preuves. Mais ne va pas perdre ton temps à ça. Tu crois qu'on a tant de ressources ? N'oublie pas qu'en haut lieu, on veut du résultat, dit-il en toisant le Shérif, alors on va pas leur dire qu'on passe l'aspirateur sur la toundra, non ?

Le silence retomba. Comme personne ne parlait, le Shérif regarda Klemet.

– Les éleveurs, ça donne quoi ?

– Nous avons interrogé Johan Henrik et Aslak, dit Klemet. Rien de concluant. Johan Henrik semble avoir un alibi, même s'il est léger pour une partie de la période, car il n'y a que son fils qui peut le confirmer. Soit dit en passant, Johan Henrik ne croit pas qu'il s'agisse d'un règlement de comptes entre éleveurs.

– Ah bon, s'exclama Brattsen. C'est vrai qu'il est bien placé pour donner des leçons, lui. Quand est-ce qu'il s'est fait tirer dessus ? Il y a dix ou douze ans, non ?

Brattsen ricana.

– Rien que des innocents tout ça.

– C'est vrai qu'il s'est fait tirer dessus, mais tu sais bien aussi que l'autre était ivre mort. Les conflits ne se règlent pas comme ça ici. Ce n'est pas parce que les gens ont du tempérament qu'ils sont criminels.

– Ah ouais, et les coups de feu sur les gumpis, c'est juste pour décorer, pas pour intimider, hein ?

– On peut revenir à Johan Henrik ? s'interposa le Shérif.

– Eh bien pour reprendre le raisonnement de Brattsen, dit Klemet, je ne lui vois pas de motif. Le vol de quelques rennes ne suffit pas, même Brattsen devrait en convenir.

– Sauf si c'est le renne de trop, sauf si Johan Henrik est bourré ce soir-là. Tout peut déraper, pour n'importe quoi.

– Peut-être, dit Klemet doucement. Mais un motif ne suffit pas.

– Bon Dieu, s'énerva Brattsen, et voilà Bouboule qui nous fait des leçons de méthode policière. Eh, ça vous a bien servi pour trouver le meurtrier de Palme. Rappelle-moi, ça fait combien d'années depuis qu'on vous a tué un Premier ministre en 1986, et le meurtrier court toujours non ?

– Brattsen, tes commentaires commencent à me fatiguer, intervint le Shérif. Et Aslak ?

Klemet allait parler quand Nina le prit de vitesse.

– Ça coince aussi côté alibi.

Nina se replongea un instant dans ses pensées, se remémorant cette incroyable rencontre avec Aslak. Et cette impression étrange, réalisa-t-elle alors, qu'en dépit de son côté terrifiant, puissant et presque brutal, il vous faisait aussi sentir, lorsque vous lui parliez, que vous étiez le centre du monde. Quelque chose dans les yeux peut-être.

– Il n'y a personne pour le confirmer, poursuivit Nina.

– Quoi ? interrompit brutalement le Shérif en tapant du poing sur la table. Et où est Aslak, vous me l'avez embarqué, j'espère ?

Nina jeta un regard embarrassé à Klemet, qui lui fit un signe de la tête.

– Eh bien il s'est passé quelque chose de bizarre chez lui. Ou plutôt ça a commencé avant d'arriver chez lui. On a entendu un cri terrifiant. On n'a pas su d'abord ce que c'était. Et puis, en repartant, on a eu le même cri. C'était sa femme, qui a l'air un peu folle. Elle pousse des cris terribles.

– Sans blague, s'esclaffa Brattsen, et c'est quoi le rapport avec notre affaire ? Elle est débile, et alors ? Mattis aussi n'était pas une lumière, non, normal vous me direz, avec ces histoires d'incestes, hein, vous savez qui c'est, le père de Mattis, c'est son oncle !

Klemet allait répliquer quand le Shérif explosa.

– Brattsen ! Tu dépasses les bornes. Tu as oublié que tu étais policier ? Mais, bon sang, qui est-ce qui m'a fichu une équipe pareille, entre des inspecteurs qui laissent leurs empreintes partout, et un autre qui s'amuse à colporter des rumeurs. Pourrait-on, s'il vous plaît, revenir à du sérieux ?

Klemet Nango et Rolf Brattsen s'affrontaient du regard. Nina prit la parole.

– Je pense que, sur le meurtre de Mattis, nous progressons malgré tout, en tout cas de notre point de vue de police des rennes. Nous avons écarté un certain nombre de suspects potentiels. Nous ne nous sommes pour l'instant penchés que sur le milieu des éleveurs, car il relève de notre compétence. Je pense qu'il serait intéressant de voir les autres milieux, sur lesquels l'inspecteur Brattsen travaille sûrement.

Elle parlait avec assurance, encouragée par le silence des hommes.

– Concernant l'histoire du tambour, si l'inspecteur Brattsen ne s'y oppose pas bien sûr, je suis prête à me rendre en France pour rencontrer cet homme. Je suis sûre qu'il nous aidera à progresser.

– Ouais, ronchonna Brattsen, pour le tambour, c'est sans doute une bonne idée d'aller en France surtout s'il a des documents, comme vous l'indiquez dans votre rapport.

– Je pense même que c'est une tellement bonne idée, dit le Shérif, que je veux que Klemet et Nina s'impliquent plus dans l'affaire du tambour. Je pense, pour être tout à fait clair, qu'il faut un peu plus de doigté que ce dont tu es capable de faire preuve, Rolf.

Brattsen fulminait.

– Quel doigté ? Pourquoi faudrait-il du doigté avec les éleveurs ? Parce qu'ils sont sami ?

Tor Jensen le regardait tranquillement, et son silence, ce petit sourire aux lèvres, valaient toutes les réponses.

– Bien, reprit Tor Jensen. Nina, quand pars-tu pour la France ?

Nina se tourna vers Klemet.

– Dans les jours qui viennent.

– Bien, le plus vite sera le mieux, lâcha le Shérif. On va peut-être avancer un peu.

Avant que Tor Jensen ne poursuive, Nina reprit la parole, empressée.

– Et je voudrais insister sur cette coïncidence, que nous nous retrouvons avec deux histoires exceptionnelles à deux jours d'intervalle, un vol de tambour et le meurtre d'un éleveur expert en tambours. Je vois mal comment ne pas relier les affaires, même si je ne saurais dire comment.

– C'est purement spéculatif Nina, intervint Klemet. On ne peut avancer qu'à partir de preuves tangibles. Nous n'en avons pas. Avec l'affaire Palme, on a erré pendant des années à partir de spéculations alléchantes mais stériles.

– Klemet, en l'absence d'autres pistes pour l'instant, je veux que tu continues à me cuisiner les éleveurs, trancha le Shérif. Pour l'instant, ça reste la piste la plus plausible. Mais je m'étonne toujours que tu aies montré autant de clémence à l'égard d'Aslak, alors que son alibi est le moins solide, le moins vérifiable en tout cas. Il faudra que tu t'expliques un jour.

16

En sortant du bureau de Tor Jensen, tout le monde semblait faire la tête. Fredrik s'éclipsa le premier, car il devait rentrer sur Kiruna pour analyser ses trouvailles et prélèvements divers.

Klemet alla chercher Nina. Avant de retourner sur le vidda enquêter auprès des bergers, il voulait interroger Helmut, le directeur allemand du musée, afin de préparer le voyage de Nina.

Les policiers le trouvèrent dans l'entrepôt, en train de superviser l'ouverture de caisses en provenance d'Afghanistan. Il les amena dans son bureau qui surplombait la vallée de Kautokeino. En cette fin d'après-midi, elle était plongée depuis longtemps dans la pénombre. Helmut leur dit qu'il n'avait été contacté par personne. Il n'avait rien entendu. Pas de rumeur, rien. Il semblait sincèrement touché par ce qui lui arrivait.

– Le tambour était assuré ? demanda Klemet.

– Oui, mais pas du tout à sa valeur réelle, avoua Helmut, si tant est qu'on puisse estimer sa valeur réelle. Je devais en fait le faire expertiser ces jours-ci.

– Vous voulez dire que vous n'étiez pas sûr de son authenticité ? releva Nina.

– Si, si, mais enfin, nous l'avons pris sur la base des déclarations d'Henry Mons, ce Français qui nous l'a légué. Je n'ai aucune raison de douter de sa démarche ni de l'authenticité du tambour, mais d'un point de vue strictement financier en tout cas, il ne m'a pas été possible de donner une estimation solide. Et ils n'ont pas la compétence nécessaire dans ce domaine en France.

– Si j'ai bien compris, le tambour était là depuis une semaine quand il a été volé, dit Nina. On ne peut pas dire que vous étiez pressé de le voir, c'est étrange, non, pour quelqu'un comme vous, spécialiste de la culture sami...

L'Allemand paraissait gêné devant cette évidence, comme pris en faute.

– Je comprends votre étonnement. Mais nous sommes en plein boom avec cette conférence de l'ONU dans quelques jours. Des délégations vont débarquer ici, pour visiter Kautokeino, et bien sûr les délégués viendront chez nous. Et le tambour devait être l'un des points de mire de leur visite. Mais nous avions mille autres détails pratiques à régler avant. J'étais pris par le reste. Mais je vous assure que je pensais tout le temps à ce tambour.

– Je vois, dit Klemet. Admettons. Donc, vous n'avez aucune idée d'à quoi ressemble ce tambour ?

Là encore, le directeur fit une grimace exprimant l'embarras.

– Je connais Henry Mons de réputation. Il a été l'un des plus proches collaborateurs de Paul-Émile Victor. Je vous assure que c'est un excellent professionnel et un grand monsieur. Si quelqu'un de ce calibre vous contacte en vous disant qu'il a quelque chose d'exceptionnel pour vous, vous ne mettez pas sa parole en doute. D'autant qu'il n'y avait pas d'histoire d'argent là-dedans. Il ne demandait rien, tout au plus que nous prenions en charge les frais de transport et d'assurance.

– Et aucune photo n'a été prise pour l'assurance ?

Le directeur leva les mains en signe d'impuissance.

– La démarche de ce Français vous a surpris ?

– Et comment ne m'aurait-elle pas surprise ? On vous appelle pour vous dire qu'on a un tambour sami pour vous, il y a de quoi être surpris, je vous assure, surtout quand on sait ce qu'il en est de ces tambours. Il resterait a priori soixante et onze tambours sami dans le monde. Soixante et onze, vous vous rendez compte. Des centaines, des milliers peut-être ont été brûlés par les pasteurs luthériens. Et celui-ci était le premier à retourner en pays sami.

– Soixante et onze tambours, dites-vous, celui-ci fait partie des tambours connus ou pas ? demanda Nina.

– A priori je dirais non.

– A priori ?

– Eh bien certains tambours ont été identifiés, authentifiés, et ont ensuite disparu de la circulation. La plupart sont dans des musées européens, mais quelques-uns ont disparu. Mais nous avons les descriptions précises de ces soixante et onze tambours, les copies des dessins sur les peaux.

– Disparus ? Comment ça, volés ?

– Pour certains sûrement. Vous savez, pour des collections privées. Il y a toujours des histoires comme ça.

– Au point où il pourrait y avoir un trafic de tambours ? demanda Nina.

166

L'Allemand resta un moment silencieux, semblant réfléchir.

– J'aurais tendance à dire non. La culture sami n'est pas assez connue et répandue pour provoquer de tels comportements.

– Ce n'est pas pour insister, dit Nina, mais je me demande encore comment vous ne vous êtes pas jetés dessus pour voir à quoi il ressemblait.

– Écoutez, un tambour pareil, s'il est authentique, ça se manipule de toute façon avec beaucoup de précautions. C'est une autre raison pour laquelle je ne l'avais pas vu. J'attendais un expert en conservation pour ne prendre aucun risque. Il devait venir avant-hier. Voilà. Et je vous assure que je suis horriblement frustré et mal avec cette histoire. J'ai l'impression d'avoir trahi les Sami.

Helmut paraissait sincèrement affecté.

– Quand Henry Mons vous a-t-il contacté ? reprit Klemet.

– Il n'y a pas très longtemps, en fait. Je pourrais retrouver la date exacte si cela vous intéresse, parce qu'il m'a écrit. Mais je dirais à vue de nez que c'était il y a un mois environ. Oui, un mois presque jour pour jour en fait, ça devait être la veille ou l'avant-veille de la fête de la Sainte-Lucie, parce que je me rappelle avoir dit en plaisantant à ma femme qu'on allait pouvoir fêter ça avec une sainte Lucie habillée en chamane qui rythmerait les chants sur un authentique tambour sami.

Klemet trouvait cette idée bizarre, mais n'en dit rien.

– Qui était au courant pour ce tambour ?

Helmut écarta les bras.

– Tout le monde dans la région, j'imagine. La presse en avait parlé. Nous n'avions aucune raison de le cacher. Même si maintenant je me dis qu'on aurait dû faire autrement.

– Vous connaissez cet Henry Mons ?

– De réputation uniquement. J'ai les livres de Paul-Émile Victor, vous aussi peut-être ?

– Euh, non, c'est qui ce Victor ? demanda Klemet.

– Ah… je vois, fit Helmut. C'est un explorateur français très connu, un spécialiste de la Polynésie et des régions polaires. Il a parcouru la Laponie juste avant la Deuxième Guerre mondiale.

– Et donc Mons travaillait avec lui ?

– Oui, il était géologue de formation, mais aussi ethnologue. C'était un peu cette génération d'aventuriers touche-à-tout, avant que tout ne devienne ultra spécialisé. Ce genre d'expéditions embarquait toutes sortes de personnes aux compétences très multiples, ce qui revenait moins cher j'imagine. Mais Mons était quelqu'un de très qualifié dans ces domaines.

– Comment est-il entré en possession de ce tambour ?

– Eh bien j'en ignore les détails à vrai dire. Je crois que c'est un de leurs guides sami qui le lui avait remis. Était-ce un cadeau ? Je ne sais pas. Nous comptions demander à Henry Mons et puis ce vol a tout bouleversé. Du coup, c'est passé au second plan.

– Si ces tambours sont aussi rares, c'était un cadeau exceptionnel, alors ?

– Vous pouvez le dire ! Mais est-ce que ce guide sami en connaissait la valeur ? Ce n'est pas sûr. La plupart des tambours qui existent encore étaient conservés dans un cadre strictement familial. Peut-être n'en avaient-ils plus l'usage. Les Sami étaient déjà largement christianisés à cette époque. Mais c'est en tout cas très important pour la culture du Nord. Et de l'Europe, après tout. Les Sami sont la dernière population aborigène d'Europe. La façon dont on les traite, et dont on traite leur culture et leur histoire, en dit long sur notre capacité à appréhender notre histoire.

– Sans doute, sans doute, dit Klemet, qui n'était pas très à l'aise avec ce genre de raisonnement. Ça nous éloigne un peu de notre petite histoire à nous.

– Vous seul pourrez le dire, inspecteur.

– Et Mattis Labba, le berger qui a été assassiné, demanda Nina à tout hasard, ça ne vous dit rien, j'imagine.

– Mattis ? Bien sûr, répliqua Helmut, à la surprise des policiers. Je le connaissais assez bien même.

Klemet et Nina se regardèrent, incrédules. Devant leur air étonné, Helmut rit.

– Mattis était un sacré personnage.

– On nous l'a décrit surtout comme un pauvre type, un alcoolique, un homme qui s'était perdu, lui dit Nina, en regardant avec insistance Klemet.

– Eh bien j'imagine que vous pouvez le voir comme ça aussi. Je dirais que Mattis était un personnage plus complexe. Il avait en fait beaucoup d'ambition, mais il estimait qu'il n'était pas à la hauteur de ces ambitions. Alors ça le déprimait. Je peux comprendre. Il prenait ça très au sérieux.

– De quelle ambition parlez-vous ?

– Oh, vous savez quel père il avait ? Un personnage mystérieux, un vrai chaman, selon les dires. Plus personne ne croit à ces choses-là, mais ça a une valeur sentimentale et nostalgique indéniable. Sans parler, bien sûr, de son importance historique et culturelle.

– Et l'ambition de Mattis donc ?

– Je pense qu'il vivait beaucoup dans l'ombre de son père. Je ne dirais pas qu'il voulait se faire passer pour un chaman, mais il était plutôt doué pour fabriquer des tambours.

– Quel genre de tambours ?

– Le même genre que ceux qui étaient utilisés par les chamans. C'est pour cette raison, en fait, que j'étais en contact régulièrement avec lui. Je revendais ses tambours à la boutique du centre. Je dois même en avoir encore un, je pense, qu'un client n'est pas venu chercher. C'est un travail assez important, vous comprenez, alors Mattis les faisait à la commande. Les gros en tout cas, ceux pour les collectionneurs. Il y avait ceux pour les touristes aussi, plus vite faits, moins chers bien sûr.

Nina repensait à l'attirail de son gumpi. C'est à ça que Mattis passait son temps libre quand il ne surveillait pas ses rennes. À ça et à l'alcool. Elle s'imagina Mattis isolé dans son gumpi, au milieu d'une tempête de neige, penché sur un morceau de bois, en train de le travailler laborieusement, la vue troublée par l'alcool. Elle en oublia son ressentiment pour le Mattis au regard pervers qui l'avait dégoûtée. Ses pensées flottèrent naturellement jusqu'à Aslak. Aslak et son regard dur et tourmenté, implacable et… troublant.

– Quand l'avez-vous vu pour la dernière fois ? demanda Klemet.

L'Allemand se frotta la barbe.

– Je l'ai vu… il y a bien deux semaines, je crois.

– Que voulait-il ?

– Oh, c'était comme d'habitude, vous savez. On se voyait peut-être tous les deux mois. Souvent quand il avait besoin d'argent, en fait. Alors je lui passais commande de quelques tambours. J'aimais bien Mattis. Il fait partie d'une espèce d'éleveurs en voie de disparition. Il n'y a plus de place pour les petits comme lui. Pas avec les frais fixes qu'ont les éleveurs de nos jours et la pression que leur met l'Office de gestion. Mais j'en dis trop, ce ne sont pas mes affaires.

– Comment vous avait-il paru ?

– Mattis pouvait passer d'un extrême à l'autre, cela dépendait de son état…

– S'il avait bu ou pas, compléta Nina.

– Oui, dit l'Allemand d'un air gêné. Il les regarda l'un après l'autre puis reprit : je ne tiens pas à salir sa mémoire.

– On ne vous le demande pas, dit Klemet. Continuez.

– Je vois Mattis comme quelqu'un de très sensible. Il n'était pas fait pour ce monde.

– Personne n'est fait pour ce monde, murmura Klemet d'une voix si basse que Nina lui demanda de répéter.

Klemet reporta son attention sur l'Allemand, ignorant la remarque de Nina.

– Était-il différent des fois précédentes ? Depuis quand le connaissiez-vous ?

– J'ai connu Mattis pratiquement dès mon arrivée en Scandinavie, il y a plus d'une trentaine d'années. Il était jeune, il travaillait pour d'autres éleveurs, il était ado à l'époque.

L'Allemand souriait, il semblait se repasser un film avec un plaisir certain.

– J'ai connu l'époque où la mécanisation a atteint l'élevage de rennes, dit Helmut. On découvrait les scooters des neiges. Mattis était un fou sur ces engins-là. Un vrai casse-cou.

Helmut souriait, silencieux. Puis il redressa les yeux, et regarda les policiers tour à tour.

– Il avait changé. Il changeait tout le temps. Il était sur une pente. Même si l'alcool pouvait marquer plus ou moins le trait, il plongeait de plus en plus. J'ai l'impression que quelque chose le tracassait. Non, ce n'est pas le bon mot. Il était habité. Ça paraît un peu pompeux comme mot, mais je crois qu'il y avait quelque chose qu'il portait en lui et qu'il n'arrivait pas à partager. Ça le minait. Voilà, ça le minait. Pour revenir à cette dernière fois où il est venu, il a passé pas mal de temps ici. Il a traîné à l'atelier, à regarder ce que faisaient les autres artisans, et il s'est baladé dans le centre. Il n'y avait pas grand monde. Il était au calme et je crois qu'il appréciait ces moments-là, avant de reprendre la direction du vidda, avec le froid, les risques, ce travail sans fin avec les rennes. Je me dis qu'il connaissait quelques moments de paix ici.

Klemet et Nina se taisaient maintenant. Ils n'avaient plus de question. Ils semblaient eux-mêmes perdus dans leurs pensées. Ils l'étaient. Pour des raisons différentes. Lorsque, en sortant, Klemet invita Nina à passer chez lui, elle en fut presque soulagée.

17

Vendredi 14 janvier.
19 h. Kautokeino.

Quand Nina frappa à la porte de la maison de Klemet à 19 heures précises, elle ressentit une impression bizarre. C'était la première fois qu'elle venait chez Klemet, et la première fois aussi qu'elle allait se présenter en civil devant lui. Il n'y avait bien sûr pas de raison de trouver ça bizarre, si ce n'est qu'elle se sentait un peu plus exposée. Elle portait une parka serrée et un bonnet chamarré avec un pompon rouge ballottant sur le côté. N'obtenant pas de réponse, elle frappa encore. Pas de réponse. Elle se retourna, regardant du côté de la rue éclairée. La voiture de Klemet était garée. Elle jeta un coup d'œil sur le côté, vers le jardin, mais il faisait trop sombre. Elle frappa à nouveau, plus fort. Puis elle cria le nom de Klemet. Elle finit par entendre une réponse.

– Ici !
– Quoi ici ?
– Au fond du jardin !

Nina contourna la maison, s'avança prudemment dans la neige, puis elle aperçut une lueur au fond du jardin. Une lueur qui provenait de l'intérieur de ce qui devait être une tente sami. Un bout de toile se souleva et la silhouette de Klemet apparut. Nina fit quelques pas, étonnée, et se courba pour pénétrer sous la tente, tandis que Klemet lui tenait la toile. Quand elle se redressa, elle demeura stupéfaite. Klemet avait aménagé dans son jardin une tente sami plus vraie que nature.

En son centre, il y avait un âtre où un feu généreux dégageait une agréable chaleur ainsi que de la fumée jusqu'à mi-hauteur. Le sol était recouvert de peaux de rennes sauf à l'entrée, tapissée de branches de bouleaux.

– Choisis ton côté, invita Klemet.

– Et toi, où te mets-tu ?

– À l'opposé, ne t'inquiète pas, dit-il sans même sourire.

– Je ne m'inquiète pas.

Elle s'assit à gauche et regarda à nouveau autour d'elle. Tout le long de la tente, entre les peaux et le bord de la tente, étaient disposés des coffres longilignes larges d'une trentaine de centimètres. Certains recouverts de coussins soyeux et chatoyants qui dénotaient un raffinement évident. En face de l'entrée, derrière l'âtre, était disposé un coffre ancien et verni, gros sans être massif, au pied d'une belle armoire ciselée aux coins renforcés de parures de cuivre. Par un système de cordelettes et de bois suspendus, Klemet avait accroché des reproductions de peintures et des photos exaltant la magnificence du vidda, paysages envoûtants aux lumières magiques, mais aussi peintures abstraites dont les tonalités concordaient. Nina observait fascinée ces images voilées par la fumée en suspension qui leur ajoutait un trait de mystère. Levant les yeux, elle suivit la fumée qui s'échappait par le sommet de la tente, ouvert sur l'extérieur. Dans la partie supérieure de la tente, entre les tableaux et la pointe ouverte, des dizaines de bois de rennes étaient enchevêtrés avec un soin évident, accrochés par un système savant et invisible. Il ressortait de ce barrage de bois à travers lequel la fumée s'échappait une harmonie qui n'échappa pas à Nina, comme si les pensées contenues dans cette tente passaient au travers d'un mystérieux filtre. Tout était installé avec goût et chaleur. Rien dans le comportement de Klemet n'avait laissé imaginer un tel refuge qui vous transportait dans une autre dimension. Nina était saisie, et intimidée en même temps. Cette intimité était presque trop brutale. Elle se sentit obligée de revenir à quelque chose de plus terre à terre.

– J'ai réservé mon billet d'avion pour la France. Je pars lundi en fin de matinée.

– Parfait, dit simplement Klemet. Il n'ajouta rien. Conscient de l'atmosphère ainsi créée. Conscient aussi qu'il fallait un peu de temps à Nina pour trouver ses marques.

– Que souhaites-tu boire ? finit-il par dire. Il y a un peu à manger aussi. Mais pas de tibia de renne, je te promets, dit-il en la regardant avec un demi-sourire.

– Klemet, c'est… extraordinaire cet endroit. Je suis tellement surprise. On est vraiment transporté dans un autre monde. C'est tellement… harmonieux, chaleureux, magique. Surprenant aussi. Quelle idée d'avoir planté une telle tente dans ton jardin…

– Avec ou sans alcool ?

Nina regarda autour d'elle. Tout était apparemment bien rangé. Elle avait beau avoir déjà visité une bonne vingtaine de gumpis et de tentes d'éleveurs depuis ses débuts dans cette brigade, elle n'avait rien vu de tel.

– Je peux prendre une bière.

175

Klemet ouvrit le coffre et en sortit deux bouteilles de bière, des Mack de Tromsø. Il entrouvrit le meuble, en sortit deux verres, en tendit un et la bouteille débouchée à Nina.

– Il faut tout savoir sur ce tambour, sur cette expédition d'avant-guerre, sur ce Lapon, sur d'autres collectionneurs éventuellement. Quoi qu'en dise Helmut, on ne doit pas exclure un vol pour un trafic. Il faut savoir s'il fait partie des tambours connus ou pas. Si c'est quelqu'un d'ici qui a fait le coup, que ce soit Olaf ou quelqu'un d'autre, il doit y avoir une raison solide.

– Tu as entendu à la radio nationale ? Ils disent que ça pourrait être l'extrême droite, voire même des laestadiens d'ici. Ils disent que l'extrême droite veut empêcher les Lapons de renforcer leur identité avec le tambour, et les laestadiens veulent empêcher que les Lapons soient à nouveau tentés par leur ancienne religion.

– Je sais. Cela fait des motifs, pas des preuves.

– C'est quoi ces laestadiens ? Nous n'en avons pas dans le Sud.

L'air très détendu, Klemet leva son verre en direction de Nina.

– Santé.

– Santé, dit Nina.

– C'est une secte luthérienne. Le milieu dont je suis originaire.

Nina avait les yeux grands ouverts, ne pouvant cacher son étonnement.

– Ça vient d'un pasteur suédois à moitié lapon qui s'était donné beaucoup de mal pour remettre les Lapons sur le droit chemin parce qu'il les considérait trop sous l'influence de l'alcool. C'était il y a cent cinquante ans. Il en reste toujours qui se réclament de lui. Ils sont très tradition-tradition, très stricts. Ce n'était pas ma tasse de thé. Pas de télévision, pas d'alcool, pas de rideaux aux fenêtres, tout ça quoi. Ça se pratiquait beaucoup dans ma famille. C'est pour ça qu'on a été en froid. Je n'ai jamais pu accepter ces côtés bigots.

– Et ta famille ? Ils étaient éleveurs ?

Klemet prit son temps pour boire lentement.

– Non, je te l'ai déjà dit, mon grand-père avait été éleveur. Mais il avait dû arrêter. Il n'y arrivait plus. En quelques années, tu peux être ruiné. C'est ce qui est arrivé à mon grand-père. Il aurait pu couler. Mais il avait sa morale laestadienne dans le dos. Il est allé travailler comme fermier chez un paysan du coin. Il habitait dans une ferme au bord d'un lac, de l'autre côté de la montagne, à deux jours de marche de Kautokeino. Mon père, quand il était enfant, travaillait avec les rennes des autres, et parfois aux champs aussi, l'été. Mais mon grand-père n'a jamais bu en tout cas. Mon père non plus. Ils étaient fiers.

– Tu disais que tu étais suédois.

– Oui. Ma mère est suédoise. Mon père l'a rencontrée en travaillant en Suède. Comme saisonnier. Il vivait une partie de l'année avec nous en Suède, et une autre partie en Norvège, au gré des boulots. Moi j'ai grandi en partie à Kiruna, en Suède, là où il y a la mine de fer. C'est là que je suis né. J'avais quinze ans quand on est venu habiter à Kautokeino.

Nina se sentait un peu engourdie, sirotant sa bière, bien au chaud sur les peaux de rennes, allongée et légère. Elle sentait que son collègue était en verve. C'était inhabituel.

– Klemet, pourquoi une tente comme ça ici ?

Klemet rit, d'un air un peu gêné.

– J'aime cette atmosphère. C'est intime.

– Tu aurais voulu être éleveur de rennes ?

Klemet ne répondit pas tout de suite. Il était plongé dans ses pensées.

– Non. Je ne dis pas que ce n'est pas un métier intéressant. Mais je crois qu'il faut être né dedans. Moi je voulais avoir un garage. Quand j'étais ado à Kautokeino, j'ai travaillé dans un garage. C'était marrant. On avait toutes sortes de voitures, on s'occupait de leur entretien. Il y avait la voiture du livreur de glaces, celles des policiers, l'ambulance. Ma préférée, c'était celle des pompes funèbres. Très classe. C'est moi qui les conduisais quand on avait fini l'entretien. J'adorais ça.

– C'est toujours ce que tu as voulu faire ?

– Non.

Il prit un air gêné.

– Ça va te paraître idiot. Mais ce que j'aurais voulu faire moi, c'est un métier qui n'est pas de chez nous, un métier qu'aucun Lapon n'a jamais fait. Mais j'aurais voulu être chasseur de baleines.

– Chasseur de baleines…

– Oui. C'est idiot non, quand tu viens de l'intérieur de la Laponie.

– Mon père a été chasseur de baleines, lâcha Nina.

Ce fut au tour de Klemet de la regarder avec des yeux surpris. Il attendait que Nina continue, mais rien ne venait.

– Ça alors !

Klemet devint rêveur un moment. Il allait poser une question à Nina, quand il surprit son air sombre. Il n'osa plus.

18

Lundi 17 janvier.
Lever du soleil : 10 h 07 ; coucher du soleil : 12 h 52.
2 h 45 mn d'ensoleillement.
8 h 30. Kautokeino.

Karl Olsen entra dans la mairie de Kautokeino de mauvaise humeur. Le paysan était certes de nature bougonne, mais cette fois-ci un peu plus que d'habitude. Le conseil municipal se tenait en fin de matinée et il n'avait pas eu le temps de préparer les dossiers comme il voulait. Il était conseiller municipal du Parti du progrès qui était assez largement minoritaire dans le village. Mais, comme au niveau national le Parti pesait dans les vingt pour cent, on le considérait avec un certain respect. Certains opposants essayaient absolument de les décrire comme un parti d'extrême droite, mais ça n'avait rien à voir. C'était juste que ces Lapons se croyaient tout permis ici, et que ça ne pouvait pas durer. Et lui, Karl Olsen, entendait bien s'y employer. Ce n'est pas pour rien que, dans sa famille, on avait été paysan ici de génération en génération. Oui, la famille Olsen, c'était des pionniers, de ceux qui avaient conquis le Grand Nord pour le compte de la Couronne, de ceux qui avaient défriché ce désert froid quand les Lapons ne savaient que courir après leurs rennes. Le problème était qu'en Laponie intérieure, les Lapons, même peu nombreux, étaient majoritaires. C'était autre chose sur la côte. Mais ici, il fallait composer. Et ça, composer, Karl Olsen savait faire. Il avait réussi à amadouer les autres partis, et à obtenir des postes de membre dans deux comités, celui aux affaires agricoles et celui aux affaires minières. Il venait en règle générale un jour par semaine à la mairie. C'était beaucoup, mais il s'en faisait un devoir, pour avoir un œil sur ce qui se tramait ici. Il tourna le torse, nuque toujours raide, pour saluer la réceptionniste. Il ne l'aimait pas, il savait qu'elle était travailliste, mais elle occupait un poste clef. Quand la secrétaire du maire était absente, c'était souvent elle qui faisait tourner les affaires courantes à la mairie.

– Tout va bien, ma petite Ingrid ? demanda-t-il d'un ton mielleux.

– Tout va bien. J'ai imprimé l'ordre du jour de la réunion du comité des affaires minières. C'est dans votre casier. Et puis j'y ai mis la liste des invités de la conférence de l'ONU sur les populations autochtones qui rendront visite à la mairie aussi.

– Merci, merci, ma petite, je file.

Olsen attrapa l'ordre du jour et la liste, ainsi que quelques enveloppes et journaux. Droit comme un I, il alla de son pas court et rapide jusqu'au bureau du Parti du progrès. Comme il s'y attendait, il n'y avait personne. Son colistier était un incapable qu'il méprisait, un bellâtre qui trouvait plus important de parader sur son scooter des neiges les jours de marché. Il était pathétique. Le gars tenait le petit magasin d'informatique et n'avait rejoint le Parti du progrès que parce que celui-ci voulait baisser massivement les impôts et utiliser largement l'argent du pétrole. Ce bellâtre n'avait rien compris aux enjeux de ce qui se passait ici, mais Karl Olsen avait besoin de lui, alors il le supportait.

Karl Olsen songeait à ce qui se passait ces jours-ci dans la région. Beaucoup d'animation. Un peu trop sans doute. Ça occupait tous ces fainéants de policiers en tout cas. Il prit la liste des invités à la conférence de l'ONU et, sans même la lire, la réduisit en boule et la jeta à la poubelle. Il pensait à une autre conférence, bien plus importante pour lui, celle qui sous peu devait attribuer des licences d'exploration minière en Laponie.

Il y réfléchissait tout en feuilletant négligemment le *Finnmark Dagblad*. On parlait de la manifestation de son parti à Alta. Ça faisait du bruit cette petite affaire. Sur la côte, les gens en avaient marre de ces histoires, et que les Sami dictent leur loi. Très bien, très bien, pensa Olsen. Il tournait les pages, un accident de voiture sur la route d'Hammerfest, un bateau de pêche en difficulté au large du cap Nord, une collégienne violée à Alta, un trafiquant de cigarettes arrêté à Kirkenes, la rénovation de l'école de Tana Bru finalement votée. Il jeta le journal.

Les quelques compagnies minières qui travaillaient dans la région avaient certes apporté un développement important au village, puisqu'on avait jugé nécessaire de construire ce petit aérodrome. Mais ce n'était rien en comparaison de ce qui allait se passer avec ce nouveau tour de distribution de licences. Bon Dieu de bon Dieu, ça allait être énorme. Il le savait bien, lui, puisqu'il siégeait au comité municipal des affaires minières. C'est même pour suivre tout ça au plus près qu'il s'était débrouillé pour se faire nommer à cette

181

commission, laissant au bellâtre les postes plus cou-
rus, comme la commission du budget. Oui, ça allait
être énorme, surtout si l'on savait où déposer cette
fichue demande.

– Nom de Dieu de nom de Dieu de nom de Dieu,
jura Olsen.

Cette satanée conférence approchait à toute vitesse,
et il ne savait toujours pas où frapper. Il regardait
l'ordre du jour du comité des affaires minières lorsque
le téléphone sonna.

– Karl, il y a un monsieur à l'entrée. Il demande à
voir quelqu'un du comité des affaires minières.

– Et alors, j'ai pas le temps, bougonna-t-il. Qu'il
repasse donc cet après-midi.

Il y eut un échange étouffé, et la réceptionniste reprit.

– Il insiste, Karl. C'est un Français. Un géologue.
Il dit qu'il a déposé une demande d'exploration, et il
veut savoir où ça en est.

Bon Dieu de bon Dieu, pensa le paysan. Ça doit
être ce type dont m'a parlé Brattsen. Il repensa à toute
vitesse à ce que lui avait raconté le policier lorsqu'ils
s'étaient revus deux jours plus tôt. Ils s'étaient rencontrés le soir derrière chez lui. Cela faisait un peu
conspirateur, mais c'était pour lui une façon de tester
la volonté de Rolf Brattsen. Il se disait que s'il pouvait
amener le policier à des rendez-vous comme ça, il
pouvait l'amener à beaucoup plus. Il ne fallait pas le
lâcher ce gars-là. Brattsen lui avait parlé du géologue.
Il pouvait peut-être même faire un suspect, qui sait ?
Après tout, son arrivée dans le coin coïncidait avec la
série de catastrophes qui s'était abattue sur le village.
Qu'est-ce qu'il avait en tête, ce gars-là ? Ce ne serait
sûrement pas trop difficile de le coffrer un temps,
en attendant que tout se calme, que cette fichue confé-

rence de l'ONU passe et que la tension retombe. En écoutant Brattsen, Karl Olsen avait plissé les yeux. Il réfléchissait. Puis, soudain, il s'était tourné d'un bloc vers le policier.

– Mais tu n'y es pas du tout, petit, lui avait-il dit. Ce type-là, c'est la providence qui nous l'envoie. Tu comprends, c'est inespéré.

Brattsen ne comprenait pas du tout.

Mais Karl Olsen, lui, avait un embryon d'idée en tête. Une idée qui découlait d'une obsession. Le temps était peut-être enfin venu, se dit-il en se massant la nuque. Mais il ne pouvait pas y arriver seul. Il n'avait jamais eu confiance dans les géologues locaux. Trop proches des autorités locales, estimait-il. Tout l'appareil économique et industriel dans le Grand Nord était noyauté par le Parti travailliste, les géologues y compris, il en était sûr. Rien que des bureaucrates à la solde du pouvoir. Ils ne sauraient jamais garder un secret. Leur loyauté n'irait jamais vers lui. Et voilà qu'un géologue étranger lui tombait du ciel.

Au téléphone, Ingrid attendait toujours. Karl Olsen réfléchissait à toute vitesse.

– Ingrid, fais-le patienter un moment.

Puis il raccrocha. Il composa aussitôt le numéro de Brattsen. Quand le policier eut décroché, le conseiller municipal rentra dans le vif du sujet.

– Rolf, que sais-tu sur ce Français, en plus de ce que tu m'as dit ?

Tout en écoutant le policier lui parler, le regard d'Olsen se fendit. Il poussait un grognement de temps en temps. Il écoutait toujours attentivement lorsque son regard tomba sur le journal jeté dans la corbeille. Il le lissa de sa main libre, l'ouvrit à la page qui l'intéressait, celle des faits divers. Puis il remercia. Il se frotta les mains, découpa un bout du journal et décrocha à nouveau son téléphone.

– Ingrid, dis à ce monsieur que je ne peux pas le recevoir avant la réunion du comité. Il ne faudrait pas qu'il tente d'obtenir un passe-droit, n'est-ce pas ?

– Oh, je n'y avais pas pensé, Karl. Mais tu as sûrement raison. C'est en tout cas très sage de ta part. Si on pouvait en dire autant de tous nos conseillers municipaux…

– Eh oui mon petit. Bon, il faut que je travaille maintenant, ne me dérange plus jusqu'à la réunion du comité, compris ?

Ils raccrochèrent. Olsen se précipita à la fenêtre de son bureau. Le Français remontait rapidement dans son 4×4, l'air en colère. Il avait un gros Volvo xc90. Il regarda dans quelle direction il repartait, attendit quelques minutes, puis sortit à son tour, par la porte de derrière.

Karl Olsen rattrapa sans difficulté le Français. Il attendit d'être sur une parcelle de route isolée et il lui fit un appel de phares. Devant, le géologue ralentit et mit son clignotant.

– Vous vouliez voir quelqu'un du comité des affaires minières, lui demanda Olsen, vitre baissée. Suivez-moi.

Ils roulèrent en dehors de la ville, jusqu'à l'emplacement près de l'enclos à rennes où le paysan avait rencontré Brattsen quelques jours plus tôt. Il ouvrit la portière droite, grimaçant à cause de sa nuque, et prit le thermos de café qu'il avait emmené de chez lui le matin.

– Café ?

Racagnal s'assit en silence. Il ne semblait pas particulièrement surpris d'avoir été amené ainsi dans un endroit désert par un inconnu. Karl Olsen se dit que, comme le bonhomme n'avait pas l'air d'un naïf, il devait sûrement être rodé aux coups tordus. Il faudrait faire doublement attention. Karl Olsen tourna son buste vers la droite et tendit la main, avec un sourire qu'il pensait bienveillant mais qui n'était qu'un rictus.

– Karl Olsen, se présenta-t-il. Je fais partie du comité des affaires minières. Un contretemps à la mairie, je n'ai pas pu vous recevoir, mais le mal est réparé. Alors, dites-moi…

André Racagnal prenait maintenant son temps pour observer le paysan qui peinait à rester dans sa position, à demi tourné vers lui.

– Je ne bois pas de café, merci, dit-il dans son suédois marqué d'accent français.

Le Français semblait évaluer la situation. Il caressait machinalement la gourmette en argent qu'il portait au poignet gauche.

– Ma compagnie, la Française des minerais, a déposé une demande pour une licence d'exploration. On m'a promis une réponse, positive, aujourd'hui. J'ai passé tous les différents échelons administratifs au niveau du ministère, de l'agence minière et de la région. Il ne me reste plus que le tampon de la commune. Et on m'a fait comprendre que ça ne serait pas un problème.

– Pas un problème, hein? dit le paysan. Hé hé, comme quoi nous, on servirait à rien, c'est ça?

– Ce n'est pas ce que je dis. J'ai respecté tous les critères propres à la saison, pour éviter les zones de pâturage des rennes et…

– Les rennes, les rennes…

Olsen fit un geste de la main, comme s'il s'en moquait.

– Écoutez-moi bien maintenant, poursuivit le paysan.

Il garda le silence un moment, comme s'il pesait ses mots une dernière fois, comme s'il faisait une ultime tentative pour envisager toutes les options.

– Le comité est très restrictif en ce moment. Il y a eu pas mal de débats au conseil municipal et certains pensent que ça va trop vite.

Ce n'était pas vrai, mais Olsen se tourna un peu pour voir comment réagissait le Français. Rien. Il ne lui facilitait pas la tâche. Il continua.

– On a déjà interdit la prospection aérienne, comme vous le savez sans doute.

Là, c'était vrai. Nouveau coup d'œil. Toujours rien. Bon Dieu de bon Dieu.

– C'est mal parti votre histoire… mais je pourrais vous aider. Vous m'avez l'air sérieux. Vous connaissez la région, d'après ce qu'on m'a dit ?

Cette fois-ci, le Français semblait réagir.

– Mon bon ami le commissaire Brattsen, excellent policier, sûrement le futur chef de la police ici. C'est lui qui m'a parlé de vous.

– Et ?

– Vous avez déjà travaillé dans la région ?

– Ouais, pendant plusieurs années. J'ai beaucoup travaillé en Afrique aussi, au Canada, en Australie, un peu partout, ouais.

– Toujours pour la même compagnie ?

– Non, pour des Chiliens aussi, mais depuis dix ans je travaille pour la Française des minerais, c'est le plus gros groupe français. Des gens très sérieux.

– Bien, bien. Voyez-vous, j'ai regardé votre dossier. Bien ficelé, il faut le reconnaître. Ah, quel dommage que le comité ait la dent si dure… Mais… je vous propose autre chose.

Le Français le regarda avec un air plus intense.

– Voyez-vous, le minerai, ça m'intéresse aussi. Beaucoup, depuis longtemps. Mais j'ai besoin d'un géologue. Un bon, un gars qui ne soit pas cul et chemise avec les travaillistes ou les gens d'ici. Un gars qui puisse travailler discrètement, vous voyez, qui n'ait pas de comptes à rendre. Vous voyez ce que je veux dire…

– Je vois, dit Racagnal. Continuez.

– Je vous propose une association. Sur une mine. Une grosse. Quelque chose qui fera notre richesse.

Ses yeux étaient plus fendus encore, il donnait de l'emphase à ses mots, il la voyait cette mine.

– Mais je ne sais pas où c'est.

– Ah…

– Mais j'ai une carte, dit-il tout de suite.

– Une carte… Mais vous ne savez pas où c'est ? Je ne vous suis pas.

– C'est une carte géologique, voyez-vous, aucun nom de lieu n'est indiqué. C'est une vieille carte, et…

À nouveau, Olsen laissa sa phrase en suspens, pour évaluer Racagnal. Lorsqu'il avait évoqué une carte géologique, le Français avait redoublé d'attention.

– Une carte de quand ? le coupa Racagnal.

– Eh bien, ce n'est pas marqué, mais d'après ce que m'en avait dit mon père avant de mourir, ça doit dater juste d'avant-guerre.

– Et qu'est-ce qui vous fait croire qu'il y aurait une mine si importante. Et une mine de quoi ?

Karl Olsen se massa la nuque en grimaçant et s'avança encore un peu plus vers le géologue français.

– De l'or, chuchota-t-il, beaucoup d'or.

Il se recula à nouveau, la position étant trop douloureuse.

– Qu'est-ce que vous attendez de moi ? lui demanda Racagnal.

– Cherchez pour moi. Vous aurez le permis pour votre compagnie. Mais vous devrez chercher ce gisement aussi. En priorité. Je vous promets l'exclusivité. Ça fera de vous un homme riche.

– Comment pouvez-vous en être aussi sûr ?

– Parce que c'est ce que disait mon père, et que depuis longtemps, dans la région, on parle de ce gisement, mais que personne n'a jamais été fichu de le trouver. Sauf que personne n'avait cette carte.

Racagnal restait silencieux. Il réfléchissait. C'est toujours ça, se disait le paysan. Au moins, il n'a pas éclaté de rire.

– Nous avons une réunion du comité tout à l'heure, comme vous le savez. Il n'est pas difficile pour moi de reporter la réunion de quelques jours. Ça vous laisse le temps de présenter un dossier supplémentaire. Mon nom n'apparaîtra pas bien sûr. Mais ça veut dire aussi que, d'ici là, il faut avoir une idée bien plus précise de l'emplacement du gisement, pour être sûr de frapper au bon endroit. Car les attributions de licences qui vont être octroyées à la fin du mois pour toute la Laponie sont les plus grosses jamais lancées dans le Nord, et il n'y aura pas de nouvelle distribution de permis d'une telle ampleur avant sûrement une décennie. Donc c'est maintenant ou jamais !

Le Français avait les yeux plantés dans ceux de Karl Olsen qui se massait à nouveau la nuque.

– Cela peut être intéressant. Laissez-moi un peu de temps pour réfléchir et prendre quelques dispositions.

Olsen lui jeta un regard noir, nuque raide, porta lentement la main à son portefeuille où il avait glissé la coupure de journal, puis se retint.

– La réunion du comité est à midi. Il me faut votre réponse avant. N'oubliez pas, l'exclusivité. Voici mon numéro. Partez maintenant.

10 h. Kautokeino.

Karl Olsen revint se garer derrière la mairie et rentra discrètement. Ce n'était pas difficile. On entrait et venait comme on voulait dans cette mairie. N'importe qui pouvait venir et traverser les bureaux sans que quiconque ne s'en rende compte. On ne se méfiait guère des gens ici. Un parfum d'innocence flottait encore. Tant mieux, ricana intérieurement Olsen. Il entra dans le bureau du Parti. Personne. Très bien. Il marcha vers la réception. Ingrid discutait avec plusieurs conseillers municipaux, dont son colistier, encore vêtu de sa combinaison de scooter.

– Il n'y a pas eu de message pour moi, Ingrid ?

– Non Karl, et je n'ai laissé rentrer personne pendant que tu travaillais.

Elle ouvrait le courrier du jour tout en discutant aimablement avec chacun. Il restait deux heures avant le début de la réunion du comité.

– Ingrid, la salle est prête ? demanda un autre conseiller municipal. Le rétroprojecteur était en panne l'autre jour.

– Je vais voir.

Elle se leva et se dirigea vers le couloir opposé d'où venait Olsen. Elle tourna dans le couloir. Quelques instants passèrent puis un cri strident retentit. D'un même mouvement, toutes les personnes présentes se précipitèrent dans le couloir. Elles trouvèrent Ingrid, mains sur la bouche, les yeux terrorisés.

– Là, là, dit-elle, en pointant du doigt une forme sur le sol.

Tout le monde regarda. La chose, à côté d'un sac plastique, était recroquevillée, un peu noirâtre par endroits, mais les contours ne laissaient aucun doute : il s'agissait d'une oreille humaine.

19

Lundi 17 janvier.
10 h 30. Kautokeino.

Brattsen était en train d'interroger Ingrid lorsque Klemet arriva seul. Nina finissait de se préparer avant de partir pour l'aéroport d'Alta. Ils s'étaient séparés sur une note mélancolique vendredi.

Brattsen ne fit même pas attention à lui. Un policier prenait des photos de l'oreille et un autre cherchait des empreintes. La réceptionniste expliqua qu'elle avait trouvé le sac plastique punaisé à la porte. Elle ignorait combien de temps le sac avait été là. C'était le couloir des salles de réunion, et celle de midi devait être la première de la journée, donc il n'était pas sûr que quelqu'un l'ait emprunté aujourd'hui. Pendant que Brattsen poursuivait son interrogatoire, qui n'allait sûrement pas déboucher sur quoi que ce soit, estima Klemet, vu le côté moulin à vent de la mairie, il se pencha sur l'oreille toujours à terre. On distinguait très nettement des entailles dans le lobe. Et ce qu'il vit le stupéfia.

L'oreille de Mattis, car il ne faisait sûrement aucun doute que c'était la sienne, avait été découpée comme celle d'un vulgaire renne. Comme lorsque les éleveurs marquent les faons au couteau pour établir leur propriété. Il se mit à genoux pour prendre son temps. Il y avait des entailles à deux endroits. L'une, au bas de l'oreille, formait une espèce de cercle, mais un cercle incomplet, un peu comme un croissant de lune aux trois quarts éclairé. L'autre entaille, dans la partie supérieure, paraissait plus complexe. Elle ressemblait un peu à une sorte de griffe et juste en dessous, sans être sûr qu'il s'agisse du même ensemble, un mouvement qui pouvait un peu ressembler à… un hameçon pourquoi pas, un crochet. Klemet se releva. Brattsen avait fini d'interroger Ingrid, qui était repartie, accompagnée par une collègue la soutenant d'un bras.

– Alors Bouboule ? Déjà arrivé ?

Et il partit aussitôt. Klemet s'adressa au photographe.

– Tu me feras passer les clichés.

Klemet se demandait à quoi il pouvait associer cette marque. Était-ce celle d'un éleveur ? Pourquoi faire une telle marque ? La découverte de cette oreille, et dans cet état, allait relancer l'enquête. À quel genre de pervers avait-il affaire ?

Il arriva au commissariat, s'enferma dans son bureau et prit aussitôt le manuel de l'Office de gestions des rennes qui recensait les marques de tous les éleveurs de Laponie sur les trois pays nordiques. Il y en avait des milliers, certaines n'étaient plus utilisées, mais avaient toujours légalement le droit d'exister. Klemet se frotta le front. Une telle marque lui rappelait vaguement quelque chose, mais une vague idée n'était pas d'un grand secours. Il n'y avait rien d'autre à faire qu'à se lancer. Il décrocha son téléphone, pour prévenir Nina, puis il prit un stylo, un bloc-notes, et commença à feuilleter le manuel.

Après avoir fait un grand tour pour voir si aucun véhicule suspect ne se trouvait dans les parages, Brattsen retournait au commissariat lorsqu'il aperçut la voiture du Français garée devant le pub de l'autre soir. Il aurait dû retourner au commissariat pour l'enquête mais fut pris d'une intuition. Il se gara à côté de la Volvo. À en juger par le parking, il n'y avait encore personne d'autre. Les gens ne viendraient déjeuner que d'ici un quart d'heure. Il poussa silencieusement la porte et aperçut Racagnal au bar, devant une bière. Il semblait pensif. Brattsen allait s'avancer lorsqu'il vit la serveuse sortir de la cuisine pour rejoindre le bar. Ce n'était pas Lena, mais sa petite sœur, de deux ans sa cadette. Brattsen vit Racagnal tendre la main au-dessus du bar pour lui caresser la lèvre avec le pouce. Elle sourit timidement et repoussa sa main. Elle se tourna ensuite pour aller vers la cuisine, au fond, et Racagnal tourna la tête légèrement vers la gauche pour regarder ses fesses. Son regard continuait son mouvement naturellement vers la gauche lorsqu'il accrocha, dans l'ombre de l'entrée, la silhouette du policier. Ils se dévisagèrent puis Brattsen s'avança jusqu'au zinc.

– Ulrika, une bière, légère.

La jeune fille lui apporta sa bière, lança en passant un petit air équivoque au Français, puis retourna en cuisine. Brattsen leva son verre vers le Français.

– Toujours pas parti ?

– Dernière ligne droite. J'attends le feu vert de la mairie.

– Ah oui, la mairie.

Brattsen ne lui révéla rien de l'oreille découverte. Il but un peu de sa bière, et lui dit, baissant la voix :

– Celle-là, c'est sûr, elle n'a pas dix-huit ans.

Racagnal ne répondit rien.

– Mais elle a un sacré joli petit cul, pas vrai ?

Le géologue fut surpris, mais n'en laissa rien paraître. Il n'arrivait pas à situer le policier. Mais l'évocation des formes de la jeune serveuse lui échauffa les sens.

– Vous savez, ces petites nanas, elles sont pas si difficiles.

Racagnal retenait son souffle et regardait toujours droit devant lui. Mais il sentait que le policier voulait en arriver quelque part.

– Et puis elles sont plutôt habituées, même leur père les baise.

Ulrika sortait de la cuisine à ce moment-là. Les deux hommes la regardèrent. Elle détourna le regard, brusquement intimidée, et retourna d'où elle venait.

– Vraiment, dit Brattsen, il n'y a qu'à se servir. Son père à elle ne fera pas de problème, je vous assure.

– Ulrika, appela-t-il.

La jeune fille sortit de la cuisine.

– Approche ici.

La jeune fille fit le tour du bar et vint se placer entre les deux hommes. Racagnal avait la respiration plus rapide, mais il ne disait toujours rien. Brattsen mit sa main sur la joue de la jeune fille, qui parut un peu surprise.

– Ça va, ma grande ? dit-il. Il lui caressait la joue avec le pouce, avec une tendresse inhabituelle venant de sa part. L'école, tout va bien, à la maison aussi ?

Son pouce caressait maintenant ses lèvres, tranchant avec le discours banal qui décontenançait la jeune fille. Elle ne savait quelle attitude adopter.

Racagnal n'en revenait pas. La jeune fille, les yeux un peu perdus, se laissait faire. Le policier avait rejeté légèrement son torse en arrière pour observer Racagnal. Celui-ci regardait, fasciné, le pouce effleurer les lèvres de la jeune fille dans une caresse qui se voulait paternelle mais qui était excessivement charnelle. Brattsen retira brusquement sa main.

– Ulrika, tu seras gentille avec mon ami, n'est-ce pas ? dit le policier en se levant pour partir.

La jeune fille prit un air soumis et repartit vers la cuisine sans se retourner. Racagnal avait le regard en feu et ne quittait plus la porte de la cuisine des yeux.

20

11 h 10. Route 93.

Nina roulait sur la route 93 entre Kautokeino et Alta, en direction de l'aéroport. Elle avait beaucoup de temps devant elle et roulait lentement. Du fait des nuages très sombres qui couvraient la région, il faisait à peine moins vingt degrés. Mais le vent soufflait, soulevant des tourbillons de neige. À cette heure-ci de la journée, le soleil aurait dû se montrer. Au lieu de cela, il faisait sombre comme en pleine nuit. Le paysage était invisible. Certaines portions de route étaient couvertes d'une couche de glace et Nina ralentit encore. La route tournait un peu, le vent soufflait toujours, et le blizzard l'aveuglait parfois, le faisceau de ses phares se reflétant contre une neige quasi compacte par endroits. Elle descendait maintenant, et elle allait arriver bientôt au niveau d'un lac assidûment utilisé en hiver par les pilotes de scooter. Elle avait toujours du mal à distinguer les abords de la route, tant la visibilité était mauvaise. Elle aperçut soudain une ombre qui jaillisait de la droite. Elle donna un coup de volant, glissa, évita l'ombre. Un renne, se dit-elle, le cœur battant. Elle rétablit en accélérant à nouveau, chassant sur la glace, mais de nouvelles formes surgissaient en se rapprochant, vite, trop vite. Elle en percuta une de plein fouet. Le choc mou lui fit faire une embardée. Un poids lourd qui arrivait à grande vitesse en face lui fit de furieux appels de phares en klaxonnant violemment. Nina contre-braqua en accélérant, elle fit une nouvelle embardée, glissa et vint emboutir un tas de neige dans le virage qui arrivait. Elle fut brutalement secouée et entendit un bruit sinistre quand l'aile droite s'enfonça. Puis plus rien. Elle garda les mains sur le volant, sentit l'adrénaline l'envahir, incapable de bouger. Elle posa sa main droite sur son cœur, perçut les battements affolés, puis se retourna. On ne voyait rien derrière. Le poids lourd ne s'était même pas arrêté. Nina recula pour se garer sur une petite aire de parking. Elle laissa son moteur tourner et mit les warnings. Elle enfila sa chapka et ses gants et sortit avec sa lampe torche. Le blizzard lui griffait le visage. Elle avait perdu la notion de la distance. Le vent l'aveuglait presque et lui mordait la peau. Il s'engouffrait dans sa combinaison mal fermée. Le froid la saisit d'un coup. Elle essaya de se repérer avec les traces de pneus, mais le blizzard balayait tout et sa lampe torche, pourtant puissante, n'éclairait pas à plus de trois mètres dans la neige qui soufflait presque à l'horizontale. Elle finit par distinguer une forme sur la gauche. Le renne était à moitié sur le talus de neige, les pattes arrière encore sur la route. Il vivait encore. Sa langue pendait sur le côté, ses yeux grands ouverts exprimaient l'épouvante. À moins que ce ne fût la douleur. Ou les deux. Nina était encore en état de choc, assourdie par la tempête, frissonnant de froid et d'adrénaline, désemparée face à cette bête qui avait visiblement le bassin brisé. Du sang déjà mêlé à la glace s'étalait devant elle. Elle se retourna, les yeux au bord des larmes, et poussa alors un cri terrifié. Une silhouette se tenait derrière elle. Elle n'avait entendu venir personne avec le vent. Aslak. Sa barbe mangée de glace la terrifia. Sa mâchoire était serrée, musculeuse, et ses yeux profondément enfoncés étaient injectés de sang. Ils exprimaient une colère qui effraya encore plus Nina. Seule au milieu de la tempête face à cet homme, elle eut soudain peur. Il était couvert de sa cape en peau de renne. En fait, il était couvert des pieds à la tête de vêtements en peau de renne. Nina n'en revenait pas de le voir surgir ainsi au milieu de nulle part, en pleine tempête.

– Mais qu'est-ce que vous faites là, qu'est-ce que vous faites là ?

Elle le cria, pas pour se faire entendre, mais pour soulager sa tension, tellement elle lui en voulait de l'avoir effrayée à ce point. Aslak ne réagissait pas. Il s'écarta, s'avança et se pencha vers le renne. Il tâta la bête, la regarda. Le renne avait toujours les yeux grands ouverts, affolés, mais la présence d'Aslak avait pourtant l'air de l'apaiser. Nina assistait, immobile, saisie de froid, tremblante, à cette scène surréaliste qu'elle éclairait de sa lampe. Aslak s'était mis à genoux dans la neige. Il caressait maintenant le renne, avec une tendresse que Nina n'aurait jamais soupçonnée. Elle fut brutalement saisie d'une immense émotion, avec cette image qui faisait revivre en elle des images tellement nettes, tellement fortes, tellement absurdes aussi. L'image de son père, cet homme blessé, lui caressant les cheveux le soir lorsqu'elle avait peur de s'endormir après qu'il eut traversé une nouvelle crise. Elle avait du mal à se contrôler, tant les émotions étaient violentes, et elle ne vit pas tout de suite Aslak sortir un poignard. Ne réalisa que lorsque, d'un coup rapide et sûr, il acheva le renne. La bête expira immédiatement. Aslak lui ferma les yeux et la caressa un moment encore.

– Vous allez à Alta ?

Nina releva la tête, comme si elle était surprise qu'une parole soit échangée.

– Oui, balbutia-t-elle.

– Alors je vais porter l'animal dans votre voiture et vous le déposerez à la police. Ils feront les papiers.

Il se baissa, prit le renne dans ses bras et suivit Nina. Quand l'animal fut dans le coffre, ils s'assirent tous les deux dans la voiture. Elle s'apprêtait à démarrer quand il l'arrêta de la main.

– Je reste. J'ai d'autres rennes à ramener.

– Dans cette tempête, mais où est votre scooter, je ne l'ai pas entendu ?

– Je suis à ski.

– Mais vous êtes fou !

– Fou ? Oui, c'est ce que disent les gens ici, dit-il calmement. Ses yeux n'avaient plus la même fureur.

– C'était un de vos rennes ? demanda Nina la voix triste.

– C'était deux de mes rennes.

– Deux ?

– C'était une mère, une de mes préférées, elle était intelligente. Elle portait son petit. Il devait naître ce printemps. N'oubliez pas de le préciser à Alta.

Nina sentit des sanglots monter, mais elle serra la mâchoire et se retint. Elle regardait droit devant elle.

– Aslak, je suis tellement désolée. Ils vous seront remboursés tous les deux, n'est-ce pas ?

Aslak resta un moment sans rien dire.

– Si vous n'aviez pas été de la police, je n'aurais pas déclaré l'accident.

– Mais pourquoi, puisque vous pouvez vous faire rembourser ? L'administration vous rendra justice !

– Je ne crois pas à votre justice. Je n'y crois pas.

– Mais vous avez tort, vous avez droit à la même justice que tout le monde ici, vous avez le droit d'être traité comme les autres.

– Vraiment ?

Le regard d'Aslak était tellement désabusé que Nina fut prise d'une soudaine pitié pour lui. Cela lui fit mal. D'un geste presque incontrôlé, elle posa sa main sur la sienne. Elle l'enleva presque aussitôt. Elle était bouleversée, ne savait plus quoi faire, voulait qu'il parte. Elle voulait que ses yeux trahissent quelque chose, et le regard affolé du renne s'imposait par-dessus, comme pour brouiller sa vision. Elle enfouit son visage dans ses coudes et ses coudes dans le volant. Lorsqu'elle se repencha en arrière sur son siège, commençant à retrouver son calme, elle vit la main d'Aslak tendue vers elle. À l'intérieur, il y avait un petit sachet en cuir.

– Dedans, il y a un bijou en étain que j'ai ciselé. Emportez-le, et emportez l'âme des rennes avec vous. Vous ne devez pas vous en vouloir.

Sans attendre sa réponse, il ouvrit la portière et disparut dans le noir.

21

Lundi 17 janvier.
11 h 30. Kautokeino.

La nouvelle de la découverte de l'oreille avait fait le tour du village, et bien au-delà. Des journalistes commençaient à appeler des quatre coins du royaume. Le barrage du carrefour avait été levé. Le pasteur Lars Jonsson s'entretenait avec la vieille Berit Kutsi lorsque l'information lui parvint.

– Quel terrible destin pour ce Mattis Labba, dit doucement le pasteur. C'était un pêcheur, mais un pauvre homme. Il vivait bien loin des Évangiles.

– Peut-être n'était-il pas totalement responsable, hésita Berit.

– Il faut remettre sa vie entre les mains de Jésus, Berit, il n'est pas de salut sans cela. Mattis vivait encore dans ces vieilles croyances. Rien ne pouvait en sortir de bon, pour personne, crois-moi, lui dit-il avec un regard froid qui l'inquiéta. Elle précipita son départ.

Berit Kutsi monta dans sa vieille Renault 4, une attraction dans le village, et roula quelques minutes jusqu'à la ferme de Karl Olsen, en dehors du village. Elle y travaillait en principe tous les jours. Mais l'assassinat sauvage de Mattis l'avait profondément

affectée, bien plus que quiconque ne pouvait le soupçonner. Avant de sortir de sa voiture garée derrière une
grange, elle récita une prière, les yeux fermés, puis elle
se dirigea vers l'étable pour aller nourrir les vaches.

Karl Olsen venait de parler avec Brattsen au téléphone lorsqu'il vit Berit arriver.

– Bon Dieu de bon Dieu, elle pourrait se dépêcher
un peu cette fainéante.

Il allait sortir pour la houspiller lorsque son téléphone sonna.

– Il faudrait discuter des conditions.

Olsen reconnut l'accent français.

– Passez à ma ferme maintenant. Je dois bientôt
retourner à la mairie.

Olsen avait déjà oublié Berit. Il monta silencieusement dans sa chambre, alla vers le fond et ouvrit une
porte basse qui pouvait ressembler à un placard. Bien
qu'il n'y eut personne dans la maison à cette heure, il
se retourna, l'air soupçonneux. Il pénétra dans une
petite pièce à la lumière blafarde encombrée de caisses,
de rouleaux et de vieux journaux. Il tendit la main vers
un petit coffre dont il composa la combinaison avec
application. Il en tira une grande enveloppe qu'il lissa
contre son torse, puis, après avoir tout refermé, il descendit. Il entrait dans la cuisine lorsqu'il vit la Volvo
du Français s'arrêter devant chez lui.

Il l'attendit sur le pas de porte de la cuisine et invita
Racagnal à s'asseoir. Il posa l'enveloppe bien en évidence à sa droite. Satisfait, il constata du coin de l'œil
que le Français ne la quittait pas du regard.

– Cela peut me poser un problème par rapport à ma
compagnie, attaqua d'entrée le Français.

202

– Vous trouverez à les rassurer. Le jeu en vaut la chandelle.

– Vous avez la carte ?

Karl Olsen fit glisser lentement l'enveloppe vers le Français. Celui-ci en sortit le papier jauni et le déplia avec précaution. Pas de doute, il s'agissait bien d'une carte géologique. Une véritable œuvre d'art, avec l'application d'autrefois, même si Racagnal reconnut au premier coup d'œil qu'elle était le fait d'un géologue amateur. Racagnal voyait les courbes, les symboles et les couleurs, signes d'un relevé attentif et laborieux effectué sur le terrain soixante ou soixante-dix ans plus tôt. Cela éveilla en lui de nombreux souvenirs, lui qui se considérait comme un géologue de la vieille école, qui savait encore manier cahier et crayon, pas comme tous ces blancs-becs qui sortaient un ordinateur dès qu'ils voyaient un caillou.

– Intéressant, nota-t-il. Couches granitiques…

Il devint silencieux et se concentra. Une carte géologique, cela représentait des centaines, parfois des milliers d'heures sur le terrain. Pour en dresser une, il fallait savoir lire un paysage, il fallait aussi aller au-delà des apparences, voir ce qui était invisible, sous les couches de terre, de végétaux ou sous les moraines. Les cartes comme celle-ci étaient irremplaçables, car elles contenaient une foule de détails. Des détails qui étaient petit à petit éliminés au fur et à mesure que les cartes étaient modernisées et où l'on ne s'embarrassait pas de détails pour se concentrer sur les grands ensembles de roches suivant leur nature. À en juger par son aspect, cette carte-ci était le fruit direct des observations de terrain, avec une multitude de points, d'accrocs, de renvois. Une carte originale, constituée à partir de ce qu'un ou plusieurs géologues avaient vraiment vu et noté sur le terrain, avec un luxe de détails inestimables.

Un vrai géologue recherchait toujours la carte d'origine, la vieille, celle qui sentait la sueur et le temps passé. Parce que le géologue de terrain était prêt à noter la moindre petite anomalie. Et c'étaient ces petites anomalies qui faisaient les grands géologues. Il sentit son instinct de chasseur s'éveiller aussitôt, et la poussée d'adrénaline lui envoya une image forte de la jeune serveuse, Ulrika.

Racagnal reconnaissait la complexité des terrains, propre à cette région écrasée par les glaciers pendant des millénaires. Le géologue observait les légendes de la carte, mais rien, de fait, ne permettait de situer précisément ccs relevés. Les coins et les bords de la carte étaient usés, parsemés de taches. La carte donnait l'impression d'avoir été manipulée souvent. Quelqu'un l'avait sortie à de multiples reprises. Pour essayer d'en percer le mystère.

– D'où vient cette carte ? demanda Racagnal après un long moment.

Olsen regarda le Français d'un air soupçonneux. Il ne restait pas beaucoup de temps avant la réunion du comité des affaires minières. Celle-ci avait toutes les chances d'être ajournée de toute façon après la découverte de l'oreille, mais il fallait déposer cettc fichue nouvelle demande de permis.

– Je l'ai héritée de mon père. C'est lui qui l'a dessinée.

Racagnal le regarda à nouveau en silence.

– À qui l'avez-vous montrée ?

– À personne ! Vous me prenez pour qui ? Mon père m'a dit sur son lit de mort qu'il y avait un gros gisement d'or là. Mais ce vieux fou avait oublié qu'il n'avait indiqué aucun nom de lieu. Ou alors il l'avait fait exprès. Ce qui ne m'étonnerait pas. Il fallait pas penser que la nourriture allait vous tomber du ciel. Il aurait pu le faire exprès, ce vieux salopard.

Racagnal regardait la carte.

— Il y a plusieurs endroits dans la région qui présentent ce type de configuration. Puisqu'on n'a pas d'indication de lieu, le seul moyen est de partir à la pêche.

— À la pêche ?

— Il faut aller sur le terrain. Voir, sentir, tester, gratter. Il n'y a pas d'autre solution. Vous disiez que la reconnaissance aérienne était interdite ?

— Oui, à cause de ces foutus rennes. Et puis je crois savoir que, comme la prospection d'uranium est interdite dans nos pays, on ne veut pas que les gens puissent faire de la prospection aérienne pour relever les zones radioactives. Tout ce qui est lié à l'uranium est tabou ici.

— Et vous, vous trouvez aussi que ça doit être tabou ?

— Moi, je m'en fous de leur uranium. Ce que je veux, c'est mon or. Alors, vous êtes partant ou pas ?

Racagnal regardait les grandes courbes qui s'entrecroisaient, et ces petits points, ces petits accrocs.

— Vous voyez bien, ce que mon père marque comme des métaux jaunes, ces petits points où il y a de l'or. Vous voyez ?

— Je vois, dit Racagnal.

Mais, au ton de sa voix, il paraissait voir bien plus que cela. Le paysan prit cela pour la vision d'un gisement bien plus gros encore.

— Alors, c'est d'accord ?

— C'est d'accord, décida le Français.

— Bien, je file à la mairie. Vous allez me signer ce papier-là, et me remplir le dossier. Je compléterai. Il faut le faire passer à l'Agence minière. Il vous faut combien de temps pour réaliser votre prospection et identifier le bon terrain à partir de cette carte ?

Racagnal le regarda avec un air méprisant.

– Vous imaginez que ça se fait d'un claquement de doigts ?

– Vous étiez bien prêt à partir non ?

– Mais là il faut que je reprenne toutes les cartes géologiques de la région pour voir lesquelles collent à peu près avec celle de votre père.

Racagnal était exaspéré par le ton du paysan.

– Et puis n'essayez pas de me dicter ma façon de travailler.

Ce fut à Olsen de le regarder méchamment. Il s'approcha de lui, collant son visage au sien, en dépit de la douleur à la nuque.

– Vous croyez qu'on est des paysans loqueteux, des bons à rien, c'est ça ? lui dit Olsen très doucement. Si vous voulez me doubler, ou si vous ne faites pas ce que je dis, et dans les plus brefs délais, je pourrais demander à des gens de s'intéresser à ce que vous faisiez à Alta l'autre jour.

Il se recula et déplia devant lui la coupure de presse relatant le viol de la collégienne à Alta.

– J'ai appris par un bon ami à moi que vous aimiez fricoter avec les petites jeunes. Vous étiez bien à Alta ce jour-là ?

– Vous essayez de me faire chanter ? Je suis allé chercher du matériel à Alta, c'est tout.

– Assieds-toi et ferme ta gueule maintenant ! cria Olsen. Et si tu trouves pas vite ce terrain, il se pourrait bien que le témoignage d'une certaine Ulrika, qui est encore tout frais à ce que j'ai compris, atterrisse sur le bureau de la police.

– Qu'est-ce que vous racontez ?

– Tu nous prends pour des péquenauds, hein ? Mais tu vois, on peut être des rapides aussi. Alors maintenant, tu fais ton boulot. Et si tu mènes bien ta barque, tu auras l'exclusivité, et en plus tu pourras te taper toutes les petites que tu voudras. Tu as une semaine. Je vais accélérer la procédure pour qu'on soit prêt pour la prochaine réunion du comité. Elle ne sera sûrement pas reportée de plus d'une semaine. Et puis tu vas me signer ce papier aussi. Mais ça, ça restera entre nous. C'est un petit contrat qui nous lie, et qui raconte que c'est moi le propriétaire de ce terrain. Et ce petit contrat, il va rester là, bien sage, dans mon petit coffre, avec le témoignage de la petite Ulrika et le petit article sur Alta. Comme ça, s'il m'arrive quelque chose, on remontera à toi.

– Sans guide, ce n'est même pas la peine de croire que c'est possible en si peu de temps, tenta Racagnal.

Karl Olsen s'adoucit.

– Le meilleur sûrement, mais il ne sera pas facile, c'est un certain Aslak. Aslak Gaupsara. Il habite dans la montagne. C'est un sauvage, mais c'est un chasseur de loups et un redoutable coureur de pistes. Il connaît toute la région comme sa poche. Quand tu auras rassemblé ton matériel, repasse me voir ici.

12 h. Kautokeino.

Pour achever de convaincre Brattsen et le mettre dans la confidence de ce gisement, Olsen avait dû lui promettre qu'il en serait le chef de la sécurité, avec un salaire dont il ne saurait même pas rêver, même en devenant chef de la police. Un moindre mal, se disait

Olsen. En même temps, le simple fait d'avoir déjà un chef de la sécurité pour sa mine d'or, alors même qu'on ne l'avait pas trouvée, la rendait presque réelle. Olsen commençait à y croire pour de bon, après ces décennies d'espoirs déçus. Mais il y avait ce fichu chaînon manquant. Il y avait ce... bon Dieu, il en chassa la pensée. Et bon Dieu, cette Laponie était si vaste. Il avait été si près, et puis... Il freina brutalement devant la mairie. Les policiers étaient partis. Bande de fainéants, pensa-t-il. Il repensa à son père. Il avait dit à Racagnal que son père avait dessiné cette carte. Le Français n'avait pas à connaître la vérité. Il n'avait pas à savoir que son père avait volé cette carte, mais qu'il n'avait jamais été fichu d'en découvrir la situation exacte. Pendant toute sa jeunesse, Karl Olsen avait vu son père partir pour d'interminables randonnées avec un détecteur de métaux et cette fichue carte. Il avait trouvé des bricoles, mais rien qui ressemblait au gisement miraculeux promis par les points jaunes sur la carte.

Les quatre membres du comité étaient déjà assis à la table lorsque Olsen prit place. Comme il s'y attendait, le président, un membre du parti des Sami nomades, ouvrit la séance et déclara tout de suite qu'il comptait l'ajourner, compte tenu des événements.

Autour de lui, les gens hochaient la tête en silence. Le président du comité était un homme respecté par les habitants, un vieux sage, et son avis comptait, Olsen le savait.

– Nous avons toutefois des décisions importantes à prendre. Le prochain rapport de l'Agence minière aura des conséquences durables sur notre commune pour les dix, peut-être les vingt années à venir. De nombreuses compagnies s'intéressent à la région pour ses minerais. C'est la région la plus riche d'Europe et une grande partie de la Laponie n'est pas exploitée, et même pas explorée. Mais il ne faut pas se voiler la face. Les pressions sont énormes. Parce qu'on sait, ou qu'on pense, qu'il y a d'énormes gisements.

Karl Olsen avait du mal à rester immobile. Il pivotait le buste, discrètement, pour observer les autres membres du comité. Il était le seul non sami. Dans quel camp allaient-ils basculer ? L'appât du gain serait-il plus fort pour eux ? Olsen l'espérait bien.

22

Lundi 17 janvier.
13 h. Kautokeino.

Klemet Nango avait passé des heures à parcourir le manuel des marques d'éleveurs. Il était revenu plusieurs fois sur certaines pages, et il devait se rendre à l'évidence. La marque taillée dans l'oreille ressemblait à s'y méprendre à l'une de celles d'Olaf Renson. Cela paraissait insensé, mais c'était pourtant la vérité.

Pour être certain, il lui faudrait la seconde oreille. Seule la combinaison des deux pouvait identifier à coup sûr le propriétaire. Mais pourquoi le meurtrier devrait-il absolument procéder comme pour un renne ? Pourquoi une seule oreille ne suffirait-elle pas ? Parce que l'arrachage des oreilles et leur marquage étaient des rituels qui renvoyaient au monde du renne. Alors, la seconde oreille suivrait tôt ou tard. Il se leva et descendit vers le bureau du Shérif.

Il entra sans frapper et s'assit en face de Tor Jensen. Il jeta sur son bureau le manuel ouvert à la page la plus approchante. Il plaça à côté l'une des photos qu'on lui avait fait parvenir.

Tor Jensen mastiquait un réglisse en regardant la photo et les dessins. Il n'avait pas besoin des explications de Klemet pour comprendre où il voulait en venir. Il reprit un réglisse, feuilleta les pages, s'arrêta, poursuivit, piochant des réglisses en silence.

– Et tu crois que c'est ça ? Tu crois que le marquage de l'oreille veut nous amener à un éleveur de rennes ?

– Quoi d'autre ?

Nouveau silence.

– Oui, tu me diras, ça paraît logique. Sauf que, sauf que là où ça cloche, c'est que… le meurtrier voudrait donc dénoncer quelqu'un ? Là, je décroche.

Ce fut au tour de Klemet de rester silencieux.

– Sauf si Mattis, si c'est bien son oreille, travaillait pour le compte de l'éleveur dont ce serait la marque.

Le Shérif siffla et se rejeta en arrière dans son fauteuil. Il croisa ses mains derrière la nuque et regarda attentivement Klemet Nango. Ce dernier venait juste de penser à cette éventualité. Il réfléchissait lui-même à ce que cela pourrait signifier.

– Le meurtre serait alors une forme d'avertissement à un gros bonnet ? C'est ce que tu penses ?

– Je n'en sais rien, avoua Klemet.

– Mais qui alors ? Et tu ne m'enlèveras pas de l'idée que ce serait une sacrée escalade dans les conflits d'éleveurs, non ?

Comme Klemet restait toujours silencieux, Tor Jensen reprit.

– Le boss visé, au-delà de la victime, serait donc Olaf Renson et il faudrait par conséquent chercher qui est en conflit avec Olaf Renson… Mais il faudrait être franchement abruti pour aller signer son meurtre comme ça. Il ne peut pas y avoir tellement d'éleveurs en conflit aussi important avec Olaf ? Et puis Mattis

travaillait-il parfois avec lui, à quelle occasion ?
Klemet, tu as une idée, c'est ça ?

Klemet était déjà debout. Il sortit sans un mot.

14 h. Kautokeino.

L'idée d'appeler Olaf n'enchantait pas Klemet. Il savait que le berger militant ne l'aimait guère et le considérait comme un collabo. Il se brancha sur l'intranet. Les occurrences de son nom étaient rares, Klemet dut l'admettre. Olaf Renson n'avait pas été impliqué dans la moindre affaire de vol depuis une décennie. Rien qui vaille d'être relevé. La seule affaire qui pouvait s'en approcher était celle où deux rennes avaient été percutés par un camion selon les déclarations d'Olaf. Les oreilles n'avaient pas été rapportées, comme l'exigeait la loi, ce qui n'avait pas empêché Olaf de réclamer une compensation. Celle-ci lui avait d'ailleurs été refusée. Affaire classée. Klemet lut chaque entrée. Une histoire de palissade arrachée par un berger voisin irascible attira son attention. Toutefois, arrivé au bout de sa lecture, il jugea l'affaire tout aussi bénigne. Il restait deux entrées au nom d'Olaf lorsqu'il trouva enfin un élément bien plus intéressant. Olaf avait été inquiété à l'époque où Johan Henrik s'était fait tirer dessus. Klemet sentit un frisson le parcourir quand il lut que l'arme venait de chez Olaf. Johan Henrik avait failli y passer. Tenait-il une affaire de vendetta ?

Nina Nansen avait eu le temps d'arriver à son hôtel dans la soirée. Henry Mons habitait dans le XVᵉ arrondissement de Paris, non loin de la mairie. Elle trouva un petit hôtel sur la place du général Beuret. Une fois installée, elle appela Paul et prit rendez-vous pour le lendemain matin à la première heure avec son père. Ce dernier allait mieux et il se faisait un plaisir de recevoir la jeune femme. Paul lui dit que son père semblait même revigoré par sa visite et qu'il avait passé les derniers jours à remuer ses archives, passant son temps entre son bureau et le grenier.

Après avoir raccroché, elle réalisa que la voix de Paul avait à nouveau réveillé cette pénible expérience de jeunesse. Nina avait-elle été trop naïve ? Elle avait souvent repensé à cette histoire, et elle n'arrivait pas vraiment à voir quelle faute elle avait commise. Ce garçon lui plaisait. Elle se souvenait encore du rythme de sa voix. Celle de Paul Mons éveillait en elle les mêmes vibrations. Paul avait une voix plus grave, mais le rythme et la profondeur étaient les mêmes. L'idée de passer cette soirée seule lui pesait. Elle appela Klemet. Il lui raconta sa discussion avec le Shérif, et elle estima les conclusions de Tor Jensen pleines de bon sens. Elle sentit Klemet agacé par son parti pris en faveur de Jensen.

– Tu vas aller interpeller Johan Henrik demain ?

– Nina, tu ne vas pas t'y mettre comme le Shérif ! Cette oreille n'est pas une preuve.

– Mais tu vas au moins aller l'interroger ?

– Mais bien sûr ! Il va seulement falloir jouer plus serré cette fois-ci. Je vais me replonger ce soir dans les histoires de conflit où il a été impliqué. On verra bien. Je pense qu'il faut de toute façon remonter sur plus de deux ans si c'est un règlement de comptes de cette ampleur. Ça sentirait la vendetta. J'ai peut-être trouvé quelque chose qui le relierait à Olaf. Je n'en ai pas encore parlé au Shérif.

– Tu vas y aller seul ?

– Tu veux que j'emmène Brattsen ?

– Vous ne vous aimez pas tous les deux. Que s'est-il passé ?

– Ce type est un raciste. Il n'a rien à faire dans la police. Il n'y a rien d'autre à dire sur lui.

Nina savait qu'elle n'en tirerait rien d'autre. Quand elle eut raccroché, elle n'était pas encore assez fatiguée pour s'endormir. Elle sortit le dossier sur l'affaire du tambour. Il contenait des photos du centre Juhl, des photocopies de tambours connus. Elle les observa. Ces tambours étaient souvent de forme ovale. Ils étaient constellés de symboles étranges pour elle. La jeune femme arriva à en identifier certains, même s'ils étaient très stylisés. Elle reconnut des rennes bien sûr, des oiseaux parfois, d'autres symboles qui ne pouvaient être que des arbres, des bateaux. Elle vit des tentes comme celles qu'elle avait pu visiter, celle de Klemet incluse. Des personnages aussi. Simplifiés à l'extrême, sur un mode presque enfantin. Mais elle n'arrivait tout simplement pas à situer beaucoup d'autres symboles. Ils pouvaient représenter des divinités, ou peut-être des conceptions plus abstraites. Mais lesquelles ? Elle réalisait qu'elle mettait le pied dans un monde qui lui était totalement inconnu. L'enseignement scolaire sur les Sami était des plus succincts. Était-ce parce qu'ils étaient si peu nombreux ? Depuis son stage à Kiruna, elle savait qu'ils étaient quelques dizaines de milliers, même pas cent mille dans son souvenir, à cheval sur la Norvège, la Suède, la Finlande et la Russie. Ils avaient leurs parlements dans chaque pays. À cette pensée, elle se rappela Olaf, son sourire charmeur, et son étrange surnom.

Et quel rôle jouait-il, cet Espagnol ? Mon Dieu, pensa-t-elle, que ce monde est loin du mien. Elle s'allongea et pensa à son père. Elle gardait les yeux fermés. Des images fortes lui venaient en mémoire. *Papa*, pensa-t-elle. Doucement, elle se mit à pleurer.

22 h 45. Kautokeino.

André Racagnal n'avait rien dit à ce foutu paysan, mais s'il y avait une carte, il devait aussi y avoir un carnet. C'était comme ça, et pas autrement. Tous les géologues travaillaient ainsi. Une carte renvoyait à un carnet dans lequel le géologue avait noté toutes ses observations de terrain, avant d'établir sa carte. Si une vieille carte originelle comme celle d'Olsen valait son pesant d'or comparée aux cartes géologiques éditées par les organismes professionnels, un carnet de géologue avait carrément valeur de saint Graal. Où était ce carnet ? Il fallait espérer qu'il pourrait lui permettre d'avancer sur la localisation du gisement d'or. S'il s'agissait bien d'un gisement d'or. Le paysan avait gardé la carte, mais Racagnal en avait enregistré les principales données. Olsen n'était pas un professionnel, heureusement. Pour le paysan, une carte était synonyme de trésor, comme dans les vieux romans d'aventures. Son imagination ne dépassait pas ce niveau-là. Tant mieux. Racagnal conservait ainsi un avantage.

Mais il enrageait contre le paysan. Le policier à l'air borné avait fait semblant de sympathiser avec lui. Il était déjà de mèche avec le paysan. Comment, sinon, aurait-il pu être au courant pour la petite serveuse ? Cette petite garce. Elle avait bien obéi en tout cas. Mais il ne pouvait plus se permettre ces conneries maintenant. Il repensa à la proposition d'Olsen. L'exclusivité sur l'exploitation d'un gisement, s'il était vraiment de taille, pouvait être terriblement tentante. Il n'aurait plus besoin de se farcir tous ces bureaucrates de Paris, tous ces géologues de salon exposant leurs présentations PowerPoint bien soignées mais largués si on les lâchait sur le terrain sans un ordinateur et un GPS. Il leur ferait payer leur arrogance à ces cols blancs qui l'avaient mis en quarantaine à son retour du Kivu. Ils avaient joué les vierges effarouchées en apprenant la façon dont il s'était acquitté de sa mission au Congo. Ou plutôt lorsqu'ils avaient découvert dans les journaux ce qui s'était fait au Congo au nom de la Compagnie. Car il y avait tout à parier que si la presse n'avait pas répercuté les incidents, on lui aurait foutu une paix royale au siège. On lui aurait même filé sa prime. Ils avaient été bien contents pendant des années qu'il sécurise un gisement de coltan dans une des régions les plus pourries du monde. Quatre ans. Il avait passé quatre ans là-bas, avec des miliciens fous furieux, abrutis d'alcool, des assassins à la petite journée. À parcourir cette région dans tous les sens, à trouver ce gisement et à le mettre en exploitation. Pour permettre de récolter ce précieux coltan dont les peigne-culs parisiens avaient besoin pour leur téléphone mobile. Et ensuite ils allaient jouer les pères la morale, tout ça parce que lui, Racagnal, avait traité avec ces monstres. Il s'en foutait tellement. Ah oui, ils s'étaient indignés… mais ils n'avaient pas renoncé à leur précieux téléphone mobile pour autant. Je les emmerde tous, pensa-t-il.

Quatre ans, putain. Qu'est-ce que je m'en suis tapé, de ces petites du Kivu. Un milicien, l'un des plus tarés qu'il eût jamais rencontrés, se prenait pour Chuck Norris. Il portait la barbe taillée et le gilet sans manches, comme l'acteur. Comparé à lui, le vrai Chuck était un intello de haut vol. Commandant Chuck, il se faisait appeler. Un vrai taré, qui commandait le peloton de sécurité du gisement. Racagnal le fournissait en dope, en cognac, et commandant Chuck le fournissait en gamines. Un bon deal. Sauf que le mec était vraiment dangereux. Un jour de délire, il avait abattu un ingénieur de la Française des minerais devant ses yeux. Pour une connerie. Racagnal lui avait pourtant dit qu'il fallait pas toucher aux expats, mais ce con de commandant Chuck s'en tapait. Ça avait été le début des emmerdes. Racagnal écarta le Kivu de ses pensées.

Le carnet. Existait-il seulement ? Si oui, se trouvait-il à la ferme ? Il faudrait se débrouiller pour vérifier. Mais s'il existait et qu'il n'était pas à la ferme ? Où était-il ? À la mairie, dans un musée local, ou bien à l'Institut géologique de Malå ? Dans ce sanctuaire de la géologie où étaient rassemblées toutes les archives géologiques du Grand Nord…

Racagnal était allé plusieurs fois là-bas à l'époque où il travaillait en Laponie. Cet institut était une source d'informations inégalable pour qui savait les déchiffrer. Y étaient rassemblés tous les relevés depuis un siècle. Même les Américains n'étaient pas aussi bons et n'avaient pas de ressources sur une durée aussi longue. Il y avait là les cartes, les carnets, les échantillons, les relevés aériens, tout. Classé, et accessible. Un trésor. Mais pourquoi le carnet et la carte seraient-ils séparés ? Cela n'avait pas de sens.

23

Mardi 18 janvier.
Lever du soleil : 10 h ; coucher du soleil : 12 h 59
2 h 59 mn d'ensoleillement.
9 h 30. Laponie centrale.

Klemet Nango était parti de très bonne heure en scooter des neiges. Il s'était fait accompagner de deux autres policiers. Il ne pensait pas que le berger, même compte tenu de son mauvais caractère, opposerait de résistance. Mais on ne savait jamais. Malgré l'obscurité bleutée, ils avançaient vite, remontant sur la fin une véritable autoroute constituée par la rivière glacée Heammojavri. Arrivés à cinq kilomètres du gumpi, ils quittèrent le lit de la rivière et grimpèrent sur la berge recouverte d'une épaisse neige. Après avoir parcouru quatre kilomètres compliqués à travers les roches invisibles et quelques bouleaux nains, il s'arrêta en haut du Searradas, une colline qui culminait à six cents mètres. Il sortit ses jumelles, et, un genou calé sur le siège de son scooter, il observa lentement les alentours, à la recherche du moindre mouvement. Les moteurs étaient coupés. Le silence était presque total. Il n'y avait pas de vent, ce qui n'empêchait pas le froid de s'engouffrer par la moindre ouverture.

Le gumpi de Johan Henrik était situé au sommet de Vuordnas, sur une espèce de plateau d'où émergeaient, dans sa partie nord, deux petits pics qui dépassaient de quelques mètres. Le gumpi était toujours là, protégé entre les deux pics. Le plateau surplombait les alentours d'une centaine de mètres à peine, mais cela suffisait à en faire un observatoire idéal sur la région alentour. Klemet n'avait pas voulu prévenir le berger de son arrivée. La veille, après le coup de téléphone de Nina, il s'était replongé dans le dossier de Johan Henrik. Il était le plus jeune d'une fratrie de cinq. Dans la tradition sami, il avait hérité du troupeau de son père, de la maison, du mobilier et du droit sur les terres familiales. Une façon de donner un coup de pouce au plus jeune et de le récompenser pour avoir veillé sur ses vieux parents. Johan Henrik ne s'était pas contenté de faire prospérer le troupeau de son père. Il avait aussi commencé à travailler dans le tourisme pendant les périodes qui exigeaient moins de travail pour les rennes. Il organisait des sorties de pêche, faisait visiter un enclos aménagé avec quelques rennes et il vendait de l'artisanat sami. Peut-être même des tambours fabriqués par Mattis, se dit Klemet. Il faudrait lui demander. Johan Henrik avait aussi des véhicules agricoles qu'il louait à la commune si nécessaire, surtout pour le déneigement. Sa femme tenait en outre une petite cafétéria au bord de la route d'Alta où elle cuisinait des plats à base de renne et vendait des sandwichs, des boissons et des pâtisseries. Au plus fort de la saison, une bonne quinzaine de personnes travaillaient avec lui.

En cumulant ses différentes activités, Klemet se dit que l'éleveur devait bien tirer son épingle du jeu. Rien à voir avec un Mattis. Johan Henrik était un entrepreneur local, et il était aussi membre du parti des Sami nomades, le parti dominant à Kautokeino.

Klemet reposa ses jumelles. Il avait aperçu des petits groupes de rennes calmes. De la fumée s'échappait du gumpi. Un scooter – et un seul – était garé devant. Johan Henrik était-il au courant des soupçons de meurtre qui pesaient maintenant sur lui ? Pas par les journaux en tout cas.

– A priori, c'est le scooter de notre homme qui est là-bas, lança-t-il à ses collègues. Il a l'air seul. Vous me laissez conduire les opérations et poser les questions. Pas d'attitude agressive. Nous ne sommes pas à Oslo ici, pas besoin de cow-boys.

Ça l'amusait toujours autant de donner des ordres à des policiers norvégiens.

Ils descendirent par le versant sud, traversèrent un lac figé et entamèrent la montée vers le Vuordnas, dont la pente était assez douce par le sud. Klemet arriva sur le plateau et aperçut le gumpi à trois kilomètres vers le nord au bout du plateau. Il était encore à mi-chemin quand il vit une silhouette sortir de l'abri. Klemet accéléra encore. L'autre finit par les apercevoir. Klemet le voyait avancer doucement, mais soudain, il fut sur son scooter et il s'éloigna à toute vitesse, contournant le gumpi et basculant le long du versant nord. Klemet jura et accéléra encore. Dans son casque équipé de radio, il donna des instructions aux deux autres policiers qui le doublèrent bientôt tandis que Klemet se détournait vers la gauche et passait en contrebas. Il chercha le scooter du regard, ne le vit plus. Il fallait se décider vite. Les deux autres policiers n'étaient pas habitués et le fuyard n'aurait sûrement pas de difficultés à les semer. Klemet accéléra vers le lac qu'il aperçut légèrement sur sa droite, continuant à longer le flanc de la colline, évitant les fourrés, les anomalies du relief qui pouvaient cacher des bouleaux enneigés, des pierres voire des crevasses. Il relevait souvent les yeux pour fixer le lac. Il fallait y arriver avant que l'autre scooter n'arrive dessus. Il fallait passer par une sorte de petit canyon étroit avant de déboucher sur le lac. Plongé un instant dans ses pensées, Klemet heurta un rocher. Le lourd scooter entama une embardée. Klemet se sentit déporté vers la gauche et sentit son scooter commencer à s'enfoncer. Il se jeta sur la droite en poussant la manette d'accélérateur aussi loin qu'il put, ce qui le lança dans un bond fantastique. Klemet réussit à rétablir sa direction et, après moins d'une demi-minute, il arriva sur le lac, longea la berge vers la droite et s'arrêta à l'entrée du canyon. Pas de traces. Le scooter n'était pas passé. Mais il arrivait déjà. Klemet se mit debout sur son scooter, en faisant de grands gestes. Il aperçut, assez loin derrière, l'un des scooters de la police. Le pilote du scooter – Klemet voyait maintenant qu'il s'agissait bien de Johan Henrik – vit qu'il ne pouvait pas passer, il ralentit et s'arrêta juste devant celui de Klemet.

– À quoi tu joues ? cria le berger. Laisse-moi passer, je dois aller rattraper des rennes !

– Je suis sûr que ton fils pourra très bien s'en occuper, hurla Klemet pour couvrir le bruit des moteurs. On va retourner tout de suite à ton gumpi, et on va discuter. On verra après si je te laisse aller t'occuper de tes rennes.

Johan Henrik marmonna quelque chose, redémarra et prit le chemin de son gumpi, encadré par l'autre policier et Klemet. Un peu plus haut, ils retrouvèrent leur collègue qui terminait de dégager son scooter d'un trou où la moitié de la machine avait dû disparaître à en juger par les traces. Le policier ne semblait pas blessé.

Johan Henrik entra le premier dans son gumpi, suivi du premier policier et de Klemet. L'intérieur ressemblait à celui de tous les gumpis du vidda. Deux couchettes superposées d'un côté, un banc en face, une table au milieu. Klemet indiqua le fond de la banquette à Johan Henrik, qui alla s'y asseoir à contrecœur.

– Pour commencer, nous allons fouiller ce gumpi, lui dit Klemet.

Avant que le berger n'ait le temps de protester, Klemet leva la main.

– Tu sais peut-être qu'on a retrouvé une oreille à la mairie hier. Cette oreille portait des marques, des entailles faites au couteau.

Johan Henrik le regardait l'air incrédule. Sa bouche se tordit, mais il ne dit rien. Il sortit son paquet de tabac et commença à se rouler une cigarette.

– Et en quoi ça me regarde ? dit-il l'air mauvais. C'est pour ça que tu viens m'empêcher de travailler ?

– La marque ressemblait étrangement à celle d'Olaf. Elle s'en approchait en tout cas.

Johan Henrik ne paraissait pas secoué. Il alluma sa cigarette.

– La belle affaire. Une oreille de plus avec la marque de l'Espagnol.

– Tu ne m'avais pas dit que tu avais eu cette histoire avec lui ?

– Quelle histoire ?!

– Au moment où tu as été blessé d'un coup de fusil, vous étiez en conflit de pâturage, Olaf et toi ? Un vieux conflit même, d'après ce qu'il m'a dit. Mattis travaillait pour lui à cette époque, il avait été impliqué aussi apparemment.

– Aaah, et donc, tu t'es dit que j'avais tué Mattis, que je lui avais coupé les oreilles et que j'avais taillé la marque d'Olaf et placé l'oreille à la mairie. Hé ben, vous êtes des bons à la police des rennes !

Sa bouche se tordait à nouveau, avec un sourire mauvais maintenant. Il ricanait.

– Je ne pense rien, Johan Henrik, rien ne dit que la marque renvoie à toi, mais on est obligés d'explorer cette piste.

Pendant que les deux policiers perquisitionnaient, Johan Henrik se contentait d'observer Klemet à travers la fumée. Après un moment, les deux policiers posèrent sur la table ce qu'ils avaient trouvé : trois poignards et une bouteille de cognac aux trois quarts pleine.

– On embarque les couteaux, si tu n'y vois pas d'objection.

Le berger continuait à souffler sa fumée.

– Tu ne m'arrêtes pas ?

– On connaît le chemin, on reviendra, dit Klemet en fermant la porte derrière lui.

24

Mardi 18 janvier.
9 h 30. Paris.

Il pleuvait lorsque Nina sortit de son hôtel. Elle
appuya deux fois sur le bouton de l'interphone placé à
côté du nom de Mons. Paul répondit aussitôt et déblo-
qua la porte. Le hall était cossu, l'immeuble qui datait
du début du XXᵉ siècle était bien tenu, de la vieille
pierre récemment ravalée. Nina monta les deux étages
à pied. Henry Mons lui-même l'attendait sur le pas de
la porte. Le vieil homme lui adressa un large sourire
de bienvenue.

– Ah, mademoiselle, je vous attendais avec impatience.

Nina fut surprise de constater à quel point il paraissait vif, avec des gestes empressés, presque nerveux.

– Votre venue lui a redonné une santé de fer, dit
Paul en lui serrant la main à son tour. Attention quand
même à ne pas l'épuiser, ajouta-t-il dans un sourire.

Nina regarda les deux hommes qui lui faisaient face.
Henry Mons avait une chevelure neige encore assez
épaisse pour un homme de son âge, coiffée en arrière.
Il avait le visage émacié, le nez fin, des oreilles plutôt
grandes par rapport au reste de son visage. Ses épaules

étroites étaient légèrement voûtées, mais cela ne lui ôtait pas une belle et fine prestance. D'un œil bleu vif, il détaillait Nina avec bienveillance. À côté de lui, Paul avait la même coiffure, couleur châtain. Il était à peu près de la même taille que son père, mais avec un corps qui semblait bien entraîné. Une barbe de quelques jours bien taillée nappait le teint halé de son visage. Nina parcourut des yeux ce qui l'entourait. L'appartement était spacieux, couvert de tableaux, de boiseries, de tentures, de souvenirs d'expéditions. L'impression était chaleureuse, confortable, bourgeoise. L'odeur d'encaustique lui était étrangère, mais elle la trouva élégante. Nina se sentit bien loin des maisons norvégiennes en bois de Kautokeino aux meubles de bois clair et à peine vernis.

Lorsqu'ils furent assis dans le salon, dans de confortables fauteuils de cuir, avec une tasse de thé devant eux, Henry Mons, incontestable maître des lieux, adressa un sourire à Nina.

— Sachez mademoiselle que je suis enchanté de recevoir la visite d'une aussi charmante représentante de la police norvégienne.

Nina lui répondit par un sourire poli. En elle-même, elle pensait, et blablabla, et blablabla. Elle connaissait assez les Français pour savoir qu'elle ne pourrait éviter ce genre de compliments. Elle prit son air le plus comblé possible, en essayant de ne pas trop minauder quand même.

— Alors, ce tambour, des nouvelles ?

— Toujours pas, monsieur. Nous avons plusieurs équipes d'enquêteurs qui travaillent sur l'affaire. Nous suivons plusieurs pistes, mais tant que nous n'avons pas d'idée plus précise sur ce tambour, sur son histoire, nous avons un peu le sentiment d'avancer à l'aveugle.

– Je comprends, je comprends, de quelle manière puis-je vous aider ?

– Pour commencer, pourriez-vous me dire ce que vous faisiez en Laponie avant la guerre ?

– J'accompagnais Paul-Émile Victor qui réalisait une étude ethnologique en Laponie. Nous étions avec les frères Latarjet, deux médecins. On était là-bas en 1939, juste avant la guerre donc. Nous avons parcouru toute la Laponie, sauf la partie soviétique bien sûr.

– Vous étiez tous les quatre donc…

– Tous les quatre, comme Français. Paul-Émile et les frères Latarjet étaient des amis de longue date. Moi, j'étais en quelque sorte l'alibi pour prouver au musée de l'Homme, qui finançait notre petite expédition, que notre voyage n'était pas qu'une aimable virée exotique. Ce qu'elle fut aussi, mais c'est une autre histoire. Il y avait aussi deux Suédois et un Allemand. Les Suédois étaient des anthropologues d'Uppsala, des gens qui nous avaient paru charmants au départ, l'Allemand venait de… d'une région de l'Est je crois, ou du Sud-Est plutôt, des Sudètes, ou de Bohême, je ne connais pas très bien. Mais peu importe, il était allemand en tout cas, et géologue. Et puis nous avions bien sûr des guides et des aides lapons qui nous ont accompagnés sur tout le périple.

– Vous dites que les Suédois vous avaient paru charmants… au départ. Que voulez-vous dire ?

– Eh bien, Paul-Émile était quelqu'un de très engagé, vous savez. Il était extrêmement tourné vers les gens, c'était l'une de ses passions, la découverte de l'autre, que ce soit en Polynésie, comme il l'a fait plus tard, ou dans le Grand Nord à l'époque. Plus les choses lui étaient étrangères et lointaines, plus il s'enthousiasmait. Et c'est dans cet esprit de découverte authentique de l'autre qu'il accomplissait ce voyage en Laponie. Tout comme moi d'ailleurs, ou les frères Latarjet. Mais nous avons découvert assez tôt qu'il en allait autrement de nos collègues suédois. J'ai d'ailleurs un peu de mal, après coup, à employer le mot collègue. Mais enfin, ce que Paul-Émile et moi ignorions lors de la préparation de ce voyage, c'est que ces deux anthropologues de l'université d'Uppsala étaient également associés à l'Institut de biologie raciale.

Il marqua une pause, comme pour observer si cela avait un effet sur Nina. Elle le regardait avec de grands yeux qui semblaient signifier qu'elle en ignorait l'existence.

– Paul, veux-tu aller me chercher au bureau le livre que j'ai déposé sur le fauteuil.

Lorsqu'il eut le livre entre les mains, Henry Mons le feuilleta puis le tendit à Nina.

– Voilà le genre d'études auxquelles se livraient cet institut et ces messieurs.

Nina prit son temps pour parcourir à son tour les pages jaunies, rédigées en suédois. Elle se sentait observée. Elle se dit que si le vieil homme l'avait mis de côté, c'est qu'il lui accordait une importance particulière. Il fallait donc donner du temps à ce livre. Mais elle n'eut pas à se forcer. La fin de l'ouvrage était agrémentée de planches photographiques. Il ne fallut pas longtemps à Nina pour comprendre que ces photos servaient à illustrer la supériorité raciale des Scandinaves et l'infériorité… de tous les autres : Lapons, Tatares, Juifs, Finlandais, Baltes, Russes. C'était d'autant plus caricatural que les Scandinaves étaient illustrés par des étudiants, des pasteurs, des chefs d'entreprises, des médecins, tandis que les autres ressemblaient à des photos de criminels et d'ailleurs, dans plusieurs cas, c'était de fait des criminels qui servaient à illustrer ces sous-races. Nina releva les yeux vers Henry Mons. Elle se sentait mal à l'aise.

– Ces deux chercheurs suédois étaient extrêmement cultivés, charmants. Ils avaient des discussions passionnées, et c'était même parfois drôle, car l'un était social-démocrate, et l'autre conservateur. Sur ces questions raciales, ils pouvaient parfois être un peu en désaccord. Le social-démocrate parlait plutôt de l'État providence en marche, que des éléments asociaux ne devaient pas ralentir. L'autre était dans une logique nettement plus raciale. Il faut vous dire que les milieux universitaires, c'est ce que j'ai compris après la guerre, étaient très pro-Allemands en Scandinavie. Nous, leurs discours nous ont choqués. Le soir, au bivouac, nous avions des discussions très animées. Mais nous étions vraiment sur deux planètes différentes. En privé, Paul-Émile pestait contre eux. Car il voyait la façon dont ces hommes dévoyaient la science. Néanmoins, nous avions besoin d'eux. Et ils avaient en plus beaucoup étudié les Lapons. Pour eux, c'était une race inférieure, condamnée à disparaître. Et ils argumentaient un peu comme on argumente aujourd'hui sur les ours blancs, voyez-vous. C'était odieux, vraiment odieux.

– Et ce tambour alors ?

– Nos querelles n'échappaient pas à nos guides. L'un d'entre eux, notamment, y était particulièrement sensible, parce qu'il avait lui-même été l'objet de l'attention scientifique de ces messieurs d'Uppsala. Ils lui avaient mesuré le crâne, comme ils l'avaient fait à des centaines de gens.

Henry Mons se leva et invita Nina à le suivre. Ils longèrent un couloir lambrissé, décoré de petits tableaux aux cadres dorés surmontés de lampes, représentant des scènes de chasse arctique. Le bureau était une vaste pièce couverte de bibliothèques sur deux murs à l'angle desquels il y avait un petit divan deux places. Une grosse armoire occupait une partie d'un autre mur tandis qu'un bureau en acajou placé de biais faisait presque face à l'entrée, avec une grande fenêtre à sa gauche. Henry Mons prit place derrière son bureau et invita Nina à s'asseoir de l'autre côté. La jeune femme vit que le vieil homme s'était soigneusement préparé pour cette rencontre. Des piles de papiers bien rangées se serraient à sa gauche. Mais il commença par prendre une photo qui était sous sa main droite. Il se pencha en avant, et invita Nina à en faire autant.

– C'est au début de l'expédition. Paul-Émile, au milieu bien sûr, les frères Latarjet à sa droite, les chercheurs suédois et allemand à sa gauche. Les Suédois sont les deux les plus proches de lui.

– Vous êtes là, nota Nina en pointant du doigt un homme au regard franc et souriant à droite des médecins français.

– Exactement. À cet âge, j'aurais tenté de vous séduire, mademoiselle, croyez-moi, dit-il avec un sourire qui se voulait coquin. Et puis vous avez encore nos trois guides, notre interprète et le cuisinier, continua Henry Mons en déplaçant son doigt.

La photo avait été tirée dans le hall d'un hôtel en Finlande, à en croire les inscriptions. Les personnages de la photo avaient une allure figée, typique pour les photos d'avant-guerre, comme si leur gravité était l'annonce d'événements terribles qui se profilaient. Tous portaient des combinaisons. Ils étaient sans doute sur le point de partir. Les Lapons qui les accompagnaient étaient vêtus de leur costume traditionnel, mocassins à pointe recourbée, maintenus aux jambes par des bandes molletières chamarrées, pantalon en peau claire de renne, tunique en drap – elle était toujours bleu roi – décorée de nombreux rubans que Nina savait multicolores depuis qu'elle avait croisé sur le marché de Kautokeino de vieux Sami qui s'habillaient encore ainsi. Les différents chapeaux que portaient les Lapons indiquaient leur origine géographique variée. L'un portait un bonnet à quatre pointes, de même type que celui porté par Aslak, nota Nina.

Henry Mons montra à nouveau le géologue allemand.

– Ce pauvre Ernst. Il avait été là un temps avant nous, mais il avait voulu se joindre à nous pour revisiter un certain endroit. Il est décédé durant notre expédition. Il était parti plusieurs jours faire des relevés d'un coin qui l'intéressait en emmenant un de nos guides lapons. Mais, sur le chemin du retour, il a fait une chute fatale. Il a été enterré au cimetière de Kautokeino. Pour être allemand à cette époque, Ernst était différent. Il ne parlait jamais politique, ni pour ni contre Hitler. Et il ne s'intéressait guère à ces histoires qui passionnaient les deux Suédois. La plupart du temps il se tenait à l'écart. Je l'avais surpris un soir, alors qu'il travaillait à la lueur de sa lampe. J'ai bien vu qu'il griffonnait sur une carte géologique. Mais il l'a recouverte quand je suis arrivé. Je ne lui ai pas posé de questions. Entre géologues, bien sûr, cela ne se fait pas. On doit respecter les petits secrets des autres.

– Qui est cet homme avec le bonnet à quatre pointes ? demanda Nina.

– Le bonnet du diable, vous voulez dire, sourit Henry Mons. C'est comme ça que le considéraient les gens pieux là-haut. Le bonnet du diable. Il s'appelait Niils. Je ne me rappelle plus de son nom de famille.

C'est lui qui était parti comme guide pour Ernst et qui nous a annoncé son décès. Il était très éprouvé. En tant que guide, il se sentait responsable je crois, car il nous a dit qu'Ernst était mort lorsque lui-même s'était absenté pour aller chasser un renne pour leur nourriture. Apparemment, Ernst était tombé dans une sorte de faille recouverte de lichen et sa tête avait heurté le roc. Oui, Niils s'en voulait. Je m'étais lié d'amitié avec lui. J'avais compris qu'il se sentait souvent humilié par les avis des chercheurs suédois. Il n'osait pas protester. Je pense qu'il partait du principe que les hommes blancs – l'expression est de lui – partageaient tous les mêmes idées sur les Lapons. Cette humiliation passait par le regard. J'y voyais un mélange de fierté, de distance, d'incompréhension parfois, d'effarement même. Tout cela m'avait beaucoup touché. Je n'avais pas osé en parler avec lui au départ, car il fallait passer par le filtre de l'interprète. Mais je lui faisais comprendre, par des regards aussi, que j'étais sensible à ses réactions. Il s'en était rendu compte. Vers la fin du séjour, quand j'ai senti que je pouvais avoir confiance dans notre interprète, nous en avons parlé, un soir. Ce que j'avais découvert m'avait terriblement affecté, car cela révélait une incroyable injustice.

Henry Mons marqua une pause, et Nina remarqua que le vieux Français avait les yeux mouillés.

– Père, je pense que tu devrais te reposer, dit son fils Paul qui venait juste de rentrer.

Henry Mons paraissait fatigué. Il protesta pour la forme, mais finit par aller s'allonger. Nina devrait patienter.

25

Mardi 18 janvier.
10 h 30. Kautokeino.

André Racagnal s'était garé juste devant l'entrée de l'aile de l'hôtel où il était installé. Il avait sa propre porte qui donnait sur l'extérieur, sans avoir besoin de passer par la réception. Il pouvait aller et venir en toute tranquillité depuis son aile, qui comportait une chambre et un grand salon. Il avait entreposé là tout son matériel et fini de le charger dans les caisses. Le changement de programme qui s'était imposé à lui ne modifiait en rien ses préparatifs.

Il sortit son marteau de prospection qu'il avait laissé tremper toute la nuit dans un seau, afin de laisser gonfler le bois du manche. C'était un marteau suédois, avec un long manche, pratique pour s'appuyer en terrain difficile. Plus efficace aussi car sa longueur donnait plus de force quand il fallait éclater un rocher. Il vérifia une fois de plus que chaque instrument était à sa place, appareil photo, GPS, même s'il n'en était guère adepte, loupe. Il avait aussi pris une boussole, une provision de crayons à mine plutôt grasse pour ses dessins, des crayons de couleur aussi.

Il ouvrit ensuite une caisse remplie de cartes. Il passa un moment à sélectionner celles dont il pensait avoir besoin, à différentes échelles, chacune en plusieurs exemplaires. Il en garda une soixantaine. Il commença par charger une caisse métallique à l'arrière de sa Volvo, puis le reste de son équipement. Il prenait des affaires pour deux semaines, et la nourriture qu'il avait achetée pour deux personnes devait aussi suffire pour cette durée.

Il pensa un instant passer au pub. Il se dit que c'était finalement une mauvaise idée. Dommage. Pour l'instant.

Il se concentra au lieu de cela sur le souvenir de la carte aperçue chez le paysan. La carte était extrêmement détaillée. Il faudrait la juxtaposer à toutes les cartes qu'il emportait. Il savait par expérience qu'une carte ne représentait jamais le terrain tel qu'il était. Qu'entre les anciens et les modernes, la vision du terrain pouvait avoir changé. Le travail serait fastidieux, mais pas impossible. Il avait l'œil. Il était bon. Il le savait. Resterait ensuite à procéder à l'analyse de terrain. Il serait alors dans son élément. Il n'avait rien dit au paysan, mais la carte semblait surtout indiquer des échantillons, des bouts de quelque chose, et en aucun cas un gisement concentré. Bien sûr, de tels indicateurs, s'ils se révélaient sérieux, n'avaient pas de prix. Mais des traces de minerai dans un rocher n'avaient jamais voulu dire qu'il suffisait de creuser sous le rocher pour tomber sur un gisement. Seuls ceux qui avaient une vision très romanesque de la géologie pouvaient s'imaginer cela. Ce n'était pas son cas. Il était au contraire connu pour avoir une intuition redoutable basée sur une lecture infaillible de la géologie des régions qu'il arpentait et une connaissance encyclopédique des structures géologiques grâce à ses nombreux voyages. Il savait lire un paysage mieux que la plupart de ses collègues.

Il passa à la station-service remplir ses jerricans d'essence et des bidons d'eau. Puis il se mit en route vers chez Karl Olsen. Le vrai rendez-vous l'attendait.

26

Mardi 18 janvier.
13 h 30. Paris.

Nina était allée prendre l'air pour rassembler ses idées. Ce qu'elle avait déjà appris la troublait. Et l'effrayait par certains aspects. Elle avait grandi dans l'idée que les pays nordiques avaient réussi à développer le meilleur modèle de société au monde… Peut-être cette histoire d'institut et de mesure des crânes était-elle un peu exagérée. Après tout, elle n'en avait pas entendu parler autrement qu'au détour d'un ou deux articles. Cela n'avait donc pas pu être si important.

Paul lui ouvrit quelques instants plus tard.

– Venez, mon père s'est reposé et il est pressé de reprendre cette discussion avec vous. Je crois qu'il a encore beaucoup à vous dire.

Nina passa directement dans le bureau et vint s'asseoir en face d'Henry qui releva les yeux d'un document.

– Niils était un homme doté de multiples talents, mademoiselle, lança-t-il tout de suite. Comme la majorité des Lapons, il n'avait pas d'éducation. Pas au sens où nous l'entendons, du moins. Mais il était d'une grande sensibilité. Il avait apparemment certains talents de chaman. Pour ma part, je mettais les pieds en Laponie pour la première fois, et j'étais peu au courant de ce genre de pratiques. Paul-Émile était bien plus passionné. Il avait déjà eu l'occasion d'observer des chamans au Groenland, alors bien sûr, cela l'enthousiasmait. Mais c'est à moi que Niils s'est confié, comme je vous le disais. De son côté chaman, il ne parlait guère car, comme je devais l'apprendre, un authentique chaman ne dit jamais qu'il est chaman. En revanche, Niils était inquiet. Les discours des anthropologues nous indignaient, nous les Français. Mais eux, les Lapons, qui vivaient sur place et qui resteraient après notre départ, avaient toutes les raisons d'être inquiets. Je ne saurais vous dire quelle perception ils avaient du drame qui se nouait en Europe, avec Hitler. Nous-mêmes, après tout, n'avions pas si bien compris ce qui se tramait. Mais Niils avait une espèce de pressentiment. Un soir, il nous a entraînés un peu à l'écart, l'interprète et moi. Il a sorti de sous sa cape un tambour. Celui-ci, d'après ce que je pouvais en juger à la lueur de notre lampe à huile, était magnifique. Et en bon état. Il avait une forme arrondie, il était parsemé de petits symboles que j'avais du mal à distinguer.

J'ai demandé à Niils ce que c'était, et il m'a dit que ce tambour lui appartenait. Il ne m'a pas dit d'où il venait, juste qu'il lui appartenait. Il y avait beaucoup de solennité dans cet instant, et je sentais que ce n'était guère le moment de se livrer à un entretien scientifique comme je brûlais de le faire. J'étais d'autant plus excité que je savais que c'était l'un des rêves de Paul-Émile. Je devais me refréner. Niils m'a alors raconté que ce tambour était en danger. Je lui ai dit que je ne comprenais pas très bien. Il m'a alors expliqué qu'avec les idées qui circulaient en ce moment, tout ce qui avait trait à son peuple était menacé. Je tentai de le rassurer, mais je vis qu'il était réellement inquiet. Et je dois dire que même si j'essayais de faire bonne figure, je ne pouvais lui donner tort. C'est alors qu'il m'a demandé de prendre soin de ce tambour, de le ramener chez moi en France pour le mettre à l'abri. Il m'a dit que le tambour pourrait revenir ici le jour où je le jugerais opportun. Il faisait confiance à mon jugement. Je dois vous avouer, mademoiselle, que j'ai été bouleversé par cette marque de confiance, plus que je n'oserais vous l'avouer. Je devenais soudainement dépositaire d'un trésor de la civilisation lapone.

Henry Mons marqua une pause. Il avait parlé avec une certaine grandiloquence et il était visiblement ému. Nina lui sourit en posant une main sur son avant-bras. Le vieil homme lui rendit son sourire, comme s'il lui était reconnaissant de le laisser reprendre son souffle. Nina aussi était émue. Pour des raisons différentes. Cet étranger lui faisait prendre conscience d'une réalité de son pays qu'elle ignorait presque totalement. Elle avait du mal à se positionner par rapport à cette situation nouvelle. Heureusement, elle pouvait se raccrocher à son enquête. La fin de la matinée approchait. Henry Mons demanda à son fils de leur refaire du thé. En l'attendant, il sortit quelques photos prises pendant l'expédition. C'étaient de jolis clichés, qui montraient la vie quotidienne des personnes croisées sur leur chemin. On voyait des familles sami sous leur tente, ou parfois devant. Sur certains clichés, on voyait une mère tenir un bébé emmailloté dans un berceau. Certains Sami posaient à côté d'un renne, sans doute leur renne de tête, le favori. En observant les photos, Nina voyait une population sur ses gardes. Une chose finit par la frapper. Pratiquement personne ne souriait.

Ou lorsque quelqu'un souriait, cela paraissait tellement forcé, voire déplacé, que cela devenait presque
gênant. Nina passa rapidement sur les photos. Elle en
vit encore quelques-unes où les membres de l'expédition posaient au milieu des Sami.

– Savez-vous que la Laponie est une terre passion-
nante pour les minerais ? Il y avait déjà de nombreuses
mines à l'époque, notamment la mine de fer de Kiruna,
qui intéressait d'ailleurs beaucoup les Allemands. Le
fer de Kiruna a servi à fabriquer les armes nazies. Mais
je me rappelle que circulaient nombre de rumeurs sur
un énorme gisement d'or. À la façon dont certaines
personnes en parlaient, cela paraissait presque une
légende. Cela nous étonnait, car nous avions l'impression que les Sami étaient peu attachés à ce type de
richesses matérielles. À l'époque, ils vivaient encore
essentiellement de façon nomade. La rumeur sur ce
gisement extraordinaire était là, cependant. Lorsqu'il
me remit le tambour, je compris que quelque chose
était lié à ce gisement. Mais Niils s'était fait très…
grave en évoquant ça. Il me dit donc qu'il y avait une
malédiction sur ce gisement, que ce gisement avait
apporté beaucoup de malheur à son peuple. Et que
c'était pour cette raison, aussi, que ce tambour devait
être mis en sécurité loin d'ici. Afin que la vérité de
ce gisement ne tombe pas entre les mains de personnes indésirables.

– De quelle malédiction voulait-il parler ?

– Vous pourriez m'objecter que j'étais bien peu
curieux, mais je n'ai pas posé la moindre question. J'étais pris par la solennité de l'instant, par ce
sentiment que nous étions à l'aube d'un cataclysme
politique, par cette ambiance à la fois sinistre et envoû-
tante, à la lueur de cette lampe, entouré d'une nature

noire et hostile, d'un vent étourdissant, loin de toute civilisation, avec cet homme au visage bouleversant, coiffé de son bonnet à quatre pointes. C'était très impressionnant, je vous assure.

– Et vous en pensez quoi ?

– J'en ai déduit en tout cas que ce devait être l'histoire de ce gisement d'or, quant à la malédiction, je n'en sais trop rien. De quelle façon ce gisement aurait-il eu un impact sur son peuple ? Je l'ignore. Avaient-ils été privés de pâturages leur appartenant, ou de terres importantes pour leur transhumance ? Est-ce que cela avait provoqué la perte de troupeaux, des rennes étaient-ils morts de faim ? Ou bien la malédiction touchait-elle les Sami eux-mêmes ? Je me suis posé toutes ces questions, et bien d'autres.

– J'ai cru comprendre qu'il n'y avait pas de reproduction de ce tambour ?

– C'est bien possible, je l'ignore en fait. Il est sûr que je n'en ai pas. Si d'autres en ont, je n'en sais rien.

– Puisqu'il vous a tant marqué, vous devez vous en souvenir.

– Vous surestimez ma mémoire, mademoiselle, dit-il dans un sourire. Mais voyons…

Il ferma les yeux et les garda clos pendant un long moment.

– Une ligne horizontale le séparait en deux. Cette ligne était placée dans la partie supérieure du tambour. Je me rappelle que dans cette partie il y avait des rennes stylisés, un ou plusieurs personnages assez simples, stylisés aussi. Je dirai que c'étaient des chasseurs, je n'en suis plus sûr. Je pense qu'il y avait des arbres et peut-être des montagnes, à moins que ce ne fussent des tentes, je ne me rappelle plus.

Nina prenait rapidement des notes sur son bloc, observant Henry Mons qui gardait toujours les yeux clos.

– Dans la partie inférieure, c'est plus compliqué. Au milieu de cette partie, il y avait une croix, avec différents symboles sur chaque branche de la croix, ainsi qu'en son centre d'ailleurs, au milieu d'un petit losange. Quoi d'autre ? Sur les bords, d'autres symboles. Je crois qu'il y avait à nouveau des personnages stylisés, assez simples, mais aussi d'autres, plus élaborés. Des divinités peut-être. Et puis il y avait des poissons, un bateau. Un signe qui m'avait frappé et dont je me rappelle bien, c'est un grand serpent. Je pense qu'il y avait aussi des arbres, des montagnes encore, et puis certains symboles qui étaient très durs à interpréter. Je m'étais toujours promis de faire des recherches, et puis vous savez ce que c'est, j'ai été accaparé par mille autres choses. Et j'ai respecté son vœu : je n'ai montré le tambour à personne. Je n'ai pas fait de copie pour cette raison aussi. Paul-Émile m'en a voulu bien sûr, mais je sais qu'il respectait également mon intégrité.

– Parce que vous avez reçu des demandes de personnes qui voulaient avoir ce tambour ?

– Bien sûr, s'exclama-t-il. Une telle pièce, cela aiguise les convoitises. Certes, il ne s'agit pas d'art précolombien ou de vestiges égyptiens, mais tout de même, je crois pouvoir dire que ce tambour est une belle pièce, en tout état de cause une pièce unique, certainement associée à une histoire dramatique, comme tous ces tambours et comme vous ne l'ignorez sûrement pas.

Nina ne s'attarda pas à étaler son ignorance.

– Qui vous a contacté ?

– Il y a eu ce musée allemand de Hambourg, je crois qu'ils travaillent avec le centre Juhl à Kautokeino. Ils voulaient venir voir le tambour, en faire une estimation.

– Ils auraient pris des photos alors, demanda Nina pleine d'espoir.

– En fait, ils ne sont pas venus. Car entre-temps, j'avais pris contact directement avec Juhl. Si mes souvenirs sont bons, deux autres personnes m'ont contacté au fil des ans. Un autre musée, à Stockholm, et un monsieur qui ne s'est pas présenté, mais qui m'a semblé être un intermédiaire, sans doute pour quelque collectionneur. Je ne sais pas comment ils avaient appris que je possédais ce tambour. Comme je n'ai jamais eu l'intention de le vendre, ces demandes ont bien sûr tourné court.

– Vous avez conservé les noms de ce musée et de cet intermédiaire ?

Il consulta l'un des tas de documents, et après avoir cherché un moment, il trouva les renseignements qu'il nota sur une feuille, à l'aide d'un stylo à plume. Nina lut rapidement. Le musée était le musée nordique de Stockholm. Le nom de l'intermédiaire lui sembla norvégien.

– Qui était au courant de son existence ?

– Peu de gens finalement, dit-il après avoir réfléchi un moment. En tout cas jusqu'à ce que je le confie à Juhl.

Le Français autorisa Nina à emmener les photos et quelques documents relatifs à l'expédition. Au moment de partir, elle s'arrêta une seconde sur le palier de la porte.

– Qu'est-ce qui vous a décidé à renvoyer le tambour maintenant ?

– Mon âge d'abord, dit-il avec un sourire fatigué. Je ne veux pas que ce tambour soit perdu pour les Sami après ma mort. Je me suis alors posé la question de savoir si renvoyer le tambour maintenant n'irait pas contre la volonté de Niils. Il m'a paru que non. Il ne fait aucun doute que les idéaux de l'époque n'ont plus cours depuis longtemps en Scandinavie. J'espère ne pas m'être trompé…

27

Mardi 18 janvier.
15 h 30. Kautokeino, route 93.

André Racagnal s'arrêta devant le principal corps de ferme de Karl Olsen. Le paysan, qui l'avait vu arriver, l'attendait sur le pas de la porte. Il n'arrivait pas à le cerner. Le personnage était lisse. On ne savait pas ce qu'il avait dans le crâne. À part son goût pour les jeunes filles bien sûr. Il ne se laissait pas manipuler aussi facilement qu'un Brattsen. Quelqu'un d'autre aurait protesté contre une telle accusation, se serait énervé. Pas lui. Bon Dieu, et en plus le bonhomme affichait un rictus ironique en le regardant.

La vieille carte géologique était sur la table de la cuisine. Racagnal alla directement la prendre.

– Rappelez-vous, lui dit Olsen. Le temps presse pour déposer une demande auprès de l'Agence nationale des mines, et qu'elle puisse être traitée par le comité municipal des affaires minières ensuite. Pour l'Agence, cela peut aller vite parce que des gens y travaillent en permanence mais, pour le comité ici, c'est uniquement lorsque nous nous réunissons. On ne peut pas rater la réunion qui vient d'être reportée, ça sera trop tard pour l'attribution des licences. C'est maintenant ou jamais.

Racagnal ne répondit pas, et cela inquiéta le paysan. Olsen déploya une autre carte, une carte de la région. Il pointa son doigt.

– Aslak est là. C'est un type bizarre, mais sûrement le meilleur. Je suis sûr que vous saurez le prendre, dit-il en tournant son buste vers Racagnal.

Ce dernier ne disait toujours rien, se contentant d'observer les deux cartes. Il les plia, regarda Olsen et tourna les talons.

16 h 30. Route 93.

Racagnal se lança en direction du nord, avant de bifurquer vers l'est, la direction qui rejoignait Karasjok. C'était par là que se trouvait cet Aslak. Les mises en garde du paysan lui étaient égales. Un type bizarre, cet Aslak ? Est-ce que ce nullasse de paysan pouvait vraiment penser qu'un Aslak, aussi bizarre soit-il, pouvait être plus bizarre qu'un commandant Chuck ? Ce péquenaud n'était jamais sorti de son trou, ça se voyait. Il avisa une petite cafétéria au bord de la route. L'enseigne annonçait Renlycka, la chance du renne. Tout un programme. Il l'avait déjà vue, c'était la seule entre Kautokeino et Alta, juste au croisement avec la route 92 qui tournait vers l'est. Il s'arrêta. Une fois qu'il serait lancé, il devrait bivouaquer au gré des gumpis, des abris, ou dans sa tente. Ce genre de situation ne l'inquiétait pas. Mais pour la petite séance de travail qu'il envisageait, il serait bien mieux dans le bar. Il n'y avait aucun client. Une femme d'une soixantaine d'années sortit d'une petite pièce au fond et se mit derrière la caisse, sans rien dire. Elle attendait. C'était une Lapone, avec un tablier qui reprenait les couleurs vives des tuniques traditionnelles. Il alla se poser près d'une longue table située à l'angle du bar, près des fenêtres. Il y avait une dizaine de tables de bois clair, avec des chaises du même type. De petites broderies décoraient chaque table. Elles représentaient des scènes de la vie des Lapons, le marquage des rennes, les caravanes à l'ancienne, le tri dans les enclos. Des petites bougies rondes étaient disposées sur chaque table dans des bougeoirs en verre. La femme vint allumer celle qui était sur la table de Racagnal. Une vitrine fermée exposait des objets d'artisanat, des poupées lapones, des petits tambourins couverts de figurines naïves, des autocollants. Il voyait la route qui passait au pied d'une petite colline et, en tournant la tête, il devinait les vastes étendues semi-désertiques dans lesquelles il allait s'enfoncer bientôt. Tout semblait paisible du fait de la neige qui endormait tout. Il savait que ça n'allait sans doute pas durer.

Il sortit ses cartes, puis alla jusqu'à la caisse où la Lapone le regardait avec un air vide. Elle attendait. Racagnal prit un sandwich et un café. Il paya. La femme le remercia.

– Vous connaissez Aslak ? lui demanda-t-il.

La femme le regarda d'abord longuement.

– Oui.

Elle attendait à nouveau.

– On le trouve facilement ?

– Non.

– Vous pourriez peut-être m'expliquer comment le trouver ?

Nouveau silence.

– Non.

Racagnal n'aimait pas être surpris. Il plongea son regard dans le sien et lui adressa un rictus. La femme baissa les yeux. Il lui tourna le dos et retourna à la table. Il étala enfin la vieille carte géologique du paysan et sortit un jeu des cartes qu'il avait sélectionnées. Il se retrouvait dans son élément. Il fallait faire vite, car la nouvelle réunion du comité des affaires minières était le lendemain matin. Olsen lui avait promis qu'il ferait valider la demande. Racagnal allait faire parler cette fichue carte.

18 h. Kautokeino.

Nina était arrivée tard le soir à Alta. Klemet était venu la chercher. Cela lui fit plaisir.

– Nous attendons le rapport du médecin légiste demain, commença Klemet. Ce n'est pas trop tôt. Alors, Paris ?

Durant l'heure de trajet qui suivit, Nina lui fit un fidèle compte rendu de ce qu'elle avait appris chez Henry Mons. Lorsqu'ils repassèrent devant l'endroit où Nina avait heurté un renne la veille, elle raconta brièvement – et sans les détails – son accident ainsi que la réaction étrange d'Aslak, qui lui avait remis un petit bijou. Comme Klemet ne réagissait pas, elle revint sur sa rencontre avec Henry Mons.

– C'est fou ces histoires de biologie raciale, incroyable, dit Nina.

– Mouais.

– Ça ne te révolte pas plus que ça ?

Klemet conduisait, concentré sur la route. Il tourna la tête vers Nina, sans un mot, puis reporta son regard droit devant lui. Ils approchaient de l'entrée de Kautokeino, plongée dans l'obscurité.

– On va prendre un café chez moi.

Ce n'était pas une question. Cela ne déplaisait pas à Nina de retrouver la tente mystérieuse de Klemet. Lorsque la voiture s'arrêta, Klemet montra son sac.

– Prends ton bagage.

Nina le regarda, la tête un peu de côté, interrogative, comme interloquée par la proposition de son collègue.

– Je pensais aux documents de Paris.

– Oh, bien sûr, dit Nina.

Il aurait parié qu'elle rougissait. Il enfonça le clou.

– Tu veux prendre une douche ?

Nina s'arrêta. Elle ne savait pas si son collègue se moquait d'elle ou pas. Poliment elle déclina l'offre. Klemet s'avança dans la neige et souleva le pan pour laisser passer la jeune femme. Il remit des bûches dans l'âtre presque éteint. Les flammes se réanimèrent rapidement. Nina se sentait bien à nouveau. Elle regardait autour d'elle, avec ravissement.

– Klemet, tu veux bien prendre une photo de moi devant le feu ?

Klemet eut un sourire forcé. Elle lui tendait déjà son appareil. Il savait comment faire. Il fit sa mise au point sur les flammes. Nina le remercia, vérifia la photo et poussa un petit soupir.

– Klemet, je suis toute noire. Tu sais, quand on prend une photo avec une source de lumière comme ça derrière, il faut…

– Nina, redonne-moi vite ton appareil, s'il te plaît.

Klemet reprit un autre cliché, à peine penché. Elle parut s'en contenter. Elle rangea son appareil et sortit le dossier. Elle lui tendit la première photo

qu'Henry Mons lui avait montrée et décrivit les différentes personnes.

– Qui prend la photo ? demanda Klemet.

Nina le regarda en silence, comme si elle avait été
prise en faute. Elle ne connaissait pas la réponse.

– Qu'est-ce que tu bois ?

– Une bière sans alcool.

Klemet en sortit deux. Il se versa aussi un verre de
cognac trois étoiles. C'était une vieille habitude qu'il
avait gardée de son éducation laestadienne. Dans la
branche laestadienne dure qui était celle de sa famille,
l'alcool était strictement interdit. Il n'y avait qu'une
exception, et c'était, en cas de maladie, du cognac
trois étoiles, à titre médicamenteux. Klemet avait toujours trouvé ça très drôle, et il restait fidèle à ce
cognac-là, sa façon à lui de ne pas renier totalement
ses origines. Il but la moitié de son verre, et avala une
gorgée de bière.

Nina était à côté de lui cette fois, allongée sur les
peaux de rennes. Elle regardait les photos accrochées
au-dessus d'elle, pensivement. La question de Klemet
l'occupait. Elle sortit les autres photos que lui avait
confiées Henry Mons. Il y en avait une cinquantaine.
La plupart représentait des scènes de la vie lapone. Il y
avait aussi quinze autres photos montrant les membres
de l'équipe à différentes étapes de l'expédition. Il
sépara les photos comportant les membres de l'expédition de celles représentant les Sami. L'équipe des chercheurs et des guides était présente sur chacune d'elles,
même si elle n'était pas toujours au complet. À part
celle les immortalisant à l'hôtel finlandais, sans doute
le point de départ de leur expédition, toutes les autres
étaient prises en extérieur, soit au milieu de la toundra,
soit devant des tentes de leur campement. Elles

faisaient moins posées, signe que le voyage ne devait pas se dérouler dans des conditions de tout repos.

– Là, un homme qui n'était pas sur la première photo.

Nina découvrait un homme plutôt petit comparé aux chercheurs suédois et norvégien, mais qui ne semblait pas être lapon.

On le retrouvait sur une autre photo. La présence de cet homme semblait bizarre. Il paraissait être légèrement à l'écart. Comme s'il n'était pas à sa place. Il avait un nez fin, une moustache couvrait les coins de sa bouche.

– Oui, nota Nina. Je demanderai à Mons. Elle feuilleta les autres photos et le retrouva sur un nouveau cliché. Elle étala toutes les photos entre eux deux, en plusieurs rangées. On y voyait tout juste assez. Elle sirotait sa bière, et Klemet faisait de même, tout en détaillant les clichés. Klemet en prit une et la retourna. Il trouva ce qu'il cherchait : la date.

– Trions-les suivant leur chronologie, proposa-t-il.

Quand ce fut fait, ils se replongèrent dans leur étude.

– Qu'est-ce qu'on cherche exactement ? demanda Nina après un moment.

– Je ne sais pas, avoua Klemet. Mais il se passe quelque chose durant cette expédition, avec ce tambour, avec ces hommes. Quoi, je ne sais pas. Mais il se passe quelque chose.

Klemet se resservit un peu de cognac.

– Bon, puisque nous suivons le tambour, il paraît logique de suivre Niils. Il est sur les premières photos, et sur les dernières.

– Il n'est pas au milieu, compléta Nina. Il n'y est pas, parce qu'il s'est absenté avec le géologue allemand.

Nina retourna la dernière photo où Ernst et Niils étaient avec le groupe, puis la suivante, où ils n'y étaient plus.

– Celle-ci est datée du 25 juillet, celle-là du 27 juillet. Ernst et Niils partent donc durant la dernière semaine de juillet 1939.

– Et là, dit Klemet en pointant le doigt sur une des dernières photos, Niils est de retour. Seul bien sûr, puisque Ernst est décédé.

Il se souleva pour retourner la photo.

– 7 août. Et la photo précédente où il est absent est du… 4 août. Niils est donc de retour quelque part entre ces deux dates.

Il laissa retomber la photo et se rejeta en arrière, contre le petit coffre long couvert de coussins.

– Niils revient tourmenté de cette mission avec le géologue allemand. Et peu après son retour il se confie à Mons et lui remet ce tambour.

Klemet reposa son verre et s'empara du dossier contenant des documents relatifs à l'expédition. Il y avait un certain nombre de courriers officiels, des listes de matériel, des lettres de recommandation, des fiches de frais, des titres de transport, toute une paperasserie jaunie sans intérêt. Klemet cherchait une mention du tambour. Il finit par en trouver une sur un récépissé de dédouanement. À la rubrique description, une main avait ajouté en suédois : artisanat de pacotille. Et, sur la ligne valeur, un simple « nulle ».

18 h. Route 93.

André Racagnal sautait de vallée en vallée au gré des courbes géologiques qui dansaient devant ses

251

yeux. Il avait étalé cinq cartes devant lui. Il se replongea sur celle du paysan. Il imaginait sans difficultés les heures passées par ce géologue sur le terrain pour reconnaître les formations géologiques, rechercher des fossiles, tracer les limites d'affleurement, là où les différents terrains étaient visibles. Racagnal prenait son temps, même s'il lui était compté. La vieille carte semblait décrire un pluton granitoïde du domaine carélien. Cela datait donc d'environ 1,8 milliard d'années. Ces terrains du Grand Nord européen étaient parmi les plus anciens qu'il ait eu la possibilité d'étudier. Quand il n'était pas sur le terrain à crapahuter, l'étude de ces cartes était la seule chose capable de lui faire oublier ses démons. Et encore ne fallait-il pas qu'une courbe soit trop évocatrice. Racagnal suivait les contours et se parlait à lui-même. La roche plutonique s'était développée dans des roches encaissantes appartenant à une ceinture schisteuse. Il se sentait dans son élément. Elle était composée de quartz, de diorites et de granits. C'était tout à fait cohérent. On pouvait trouver de l'or dans ce genre de terrain, il n'y avait aucun doute là-dessus. La question, comme d'habitude, était ailleurs. Est-ce qu'il y en avait suffisamment, est-ce que c'était à une profondeur raisonnable, est-ce que les perspectives du marché étaient telles que cela justifie de se lancer dans l'exploitation d'une mine dans le Grand Nord, dans des conditions humaines et climatiques difficiles ? Beaucoup de questions, auxquelles il était impossible de répondre en seulement une semaine. Même les bons géologues, surtout les bons géologues, et il se considérait parmi les meilleurs, avaient besoin de sentir le terrain, de le fouler du pied, de laisser libre cours à leur intuition, même si ça rendait dingues les jeunes et les bureaucrates qui avaient besoin de tout

252

rentrer dans des modèles. Mais ceux-là ne pourraient jamais comprendre comment fonctionnait le cerveau d'un mec comme moi, songeait Racagnal. De la même façon, jamais ils ne pourraient comprendre son goût des très jeunes filles. Cette si belle image de la pureté. Lui ne pensait qu'à salir cette image. C'était le seul comportement rationnel à ses yeux. Cette pureté l'angoissait, le faisait se sentir différent. Il se sentait plus à l'aise avec des personnes ambiguës comme ce péquenaud calculateur, ou comme ce flic borné. C'étaient des gens qui le rassuraient, qui le confortaient dans son idée que le monde était gris, injuste, mouvant.

Les granits avaient été érodés par les glaciers qui pendant très longtemps avaient recouvert la Scandinavie. Les derniers glaciers s'étaient retirés il y avait tout juste dix mille ans, en laissant les sommets nus et entourés de lacs. Il pouvait lire sur cette carte des terrains éruptifs qui formaient quantité de petits filons. L'auteur de la carte décrivait aussi des conglomérats à galets de quartz. Il y avait pas mal de facteurs concordants, estimait Racagnal, de nouveau concentré sur sa carte.

Géologiquement parlant, la Laponie était une région stable. Elle faisait partie du bouclier scandinave, même s'il y avait quelques failles. Pour des géologues comme Racagnal, c'étaient ces failles qui étaient particulièrement intéressantes. Et cette carte en décrivait une.

Il prit les cartes géologiques qu'il avait apportées et se mit à réfléchir dessus. La plupart des détails présents sur l'ancienne en étaient absents. Sans parler de l'échelle très différente. Il fallait savoir lire entre les lignes. Son index se mit à caresser les courbes de la carte. Cela évoqua bientôt celles d'Ulrika. Il avait fallu que cette petite garce se mette à table. Ce n'était pas grave. S'il trouvait ce qu'il pensait trouver, elle viendrait en rampant, avec sa petite tête d'ange. Et ce paysan devrait ramper aussi.

19 h 20. Kautokeino.

Avant de raccompagner Nina chez elle, Klemet avait tenu à la retenir quelques minutes de plus.

– Fais attention avec Aslak, lui dit-il.

Nina allait protester quand il lui mit un doigt sur la lèvre.

– Ne dis rien.

Elle faillit se méprendre sur son geste. Elle se trompait.

– Tu me demandais tout à l'heure, dans la voiture, pourquoi je ne m'étais pas révolté quand tu parlais des chercheurs suédois ? Dans la ferme de mes parents, nous ne parlions que sami à la maison. Lorsque j'ai commencé l'école, à sept ans, je me suis retrouvé dans un pensionnat où il n'y avait pratiquement que des enfants lapons. Nous avions interdiction de parler sami. L'instituteur était suédois et ne parlait que le sué-dois. Exprès. Il fallait faire de nous des petits Suédois. Il y avait un progrès par rapport à la période qu'Henry Mons t'a décrite. À cette époque, il s'agissait de regar-der mourir la race lapone et de la documenter au nom de la science. À mon époque, il fallait nous assimiler. Totalement, à coups de trique. Nous étions battus si nous parlions le sami, même pendant les récréations. Tu vois cette cicatrice, là, dit-il en montrant sa tempe. J'avais sept ans, Nina. J'avais sept ans et je ne pouvais plus parler ma langue, je ne pouvais plus parler du tout. Alors, si tu parles de révolte, Nina, je…

Stupéfaite, Nina vit le regard de son collègue s'embuer. Jamais elle ne l'avait vu comme ça. Il ne termina pas sa phrase et sortit, tenant la tenture pour Nina. Lorsque la tenture fut retombée, le temps des confidences était passé.

19 h 30. Route 93.

La vieille Lapone était toujours derrière sa caisse, immobile, muette. Elle aurait dû avoir fermé depuis longtemps, mais elle attendait. Un seul client était entré au cours de l'heure écoulée. C'était un chauffeur routier qui avait laissé le moteur de son camion tourner sur le parking.

– Alors ma friponne de Lapone, on s'éclate toujours derrière sa caisse ? Si tu t'emmerdes, t'as qu'à venir dans ma cabine, hein ma bonne !

La Lapone le regardait sans rien dire, ne montrant aucune réaction.

Le chauffeur était suédois, constata André Racagnal, qui le détailla une seconde, remarquant ses nombreux tatouages aux avant-bras. Le Suédois éclata de rire en se tournant vers Racagnal, sûr que ses traits d'humour devaient être contagieux. Racagnal le regarda un instant et revint à ses cartes.

– Oh, môssieur est très occupé. Alors la vioque, mes sandwichs, ça vient ? Eh, j'espère que je ne perturbe pas une affaire qui commençait entre vous, hein ?

Et il éclata de rire tout seul. Le chauffeur ne s'occupait plus de Racagnal. Il tapotait des doigts sur le haut de la caisse, attendant ses sandwichs, rythmant une musique muette. Il avait l'air d'être un habitué, se dit

Racagnal, puisqu'il n'avait pas précisé à quoi devaient être ces sandwichs.

La femme revint avec deux sandwichs emballés et posa également une bouteille de Pepsi à côté de la caisse. Elle sortit un cahier et nota le tout.

– Ah la vioque, tu sais que tu m'excites avec ton petit carnet. Je vais déguster ces sandwichs en pensant à tes nibards, ma grosse. Putain, tu devrais larguer ton mari, je te l'ai déjà dit. On s'éclaterait tous les deux. Yeeaah. Et toi, dit-il en s'adressant à Racagnal, tu la touches pas la Lapone, elle est à moi. Allez, hasta la vista, baby, dit-il en claquant la porte, sans arrêter de chantonner et de battre la mesure de sa main libre.

La Lapone avait refermé son carnet. Elle secoua la tête deux secondes et reprit son air indifférent derrière la caisse.

Racagnal, lui, avait progressé. Il restait beaucoup à faire, mais à force de recouper les informations, d'identifier les structures géologiques, il sentait qu'il approchait de quelque chose.

L'auteur de la carte semblait s'être concentré sur la partie centrale, bien plus annotée. Il croyait comprendre pourquoi. Il y avait ces fameuses marques de métal jaunes, inscrites en tant que telles sur la carte. Racagnal, lui, était plus porté sur un découpage géologique dans la partie en haut à droite du document. Il s'agissait d'une formation tertiaire qui semblait rassembler pas mal de cailloutis, de blocs, avec prédominance des éléments schisteux. C'est aussi là que deux socles d'âges différents se frottaient. C'était cette fameuse faille, sur laquelle le géologue inconnu avait placé les signes montrant des marbres. C'était la présence, même légère, de marbres à cet endroit qui agaçait Racagnal. Il tapotait la carte avec son crayon à papier, pensif. Il décida de garder ça pour plus tard, se fixant à nouveau sur les incidences jaunes indiquant indéniablement l'abondance d'or. Après une nouvelle heure de calculs, de comparaisons, Racagnal se dit qu'il avait délimité la zone où il devrait chercher. Il étala la carte devant lui, la plia plusieurs fois. Ça devait coller. La vieille carte montrait bien sûr des différences, des anomalies, mais on pouvait mettre ça sur la différence de perspective, de moyens sans doute, de professionnalisme aussi. Si l'on faisait abstraction de tous ces paramètres, c'est par là qu'il fallait fouiller. Racagnal savait qu'il faudrait idéalement prélever des échantillons, procéder à des forages exploratoires. Il n'en aurait pas le temps. Il allait devoir faire appel à tout son génie. Mais il aurait besoin de cet Aslak, vu le peu de temps dont il disposait. Il n'avait plus une minute à perdre. L'instinct du chasseur l'envahit à nouveau, projetant en lui sa coulée d'adrénaline. Dommage que la vieille n'ait pas une petite fille, se dit-il. Comme si elle lisait dans ses pensées, la femme lui jeta pour la première fois un regard prolongé qui ne le quitta plus jusqu'à ce qu'il ressorte dans le froid et la nuit.

28

Mercredi 19 janvier.
Lever du soleil : 9 h 54 ; coucher du soleil : 13 h 07.
3 h 13 mn d'ensoleillement.
8 h. Kautokeino.

L'annonce à la radio de la découverte de la seconde
oreille ne fut une surprise pour personne, même si ce
fut un choc terrible pour la femme de ménage qui
la trouva derrière une porte du couloir d'entrée
de l'annexe de l'Office de gestion des rennes à
Kautokeino. Il était à peine 7 heures du matin, et personne n'était encore arrivé au bureau. Cette porte restait en principe toujours ouverte, et la femme ne l'avait
fermée que pour passer l'aspirateur derrière. Elle avait
bien pu être là depuis plusieurs jours, personne ne s'en
serait rendu compte puisque l'aspirateur n'était passé
qu'une fois par semaine. Comme la première oreille,
celle-ci avait aussi été marquée. La rumeur avait vite
parcouru le village, d'autant plus que la femme de
ménage n'avait pas réussi à joindre la police. Désemparée, elle avait appelé son voisin, Mikkelsen, le journaliste. Lui saurait sûrement quoi faire. Mikkelsen
arriva dans le quart d'heure suivant et se dépêcha de
faire une interview avec sa voisine. Il se garda bien de

toucher à quoi que ce soit, mais prit des photos sous tous les angles. C'était un scoop de première. La police avait essayé de cacher que le cadavre de Mattis avait été retrouvé sans oreilles, mais Mikkelsen avait entendu la rumeur. Cette oreille-là, toute rabougrie, valait à son avis toutes les preuves qu'il s'agissait bien d'une grosse affaire, et pas d'un simple meurtre. Il lui restait peu de temps pour le journal de 8 heures. Et après, il devrait mettre en ligne la photo de l'oreille sur le site du journal. Ça allait cartonner aujourd'hui.

Le bureau de Tor Jensen était plein et le Shérif avait l'air particulièrement bougon. Il n'avait pas encore commencé à piocher dans son bol de réglisses. Il était à peine 8 heures, toutes les personnes présentes avaient eu droit à l'instant aux infos de la radio. Du café circulait, deux plateaux chargés de viennoiseries se vidaient. Brattsen était dans un coin, au fond, semblant bouder. Nina devisait avec Fredrik, le représentant de la police scientifique, arrivé la veille au soir de Kiruna en compagnie du médecin légiste, plongé dans son dossier. Fredrik semblait très intéressé par Nina, et il chuchotait à son intention. Il y avait deux autres policiers de l'équipe Brattsen. On attendait encore Klemet. Il était allé déposer dans le congélateur de la police des rennes, installé dans la salle des cartes, la seconde oreille, qui rejoignait ainsi une étrange collection de pièces à conviction réunissant quelques oreilles de rennes, quelques oies de Sibérie et autres animaux illégalement chassés. Désormais, elle comptait aussi deux oreilles humaines.

Klemet fit enfin son entrée, plusieurs documents à la main. Le Shérif fit un signe.

– La première oreille est bien celle de Mattis Labba, pas la moindre hésitation, commença le policier scientifique.

– Et ce sera sûrement pareil pour celle-ci, ajouta Klemet. Même taille, même genre de découpe, même genre d'entailles aussi, même si les motifs sont différents.

– Alors, ça nous dénonce bien un éleveur ? coupa le Shérif.

Klemet Nango prit le temps de se servir une tasse de café.

– En fait, j'en suis beaucoup moins sûr maintenant, lâcha Klemet. Si on interprète un peu librement les entailles des deux oreilles, ça pourrait nous orienter vers le clan d'Olaf, et Olaf lui-même.

Au fond de la salle, Brattsen bondit.

– Ah, j'ai toujours pensé que ce type était impliqué d'une manière ou d'une autre. Je vous dis que ce mec n'est pas clair. Je suis sûr qu'il en a lourd sur la conscience.

– Brattsen, laisse finir Nango.

L'autre se rassit, la mâchoire mauvaise.

– Allez Bouboule, étonne-nous.

Klemet, comme à son habitude, ignora Brattsen.

– Je parle d'interprétation, en déformant un peu les signes, en tablant sur la précipitation quand ces marques ont été faites, sur le fait que plusieurs jours ont passé et que les oreilles sont atrophiées. En poussant pas mal donc, on peut voir une parenté avec la marque du clan d'Olaf. Mais j'en suis moins sûr, avec deux oreilles, parce que si je m'en tiens à une comparaison stricte... eh bien ça ne correspond à aucune marque du manuel.

Un silence pesant accueillit l'explication de Klemet. Le Shérif fit un signe au médecin.

– Cher docteur, j'espère que tu as beaucoup de choses à nous apprendre, parce que tu n'as pas été bavard ces derniers jours.

Le médecin adressa un large sourire à Tor Jensen.

– La procédure, commissaire, la procédure. Et surtout pour nous, avec cette brigade transnationale, c'est d'autant plus important de suivre la procédure pour éviter tout malentendu entre nos administrations tatillonnes. Et la procédure, elle dit que rien ne doit être divulgué par téléphone ou p…

– Je la connais ta procédure, docteur. J'aurais seulement bien aimé qu'on soit un peu plus prioritaires pour une fois, mais ça ne vous a pas effleurés, à Kiruna.

– Klemet a résumé la situation sur les oreilles, mais je vais y revenir bientôt. Juste une précision sur les entailles. Je n'ai pas examiné la seconde oreille encore, mais ce sera j'imagine la même observation. Les entailles, c'est-à-dire les marques qui ont été faites dans le lobe et dans la partie supérieure de l'oreille, sont nettes. J'entends par là que celui qui a manié le couteau a peu hésité. Les chairs sont tranchées nettement, elles ne sont pas déchirées. Il n'y a pas de multiples coupures qui indiqueraient par exemple que celui qui tenait le couteau s'y est repris à plusieurs reprises.

Le médecin légiste ouvrit un dossier.

– Et maintenant la cause de la mort. L'examen des chairs montre que Labba a reçu un violent coup porté par un objet pointu et tranchant, avec une lame qui sur sa plus grande largeur faisait 3,5 à 3,8 centimètres. Vraisemblablement un de ces couteaux de type Knivsmed Strømeng utilisés par les éleveurs, mais que l'on trouve aussi dans les magasins de chasse et pêche et que les touristes aiment bien ramener. Même si la blessure n'est pas très profonde, on peut quand même mesurer sa force car il a fallu que ça traverse les vêtements. Le meurtrier était costaud, car un seul coup lui a suffi. Labba portait sur lui sa combinaison, deux chandails dont un assez épais, une chemise et deux t-shirts. Toutes ces couches de vêtements expliquent aussi que l'on ait retrouvé peu de sang sur place, puisque presque tout a été absorbé par les tissus. La blessure est pourtant suffisamment profonde pour avoir provoqué une plaie rénale. Si j'en crois la largeur de la lame, la longueur correspondante est de 17 centimètres, ce qui correspond à la profondeur nécessaire pour traverser les couches de vêtements et atteindre le rein.

Le médecin légiste marqua une pause. Tout le monde l'écoutait attentivement.

– Une plaie rénale, voyez-vous, n'est pas une plaie mortelle comme une plaie au cœur, par exemple. C'est là où je veux en venir. Le coup porté n'a pas tué Labba. En temps normal, je veux dire si la température avait été modérée, s'il avait été à l'intérieur par exemple, il aurait eu un temps de survie de peut-être six heures. Mais là, il faisait à peu près moins vingt degrés. Il avait certes ses vêtements sur lui, qui l'ont bien protégé, mais cela n'a pas empêché l'hypothermie d'agir très vite. Son agonie a été bien plus rapide. Et je situe sa mort à une heure environ après le coup de couteau.

Le médecin laissa les policiers enregistrer ses informations.

– Mais ce n'est pas tout. J'en reviens aux oreilles maintenant.

Le médecin ménageait ses effets.

– Je vais peut-être en décevoir certains… Le découpage des oreilles n'est pas un acte de torture, je peux l'affirmer.

Tout le monde le regardait maintenant avec un air étonné et impatient.

– Tout simplement parce que Mattis Labba était déjà mort depuis sans doute deux heures lorsque les oreilles ont été découpées.

Les policiers se regardaient maintenant. Un murmure envahit le bureau. Même Brattsen semblait incrédule.

– Il n'y a quasiment pas de sang qui a coulé des oreilles, à peine quelques gouttes, parce qu'il y avait déjà une vasoconstriction très conséquente. Après la mort, il n'y a plus de saignement car il n'y a plus de circulation cardiaque. S'il avait été vivant au moment où ses oreilles avaient été découpées, nous aurions constaté un saignement. Or nous n'avons rien observé de tel. L'effet du grand froid s'est en plus ajouté à cela. Il avait commencé à congeler lorsque ses oreilles ont été découpées. Ce qui explique notamment l'orientation des chairs.

– Ça voudrait dire, si j'en crois tes constatations, que le meurtrier a passé… trois heures sur place, après avoir poignardé Labba, à chercher quelque chose, avant de lui couper les oreilles et de partir ?

Chacun était plongé dans ses réflexions.

– À moins, interrompit Klemet, à moins que nous ayons affaire à deux personnes différentes…

10 h 30. Laponie centrale.

André Racagnal n'eut pas trop de mal à localiser le campement d'Aslak Gaupsara. Olsen lui avait posé une marque précise sur la carte, et les explications de cette bonne femme acariâtre ne lui avaient pas manqué. Le géologue français s'était arrêté sur une petite aire de parking. Il regarda une fois de plus sa carte. Il pouvait approcher encore un peu en voiture sur un chemin qui au dire du paysan devait être dégagé, après quoi il devrait continuer en scooter. La piste qu'il pensait emprunter ne lui était pas interdite, il s'en était assuré. On ne pourrait pas l'embêter. Il se posait plus de questions sur la façon d'aborder cet éleveur. La mise en garde du paysan ne l'impressionnait pas particulièrement. Il n'était pas homme à perdre ses moyens face à un type un peu marginal à la réputation inquiétante. Il savait au contraire très bien comment gérer ce genre de personnage. Il reprit sa route, par le chemin de traverse qui s'enfonçait en direction d'un lac, gelé comme tout le reste autour de lui. Après quelques kilomètres de route au ralenti, il parvint au bord du lac. Il y avait là quelques petits chalets utilisés l'été par des pêcheurs habitant Alta ou les villages voisins. Ils étaient abandonnés en cette saison. Il gara sa Volvo et déchargea son scooter, accrocha la remorque et chargea son matériel. Il consulta une dernière fois sa check-list. Dans ce genre d'expédition, on n'avait pas le droit à l'erreur. Mais il était quelqu'un de précautionneux. À l'extrême. Il haïssait le hasard. C'était une chose sur laquelle ses collègues se trompaient souvent. Parce qu'il se fiait à son instinct pour la recherche de minerais, ils le prenaient pour quelqu'un d'insouciant, voire peu sérieux. C'était tout le contraire. Il ne se fiait à son instinct que lorsqu'il avait tout balisé jusque dans les moindres détails, quand il avait éliminé toutes les incertitudes qui tombaient dans son champ de connaissance. Alors il partait, tous les sens en éveil, plus chasseur que jamais.

Il jeta un dernier coup d'œil au paysage alentour. Il lui faudrait moins de deux heures pour arriver au cam-

pement du berger. Il s'arrêterait en route pour bivouaquer dans un abri repéré sur la carte, afin d'arriver au
petit matin au campement. Il y avait toujours un certain intérêt à surprendre les gens engourdis de sommeil.

Aslak Gaupsara soufflait régulièrement, profondément, progressant d'un mouvement monotone. Ses
skis glissaient presque sans bruit. Il lui restait à s'assurer d'un dernier vallon afin d'être sûr qu'un petit troupeau de rennes qui s'y était engagé la veille avait
toujours de quoi manger. Aslak aimait sentir son
corps répondre sans renâcler aux sollicitations les plus
poussées qu'il en exigeait. Il n'était pas pressé. Sa
journée était presque finie. Il ne s'inquiétait pas trop
pour ses rennes. Ils étaient à son image. Durs à la
tâche, capables de survivre dans les conditions les
plus extrêmes, insensibles au froid, résistants comme
aucun. Ils pouvaient trouver le lichen jusqu'à deux
mètres de profondeur sous la neige, marcher des jours
sans manger pour trouver un pâturage. Et pourtant on
ne trouvait pas sur tout le vidda un troupeau plus dis-
cipliné, plus attentif à son berger. Aslak avait trois
chiens pour le seconder, mais ceux-là étaient aussi de
la même pâte. Ils savaient trouver les faons égarés,
ramener dans le droit chemin les rennes rebelles ou
barrer des sentiers dangereux, reniflant avant quiconque les risques du vidda. Tous vivaient en parfaite
harmonie avec la nature qui les entouraient. Aslak
n'était pas éduqué. Il n'était pas de ceux, de ces jeunes
qu'il avait pu croiser parfois les jours de marché à
Kautokeino, qui idéalisaient cette vie. Il n'y avait rien
à idéaliser. C'était sa vie. Il avait compris qu'il était
différent des autres. Et il avait aussi compris qu'en

vivant comme il l'avait toujours fait, comme l'avaient fait les siens auparavant, il suscitait souvent des réactions violentes. On lui demandait souvent pourquoi il refusait le progrès. Aslak ne comprenait pas très bien ce que cela signifiait. Il voyait les autres éleveurs qui faisaient le même travail que lui avec des scooters, des quads, des hélicoptères même, des colliers électroniques équipés de GPS. Pour payer tout leur matériel, il leur fallait de gros troupeaux qui avaient besoin de territoires énormes pour paître. Et tout ça entraînait des conflits entre bergers, sous l'œil malicieux des autorités qui avaient là un moyen idéal de maintenir la pression sur les Sami et d'en faire ce qu'ils voulaient, sous prétexte de maintenir la paix sur le vidda. C'était ça le progrès ? Devenir esclave de déclarations à remplir, rendre des comptes à des gens qui ignoraient tout de leur vie ? Les petits bergers comme Mattis, qui avaient voulu vivre leur vie tranquillement, sans faire de bruit, on ne leur avait pas laissé le choix. Aslak s'arrêta un instant et s'appuya sur ses bâtons. Il ferma les yeux et, dans ses gants, serra les poings. Un observateur extérieur aurait pensé qu'il se recueillait, tant il parut alors tourné vers lui-même, avec une intensité telle qu'elle rayonnait en dépit de son allure humble. Mattis, pensa-t-il en se redressant. Pauvre âme. Il repartit.

Certaines années, les rennes d'Aslak pouvaient être maigres, mais jamais faméliques. Ils gardaient toujours une prestance qui les différenciait des bêtes trop longtemps abandonnées à leur sort par des bergers qui se levaient trop tard ou trop pressés de retrouver la chaleur de leur gumpi. Aslak s'arrêta sur la crête. Il ne voyait presque rien, mais il savait ce qu'il cherchait. Son chien le menait infailliblement. Après un quart d'heure, il aperçut le vieux renne. C'était l'un de ses rennes de tête les plus endurants, les plus sages aussi. Une bête qui amenait toujours son groupe là où il fallait, même si c'était au prix d'efforts insensés. Aslak avait confiance en lui. S'il était là, c'est qu'il y avait encore du lichen en quantité suffisante. Il s'approcha doucement. Son chien savait, et restait à bonne distance. Il savait que lorsque son maître approchait du grand renne, il devait se tenir en retrait.

À l'approche d'Aslak, le grand renne releva la tête, surmontée de bois épais et gracieux. Il fit quelques pas pour s'éloigner, lentement, et le toisa à nouveau. Aslak jeta un œil alentour. Les rennes qu'il apercevait creusaient la neige qui dans ce vallon n'était pas tombée en abondance. Ils paraissaient y accéder facilement. Ils pourraient encore rester là quelques jours. Son grand renne avait bien choisi son emplacement. Satisfait, Aslak fit demi-tour, suivi par son chien. Il reprit la route de son campement. Sa femme allait bientôt avoir besoin de lui. Comme tous les jours, comme tout le temps. Il redoubla d'énergie, poussant sur ses bâtons, insensible à l'air glacé qui s'engouffrait dans sa gorge.

29

Mercredi 19 janvier.
10 h 30. Kautokeino.

Les révélations du médecin et l'hypothèse lancée
par Klemet – deux suspects au lieu d'un – avaient provoqué une discussion animée entre les policiers. S'il y
avait un meurtrier et un autre suspect auteur du découpage des oreilles, l'affaire prenait une nouvelle tournure. S'il y avait deux suspects, cela multipliait par
deux les chances de retrouver des traces, des indices. Il
devait y avoir autre chose. On devait être passé à côté
de quelque chose.

Le Shérif avait demandé le silence, et pour laisser
tout le monde reprendre ses esprits, il avait demandé à
Nina un compte rendu de sa visite en France. Klemet
écouta sa collègue rapporter avec précision les princi-
paux points relevés, jusqu'à la toile de fond politique
avec l'ombre des scientifiques suédois.

– Pour une fois que les Suédois voyaient juste,
ricana Brattsen. Je plaisante bien sûr, ajouta-t-il en
voyant l'air exaspéré du Shérif.

– Qu'en est-il de ces gens qui ont tenté de se procurer le tambour ?

– Le musée nordique a bien essayé, mais s'est retiré de l'affaire quand Henry Mons a pris contact directement avec le centre Juhl. Il reste cette personne qui a contacté Henry Mons, et qui était visiblement un intermédiaire. C'est apparemment un numéro de téléphone à Oslo. Je serai vite renseignée.

Tor Jensen piochait dans son bol de bonbons, et il paraissait sur les nerfs.

– La scène du crime, ça donne quoi ? demanda-t-il à Fredrik, l'homme de la police scientifique.

Le policier arrivé du quartier général de Kiruna ne prit pas la peine d'ouvrir la chemise posée devant lui. Il se redressa, sourit à Nina.

– Eh bien je pense que nos coups d'aspirateur sur la toundra n'ont pas été totalement aberrants, dit-il en regardant Brattsen. Nous avons pu relever des traces assez nettes de scooter qui ne correspondent pas à celui de Labba et qui recouvrent les traces de son scooter, signe qu'il est arrivé après. Mais il y a autre chose. Les traces sont profondes. Et, à mon sens, cela indique qu'il y avait deux passagers sur ce scooter. C'est assez évident lorsqu'on regarde dans les passages où le scooter a dû ralentir, il s'enfonce beaucoup plus. Donc, deux passagers. Je vous laisse en tirer les conclusions que vous voudrez.

– Est-ce que tu as pu voir s'ils sont aussi repartis à deux ? demanda Klemet.

– Je dirais que oui.

– Moyen d'identifier le scooter ? demanda le Shérif.

– Non. Évidemment, pour porter deux bonhommes dans le vidda, il faut une machine puissante. Mais c'est plutôt fréquent ici. En revanche, j'ai relevé sur le poncho de Labba des traces de graisse. D'après ce qu'on m'a dit sur son poncho, il le tenait de son père et en prenait grand soin, ce qui jurait d'ailleurs un peu avec le reste de son équipement. C'est pour ça que je me suis intéressé à cette tache de graisse, car elle était visiblement récente. Je n'exclus pas qu'elle vienne de la combinaison du meurtrier et qu'il ait taché la pelisse lorsqu'il a poignardé Labba. Comme le disait le toubib, le coup était puissant, et il a pu peser de son corps pour appuyer son coup. Je n'ai pas encore le résultat de l'analyse de cette graisse. En tout cas, ce n'est pas de la graisse animale.

– Bien, bien, grommela le Shérif. S'il n'y a plus rien, disparaissez maintenant.

Klemet leva la main.

– Le GPS, dit-il. Le GPS de Mattis. Est-ce qu'on a pu en tirer quelque chose, malgré l'incendie ? On pourrait savoir ses derniers trajets.

Le Shérif se tourna vers Fredrik, qui sourit d'un air un peu pincé.

– C'est en cours bien sûr. Quelques jours encore, patience.

Tout le monde comprit que Fredrik n'avait pas pensé à examiner le GPS.

La réunion était terminée. Alors qu'il passait devant lui, l'air penaud, Klemet ne put s'empêcher de lui chuchoter à l'oreille que Nina avait déjà un petit copain. Klemet n'aimait pas les airs de Casanova du policier de Kiruna.

En sortant du bureau du Shérif, Klemet retint le médecin légiste par la manche et lui fit signe de le suivre. Les autres se dispersaient déjà dans les couloirs. Klemet ferma la porte et invita le médecin à s'asseoir.

– J'ai une question… je ne suis pas sûr que ça ait une grande importance, mais…

– Tu veux plutôt dire que tu ne voulais pas poser ta question en présence de Brattsen pour qu'il ne se fiche pas de toi ?

Klemet le regarda en silence, mais avec une mine qui parlait pour lui.

– Klemet, je t'assure qu'à Kiruna on sait bien quelle est ta situation, à cause de Brattsen. Mais c'est d'autant plus important que tu sois ici. Brattsen a des alliés dans la hiérarchie. Cela ne semble pas gêner les Norvégiens d'avoir un type comme lui dans un endroit comme celui-là, mais je t'assure qu'en Suède on pense que tu fais un boulot formidable, vu les circonstances.

– Ce qui veut dire que personne ne bougera le petit doigt pour faire muter ce type…

– Ne sois pas injuste, Klemet. Alors, c'était quoi ta question ?

– Quand tu as examiné le corps de Labba, as-tu remarqué quelque chose au niveau des yeux ?

– Des yeux ?

Le légiste paraissait surpris par la question. Il réfléchissait.

– Tu penses à quelque chose en particulier ?

– Je ne suis vraiment pas sûr, mais il m'avait semblé que le contour de ses yeux paraissait foncé. Un peu bleuté, ou grisé. Je me rappelle que Nina a dit qu'il avait des cernes très marqués. Et je ne sais pas très bien quoi en penser.

– Écoute, je regarderai à mon retour à Kiruna. Et, cette fois, ce sera en priorité, je t'assure.

En sortant du commissariat pour aller faire ses courses à la supérette, Nina Nansen tomba sur Berit

271

Kutsi. La Lapone sourit à la jeune femme avec un air bienveillant.

– Alors, ce grand bougre de Klemet ne te fait pas de malheur ?

Nina rendit son sourire à Berit. Elle avait des pattes d'oie au coin des yeux, et on la sentait toujours prête à lancer une plaisanterie.

– C'est un partenaire agréable, ne vous inquiétez pas. Mais je vous assure que je garde bien en tête vos conseils, lui assura Nina, en se forçant à prendre un air sérieux.

– Comme c'est amusant, continua Berit. J'ai connu Klemet tout jeune, tu sais. Il venait d'arriver à Kautokeino. Il n'était pas encore policier à ce moment-là. Il était fou de voiture et de mécanique. Et pas très futé avec les filles. C'est un commissaire d'ici qui lui a proposé de faire un remplacement d'été un jour où il manquait de personnel. Klemet était un garçon sérieux, qui ne buvait pas. Ça suffisait bien ici. Il a commencé comme ça, Klemet. Au début de l'été, il conduisait le corbillard et, à la fin du même été, il avait l'uniforme et la voiture d'inspecteur. Ce n'est qu'après qu'ils l'ont envoyé à l'école de la police en Suède. Je crois bien qu'à son retour, musclé dans son bel uniforme, il s'est un peu vengé de certains. Il y a peut-être eu quelques contraventions un peu lourdes. Mais ça lui est vite passé. Et puis il a été muté dans toutes les petites villes de la région. Tu sais, dans les petits villages comme ici, à l'époque, c'était pas bien compliqué d'être policier.

Elle secoua soudain la tête, le regard assombri.

– C'est tellement terrible quand je pense à ce pauvre Mattis.

– Vous le connaissiez bien, demanda Nina, en attirant doucement Berit dans l'entrée du magasin, afin de les mettre à l'abri du froid.

– Tous ces garçons, vois-tu, je les connais depuis leur tendre enfance. Mattis, c'était un tout fou, et…

– Berit, dit Nina en baissant la voix, il faut que je vous demande quelque chose. Il faut que cela reste entre nous, s'il vous plaît.

Berit regardait la policière et l'engageait du regard.

– Il y a des rumeurs qui circulent sur Mattis. Il paraît qu'il était un peu, un peu, comment dire, simplet. Certains disent que c'est parce que… qu'il aurait… enfin que ses parents étaient… parents justement.

Nina se sentait horriblement gênée de prêter ainsi le flanc aux rumeurs colportées par Brattsen.

Berit la regardait avec un air triste. Elle prit la main gauche de la jeune femme entre les siennes avec une grande tendresse.

– Nina, ma fille, Mattis était un brave garçon. Un gentil garçon. J'aimerais pouvoir en dire autant d'autres personnes ici. Alors laisse-moi te dire : ce que tu as entendu, c'est faux. J'ai connu le père de Mattis, j'ai bien connu sa mère aussi. C'est moi qui l'ai aidée à accoucher de Mattis. Cela te dit quelque chose sur ce qui me liait à ce garçon ? Puisque tu n'oses employer les mots, et je ne t'en veux pas, ma bonne fille, je vais te le dire : Mattis n'est pas le fruit d'un inceste, puisque c'est ce que colporte cette abominable rumeur. C'est même venu aux oreilles de notre pasteur. Et j'ai entendu Karl Olsen répandre ce bruit. Je le sais, je travaille chez lui. Et je vais même te dire autre chose, Nina, parce que je vois dans tes yeux que tu n'as aucun préjugé sur nous, ni de mauvaises pensées. Aujourd'hui encore, beaucoup de gens tentent toujours

273

de nous rabaisser. Je ne sais pas pourquoi ça doit être comme ça, pourquoi ça doit être si dur de vivre ensemble alors qu'il y a tellement de place sur le vidda. Mais c'est ainsi. Je prie notre Seigneur tous les jours, mais tous les jours je vois la rancœur, la jalousie, la mesquinerie.

Nina avait à son tour posé sa main droite sur celles de Berit. Les deux femmes offraient ainsi un spectacle étonnant dans l'entrée du magasin, même si elles se tenaient un peu à l'écart, près de la machine pour recycler les bouteilles. Elles semblaient étrangères à ce qui les entourait, au passage des caddies, aux clients pressés qui sortaient les bras chargés de sacs, aux enfants chahutant.

– À la grâce de Dieu, dit Berit.

Nina lui adressa un dernier sourire, puis elle entra dans le magasin, tandis que Berit la suivait longuement du regard.

18 h. Kautokeino.

Après avoir quitté le médecin légiste qui devait repartir pour Kiruna avec Fredrik, le Casanova de la police scientifique, Klemet était rentré chez lui, dans sa maison en dur. C'est là, après tout, qu'il était chez lui, bien plus que dans une tente sami qui avait aussi pour lui quelque chose d'exotique. Klemet n'appartenait pas à une famille d'éleveurs, même s'il y avait eu des marques de rennes pour sa famille. Le milieu sami était compliqué. Une hiérarchie assez nette plaçait les éleveurs de rennes sur le haut du panier. Cette idée de tente lui était venue au début par bravade, sur un coup de tête, vis-à-vis de certains éleveurs qui le prenaient de haut parce qu'il venait d'une famille qui avait lâché le milieu. La plupart des bergers, heureusement, n'étaient pas comme ça. Ils savaient trop combien ce métier était dur pour en tenir rigueur à ceux qui, pour de multiples raisons – météo, malchance, maladie, prédateurs – étaient obligés de passer la main. Ils savaient que cela pouvait leur tomber dessus aussi. Il y avait les teigneux comme Renson, qui le traitaient de collabo, mais Klemet savait que le mépris apparent d'Olaf Renson n'était que politique. Cela ne devait rien au fait qu'il n'était pas de la caste des éleveurs. Un Johan Henrik était un berger de la vieille école, un vrai dur, retors, mais il ne devait rien à personne et il était tendu en permanence parce qu'il savait que son métier ne tenait qu'à un fil. Même si Klemet ne l'appréciait pas particulièrement, il le respectait. Il en allait autrement de Finnman, le fils de famille qui ne se gênait pas pour montrer tout le mépris qu'il ressentait pour Klemet. Klemet s'était un jour décidé à construire cette tente dans son jardin pour faire enrager les prétentieux comme Finnman. Les voisins avaient trouvé ça bizarre d'abord, puis finalement plutôt intéressant comme idée. Klemet, lui, avait découvert un autre avantage quand il s'était rendu compte que cette mystérieuse tente, dont la réputation d'élégance et de confort avait bientôt couru la région, lui attirait aussi la curiosité de la gente féminine. Ce n'est que plus tard que la présence de cette tente avait commencé à éveiller en lui de vagues réminiscences d'un lointain passé qu'il n'avait jamais connu autrement qu'en récits colportés par sa mère ou par l'oncle Nils Ante.

Il était rare que Klemet aille dans sa tente lorsqu'il était seul. Ce soir-là, il resta donc dans sa maison. Les gens la trouvaient nettement plus conforme. Certains visiteurs s'y sentaient plus à l'aise. Se distinguer à ce point des autres avec une tente dans son jardin pouvait donner l'impression que l'on se sentait différent des autres. Et se sentir différent des autres signifiait se sentir supérieur. Ce qui constituait un péché, un gros péché ici.

Klemet alla dans la cuisine se servir un verre de lait et se prépara une tartine de margarine et de fromage. Il alluma la petite télévision placée à côté du four à micro-ondes et regarda les informations locales. Le meurtre de Mattis occupait bien sûr la plus grande partie du journal, mais Klemet n'y apprit rien de nouveau. Spéculations et suppositions allaient bon train. Un éleveur racontait sous couvert d'anonymat que ce qui se passait était la conséquence de plusieurs années de détérioration du climat entre les éleveurs et les autorités, qu'il devenait de plus en plus dur de survivre dans ce métier, et que cela poussait les gens à l'exaspération. L'éleveur anonyme parlait de plusieurs cas où des coups de feu d'avertissement avaient été tirés contre des gumpis. Ça ne faisait qu'empirer avec le changement climatique, expliqua un expert. Normalement, il y avait peu de neige dans la région. Les rennes la creusaient facilement pour trouver le lichen. Mais avec le réchauffement, neige et pluie se succédaient. La pluie gelait. Des couches de glace s'empilaient. Les rennes n'arrivent pas à les casser. Ils risquaient de mourir de faim. Et l'accès aux bons pâturages provoquait des tensions accrues.

Suivait une interview de Helmut. L'Allemand parlait du tambour disparu et montrait à la caméra les tambours qu'il avait dans ses vitrines. Il en montrait un en particulier, de belle facture. « Celui-ci a été fabriqué par Mattis Labba, et son commanditaire n'est jamais venu le chercher. Nous le garderons ici, en souvenir de Mattis », disait Helmut.

Klemet entendait le reporter demander à Helmut si les vieilles croyances sami avaient encore cours en Laponie.

– Pas que je sache, répondit prudemment Helmut. En revanche, tout le monde a le plus grand respect pour ce que cela représente. Mattis croyait peut-être à un certain pouvoir émanant des tambours. En tout cas, ça ne lui a pas sauvé la vie.

Le reportage s'arrêtait sur les mots d'Helmut qui donnèrent le bourdon à Klemet. Il vida son verre et se leva. Après un moment d'hésitation, il prit dans un placard de la cuisine sa bouteille de cognac trois étoiles. Il en enleva le bouchon, suspendit son geste, le referma et se fit d'abord un café. Le journal télévisé continuait avec les derniers préparatifs de la conférence de l'ONU. L'angle du sujet de ce soir était les enjeux pour la région en termes de retombées économiques avec la visite de pas loin de deux cents délégués pendant plusieurs jours. Le sujet se termina en même temps que le café. Klemet ouvrit à nouveau la bouteille de cognac et se servit un bon verre. Il posa sa tasse de café et son cognac sur la table de la cuisine, éteignit la télévision. Il resta un moment à réfléchir, sa tasse de café à la main. Il repensait au reportage, ainsi qu'au reproche de Nina sur son refus d'envisager sérieusement, faute de preuve, le lien entre Mattis et le vol du tambour. Klemet admettait cette obsession de ramener toute supposition à un indice matériel. Il sirota à nouveau son café, puis avala une gorgée de cognac. Nina n'avait pas de telles contraintes. L'avantage, peut-être, d'avoir fait des études, se dit-il. On n'a pas peur de penser grand, d'explorer une piste, de se tromper, de repartir. Klemet n'était pas comme ça. Il n'était vraiment pas comme ça, pensa-t-il. Mais alors vraiment pas. C'était le prix à payer pour ses origines. Lui, il ne voulait pas, ne pouvait pas se permettre la moindre erreur. Il devait faire ses preuves à chaque pas. Il avait peur, en fait, qu'on se moque de lui s'il y allait de suppositions trop folles. Mais pour qui il se prenait le garagiste !? Voilà ce qu'il craignait. Tout à l'heure, il s'était surpris lui-même à lancer cette hypothèse des deux suspects. Il ne l'avouerait jamais à quiconque, mais il s'était senti fier quand personne ne s'était moqué de lui. Même pas Brattsen, c'est dire ! Il vida son verre de cognac. Il n'était pas loin de la retraite, et il s'apitoyait sur son sort comme une vieille femme. À son âge, il avait des relents d'adolescence. Klemet, tu es pathétique. Il regarda son verre, but du café et se leva pour se resservir du cognac. Ça faisait du bien. La chaleur l'envahissait. Il n'avait pas l'habitude de boire, et il sentait venir cette légère ivresse qui lui suffisait généralement et lui signalait qu'il avait eu sa dose.

À quoi pensait-il déjà ? Ah oui, Mattis et le tambour. Pauvre Mattis. Il leva son verre et trinqua silencieusement à la santé du berger. Qu'est-ce que je savais de Mattis ? Le père de Mattis ? L'ai pas connu. Un chaman ? C'était pas mon monde.

Lui, il avait grandi dans une famille laestadienne. Des vrais, des purs, des durs. Des qui ne buvaient du cognac que quand ils étaient malades à en crever. Il remplit son verre de cognac et trinqua.

– Aux laestadiens !

Il vida son verre cul sec. Il se sentait vraiment bien maintenant. Et toujours cette petite ivresse tellement sympathique. Il était content de connaître ses limites. Il avait vu tellement de types bourrés au cours de ses patrouilles. Il n'aimait pas voir d'autres hommes se mettre dans un tel état. Encore moins des femmes. Mais des hommes non plus. Ce n'était pas digne. Il ne comprenait pas pourquoi c'était si dur de connaître ses limites. À quoi pensait-il déjà ? Ah oui, les laestadiens. Les laestadiens, les luthériens d'élite. Il en avait soupé des laestadiens. Il devait bien être le seul dans sa famille à ne pas aller aux grands rassemblements annuels de Lumijoki, à ne pas suivre leurs préceptes. Bien sûr, dans sa famille, on prenait ça au sérieux. Après tout, son arrière-grand-père avait été baptisé par Lars Levi Laestadius lui-même. Et ça avait suffi à marquer toute une famille pour plusieurs générations ! Pas d'alcool, pas de danse, pas de sexe avant le mariage, pas de sport à l'école, pas de télé. Et voilà comment on se retrouvait, Bouboule, à vingt ans, à regarder les autres danser et se rouler des pelles sous les mâts de la Saint-Jean. À la santé des laestadiens !

Il entendit frapper à la porte. Il regarda sa montre, ne la trouva pas. Il se leva, dut se tenir à la table. Oh oh, rigola-t-il, heureusement que j'ai su m'arrêter à temps. Il avança lentement jusqu'à la porte, criant qu'il arrivait. Aucune idée de l'heure. Pas grave. Pas si tard. Pas fatigué. Ah oui, les laestadiens, et leur tambour. Drôle d'histoire. Il ouvrit la porte. Une belle blonde se tenait devant lui. Et en plus elle lui souriait.

– Désolée de te déranger, Klemet. Je suis passée à la tente, tu n'y étais pas. J'ai regardé encore les photos d'Henry Mons, et j'ai peut-être trouvé quelque chose, et… ça va, Klemet ?

– Eeeh, saluuut Nina !

En se tenant fermement à la porte d'une main,
Klemet s'avança vers Nina. Et il l'embrassa à pleine
bouche. La seconde suivante, il prenait une gifle.
Celle d'après, il ne voyait plus que le dos de Nina
qui s'éloignait.

30

Jeudi 20 janvier.
Lever du soleil : 9 h 47 ; coucher du soleil : 13 h 14.
3 h 27 mn d'ensoleillement.
8 h 15. Laponie centrale.

Aslak avait remis des bûches et le feu était reparti, éclairant l'intérieur de la tente. Sa femme dormait toujours. C'était bien ainsi. Quand elle dormait, elle ne paraissait pas souffrir. Le sommeil était bien pour elle. Mais elle ne dormait pas beaucoup. Elle se réveillait souvent. Souvent avec des cris. Il fit réchauffer son petit-déjeuner habituel, une bouillie de sang de renne. Il y a longtemps, Mattis, quand il avait encore son esprit et qu'il ne craignait pas son ombre, l'avait invité chez lui à boire du café et manger du pain. Aslak n'avait pas aimé. Heureusement, le renne lui donnait tout ce dont il avait besoin. Depuis toujours. Il était né pendant une transhumance, voilà bien longtemps. La première fois qu'il avait tété le sein de sa mère, il faisait moins quarante degrés. Sa mère en était morte. Il avait alors été nourri à la graisse de renne fondue. Le renne était un bon animal si l'on savait en prendre soin. Il nourrissait, habillait. Les plus habiles savaient transformer ses bois en étuis ou en manches de couteau, en bijoux. Aslak aussi savait. Il savait aussi manier l'argent, le métal noble des nomades lapons, ce métal que l'on se transmettait de génération en génération, de transhumance en transhumance. Il savait tout cela, et il savait qu'après lui tout serait perdu. Il regarda sa femme. Elle était jeune quand il l'avait connue. Elle ne souffrait pas, alors. Pas comme aujourd'hui en tout cas. Pas comme depuis si longtemps. Mais le mal l'avait saisie. Et, avec le mal, le malheur était venu.

Aslak mangeait lentement. Bientôt il devrait ressortir surveiller les rennes. Comme toujours, il ne savait pas combien de temps il lui faudrait partir. Le pâturage dictait sa loi. Le renne suivait. Et le berger suivait le renne. C'était comme ça. Il ne s'inquiétait pas pour sa femme. Elle ne se laisserait pas mourir de faim. Il y avait toujours assez pour elle, pour des semaines s'il le fallait. Elle ne savait pas vivre, mais elle savait survivre.

Elle dormait toujours quand Aslak entendit un scooter approcher. La radio était restée silencieuse. Personne n'était annoncé. Aslak finit de rassembler ses affaires. Il était prêt pour ses rennes. La toile de la tente se souleva pour laisser entrer l'homme du scooter. L'homme s'agenouilla et se mit face à Aslak. Il lui adressa un sourire.

Aslak ne lui rendit pas son sourire. Il regarda l'homme, longuement, mâchoire serrée. Et il vit que le mal était revenu.

8 h 30. Kautokeino, Suohpatjavri.

Klemet Nango s'était réveillé dans un état pitoyable. La veille, il s'était endormi sur le divan de son salon. Il sortit de la douche, regarda les informations télévisées

282

et, tout en buvant un café plus fort que d'habitude, lut le *Finnmark Dagblad* arrivé dans sa boîte aux lettres. Il n'avait pas mal au crâne. L'avantage du cognac de bonne qualité. Il se sentait surtout minable. Il n'arrivait pas à croire qu'il eût embrassé sa collègue. C'était franchement la dernière chose à faire, même s'il se rappelait avoir été effleuré par cette idée quelques jours plus tôt dans le gumpi.

Il allait maintenant lui falloir affronter le regard de Nina, et continuer à travailler avec elle. Allait-elle rapporter l'incident ? Si ça venait aux oreilles du Shérif, ou pire encore, de Brattsen, il pouvait craindre le pire. On ne le renverrait pas de la police pour ça, mais on pourrait le muter dans un petit commissariat bien pourri où il devrait reprendre ces infernales patrouilles solitaires dans les bars des villages de la côte. Il se frotta le visage, se maudissant de sa bêtise. Il essayait maintenant de se remémorer la soirée de la veille, de remonter le fil des événements. Tout d'un coup, il oublia ses remords. Mattis et le tambour. Nils Ante. Il devait parler à son oncle. Celui-ci était vieux. Mais il ne voyait que lui pour l'éclairer un peu sur ces questions de tambour. Et Nina ? En principe il devait l'emmener. Il se voyait mal l'affronter tout de suite. Ça lui passerait, il le savait. Les Scandinaves étaient habitués aux fêtes d'entreprise où l'alcool liait intimement les collègues le temps d'une soirée et où tout le monde, selon une règle tacite bien ancrée, était frappé d'amnésie collective le lendemain matin. Le côté pragmatique des Scandinaves, se dit Klemet. Ça avait des avantages, il le reconnaissait. Il décida toutefois de laisser passer quelques heures avant de recontacter Nina. Il irait chez Juhl avec elle. Mais on comprendrait qu'il aille seul voir son oncle. Oui, il allait faire comme ça. Il ne voulait pas la prévenir directement. Il ne voulait pas avoir à s'excuser. Il appela le commissariat et dit à la secrétaire de laisser un message sur le bureau de Nina lui disant qu'il devait vérifier quelque chose et qu'il passerait dans l'après-midi.

Vingt minutes plus tard, il arrivait en vue de la maison de l'oncle Nils Ante. Selon les normes nordiques, Nils Ante était un original ou, pour les plus bégueules, un être asocial. Ou marginal. Bref, quelqu'un de différent, inclassable, et inquiétant à ce titre dans une société championne du monde de la classification. L'oncle Nils Ante avait toujours représenté pour Klemet cet esprit de liberté que son éducation laestadienne lui avait refusé. Il lui avait ouvert les portes d'un monde extraordinaire. Il manquait à Klemet le grain de folie pour couper les ponts avec son milieu, mais l'oncle Nils Ante avait semé en lui une petite graine qui fleurissait parfois. Inconsciemment, se dit-il, cette idée de tente dans mon jardin doit venir de lui. Son choix d'entrer dans la police pouvait être vu comme une victoire de son éducation. On revenait à des valeurs strictes. Même si, au regard des laestadiens, la loi était permissive, laxiste. Mais l'oncle Nils Ante avait quand même soufflé sur son berceau.

Il habitait dans une maison modeste en bois peint il y a bien longtemps en jaune, à une dizaine de kilomètres à la sortie de Kautokeino, au bord de la route filant vers le sud. Le hameau, qui comptait neuf habitants, s'appelait Suohpatjavri. Nils Ante, outre sa maison, disposait aussi d'une grange peinte en rouge de Falun, d'une cabane à outils et d'un dernier bâtiment qui était une tente conique traditionnelle en bois, couverte de mousse et de terre, avec une porte épaisse fermée par un cadenas. Aucune fumée ne s'en échappait.

Nils Ante vivait seul, et cela le distinguait également de ses parents laestadiens et de leurs familles nombreuses. À bien y réfléchir, il se demandait comment ses parents avaient pu lui laisser passer tant de temps avec ce rebelle. Il se dit qu'ils avaient sûrement dû le regretter, en voyant que Klemet n'avait jamais été capable de fonder une famille pour vivre en harmonie avec les Écritures.

La neige était d'un blanc immaculé et, par endroits, elle atteignait le rebord des fenêtres. Des petites bougies électriques ornaient chaque fenêtre. Dans la cour, devant la maison principale, était garée une vieille Chevrolet break, encore une de ces idées qui classaient l'oncle en marge de sa famille. Klemet sourit en voyant la voiture qu'il avait réparée d'innombrables fois ces vingt dernières années. Il n'avait rien pu faire pour la rouille, la carrosserie n'était pas sa tasse de thé. Mais elle tenait le coup. Comme son oncle. Klemet klaxonna deux fois. L'oncle Nils Ante commençait à se faire vieux. Il aimait bien ne pas être trop surpris et le téléphone n'était pas son style. Klemet ne vit personne ouvrir la porte. Il klaxonna encore une fois, en vain. Nils Ante, l'âge aidant, devenait dur d'oreille.

Klemet se fraya un passage dans la neige épaisse et mal déblayée. Il tapa ses pieds, ouvrit la porte et entra. Après avoir enlevé ses chaussures, il passa les pièces en revue, l'une après l'autre. Il n'y avait personne au rez-de-chaussée, mais il restait deux tasses de café sur la table de la cuisine. Klemet n'avait pourtant pas vu de voiture étrangère. Il appela son oncle, puis se décida à monter à l'étage. Il entendit enfin des voix, mais dans une langue qu'il ne connaissait pas. Étrange. Il avança prudemment vers la pièce d'où venaient les voix et poussa la porte. Il aperçut enfin Nils Ante, assis dos à la porte. Le vieil oncle, de gros écouteurs sur les oreilles, s'agitait devant un ordinateur. Il battait la mesure et écoutait visiblement de la musique. À sa droite, également dos à la porte, était assise une femme. Elle parlait, elle aussi avec des écouteurs sur les oreilles. Le portrait gesticulant d'une autre femme envahissait son écran d'ordinateur.

Klemet ne s'attendait pas à un tel spectacle en arrivant chez son vieil oncle qu'il pensait au bord de la tombe. Aucun des deux ne l'avait entendu arriver. Klemet se racla la gorge. Il ne voulait pas provoquer de crise cardiaque à son oncle. La jeune femme se retourna la première, et, pas le moins troublée, tapota l'épaule de Nils Ante. Celui-ci regarda la jeune femme et se retourna enfin. En apercevant Klemet, son visage s'éclaira d'un large sourire. Il enleva son casque et se leva prestement pour serrer son neveu dans ses bras avec chaleur.

– Mademoiselle Chang, veux-tu dire à ta grand-mère que tu la rappelleras plus tard. Je veux te présenter mon neveu préféré.

Nils Ante se mit devant la caméra et fit des signes de la main à la grand-mère tout en disant des mots que Klemet ne comprenait pas. Celle-ci lui répondit avec de grands sourires. Lorsque la communication Skype fut coupée, Nils Ante fit les présentations.

– Klemet, voici Mlle Chang. Mlle Chang est cette personne incroyable qui m'a sauvé la vie en m'évitant de devenir un vieux gâteux. Et Klemet, toi qui me connais, tu sais que j'étais sur la pente.

– N'exagère pas mon cher oncle, quand même tu…

– Blablabla, ne fais pas ta mijaurée, Klemet. C'est comme ça. Mais cette demoiselle est une perle. Son énergie vaut pour deux, heureusement. Mlle Chang est chinoise, comme tu l'avais compris. Elle est venue l'an dernier avec un groupe de paysans chinois de la vallée des Trois-Gorges pour ramasser des baies. Ils se sont endettés pour venir, et évidemment elle s'est fait avoir. Tu sais comment on exploite ces pauvres ramasseurs de baies, ici. Et quand il y a eu un concert de solidarité pour eux, je l'ai vue, et… voilà. Ça n'a pas été évident pour le permis de séjour, mais on y est arrivé.

Nils Ante embrassa la jeune femme, qui devait avoir environ cinquante ans de moins que lui, et elle lui caressa tendrement les cheveux.

– Mlle Chang n'a plus que sa vieille grand-mère en Chine. Elle a un voisin très branché, heureusement, qui a pu lui installer un petit ordi pas cher et pas compliqué avec Skype.

Mlle Chang tendit la main à Klemet.

– C'est ma grand-mère qui vous a vu arriver avec la caméra, dit-elle en riant, dans un norvégien presque sans faute.

– Et toi, Nils Ante, qu'est-ce que tu faisais ?

– J'étais sur Spotify, C'est Changounette qui m'a montré. J'écoute ce que fait la concurrence, dit-il avec un clin d'œil. Il y a des petits jeunes qui se débrouillent pas mal. Et tu sais que j'ai l'œil, fit-il en montrant les étagères qui faisaient le tour de la pièce, chargées de centaines de cassettes d'enregistrements de joïks.

Nils Ante prit soudain un air sévère.

– Mais dis donc, est-ce que des charognards tournaient au-dessus de la maison pour que tu te rappelles de moi, espèce de neveu indigne !

– Je n'ai pas l'impression que tu aies besoin que je m'occupe de toi, dit Klemet en regardant la jeune Chinoise qui se collait toujours à son oncle en passant sa main sur la poitrine du vieil homme. Je peux te parler ?

– Allez, viens prendre un café. Mademoiselle Chang, embrasse ta grand-mère et dis-lui que j'ai bientôt fini son joïk.

Il entraîna Klemet en bas.

– Sacrée petite nana, dit-il en préparant du café. Alors, tu ne dois pas t'ennuyer en ce moment ?

– C'est un peu pour ça que je viens te voir. Cette histoire de tambour me tracasse. On cherche un lien entre la mort de Mattis et sa disparition. Mais on ne connaît pas encore grand-chose dessus. Je pensais que…

– Alors soyons clair, les tambours, c'est pas mon truc. Je suis chanteur, poète, tout ce que tu veux, mais la religion, c'est pas moi.

– Je sais, je sais, ne t'énerve pas. C'est même pour ça que tu es le seul fréquentable dans la famille.

Klemet passa le quart d'heure suivant à lui résumer la situation. Nils Ante connaissait presque tout le monde. Le policier lui donna aussi les détails que Nina avait pu rapporter de France, essayant de ne rien omettre. Quand il eut fini, il but longuement du café et attendit.

– Écoute Klemet, sur le meurtre de Mattis, j'espère que tu trouveras qui a fait ça. Lui, je ne le connaissais pas vraiment. J'ai connu son père en revanche. Un homme incroyable. Trop pénétré de sa mission pour être un bon poète. Il lui manquait un grain.

– Quelle mission ?

– Il avait un côté prédicateur, emprunté aux pasteurs qu'il a combattus toute sa vie sans doute. Parce que le

288

prosélytisme, ce n'est pas le genre chez les Lapons, tu le sais bien. Pas dans le chamanisme en tout cas.

– Oui, oui, oui, je sais déjà tout ça, le grand chaman respecté, le fils qui n'arrive pas au mollet de son père, et tout ce qui en découle, mais je…

– Laisse-moi finir. Dans ce que tu m'as dit, il y a autre chose qui m'intrigue, et qui m'intéresse. C'est cette espèce de malédiction dont parlait Niils.

– La malédiction associée à un gisement d'or, tu veux dire ?

– C'est ce que je viens de dire. Ne répète pas comme une vieille femme. Il y a des histoires qui courent sur le vidda. Depuis très longtemps.

– Écoute Nils Ante, ne me ressors pas de vieilles légendes, s'il te plaît. Je n'ai plus sept ans.

– Et toi ne sois pas insolent. Tu les écoutais bien, mes histoires, dans le temps.

– Et je les écouterai encore volontiers demain. Mais là, je travaille sur une enquête policière. J'ai besoin d'indices, de preuves, pas d'une histoire qui court le vidda depuis des siècles.

– Peut-être, mais tu dois accepter, que ça te plaise ou pas, que les Sami n'ont commencé à écrire que depuis un demi-siècle. Avant, tout se transmettait par l'intermédiaire des récits, et des joïks.

Klemet se taisait maintenant. Si son oncle s'embarquait sur les joïks, la matinée risquait de s'étirer. Voyant que Klemet ne répliquait plus, Nils Ante commença soudainement à entamer un chant.

En dépit de son impatience, Klemet fut tout de suite saisi par le chant. Il retrouva d'un coup ses émotions de jeunesse. Nils Ante avait un talent incomparable pour vous emmener au-delà des montagnes, vous plongeant dans le ballet magnifique

d'une sarabande d'aurores boréales. Le plus fascinant, pensa Klemet, est que même les non-Sami
ignorant leur langue étaient envoûtés par ces mélo-
pées. Le chant de Nils Ante racontait une maison
maudite, un étranger maléfique qui jetait un sort
funeste sur les habitants qui en perdaient la capacité
de s'exprimer. Klemet, perdu dans ses pensées, fut
soudain saisi d'une pensée étrange. Il regarda son
oncle, tout à son chant, se demandant si celui-ci lisait
dans son esprit. Le joïk réveillait un souvenir doulou-
reux. L'enquête sur le vol et le meurtre lui paraissaient loin. Mais la vision jaillissant de sa lointaine
jeunesse le mit mal à l'aise. Il écoutait les sons de
gorge de son oncle et, devant lui, c'était la silhouette
indéfinie d'Aslak qui se détachait.

31

Jeudi 20 janvier.
8 h 20. Laponie centrale.

Racagnal n'avait pas attendu d'y être invité pour
s'asseoir en face d'Aslak. Il avait gardé son sourire,
mais celui-ci se figeait en rictus. Aslak voyait la
transformation s'opérer sur le visage de l'étranger. Ce
dernier s'efforçait de paraître sympathique. Mais
l'étranger ne pouvait pas le tromper. Aslak avait
reconnu le mal. Il regarda sa femme. Quand elle dormait, elle vivait les rares instants de paix de sa journée. Elle n'avait pas été réveillée. Aslak respirait
profondément, calmement. Il attendait, les mâchoires
dures, le regard fixe.

– Je m'appelle André. Je suis géologue. Les gens
avec qui je travaille ici m'ont dit que tu étais le
meilleur guide de la région. J'aurais besoin de tes
services. Pour quelques jours seulement. Ça sera
bien payé.

L'étranger avait parlé en mauvais suédois. Il avait
repris son air sympathique, mais Aslak voyait son vrai
regard derrière la façade avenante. Aslak pouvait lire
des choses pareilles. L'étranger ouvrit un grand sac. Il
déballa un saumon fumé, du pain noir, et poussa le tout

vers Aslak, l'invitant à se servir. Délaissant le pain, Aslak trancha du saumon qu'il mangea en silence. L'étranger prit à son tour du saumon et se coupa une large tranche de pain noir. Il garda aussi le silence. Il n'avait pas l'air pressé. Son regard prit une intensité nouvelle quand il perçut un mouvement près d'Aslak. Sa femme venait de se retourner, offrant son visage toujours endormi à la lueur du foyer. Aslak regardait l'étranger, et celui-ci reporta son regard sur Aslak.

Aslak avait déjà travaillé comme guide par le passé. La demande n'avait donc rien d'étrange. Mais Aslak était très occupé avec ses rennes. Il devait surveiller sans répit son territoire pour s'assurer que les autres ne venaient pas se mêler aux siens. Il était seul. Et cet homme, il le sentait, incarnait le danger. Aslak ne connaissait pas la peur. Si on le lui avait demandé, il aurait regardé sans comprendre. Mattis lui avait posé la question une fois. Il ne voyait pas ce qu'il voulait dire. La peur ? Aslak n'aimait pas les questions qui n'avaient pas de sens. On pouvait lui demander s'il avait faim, s'il avait sommeil, s'il avait froid. Pas s'il avait peur. Aslak savait ce qu'il devait savoir. La peur ne lui servait à rien. Alors il l'ignorait. Mais il savait reconnaître le danger. Par instinct de survie. Que le danger vienne d'un loup, d'une tempête. Ou d'un homme.

– Ce n'est pas possible en ce moment, dit Aslak.

Visiblement, l'étranger ne s'attendait pas à essuyer un refus. Aslak voyait que ses yeux s'étaient rétrécis. Il avait une tête de renard tournant autour de sa proie. Il prenait son temps pour mastiquer. Il détourna les yeux d'Aslak un instant pour porter son regard sur ce qui l'entourait. Il semblait faire un inventaire.

– Je dois insister, reprit calmement le géologue. C'est très important. Et tu seras très bien payé.

Aslak secoua la tête. Il ne prit pas la peine d'ouvrir la bouche. Pour marquer qu'il en avait fini avec l'étranger, Aslak délaissa le saumon et se servit une tasse de bouillon de renne. Il la but à petites gorgées sans quitter le géologue des yeux. Celui-ci regardait Aslak en hochant doucement la tête. Puis il parut se décider. Il ramassa ses affaires et se redressa, disparaissant à moitié dans la fumée.

– Je te conseille de réfléchir. Tu es seul ici. Il serait malheureux que ton renne de tête ait un accident. Ou tes chiens… Ou quelqu'un d'autre à qui tu tiens.

L'étranger ne faisait plus aucun effort pour paraître sympathique, et son regard pesait lourdement sur la femme endormie.

– J'ai des choses à faire, mais je reviendrai dans deux heures.

Il sortit. La femme d'Aslak ouvrit alors les yeux, parfaitement réveillée. Aslak vit dans son regard qu'elle aussi avait perçu le mal.

9 h 15. Suohpatjavri.

– Tu l'ignores peut-être, mon cher neveu, mais toutes les légendes qui courent le vidda ne sont pas que chasse, pêche, transhumance, amours et poésie.

– Je n'ai jamais entendu autre chose dans ta bouche, dit Klemet.

– C'est vrai. J'ai un faible pour les belles choses.

– Tu disais que cette histoire de mine ou de malédiction te rappelait quelque chose.

– Plus que cela. Les histoires bizarres ne manquent pas sur le vidda. Sais-tu, par exemple, que dans le temps, lorsque les Caréliens nous envahissaient, amenant avec eux la malédiction, nous…

– Dis-moi, mon oncle, tu ne vas pas chercher un peu loin ? Les Caréliens ? Les Russes. Tu parles de mafia ?

– Tais-toi, inculte. Je te parle d'avant les Scandinaves. Il y a plus de mille ans. Deux mille ans peut-être, que sais-je, ce n'est pas le plus important. Quand ils nous envahissaient, nous n'avions pas la force pour nous, mais la ruse. Nous attirions ces Caréliens cruels et stupides au bord de précipices. Des endroits portent le nom de falaise russe parce que les rochers ou les lichens sont rouges, du sang de ces monstres de Caréliens.

Klemet décida de ne rien dire. Il respira à fond pour se calmer. Il savait que son oncle devait sortir sa dose de récit avant d'être à l'écoute.

– J'espère que tu ne racontes pas tes histoires de Caréliens à Mlle Chang, tu vas lui faire peur.

– Tu plaisantes ? Elle a des histoires bien plus abominables. Mais cesse de m'interrompre, je n'ai pas toute la vie. Oui, il existe une légende. Un gisement extraordinaire, un royaume secret, invisible, richissime mais terrible, dangereux, mortel même. Cette légende, c'est un peu l'histoire de la falaise des Caréliens à l'envers. Des villages sami ont été décimés par la ruse, par un mal terrible, amené par les Blancs.

– Les Blancs ?

– Klemet, un petit effort ! Tu es corrompu à ce point par l'uniforme que tu portes ? Les Blancs, les Suédois, les Scandinaves, les colons, les envahisseurs, appelle-les comme tu veux, mais en tout cas ils nous amènent un mal mystérieux.

– Nous ? De quelle époque parles-tu ?

Nils Ante fit la moue, paraissant réfléchir.

– C'est une légende bien sûr, mais elle est datée de l'époque où la Laponie est colonisée pour ses richesses. Donc le XVIIe siècle.

– Mais ça ne tient pas debout. En quoi un gisement d'or décimerait-il des villages sami ? Et quel serait le rapport avec ce tambour, avec le vol ou avec le meurtre ?

– Dis donc, c'est toi le flic dans la famille.

Klemet sentait tout d'un coup l'effet des dernières vapeurs du cognac, il reprit du café. Cela lui fit penser qu'il allait devoir affronter Nina.

– Mais c'est un fait que la légende de ce gisement existe, poursuivit Nils Ante. N'oublie pas, ensuite, qu'à cette époque les Sami ont été enrôlés de force pour extraire le fer des premières mines. Jusque-là, ils avaient peu de contacts avec les étrangers.

– Je ne vois pas le rapport.

– Tu sais ce qui s'est passé avec les Indiens ? Ils ont été décimés par des maladies qui leur étaient inconnues.

Klemet poussa un long soupir. Il se frotta les tempes. Ces histoires de légende l'écartaient de son enquête, des preuves. Des preuves, il fallait en revenir là. Nils Ante le troublait toutefois.

– Comment pourrais-tu établir un lien entre cette légende et ce tambour ?

– Tu as ce guide lapon en 1939 qui confie un tambour à ton Français. Tu as ce gisement légendaire, cette malédiction. Qu'est-ce qu'il a dit, ton Français, à ta jeune collègue ?

– Il ne faisait que des suppositions. Il pensait aussi qu'il y avait un gisement d'or, mais que la malédiction pouvait être liée à la disparition de pâturages ou de routes de transhumance qui aurait provoqué la mort de troupeaux.

– Et, à cette époque, la mort des troupeaux, c'est la mort des Sami.

– Admettons. Mais pourquoi ce tambour serait-il intéressant aujourd'hui ?

– Il faudrait l'avoir sous les yeux pour le dire.

– Et merde !

Klemet n'avait pu s'empêcher de jurer à pleins poumons. Son oncle le regarda avec un air étonné, puis amusé. Mlle Chang passa la tête par la porte pour s'assurer que tout allait bien, et disparut aussitôt. Klemet respirait à nouveau profondément.

– Bon Dieu, je l'avais oublié. Je n'ai pas de photo du tambour, mais des photos du chaman.

Klemet sortit en courant et revint quelques instants plus tard avec une enveloppe. Il étala plusieurs photos devant son oncle et mit son doigt sur le guide.

– Il s'appelait Niils. Nous ne connaissons pas son nom de famille.

– Ne cherche plus. Labba. Niils Labba.

– Quoi, le père de Mattis ?

– Le grand-père. Niils Labba. Le père de Mattis s'appelait Anta. C'est amusant d'ailleurs, leurs deux prénoms font le mien. Niils est le grand-père que Mattis n'a pas connu à mon avis.

L'oncle de Klemet se plongeait dans des calculs.

– Mattis avait quel âge, la cinquantaine à peu près ?

Klemet sortit son carnet.

– Cinquante-deux ans. Il était né en 1958.

– C'est ça. Je crois que le grand-père est mort pendant ou juste après la guerre. Quant à Anta, le père de Mattis, il est mort il y a… cinq ou dix ans environ.

– Oui, à peu près.

Klemet passait le doigt sur les autres personnages de la photo.

– Voici les Français, et ceux-là sont des chercheurs suédois d'Uppsala, ici un Allemand, qui est mort pendant l'expédition, et puis les autres sont des gens de la région. J'imagine que la plupart doivent venir de Finlande, puisque c'est de là qu'est partie l'expédition.

– Oui, c'est probable, même si les distances longues n'ont jamais fait peur aux gens d'ici. Tiens, tu sais que j'ai été faire mes courses à Ikea le week-end dernier. J'y ai trouvé une petite chaise parfaite pour être assis devant l'ordinateur.

Klemet savait que les gens d'ici étaient devenus comme des enfants depuis qu'Ikea avait ouvert à Haparanda, sur la frontière entre la Suède et la Finlande. C'était à plus de quatre cents kilomètres de Kautokeino, mais comme le disait son oncle, les distances n'avaient aucune importance dans le Grand Nord. On faisait cent kilomètres pour aller s'acheter des cigarettes comme d'autres allaient au coin de la rue.

– Lui, par contre, il me semble bien qu'il est du coin.

Nils Ante montrait du doigt un homme au nez fin et à la moustache couvrant les coins de sa bouche. Klemet se rappelait que Nina et lui s'étaient demandé qui était cet homme qui paraissait être un peu à l'écart du reste du groupe et qui n'était pas sur une partie des clichés. Il n'était ni sami, ni français, ni scientifique.

– Mais je n'arrive pas à le remettre exactement.

Nils Ante prit la photo et se pencha dessus. Il se redressa.

– Changounette !

La jeune Chinoise arriva après quelques instants.

– Ma très douce perle d'ambre, voudrais-tu me chercher la loupe sur le bureau ?

Mlle Chang rapporta la loupe et la laissa sur la table de la cuisine, non sans avoir déposé une bise délicate sur le front de Nils Ante. Celui-ci la regarda s'éloigner avec un air de ravissement.

– Un ange est entré dans ma vie, Klemet. Et toi, mon neveu, toujours rien de sérieux ?

– Tu voulais regarder un détail, dit Klemet en tendant la loupe à son oncle.

Nils Ante secoua la tête et prit la loupe.

– Non, je n'arrive pas à mettre un nom dessus. Je ne pourrais pas jurer que c'est quelqu'un d'ici, mais il a quelque chose de familier.

Klemet prit à son tour la loupe et s'attarda sur chacune des personnes. Il revint sur l'inconnu à la fine moustache. Klemet remarqua alors qu'il portait sur le côté, accroché en bandoulière, un appareil dont on ne distinguait qu'une partie mais qui ressemblait à ceux utilisés pour la recherche de métaux.

Décidément, se dit-il, l'intérêt de cette expédition de 1939 paraissait aller bien au-delà de la simple découverte des us et coutumes des Sami.

10 h 05. Laponie intérieure.

Le calme était impressionnant. Le silence de ceux qu'on dit assourdissants. Cela fait des jours que je n'ai pas entendu un tel silence, se dit André Racagnal. Des années même peut-être. Le moindre son portait très loin.

André Racagnal observait de loin Aslak chausser ses skis. Il pouvait presque entendre leur frottement sur la neige glacée. Il n'avait pas imaginé que convaincre Aslak serait chose facile. Il ne pariait jamais sur la réussite au premier coup. Par principe. Il était pragmatique. Si en fin de compte il réussissait toujours, c'est parce qu'il était toujours prêt à prendre les mesures nécessaires pour atteindre son objectif. Il savait reculer quand il le fallait. La fierté n'avais jamais été un boulet comme pour tant d'autres qui perdaient leurs moyens à la première résistance sérieuse. Racagnal ajusta à nouveau ses jumelles. Gérer des gens comme Aslak était finalement assez simple : toutes ses décisions relevaient de la vie ou de la mort. Aslak ne possédait aucun superflu. Il n'était pas victime de la société de consommation comme les autres. Piéger des gens qui avaient des emprunts à la banque n'était pas un problème en soi, juste un peu plus subtil et techniquement avancé. Avec Aslak, c'était du brut. Tout ce qu'il risquait de perdre pouvait avoir des conséquences directes sur sa survie. Sur celle de son troupeau. Et de sa femme. C'était aussi simple que cela.

Il n'avait pas eu besoin de très longtemps pour mettre au point un plan. C'était l'avantage avec Aslak. Toute sa vie s'étalait sous ses yeux. Pas de compte en banque caché, pas de maison secondaire. Ses rennes broutaient au loin. Ici, il y avait le campement, sa femme. Et ses chiens. Il était presque sûr de ne pas se tromper sur ce point. Ce serait un choc, mais il permettrait une communication. Racagnal ne voulait pas manquer cet instant. Il ne lâchait plus Aslak des jumelles. La lumière était suffisante. Cela avait été plus dur, au petit matin, dans l'obscurité, de trouver l'un des chiens qui étaient restés de garde. Il avait fallu faire ça discrètement, sans provoquer de panique ni de bruit. Maintenant, se dit Racagnal. Malheureusement, Aslak lui tournait le dos à ce moment. Mais le berger ne bougeait plus. Il venait de découvrir le corps de son chien. Ou, plutôt, sa tête.

Racagnal décida de laisser encore passer trente secondes, le temps que le berger encaisse le choc et réalise la perte énorme que représentait la mort de ce chien, le temps aussi qu'il fasse le lien entre cette mort et la visite de Racagnal. Mais pas plus de trente secondes, afin qu'il ne commence pas à reprendre le dessus et à réfléchir aux suites à donner à cette découverte. Maintenant. Le géologue décrocha sa radio et appela Aslak. Le crachotement en provenance de l'intérieur de la tente était presque audible depuis la cache de Racagnal. Aslak, après un moment d'hésitation, rentra. Quelques secondes. Il décrochait.

– Le chien est un avertissement, lança Racagnal sans attendre. Pour te montrer que nous sommes sérieux. J'ai besoin de tes services. Si tu continues à refuser, nous tuerons ton renne de tête. Si tu refuses encore, nous tuerons ta femme. Si tu m'accompagnes, ton chien sera remplacé. Tu en auras trois nouveaux, les meilleurs. Je vais venir maintenant. Et nous allons partir tous les deux. Pas longtemps. S'il y a un problème, mon équipe s'occupera de ton renne. Si tu as bien compris ce que j'ai dit, sors de la tente et enlève ta chapka.

Racagnal coupa la communication. Il estimait le temps de réaction d'Aslak à quinze secondes. Il reprit ses jumelles. Rien ne bougeait. Le silence était total, et Racagnal sentait ses doigts s'engourdir. Enfin, la toile de tente bougea. Il s'était trompé. Vingt secondes. Aslak sortit. Il resta un long moment immobile, scrutant les alentours. Après quinze autres secondes qui parurent sans fin à Racagnal, le berger enleva sa chapka.

32

Jeudi 20 janvier.
11 h 30. Commissariat de Kautokeino.

Klemet Nango réalisa en regardant sa montre qu'il ne pouvait plus s'attarder chez son oncle. Il avait retardé autant que possible les retrouvailles avec Nina, mais la fuite n'était pas une option. Il promit à Nils Ante de revenir avant les charognards, salua Mlle Chang qui le gratifia gaiement d'un signe de la main et reprit le chemin du commissariat, roulant à une vitesse anormalement raisonnable.

Il respira un grand coup avant de frapper à la porte de Nina et s'engouffra, sa première phrase prête à jaillir mais resta bouche bée. Nina était bien là, debout, mains dans les poches de son pantalon de treillis bleu marine d'uniforme, mais elle avait transformé son bureau. Les photos ramenées de France étaient étalées sur le mur opposé à sa table. Une douzaine de reproductions de tambours étaient scotchées sur les fenêtres. Les photos de tous les protagonistes rencontrés jusqu'à présent étaient punaisées sur un large contreplaqué reposant sur un chevalet. Elle avait poussé la mise en condition jusqu'à jouer de la musique sami sur son ordinateur. Nina avait transformé la pièce en centre opérationnel.

– Je te pardonne, lui dit vivement Nina, sans lui laisser le temps de bafouiller ses excuses. La prochaine fois, ce sera un coup de poing. Maintenant, regarde.

Sortant une main de la poche, elle le traîna devant le mur où les photos d'Henry Mons étaient alignées. Klemet était bluffé. Autant par le travail réalisé par Nina que par sa réaction. Elle avait tenu à garder le contrôle de la situation en prenant les devants. Et, une fois de plus, Klemet se retrouvait muet, incapable d'être à la hauteur.

– Nina, je veux quand même…

– Klemet, s'il te plaît, ne rends pas la situation plus compliquée. Et, maintenant, regarde ces photos.

Klemet se rangea à l'avis de Nina. Après tout, il n'en était pas mécontent. Il se concentra sur les photos, surtout la quinzaine de clichés des membres de l'expédition.

– Alors, que vois-tu ?

Nina semblait tout excitée, elle devait avoir trouvé quelque chose. Cela expliquait sûrement son empressement à passer si vite sur l'incident de la veille.

– Je ne sais pas encore, répondit Klemet en s'attardant sur chaque cliché. Je réfléchis. Mais je peux déjà te dire une chose, c'est que cet homme-là, celui avec le bonnet à quatre pointes, Niils, a comme nom de famille Labba. Ça te dit quelque chose ?

– Quoi, le père de Mattis ?

– Le grand-père.

Nina ouvrit les yeux en grand. Elle semblait réfléchir à toute vitesse.

– Donc le grand-père de Mattis était celui qui détenait le tambour volé soixante-dix ans plus tard et qui a peut-être causé la mort de son petit-fils.

– Pas de raccourci, Nina.

– Pas de raccourci, peut-être, mais franchement c'est troublant. Le tambour part en France pour soixante-dix ans. Et quelques jours après sa réapparition, le petit-fils de son propriétaire est assassiné. Klemet, est-ce que tu crois toujours à une histoire de règlement de comptes entre éleveurs de rennes ?

Klemet resta silencieux un moment. Tout en réfléchissant, il observait les photos qui les entouraient.

– Alors ? demanda Nina, en voyant que Klemet était maintenant concentré sur les photos.

Klemet repensa au détail qui l'avait frappé.

– On voit du matériel de détection de minerais. Donc je pense que cette histoire de tambour ou d'expédition est peut-être liée à l'existence d'une mine d'or.

– C'est fort possible. Mattis était-il lié à la recherche de minerais, de quelque façon que ce soit ?

– Pas d'après ce que nous savons.

– Cherche encore, pour la photo.

Les yeux de Nina pétillaient tellement que Klemet en fut piqué au vif. Il se concentra davantage. Il réfléchissait à haute voix.

– Nous avions trouvé que le géologue allemand était parti… le 25, non, entre le 25 et le 27 juillet 1939, accompagné de Niils.

Il consulta son carnet.

– Et que Niils était revenu seul entre le 4 et le 7 août.

– Oui, et… ?

– Et... les autres sont là et ils continuent leur expédition, puisqu'on les retrouve tous sur les photos suivantes.

– Oui ?

– Oui, la bande des Français, les deux chercheurs suédois, l'interprète, le cuisinier, le...

Klemet repensa à son oncle. S'ils n'avaient pas discuté de l'homme au nez fin et à la moustache couvrant les coins de la bouche, il l'aurait oublié tellement il paraissait effacé sur les photos.

– Il en manque un autre. Celui à la moustache.

– Banco.

– Mon oncle, que j'ai vu ce matin, me disait qu'il lui rappelait vaguement quelqu'un, mais il était incapable de se souvenir. Mais pourquoi celui-ci n'est-il plus sur les photos suivantes ?

– Je ne sais pas encore. Mais nous avons un mort et un tambour en 1939, et un autre mort et sans doute le même tambour en 2011. Entre ces deux morts, nous avons un lien, la famille Labba.

– Nous ne savons pas si la mort de Mattis est liée au tambour, coupa Klemet.

– Mais enfin, Klemet !

Nina parut soudain exaspérée.

– Je veux bien que nous n'ayons pas encore de preuve, mais c'est tout de même là, sous nos yeux.

– Et les oreilles coupées, Nina, et les oreilles coupées ?

Nina Nansen n'avait pas envie de se laisser affecter par la prudence de son collègue. Lorsqu'ils se présentèrent tous les deux devant le Shérif un quart d'heure plus tard, elle était décidée à pousser son avantage. Cette affaire dépassait les compétences classiques de la police des rennes, et il fallait penser différemment. Paradoxalement, Klemet était desservi par son expérience. Moins celle au sein de la police des rennes que ses années au sein du groupe Palme. Lors de son passage à Kiruna, avant qu'il soit envoyé en poste à Kautokeino, ses collègues suédois avaient fait preuve d'un grand respect pour ces années Palme. Cela avait été la plus grosse enquête jamais réalisée par la police suédoise. Les collègues norvégiens et finlandais n'y voyaient qu'objet de railleries. Mais cela avait valeur de médaille dans la carrière d'un flic suédois, même si l'échec était indéniable puisque la seule personne jugée et condamnée avait finalement été acquittée en appel. Cette obsession des preuves empêchait Klemet de se projeter.

Tor Jensen reçut les équipiers de la patrouille P9 sans son éternel bol de réglisses. Il leur indiqua la cafetière, les invitant à se servir. Il restait silencieux, ce qui n'était pas de bon augure. Nina ignorait si la cause en était l'absence de réglisses ou quelque mauvaise nouvelle.

– Alors ?

Tor Jensen était pressé. Nina savait que son poste était politiquement sensible. Les tensions entre Sami et Norvégiens n'étaient pas rares, surtout depuis que le Parti du progrès, en bon mouvement populiste, avait libéré la parole de nombreux Norvégiens. Nina ne faisait que découvrir ces tensions. Mais son sens du bien et du mal lui suggérait que les Sami n'étaient pas à l'origine de cette confrontation. Le témoignage d'Henry Mons l'avait ébranlée. Elle n'avait pas été préparée à ce que les Norvégiens, ou les Suédois, jouent le rôle des méchants.

Une autre chose la gênait. Cette malédiction et ces chercheurs suédois faisaient peser une atmosphère inquiétante sur cette enquête. Il ne s'agissait plus d'un simple fait divers.

Le Shérif s'impatientait. Klemet hésitait à se lancer. Nina en eut assez des prudences de son chef de patrouille et sa religion de l'indice.

– Le vol du tambour et l'assassinat de Mattis doivent logiquement être liés, lança-t-elle. Quelles sont les chances que deux événements aussi exceptionnels se déroulent à vingt-quatre heures d'intervalle dans un endroit comme celui-ci ?

– Continue, dit le Shérif.

– Deux personnes rendent visite à Mattis, cherchent quelque chose. Elles viennent pour discuter, ou pour chercher quelque chose ? Le tambour ? Ce serait logique. Brattsen parle d'un règlement de comptes entre éleveurs ? Rien, dans notre enquête, ne corrobore cette version, même si c'est la plus tentante. J'ajoute que cela ferait le jeu de certains de faire croire que les éleveurs s'entre-tuent ou sont en conflit ouvert. Cela justifierait de renforcer l'emprise sur ce milieu soi-disant mafieux et incestueux. Car c'est de ça dont on parle, non ?

Klemet restait silencieux. Nina pouvait presque deviner ses pensées. Il était bluffé qu'elle s'aventure sur un tel terrain.

– Je sais que les preuves nous manquent encore. Mais je pense qu'il se passe quelque chose sous nos yeux. J'ai la conviction que les crimes actuels sont liés aux événements de 1939. Le tambour, un gisement. Des morts, un vol.

– Et les marques aux oreilles ? coupa le Shérif.

Nina jeta un coup d'œil à Klemet. Son coéquipier lui avait renvoyé la même réplique. Et les oreilles ? Klemet restait silencieux. Pas hostile. Mais silencieux. La balle était dans le camp de Nina. Tor Jensen attendait.

– Les oreilles sont le principal chaînon manquant. Pas le seul, mais celui qui nous apportera définitivement la réponse de l'énigme, ou d'une partie de l'énigme.

Klemet réfléchissait.

– L'exposé de Nina est imparable. Jusque dans ses lacunes, finit-il par dire. Je pense que nous devons explorer cette histoire de mine. Mon oncle Nils Ante m'a également parlé d'une histoire comme ça. J'ai horreur de ces rumeurs, mais je dois admettre qu'il existe un faisceau.

– Bien, alors vous allez filer à Malå et tirer au clair cette histoire de mine.

– Malå ? Qu'y a-t-il là-bas ? demanda Nina.

– C'est dans la région du Västerbotten, une petite ville du nord de la Suède. L'Institut géologique nordique. Ses archives en tout cas. Je me demande s'ils n'ont pas les plus vieilles archives au monde. Ramenez-moi quelque chose.

11 h. Laponie centrale.

André Racagnal arrêta son scooter à cinq mètres d'Aslak. Il resta quelques instants à observer le berger. Pour un Lapon, l'homme avait une stature qui en imposait. Son visage à la mâchoire carrée ne bougeait pas. Racagnal avait devant lui un homme déterminé. Avant de s'avancer vers Aslak, il fit le tour de sa remorque, trouva la radio. Micro en main, il s'adressa à un interlocuteur inconnu, de façon à ce qu'Aslak l'entende.

– Je suis sur zone, avec notre homme, qui est prêt à nous aider. Si vous ne recevez pas de message toutes les deux heures, vous savez quoi faire.

Il raccrocha sans attendre de réponse. Il s'approcha enfin d'Aslak.

– Tu sais lire une carte ?

– Oui.

– Entrons.

Racagnal et Aslak passèrent les deux heures suivantes à étudier les cartes. Racagnal était sur ses gardes, mais le berger n'avait pas fait mine de se rebeller. Racagnal n'était pas naïf au point d'imaginer qu'un homme endurci comme Aslak allait plier aussi facilement. Racagnal savait aussi que les personnages primitifs et isolés comme Aslak n'avaient pas les réactions d'hommes rompus aux petites intrigues de la vie citadine. Aslak pouvait avoir été vraiment convaincu qu'il n'avait pas le choix, et la promesse du remplacement de son chien lui suffisait peut-être. Quand on vivait dans des conditions extrêmes à ce point, on acceptait les coups du sort. On ne combattait pas les djinns, on les supportait en courbant le dos, on espérait qu'ils partent au plus tôt et on tentait de les oublier après leur départ, en vivant dans la crainte d'une réapparition.

Le géologue comprenait pourquoi le paysan avait insisté pour lui conseiller de prendre Aslak comme guide. Aslak ne savait pas déchiffrer les symboles géologiques, mais il connaissait les courbes, il savait sentir, il savait décrire un lieu avec un luxe de détails précieux. Racagnal devait envisager une double marge d'erreur, d'une part parce que Aslak pouvait se tromper, et d'autre part parce qu'il ignorait à quel point il pouvait se fier à la vieille carte géologique. Son auteur n'avait pas, à dessein, indiqué de nom de lieu. Il pouvait tout aussi bien avoir semé d'autres pièges pour dérouter des yeux indélicats. Racagnal ne pouvait l'exclure.

Aslak enroula son paquetage dans des peaux de rennes qu'il lia fermement. Puis il s'approcha de sa femme. Elle devrait pouvoir s'en sortir une semaine. Mais il ne fallait pas qu'Aslak reste absent trop longtemps. Il le savait. Elle endurait toutes les souffrances. Aslak avait tout enduré dans sa vie. L'absence de mère. La mort de son père, alors qu'il était encore très jeune. Lui aussi pris par le froid un jour où il était parti récupérer un groupe de rennes passés côté finlandais. À l'époque, les réglementations étaient impitoyables. Le père d'Aslak risquait une amende très lourde si les gardes finlandais les trouvaient. Il ne pouvait pas se le permettre. Il était parti vite, trop vite, trop léger. Il avait été surpris par une tempête de neige comme on en avait rarement connu. Son corps avait été retrouvé deux mois plus tard. Et puis le drame de sa femme s'était abattu sur eux. Elle était jeune à l'époque. Ils vivaient ensemble depuis trois ans. Aslak la regarda, posa la main sur sa tête. Ils ne s'étaient pas parlé depuis si longtemps. Les yeux suffisaient, pendant les rares moments où elle semblait partager sa vie. Aslak se releva. Elle se redressa et il maintint sa main sur sa tête. Elle le regardait intensément. Un de ces regards qui généralement annonçaient une crise. Mais aucun cri ne sortit de sa gorge. De l'autre côté de l'âtre, Racagnal s'impatientait. Elle le regarda fixement, puis revint vers Aslak. Sa main gauche tenait toujours la main d'Aslak sur son visage. Mais de l'autre main, sans que Racagnal ne puisse voir, elle traça sur la petite surface de terre près de l'âtre un motif qui glaça le sang d'Aslak.

33

Jeudi 20 janvier.
15 h. Kautokeino.

Pour rejoindre Malå, la patrouille P9 avait près de sept cents kilomètres à parcourir, direction plein sud. Une bonne dizaine d'heures de route était nécessaire.

Ils décidèrent de partir en fin d'après-midi et de se relayer au volant pour arriver le lendemain matin. Ils dormiraient quelques heures dans l'un des gîtes de la police des rennes.

Avant d'aller se reposer, Klemet et Nina allèrent déjeuner au Villmarkssenter. Ils n'avaient qu'à traverser la route principale. En sortant du commissariat, Nina s'arrêta un instant pour regarder les lumières orangées qui se désagrégeaient à l'horizon, avalées par la masse sombre et impitoyable de la nuit polaire. Depuis son arrivée en Laponie, Nina découvrait ces lumières encore plus crues et magnifiques que celles de son fjord. Elle les ressentait plus fortement encore à cause du froid qui la saisissait. Des températures auxquelles elle n'était pas si habituée non plus. Chez elle, le Gulf Stream assurait une température supportable toute l'année. Une rafale de vent vint frapper le visage des policiers. Ils baissèrent la tête. Nina mit son bras devant sa bouche et ses yeux, tant le froid fut soudain agressif. Ils hâtèrent le pas jusqu'au restaurant. Nina glissa dans la montée verglacée, et elle rit presque en voyant Klemet se précipiter pour l'aider et glisser lui-même. Elle finit les derniers mètres en patinant presque. Les ultimes reflets du soleil avaient complètement disparu, happés par les nuages qui couvraient cette partie du ciel.

L'heure du déjeuner était déjà passée, mais Mads leur dressa deux couverts. Il leur amena le plat du jour, du saumon à l'aneth avec des pommes de terre bouillies et une sauce blanche. Comme il n'avait plus de clients, il vint s'asseoir avec eux. Le nuage était passé et le vent dégageait le ciel. L'hôtel-restaurant surplombait la route et l'on avait vue sur tout Kautokeino. À cette heure-ci, on ne voyait que les lumières qui serpentaient en une douce courbe le long de la rivière Alta.

– Alors, vous avez trouvé le salaud qui a massacré Mattis ? demanda Mads.

– Toujours pas.

– Qu'est-ce que vous fichez ? Les gens commencent à se poser des questions, tu sais. Tout le monde devient nerveux.

Klemet hocha la tête.

– Tu as encore du monde ?

– Non, mes vieux Danois sont partis, les routiers, ça va et ça vient comme d'habitude, et puis le prospecteur français est parti hier.

Klemet et Nina se regardèrent.

– Quel prospecteur ?!

– Eh bien le Français ! Ça faisait un moment qu'il était là. Mais il est parti avec tout son barda. Il en a de l'équipement, le gars. Il va chercher je ne sais quel minerai. C'est toujours secret ces machins-là, tu sais. Oh il avait tous ses papiers en règle d'après ce qu'il m'a dit. Il pestait contre le temps que prenait la commission des affaires minières. Mais ça s'est arrangé.

– Il est parti seul ?

– À ma connaissance, oui.

– Et tu disais qu'il était là depuis combien de temps ?

– Oh il est arrivé… c'était avant toutes ces affaires, donc je dirais… ah oui, c'était le jour de la rentrée des classes, donc le 3 janvier, un lundi. Je me rappelle parce qu'il a insisté pour aider Sofia qui avait un devoir de français. Tu sais, elle est en quatrième, elle a commencé le français cet automne.

– Et où est-il parti ?

– Oh ça, il faudrait que tu voies avec la mairie.

Klemet regarda sa montre. Ils avaient le temps d'y passer.

Ils prirent leur café rapidement.

– Comment était-il, ce Français ?

– Oh, un brave gars, qui avait l'air de s'embêter un peu, parce qu'il a dû attendre pour son autorisation. Il racontait des tas d'histoires d'Afrique, incroyables. Et il parle suédois, tu sais, il a travaillé en Laponie dans le passé, déjà comme prospecteur. Mais tu devrais demander à Brattsen s'il t'intéresse, il l'a interrogé. Le Français était même sacrément en pétard.

Klemet regarda Nina. Elle ouvrit des yeux étonnés, pour lui signifier qu'elle découvrait la chose comme lui. Pourquoi Brattsen n'avait-il pas évoqué cet interrogatoire ? Cela faisait soudainement beaucoup de nouvelles questions. À ce moment, Sofia entra dans le restaurant. Elle avait son sac et rentrait de l'école. Elle adressa un geste à la tablée avec un large sourire.

Elle vint faire une accolade à Klemet et serra la main de Nina.

Klemet et Nina se levèrent pour partir.

– Tu mets les deux repas sur ma note, Mads. Je dois me faire pardonner quelque chose…

Nina sourit.

– C'était déjà pardonné.

Sofia avait déjà sorti ses cahiers sur la table voisine.

– Alors Sofia, tu as progressé en français ? demanda Nina.

Le visage de Sofia changea d'un coup.

– Pourquoi tu demandes ça ? dit la jeune fille d'un ton vif qui surprit tout le monde.

– Mais pour rien, comme ça, répliqua Nina, il paraît que tu avais un prof particulier pour quelques jours.

– Ce type dégueulasse !? Avec ses sales pattes baladeuses ? Cinq minutes ça a duré, cinq minutes.

Mads avait l'air de tomber des nues.

– Comment ça des mains baladeuses ? Mais pourquoi tu n'as rien dit ? lança-t-il à sa fille.

– Eh bien je le dis maintenant, c'est tout, et fichez-moi la paix maintenant !

La jeune fille ramassa ses affaires d'un coup et quitta la salle du restaurant en furie.

Mads resta sans voix.

Nina fut la première à réagir. Elle courut derrière Sofia. Après cinq minutes, Nina revint. Elle avait l'air courroucé, mais adopta un ton calme et méthodique avec Mads.

– Il ne s'est rien passé de grave sur le plan physique, le rassura-t-elle tout de suite. Elle a su dire non… et se faire entendre.

Nina marqua un silence, déglutit. Cela ne dura qu'une demi-seconde, mais Klemet perçut son trouble.

– Mais je serais d'avis qu'elle porte plainte quand même pour harcèlement sexuel, continua Nina. Je pense que c'est important pour elle. Ce genre de chose doit être pris très au sérieux, au moindre geste, et dès le départ. Et nous devons lui montrer que nous sommes derrière elle.

– Bien sûr, bien sûr…

Mads avait l'air en état de choc, semblant réaliser petit à petit qu'il avait hébergé le Français pendant deux semaines, au milieu de sa famille qui vivait dans une aile de l'hôtel.

– Tout va bien se passer, poursuivit Nina. Elle est mineure, cela va rester très discret, et si nécessaire, elle pourra consulter quelqu'un.

– Tu crois que c'est si grave ? dit Klemet.

Nina lui jeta un regard foudroyant.

– Oui, c'est grave ! Et il serait temps que les hommes le réalisent ! dit-elle en sortant d'un pas vif, bientôt suivie par Klemet.

15 h 45. Mairie de Kautokeino.

Klemet se présenta seul à la mairie afin de ne pas donner de caractère trop officiel à la démarche de la police. Pendant ce temps, Nina commencerait à rédiger le rapport pour Sofia. Ingrid la réceptionniste l'accueillit d'un sourire ravi.

– Bonjour Klemet, dis donc, chuchota-t-elle, je croyais que tu avais disparu. Ça fait longtemps que tu ne m'as pas invitée à boire un verre sous ta tente.

Klemet se pencha au-dessus du guichet et chuchota à son tour.

– Laisse-moi finir ces histoires, et je te promets une soirée rien que pour nous.

Ingrid s'esclaffa mais reprit son sérieux quand elle aperçut un élu du FrP qui entrait dans sa combinaison de scooter toute neuve, les cheveux gominés et un teint hâlé de solarium. Le collègue d'Olsen, que ce dernier surnommait le bellâtre, salua à peine la réceptionniste travailliste et le policier sami qu'il soupçonnait d'avoir les mêmes penchants politiques.

– Quel trou du cul celui-ci, dit Ingrid. Ce vieil hypo-crite d'Olsen m'est presque sympathique quand je compare. Bon, mais si je comprends bien, tu ne venais pas m'inviter.

– Apparemment, un Français est passé pour voir les gens de la commission des affaires minières. C'est lui qui m'intéresse, mais discrètement. Je ne veux pas affoler tout le monde, tu vois ?

– Je vois mon gros loup, et je me rappelle ce Fran-çais. Eh, bel homme hein ! Avec un air un peu dange-reux, comme je les aime… La dernière fois qu'il cst passé, il était en colère, il voulait voir quelqu'un de la commission. Le vieux Olsen était le seul présent à la mairie, mais n'avait pas pu le recevoir. Je ne sais pas ce qui s'est passé ensuite.

– Olsen est ici ?

– Non, il doit être à sa ferme. Il passe généralement en fin d'après-midi, sauf en cas de réunion.

– La dernière réunion remonte à quand ?

– Elle était prévue lundi. Il est venu ce jour-là. Oh mon Dieu, c'est le jour où j'ai trouvé cette affreuse oreille, comment pourrais-je oublier ? Lundi. Mais je n'ai pas revu le Français depuis.

– Il est venu longtemps avant que tu ne découvres l'oreille ?

– Non, quelques heures peut-être.

– Il y a eu beaucoup de passage entre sa venue et le moment où tu as trouvé l'oreille ?

– De ce côté-là, non, il n'y avait pas de raison. Mais j'ai déjà raconté tout ça à Brattsen, tu sais.

– Brattsen, encore.

– Encore ? Que veux-tu dire ?

– Rien, je pensais à haute voix. Un autre membre de la commission est-il ici ?

Ingrid regarda rapidement une liste.

– Non. Pourquoi, qu'est-ce qui t'intéresse ?

Klemet s'approcha un peu plus d'Ingrid.

– Je voudrais savoir dans quel coin le Français pensait aller fouiller. Et ça m'intéresserait vite, parce que je pars pour Malå ce soir enquêter avec Nina.

– Ah oui, la petite Nina, elle n'est pas ici depuis longtemps, mais on parle déjà beaucoup d'elle. Une fille intelligente apparemment. Et jolie, hein, Klemet ? Dis, tu l'as invitée sous ta tente ?

– Ingrid, s'il te plaît, j'ai vraiment besoin de savoir où le Français est parti. Tu te rappelles que j'ai une enquête criminelle en cours ?

– Ça, ça veut dire qu'elle a eu droit à ta tente, pas vrai ? dit Ingrid, avec un air un peu pincé.

Elle le regarda en silence quelques secondes, comme si elle le jugeait.

– Et en plus, reprit-elle, d'après ce que Brattsen disait, c'est lui qui s'occupe de cette histoire de meurtre. Tiens, il t'aime toujours aussi peu celui-là. Quel vachard. Tu devrais t'en méfier.

– Merci, Ingrid. Alors ?

– Je dois être la plus cruche du village. Mais j'imagine que ce ne sont pas des documents confidentiels. En principe, tant qu'il ne s'agit que de demandes d'exploration, ça n'a rien de secret puisque les habitants doivent pouvoir être au courant. Et puis une demande d'exploration, ce n'est pas une demande d'exploitation, les demandeurs peuvent rester aussi vagues qu'ils le souhaitent. Bon, attends ici, je vais voir derrière.

Ingrid se leva et disparut par un couloir. Klemet la regarda avec un petit pincement. Il se souvenait encore d'elle à vingt ans. Une fille superbe, avec un sourire ravageur et une fraîcheur irrésistible. Il ne restait plus grand-chose de sa beauté d'alors. Elle s'était refusée à lui à cette époque. Comme tant d'autres. Klemet ne lui en voulait pas. Pas trop. Elle n'avait pas été méchante. Elle avait juste dit non en rigolant, comme les autres. Avec juste un petit bisou rapide sur la bouche, sans conséquence pour elle. Elle l'avait hanté, comme d'autres. Klemet en avait souffert, mais le pire était sans doute qu'il tenait pour acquis que ce bisou était ce qui lui était dû. Et rien de plus. Il avait fini par accepter ces miettes.

Lorsqu'il était revenu en poste en Laponie, après ses années dans la police criminelle de Stockholm, il avait savouré un moment le changement d'attitude des femmes à son égard. Comme Ingrid. Il était encore tellement obnubilé par les revers de sa jeunesse qu'il les voyait encore comme si elles avaient vingt ans. Aujourd'hui, il les voyait comme elles étaient. Des femmes usées par la vie, qui se battaient pour faire bonne figure et réclamaient toujours leur part de bonheur simple. Elles étaient devenues comme lui. Elles savaient se contenter d'un bisou. Il avait fallu attendre trente ans pour qu'ils soient à égalité.

Ingrid revint. Klemet lui sourit. Elle tenait un petit dossier à la main.

– Tu risques d'être un peu déçu si tu cherches quelque chose de très précis, mais regarde…

Ingrid l'invita à faire le tour, afin de ne pas montrer le dossier à tout le monde. Klemet fit le tour du guichet d'accueil.

Il parcourut rapidement le formulaire. André Racagnal, date de naissance et coordonnées, Française des minerais. Période de recherche. Et enfin, les précisions géographiques.

– Tu peux photocopier ?

– Klemet, s'il te plaît, non, je crains que ça n'aille trop loin.

Klemet n'insista pas et sortit son carnet. Les régions de prospection étaient vastes. Klemet nota la présence de deux dossiers.

– Pourquoi faut-il deux dossiers ?

Ingrid regarda.

– Tout simplement parce qu'il s'agit de deux zones différentes. Tu vois, là, cela concerne un vaste territoire au nord-ouest de Kautokeino. La demande remonte à l'automne dernier, et elle a été validée par le comité mercredi en fin d'après-midi. Et celle-ci… a été validée aussi mercredi… La demande ne remonte qu'à… mercredi matin. Eh bien, ça a été rapide pour une fois.

– Pourquoi dis-tu ça ?

– Oh, je ne sais pas. Ce ne sont que des autorisations de reconnaissances de terrain. Mais les attributions de licences d'exploration se décident le 1er février. Nous avons déjà reçu de nombreux dossiers. En général, ils sont assez longs à constituer. Celui-ci a été fait rapidement, c'est tout ce que je voulais dire.

Klemet prenait des notes, gardant le silence. Il essayait d'assembler les pièces du puzzle. Quand il eut tout ce qu'il lui fallait, il s'avança vers Ingrid. Il lui prit tendrement le visage dans la main, la regarda une seconde et lui fit une bise sur le front. Ingrid lui sourit et lui adressa un petit signe de la main.

– Appelle-moi, lui dit-elle alors qu'il sortait de la mairie.

16 h. Laponie intérieure.

André Racagnal disposait de peu de temps pour réaliser un exploit. Le fait que ce foutu péquenaud exige de lui la découverte de ce gisement d'or aussi vite ne s'expliquait que par son ignorance du métier.

Limiter le champ des recherches à trois zones, comme il y était parvenu après l'étude solitaire des cartes puis avec l'aide d'Aslak, relevait déjà quasiment de l'impossible en si peu de temps. Sur ce point, ce paysan têtu avait eu raison. Aslak paraissait connaître la région comme sa poche.

L'éleveur de rennes était maintenant allongé sur la remorque, calé entre les sacs et les caisses. Racagnal se préoccupait peu d'Aslak, mais il avait besoin de lui et s'obligeait à ne pas rouler trop vite pour éviter les secousses trop fortes. À cette vitesse, le Français devait rouler trois heures pour parvenir au premier point qu'il voulait observer. Il était parti juste après le passage d'une dépression qui avait bouché l'horizon pendant un long moment. Le ciel s'était à nouveau dégagé. Un ciel à aurore boréale, se dit Racagnal. Il ignorait pourquoi, mais la vue d'une aurore était le seul spectacle capable de l'émouvoir. De l'émouvoir vraiment. Pas de l'exciter, comme une collégienne en était capable. Il s'en était rendu compte lors de son premier séjour en Laponie des années plus tôt. La folle danse des aurores boréales prenait l'aspect désespéré de sa propre vie. Il en voyait la beauté éphémère, la vigueur irrésistible et la vision chaotique.

D'après la carte, Racagnal devait pouvoir suivre le cheminement d'une rivière tout le long de cette première étape. La conduite en était facilitée. Les chocs étaient rares, les reliefs également. Le vent avait dégagé le ciel qui permettait à une lune forte d'éclairer la voie. La conduite était souple et Racagnal repensait à cette mine. Ses premières observations ne lui permettraient pas de se faire une idée précise. Il faudrait en recouper plusieurs pour être capable de déterminer si elles coïncidaient avec la carte. Racagnal ne croyait pas à la chance. Il avait été préservé d'une telle naïveté. Son credo était simple : la vie n'est qu'une somme de choix. Voilà ce qui l'avait sauvé jusqu'ici. Ne rien laisser au hasard. Tout anticiper. Et assumer ses décisions. Toutes ses décisions. Ce credo en faisait l'un des meilleurs géologues existant car ce que certains jaloux prenaient pour un instinct exceptionnel était jalonné par un travail de fourmi. Cette approche lui permettait aussi de mener sa vie sexuelle avec une relative tranquillité. Il réalisait pourtant qu'en l'espace de quelques jours, il avait commis des impairs. Le péquenaud et le flic l'avaient piégé. Il devrait trouver une solution à cette anomalie dans son parcours. Il se concentra à nouveau sur le lit de la rivière. Au gré des courbes, la luminosité de la lune s'amenuisait. Il ne pouvait se permettre de relâcher son attention. Il ralentit un instant pour se retourner et s'assurer que le Sami était toujours derrière, puis il reporta son attention sur la conduite. Le seul relief était composé d'arbrisseaux qui ne parvenaient pas à décoller de la terre. La vue portait maintenant assez loin en dépit de la nuit. Il roulait sur le haut-plateau et le relief était vallonné. Il roulait depuis plus d'une heure et il n'avait pas croisé la moindre lumière. Il s'arrêta à la sortie d'une petite vallée, profitant d'un dégagement. Il stoppa le scooter. Le silence total les enveloppa. Dès qu'il se détachait de la chaleur du scooter, le froid mordait à nouveau. Il leva les yeux un instant. Les aurores n'avaient pas encore démarré. Il sortit sa radio et envoya un message. Il se tourna ensuite vers le Sami. Il n'arrivait pas à deviner l'expression de ses yeux à cause de l'obscurité. Mais il voyait en tout cas que l'homme ne détournait pas la tête.

17 h 30. Kautokeino.

Nina et Klemet se retrouvèrent à l'heure dite au commissariat de Kautokeino. Ils seraient absents au moins deux jours. Le Shérif leur avait demandé de passer le voir avant leur départ. Tor Jensen aimait bien avoir le contrôle de ses troupes.

Le bol de réglisses avait refait son apparition. Klemet adressa un salut de la main au Shérif. Celui-ci lui tendit le bol, mais Klemet déclina, tout comme Nina. Tor Jensen se renfrogna et repoussa le bol de réglisses à l'extrémité du bureau, aussi loin que possible de sa portée.

Il fit glisser une chemise vers Klemet.

– La photo de ton Racagnal. Et les quelques infos glanées sur lui. Pas grand-chose. Pourquoi cet intérêt ?

– Un soupçon de harcèlement sexuel. Mais il se trouve que ce bonhomme travaille dans l'industrie minière. Cela le rend doublement digne d'intérêt.

Tor Jensen fit la moue.

322

– Un peu léger tout ça, non ?

– Pas le harcèlement en tout cas, intervint fermement Nina.

Le Shérif remarqua son ton, mais ne dit rien.

– Bon alors, Malå, vous en êtes où ?

– Depuis l'examen des photos de 1939, nous pensons qu'il peut y avoir un lien avec une histoire de
mine d'or, répondit Klemet. Nous devons en avoir le
cœur net.

Le Shérif réitéra sa moue. Il ne paraissait pas
convaincu. Il se pencha en avant et tira le bol à lui,
piochant trois réglisses d'un coup.

– Vous savez que la conférence de l'ONU approche
à grands pas, dit-il la bouche pleine.

Klemet et Nina répondirent d'un signe de tête.

– On m'a maintenant clairement fait comprendre
que ces affaires devaient être résolues d'ici là. Alors ne
venez pas me rajouter des affaires en plus ! Au retour,
arrêtez-vous à Kiruna. Ils m'ont promis les résultats
des dernières analyses.

Jensen les regardait.

– Eh bien ? Pas encore partis ?

Klemet hésitait.

– Nous sommes nombreux sur cette affaire. Mais je
n'ai pas l'impression que nous ayons toutes les cartes
en main. Nous ignorions par exemple jusqu'à tout à
l'heure que Brattsen avait interrogé ce Français il y a
déjà une semaine. Une semaine ! Et nous n'en avons
rien su.

– Eh bien nous allons lui demander. Et toi, tu par-
tages tout aussi, j'imagine ?

– Évidemment. Tout ce dont nous sommes sûrs, en
tout cas.

Le Shérif appuya sur une touche de son clavier téléphonique.

– Rolf, tu peux venir s'il te plaît ?

Le silence se fit dans les secondes qui suivirent. Tor Jensen piochait dans le bol.

Brattsen entra au bout de deux minutes. Il ne prit pas la peine de saluer Klemet et Nina et jeta un regard interrogatif à Tor Jensen.

– Tu es au courant de la présence d'un certain… Racagnal, demanda Jensen après avoir relu le nom dans son dossier.

– Racagnal ? Un Français ? Oui, je l'ai interrogé il y a quelques jours.

– Et pourquoi n'as-tu rien communiqué à la police des rennes ?

– Et pourquoi l'aurais-je fait ? Une simple histoire de bagarre au pub. Rien à voir avec nos affaires. Je ne voulais pas surcharger la police des rennes, ajouta Brattsen avec un ton expressément ironique.

Le Shérif semblait évaluer la situation.

– Que s'était-il passé exactement ?

– Une bagarre de pub, je te dis. Entre ce type et Ailo Finnman. John et Mikkel étaient dans le coup aussi. Rien de méchant. Le Français n'a même pas voulu porter plainte. J'ai dû insister pour recueillir sa déposition.

– Le Français était donc le plaignant ? demanda Klemet, l'air déçu.

– Oui, pourquoi ? Tu parais étonné ? Ce sont les éleveurs qui lui ont sauté dessus. Ailo. Les autres ont suivi, comme d'habitude.

– Pour quelle raison ? demanda le Shérif.

– Les bergers avaient quelques bières dans le nez. Ça leur suffit pour faire des conneries, crois-moi.

– Et où est-il ce Français maintenant ? demanda Klemet.

– Comment je le saurais ? répliqua vivement Brattsen. Il venait pour faire de la prospection. Il doit prospecter.

– Tout seul ?

– Aucune idée. Il connaît le coin. J'imagine qu'il doit être capable de partir tout seul.

– Et c'est lui encore que l'on retrouve à la mairie quelques heures avant qu'Ingrid ne découvre la première oreille, insista Klemet.

– Et puis ?

Rolf Brattsen regarda Klemet d'un ton soupçonneux.

– C'est un interrogatoire ou quoi ?

– Il devait rencontrer Olsen, poursuivit Klemet. Tu sais peut-être s'il l'a vu.

– Non, il ne l'a pas vu, aboya Brattsen.

– Comment le sais-tu ? répliqua Klemet sur le même ton.

– Je pense qu'il ne l'a pas vu, rectifia Brattsen. Je ne sais pas. Et, de toute façon, quelle importance, qu'il l'ait vu ou pas ?

Jensen poussa soudain un grand soupir et repoussa le bol à moitié vide au bout du bureau. Brattsen prit son air borné. Klemet regarda le Shérif, qui lui fit un signe du menton vers la porte.

Klemet conduisait le pick-up Toyota de la police des rennes depuis déjà une bonne heure. Il avait embarqué plein de matériel inutile pour une telle mission, comme des sacs de couchage, une cuisine de camping et des provisions pour deux jours. Vieux réflexe, dit-il en réponse à la remarque de Nina.

– Dans la police des rennes, lui racontait Klemet en conduisant, on ne travaille pas d'après la montre. Ça n'a aucun sens ici. Les trois quarts de notre boulot sont liés aux conflits d'élevage de rennes sur des distances énormes. On t'appelle parfois, et tu ne reviens que quatre jours plus tard.

Nina regardait par la vitre. Il faisait nuit noire. Les phares n'éclairaient que les talus enneigés et quelques rares bouleaux nains. La route était verglacée. Mais avec les gravillons qui la recouvraient et les pneus cloutés, Klemet maintenait une vitesse de 90 km/h. La route était droite sur de longues distances et, avec une telle obscurité, on voyait venir de loin les véhicules. Depuis leur départ de Kautokeino, ils avaient croisé une seule voiture et deux poids lourds soulevant derrière eux des tourbillons de neige.

Ils traversèrent la partie finlandaise, puis entrèrent en Suède. Le thermomètre indiquait une température extérieure de moins vingt-cinq degrés. Klemet ralentit et se gara sur une aire de parking au sommet d'une colline. Il laissa le moteur tourner et proposa de préparer un café.

Nina sortit pour se dégourdir les jambes. Elle portait sa combinaison lourde par-dessus son uniforme, sa chapka et d'épais gants. Elle était silencieuse, visage tourné vers le ciel.

– Avec un froid comme ça, on devrait voir une aurore boréale ce soir ?

– Le froid n'a rien à voir avec ça, lui dit Klemet. Pour voir une aurore, il faut un temps clair. Et en hiver, qui dit temps clair dit temps froid.

– D'où viennent ces aurores ?

– Oh, je ne sais pas vraiment. Quelque chose à voir avec le soleil. Chez nous, on disait que c'était les yeux des morts et, à cause de ça, il ne fallait pas les montrer du doigt.

Il tendit un gobelet de café à Nina.

– Les yeux des morts… répéta Nina. On dirait que, ce soir, les morts sont aveugles.

34

Vendredi 21 janvier.
Lever du soleil : 9 h 41 ; coucher du soleil : 13 h 20.
3 h 39 mn d'ensoleillement.
7 h 30. Laponie centrale.

André Racagnal et Aslak Gaupsara n'avaient dormi que quelques heures dans un abri de berger. Ils étaient repartis rapidement. Il faisait très sombre à cause de nuages bas qui bouchaient le peu de luminosité qui aurait dû apparaître à cette heure-ci. Ils n'avaient pas échangé un seul mot. Racagnal n'avait dormi que d'un sommeil léger, attentif aux mouvements du Sami. Il était prêt à l'assommer s'il le fallait, à l'entraver si nécessaire, et à aller bien plus loin encore si le Sami lui posait trop de problèmes. Racagnal avait une vision très claire de l'enjeu, et il n'aurait aucun souci à prendre les décisions qui s'imposeraient. Si le Sami devait mourir, il mourrait. Cela compliquerait sa tâche, certes, cela l'empêcherait vraisemblablement de remplir sa mission dans le laps de temps imposé par le paysan, mais il serait capable de trouver. Peut-être la Française des minerais serait-elle prête à le couvrir s'il découvrait un gisement magnifique.

Il savait que le mode opératoire retenu serait aberrant aux yeux de n'importe quel professionnel. Le géologue le moins chevronné serait capable de prédire que son expédition était vouée à l'échec. Il entendait les jeunes qui lui feraient la leçon, qui lui parleraient de relevés aériens géophysiques, d'échantillons de moraines, de forages, d'analyses en laboratoire, d'études des cartes, anciennes et nouvelles, de recherche dans les carnets de géologues, d'étude des rapports de terrain. Un travail fastidieux, rigoureux, mélange de terrain, de labo, d'archives, une alchimie qui faisait la fierté des gens de sa profession. Et qu'il était en train de bafouer. Si ses patrons savaient comment il était en train de procéder, ils commenceraient sans doute à se demander s'il n'était pas bon pour une retraite anticipée. Mais il devait prendre ce risque. Quitte ou double. S'il faisait chou blanc, il avait beaucoup à perdre. S'il gagnait…

Il se retourna et s'assura que le Sami était toujours sur la remorque. Racagnal ne voyait toujours pas ses yeux, mais devinait son regard tourné vers le sien. Le paysage était un peu plus vallonné que la veille mais la végétation ne changeait pas. Aucun sapin, seuls quelques bouleaux nains ratatinés aux troncs tourmentés. Il ne devait plus être très loin du premier point d'observation qu'il s'était fixé car l'épaisseur de la neige commençait à diminuer. Dans le faisceau des puissants phares du scooter, il pouvait même apercevoir la terre à moitié découverte là où le vent avait soufflé la neige. Cette partie du Finnmark valait bien sa réputation de désert, tant les précipitations y étaient faibles.

Racagnal roula encore plus d'une demi-heure puis chercha un endroit où établir son campement. Il le trouva au-dessus du coude d'une rivière. Pour les gens comme lui, les rivières étaient des amis précieux. La Laponie était constituée d'énormes masses de granit. Il fallait chercher la faille car c'est dans celles-ci que s'écoulaient les fluides où les minéraux étaient transportés. Or une rivière, c'était une faille. Un point de faiblesse dans une roche fracturée qu'une rivière avait utilisé pour creuser son lit.

Il expliqua à Aslak ce qu'il comptait faire. Celui-ci dressa un abri sommaire et jeta ses peaux de renne au sol. Il partit couper du bois et bientôt une fumée s'échappa de l'abri. Il fallait que tout soit prêt avant les premières lueurs du soleil afin de ne pas perdre la moindre minute de jour. Racagnal surveillait le ciel. Les nuages se distendaient. Le ciel commençait à se dégager. Avec un peu de chance, il ferait à peu près clair d'ici une heure, pour le début de ses recherches. Il examina à nouveau la carte géologique du terrain où il était et la compara avec le vieux document. L'auteur de ce dernier s'était donné beaucoup de mal pour en cacher l'emplacement exact. C'était à la fois subtil et grossier. Racagnal se dit que cette carte devait avoir été faite rapidement. Dans la précipitation peut-être. Mais les détails qu'elle recelait indiquaient en même temps des heures laborieuses à analyser les fragments de roche et à les situer sur le papier.

Il buvait son café à petites gorgées. Le géologue qui avait fait cette carte commençait à l'obséder. Il voulait percer son secret. Découvrir qui était cet homme. Quel genre de femmes aimait ce type ? Ou peut-être aimait-il les hommes ? Avait-il une sexualité banale ? Ou était-il aussi un aventurier dans ce domaine ? Racagnal se voyait lui-même comme un aventurier, un homme qui n'avait pas peur d'expérimenter, qui pouvait repousser les frontières du convenu.

Racagnal pensait que la sexualité des hommes en disait long sur leur capacité à explorer de nouvelles friches. Il se tourna vers le Sami allongé dans un coin de l'abri, perdu dans l'observation des flammes. Il pensa à la femme qu'il avait aperçue dans sa tente. Il avait vu de nombreuses femmes comme elles lors de son premier séjour. Il s'était amusé avec certaines d'entre elles. Elles étaient plus farouches que les Scandinaves. Il se demandait si les Sami aimaient aussi les jeunes filles. Tout le monde devait les aimer, se dit Racagnal. Le ciel se dégageait maintenant. Racagnal prit son matériel, tendit le sien au Sami qui le saisit sans un mot, et ils sortirent dans le froid, commençant à remonter lentement le lit de la rivière.

10 h. Malå (Suède).

Après la nuit passée dans un refuge suédois de la police des rennes, la patrouille P9 avait poursuivi sa route vers le sud. Le paysage était maintenant presque sans discontinuer constitué de vastes étendues de forêts épaisses, sapins et bouleaux pour la plupart, qui n'avaient plus rien à voir avec les bouleaux nains du vidda. Ils étaient pourtant toujours dans les terres intérieures de Laponie, et toujours très au nord. Au gré des routes rectilignes qui perçaient la forêt, ils longeaient parfois de petits lacs ou suivaient un moment de larges rivières qui se transformaient en rapides avant de retrouver un cours plus tranquille. Nina découvrait pour la première fois cette partie du nord de la Suède. Elle paraissait à peine plus peuplée que la Laponie norvégienne, mais bien plus exploitée. Des chemins s'enfonçaient dans la forêt qui, par endroits, était soigneusement entretenue et visiblement replantée. Des panneaux indiquaient régulièrement des mines. De larges pylônes supportant de gros câbles électriques surgissaient parfois des bouleaux et des sapins, coupant la route afin de s'enfoncer à nouveau au travers de profondes saignées dans la forêt, allant distiller l'électricité au royaume. Ils traversaient des hameaux de maisons en bois peintes au rouge de Falun organisés autour de la station-essence-épicerie. Enfin, après de nouveaux kilomètres monotones de sapins et de bouleaux, ils arrivèrent à Malå.

Les locaux de l'Institut nordique de géologie se trouvaient à la sortie de la petite ville. Certaines archives relevaient encore de prérogatives nationales mais, pour des raisons pratiques, les pays nordiques avaient regroupé sur place tout ce qui concernait la Laponie, dont la géologie était assez particulière. Cette petite ville uniquement désenclavée par la route qui la reliait à la côte suédoise du golfe de Botnie, à plusieurs centaines de kilomètres vers le sud-est, recevait régulièrement la visite de compagnies minières du monde entier qui venaient préparer sur place leurs campagnes d'exploration dans la région. Les Suédois avaient développé sur place leur institut depuis plus d'un siècle et ils disposaient ainsi d'archives uniques, notamment de résultats de forages effectués depuis 1907. Nina et Klemet se présentèrent à la réception du bâtiment administratif. Le bureau de la directrice était l'un de ceux qui donnaient directement sur l'entrée. Elle les accueillit et les amena dans un coin de la réception qui faisait office de cafétéria. Eva Nilsdotter travaillait depuis vingt-sept ans à NGU, l'Institut nordique de géologie, dont les cinq dernières années comme directrice. Si tout allait bien, elle devait occuper ce poste jusqu'à sa retraite, dans deux ans. Eva Nilsdotter espérait bien que les policiers qui arrivaient n'allaient pas perturber sa quiétude. La femme avait l'air bougon. Elle avait d'épais cheveux gris bizarrement dressés sur sa tête. Elle ne s'embêtait pas à les maîtriser. De magnifiques yeux bleu clair intenses illuminaient son visage fin et buriné.

– Alors, que voulez-vous exactement ? leur dit-elle d'un ton peu amène en mâchant un chewing-gum. Notre directeur de l'information est à Uppsala, il n'a pas la moindre fichue idée du boulot qu'on a ici. Il ferait mieux de sortir ses fesses de son bureau, celui-là. Il m'a dit de vous recevoir, alors je vous reçois. Mais je vous préviens tout de suite. Les questions indiscrètes, j'aime pas trop. On a beaucoup de visiteurs ici qui aiment bien la discrétion. Un gage de notre réputation, vous voyez ? Les gens savent qu'ils peuvent travailler en toute confiance ici. Beaucoup de nos clients sont des compagnies cotées en Bourse en Amérique du Nord ou en Asie, si vous voyez ce que je veux dire. Ils viennent ici faire de la prospective, éventuellement investir beaucoup d'argent. Et ils n'apprécient pas trop les vagues. Alors deux flics en uniforme, même mignons comme vous, on leur demande d'agir discrètement, surtout depuis que nos chères administrations de tutelle nous ont réclamé d'être rentable, c'est-à-dire de rentrer du pognon sur le dos de nos clients au lieu de tout leur refiler gratos sur le dos des contribuables. Mais vous avez de la chance, c'est calme aujourd'hui, dit-elle en allumant une cigarette, se fichant visiblement des règles d'interdiction de fumer en vigueur dans les bâtiments publics.

Klemet et Nina ne s'attendaient pas à un tel accueil. Nina se demandait comment une telle femme, aussi peu diplomate, avait pu atteindre une telle position et s'y maintenir. Eva Nilsdotter parut lire dans ses pensées.

– J'ai même pas couché, ma cocotte. Mais tu vois, je vais te dire un secret : j'étais la meilleure. Pendant très longtemps, ils n'ont pas voulu me donner la moindre responsabilité, tellement j'étais bonne. Ils avaient besoin de moi comme géologue sur le terrain. Un jour j'en ai eu marre de voir tous ces incapables nommés chefs parce qu'il fallait bien les caser quelque part. Alors je me suis mise en colère et j'ai décidé d'être chef. Et tu vois, je suis devenue la meilleure là aussi, dit-elle en écrasant sa cigarette.

Nina la regardait avec un air incrédule, et Klemet avec une mine amusée. Il reconnaissait le caractère bien trempé des femmes du Nord, qui ne s'embarrassaient pas de chichis.

– Alors, qu'est-ce qui vous amène dans mon coin ? La police des rennes ? C'est quoi ce machin ? Jamais entendu parler.

– Avec un peu d'imagination, on arrive à trouver à quoi ça sert, répliqua Klemet. Ce que tu as besoin de savoir est que nous travaillons sur une affaire de meurtre. Et que nous avons des raisons de croire que cela pourrait avoir quelque chose à voir avec une histoire de mine.

– Et notamment avec une histoire qui remonterait à une expédition qui s'est déroulée en Laponie en 1939, poursuivit Nina, avec une sorte de malédiction autour d'un gisement d'or, un gisement qui apporta beaucoup de malheur au peuple sami, et…

– Ah, dit-elle en allumant une nouvelle cigarette. Allez-y, j'adore les vieilles histoires de cartes au trésor. Je suis arrivée à ce métier comme ça.

Klemet passa les quinze minutes suivantes à faire à cette étonnante femme un résumé de la situation. Le vol du tambour, la mort de Mattis, les soupçons dans le milieu des éleveurs, l'expédition de 1939, la légende de la mine d'or, les rumeurs de malédiction, tout y passa. Eva Nilsdotter buvait ses paroles. Elle s'enthousiasmait, s'indignait, s'attristait au rythme de l'histoire. Klemet soignait son récit, et Nina elle-même s'étonna d'être ainsi suspendue aux lèvres de Klemet.

Eva Nilsdotter resta longuement silencieuse. Puis elle se leva d'un coup, partit dans son bureau, en revint avec une bouteille de Petit Chablis bien frais et trois verres.

– Nous allons fêter notre nouvelle collaboration. Parce que même si vous ne m'avez encore rien demandé, vous voulez retrouver cette mine mystérieuse, n'est-ce pas ? dit-elle dans un bruit de bouchon. L'instant d'après, elle vidait son premier verre cul sec, sous l'œil ébahi de Nina.

Une demi-heure plus tard, une fois la bouteille terminée – d'autres attendaient au frigo, avait promis Eva qui à elle seule avait bu les trois quarts de la bouteille –, la directrice de NGU et les deux policiers déambulaient dans un hangar de l'autre côté de la rue. Plusieurs bâtiments immenses accueillaient des dizaines de milliers de caisses plates de bois contenant chacune dix carottes de un mètre de longueur et de quelques centimètres de diamètre. Eva alla s'asseoir sur quelques caisses de carottes.

– Vous voyez, chaque carotte est numérotée. Celle-ci est une série de U, dit-elle en montrant les codes. U, pour uranium, ça tient chaud aux fesses ! dit-elle en éclatant de rire de sa voix cassée de fumeuse.

Elle alluma une nouvelle cigarette et souffla un nuage de fumée qui se mêla à la buée. Le froid était vif dans le hangar.

– Si j'étais raisonnable, je ne fumerais pas ici, sur de l'uranium. Ce bon vieux minerai émet un gaz bien pervers, inodore, incolore, sans saveur, le radon. Tu le trouves à l'état naturel, mais c'est un gaz radioactif qui s'accumule dans les espaces comme ici, ou pire encore dans une mine. Ça file le cancer du poumon. On aère quand même un peu ici. Mais le pire, c'est si tu respires ce gaz et si tu fumes en même temps. Alors là, bonjour les dégâts… Mais bon, résumons, reprit-elle. Le tambour volé pourrait détenir des indications sur ce gisement. Vous pensez que le géologue allemand était sur sa piste. Et vous vous demandez si ce géologue français ne serait pas aussi sur sa piste puisque son apparition coïncide avec tous les événements récents. De quoi disposons-nous pour identifier cette mine ?

Sa question fut accueillie par un silence lourd.

– Je vois, dit Eva. Vous savez tout de même que la Laponie, c'est pas loin de quatre cent mille kilomètres carrés. Plus grand que la Finlande ou le Japon.

– Tout ce que nous avons, ce sont les trois zones que le géologue français veut aller explorer.

Eva se dirigea vers un bureau aménagé dans un coin du hangar. Elle alluma un ordinateur et entra les coordonnées dans la base de données. Elle observa les cartes qui sortaient sur l'écran et alla chercher dans un meuble spécial les cartes en question à une échelle lisible. Elle les posa sur une très grande table.

– Voilà les endroits où votre Français va aller se promener, dit-elle. Il va faire ça tout seul ?

336

Eva se penchait sur les cartes, passait son doigt sur des symboles, suivant des courbes, poussant des grognements, se parlant à elle-même.

– Voyez-vous, quand un géologue dresse une carte, il note une multitude de détails relevés sur le terrain. Les cartes que nous avons sous les yeux sont simplifiées et réalisées à partir des cartes originales. Quand quelqu'un veut faire une exploration, il commence par aller sur notre site Internet pour regarder les cartes géologiques comme celles que nous avons sous les yeux. Mais ensuite il existe une liste de rapports sur les zones ciblées. Ce sont ces archives qui sont ici, ainsi que les carottes qui nous entourent. Et nous, on sort ces rapports aux gens qui les demandent. Certains remontent à avant la Deuxième Guerre mondiale.

– Les photos de l'expédition, suggéra Nina.

Elle sortit son ordinateur portable et commença à montrer à Eva les photos qu'elle avait scannées.

– Il s'agit d'une expédition qui se déroule l'été 1939. Des Français l'organisent et y participent, ainsi que des chercheurs suédois, un géologue allemand, et…

– Le nom de cet Allemand ? interrompit Eva.

– Il s'appelle Ernst, nous ne savons que son prénom, et qu'il est originaire des Sudètes, indiqua Klemet.

Elle fit une moue mais nota le prénom sur un papier. Les policiers restèrent silencieux durant les minutes suivantes, essayant de décrypter les expressions du visage d'Eva Nilsdotter. La géologue avait rallumé une cigarette et prenait son temps, s'attardant sur chaque cliché. Elle resta un bon moment sur celles montrant l'Allemand.

Au bout d'un moment, Nina rompit le silence.

– Nous pensons qu'ils avaient du matériel de détection de métaux aussi.

Eva prit le temps de tirer longuement sur sa cigarette.

– Détection de métaux, oui. Mais pas seulement. Ce que vous voyez là est un compteur Geiger, le tout premier modèle portatif, même s'il devait peser dans les vingt ou vingt-cinq kilos.

– Un compteur Geiger ? Ce qui veut dire quoi ?

– Oh, je sais à quoi vous pensez, mais pas de précipitation. À l'époque, on ne cherche pas d'uranium, pour la simple raison que l'on ignore tout de ça. En 1939, vous n'avez pas de bombe atomique encore.

– Mais la première bombe date de la guerre, il leur a bien fallu de l'uranium pour leurs recherches et la mise au point ? remarqua Nina.

– Oui, d'une mine au Congo. Mais je pense que nous sommes loin de ça.

– Mais pourquoi un compteur Geiger alors ?

– Avant la guerre, l'uranium n'était qu'un produit auquel on s'intéressait pour sa couleur jaune. À l'époque, on s'intéressait en fait au radium comme composant de peintures phosphorescentes pour des cadrans de montres ou d'autres instruments, mais aussi pour des applications médicales. Évidemment, ça ferait hurler tout le monde aujourd'hui, mais à l'époque, on ne connaissait pas les effets de la radioactivité. Marie Curie, notre mère à tous, travaillait sur du minerai venant de Joachimsthal, en Allemagne ou en Tchécoslovaquie, je ne sais plus très bien.

– Donc ce géologue allemand aurait pu être à la recherche de radium ? demanda Nina.

– En tout cas, les Allemands s'y intéressaient déjà à l'époque. Avec ce matériel, votre géologue devait être en mesure d'identifier des zones qui en contenaient.

338

Ce qui ne veut pas dire qu'il était spécifiquement à la recherche de radium. Il pouvait être, comme la majorité des géologues, à la recherche de différents minerais en même temps. Au petit bonheur la chance. Pour en revenir au radium, n'oubliez pas que la radioactivité existe partout à l'état naturel autour de nous. Prenez le moindre bloc de granit et passez-le au Geiger, et vous verrez le résultat !

Eva Nilsdotter s'était replongée dans l'examen des photos, abandonnant les policiers à leurs réflexions.

– Votre Allemand était peut-être à la recherche de votre mine d'or miraculeuse. Je sais en tout cas où votre géologue allemand a disparu, leur dit-elle tout d'un coup.

Klemet et Nina le regardèrent avec un air d'incompréhension tel qu'Eva rigola.

– Si vous voyiez vos têtes, mes bichons ! Et maintenant regardez bien et écoutez-moi. Les dernières photos où Ernst est présent ont été prises côté norvégien. Voyez derrière eux, ce sommet, là, avec cette espèce de nez crochu, et juste derrière, un lac avec une forme de voile d'optimiste. Aucun doute n'est permis.

Eva se leva et revint avec une carte de la région.

– Le lac est là, la montagne crochue ici. Vu l'angle et les distances, je dirais que la photo a été prise... là, dit-elle en pointant le doigt. Elle prit un gros crayon à mine rouge et traça une croix.

– Voilà pour la dernière photo où Ernst est présent. Ils venaient d'Inari m'avez-vous dit, qui est ici. Je dirais, vu les moyens qu'ils empruntaient, qu'ils sont passés par là. Et maintenant voyons voir celle où votre guide sami réapparaît.

Eva se plongea dans l'étude de la photo sur laquelle Niils était revenu.

– Étant donné la direction suivie, vous avez ici ce campement sami. Il est aujourd'hui abandonné. J'y ai moi-même bivouaqué dans ma jeunesse. Mais c'était sur une voie de transhumance des rennes, avec cette rivière et ce delta plutôt incongru pour la région. Donc, dit-elle en brandissant son crayon rouge, la photo a été prise… ici !

Quelque part entre ces deux points, Ernst était mort à la recherche d'une mine. Ou peut-être l'avait-il trouvée.

– Et maintenant, continua Eva, on va voir si on arrive à deviner le rayon dans lequel Niils et Ernst sont allés. D'autant qu'ils étaient partis à pied, c'est bien ça ? On ne sait pas combien de jours ils ont marché pour atteindre l'endroit où Ernst voulait aller, ni combien de jours ils sont restés sur place.

– Mais on sait que Niils a dû faire l'aller et le retour, dit Nina.

Eva s'était replongée dans l'étude de la carte. Elle se déplaça le long de la grande table pour aller observer les trois cartes géologiques correspondant aux zones que Racagnal avait l'intention d'aller explorer. Elle revint dans le petit bureau et s'assit devant l'ordinateur. Elle écrivit quelque chose, regarda l'écran, décrocha son téléphone et se mit à parler anglais avec son interlocuteur. Elle attendit un bon moment, gardant le silence. Puis son interlocuteur revint en ligne. Eva nota une adresse e-mail sur un bout de papier puis raccrocha.

– Branche ta bécane sur le wi-fi de l'Institut, indiqua Eva. Et envoie les photos avec ton Allemand à cette adresse. Précise juste dans le message quel est le type que tu veux identifier sur la photo.

Eva parlait sur un ton qui ne souffrait pas la moindre discussion.

– La difficulté est que nous ne savons pas si votre Allemand en 1939 et votre Français aujourd'hui courent après la même mine. Et vous ne savez pas non plus si vous-mêmes ne courez pas après un autre gisement. Alors, une seule mine, ou deux, ou trois ?

– Je pense que nous courons, pour reprendre ton expression, après la même mine qu'Ernst, souligna Klemet. Pour une fois, je laisserai parler mon intuition. Ce gisement maudit… Niils était au courant. Le tambour, d'une manière ou d'une autre, en parlait.

– Et le Français ? interrogea Nina. Tout ce que nous voyons est qu'il part explorer différentes zones avec les permis nécessaires. Eva, vois-tu des paramètres communs aux trois zones, quelque chose qui pourrait nous mettre sur une piste ?

Eva se pencha à nouveau sur les cartes et resta silencieuse. Elle eut le temps de fumer deux cigarettes, sans dire un seul mot.

– Regardez, finit-elle par dire aux deux policiers. Un premier point commun est l'allure générale de la rivière principale qui traverse la carte. Sur toutes les cartes, elles démarrent à peu près au nord-ouest, partent vers le sud, remontent vers l'est et redescendent à nouveau vers le sud-est.

Klemet faisait un peu la moue, mais Nina hochait la tête en signe d'assentiment.

– Ensuite, le relief, poursuivit Eva. Les altitudes sont différentes, les surfaces sont différentes, mais dans les trois cas, vous avez de façon assez nette des zones plus élevées, du haut-plateau, vers le sud-est un lac, vers le nord-est des zones apparemment très fracturées.

Nina hochait toujours la tête avec vigueur. Klemet conservait sa moue.

– Ne prenez pas ce que je dis comme la description chirurgicale d'un tableau d'un maître flamand. Je parle de peinture impressionniste, de blocs de couleurs, de flous. Je vois de fortes similitudes. Et je ne vous ai pas encore parlé de la troisième grille de comparaison, l'analyse géologique.

– Ok, admettons que tu aies raison, abrégea Klemet. Je comprends, moi, que notre Français ne sait pas exactement où il va. Mais il cherche une région qui correspond à des indications que quelqu'un d'autre lui a données. Il en a déduit un type de géographie assez précis et il a cherché les zones qui correspondaient.

– Je crois que tu as tapé dans le mille, s'exclama Eva. C'est un sacré pro pour arriver à identifier ces trois zones. Je serais prête à parier qu'aucune autre zone de la région ne rassemble tous ces paramètres. Les zones couvertes par les trois cartes géologiques représentent des zones très vastes. Si vous deviez ratisser toutes ces zones de façon précise, il faudrait des semaines, des mois peut-être. Maintenant, je pense qu'il serait bon que vous alliez jeter un coup d'œil à votre messagerie, suggéra-t-elle à Nina.

Nina lut un message écrit en anglais par un certain Walter Müller.

– Ernst Flüger, annonça-t-elle. Notre géologue allemand s'appelait Ernst Flüger. Formé au milieu des années 1930 à l'école des mines de Vienne.

– Excellente école, commenta Eva. Dommage que tous ces gens-là aient travaillé pour les nazis ensuite. Mais ça n'a pas été le cas de votre Flüger en tout cas. Il est mort avant.

– Il a pu travailler pour eux quand même, les nazis sont arrivés au pouvoir en 1933, remarqua Klemet.

– Cela m'étonnerait, le coupa Nina tout en poursuivant la lecture du courriel. Flüger n'est pas allé au bout de sa formation. Il a été exclu à la fin de la première année. Il était juif.

L'information jeta un froid. Ils restèrent silencieux, ne sachant trop comment réagir.

– Peut-être a-t-il eu de la chance en mourant d'une chute en Laponie, lâcha Klemet après un moment.

Nina eut une intuition. Elle alla téléphoner quelques minutes en France.

– Le nom de Flüger disait quelque chose à Henry Mons. Flüger et son guide étaient partis vers le nord. Et d'après ce que Niils lui avait raconté à son retour, ils avaient marché environ deux ou trois jours et établi un campement où ils étaient restés deux jours avant que Flüger ne fasse sa chute.

Eva reprit la carte générale.

– Cela nous laisse encore deux possibilités. Là… et là. Si on part du principe que ce fameux gisement d'or est quelque part par-là, cela laisse encore de vastes zones à explorer. Ah, si nous savions si ce géologue a dressé une carte…

– Il a dressé une carte, dit Nina. Henry Mons l'avait vue. Mais cette carte a disparu.

– Ah mais cela change tout alors. Notre Flüger a dû tenir un carnet. Les géologues tiennent toujours des carnets à partir desquels ils établissent leurs cartes.

D'un pas décidé, elle alla se rasseoir devant l'écran et attendit, tirant nerveusement sur sa cigarette.

35

Vendredi 21 janvier.
12 h 30. Laponie centrale.

Racagnal avait remonté le lit de la rivière sur plus d'un kilomètre, suivi par le berger sami. Comme il l'avait espéré, la neige était rare dans cette partie du vidda. Il voyait de nombreuses roches affleurer. Ses premières observations de terrain confirmaient les informations consignées sur la carte la plus récente. Pour savoir si cela coïncidait avec la vieille carte géologique, la tâche était plus ardue. À supposer qu'il ait la chance insolente d'être tombé au bon endroit dès la première sortie, il fallait beaucoup d'imagination pour voir dans la zone traversée celle dessinée sur la vieille carte.

Une lumière bleutée couvrait le lit de la rivière et les collines pelées qui les entouraient. Le géologue frappa sur un rocher dont la forme l'intéressait. Il ramassa la brisure bien nette mais ne céda pas à la tentation de lécher la pierre gelée, au risque d'y laisser un bout de langue. Il éclaira la pierre de sa lampe frontale puis la jeta. Il remonta la rivière jusqu'à un coude. Entre le bord gelé de la rivière et le haut de la berge, un dénivelé de deux mètres permit à Racagnal de lire la géologie de l'endroit. De la vieille roche, sans surprise. Une couche de granit, des grenats non altérés, du gneiss plus mésocrate, une gouge argileuse de cinq centimètres qui remontait sur quinze degrés. Plus bas il distingua une matrice sablo-argileuse. Racagnal notait systématiquement ses observations dans son carnet, mais il ne pouvait être aussi précis que d'habitude par manque de temps. Il appela Aslak et lui demanda de lui donner un appareil de petite taille qu'il avait enveloppé dans une couverture de laine. Racagnal tendit une sorte de pistolet vers la roche. La machine émit un couinement de faible intensité. Racagnal dirigea le pistolet vers différents niveaux. Les variations étaient faibles. À peine cent coups par seconde. Il ferma l'appareil et le tendit à Aslak qui le remit dans la couverture. Ils reprirent leur progression sur l'épaisse couche de glace qui couvrait la rivière. Racagnal avisa un rocher placé au bord de la rivière. Il avait une belle forme arrondie avec des taches de lichen de différentes couleurs, du vert foncé au jaune. Racagnal brandit à nouveau son marteau et attrapa un bout de la pierre pour en observer la texture et les stries. Il jeta le morceau et continua. Un petit amoncellement de cailloux s'était accumulé dans un recoin de la rivière. Il alla s'agenouiller pour les retourner les uns après les autres. Il sortit une loupe et prit son temps pour les détailler. Une belle lumière les enveloppait maintenant. La réverbération de la neige les éclairait violemment. Cela n'allait pas durer longtemps, même si la durée d'ensoleillement s'allongeait de plus en plus vite. Un éclat plus vif attira son attention. Racagnal passa la loupe sur le petit éclat. Il s'agissait bien d'une particule d'or. Un amateur aurait sauté de joie. Racagnal savait que cela ne signifiait rien. Si ce n'est que de l'or se trouvait dans les parages, ce qui n'avait rien d'étonnant. Tout le monde le savait. Des dizaines de compagnies cherchaient de l'or dans la région. Les Canadiens, notamment, étaient très présents, car la géologie de la région ressemblait à celle de leur pays. Le géologue se redressa, monta sur la berge et regarda lentement autour de lui. Les monts pelés s'étendaient à perte de vue. Il jeta un coup d'œil sur la carte, et reprit sa marche. Il restait beaucoup à faire. Beaucoup à voir. Et sûrement bien peu de chance de réussite.

14 h 20. Malå.

Eva Nilsdotter parvint à une grande salle peu éclairée dont deux murs étaient couverts d'étagères surchargées de classeurs et de boîtes d'archives.

– Bien, commençons par là, annonça-t-elle en indiquant une petite série de classeurs en haut à gauche du mur principal.

Elle tira un premier classeur à couverture jaune.

– Si j'ai bien compris, résuma Eva Nilsdotter, la carte de votre Flüger a disparu en même temps que lui. J'imagine bien qu'elle n'a pas été perdue pour tout le monde. J'ai souvent entendu parler d'histoires de malédiction au cours de mes études et de mes propres recherches, en rencontrant des vieux Sami. On racontait cette histoire d'un gisement fabuleux qui avait porté malheur. Personne n'a jamais pu l'identifier. Votre cher oncle, Klemet, n'en savait visiblement pas plus. Et pourtant, à sa manière, il sait aussi. Troublant, n'est-ce pas ?

– Que voulez-vous dire ? demanda Nina.

– J'ai fait une partie de ma carrière à l'étranger, comme tous les géologues, d'ailleurs. J'ai pas mal traîné en Asie. Les histoires de mines se terminent souvent de la même façon, vous savez. Les habitants d'un coin ne pèsent pas lourd face aux États qui veulent exploiter leurs ressources.

Eva tira un carton d'archives d'une étagère surélevée et redescendit.

– Tenez, attrapez ça, ordonna-t-elle aux policiers.

Le carton était rempli d'enveloppes en papier kraft. Elle en tira une, lut les références et la reposa. Elle passa en revue le contenu et trouva ce qu'elle cherchait.

– Asseyez-vous, dit-elle en ouvrant l'enveloppe.

Elle tira un carnet. Avec précaution, elle le déposa devant elle. Elle ne l'ouvrit pas tout de suite.

– Voici le carnet d'Ernst Flüger. Il n'en existe qu'un seul, ce qui est plutôt rare. Les géologues ont généralement des séries de carnets qui sont souvent de véritables œuvres d'art. C'est du moins mon point de vue. Comment ce carnet est-il arrivé ici ? Je l'ignore. Mademoiselle, vous devriez interroger votre vieil ami français à ce sujet. Mais je ne crois pas exagérer en disant que ce carnet n'a pas dû être ouvert depuis la mort de Flüger. Il a dû être récupéré avec ses effets et on a dû juger à l'époque que ce carnet devait être amené ici. Et il a été oublié. Il en va ainsi de beaucoup d'archives que nous possédons. La plupart des parcelles de terres et de roches ont été explorées un jour ou l'autre mais, pour des raisons propres à l'époque, les analyses n'ont pas été jugées intéressantes, en leur temps. Elles peuvent cependant le devenir un siècle plus tard, quand les techniques ou les besoins ont évolué. Et alors on replonge dans ces vieux trésors.

Klemet et Nina avaient du mal à masquer leur impatience. Eva leur lança un petit sourire et souleva la couverture de cuir racorni.

Ils découvraient la petite écriture ramassée. Le carnet comportait des relevés extrêmement précis des moindres observations réalisées sur le terrain. Les policiers regardaient avec fascination les schémas et les coupes géologiques, les relevés précis des reliefs, avec des échelles, des hachures de texture différentes pour signifier telle ou telle sorte de roche. Le carnet était rédigé en allemand. Eva traduisait certains passages, au hasard.

– Notre Flüger était un homme précis et rigoureux. Durant son année de formation, il a au moins appris d'excellentes techniques pour rédiger ses rapports.

Eva survola le document jusqu'à sa fin. La dernière page était datée du 1er août 1939. Elle restait de longs moments sans rien dire.

– Je dois dire que ce carnet est très inhabituel. Pour quelqu'un qui a l'œil en tout cas. Par certains aspects, il décrit comme on s'y attend la présence de minerais, des coupes géologiques, l'âge des roches, la façon dont elles se chevauchent, l'histoire probable de la parcelle observée, des propositions de recherches à lancer ultérieurement.

– Mais… ? demanda Klemet d'un ton qui ne cherchait plus à cacher son impatience.

– Mais Flüger annote certains schémas ou relevés, à quelques rares endroits, d'une façon totalement fascinante et… mystérieuse. Flüger avait déjà fait un premier séjour dans cette région. La majeure partie du carnet renvoie à cette première visite. Une chose très étrange pour un tel document est l'absence de coordonnées précises. Très surprenant. Vu la rigueur de

Flüger dans tous les autres domaines relevant de la cartographie géologique, je ne peux mettre cela sur le compte d'un oubli ou d'une erreur. Peut-être a-t-il reporté tout cela sur la carte géologique qu'il a dressée à partir des informations du carnet. Hautement probable. Mais continuons…

– Eva, tu parlais d'annotations mystérieuses. Comme quoi par exemple ?

Nina aussi commençait à perdre patience.

– En principe, un carnet de géologue est plutôt sec, très technique. Il faut être du métier pour en saisir la poésie. Certains esthètes vont faire des fioritures, des croquis qui sont d'authentiques œuvres d'art. Mais les écrits eux-mêmes sont très brefs, techniques comme je vous disais, utilisant des abréviations et un jargon incompréhensibles pour les non-initiés. Or là, Flüger fait de très courts commentaires qui ne relèvent clairement pas de la géologie. Il faut être attentif pour les déceler, car ils sont coincés entre de multiples observations. Je ne les avais d'ailleurs pas remarqués au premier coup d'œil. Ils sont incongrus. Flüger avait donc fait un premier séjour, et savait qu'il lui faudrait revenir pour mener à bien ses recherches. Ce qui explique sans doute sa présence lors de l'expédition des Français l'été 1939. Il a un objectif précis en tête. Ce gisement. Cela ne fait aucun doute pour moi.

Eva lisait à nouveau en silence. Elle prit une feuille de papier qu'elle couvrit de notes.

– Quand vous savez ce que doit contenir un carnet de géologue, ce qui ne devrait pas y figurer vous saute aux yeux, expliqua Eva. Un peu comme si vous aviez des citations en russe dans un texte suédois. Là, Flüger n'a passé que quelques jours sur ce chantier. Ses observations tiennent en quelques pages. En cinq pages en tout et pour tout. Et ce qu'il veut dire apparaît ainsi, en deux phrases, à deux pages d'intervalle :

« La porte est sur le tambour. »

« Niils a la clef. »

– Le tambour de Niils ! grogna Klemet.

– La localisation exacte de la mine doit être sur le tambour de Niils, s'exclama Nina. C'est pour cela que Niils voulait à ce point qu'il soit mis en sécurité. Et celui qui a volé le tambour savait ce qu'il signifiait. Il savait, c'est évident ! Klemet, nous avons suivi des fausses pistes depuis le début. Ce tambour n'est pas un tambour classique, mais la clef de cette mine d'or !

Nina semblait surexcitée, et Klemet lui-même était saisi par cette subite évidence : le tambour était la clef.

– Attendez, dit soudain Eva. Moi, je ne vous ai pas parlé de mine d'or.

– De quoi parles-tu alors, je ne comprends pas ce que tu veux dire ? insista Nina avec une pointe d'énervement.

– Nulle part Flüger ne parle d'or. Tout est fait pour donner cette impression par petites touches. Il s'agit peut-être d'or. Mais il ne parle pas d'or. Il parle de minerai jaune, de blocs noirs altérés. Il dit qu'il pense approcher de quelque chose d'énorme, d'invraisemblable. Mais je ne suis pas sûr qu'il sache lui-même ce qu'il est sur le point de découvrir. Et n'oubliez pas que sa formation n'est pas complète. S'il excelle dans la technique de cartographie, qui j'imagine devait être donnée en début de formation à Vienne, il manque sans doute de qualifications pour identifier des roches. Logiquement cela devait être l'objet d'approfondissement dans la suite de la formation. Vous n'y changerez rien, la théorie passe souvent avant la pratique. Une bonne expérience ne s'acquiert qu'après des années et des années de reconnaissance de terrains très divers et notre pauvre Flüger, à moitié formé au milieu des années 1930, n'a sûrement pas eu le temps d'acquérir une telle compétence. Flüger a pu se tromper ou ne pas être sûr de son coup quand il a identifié des minerais.

Klemet se tourna vers Nina.

– Tu te souviens que Niils ne voulait pas que ce gisement soit découvert. Je me demande s'il n'avait pas accompagné Flüger juste pour le surveiller, pour s'assurer qu'il ne découvre pas le gisement.

– Mais alors, dit Nina, tu sous-entends que Niils aurait pu tuer Flüger, et qu'il aurait ensuite joué la comédie ? Flüger connaissait l'existence de ce tambour puisqu'il en parlait. Il devait en avoir entendu parler par Niils lui-même. Pourquoi Niils l'aurait-il tué, alors ?

– Eva, vous voudriez bien nous laisser un moment, s'il vous plaît, j'ai besoin de faire un point avec ma collègue.

– Pas de problème, amis de la maréchaussée, je vais remettre une bouteille de blanc au frais et vous me rejoignez ensuite au bureau. Ne restez pas trop longtemps assis sur les carottes d'uranium, vous risquez des hémorroïdes, dit-elle en partant.

Klemet et Nina se regardèrent sans savoir si elle se moquait d'eux ou pas.

– Quelle drôle de femme, constata Nina quand elle fut partie. Elle a dû en déranger plus d'un avec ses façons. Elle me plaît bien.

– Le problème, enchaîna Klemet sans commenter, est que nous ignorons toujours à quoi ressemble ce fichu tambour. Mon avis est qu'il doit avoir l'apparence d'un tambour traditionnel, sinon il aurait attiré l'attention. Nous avons toujours la piste de cet antiquaire d'Oslo que tu devais essayer de trouver, celui qui voulait acheter le tambour.

Laissant Nina passer des coups de fil à Oslo, Klemet quitta la chaleur du petit bureau et commença à arpenter les allées en terre battue où s'entassaient les caisses de carottes. Les plus hautes devaient bien être à six ou sept mètres de hauteur. Il s'arrêta devant une caisse et prit un échantillon.

– Hop, on ne touche pas ! cria une voix.

Eva Nilsdotter revenait avec une bouteille de vin blanc et trois verres dans un panier. Elle portait son épaisse chapka un peu de travers, ce qui lui donnait un air mutin.

– Les échantillons doivent absolument conserver leur place dans les caisses. Au moindre mélange, c'est comme si vous changez les dates de naissance de vos ancêtres sur votre arbre généalogique, ça n'a plus aucun sens et ça devient inutilisable. Tenez, je ne voulais pas attendre seule. Buvez un coup, plutôt.

– Un doigt alors, nous reprenons la route pour Kiruna après.

– À la tienne, dit Eva qui s'était rempli un grand verre à ras bord après avoir posé sa bouteille sur une caisse.

– De l'or, sourit-elle en tapotant les carottes.

Klemet gardait un peu le vin en bouche pour le réchauffer. L'alcool, même à très petites doses, parvenait à lui transmettre un vague sentiment de bien-être dans cet entrepôt glacial.

– Pas évident à première vue, dit Klemet après avoir observé les carottes.

– La plupart des roches cachent leurs attraits. Un peu comme les femmes d'un certain âge, dit-elle en souriant. Si vous imaginiez la masse incroyable de minerai et de travail, de transformation et d'énergie qu'il faut pour extraire un kilo d'or…

– Mais cette fameuse mine d'or, tellement incroyable que la légende court le vidda depuis des décennies, cela paraît insensé qu'elle n'ait pas été trouvée plus tôt, non ?

– Insensé ? Non. D'abord, on cherche différents minerais à différentes époques. Nos archives sont remplies de trésors insoupçonnés. L'intérêt pour certains minerais, mais aussi les progrès techniques et les coûts d'exploitation sont des facteurs qui feront qu'on retournera un jour vers ces archives en les lisant d'un œil nouveau. Et puis certains minerais sont plus habiles pour se dissimuler.

– Tu parlais de radium tout à l'heure.

– Celui-là, c'est un coquin. Super radioactif. Il se planque dans les minerais d'uranium, c'est te dire s'il est sournois. À l'époque, il était très recherché pour ses qualités luminescentes. Comme je disais, dans les aiguilles des montres ou d'autres appareils jusque dans les années 1950. Ça devait servir notamment pour les pilotes de chasse de la Deuxième Guerre mondiale. Ce radium, il est blanc, mais si tu le mets à l'air libre, il se camoufle, il noircit. Malin non ? Comme son cousin l'uranium. Il est tout aussi pervers. L'uranium est noir, sous forme d'uraninite. Mais quand il est altéré, il donne des produits jaunes, comme le yellow cake et, pour tout simplifier, on peut d'ailleurs trouver ce yellow cake à l'état naturel. Noir, jaune, il joue les caméléons.

– Eva, tu nous as déjà beaucoup aidés, et je t'en remercie. Mais nous devons vraiment rapidement trouver cette mine car nous avons toutes les raisons de penser que ce géologue français se dirige vers elle. Et puis nous avons le sentiment qu'en trouvant cette mine, nous trouverons aussi beaucoup de réponses pour les autres affaires qui nous occupent. Je ne devrais pas t'en parler comme ça, mais il s'agit plus d'intuition que de faits.

– Ne t'inquiète pas pour ça mon petit flic, l'intuition, ça me connaît. Mon boulot, ça reste à quatre-vingts pour cent de la chance et de l'intuition. Ceux qui te disent autre chose sont des menteurs. Tu me diras que l'intuition se nourrit de choses vues et vécues, donc de travail et d'expérience, mais ça reste beaucoup du pif, dit-elle en humant son verre de vin blanc avant d'en avaler une gorgée.

Klemet lui sourit.

– Si ton intuition t'amène un jour à Kautokeino, il faudra que tu me rendes visite sous ma tente, Eva, j'aurai toujours une bouteille de blanc pour toi.

– Une tente sami équipée de vin blanc frais ? Ça ressemble à une invitation irrésistible, répondit Eva en levant son verre en direction du policier. Bon, pour en revenir à ton souci du moment, la seule solution, à mon sens, pour situer le lieu est de trouver la carte géologique qui doit accompagner ce carnet. Visiblement, elle ne se trouve pas dans nos archives. Existe-t-elle encore ? Je l'ignore. La présence du seul carnet ici est un mystère.

– Retrouver la carte géologique… Mais cela tient de la mission impossible, si elle n'est pas ici.

– Je ne te le fais pas dire. La seule piste que je vois, c'est d'essayer de remonter la piste des participants à cette expédition de 1939.

– Tu as raison, en un sens, reconnut Klemet après un instant de réflexion. Il s'agit de la seule piste logique. Le problème est que la plupart sont morts. Nous pourrions retrouver les familles, demander d'accéder à leurs archives, mais… franchement…

354

– Franchement, ton intuition te dit la même chose que la mienne, mon petit flic, pas vrai ? C'est pas du tout cuit. Mais dans ton boulot comme dans le mien, la patience est l'arme des meilleurs.

– Je sais. Mais cette fois-ci je n'ai pas le temps.

– Eh bien il ne me reste plus qu'à te souhaiter bonne chance…

Eva levait une nouvelle fois son verre en direction de Klemet, quand Nina, les yeux brillants, sortit du petit bureau pour y faire entrer son collègue, s'excusant auprès d'Eva…

– J'ai d'abord appelé un collègue à Oslo. L'antiquaire en question tient une boutique entre l'hôtel de ville et le Parlement, donc une adresse plutôt chic. Spécialisé dans la littérature polaire et scientifique, faune et flore et ce genre de choses. Il vend en boutique et sur Internet mais il travaille aussi à la commande pour des clients particuliers.

– Pourquoi cet antiquaire s'intéresserait-il à un tambour sami ?

– Ce n'était pas pour lui. Il servait d'intermédiaire. Sa spécialisation en fait un interlocuteur valable. Les Sami sont après tout un peuple arctique. D'après mon copain, il a en outre trempé dans quelques affaires un peu louches.

– Quelqu'un à qui on s'adresse pour une demande un peu spéciale.

– Je l'ai donc appelé. Il n'a pas fait mystère qu'il avait bien contacté Henry Mons. La suite s'est un peu compliquée. Il a invoqué le secret professionnel pour ne pas révéler le nom de son client, d'autant que l'affaire n'a pas abouti puisque Henry Mons ne voulait pas vendre.

– Comment savait-il que Mons détenait le tambour ?

– D'après ce qu'il m'a dit, son client lui avait parlé de cette expédition d'avant-guerre. L'antiquaire a fait ses recherches, ce qui n'a pas été trop dur pour lui. L'un des compagnons de Paul-Émile Victor avait publié un récit sur l'expédition pendant la guerre. Sans donner de détails, puisqu'il n'en connaissait rien, il avait évoqué ce tambour remis à Mons. Sans plus. Mais la piste avait été assez facile à remonter pour l'antiquaire.

– Qui lui aurait donc passé cette commande ?

– Quelqu'un qui en connaissait l'existence avant que cela ne sorte dans les journaux.

– Quelqu'un qui aurait pu être proche de l'expédition à l'époque…

– Ou le descendant de l'un des participants, compléta Nina.

– Mattis ? Je ne vois pas Mattis s'adresser à un antiquaire d'Oslo, ni les autres Sami, d'autant que la plupart venaient sûrement de Finlande. Les Français sont hors de cause. Flüger est mort.

– Il reste les deux chercheurs suédois, reprit Nina.

– Et ce fameux moustachu au nez fin qui disparaît peu de temps après Flüger et ne réapparaît plus.

– Et que ton oncle pensait reconnaître.

– Qu'en a dit ton explorateur français ?

– Sur les deux Suédois, rien, le contact a été rompu, d'autant plus que la guerre a éclaté presque tout de suite à la fin de l'expédition. L'un d'entre eux a passé deux ans en Allemagne au début de la guerre à l'institut Kaiser-Wilhelm d'anthropologie, d'hérédité humaine et d'eugénisme à Berlin. Il a été rappelé à Uppsala en 1943.

– Ouais, quand ça a commencé à tourner au vinaigre pour les Allemands à Stalingrad. La neutralité à géométrie variable. Un grand classique en Suède. J'ai toujours eu honte de ça.

– Il a passé quelques années à la Direction des affaires sanitaires et sociales, reprit Nina, et il est décédé au milieu des années 1950 dans un accident de voiture. Le second a fait une belle carrière comme médecin. Il a terminé professeur en gériatrie à l'institut Karolinska, membre du comité Nobel. Il est aussi décédé à la fin des années 1980.

– Reste notre moustachu.

– Celui-là était de la région, du Finnmark, dit Nina. Un Norvégien, un local, une sorte de soutien logistique.

– S'il était de la région, soit il l'a quittée, soit il est mort depuis un moment, sinon je suis à peu près sûr que Nils Ante l'aurait identifié.

– Cela vaudra peut-être le coup de repasser le voir pour s'en assurer. En tout cas, c'est la seule piste solide à suivre.

36

Vendredi 21 janvier.
16 h 55. Laponie centrale.

Depuis des heures Aslak suivait l'étranger en
silence. La nuit était épaisse mais un bout de lune suffisait à faire étinceler les scintillements du vidda et de la
neige suspendue aux arbustes. Aslak obtempérait sans
protester. Il observait. Depuis que cet homme était
entré sous la tente, il réfléchissait à la meilleure façon
de le tuer. Aslak aurait pu le faire sur le moment. Il
savait mieux que quiconque manier le poignard. Son
père lui avait offert son premier couteau lorsqu'il avait
cinq ans. Il était impatient d'avoir son propre couteau.
Il avait pu commencer à tailler des jouets dans le bois
de bouleau, comme l'un de ses oncles qui sculptait des
figurines, des rennes ou des traîneaux. Son père ne
s'était pas moqué de lui. Il lui avait offert un couteau
d'homme, même à cinq ans. Pour un Sami, cela comptait. Il possédait toujours ce couteau. Le manche en
bois de bouleau en était imprégné de graisse et la gaine
en os de renne finement sculpté était cassée par
endroits. Mais la lame était encore presque parfaite.
    Aslak avait d'autres couteaux, mais il effectuait
tous les gestes importants avec celui-ci. Il honorait son

père de cette façon. Il n'avait pas connu sa mère. Il ne ressentait donc rien pour elle. Elle ne lui avait jamais manqué. Mattis lui avait posé la question un jour. Comment quelqu'un que vous ne connaissez pas pourrait-il vous manquer ? Il n'avait pas compris le sens de la question de Mattis. Mais Mattis était bizarre, parfois. Mattis avait perdu le cap. Il brassait des idées étranges. La seule douceur qu'Aslak avait connue avait été celle des peaux de rennes sur le traîneau, comme maintenant. C'était une bonne douceur. Elle donnait chaud quand il fallait. Elle pouvait vous sauver la vie. Quand Mattis, un jour où il avait bu, avait osé lui parler de douceur, il avait aussi évoqué le manque de tendresse. Encore une idée bizarre qui montrait à quel point Mattis avait perdu le cap. Une peau de renne ne montrait pas de tendresse. Et la tendresse ne vous sauvait pas la vie. Une peau de renne sauvait la vie. Son père lui avait appris comment traiter les peaux de rennes. Comment en extraire la douceur. C'était ce que son père lui avait transmis de plus important dans la vie. Il ne lui avait jamais parlé, si ce n'est pour lui dire de respecter le renne et de nommer les meneurs du troupeau. Son père était souvent parti. Il le suivait souvent. Mais il était quand même souvent absent aussi. Et un jour, il n'était pas revenu. Son père avait été un homme qui craignait Dieu, mais c'étaient les hommes qui l'avaient tué. Aslak le savait. Les hommes n'apportaient rien de bon. Aucune douceur. Il pensa un instant à sa femme. Elle avait de quoi manger, du bois et suffisamment de peaux de rennes. Elle pourrait peut-être tenir. Si les crises n'étaient pas trop violentes.

Elle avait déjà tenu si longtemps.

Elle pouvait parfois crier sans discontinuer pendant des heures. Elle s'arrachait la gorge. Dans les crises les plus graves, elle levait les bras au ciel, et elle criait, elle criait. Aslak savait qu'il n'y avait rien à faire. Il fallait la laisser crier et seulement lui montrer qu'il était là. Elle finissait par se calmer quand son regard croisait enfin le sien, après avoir erré dans le ciel longtemps. Comme si elle retrouvait le chemin. Mais souvent le regard de sa femme passait à travers lui. Cela provoquait en lui une sensation bizarre, car Aslak se sentait alors invisible, et elle criait, bras levés au ciel. Il savait pourquoi elle criait. Il comprenait pourquoi elle criait. Il fallait qu'elle crie.

Un jour, un agent de l'Office de gestion des rennes qui passait en tournée avait essayé d'en parler avec Aslak. C'était un brave homme, un Sami qui avait connu son père. Il avait demandé à Aslak s'il ne pensait pas que sa femme devrait voir un médecin. Par respect pour l'amitié qui liait jadis cet homme à son père, Aslak avait répondu qu'il y réfléchirait. L'homme était repassé plusieurs fois, mais il avait compris qu'il ne servait à rien d'en reparler. Le cri de la femme d'Aslak était devenu une légende du vidda au même titre que ce gisement mystérieux qui rendait les hommes agités.

Aslak regardait autour de lui. Ils étaient maintenant sur le lit d'une rivière gelée. Une mince bande de nuages très bas se confondait presque avec la montagne à leur gauche. On n'apercevait qu'une masse gris clair. Seuls les rochers dépourvus de neige permettaient de distinguer la montagne du ciel. Le vent avait dégagé des lambeaux de terre parallèles à la crête. Au pied de la montagne aplanie, de maigres troncs nus retenaient la neige plus épaisse à cet endroit. Quelques rennes plutôt indifférents à leur présence creusaient dans la couche blanche à la recherche de lichen. Ils relevaient la tête pour les regarder, et replongeaient pour creuser encore. Leur corps disparaissait presque entièrement. La montagne glissait vers la rivière en une pente douce. De gros rochers étaient éparpillés sur le flanc. Le géologue quitta le lit de la rivière pour aller vers ces pierres plus ou moins imposantes. Il les regardait avec attention, les cognait de son marteau et il passait son appareil bizarre dessus. Il s'intéressait particulièrement à ces grosses roches. Il prenait des notes, consultait une carte. L'étranger évoquait à Aslak un renard. Il fouinait, tous les sens en éveil. Prêt à mordre et à fuir. Comme il l'avait fait avec lui. Mordre, et prendre ses distances. Se réfugier derrière une menace invisible. Il repensait au signe qu'avait tracé sa femme.

Cet homme était un renard. Mais Aslak était un loup. Il les avait trop côtoyés pour en être éloigné. Il avait trop pisté les bêtes, étudié leur comportement, pour les voir comme des étrangers. Et un loup pouvait mordre, et ne pas lâcher prise. Il attendait juste le bon moment. Longtemps s'il le fallait. Le loup était bien plus patient que le renard. Le renard se décourageait s'il n'était pas satisfait rapidement. Pas le loup.

– Alors, tu te ramènes !? lui cria l'étranger. J'ai besoin du sac, vite, le jour va bientôt tomber !

Aslak se dépêcha. Mais il avait une façon telle de se presser, souplement, presque sans bouger, le torse bombé, bras le long du corps, qu'il conservait sa prestance inquiétante. L'étranger était agenouillé près d'un rocher arrondi de la taille d'un renne en train de dormir. Il sortit du sac du matériel dont il se servit pour gratter la pierre et mettre des produits liquides dessus. Il jetait parfois des regards suspicieux sur Aslak, mais Aslak ne lui offrait pas d'aspérité. Il le regardait d'un œil vide, et cela semblait irriter l'homme. Sa bouche formait un rictus, avec un bout de la bouche qui remontait vers la joue en une mauvaise grimace.

L'étranger enleva ses lunettes de glacier pour observer un éclat de roche à la loupe. Il semblait déçu. Il jura dans une langue inconnue et rangea son matériel. Il envoya ensuite un court message radio, de même type que les précédents. Il montrait à Aslak que la menace pesait toujours sur lui.

– Nous rentrons au bivouac. On continuera le long de la rivière demain. Allez, bouge tes fesses, bordel ! On n'y voit presque plus rien. Ramène-nous maintenant, il faudra encore que tu ramasses du bois et que tu fasses la bouffe. Bouge, bordel !

Aslak fit demi-tour après avoir chargé le sac sur ses épaules. Les vingt-cinq kilos ne lui pesaient guère. Il pouvait, s'il le fallait, transporter sur le dos des rennes de cinquante ou soixante kilos sur des distances importantes. Les bergers qui l'avaient vu faire et qui se prenaient pour des hommes forts avaient été impressionnés. En marchant devant l'étranger, se guidant facilement dans la nuit tombante, Aslak l'entendait continuer à jurer derrière lui. Il ne comprenait pas ce qu'il disait, mais il sentait que plus l'homme continuerait, plus cela le servirait.

17 h 50. Kautokeino.

Berit Kutsi se signa. Elle venait de finir sa journée à la ferme du vieux Olsen. Le paysan était agité. Il était encore plus désagréable que d'habitude. Berit avait passé un long moment à s'occuper des vaches. Elles étaient moins farouches que les rennes et se laissaient caresser sans difficulté. On pouvait leur parler aussi, leur raconter des choses qu'elle n'osait pas confesser au pasteur. Oui, ces vaches étaient de bonnes compagnes.

En cette saison, le travail à l'extérieur était limité. Olsen inspectait et réparait ses machines. Les jours où son dos le lui permettait, il dégageait les routes avec son chasse-neige. Mais il pestait du matin au soir. Plus rarement, il demandait à Berit de venir passer un coup de chiffon à l'intérieur. Mais le vieux était un maniaque de la propreté et Berit avait l'impression qu'il la faisait venir uniquement pour prendre plaisir à la houspiller, quand il n'avait rien d'autre à faire. Berit s'en voulait de telles pensées, mais Dieu savait qu'elle n'était pas une mauvaise femme.

Elle se signait toujours avant de sortir de l'étable. Ses compagnes gardaient ainsi avec elles quelques pensées divines. Les vaches n'étaient pas créatures de Dieu, Berit le savait bien. Mais leur bonté méritait bien une petite récompense. Un jour, elle avait confié au pasteur Lars qu'elle s'adonnait à ce rituel, mais il s'était mis en colère.

Pour la première fois, pourtant, elle avait décidé de lui mentir. Quand il lui avait demandé, la fois suivante, si elle continuait à prier pour ses vaches, elle lui avait assuré que non. Elle s'en était voulu, bien sûr, et depuis elle craignait les tête-à-tête trop prolongés avec le pasteur. Elle craignait que d'un regard il ne l'amène à tout avouer. Avec son air sévère, il en serait capable.

Berit avait craint de la même façon son père, un laestadien de stricte obédience. Berit ne se souvenait pas l'avoir vu rire une seule fois. Il portait la barbe en collier des vieux croyants et la chemine blanche boutonnée au col. Il était dur mais juste.

La mère de Berit s'était convertie à l'âge adulte. Elle était bien évidemment croyante, élevée dans la foi protestante. Mais elle n'avait découvert la vraie foi que sur le tard. Elle avait confié à Berit qu'avant sa conversion, elle s'était toujours demandé si sa foi tiendrait devant la mort. Une amie lui avait dit qu'un homme avait une telle foi. Il s'agissait du père de Berit. Depuis sa conversion et leur mariage, elle n'avait plus jamais douté. Les six frères et sœurs de Berit étaient tous laestadiens. Et la foi de sa mère n'avait pas été ébranlée par la mort de deux d'entre eux. À croire que les épreuves la renforçaient. Berit avait grandi, très impressionnée par la luminosité exprimée par sa mère. Son sourire, car elle souriait, n'était jamais excessif, toujours mesuré, et elle savait retenir les rires. Une femme admirable, partie trop tôt. Elle avait raconté à Berit que la foi laestadienne l'avait aussi attirée parce qu'elle ne faisait pas qu'accepter le pardon des péchés. On pouvait même les confesser, ces péchés. Comme chez les catholiques, lui avait assuré le pasteur Lars. Bien sûr, les catholiques n'étaient pas un exemple à suivre en bien des choses, tout le monde en convenait, mais le pardon des péchés et la confession étaient de formidables dons de Dieu qui permettaient aux gens faibles et craintifs comme Berit de se supporter en restant à distance raisonnable des feux de l'enfer.

Le pasteur Lars lui avait toujours dit que pour qu'une personne vienne à la foi, elle devait d'abord sentir le péché. « Celui qui n'a pas tué Jésus-Christ son Créateur n'a pas besoin du salut », lui avait dit le pasteur Lars un jour, le doigt vibrant. Et quelqu'un qui ne venait pas tout repentant supplier le salut du Seigneur ne ferait jamais un bon protestant.

Un moment, le père de Berit avait caressé l'idée que le pasteur Lars ferait sûrement un bon époux pour sa fille. Le destin en avait décidé autrement. Le pasteur était un jour revenu avec une Finlandaise peu loquace. Pendant la première grossesse de son épouse, le pasteur avait insisté plusieurs fois auprès de Berit sur la nécessité de sentir le péché pour venir à la foi. Il semblait insinuer que Berit n'aurait pas eu la vraie foi. Elle s'en était inquiétée auprès de sa mère. Celle-ci, pas souriante du tout, était restée au temple après le service dominical. Elle avait eu une courte discussion avec le pasteur. Berit ignorait ce qui s'était dit, mais le pasteur n'avait plus jamais fait allusion à la nécessité pour Berit de sentir le péché.

Depuis l'arrivée de la Finlandaise dans la vie du pasteur, nul autre prétendant n'avait été en vue pour Berit. Elle avait dû consacrer beaucoup de son temps à son jeune frère handicapé mental, et elle avait vu les occasions passer, dans la crainte de la parole de Dieu et la soumission au regard de ses parents. Berit brûlait pourtant d'un feu ardent, mais jamais elle n'avait pu l'exprimer. Même après la mort de ses parents. Elle menait la vie spartiate des laestadiens, loin de la mode, de la consommation, de la télévision. Ces abandons avaient été faciles. Les gens qu'elle fréquentait et appréciait, des bergers pour la plupart, sans être nécessairement laestadiens pratiquants, étaient des gens durs à la tâche et vivant parfois dans le dénuement. Comme Aslak.

Berit ferma les yeux. Puis elle se signa une fois de plus.

Elle sortit enfin de l'étable au moment où une voiture arrivait. Elle reconnut le policier qui n'aimait pas les Sami et le vit entrer en coup de vent chez le vieux Olsen. Ces derniers temps, Brattsen était venu voir souvent le vieux Olsen. Et le vieux paraissait de plus en plus agité. Berit se demanda si le paysan avait des problèmes avec la police. Elle ne voyait pas bien pour quelle raison. Mais beaucoup de questions lui échappaient.

18 h 05. Kautokeino.

– Ils sont sur place. J'ai reçu un message radio du Français. Il a visiblement pu convaincre Aslak de le suivre.

Olsen réfléchit un moment et se frotta les mains.

– Eh eh, on a peut-être tiré le bon cheval avec ce coco-là, finalement, dit le paysan.

– Possible, possible, mais ne crie pas victoire trop vite. J'ai dû raconter au commissariat que le Français était sûrement parti seul. Et Nango sait que tu devais rencontrer le Français. J'ai dû assurer que tu ne l'avais pas vu.

– Eh bien, tu as bien fait, petit. Après tout, je ne l'ai pas rencontré officiellement, hein. Et puis il faut pas trop te biler. Ton Français et Aslak, ça pourrait bien faire des étincelles. Entre ces gars, moi je te dis que ça pourrait péter.

– Qu'est-ce que tu veux dire ? demanda Brattsen qui ne voyait pas où le paysan voulait en venir.

– Tu m'avais bien dit que la première fois où tu avais vu ce Français, c'était rapport à une bagarre au pub ?

– Oui, et alors ?

Karl Olsen s'impatientait, mais il essayait de ne rien en montrer.

– Toi-même, tu me disais que ta première pensée avait été de le soupçonner du meurtre de Mattis.

– Oui, c'est vrai.

– Eh bien ? Tu ne vois pas ?

– Mais depuis je pense à un règlement de comptes entre éleveurs.

– Bravo, s'exclama Olsen avec emphase, et c'est toi le policier, tu sais mieux que moi toutes ces choses-là. Moi, je suis un paysan, c'est tout. L'intuition, je connais pas. Je connais seulement la couleur et l'odeur de la terre. Je dis seulement que notre Français, tu l'as soupçonné, tu as suivi ton instinct, et ça t'a mené à ces histoires de petites. Tu vois, tu as eu raison.

– C'est vrai, admit Brattsen.

– Les bons policiers, c'est comme ça, non ?

– Oui, oui, répondit Brattsen prudemment, sans voir où Olsen voulait en venir.

Karl Olsen fit une grimace en se tournant un peu plus vers le policier.

– Maintenant, ton instinct te dit que cette affaire, elle te mène à un règlement de comptes entre éleveurs sami.

– Oui. Mais la police des rennes pense que le Français pourrait être impliqué. À cause de cette histoire de mine et de tambour. Et le Shérif paraît décidé à les suivre sur cette piste.

– Mais ce sont des conneries ça ! explosa le paysan.

Il se radoucit aussitôt.

– Ah, tu vois, ton père, à l'époque de la chasse aux cocos, on a essayé de le mener sur des fausses pistes plusieurs fois. Mais il se laissait pas faire, lui. Il les sentait ces mecs-là, et il les coinçait toujours. Et je me rappelle bien qu'il disait toujours qu'il avait un sixième sens pour les débusquer, ces salopards. Ah t'es bien son fiston toi, un sacré limier aussi. Pas vrai ? Faut pas t'en raconter hein ? Toi tu vois bien que c'est une affaire d'éleveurs, cette histoire. Tu vois ce que je veux dire, petit ?

Rolf Brattsen regardait Olsen avec son air buté. Cela ne voulait pas dire qu'il ne comprenait pas, mais Olsen devait s'en assurer.

– Tu vois, petit, ce que je pense, c'est que ça serait dommage que la police perde son temps et ses ressources à poursuivre ce Français. Et ça serait pas bon pour mes affaires. Ni pour les tiennes. Tu comprends, mon gars ?

Brattsen paraissait réfléchir, mais Olsen était sûr que le policier avait maintenant bien compris ce qu'il voulait dire. Le paysan regardait le visage tourmenté du policier et se disait que Brattsen avait l'air aussi abruti que son père. Il ne l'avait presque pas connu, mais il le portait sur le visage.

– Je crois que je comprends, finit par lâcher Brattsen. Mais mes possibilités sont limitées. Le Shérif se méfie de moi.

– Alors c'est le Shérif le problème ?

– D'une certaine façon, oui. La police des rennes, elle fait ce qu'on lui dit de faire, c'est tout. Mais le Shérif est sous pression à cause de la conférence de l'ONU.

Karl Olsen était maintenant plongé dans ses pensées.

– Et si ton Shérif, Jensen, était relevé de ses fonctions, il se passerait quoi ? demanda soudain Karl Olsen.

– Relevé de ses fonctions ?

– Tu as bien entendu.

C'était au tour de Brattsen d'être plongé dans ses pensées. Puis, soudain, son visage s'éclaira. Il avait presque un air enfantin. Quelle tête de benêt, pensa Olsen. Mais il offrit un sourire mielleux au policier.

– Je pense que les choses pourraient s'arranger.

– Bien, petit. Tu vois, ton père serait fier de toi. Alors je crois que j'ai une petite idée. Il va falloir faire vite, mais ça peut marcher.

19 h. Route 93.

Nina était endormie sur le siège passager, roulée en boule, engoncée dans sa combinaison, tête appuyée contre un coussin. Sa chevelure blonde disparaissait sous la chapka. Le chauffage était poussé à fond. À l'extérieur, le froid était toujours aussi glacial. Le vent en provenance de Sibérie s'était à nouveau levé. La jeune femme était résistante, mais elle s'était écroulée avec reconnaissance dans la voiture en sortant de l'Institut de géologie. Klemet avait aussitôt mis le cap sur Kiruna, au nord. La patrouille P9 était attendue le lendemain matin au QG de la police des rennes. Le commissariat central de Laponie intérieure était également situé dans la ville minière, perdue au milieu de la toundra. Klemet était né là. Il avait vécu là quelques années aussi, plus tard. Il aimait la silhouette ventrue et régulière de la montagne, avec ses niveaux en escalier. Depuis les années 1960, l'exploitation se faisait sous terre, invisible, dans un dédale de quatre cents kilomètres de routes et grâce à une technologie de plus en plus fine. Pour les Sami des environs, la mine avait signifié un bouleversement de leurs habitudes, des routes de transhumances coupées, des nuisances sonores, des pâturages perdus.

Le père de Klemet avait à certaines époques de sa vie travaillé dans la mine, lorsque les travaux de la ferme en Laponie norvégienne exigeaient moins de

main-d'œuvre. Beaucoup de mineurs étaient des sai-
sonniers comme lui. En Laponie, il n'était pas rare que
les gens aient plusieurs boulots, en fonction des sai-
sons. Les longues distances ne faisaient peur à personne. La transhumance devait être dans le sang des
gens du Grand Nord. Klemet avait voulu combattre
cette tendance. L'idée saugrenue d'être chasseur de
baleine lui avait bien traversé la tête, comme il l'avait
dit à Nina, mais il n'avait jamais poussé plus loin. Il
n'avait pas osé avouer à sa collègue que le boulot le
plus proche de la mer qu'il eût effectué avait été de
travailler deux étés de suite dans une usine à poissons
des îles Lofoten. Le boulot était bien payé mais n'avait
rien de reluisant. On lui avait fait comprendre que ce
n'était pas un travail pour un Lapon. Mais était-il vraiment un Lapon ? Un Lapon, un vrai, ça devait être un
berger avec des rennes. Son père, en tout cas, ne lui
avait jamais mis dans le crâne qu'il était sami.

Le monde des Sami était très cloisonné. Les éleveurs
à part, et plutôt sur le haut du panier. L'aristocratie.
Les grandes familles, les propriétaires, ceux qui faisaient la pluie et le beau temps, qui pouvaient imposer
leur nombre de rennes à l'Office de gestion sans
crainte de représailles ou presque. Venaient ensuite les
jeunes qui avaient choisi la voie des études. Ceux-là
étaient plus rares, et le phénomène était récent. Mais
on commençait à voir quelques juristes et médecins
sami. Et puis venaient les bataillons d'anonymes. Qui
ne savaient plus très bien s'ils étaient sami ou suédois
ou norvégiens ou finlandais. Tout en bas tentaient de
survivre ceux que le monde de l'élevage avait rejetés.
Les déchus. Les parias. Les ratés. Comme son grand-
père. Klemet se demandait pour qui cela avait été le
plus dur. Pour son grand-père, qui avait fait un choix

réfléchi, parce qu'il ne pouvait plus nourrir sa famille, et qui s'était jeté avec autant d'ardeur dans le métier de fermier et de pêcheur au bord du petit lac où Klemet avait passé les premières années de sa vie ? Ou pour son père qui avait grandi, enfant, en menant la vie libre des nomades, avec ses rennes, sa fierté, et qui soudain, sans comprendre, s'était retrouvé privé de tout cela pour subir les quolibets des adolescents de son âge ? Rétrogradé. Quand Klemet en avait eu l'âge, son père avait insisté pour qu'il aille à l'école apprendre le norvégien. Il voulait faire de lui un vrai Norvégien. Ne pas subir la honte. Pouvoir mener sa vie loin de ce milieu des éleveurs qui se moquaient d'eux. Cela n'avait pas été simple. À l'internat, il avait retrouvé les fils d'éleveurs nomades. Il avait retrouvé Aslak.

Klemet sentait la fatigue l'envahir. Il approchait de Kiruna. Déjà il apercevait les lumières familières de la mine qui de loin découpaient sa silhouette.

Il aimait ces lumières qui lui rappelaient lorsque, enfant, il arrivait de la ferme familiale de l'autre côté de la montagne à Kautokeino, après des heures de marche ou de bateau suivant la saison. Après des heures éreintantes et inquiétantes dans une obscurité épaisse, la magie était toujours au rendez-vous.

Ils allaient arriver juste à l'heure où les explosions avaient lieu chaque nuit dans les entrailles de la mine. Nina dormait toujours. Il se dirigea vers le refuge que la police des rennes possédait de ce côté de la ville. Il réveilla délicatement Nina. Ils étaient au lit depuis quelques minutes à peine lorsque le gîte trembla légèrement. Les affaires marchaient toujours pour la mine.

37

Samedi 22 janvier.
Lever du soleil : 9 h 35 ; coucher du soleil : 13 h 27.
3 h 52 mn d'ensoleillement.
9 h. Kiruna (Suède).

Les membres de la police des rennes étaient habitués aux horaires les plus étranges. Et, parfois, ils arrivaient à convaincre leurs collègues de s'adapter à leurs contraintes. La police des rennes avait son quartier général dans l'ancienne caserne de pompiers, un bâtiment original avec une jolie tour, le tout en bois peint en blanc, non loin de la vaste église en bois rouge, fierté de Kiruna.

Les autres membres de la police des rennes étaient absents, soit en patrouille aux quatre coins de la Laponie, soit en récupération. Klemet était allé faire chauffer du café et avait disposé le thermos dans la salle de réunion dont les fenêtres donnaient sur l'église qu'on prévoyait de démonter dans quelques années, lorsque la ville serait déménagée pour ne pas freiner l'exploitation du minerai de fer qui se trouvait sous leurs pieds. Nina prenait des photos par la fenêtre, « avec une pose longue », lui avait-elle expliqué. On avait beau être quelques centaines de kilomètres plus au sud que Kautokeino, Kiruna était encore plongé dans la nuit polaire à cette heure-ci. Le médecin légiste arriva à 9 heures précises. Il avait l'air frigorifié, emmitouflé dans une énorme parka doublée de fourrure. Il avait glissé sur une plaque de verglas juste avant d'entrer et boitait en jurant.

– Tu devrais mettre les semelles à clou que ta belle-mère t'a offertes, suggéra Klemet.

– Klemet, le jour où tu comprendras qu'un Stockholmois ne peut pas s'abaisser à certaines choses, tu m'épargneras tes âneries, fit-il avec une grimace de douleur.

Klemet aimait bien le légiste. Il l'avait connu à Stockholm, à l'époque où il était rattaché au groupe Palme. Il avait rarement rencontré quelqu'un ayant aussi peu de préjugés. Ils avaient bu quelques bières ensemble à Pelikan ou à Kvarnen, quand le toubib avait tenté de le rallier au club de foot d'Hammarby. Klemet se fichait du foot, et le médecin s'en était vite aperçu. Mais, en sa présence, Klemet n'avait pas besoin de se sentir sur la défensive. Pour lui, cela valait beaucoup de sacrifices, même quelques soirées passées à suivre des matchs sur grand écran au milieu de beuglards en écharpes vertes et blanches, toubib compris.

Fredrik, le représentant de la police scientifique, n'était pas à l'heure, mais cela n'étonnait pas Klemet. Il n'avait accepté de venir qu'à contrecœur, et cela lui ressemblait de marquer son mécontentement en arrivant en retard.

– Voilà Fredrik, annonça Nina, en faisant un signe de la main à travers la fenêtre.

Klemet regarda sa montre. À peine cinq minutes de retard. Petit joueur, pensa-t-il. Il entra et dans un grand geste théâtral retira son écharpe de cachemire et son bonnet en poils de chameau. Il était fraîchement rasé, sentait l'après-rasage de qualité, et il lança un charmant sourire à Nina.

– On peut commencer, s'agaça Klemet, en regardant longuement sa montre. Nous avons encore de la route jusqu'à Kautokeino.

– Oh, vous ne restez pas ce soir ? Quel dommage, dit Fredrik en jetant un regard appuyé à Nina. Il y a déjà plusieurs groupes qui sont là pour la conférence de l'ONU, ils donnent un concert ce soir à la Maison populaire.

Nina lui sourit poliment et se tourna vers Klemet. Ce fut le légiste qui prit la parole.

– Bien, dit-il en ouvrant son dossier. Donc, notre Mattis est décédé environ une heure après avoir été poignardé avec ce type de couteau – il fit glisser une photo sur la table – et les oreilles ont été découpées environ deux heures après la mort. Rien de changé de ce côté-là. La seconde oreille, comme c'était prévisible, est bien celle de Mattis. Je vous ai fait des agrandissements pour les marques des oreilles, fit-il en poussant d'autres photos vers les policiers. Vous avez avancé sur l'identification des marques ? interrogea le légiste.

Klemet fit une grimace.

– J'étais en fait plus avancé avec une seule oreille. Le dessin de la seconde m'a éloigné de ma première piste.

– Cela pourrait renvoyer à deux éleveurs différents ? demanda le médecin.

– En principe, les marques des deux oreilles servent à identifier un même propriétaire, indiqua Klemet.

– Mais, en principe, on ne découpe pas les oreilles des éleveurs, donc peut-être ne faut-il pas lire ces marques à travers le filtre traditionnel, remarqua Fredrik, content de remettre Klemet à sa place.

– Exact, reprit Klemet sans le regarder. Sauf que la marque de la seconde oreille ne nous met pas vraiment sur la piste d'un éleveur en particulier, comme l'avait fait la première oreille. C'est ce qui me fait penser que ces marques peuvent ne pas être liées au monde des éleveurs.

– À propos d'éleveurs et de marques, j'ai donc les analyses des couteaux saisis chez Johan Henrik. Traces de sang sur tous les couteaux. Sang de renne, sauf sur un couteau où je trouve du sang humain, mais il n'appartient pas à Mattis.

Il fit glisser quelques feuilles devant Klemet.

– Et le GPS ? lança Klemet d'un ton impatient.

– Ah oui, le GPS, dit Fredrik en se redressant. Je vous ai tout mis là. J'ai réussi à récupérer une partie des données. Je crois que j'ai fait du bon boulot.

– Quelles données as-tu récupérées ? insista Nina.

– En gros, l'enregistrement de ses positions, ce qui permet de reconstituer son parcours sur les six derniers mois. Je vous ai imprimé la semaine précédant son décès. Si tu as besoin de plus, Nina, dis-le-moi.

– Imprime donc une semaine de plus, dit Klemet, énervé que l'homme de la police scientifique le snobe au profit de Nina. Et fais-le tout de suite, que nous puissions partir sans tarder.

Klemet vit le rouge monter aux oreilles de Fredrik, et il fut doublement satisfait en voyant qu'il obtempérait aussitôt et quittait la salle.

Sans attendre, Klemet et Nina se plongèrent dans l'examen des documents. Les données des relevés GPS étaient sommaires. Le mauvais état de l'appareil n'avait pas permis de sortir des cartes. Mais il y avait au moins des fichiers de données brutes d'où il était possible d'isoler les coordonnées et les horaires. Ce serait long et fastidieux. Rien ne disait que les coordonnées étaient complètes. On ne pourrait s'en faire une idée qu'une fois ces coordonnées reportées sur une carte. Fredrik revint cinq minutes plus tard avec plusieurs feuillets agrafés qu'il jeta sur la table.

– Ah, j'allais oublier, la pelisse de Mattis. Je l'ai passée au peigne fin. Vous trouverez de tout. La liste est dans le dossier aussi. Vous étiez intéressés par cette trace de graisse. Il s'agit d'huile de moteur, mais pas celle qu'il utilisait pour son scooter. Voilà, si vous n'avez pas de questions pour l'instant, je me retire.

Fredrik était vexé, et ne s'en cachait pas. Le code de bonne conduite suédois aurait exigé que Klemet fasse un geste, s'excuse, mais il n'en avait vraiment pas envie. Les types arrogants et sûrs d'eux comme Fredrik l'exaspéraient. Il le laissa partir sans un mot, laissant Nina le remercier.

Quand il fut parti, le légiste sourit franchement.

– Sacré tête dc lard, dit-il à Klemet, tu ne changeras pas.

– Ce type ne réalise même pas de quelle façon il se comporte. C'est naturel chez lui, tu comprends, naturel. Avec ses airs. Tiens, on dirait un Stockholmois…

– Ah, la mauvaise foi maintenant, dit le médecin. Ne fais pas attention Nina, ajouta-t-il, je vois bien que tu trouves aussi que ton coéquipier exagère, mais il a des comptes à régler avec un certain type de personnes.

– N'importe quoi ! s'emporta Klemet. Je n'ai de comptes à régler avec personne !

– Tiens donc, persifla le médecin. En tout cas, Nina, tu dois savoir que tu travailles avec un sacré flic, un obsédé de ces petits détails qui font les grandes enquêtes, un moine-soldat de la preuve. Klemet, tu te souviens des cernes sous les yeux de Mattis ? Tu m'avais demandé de regarder…

– C'est vrai, intervint Nina, moi aussi ça m'avait frappée quand j'ai vu son cadavre. Ces traces sous les yeux, on avait l'impression qu'il avait dû souffrir le martyre.

– Il ne s'agissait pas de cernes, Nina, dit le médecin en regardant fixement Klemet, mais de traces de sang.

9 h 30. Laponie centrale.

Aslak et Racagnal étaient repartis au petit matin dans la même direction que la veille. Racagnal continuait à envoyer ses messages radio à intervalles réguliers. Ce matin, il avait pris le fusil que le propriétaire du Villmarkssenter avait accepté de lui prêter. Il s'était dit que l'un des rennes aperçus la veille pourrait améliorer l'ordinaire, faute de mieux.

Avant de partir, il avait longuement examiné la carte, posant des questions à Aslak sur tel accident du relief, telle rivière. Le Sami avait effectivement une connaissance quasi encyclopédique de la région. Son talent d'observation était tel qu'il était capable, avec le peu de mots qu'il employait, de lui décrire la forme de certaines pierres, leur couleur. Pour un géologue, cela ne remplaçait évidemment pas l'observation de terrain, mais Racagnal avait pu resserrer un peu son champ de recherche.

Depuis leur départ du campement, Aslak était toujours aussi silencieux, mais Racagnal s'en moquait. Racagnal marchait comme un astronaute. Il portait une épaisse combinaison fourrée, des bottes d'expédition. Son visage disparaissait presque entièrement derrière une écharpe. Comme souvent lorsqu'il partait en expédition, il se mettait à parler seul, à haute voix, et il voyait en Aslak un public parfait. Le gars écoutait et acquiesçait à tout.

– Un bon petit renne ce soir, hein, mon Lapon ? On va se régaler, tu vas voir. Tu vois, quand je pars comme ça en prospection, je dégage pour deux, trois, voire quatre semaines. Tu penses bien que je n'emporte pas de la nourriture pour un mois. Mais un vrai géologue, tu vois, ça se démerde. Moi, tu me files une canne à pêche, et je te nourris le village. Mais un petit renne, ça fera l'affaire. Ça te dérange pas, j'espère ? Tu dis rien ? C'est aussi bien comme ça. Tiens, regarde-moi ce boulder. Magnifique. Ça te dérange pas si je vais le gratter un peu. Voilà, je vais prendre mon marteau – tu sais que c'est un marteau suédois ? – et puis je vais lui en foutre un bon coup sur la gueule – tiens mon cochon – et voilà le travail. Dis, le Lapon, t'as vu ? Le boulder, y fait pas le fier, hein ? Ah, je vois, tu sais pas ce que c'est un boulder. Eh bien c'est un beau rocher bourré de minerais, tu vois ? Non, tu vois pas. Si, tu vois. Bon, remarque, c'est aussi bien que tu te contentes d'écouter. En tout cas, celui-là, c'est un beau petit morceau de roche magmatique. Tu vois comme ça brille ça, c'est du joli quartz. Tu t'en fous hein ? T'as raison, celui-ci, il est nul. Joli, mais nul. Mais, tu vois, l'or de ton petit péquenaud borné, on le trouve dans du quartz comme ça. Alors, bouge-toi, on continue. Je veux continuer jusqu'au coude de la rivière là-bas et gratter un peu dans les alentours. On n'aura pas trop de la journée pour ça.

Racagnal se sentait bien maintenant. Il était dans son élément. Roi dans son royaume. En chasse. Tous les sens en éveil. Devant faire appel au moindre recoin de mémoire pour en ressortir une classification de roche, un accident géologique observé ailleurs, vingt ans plus tôt, mais dont le souvenir pourrait lui permettre d'interpréter ce qu'il avait sous les yeux et ce qu'aucun autre géologue ne pourrait soupçonner. Tout cela parce que lui, Racagnal, avait une infaillible mémoire des sens. Il était ainsi capable de se remémorer toutes ses conquêtes féminines. Il en tenait un inventaire d'une précision telle qu'il pouvait reconstituer dans le moindre détail le fil de ses conquêtes, la texture de la peau, la souplesse des cheveux, le potelé d'une hanche, la naissance d'un sein. Et le regard. Les yeux. Racagnal avait observé une telle profusion de regards. Quelle galerie ! songea-t-il. Il les voyait défiler ces yeux, intimidés, soumis, effacés, vaincus. Rebelles. Suppliants. Terrorisés. Vaincus. Toujours vaincus.

Ils étaient arrivés au coude de la rivière.

– Tiens, dit-il à Aslak en lui tendant son marteau. Casse un peu de glace là. On va jeter un œil.

De son côté, Racagnal installa un abri sommaire pour se protéger du froid et étala sur le sol les peaux de rennes qu'Aslak avait transportées. Il sortit son réchaud de randonnée et fit chauffer de l'eau, ce qui répandit un peu de chaleur dans l'abri. La journée serait dure. Le froid dévorait l'énergie à une vitesse incroyable. Racagnal glissa de nouvelles chaufferettes dans ses gants. Il sortit de l'abri et regarda autour de lui. La rivière n'était pas très large à cet endroit. Vers l'est, le champ était dégagé sur quelques centaines de mètres couverts d'une neige apparemment fine car le moindre monticule était dégagé, laissant apparaître de la bruyère cristallisée par le froid. Racagnal pouvait presque compter les arbustes tant ils étaient peu nombreux et souffreteux. Un peu plus loin, une petite montagne bouchait son horizon, au pied duquel il devait y avoir un lac, à en croire l'étendue blanche uniforme et régulière. Le paysage était doux, endormi, légèrement vallonné, scintillant maintenant que le soleil se levait. Cela ne suffisait pas pour se réchauffer les os, mais cela marquait le vrai début de sa journée d'exploration. Les jours étaient comptés. Plus Racagnal réfléchissait, plus il se disait qu'il lui faudrait d'une manière ou d'une autre remplir cette mission insensée. Il ne pouvait tout simplement pas se permettre de faire l'objet d'une enquête. Sinon, tous ces regards vaincus pourraient bien devenir accusateurs.

38

Samedi 22 janvier.
9 h 55. Laponie suédoise.

Klemet et Nina n'étaient pas restés longtemps à Kiruna. La ville était en pleins préparatifs d'accueil d'une partie des délégations de la conférence de l'ONU. On montait de vastes tentes sami destinées à héberger des expositions ou des séminaires. Des ouvriers déchargeaient une sono dans le hall de l'hôtel Ferrum. Klemet et Nina passèrent le long de la mairie de briques surmontée de sa tour métallique. Nina découvrait la capitale de la Laponie suédoise, les yeux grands ouverts. Elle était déjà venue ici lors de son entrée dans la police des rennes quelques semaines plus tôt, mais l'arrivée du soleil ajoutait une dimension incomparable. Elle avait réussi à arracher une photo à Klemet devant la mairie. Son coéquipier n'était pas très en forme ce matin. Elle avait dû lui demander trois fois de s'y reprendre pour obtenir un cliché à peu près cadré où on la voyait en même temps que la mairie et la mine, dans le fond.

Dès qu'ils sortirent de la ville, la toundra reprit ses droits. Le soleil brillait, sans les nuages de la veille. La réverbération était intense partout où l'on portait les yeux, sautant de colline en colline. La Laponie offrait un visage scintillant, à perte de vue. Ainsi entrevue, la Laponie semblait immense. Et son horizon infini. Si différent de ce qu'avait connu Nina au fond de son fjord encaissé, avec ses falaises abruptes plongeant brutalement dans la mer, ses bouts de landes et de prairies suspendues au-dessus des flots. Il fallait se rendre jusqu'au bout du fjord, face à la mer, pour ressentir une immensité telle que la Laponie en offrait. Nina se demandait si la toundra recelait des secrets. Car elle avait appris que la mer était capable d'en cacher. Elle n'avait rien soupçonné de tel dans sa jeunesse jusqu'à ce que sa mère évoque les problèmes de son père. Depuis qu'il était descendu au fond de la mer, il n'était plus le même. La mer, en apparence si prévisible, si offerte, dissimulait des forces invisibles qui avaient presque tué son père.

Nina sortit de son sac à dos le dossier contenant le rapport d'expertise sur la pelisse de Mattis.

– De l'huile de moteur, mais pas du scooter de Mattis, dit-elle à haute voix.

– Oui, cela pourrait venir de l'autre scooter. Nous allons devoir chercher ça en rentrant. Il nous faut reprendre la liste de tous les scooters et des carburants et des huiles que chacun utilise. On fera le tour des stations du coin. Cela pourrait aller plus vite.

– Klemet, qu'est-ce que tu penses de cette histoire de sang sous les yeux ?

Le policier semblait absorbé par la route glacée et étincelante.

– Du sang sous les yeux... Des oreilles coupées... Cela ressemble de plus en plus à un crime rituel. Mais...

Klemet laissait sa phrase en suspens. Nina comprenait qu'il calait, comme elle.

– Rituel, dis-tu ? Les Sami ont-ils des coutumes si différentes des Scandinaves ? Il existerait des rites aussi sauvages chez les Sami ? Ils me donnaient pourtant l'impression d'être excessivement pacifiques.

– Ils le sont. En général. Cela m'étonne même qu'aucun d'entre eux ne t'ait encore dit que le mot guerre n'existait pas en langue sami.

Les heures passèrent. Klemet et Nina se relayaient au volant. Ils allumèrent la radio après une pause. Ils avaient beau être alors en Finlande, la radio captée était désormais norvégienne. Les informations régionales de la NRK pour le Finnmark n'allaient pas tarder. Nina leur servit un café.

Le présentateur commença par la météo et poursuivit avec l'annonce d'un accident de la route dramatique à Alta qui avait fait deux morts, dont un jeune de Kautokeino.

Nina regarda Klemet, qui secouait la tête en entendant le nom de la victime.

– Un jeune éleveur. Un gars bien. Ce sera un drame pour cette famille.

Le présentateur de la NRK continuait. Une nouvelle importante d'Hammerfest, le port gazier de la région, où un investissement important venait d'être finalisé. Une centaine d'emplois seraient créés. Puis venaient les nouvelles sur les préparatifs de la conférence de l'ONU. En parallèle de celle-ci, de nombreuses activités culturelles allaient se dérouler aux quatre coins de la région. Des associations qui voulaient se faire entendre allaient également organiser des opérations.

– Difficile d'imaginer toutes ces activités quand on voit cette toundra désertique à perte de vue, dit Nina.

Un pan du ciel commençait à prendre une teinte bleu roi d'une intensité rare. La voix du présentateur aussi changea d'intensité à l'énoncé de la nouvelle suivante.

« Nous venons d'apprendre à l'instant que le commissaire de Kautokeino aurait été mis sur la touche. Il a été convoqué d'urgence au siège régional de la police à Hammerfest. »

Klemet pila aussitôt. Nina renversa son café. Elle ne fit pas attention au liquide qui coulait sur sa combinaison. Suspendue, comme Klemet, à cette nouvelle stupéfiante.

« Selon notre reporter à Kautokeino, Johan Mikkelsen, cette convocation d'urgence est tout à fait inhabituelle. La direction régionale de la police aurait en fait décidé d'intervenir à cause du vol du tambour de Kautokeino, qui n'a toujours pas été retrouvé, à quelques jours de l'ouverture de la conférence de l'ONU. L'exposition de ce tambour devait être le symbole fort de la façon dont les États-nations se réconcilient enfin avec leurs populations aborigènes. Et je vous rappelle qu'à Kautokeino toujours, le meurtre récent d'un éleveur, Mattis Labba, n'a toujours pas été élucidé. Il s'agit d'un meurtre affreux, qui a bouleversé la population, et on sait que la victime a été torturée et a eu les oreilles arrachées. On comprend que dans la région de plus en plus de voix s'étonnent de la lenteur de la police, et le commissaire Tor Jensen est bien sûr en première ligne pour subir ces critiques. Selon nos sources, cette convocation annoncerait en fait une mise à l'écart. »

10 h. Kautokeino.

Berit Kutsi cacha son étonnement. Karl Olsen l'avait appelée plus tôt que prévu alors qu'elle était dans l'étable. Le samedi, elle ne s'y rendait qu'une paire d'heures, pour s'assurer que la traite se déroulait sans problème et que les vaches disposaient de ce dont elles avaient besoin. Elle avait à peine terminé la traite que le vieux Olsen cria. Berit se dépêcha de sortir sur le pas de l'étable. Le froid était très vif et l'étable chauffée au minimum, afin de limiter les frais. Berit portait une vieille tunique de laine bleu foncé par-dessus sa combinaison. La tenue n'était pas très orthodoxe, mais bien pratique pour s'occuper des vaches par un froid pareil. Elle aperçut, sortant de la grange, John et son inséparable ami Mikkel, revêtus de combinaisons de mécaniciens. Les deux jeunes bergers arrondissaient leurs fins de mois en entretenant les machines des agriculteurs du coin. Ils montèrent dans une camionnette et quittèrent la ferme.

– Alors Berit, bougre de bon Dieu, tu vas te presser ! cria le paysan.

La pauvre Berit courut jusqu'à l'entrée de la maison. C'était une grande maison d'un seul bloc rectangulaire en bois jaune dont les cadres des fenêtres et des portes étaient peints en blanc. L'entrée était couverte d'un auvent aux bois moulés. Elle faillit glisser sur de la glace avec ses bottes en peau de renne, se rattrapa comme elle put, monta les quelques marches de l'auvent et s'engouffra dans l'entrée, heureuse de se réfugier au chaud. Elle retira ses bottes et alla jusqu'à la cuisine. Olsen l'attendait sur sa chaise habituelle.

– Eh bien, il t'en faut du temps. Tu crois que j'ai toute la vie ? Y'a le ménage à faire, ici. J'attends des gens. Et puis tu donneras un coup là-haut aussi, ça fait des années que tu n'y as pas été. Il faut que ce soit fini avant 5 heures. Allez, ne reste pas plantée là !

Berit fit demi-tour et passa dans la pièce derrière la cuisine chercher le balai, les brosses et les produits de nettoyage. La vieille maison en bois d'Olsen n'était pas très grande mais bien entretenue. Le parquet et les quelques meubles de la cuisine et du salon étaient tous en bois clair. Les taches de couleur venaient des tapis longs et étroits tressés par de vieilles femmes du village et vendus sur le marché. Le rez-de-chaussée était impersonnel. Aucun souvenir, aucune évocation familiale. Les rares objets qui traînaient renvoyaient aux activités d'Olsen. Du matériel, des outils, des revues professionnelles, des pièces à réparer. Le vieil Olsen ne recevait pas souvent, et son salon servait plus d'atelier que de pièce de réception. En fait, quand il recevait, Olsen faisait asseoir ses invités dans la grande cuisine où lui-même passait le plus clair de son temps. Le ménage fut vite fait. Berit mit un peu d'ordre dans le salon, mais elle n'osa pas toucher aux outils et aux pièces démontées, sachant trop que le paysan serait fou de rage si elle déplaçait quelque chose. Elle rangea les revues ainsi que quelques tracts du FrP en un tas qu'elle posa près de la télé.

Berit était plus curieuse de nettoyer l'étage. Elle n'y avait mis les pieds qu'une fois en dix ans, à la demande expresse d'Olsen. C'était peu de temps après le décès de son épouse. Olsen avait demandé à Berit de venir chercher les vêtements de sa femme et d'en faire ce qu'elle voulait. « Brûle-les si tu veux, mais débarrasse-m'en », avait grogné le paysan. Il n'était un secret pour personne au village que le couple Olsen était bancal depuis une bonne trentaine d'années. Mari et femme faisaient chambre séparée depuis le départ de leur fils unique. Celui-ci était parti faire des études d'ingénieur à Tromsø et n'était jamais revenu s'installer au village.

La vieille Olsen était encore plus bourrue que son mari, une vraie tigresse à ce que l'on disait, intraitable, plus dure et moraliste qu'une bande de prédicateurs laestadiens en mission de rédemption. Berit avait alors aperçu quelques cadres familiaux, des photos de parents inconnus. Pas longtemps en fait, car Olsen avait aussitôt rempli une caisse avec tous ces portraits de visages sévères. «Cette vieille pie ne voulait même pas voir ma famille sur les murs, avait craché Karl Olsen. Soi-disant qu'ils étaient perdus pour la vraie foi. Des décadents, qu'elle disait!» Il avait monté la caisse au grenier. «Qu'ils y étouffent tous», avait-il lâché en claquant la porte.

Berit se souvenait bien de cette journée. Elle n'avait jamais rien vu depuis. Sa curiosité fut donc éveillée quand elle constata que le couloir de l'étage et les chambres étaient à nouveau décorés de quelques tableaux. Ceux ci n'avaient plus rien à voir avec ceux de son souvenir. Dans le couloir, les tableaux représentaient des paysages de la région. Elle était pressée, mais elle s'attarda tout de même devant chacun d'eux. Berit reconnut certaines terres d'Olsen, des champs réguliers, bien entretenus, qui faisaient la fierté de leur propriétaire. En haut de l'escalier, Berit reconnut également la première moissonneuse achetée par Olsen. Berit passa un coup de chiffon sur les cadres. Elle entra ensuite dans la chambre de l'épouse d'Olsen. Elle passa à peine la tête. La pièce était nue. Un matelas était jeté à terre et des cartons étaient entassés dans un coin. La pièce était inoccupée depuis la mort de la femme Olsen. Elle paraissait pourtant bien nettoyée. Berit se signa et referma la porte.

– Alors, ce n'est pas encore fini ? hurla Olsen d'en bas.

– Bientôt, bientôt, il ne me reste que votre chambre.

Berit glissa dans le couloir et poussa la porte de la chambre de Karl Olsen. Le vieux paysan vivait sobrement, et sa chambre à coucher ne faisait pas exception. Dans le prolongement de la porte, Berit tomba sur le lit d'Olsen. Son lit était imbriqué dans un meuble mural à l'ancienne. Il reposait sur des tiroirs et se fermait avec un rideau. Les laestadiens s'interdisaient les rideaux aux fenêtres, mais le vieil Olsen avait trouvé le moyen de contourner les interdits de son épouse en ayant le rideau sur le lit, pour se protéger de la lumière du jour qui s'installait sans interruption tout l'été. Berit n'était pas étonnée qu'aussi longtemps après la mort de son épouse, Olsen n'ait pas changé cette habitude. Cela lui ressemblait. Tout à l'économie. Le meuble-lit était peint et décoré de motifs folkloriques. Berit passa un coup d'éponge et de chiffon sur le vieux meuble, secoua les draps rêches et ouvrit le rideau. Sur le mur opposé au lit, Berit alla également passer un coup de chiffon sur la large garde-robe de bois clair où étaient rangés les vêtements d'Olsen. Elle tendit l'oreille vers les bruits dans la maison, et entrouvrit la garde-robe. Les étagères étaient à moitié vides. Quelques gros pulls, des chemises épaisses, des paires de jeans. Tout était bien plié. Berit passa un coup rapide. Elle regarda autour d'elle et vit les cadres de photos sur les deux autres murs. Elle s'approcha et s'attarda sur chacun d'eux. Les photos étaient une galerie de portraits ou de groupes. Ce devait être la famille d'Olsen, se dit Berit, en se rappelant comment Olsen avait rageusement mis de côté tous les portraits de la famille de sa femme dans une caisse au grenier. Une photo du fils d'Olsen montrait l'enfant lors de la fête de fin de lycée. Berit ne voyait pas de photo plus récente. D'autres clichés anciens devaient montrer les parents d'Olsen. Un couple strict aussi, avec le père qui portait un drôle de chapeau de cow-boy, bien inhabituel pour un paysan du coin. Berit ne les avait pas connus personnellement. Le père d'Olsen était un peu un original à ce qu'on disait. D'autres photos montraient les grands-parents. Berit épousseta les cadres.

– Berit ! Bougresse ! Ce n'est pas encore fini !?

Elle accéléra ses gestes. Quand elle eut finit avec les cadres et une étagère soutenant quelques rares livres, elle regarda autour d'elle. Au fond, elle aperçut une porte basse qui pouvait ressembler à un placard. Elle n'y avait jamais fait attention auparavant. Elle tendit l'oreille, s'approcha de la porte et la tira à elle, sans faire de bruit. Il faisait sombre à l'intérieur. Elle chercha un interrupteur. Quand la lumière se fit, elle découvrit une petite pièce à la lumière blafarde. Une toute petite table et un siège en mauvais état glissé sous la table constituaient le seul mobilier de ce cagibi. Le petit espace était encombré de caisses, de rouleaux et de vieux journaux. Berit commença à passer le chiffon. En repoussant les rouleaux, elle vit un petit coffre. Berit se dit que le vieil Olsen ne devait pas avoir confiance en la banque. Elle passa un coup d'éponge et continua à nettoyer, intriguée quand même par cette étrange petite pièce. Elle n'osa pas ouvrir les rouleaux ni les caisses, de peur qu'Olsen ne débouche silencieusement. Je ne fais pourtant rien de mal, songea Berit. Pourquoi devrais-je avoir peur ? Elle haussa les épaules et continua à passer quelques coups de chiffon avant de refermer la petite porte. Une silhouette se dressait devant elle. Elle sursauta et étouffa un cri : Olsen se tenait à deux mètres d'elle. Sur ses grosses chaussettes, le vieil homme était monté en silence. Il la regardait sans rien dire, solidement planté, jambes écartées, mains pendantes.

39

Samedi 22 janvier.
14 h. Kautokeino.

Le pick-up de la P9 descendait la rue principale de Kautokeino. Le soleil s'était couché mais les lueurs d'un bleu dur s'accrochaient encore au sommet des montagnes basses qui entouraient la petite ville. L'agglomération épousait les courbes de la rivière Alta, endormie sous la glace. Du côté où le soleil venait de disparaître et où le bleu foncé du ciel tenait encore bon, la pente entre le lit de l'Alta et le sommet de la montagne grimpait plus nettement. Ce flanc plus sévère accueillait le centre Juhl, le Villmarkssenter, la nouvelle école supérieure et la station-service. L'autre rive offrait un territoire plus vaste montant en pente très douce vers le sommet opposé, plus éloigné, et déjà plongé dans l'obscurité. Celle-ci avait déjà englouti l'église et les villas aisées éparpillées sur ce flanc. La ferme d'Olsen se dressait à une extrémité de cette rive. Les gens disaient que la ferme Olsen tenait le sud, et l'église le nord. Les Sami avaient de longue date surtout peuplé l'autre rive, mais ils étaient maintenant nombreux à avoir débordé côté est.

Un samedi après-midi normal, le commissariat aurait dû être vide. Les budgets de la police ne permettaient pas une présence continue et les horaires d'ouverture du poste ressemblaient à ceux de n'importe quelle administration. On pratiquait ici le 9h-17h, du lundi au vendredi. L'été, il ne fallait souvent pas espérer trouver grand monde le vendredi après-midi. Et pendant les périodes de chasse à l'élan ou à la perdrix, le taux d'absentéisme grimpait brutalement. Le commissariat était ouvert quand Klemet en poussa la porte. La nouvelle de la convocation de Tor Jensen à Hammerfest avait dû faire l'effet d'un choc au sein de la petite équipe. Klemet connaissait assez bien Johan Mikkelsen, le journaliste local, aussi correspondant de la NRK à Kautokeino, pour savoir qu'il ne s'était sûrement pas trompé en parlant d'une mise à pied. Mikkelsen était un fouineur, il connaissait tout le monde et compte tenu de ses amitiés au sein du Parti travailliste, qui dominait la région, il profitait de l'écho de toutes les intrigues. Klemet avait pensé l'appeler, mais il s'était retenu. Il aperçut la secrétaire du commissariat. Elle avait l'air abattu, et des larmes lui montèrent aux yeux quand elle vit Klemet.

– Oh Klemet, Klemet...

Et elle éclata en sanglots. Klemet la prit contre lui et lui tapota l'épaule.

– Que se passe-t-il ?

– Oh Klemet, dit la secrétaire dans un gros sanglot, oh...

Et ses pleurs bloquèrent à nouveau les mots au fond de sa gorge.

Klemet lui tapota encore l'épaule et continua dans le couloir. Nina fit une accolade à la secrétaire et suivit Klemet. Il poussa la porte du bureau du Shérif. La

392

pièce était aussi vide que le bol de réglisses. Il entendit des bruits de voix provenant de la cuisine. Plusieurs policiers étaient en discussion. Ils se turent en voyant Klemet. Il allait les interroger quand la porte de la cuisine s'ouvrit à nouveau. Rolf Brattsen fit son entrée, d'un pas rapide. Il jeta un œil dans la salle, aperçut une cafetière fumante. Il prenait son temps. Klemet se méfiait. Brattsen avait l'air un peu trop sûr de lui. Les autres policiers n'avaient pas repris leur conversation. Un silence pesant s'était abattu dans la salle. La grande table recouverte d'une nappe plastifiée jaune était couverte de tasses et de boîtes de biscuits. Une assiette ne contenait plus que des miettes de viennoiseries. Un des policiers en picorait quelques-unes. Nina rompit le silence.

– Que s'est-il passé avec Tor ?

Brattsen, debout, tenait sa tasse à deux mains, soufflant légèrement dessus, mais ses yeux passaient de l'un à l'autre. L'un des policiers, après avoir jeté un œil à Brattsen, leva la tête vers Nina.

– Eh bien, il semble que ça a démarré d'ici. Je veux dire, de Kautokeino. Pas du commissariat, précisa-t-il rapidement, en jetant un œil à Brattsen qui soufflait toujours sur son café en tenant sa tasse à deux mains. Tor est parti ce matin pour Hammerfest. Tout s'est passé très vite, apparemment. Il a été contacté au petit matin, et le patron à Hammerfest lui a ordonné de rappliquer dare-dare. Le ton était cinglant d'après ce qu'il a dit. À en croire les gars à Hammerfest, il y a une histoire politique derrière. Ça s'est passé au cours d'une session du conseil régional hier soir. Totalement à l'improviste. Ce n'était même pas à l'ordre du jour. Le Parti conservateur, le Parti du progrès et le Parti chrétien-démocrate ont déclaré qu'ils attendaient des explications du Shérif sur l'incroyable lenteur de la police dans le traitement de ces affaires exceptionnelles qui entachaient toute notre région avant cette conférence de l'ONU. C'est l'expression qu'ils auraient employée. «Ces affaires exceptionnelles qui entachaient notre région», répéta le policier en singeant un politicien à la tribune. Il redevint silencieux en voyant le regard de Brattsen.

– Les partis politiques ? Mais de quoi se mêlent-ils ? demanda Nina.

– Ils se mêlent de ce qui les regarde, intervint Rolf Brattsen d'un ton tranchant et en posant brutalement sa tasse sur la nappe jaune. On fait des ronds dans l'eau avec ces affaires. Et compte tenu de cette conférence de l'ONU, tu ne peux pas empêcher les politiciens d'ici d'être nerveux. C'est ce que j'ai essayé de dire depuis le début. On est trop mous avec ces affaires. On veut trop ménager les Sami. On est des flics, nom de Dieu, pas des espèces d'ethnologues, de gardiens de zoo ou de médiateurs comme certains voudraient nous le faire avaler... Alors il va falloir que ça bouge !

– Qu'est-ce que tu veux dire ? continua Nina. J'ai plutôt l'impression qu'on progresse, même si on n'a arrêté personne.

– Ah ouais, vous progressez ? Première nouvelle. Tout le monde se fout de nous, la voilà la vérité.

– Et tu proposes quoi ? dit Klemet, qui n'avait pas lâché Brattsen du regard. Parce que je suis certain que tu as une idée en tête, n'est-ce pas mon cher Rolf ?

Le silence du vieil homme inquiéta Berit plus encore qu'une de ces colères brutales dont il avait le secret. Le paysan paraissait la jauger. Berit se sentait transparente, comme si Olsen tentait de percer son âme ou ses intentions. Elle baissa les yeux au sol.

– Je venais juste de terminer, dit-elle d'une petite voix.

Elle passa en se pressant devant Olsen qui la suivit du regard sans bouger le reste du corps. Le paysan parut soudain se réveiller en tournant la tête pour suivre Berit du regard, lorsque sa nuque le lança douloureusement.

– Bon Dieu de bougresse, file donc maintenant, et ne t'avise pas de revenir nettoyer ici ! J'ai pas besoin de toi !

Berit ne voulut pas discuter et descendit précipitamment les escaliers. Elle passait un dernier coup dans l'entrée quand Olsen descendit à son tour. Il bougonnait mais ne s'arrêta pas. Il la regarda partir en voiture et rejoignit la cuisine.

Il attendait le passage de Rolf Brattsen pour avoir les dernières nouvelles. La veille au soir, il avait dû relancer tous ses contacts. Il avait même réussi à faire comprendre au bellâtre que c'était une belle opportunité pour leur parti de remuer un peu cette histoire. Il lui avait fortement suggéré de contacter son bon ami du Parti conservateur ici et à Alta, et de profiter de la session en cours au conseil régional pour évoquer l'affaire. Il ne fallait pas hésiter à dramatiser un peu. Olsen avait flatté le bellâtre comme il le fallait, lui faisant miroiter qu'à l'approche des municipales, Olsen songeait peut-être à ne plus être tête de liste à

Kautokeino. L'autre avait bien compris le message et il avait d'autorité commencé à parler comme s'il était déjà maire de Kautokeino. Cause, cause, avait pensé Olsen en se forçant à écouter ses suggestions les plus creuses avec un air très enthousiaste. Avant que l'autre ne se précipite sur son téléphone pour faire jouer ses relations, il lui avait toutefois recommandé la prudence. L'idéal, avait lourdement suggéré Olsen, serait que l'interpellation au conseil régional soit présentée par le Parti conservateur. Évidemment, le bellâtre n'avait pas compris pourquoi il fallait avancer caché. Olsen n'en espérait pas tant. Tu verras ainsi les réactions que cela provoque. Si cela réagit dans notre sens, alors tu sortiras l'artillerie lourde, et là tu seras en première ligne pour récupérer les lauriers parce que tu leur apporteras une solution.

Olsen avait failli perdre son masque mielleux quand le bellâtre l'avait regardé avec son regard abruti et perdu. Une solution, mais quelle solution ? lui avait-il demandé sur un ton suppliant.

Je t'expliquerai plus tard, avait éludé Olsen. Mais si ça capote, dans l'opinion publique ça retombera sur les conservateurs, tu comprends ? Tu sauveras tes fesses !

Là, l'autre avait tout de suite compris. Surtout la partie où il s'agissait de sauver ses fesses. Olsen devait reconnaître que le bellâtre avait ensuite agi avec une efficacité éclair. Il avait su faire passer le message et lors des questions ouvertes en fin de session, la flèche avait été décochée. Elle avait touché mieux encore que ne l'avait espéré Karl Olsen. Le vieux s'était frotté les mains de satisfaction pendant une bonne demi-heure, seul dans sa cuisine, après avoir raccroché son téléphone. Il ricanait seul, et se massait maintenant la nuque. Il avait appris qu'à la tribune le gars du Parti conservateur s'était enflammé, avec d'autant plus de virulence qu'il s'était fait rabrouer une demi-heure avant par un conseiller travailliste sur une histoire de financement d'association. Le reste s'était enclenché à merveille. Il fallait maintenant passer à la seconde partie du plan. Il se massa la nuque plus vigoureusement et regarda sa montre, jurant devant le retard de cet âne de Brattsen.

18 h 30. Kautokeino.

Klemet était resté sur sa faim. Il avait voulu savoir ce que Brattsen avait vraiment dans le ventre. Ce qu'il avait vraiment en tête pour régler la question, comme il disait. Brattsen avait joué les indignés et quitté la cuisine. Puis chacun était rentré chez soi. Il faudrait attendre lundi matin pour avoir des nouvelles. Klemet et Nina avaient déjà bien entamé le week-end. Ils reprendraient l'enquête lundi, quand tout se serait éclairci avec le Shérif. Klemet voulait inviter Nina pour clore cette semaine intense, mais il ne se sentait pas encore prêt à l'inviter à nouveau sous sa tente. Pas après le dérapage de l'autre soir.

– Nina, allons manger un morceau au Villmarkssenter, tu veux ?

– Je suis crevée, Klemet. Pas ce soir. Pour moi, c'est dodo direct. Je prends juste une partie des relevés GPS, je te laisse l'autre. À lundi !

Klemet s'était retrouvé seul dans le commissariat. Il était habitué. Depuis sa jeunesse. Avec les années, il avait transformé cet endurcissement à la solitude en force. Il avait compris. Il devait compter sur lui-même. Pas sur les autres. Il avait mené sa barque. Les autres le prenaient pour un solitaire, un peu ours. Il ne se voyait pas ainsi. Il se trouvait même plutôt social. Il parlait aux gens. Mais ça ne lui posait pas de problème que les gens aient cette image de lui.

Il réfléchit à qui il pourrait appeler ce soir. Pour prendre un verre sous la tente. Il pensa appeler Eva Nilsdotter. Pas pour l'inviter, cela faisait trop loin. Juste pour lui parler un peu. Sacrée bonne femme. Qui d'autre ? Il éteignit son bureau, resta un instant dans le couloir. Il poussa la porte d'en face qui ouvrait sur la salle des cartes et le congélateur où s'entassaient les pièces à conviction ramassées au gré des patrouilles. Il ouvrit le large bac. Les deux oreilles congelées de Mattis étaient chacune dans leurs sacs plastique, étiquetés, attachés l'un à l'autre par une ficelle. Il y avait peu de chance pour qu'on les confonde avec les oreilles de rennes qui s'entassaient par dizaines dans le congélateur, se dit Klemet. Il les sortit et les regarda sous différents angles. Les entailles n'avaient plus tout à fait la même forme que lorsque les oreilles avaient été découvertes. Klemet était pensif. Il les remit dans le congélateur et sortit de la pièce. Il revint dans son bureau et attrapa sur l'étagère le manuel des marques d'éleveurs. Ça lui ferait une bonne lecture pour dimanche. Et peut-être pour ce soir. Il était fatigué. Il n'appellerait personne.

Les lueurs bleues avaient complètement disparu du ciel quand Klemet traversa la route à pied. Sur le fond noir opaque de la voûte, des lueurs verdâtres flottaient légèrement du côté de l'église. Elles n'étaient pas très loin au-dessus, semblaient jaillir de la montagne. La nuit serait peut-être agitée là-haut, se dit Klemet.

Quelques minutes plus tard, il poussait la porte du Villmarkssenter. Il avait hésité à s'y rendre seul. Mais il voulait parler un peu avec Mads et prendre des nouvelles de sa fille. Le restaurant connaissait l'affluence des samedis après-midi. Dans le coin le plus éloigné de la caisse, la grande table était occupée par une vingtaine d'hommes. Klemet reconnut des ouvriers d'une carrière qui se développait le long de la frontière finlandaise. Le repas du samedi soir était toujours le même, émincé de renne aux chanterelles et pommes de terre. Deux autres tables le long de la baie vitrée donnant sur Kautokeino étaient occupées par des familles sami.

Toutes les générations avaient sorti leur costume traditionnel. Quelques autres clients se partageaient les tables restantes. Des musiciens étaient en train de préparer leur matériel. Mads sortit de la cuisine et fit un signe de la main à Klemet en l'apercevant. Klemet alla s'asseoir à la table la plus proche de la caisse. À part les ouvriers de la carrière, il reconnaissait tout le monde. Les deux familles venaient d'une même siida à l'ouest du village. Trois générations se retrouvaient à table. Une sorte de repas festif car les hommes revenaient juste l'après-midi avant de repartir sur le vidda. Ils venaient se doucher, faire le plein d'essence de leur scooter et de leurs bidons, faire des courses pour la semaine qu'ils allaient à nouveau passer dans leur gumpi. Saluer leur femme. Faire la bise aux enfants. Klemet regardait les gamins. Deux d'entre eux avaient à peu près l'âge qu'il avait quand il avait commencé à l'internat de Kautokeino. Sept ans. Quand il avait été plongé dans un monde inconnu où des gens inconnus lui parlaient une langue inconnue. Il regarda par la baie vitrée. Les lumières de Kautokeino s'étalaient à ses pieds. Le village s'étendait dans la vallée. L'église à sa droite, mise en valeur par quelques projecteurs.

D'ici, on ne pouvait pas voir l'internat. Il se trouvait en contrebas, derrière le centre du village, près de la berge de l'Alta. Mais Klemet n'avait pas besoin de l'avoir devant les yeux pour en voir chaque recoin.

Il fut tiré de ses pensées par Mads. Le patron de l'hôtel-restaurant faisait glisser une assiette d'émincé de renne devant lui. Il posa deux bières sur la table et s'assit en face du policier. Les deux hommes trinquèrent en silence. Klemet reposa son verre et commença à manger, appréciant la saveur du champignon qui fondait sur la langue. Il hocha la tête. Mads tendit son verre vers lui, pour renvoyer le salut.

– Sofia n'est pas là ?

– Dans sa chambre.

– Comment va-t-elle ?

Mads réfléchit, secouant légèrement la tête de droite à gauche, comme s'il pesait sa réponse. Il avait une épaisse moustache châtain, attribut rare dans la région, un visage rond et le crâne dégarni. La rumeur disait qu'un de ses grands-pères était peut-être italien.

– Je crois qu'elle va un peu mieux. Quand est-ce que vous êtes passés déjà ? Nous sommes samedi… c'était…

– Jeudi.

– Oui. Elle est restée toute la journée enfermée, elle n'a rien mangé. Bon Dieu Klemet, je n'avais rien vu venir…

– Je sais.

– Hier matin, c'était pareil. Je me suis demandé s'il fallait l'envoyer à l'école ou pas. J'ai pensé que c'était peut-être mieux qu'elle aille à l'école plutôt qu'elle reste à broyer du noir.

Klemet opina de la tête en mastiquant.

– Tu as bien fait, dit-il la bouche à moitié pleine.

– Je pense, oui. Elle allait mieux en rentrant l'après-midi, elle a ensuite passé la soirée chez une copine de sa classe, et la copine a passé la journée avec elle aujourd'hui. Elles se parlent beaucoup apparemment. Ça a l'air très secret, mais elles se parlent.

– Bon, c'est mieux.

– Et… ce type-là, le Français, vous l'avez coincé ?

– Non, pas encore. Il est paumé quelque part sur le vidda, il prospecte, mais on ne sait pas où exactement. On cherche. On finira bien par le choper. Mais bon, je préfère te prévenir. Nina est montée sur ses grands chevaux, et elle a bien sûr raison, mais si le type dit qu'il ne s'est rien passé, on ne pourra pas faire grand-chose.

Mads hocha la tête en buvant une gorgée de bière. Les premiers accords de guitare emplirent la salle. Klemet repoussa son assiette vide.

– Je vais aller lui dire un petit bonsoir, je peux ?

Mads se leva, prit l'assiette de Klemet et les verres. Il entraîna Klemet dans la cuisine. La femme de Mads vidait une machine. Klemet aperçut Berit en train de peler des pommes de terre. Il la salua d'un signe de la main, pensant qu'il faudrait passer la voir lundi. Il ne jugea pas utile de la prévenir. Inutile de l'inquiéter. Ils entrèrent dans la partie privée du bâtiment. Mads tapa à une porte. Il n'entendit pas de réponse. Il tapa plus fort. La porte s'ouvrit, Sofia pencha la tête, l'air agacé, puis interrogatif quand elle aperçut Klemet.

– Bonjour Sofia.

– Bonjour.

– Je passais juste te saluer.

Sofia était toujours dans l'embrasure de la porte, tête penchée. Elle sourit.

– Bien. C'est fait. Je peux retourner avec ma copine ?

– Je peux te parler une minute ?

Sofia poussa un soupir.

– Ok, ok.

Elle se retourna.

– Je reviens dans une minute.

Apparemment, elle n'obtint pas l'attention de sa copine, qui devait écouter de la musique, car elle cria.

– Ul-ri-ka ! Je reviens dans une minute !

Puis Sofia sortit dans le couloir. Elle tenait toujours la poignée de la porte, la maintenant entrouverte.

– C'est la petite sœur de Lena, celle qui travaille au pub ? interrogea Klemet.

– Ouais. Alors ?

– Je voulais juste savoir comment tu allais ?

– Je vous laisse si vous voulez, dit Mads. Je retourne en salle.

Sofia regarda son père disparaître du couloir.

– Vous avez attrapé ce salaud ?

– Pas encore, Sofia. Mais nous sommes sur sa piste. Il est sur le vidda, pas facile à localiser comme tu peux imaginer. Mais nous le trouverons pour l'interroger.

– Pour l'interroger ?

– Oui, pour entendre sa version.

– Pourquoi, la mienne suffit pas ?

– Eh bien… non, on écoute tout le monde, et après on décide. Enfin, un juge décide. Enfin, si ça vient jusqu'au juge bien sûr. Mais… comment dire… il faut que tu saches que ce genre d'affaire… c'est un peu compliqué.

– J'vois pas vraiment ce qu'y a de compliqué, l'arrêta Sofia. Ce mec est un salaud. J'vois pas où est le compliqué. Franchement.

– Sofia, la justice est comme ça. Je préfère juste te prévenir. On prend cette affaire très au sérieux, je t'assure. Nina est aussi en colère que toi.

– Ah bon, pas vous ? dit sèchement Sofia.

– Sofia, écoute-moi, je crains seulement que, pour un juge, des mains baladeuses ne suffisent pas pour qu'il voie dans ce type un salaud devant être condamné.

Sofia changea brutalement d'expression. Elle jeta un œil rapide dans la chambre et ferma délicatement la porte. Elle était maintenant sous le nez de Klemet, menton presque à l'horizontale pour le regarder bien dans les yeux.

– Ce type est un salaud. Un salaud ! Vous devez l'attraper et le foutre en taule.

Elle pivota et disparut dans sa chambre. La porte claqua. Klemet demeura abasourdi. Et perplexe. Avait-il été maladroit ? Klemet n'était pas toujours très à l'aise avec ce genre d'affaires, il devait l'admettre. Il devait peut-être dire à Sofia que lui aussi prenait ça très au sérieux. Il mit la main sur la poignée. Hésita. Fallait-il s'excuser ou pas ? Klemet n'aimait pas s'excuser. Mais c'était une gamine. Il pouvait faire un effort. Aucun adulte ne serait témoin. Il prit une inspiration, serra la poignée. Hésita à nouveau. Ou bien Sofia n'avait-elle pas tout dit ? Le Français avait-il été plus loin que de simples mains baladeuses ? Était-ce Ulrika qui lui avait monté la tête ? Klemet relâcha doucement la pression de la main. Il regarda la poignée. Il en parlerait à Nina.

Il repartit vers le restaurant. Une mélodie folklorique provenait du restaurant. Berit pelait toujours des pommes de terre. Elle était à la peine du matin au soir, se dit Klemet. Elle n'était pas beaucoup plus âgée que

Klemet, mais elle appartenait à une génération sacri-
fiée qui n'avait pas eu accès à l'éducation. Berit dû
sentir le regard sur ses épaules, car elle se retourna.
Elle aperçut Klemet, le regarda longuement, lui fit un
signe de la tête et retourna à ses patates.

Klemet traversa la salle. Mads était en train de
débarrasser la table des ouvriers. Les hommes regardaient les musiciens et parlaient en rigolant. Les
enfants battaient des mains. Klemet récupéra sa parka
dans l'entrée et sortit.

Un groupe de jeunes gens qui entrait en se dépê-
chant dans le restaurant au même moment le bouscula.
Klemet se colla au mur pour les laisser passer. Ils
n'étaient pas loin d'une dizaine. Quelques jeunes filles
étaient avec eux, elles riaient en maudissant le froid.
Klemet vit qu'elles étaient en minijupe, par ce froid,
sous leur parka. Elles enlevèrent leurs bottes fourrées
et mirent des bottes courtes en peau. Les hommes
étaient de jeunes éleveurs pour la plupart. Ailo
Finnman, qui paraissait mener le groupe, entraîna une
des jeunes femmes sur la petite piste devant l'orchestre
et commença à danser, soulevant les applaudissements
des autres. Klemet aperçut aussi Mikkel. Il se rappela
qu'il voulait lui dire quelque chose, mais il ne se souvenait plus quoi. John était là aussi, inséparable, et
puis deux jeunes hommes que Klemet n'avait jamais
vus les accompagnaient, en train de se débarrasser de
sa veste en cuir pour l'un, de sa combinaison de méca-
nicien maculée d'huile pour l'autre. Il eut un éclair en
voyant les tatouages de l'un d'entre eux. Le chauffeur
du camion qui avait mal parlé à une vieille Sami au
carrefour. Il s'approcha de Mikkel, qui finissait d'enlever sa combinaison, et le prit par le bras à l'écart.

Le berger eut d'abord un sursaut et ses yeux ne quittaient pas la main de Klemet qui le tenait par le bras.

– Mikkel, c'est ton ami ce gars avec le tatouage ?

– Euh, ben, pas vraiment, je le connais un peu quoi, pas plus.

– Si c'est ton pote, tu lui diras gentiment de surveiller son langage la prochaine fois qu'il parle à des personnes âgées.

Mikkel parut rassuré.

– Ben pourquoi ?

– L'autre jour, tu étais dans son camion, non ? C'est bien un routier suédois, ton pote ? Le jour de la manif… Tu ne te rappelles pas ce qu'il a dit à la vieille ?

L'autre se mit à rougir, tel un gamin pris en faute.

– Et j'aimerais bien que tu ne le laisses pas dire des choses comme ça. Tu aurais laissé faire si ça avait été ta grand-mère ?

– Je lui dirai, Klemet, tu peux compter sur moi, je te jure, il ne recommencera pas.

Il était soulagé que cela s'arrête là et prêt à promettre n'importe quoi.

– C'est ça, promets-moi, jure. Et ne te fous pas de moi, d'accord ?

Klemet remis sa chapka et sortit. D'une certaine façon, Mikkel lui faisait penser à Mattis. Des bergers à la marge, qui n'arrivaient pas vraiment à s'en sortir et qui pouvaient basculer à tout moment. L'époque n'était pas tendre pour ce genre d'éleveurs. Avant de remonter dans sa voiture, il leva les yeux pour voir où en était l'aurore boréale. Elle avait pris du volume et oscillait sur une petite moitié du ciel. Elle dessinait d'étranges motifs. Des messages envoyés de l'espace, se dit Klemet. Et tout aussi indéchiffrables que les oreilles de Mattis, pensa-t-il en démarrant.

40

Lundi 24 janvier.
Lever du soleil : 9 h 24 ; coucher du soleil : 13 h 39.
4 h 15 mn d'ensoleillement.
8 h 15. Kautokeino.

Tor Jensen, alias le Shérif, était un patron populaire, à l'écoute de ses hommes, et son départ dans des conditions aussi peu claires troublait ses troupes.

Personne n'avait eu de nouvelles de Tor Jensen, et le téléphone mobile du Shérif n'était pas joignable. A priori, il n'était pas encore rentré d'Hammerfest. Tout le monde avait été convoqué plus tôt que d'habitude pour des annonces urgentes relevant de « l'intérêt du service ». Klemet avait passé une partie de son dimanche à reprendre une par une les marques d'oreilles des éleveurs de la région et sa frustration n'avait fait que croître. Il avait tenté les combinaisons les plus saugrenues, et il avait fini par balancer le manuel à travers le salon. Il n'avait même pas eu envie de se détendre dans la tente.

Nina avait commencé à établir le tracé des positions du GPS de Mattis. La tâche était fastidieuse, il lui faudrait encore des heures. Klemet avait tout juste fini de lui raconter sa visite auprès de Sofia l'avant-veille, lorsque Rolf Brattsen fit son entrée. Il n'échappa à personne qu'il amenait un plateau chargé de gâteaux secs.

– Tout le monde est présent, constata-t-il d'un ton satisfait. Bien.

Il jouissait visiblement de la situation et prenait son temps, attrapant un biscuit et buvant une gorgée de café. La tension était palpable dans la cuisine. Une quinzaine de policiers et d'employés du commissariat s'y entassaient.

– Le commissaire Jensen a été convoqué à la Direction régionale à Hammerfest, comme vous le savez. Il continue d'informer la Direction et les responsables politiques sur place. Cela prend un peu de temps. Voilà pour la version officielle.

Il reprit une gorgée de café, croqua un nouveau biscuit.

– Personne n'en veut ? demanda-t-il, l'air un peu soupçonneux.

Brattsen savait qu'il n'était pas aimé. Il n'avait jamais compris pourquoi. Il était brutal, méprisant, vulgaire, rancunier, partisan, raciste, et Klemet aurait pu en rajouter encore. Mais Brattsen se voyait seulement comme quelqu'un de direct, un peu trop franc peut-être, concédait-il volontiers, efficace en tout cas. Sachant prendre des décisions tranchées s'il le fallait. Vraiment, avait-il dit un jour à Klemet, la seule fois où ils avaient eu une explication orageuse, il ne comprenait pas pourquoi les gens lui faisaient la gueule à ce point. Brattsen était trop borné pour comprendre ce genre de choses. Il reprit un biscuit.

– Maintenant, je peux vous dire ce qu'il en est vraiment. Jensen est sur la touche. Out. Bye bye. Time out. Vacances. Du vent. De bonnes vacances. Bien méritées. Oh, je vois vos mines… mais il reviendra, rassurez-vous. Mais quand cette affaire sera finie. Vous pigez ? Ça traîne depuis trop longtemps cette histoire. Et on a pris un peu trop de pincettes avec ces gaillards de la toundra. Eh, c'est eux ou nous qui faisons la loi ? On est toujours en Norvège, non ?

Brattsen prit le temps de narguer Klemet du regard.

– Hein, Klemet ? On est bien en Norvège, non ? Ou alors j'ai loupé une étape ? On fait de la figuration ?

Klemet bouillonnait. Brattsen le provoquait ouvertement. Mais il n'avait pas envie de lui donner satisfaction. À côté de lui, Nina s'agitait. Ce fut elle qui creva l'abcès.

– Tu n'as pas le droit de dire ça, Rolf. Nous faisons notre travail aussi bien que vous. Nous avons enquêté dans toute la région, parcouru des milliers de kilomètres déjà. Mais le monde des éleveurs est compliqué et les Sami ont une culture différente de la nôtre. Nous devons la respecter. Et nous avançons. Nous avons toutes les raisons de penser que ce géologue français présente un intérêt pour l'enquête et nous allons partir à sa recherche. Il est en outre sous le coup d'une plainte pour harcèlement sexuel.

– Harcèlement sexuel… Ah oui, j'ai vu passer ça. Passionnant. Un dossier en béton. Les fantasmes d'une ado travaillée par ses hormones qui a cru voir une main baladeuse. On va aller loin avec ça. C'est quoi ce délire, bordel ? On a un meurtre sur le dos, ce putain de vol de tambour, et vous venez nous emmerder avec une nana de quatorze ans qui s'est fait toucher le genou, peut-être par hasard ?

Nina devenait rouge de colère. Elle se leva d'un bond.

– Tu n'as pas le droit de dire ça. Tu es injuste, Rolf, et en plus tu n'as pas un comportement égalitaire. Cette jeune fille doit être prise au sérieux.

Brattsen laissait parler Nina avec un léger rictus, comme s'il était content de l'avoir fait sortir de ses gonds. Klemet n'y voyait pas un bon présage. Nina poursuivait sur sa lancée.

– Et puis les Sami ne peuvent pas être considérés comme de vulgaires malfrats. Ils sont protégés par la Constitution, et ils ont des droits spécifiques que nous devons respecter.

– Fort bien, Nina, je vois que tu as suivi les cours à Kiruna avec attention, formidable, ça va nous faire progresser tout ça…

Les policiers se regardaient, sans comprendre où Brattsen voulait en venir. Klemet sentait que Brattsen faisait durer le plaisir, mais qu'il avait soigneusement préparé son exposé et ses effets. Il suffisait de voir la façon dont il prenait son temps. Or la patience n'était pas son fort.

– Nous progressons, Rolf, nous progressons. Mais c'est une affaire qui renvoie à des événements qui se sont passés il y a longtemps, qui renvoient peut-être à une histoire de mine, et…

– Et foutaises ! l'interrompit Brattsen, le front soudain mauvais. On n'est pas là pour faire un traité d'anthropologie ou je ne sais quelle connerie ! Oublie cette histoire de mine et de géologue, nom de Dieu. Il faut être aveugle pour ne pas voir un règlement de comptes entre éleveurs. Johan Henrik et Olaf sont mouillés jusqu'au cou, d'une manière ou d'une autre, c'est clair comme de l'eau de roche. Alors maintenant, écoutez-moi bien, tous. Hammerfest veut du résultat rapide maintenant, poursuivit-il. Les responsables à

Oslo, les pauvres chéris, sont d'une grande nervosité. Alors on va secouer un peu ce panier de crabes, hein, vous en dites quoi ? Nous sommes lundi. Avant mercredi, je veux Johan Henrik et Olaf Renson dans ce commissariat pour être mis en garde à vue et interrogés, et que les journalistes soient là quand on les amène.

Cette fois-ci, Klemet sentit que c'en était trop. Il se leva en tapant du poing sur la table.

– Tu ne peux pas décider comme ça de mettre les gens en garde à vue, alors que notre enquête s'oriente justement dans une autre direction !

Brattsen affichait maintenant un rictus qu'il ne parvenait plus à camoufler. Il jouissait de la situation, et prit une voix doucereuse.

– Ah, j'ai de fait oublié de préciser… j'aurais peut-être dû commencer par cela bien sûr… un oubli. Hammerfest a nommé un nouveau commissaire par intérim. Moi-même. Donc c'est bien moi qui décide, Klemet. Et je décide aussi qu'à compter de cet instant, la police des rennes ne s'occupe plus de ces dossiers de meurtre et de vol. Cela dépasse visiblement vos compétences. Vous allez repartir sur la toundra compter les rennes, Klemet, c'est clair ? Je suis sympa, je t'épargne même d'aller appréhender tes petits copains éleveurs.

Voilà, se dit Klemet. Il devait penser à ce moment depuis le début. Klemet était même sûr que Brattsen avait dû chercher la bonne formule dans sa tête malfaisante. Klemet regardait l'air buté de l'autre. Un poing dans la gueule, juste une fois, pensa-t-il. Mais Klemet s'appliquait à ne rien laisser paraître. Ne pas donner la moindre satisfaction à ce salopard. Il sentait, sans la voir, que Nina était outragée et devait être sur le point d'exploser, vu son tempérament spontané.

La salle resta silencieuse. Les policiers se regardaient, jetant un œil à Klemet. Brattsen était peut-être l'adjoint du Shérif, mais ça n'en faisait pas un successeur naturel. Son poste d'adjoint signifiait surtout qu'il avait en charge un certain nombre de questions qui relevaient purement de l'ordre public. Ils savaient qu'il aurait été logique que ce fût Klemet qui assure cet intérim. Il était respecté et avait la compétence. Quelque chose s'était passé. Brattsen profitait de l'instant. Il prit l'assiette de gâteaux.

– Alors, chers collègues, un petit biscuit avant d'aller faire votre boulot ?

Plusieurs policiers hésitèrent et piochèrent dans l'assiette avant de sortir, à la grande satisfaction de Brattsen. Klemet était resté seul. Brattsen le toisa. Puis, en partant, il vida les derniers biscuits dans la corbeille.

Nina explosa dès que Klemet la rejoignit dans son bureau.

– Mais grands dieux, Klemet, comment as-tu pu rester là sans rien dire ? Il nous a humiliés ! Et il nous retire l'enquête ! Et tu restes là sans rien dire ? À croire que ça t'arrange !

– Nina, je ne te permets pas !

– Écoute-moi Klemet, depuis le début de cette affaire, j'ai l'impression que tu avances à reculons. Comme si tu n'osais pas te lancer.

– Tu es injuste, Nina. Mais moi, j'avance sur des faits. Et ça prend du temps. Si tu veux de l'action, va donc rejoindre Brattsen, il est moins pointilleux que moi. Il arrête d'abord, il pose les questions après. J'avoue, j'ai tendance à prendre les choses dans l'autre sens.

– Je ne t'ai jamais désavoué, Klemet, mais je préfère te parler franchement. Je me demande si tu n'es pas démotivé. Et pour tout dire, je me demande si finalement tu n'es pas très bien avec les histoires d'éleveurs, tant qu'elles ne font pas de vagues et ne dérangent pas ta tranquillité.

Klemet était soufflé par l'attaque de Nina. La collègue sympa, souriante et enjouée se mettait à décocher des flèches pleines de venin. Brattsen d'abord, elle ensuite. Allait-il devoir se justifier devant cette gamine gâtée qui ne comprenait rien, qui découvrait tout avec ses grands yeux bleus et se permettait de le juger, lui qui avait bourlingué plus de trente ans dans tous les commissariats de la région et s'était usé sur l'affaire Palme ? Il tourna les talons et sortit en claquant la porte du bureau.

Laponie centrale.

Aslak Gaupsara suivait le géologue français pas à pas, sur le flanc de la montagne glacée. L'étranger lui jetait parfois des échantillons de roches, après les avoir numérotés, et Aslak les mettait dans son sac à dos. Le Français s'acharnait sur les pierres, il frappait avec hargne, il jurait souvent dans sa langue, en émettant des nuages de buée. Il perdait souvent son calme. Cet homme était tourmenté. Depuis longtemps, Aslak savait que les étrangers s'intéressaient aux pierres de son pays. Cet étranger-là n'était pas le premier qu'il accompagnait. Il avait juste l'air plus nerveux. Aslak avait fait le guide il y a bien longtemps déjà. Il avait aussi connu d'autres éleveurs que des étrangers avaient employés. Ils parlaient de pierres, de minerais, de mines. Ils parlaient de richesses. Ils parlaient de progrès. Ils s'attendaient en général à soulever l'enthousiasme des éleveurs sami. Et ils s'étonnaient souvent de ne rencontrer que des visages fermés. Les étrangers ne comprenaient pas. Là où ils voyaient des mines et ce qu'ils appelaient le progrès, les éleveurs voyaient autre chose. Ils voyaient des routes qui couperaient leurs pâturages, des camions qui effraieraient leurs rennes, des accidents lorsque les animaux devraient traverser les routes.

Les étrangers haussaient les épaules. Ils parlaient d'argent. Ils disaient que pour chaque renne perdu, le berger recevrait de l'argent. La plupart des éleveurs gardaient toujours le visage fermé. Alors les étrangers s'énervaient. Ils disaient que les Lapons ne comprenaient pas la chance qu'ils avaient, qu'ils risquaient de tout perdre, que les mines se feraient de toute façon.

Souvent, lorsque les éleveurs se retrouvaient pour rassembler et trier les rennes, au printemps ou à l'automne, ils en parlaient. Aslak avait même reçu la visite de certains d'entre eux qui étaient venus jusqu'à sa tente. Olaf était venu. Johan Henrik était venu. Mattis venait souvent. Il ne comprenait plus. Ils venaient le voir alors qu'il était peut-être le moins concerné. Les autres le savaient. C'est pour ça qu'ils venaient. Il leur avait dit. Vous avez trop de rennes. C'est pour ça qu'il vous faut de si grands pâturages. Et qu'il y a tant de conflits. Mais ils répondaient qu'il fallait beaucoup de rennes pour payer les frais, les scooters, les quads, les voitures, le camion abattoir, la location de l'hélicoptère. Tu ne comprends pas, Aslak, disaient-ils, toi tu as à peine deux cents rennes.

Aslak les regardait. Et il disait : j'ai deux cents rennes, et je vis. J'ai deux cents rennes, et je n'ai pas besoin de pâturages immenses. J'ai deux cents rennes, et je les surveille. Je suis toujours avec eux. Les femelles, j'en prends le lait. Elles me connaissent. Mes rennes restent près de moi quand je m'approche. Je n'ai pas besoin de passer des jours et des jours à les chercher partout dans la toundra. Mes skis et mes chiens me suffisent. Suis-je un plus mauvais berger que vous parce que j'ai moins de rennes ou parce que je n'ai pas de scooter ?

Quand il disait cela, Aslak voyait souvent un voile triste assombrir le visage des autres bergers. Ils restaient silencieux. Les plus anciens se rappelaient qu'ils avaient connu cette époque, eux aussi. Les plus jeunes disaient qu'ils aimaient aussi leur scooter. Qu'ils aimaient pouvoir aller passer une soirée au village, le samedi, quand ils travaillaient dur. Que dans ce cas le scooter était bien. Aslak hochait la tête. Il restait silencieux. Et les jeunes bergers restaient silencieux aussi. Mais parfois, ils revenaient le voir. Juste pour comprendre comment c'était avant. Certains le craignaient. Mais ils venaient quand même. Ceux-là restaient à distance. Mais lui, Aslak, les voyait l'observer de loin quand il était à ski avec ses rennes. Ils restaient longtemps. Jusqu'à ce que le froid les chasse.

Kautokeino.

Quelqu'un frappait à sa porte. Nerveusement.

– Quoi ? cria Klemet, toujours de mauvaise humeur.

Nina entra, se planta devant lui, jambes écartées, mains sur les hanches, mine renfrognée et déterminée. Elle avait revêtu sa combinaison, portait son sac à dos et un autre sac en bandoulière. Prête à sortir.

– Tu rejoins Brattsen ou bien tu vas courir après les rennes ? demanda Klemet, la voix pleine de reproches.

– Prends tes affaires Klemet, tout, on part en mission. Nous n'avons pas besoin d'être ici avec Brattsen qui nous surveille. Dépêche. Je t'attends au garage.

Elle sortit aussi vite qu'elle était entrée. Klemet leva les yeux au ciel. Il venait juste de commencer à passer en revue les derniers conflits entre éleveurs, délaissés depuis le vol du tambour et la mort de Mattis. Plus par routine, pour se donner une contenance, que par une véritable envie de s'y replonger. Mais il était indécis. Il méprisait Brattsen mais ce dernier avait réussi à manœuvrer avec brio. Klemet tapotait les touches de son clavier. Avec un peu trop de brio même, pour un type comme Brattsen. Klemet avait pensé un instant prévenir Johan Henrik et Olaf. Il avait vite changé d'avis. Cela ne ferait qu'aggraver leur cas. Le sien y compris. Klemet tapa des poings de chaque côté de son clavier. De toute façon, il était inutile de rester planté là à ne rien faire. Nina avait raison. Autant aller sur le terrain, puisque c'était l'ordre reçu.

Il rassembla ses affaires et, dix minutes plus tard, il retrouva Nina au garage. Elle n'avait pas perdu son temps. Elle avait rempli les bidons d'eau, mis de l'ordre à l'arrière de la voiture, chargé des matériels de couchage propres. Qu'avait-elle en tête ? Nina lui montra le siège du passager, sans dire un mot, monta elle-même dans la voiture et démarra aussitôt d'une marche arrière nerveuse. Dehors, le soleil était à nouveau au rendez-vous. La lumière était vive. Klemet ferma les yeux. Il sentait l'air vif lui piquer la joue droite par un entrefilet de la fenêtre, mais il laissa le froid l'agresser. L'initiative de Nina lui plaisait, car elle lui permettait d'échapper à Brattsen. Leur absence passerait inaperçue. Il appartenait à la police des rennes d'être en patrouille permanente, loin de sa base. Cette semaine, ils auraient dû être de repos, mais tout l'emploi du temps était perturbé. Ils pouvaient très bien repartir en mission quelques jours, et se contenter d'envoyer un message anodin de temps à autre. Avec un peu de chance, Brattsen ne s'en rendrait pas compte. Il serait trop occupé par ailleurs. Nina se garait sur le parking du supermarché. Elle coupa le moteur. Elle pensait à la même chose que lui.

– La question est comment ne pas se marcher dessus avec les équipes que va lancer Brattsen, dit-elle. Sinon, il serait capable de nous mettre en quarantaine.

– Brattsen va tout miser sur ses gardes à vue. Je le connais. C'est un sanglier. Il fonce tout droit. Il ne s'embête pas à suivre d'autres pistes en même temps. En plus, il rêve de mettre les Sami au pas. Ce sale con doit être au nirvana.

Nina n'avait jamais entendu Klemet parler ainsi. Il devait en avoir lourd sur le cœur.

– Je ne comprends même pas que ce type soit resté aussi longtemps ici alors qu'il ne supporte pas les Sami. Je me demande qui il déteste le plus, les Sami ou les Pakistanais ?

– Tu n'exagères pas un peu ? Je sais qu'en Suède, on est sévère sur ces questions-là, mais…

– Exagérer ? Ce type pourrait être le porte-parole du Parti du progrès. Et il s'en cache à peine. Bon Dieu, ce Parti a tellement pignon sur rue depuis si longtemps avec ses vingt pour cent au Parlement que les gens ne font même plus attention. Ils sont complètement endormis tellement ils baignent dans l'argent du pétrole.

Klemet souffla un grand coup.

– Tu crois que la mise à pied de Tor a quelque chose de politique ?

– Si je crois ? J'en suis sûr. Mais j'en saurai plus bientôt, sois en sûre. Finalement, tu as raison, Nina. Je m'endormais un peu. Trop près de la retraite, j'imagine. Mais je ne peux pas laisser Brattsen détruire tout ce qu'on a mis en place. Et puis nous devons mener ces enquêtes à leur terme.

Klemet voyait que Nina rayonnait. Sous ses allures simples, cette fille était une battante.

– Nous allons avoir besoin d'un nouveau QG, réfléchit Klemet.

– J'en vois un tout trouvé : ta tente ! Et si je me rappelle bien, tu as même quelques bonnes bouteilles qui nous donneront du cœur à l'ouvrage. S'il en reste, bien sûr.

Le large sourire de Nina éclairait tout son visage. Elle tendit la main à Klemet, qui la serra en lui rendant son sourire.

Le temps de préparer les provisions de bivouac et d'aller récupérer la remorque, les scooters et des stocks d'essence, l'après-midi était passé. Ils laissèrent la voiture et la remorque devant la maison de Klemet et allèrent directement à la tente. Klemet remit du bois et le feu repartit rapidement. Il faisait encore froid dans la tente, mais Nina s'y sentait déjà bien. Klemet avait réussi à instaurer une atmosphère réellement chaleureuse. Elle s'installa à gauche et sortit aussitôt ses dossiers. Klemet vint s'installer près d'elle et sortit ses propres affaires. La tente était suffisamment vaste pour s'y tenir à l'aise. Klemet tira des coussins et des caisses, organisant des plans de travail. Il brancha son ordinateur sur une prise discrètement cachée. Nina lui sourit, sans rien dire.

– Commençons par les relevés GPS, proposa Klemet.

Chacun reprit la chemise contenant ses coordonnées. Klemet sortit de son sac une liasse de cartes au 50 000ᵉ et les étala entre eux. Les deux heures suivantes furent silencieuses. Les cartes se remplissaient de points et de traits rouges. L'un et l'autre étaient absorbés par leur tâche et donnaient l'impression d'avoir redoublé d'énergie depuis leur mise à l'écart de l'enquête. Chose nouvelle, pour la première fois une vraie complicité paraissait les unir.

41

Lundi 24 janvier.
20 h 10. Kautokeino.

Klemet fut le premier à sentir des frissons lui parcourir l'échine. Remettre les données en ordre avait été
plus laborieux qu'il ne l'imaginait. Elles avaient été en
partie détruites par l'incendie et le fichier était partiel-
lement corrompu. Mais il avait fini par retrouver une
certaine logique et, surtout, à établir une liste chrono-
logique des relevés. Après, tout avait été relativement
vite. Il avait juste fallu reporter les données restantes
sur les cartes. Klemet s'était assuré que Nina suive le
même cheminement et, en l'espace d'une demi-heure,
ils avaient obtenu un tracé grossier. Mais éloquent.
Klemet avait ensuite entré les données dans le logiciel
de positionnement géographique dont disposait la
police. Après ces heures passées, entre dimanche et
lundi, à manipuler ces chiffres, il devenait soudain
émouvant d'imaginer Mattis en chair et en os sur son
scooter dans les derniers jours et heures qui avaient
précédé sa mort.

Le gros des lignes rouges qui s'affichaient indiquait que Mattis s'était tenu autour de son gumpi, sans
doute à surveiller ses rennes. Les tracés nombreux

dessinaient des vagues qui allaient heurter les territoires de tous les voisins, avec des séjours plus prolongés au gumpi.

– Pour un éleveur qui avait des soucis avec ses voisins, Mattis passait beaucoup de temps dans son gumpi, nota Klemet. Trop de temps. Il laissait ses rennes sans surveillance la plupart du temps, en tout cas les jours précédant sa mort. Pas étonnant que ses voisins en aient eu marre.

Nina, la première, avait relevé un tracé qui n'aurait pas dû exister. Du moins, pas à ce moment-là.

– Berit a bien raconté qu'elle avait entendu le scooter suspect vers les 5 heures du matin ? dit Nina.

– 5 heures environ, oui. Les phares du scooter éclairaient sa chambre. Et le pilote avait une combinaison orange de chantier. Oui. Et regarde maintenant de quand date le dernier relevé.

Nina grossit la carte.

– 4 h 27. La dernière fois qu'il range son scooter devant le gumpi, nota Nina. Il avait bien dit avoir surveillé ses rennes toute une partie de la nuit.

– C'est vrai, dit Klemet. Donc il ne peut pas avoir été en même temps à son gumpi et devant le centre Juhl à 5 heures du matin, sachant qu'il y a deux heures de trajet au moins entre les deux.

– Mais alors…

– Mais alors, que fait cet aller-retour à Kautokeino ? Dimanche soir…

– Le soir, ou la nuit du vol.

– Oui, le scooter a quitté le coin à 1 h 52. Il a donc mis deux heures et demie pour rentrer. Vu la tempête cette nuit-là, ce n'est peut-être pas si étrange qu'il ait mis plus de temps.

– Conclusion, reprit Nina, cela signifie qu'il n'a pas du tout passé sa nuit à garder ses rennes, comme il nous l'avait dit.

– Et cela explique sa grande fatigue.

Les deux policiers regardèrent à nouveau les tracés.

– Peut-on envisager qu'il ait dit la vérité, que quelqu'un d'autre ait emprunté son scooter ?

– Une personne qui aurait été dans le gumpi avant ?

Klemet fit la grimace.

– Après tout, poursuivit Nina, nous avons ce second scooter, avec deux personnes dessus. Nous ne connaissons rien de leur horaire d'arrivée. Ni de leurs intentions. Peut-être s'agissait-il d'éleveurs venus prêter main-forte à Mattis pour ramener ses rennes. Et puis ils auraient eu une dispute pour une raison quelconque.

– Mais Mattis n'a pas évoqué d'aide, rappelle-toi, il a dit avoir travaillé seul toute la nuit. Pourquoi aurait-il caché avoir reçu de l'aide ? Ça n'a pas de sens. Non, je ne vois qu'une explication…

Klemet regardait Nina, et il voyait qu'elle savait, mais peinait à la formuler.

– Tu veux dire que Berit se serait trompée sur l'heure ?

– Elle s'est trompée. Ou elle a délibérément menti.

– Berit ? Mentir ? C'est impossible ! Mais elle a pu entendre un autre scooter à 5 heures ! Celui du voleur.

– C'est une hypothèse, c'est vrai, admit Klemet. Mais tu reconnaîtras tout de même que le scooter de Mattis, avec ou sans Mattis comme pilote, arrive aux alentours du centre Juhl, et donc de chez Berit, vers 22 heures dimanche soir. Et il ne bouge pas de la soirée. Tout ça fait beaucoup de questions.

Klemet regarda soudain sa montre.

– 20 h 30. Nina, je pense que nous avons encore le temps de rendre une petite visite à Berit.

Klemet et Nina arrivèrent dix minutes plus tard devant chez Berit. Les deux policiers restèrent un instant dans la voiture. La petite maison en bois jaune de Berit n'était qu'à quelques dizaines de mètres de l'entrée du centre Juhl. On apercevait de la lumière. Berit se couchait tôt, mais elle était encore debout. On voyait bien l'entrée du Centre depuis chez elle, si l'on se tenait à une fenêtre, c'était très net. Il faisait nuit noire, comme à 5 heures du matin la nuit du vol. On voyait aussi l'auberge de jeunesse, de l'autre côté de la petite route. L'auberge où une soirée bien arrosée avait eu lieu le même soir.

Des congères s'élevaient contre les flancs de la maison de Berit. Une partie de la neige avait glissé du toit. La lueur des lampadaires éclairait une épaisse couche de neige sur le toit. Berit avait dégagé l'entrée, mais délaissé les alentours de la maison. La neige arrivait presque au niveau des fenêtres. Sa voiture était garée sous un petit auvent qui protégeait aussi des bûches de bouleau. Les policiers virent une silhouette lente passer devant la fenêtre de la cuisine. Quelques traces parallèles s'enfonçaient dans un tas de neige sous une fenêtre. Leurs pas crissaient dans la neige cristallisée. La température avait dû à nouveau tomber à pas loin de moins trente degrés. Klemet tapa à la porte. Ils entendirent de petits bruits et la porte s'ouvrit.

Berit les accueillit avec un air surpris. Son regard passa de l'un à l'autre. Puis son visage finit par se rider d'un sourire lorsqu'elle reconnut Nina.

– Ne restez pas là, entrez vous mettre au chaud, le froid va vous tuer.

Les policiers entrèrent et ôtèrent leurs chaussures. Berit les conduisit directement dans la cuisine et les invita à s'asseoir autour de la petite table en sapin. Elle portait une jolie tunique évasée de drap bleu roi. Le bas de la robe était formé d'une bande de velours rouge qui faisait des vagues tel un rideau de théâtre. Un fin liseré jaune d'or le séparait de la robe. Berit portait sur les épaules un foulard aux couleurs chatoyantes, les couleurs traditionnelles sami, rouge, jaune, vert et bleu. Le châle lui couvrait aussi le buste et il était fermé par un petit bijou formé de petites piécettes creuses assemblées en un motif régulier. La coiffe en laine rouge, elle aussi bordée de liserés jaune d'or, éclairait son visage ridé et ses yeux marron que les paupières couvraient à moitié. Berit se tenait debout, mains emboîtées l'une dans l'autre, l'œil interrogatif.

– Café ?

Sans attendre, elle pivota et prépara la cafetière. La cuisine était modestement meublée, à l'image de la petite maison. Klemet devinait qu'il devait y avoir deux chambres à l'étage, tout au plus. Le salon devait avoir la taille de la cuisine, ou à peine un peu plus. Une lingerie complétait l'agencement des pièces, sans doute cette porte à gauche du vieux réfrigérateur. Le sol était couvert d'un lino marron, les meubles de cuisine étaient en sapin verni. Les rares ustensiles visibles étaient rangés à une place qui certainement leur avait été assignée de longue date. À part le paquet de café et une petite corbeille tressée contenant deux pommes, aucune nourriture n'apparaissait. Sur la petite table, un carré de toile cirée faisait office de nappe. Le carré était gondolé et portait de nombreuses traces de coupures. Berit vivait dans un dénuement qui aurait fait l'admiration de la mère de Nina. La faible lumière ne donnait même pas l'impression d'une chaleureuse intimité mais amplifiait chez Nina un sentiment de tristesse et d'abandon. Berit était une femme que la vie n'avait pas épargnée et qui se contentait du strict nécessaire. Sa seule condition n'expliquait pas ce dénuement. Sa conviction laestadienne n'invitait pas à l'étalage de richesses.

Berit leur sourit à nouveau, sortit deux tasses. Elle prit un couteau et coupa les deux seuls fruits de sa cuisine en fines lamelles qu'elle posa sur deux assiettes, chacune devant l'un des policiers. Elle alluma une petite bougie qu'elle posa au milieu de la table. Elle se servit un verre d'eau. Klemet et Nina étaient restés silencieux, respectant la solennité de l'instant. Mais sans rien dire chacun sondait aussi la vieille femme, essayant de décrypter, dans cette triste cuisine, ce visage ridé et bon entouré des couleurs chatoyantes de la tunique.

Elle fut la première à briser le silence.

– En quoi puis-je vous aider ? Avez-vous du nouveau pour le meurtrier de Mattis ?

– L'enquête progresse, répondit Klemet. Et j'espère bien que tu vas pouvoir nous aider, Berit. En fait, je suis même sûr que tu vas pouvoir nous aider.

Berit sourit, mains jointes devant elle.

– Alors, je le ferai volontiers. Si Dieu le veut.

Klemet hocha la tête. Pour se donner une contenance, il sortit de son sac à dos une carte. Berit s'approcha avec son verre d'eau.

– Vois-tu, Berit, tu as dit avoir entendu le scooter du voleur vers 5 heures lundi matin. Mais nous n'avons retrouvé aucune trace d'un scooter qui confirme ça. C'est étrange. En revanche… un autre scooter était là quelques heures plus tôt, Berit.

Klemet s'arrêta un instant. Berit affichait toujours un léger sourire attentif. Mais Klemet eut l'impression qu'elle serrait un peu plus fort son verre d'eau.

– Ah bon, vous êtes sûrs ?

– Tu sais qu'il y avait une fête à l'auberge de jeunesse ? intervint Nina pour la première fois.

– Une fête ?

– Tu te rappelles le temps cette nuit-là ? ajouta Klemet, sans laisser à Berit le temps de répondre.

La vieille femme semblait maintenant désemparée, bousculée par la suite rapide des questions. Elle posa une main sur le dossier de la chaise devant elle, comme pour assurer son équilibre.

– Une fête, le temps... je ne comprends rien. S'il vous plaît, je suis une vieille femme.

Ses paupières tombantes et son air soudain perdu donnaient envie de la prendre en pitié.

– Berit, tu as dit avoir été réveillée par le moteur du scooter, insista Klemet. As-tu entendu notre voiture arriver ce soir ?

– Je... oui... non, je ne sais pas, je crois que je n'ai pas fait attention, je rangeais des affaires.

– Berit, il y avait une tempête cette nuit-là. Le vent soufflait très fort. Tu n'as pas pu entendre de scooter car la tempête a couvert le bruit, c'est ainsi.

Berit serrait le dossier, sans répondre. Elle faisait des mouvements étranges avec la bouche, comme si elle se mordait la lèvre inférieure. Mais elle ne répondait pas. Klemet jugea le moment venu de la pousser dans ses retranchements.

– Autre chose, Berit, nous savons que le scooter de Mattis a été garé ici une bonne partie de la soirée. En fait, entre 22 heures dimanche soir et tard dans la nuit, vers 2 h 20 du matin. Tu ne trouves pas ça étrange

Berit ? Comme sont étranges ces vieilles traces de scooter dans le tas de neige, comme si quelqu'un avait buté dedans sans s'être arrêté à temps. C'est tout de même très étrange, non ?

– Oh mon Dieu, oh mon Dieu, frémit Berit, posant en tremblant son verre d'eau sur la table, sans éviter d'en faire jaillir quelques gouttes.

Nina se leva et vint prendre la vieille femme par les épaules. Elle tira la chaise devant elle et l'aida à s'asseoir. Berit se laissait faire.

– Berit, dit Nina, tenant la main droite de la vieille Sami dans ses mains, Mattis est-il venu chez toi dans la nuit de dimanche à lundi ?

– Oh mon Dieu, mon Dieu… Seigneur tout-puissant.

Berit jetait un regard désespéré à Nina. La jeune femme essayait de l'encourager du regard en souriant. Berit la regarda, posa les yeux sur Klemet qui s'était penché sur la table pour se rapprocher d'elle, et revint sur Nina, toujours attentive.

– Oh Seigneur aide-moi, dit-elle soudain en éclatant en pleurs. Les larmes jaillirent d'un coup, en longs flots qu'elle ne fit aucun effort pour retenir. Elle pleurait, invoquant Dieu, secouant la tête, serrant sans s'en rendre compte la main de Nina. La jeune policière s'agenouilla près d'elle et lui serra la main entre les siennes. Klemet chercha des yeux un rouleau de papier, mais ne vit qu'un torchon qu'il se leva pour tendre à Berit. Celle-ci dodelinait toujours de la tête, pleurant en gémissant maintenant. Nina prit un coin propre du torchon et essuya les yeux de Berit avec délicatesse. Celle-ci sembla revenir à la réalité. Son visage trempé de larmes s'éclaira un instant. Elle eut un triste sourire et passa sa main tremblante sur la joue de Nina, en reniflant. Puis elle regarda Klemet.

– Oui, Mattis était ici cette nuit-là. C'est la dernière fois que je l'ai vu.

Elle éclata à nouveau en lourds sanglots. Klemet et Nina se jetèrent un regard. Nina était émue par la réaction de la vieille femme. Ses yeux étaient légèrement mouillés. Klemet lui fit un signe de la tête pour l'encourager.

– Raconte-nous Berit, dit Nina.

La Sami prit le torchon et se moucha longuement.

– Oh Seigneur, Seigneur…

Sa voix commençait à se calmer maintenant. Elle secouait un peu la tête de droite à gauche.

– Ce pauvre Mattis, il n'aura jamais eu de chance. Il était désespéré ce soir-là. Et il avait bu. Mon Dieu, qu'il avait bu.

– Que s'est-il passé, demanda Klemet, pourquoi avait-il bu ?

Berit s'essuya les yeux.

– C'est ce tambour, Klemet, ce tambour. Il était tellement obsédé par les tambours, tu le sais bien. Mais c'était encore différent avec ce tambour de Juhl. Celui-là était un vrai. Et quelqu'un lui a mis dans la tête qu'il pourrait en récupérer le pouvoir et devenir un chaman plus grand encore que son père. Oh mon Dieu Klemet, Dieu sait que j'ai essayé de le ramener à la raison. Mais il s'était mis à boire ce soir-là, et… et il est sorti. Je ne l'ai revu qu'un moment plus tard. Il portait une couverture qui recouvrait quelque chose et il est monté à l'étage, dans l'une des chambres. Je l'ai entendu chanter, grogner, crier et chanter des joïks à nouveau. Et il s'énervait, j'ai entendu le bruit d'une bouteille qui se brisait à un moment, et puis des pleurs. Ça a peut-être duré deux heures. C'était horrible, et ça n'en finissait jamais. À un moment, je commençais vraiment à m'inquiéter. Je suis montée. Je n'ai même pas osé ouvrir la porte. J'ai regardé par le trou de la serrure. Oh mon Dieu, Seigneur, quelle vision ! Je suis redescendue aussitôt, dit-elle l'air bouleversé. Je me suis rassise ici, à cette même chaise, et j'ai prié, j'ai prié.

Berit but une gorgée d'eau. Son visage s'apaisa. Elle ne pleurait plus.

– Finalement, il est descendu. Le pauvre. Il avait l'air tellement malheureux, tellement désespéré. Il avait les yeux perdus. Je crois que je ne l'avais jamais vu comme ça. Il est venu dans la cuisine, et il pleurait encore à moitié. Il a pleuré encore contre moi, comme un enfant. Et puis, tout d'un coup, il s'est juste redressé et puis il m'a dit « en tout cas, ça lui coûtera cher s'il veut le récupérer maintenant ». C'est tout ce qu'il a dit. Mais il a eu l'air de se décider. Il a rassemblé toutes ses affaires et il est parti.

Berit reprit un instant le torchon pour le porter devant sa bouche. Elle était à nouveau bloquée par l'émotion.

– Et je ne l'ai jamais revu, dit-elle ensuite brusquement, la gorge serrée, avant d'éclater à nouveau en sanglots.

Klemet et Nina la laissèrent pleurer. Nina lui reprit la main.

– Quelle heure était-il lorsque Mattis est parti ? demanda Klemet.

Berit retrouva son calme.

– Il devait être l'heure que tu as dit tout à l'heure, dans les 2 heures ou 2 h 30. J'étais morte de fatigue.

– Donc il s'est absenté un court instant vers minuit, reprit Klemet. Tu sais où il est allé ?

Berit le regarda.

– Tu le sais bien, Klemet. Il est allé au centre, et c'est lui qui l'a pris, ce maudit tambour dont on lui avait promis le pouvoir. Oh mon Dieu, toute cette nuit-là, il a essayé de contrôler le tambour, je l'ai bien compris. Il voulait se faire obéir, et il n'a pas réussi, le pauvre, évidemment. Et il était si déchiré de ne pas être à la hauteur.

– Sais-tu de qui il parlait en disant « ça lui coûtera cher s'il veut le récupérer ».

– Non, non, je ne sais pas. Mais ce que je sais, c'est que ça l'a tué !

42

Lundi 24 janvier.
21 h 50. Kautokeino.

Les nouvelles consignes de Rolf Brattsen avaient été mises en œuvre avec une rapidité exemplaire. Brattsen avait été très clair. Pas d'atermoiement. De l'action, rapide, percutante. Il fallait du résultat. « On fonce. » S'il avait pu, Brattsen aurait armé ses policiers, mais il avait considéré que ce serait pousser le bouchon un peu loin. D'après les renseignements obtenus, Olaf Renson était encore à Kiruna. Brattsen avait jugé inutile d'ameuter les collègues suédois. Cela ne ferait que compliquer les choses, et Brattsen haïssait la bureaucratie et les bureaucrates, presque plus que les Sami et les Pakistanais. Autant attendre que Renson revienne à Kautokeino. La session du Parlement sami s'était terminée ce lundi après-midi. Brattsen s'était renseigné discrètement. Renson serait de retour dès le lendemain matin à Kautokeino.

Deux équipes étaient parties se positionner pour être en mesure d'attraper Johan Henrik dès le lendemain matin, avant qu'il parte sur le vidda. Elles bivouaqueraient au plus près de son territoire et seraient à pied d'œuvre dès le petit matin. La discrétion était de mise.

De toute façon, il ne s'attendait pas à ce que les éleveurs opposent une résistance. Il comptait sur le respect de l'autorité des Sami. Le seul qui pourrait causer des problèmes serait Renson. Cette tête de bourrique serait capable de rameuter les médias et de prendre ses poses indignées, comme il avait si bien su le faire autrefois lors de son arrestation pour l'attentat à l'explosif contre un engin minier en Suède.

Si tout se passait bien, Rolf Brattsen serait capable de mettre sous les verrous les deux Sami dès mardi. Encore plus rapidement que prévu. Ça c'est du boulot, se dit-il. Le vieil Olsen ne s'était pas trompé. Et si tout continuait comme prévu, si là-bas, sur la toundra, le Français et Aslak bossaient aussi efficacement que lui, il serait bientôt riche…

22 h 10. Laponie centrale.

Aslak et l'étranger étaient rentrés à leur bivouac après cette nouvelle journée encore plus longue que d'habitude. Le Français s'était isolé dans un coin de la tente et il regardait les pierres ramenées. Il prenait des notes sur un carnet, regardait des cartes, inscrivait des marques, consultait un livre, observait les pierres à la loupe, prenait des mesures, notait encore, jurait toujours.

Aslak ne connaissait pas la science des pierres comme cet homme possédé. Mais il savait quelles pierres étaient assez tendres pour être sculptées. Il préférait toutefois travailler le bois de renne. Il avait appris avec son grand-père qui les suivait sur les transhumances. Le vieil homme n'était plus capable d'aider au travail avec les rennes. Il passait ses journées au campement, monté chaque jour entre deux étapes de distances très variables, selon le bon vouloir des rennes. La famille pratiquait de telles transhumances deux fois par an, au printemps, lorsque les troupeaux quittaient le vidda, la Laponie intérieure, après la naissance des faons, pour remonter vers le nord, vers la côte, vers les verts et riches pâturages des îles du Grand Nord. Les rennes fuyaient la chaleur du vidda et ses moustiques qui les rendaient fous. Le voyage derrière les rennes pouvait durer un mois. Le chemin inverse était effectué à l'automne. Les pâturages d'été étaient épuisés. Les rennes retrouvaient naturellement le chemin du vidda. La pitance d'hiver serait maigre. Du lichen. Acceptable pour les rennes uniquement parce qu'il était trempé de neige.

Aslak se rappelait avoir connu pendant ces longues et lentes transhumances un état qu'il ne connaissait pas ailleurs, et qu'il n'avait plus vraiment senti depuis qu'il était devenu un homme. Un des jeunes bergers qui venaient le voir parfois avait employé le mot de bonheur. Aslak ne voyait pas ce qu'il voulait dire. Il savait seulement qu'enfant, il avait appris avec le grand-père tout ce qu'il était important d'apprendre dans une vie d'homme.

Le vieux grand-père avait beaucoup de mal à marcher. Mais durant les longues journées d'attente au campement, quand les bergers surveillaient au loin les troupeaux sur leurs pâturages d'étape, le grand-père partait parfois pour de courtes promenades. Un jour, il avait emmené Aslak au sommet d'une montagne. Elle n'était pas très haute. Son sommet était plat. Mais, d'en haut, on pouvait voir les autres montagnes, à perte de vue. Aslak avait appris à aimer ces montagnes ce jour-là quand son grand-père lui avait dit : « Tu vois

Aslak, ces montagnes, elles se respectent les unes les autres. Aucune n'essaye de monter plus haut que l'autre pour lui faire de l'ombre ou pour la cacher ou pour lui dire qu'elle est plus belle. On peut toutes les voir d'ici. Si tu vas sur la montagne là-bas, ce sera pareil, tu verras toutes les autres montagnes autour. » Jamais son grand-père n'avait autant parlé. Sa voix était calme, comme toujours. Un peu triste peut-être. « Les hommes devraient faire comme les montagnes », avait dit le vieil homme. Aslak ne disait rien. Il regardait son grand-père, et il regarda le paysage qui s'étendait autour de lui. Jamais les montagnes alanguies de Laponie n'avaient été aussi belles. Les vagues infinies de bruyère avec leurs tons de feu, de sang et de terre, étincelaient et crépitaient de vie sous les rayons du soleil. Son grand-père prit un bois de renne qu'il avait ramassé en chemin. Il sortit son couteau et commença à tailler le bois. Ils étaient restés silencieux pendant des heures au sommet de cette montagne. À la fin, le grand-père avait montré le bois à Aslak. Il avait gravé leurs initiales, et la date du jour. Puis il avait calé le bois de renne entre deux grosses pierres. Il était fatigué. Avant de redescendre vers le campement, il avait pris la main d'Aslak et lui avait dit : « Ainsi, quand je serai mort, les hommes pourront dire que je suis passé par ici ce jour avec mon petit-fils. »

Kautokeino.

Klemet et Nina s'étaient isolés un instant dans le salon. Ils croyaient à la version de Berit. La ferme et le gumpi de Mattis avaient été fouillés. Et le tambour n'y était pas. Du café frais et une nouvelle bougie attendaient Klemet et Nina lorsqu'ils revinrent dans la cuisine. Berit avait séché ses larmes. Elle avait les yeux gonflés. Klemet la connaissait assez bien pour savoir qu'elle devait être tourmentée. Il s'approcha d'elle et la prit par les épaules.

– Berit, pourquoi as-tu indiqué une fausse heure à la police ? Tu sais que c'est mal de mentir à la police…

Berit le regarda avec des yeux immensément tristes.

– Mattis était comme un petit frère pour moi. Quand j'étais toute jeune fille, j'ai aidé sa mère à le mettre au monde. Nos familles ont grandi ensemble. Quand il était dans son gumpi, sur le vidda, il revenait chez moi parfois, pour manger un morceau. Il dormait dans la chambre d'en haut. C'était plus pratique pour lui que de retourner dans sa petite ferme qui est loin. Je lui lavais son linge. Je lui donnais à manger. Je l'écoutais. Il savait que je ne le jugerais pas. Il trouvait un peu de paix ici.

Klemet hochait la tête.

– Berit, nous voudrions savoir exactement qui Mattis a rencontré les jours précédant sa mort. Cela peut être important pour trouver cette personne dont il parlait juste avant de partir.

Nina étala le jeu des photos qu'elle avait ramenées de son bureau. Elle tria celles des protagonistes des deux affaires qui, désormais, n'en étaient plus qu'une de façon certaine. Le voleur avait été identifié. Restait à savoir si Mattis avait agi seul. Nina étala les photos. Les visages se succédaient. Mattis. Ailo. John. Mikkel. Johan Henrik. Olaf. Le pasteur. Helmut, du centre Juhl. Berit elle-même. Et encore Aslak. Il manquait toujours une photo de Racagnal. Nina avait ajouté une photo de Sofia. Et pour être tout à fait complète, plus pour mémoire, les portraits de la femme d'Aslak et de Johan Mikkelsen, le journaliste de la NRK.

Berit regarda les photos en silence un moment. Klemet et Nina épiaient ses réactions, mais la vieille semblait surtout triste. Elle toucha la photo de la femme d'Aslak.

– Pauvre femme…

Elle continua à regarder les photos. Secoua la tête.

– Je ne sais pas quoi vous dire. Mattis connaissait tout le monde. Helmut, il lui fabriquait des petits tambours pour touristes, parfois. Vous voyez, encore et toujours les tambours. Il n'en sortait pas, le pauvre. Le pasteur, ma foi, Mattis n'était pas pratiquant, encore moins croyant, le pauvre. Cela l'aurait pourtant bien aidé. Il était dans son monde, à croire que toute chose avait une âme, le moindre rocher, les arbres, tout.

Berit se signa, par réflexe. Elle écarta les premières photos, continua avec les autres. Elle rangea la photo d'Aslak, en la faisant glisser lentement, sans la perdre des yeux. Elle prit la photo d'Olaf.

– Ils ne se connaissaient pas très bien avec Olaf. Je crois qu'Olaf méprisait un peu Mattis. Ou qu'il le trouvait trop… trop lointain. Mattis avait participé un jour à une réunion politique d'Olaf. Ça l'intéressait, Mattis, ces histoires sur la Laponie, sur l'autonomie, sur les valeurs lapones. Il aimait ça, il me l'avait dit. Je crois même que Mattis avait voté pour Olaf aux élections du Parlement sami. Mais quand Olaf a eu besoin de Mattis pour distribuer des tracts sur les marchés, Mattis oubliait presque toujours de venir. Olaf en a eu marre. Il a commencé à critiquer Mattis, à dire qu'en se contentant de ses tambours, il faisait le jeu des politiciens qui voulaient cantonner les Sami à un parc d'attraction culturelle pour les touristes. Je me rappelle de l'expression, parce que j'avais trouvé ça méchant.

Elle rangea la photo d'Olaf sur celle d'Aslak et prit la suivante, Ailo. Avant qu'elle ne recommence à parler, Nina lui retint la main.

– Berit, tu n'as rien dit sur Aslak… Ils étaient pourtant assez proches, non ?

Berit eut un air de petite fille prise en faute, ses paupières tombèrent un peu plus sur ses yeux.

– Oh, Aslak, oui, c'est vrai, ils se connaissaient. Ils se respectaient. Ils se voyaient sur le vidda, c'est tout.

Elle reprit la photo d'Ailo, comme si elle voulait abréger ses commentaires sur Aslak. Nina s'en étonna, mais la laissa poursuivre.

– Celui-là, Mattis aurait mieux fait de moins le fréquenter. Avec les deux autres d'ailleurs, ils sont toujours ensemble. Ailo Finnman. Lui et sa famille… Ils se croient tout permis. Ils menacent tout le monde sur le vidda, ils se font de la place à coups de coude.

– Mattis les fréquentait ?

– Fréquenter, fréquenter, si on veut. Ils faisaient parfois des petites affaires entre eux. Il leur donnait aussi un coup de main, au moment des tris. Je disais à Mattis de ne pas les fréquenter ceux-là, mais Mattis n'en faisait souvent qu'à sa tête. Les autres lui vendaient des tambours au noir. Et puis ils écoulaient des marchandises. Je n'ai jamais voulu savoir. Mais tu dois être au courant, toi, Klemet, les petits trafics avec ces gros camions qui traversent la Laponie en permanence entre la Norvège, la Finlande et la Suède.

– Et dimanche, avant de venir chez toi, tu sais où Mattis était passé ? D'après le GPS, il était à Kautokeino dès 22 heures ce soir-là. Mais il n'est arrivé chez toi qu'un peu plus tard non ?

– Oui, c'est possible. Je ne me rappelle plus des heures maintenant. Si votre machine vous dit ça, c'est peut-être vrai. Mais je ne sais pas qui il a vu, s'il a vu quelqu'un. Ce qui est sûr, c'est qu'il avait déjà bu quand il est arrivé. Ce n'était pas étonnant. Il savait que chez moi il n'y a pas d'alcool, et que je ne veux pas qu'on boive ici. Mais mon Dieu, ce soir-là, oh mon Dieu, il avait bu, et bu…

Klemet et Nina remercièrent Berit. Elle reposa les dernières photos sur le tas. Son regard glissa sur le tas voisin que Nina avait mis de côté, avec les photos d'Henry Mons de l'expédition de 1939.

– Tiens, dit-elle, que fait-il là ? s'étonna Berit.

Les policiers se penchèrent sur la photo et la rapprochèrent de la bougie.

– De qui parles-tu ? demanda fébrilement Nina.

– De lui, le petit moustachu.

– Tu le connais ? insista Klemet.

– Non, mais l'autre jour, en nettoyant chez Olsen à l'étage pour la première fois depuis longtemps, j'ai vu des tableaux dans sa chambre. Et il y avait ce visage-là, qui pourrait bien être son père.

Le père de Karl Olsen. Voilà qui expliquait la présence de cet homme au sein de l'expédition. Le père Olsen devait déjà être fermier à l'époque et il avait dû pourvoir l'équipée d'une partie du matériel, des véhicules peut-être, ou des animaux, chevaux ou ânes. Mais cela ne permettait pas de comprendre sa disparition des photos peu de temps après le départ de Niils Labba et d'Ernst Flüger, le géologue allemand. Karl Olsen n'était pas né à cette époque. Mais son père lui aurait peut-être parlé de cette expédition.

– Nous irons lui rendre visite, dit Klemet. Nous verrons bien. Il est à sa ferme à quelle heure en ce moment ?

– Oh, il y est à coup sûr le matin, parce que Mikkel et John viennent travailler sur ses machines en ce moment. Ils viennent le matin, et le vieux Olsen aime bien les avoir à l'œil pour être certain qu'ils travaillent bien.

– John et Mikkel ? Cela fait longtemps qu'ils travaillent pour Olsen ? Je pensais qu'ils faisaient des extras au garage seulement.

– Ils sont fourrés partout ceux-là. Cela fait bien des années, oui des années, qu'ils traînent aussi chez le vieux Olsen, dit Berit. Et Mattis venait aussi parfois à la ferme du vieux Olsen les retrouver, faire de la mécanique avec eux. Mattis empruntait des outils du vieux. Ils faisaient leurs petites affaires là-bas, j'imagine.

Le téléphone mobile de Klemet sonna. Il regarda le nom s'inscrire sur le petit écran. Tor Jensen. Le retour du Shérif. Klemet passa dans le salon et prit la communication. Elle ne dura que quelques minutes. Le Shérif était de retour à Kautokeino. Pas incognito, mais pas loin. Il avait appris la mise à l'écart de la police des rennes. Il voulait rencontrer Klemet le soir même. Le ton n'avait pas trompé Klemet. Le Shérif était de retour, et ça lui plaisait.

En revenant dans la cuisine, il aperçut Nina, qui affichait un sourire resplendissant. Un sourire pétillant de malice. Et d'intense satisfaction. Sur la petite table de la cuisine, une forme sombre, ovale et rebondie reposait sur une couverture. Au premier coup d'œil, Klemet comprit. Il avait sous les yeux le tambour, celui volé par Mattis. Celui qui avait causé sa mort.

43

Lundi 24 janvier.
23 h 30. Kautokeino.

Le retour jusqu'à la tente de Klemet s'était déroulé dans une ambiance survoltée. Nina avait raconté qu'elle avait soudain réalisé qu'ils n'avaient pas posé cette question toute simple à Berit. Mattis l'avait laissé dans la chambre pour qu'elle en prenne soin ! Et Berit l'avait rangé là, dans le placard de la cuisine. Les policiers étaient aussitôt partis avec leur trésor. Ils avaient fermement exigé de Berit de ne rien dire du tambour à quiconque, car l'enquête était toujours en cours. Coupable de faux témoignage et de recel, elle n'avait pas été difficile à convaincre.

– Que va-t-on faire du tambour ? lança Nina. En principe, nous ne sommes plus sur l'enquête. Nous sommes censés être en pleine toundra en train de contrôler les troupeaux.

– Je sais, mais on ne va pas se gâcher le plaisir tout de suite, non ? Il est hors de question que je donne le tambour à Brattsen.

– Mais il va arrêter des éleveurs.

– Il va les arrêter pour la mort de Mattis, pas pour le vol du tambour. Sauf s'il espère d'un coup de baguette magique tout résoudre avec son coup de filet. Il faudra qu'il soit très convaincant.

– Mais comment va-t-on pouvoir cacher la découverte du tambour ? En plus nous ne sommes qu'à quelques jours de la conférence de l'ONU maintenant !

– Je sais Nina, mais nous devons bétonner notre position. En savoir plus sur ce que ce tambour peut nous raconter. Et laisser Brattsen s'enfoncer. Ensuite, tout rentrera dans l'ordre.

– Humm. Ça ne me plaît pas trop ce petit jeu, fit Nina avec une moue que Klemet devina à sa voix. Et le Shérif, tu comptes le mettre au courant ?

Klemet ne s'était pas décidé. Tor était de leur côté. Mais il préférait attendre de voir ce que son patron de Kautokeino avait en tête.

– Nous verrons tout à l'heure, quand il passera à la tente.

– Et pour le tambour ? Ne devrait-on pas le protéger ? Le directeur de Juhl avait dit qu'il voulait le faire traiter avant de l'exposer. Si nous le détériorons par mégarde, nous risquons de le payer cher.

– Nous passerons voir l'oncle Nils Ante demain matin à la première heure. Il saura sûrement quoi faire.

Lorsqu'ils qu'ils arrivèrent à la tente, ils se jetèrent sur le tambour. Les flammes jetaient d'étranges ombres sur les parois de la tente. Elles donnaient l'impression de faire vivre les motifs qui apparaissaient sur le tambour. Une ligne séparait le tambour dans sa partie supérieure, comme dans le souvenir d'Henry Mons. On voyait effectivement quelques rennes stylisés, un peu à la façon des peintures rupestres. Et la croix était bien là, mais elle était tellement plus qu'une croix.

Nina, la première, eut le réflexe de sortir son appareil photo pour immortaliser le tambour et en garder une trace. Puis elle se remit à étudier la peau tendue et craquelée.

Elle reconnaissait des rennes dans les deux parties du tambour. Des poissons aussi, deux oiseaux sombres qui pouvaient être des corbeaux, mais il était illusoire de vouloir déterminer l'espèce. Un grand serpent, très gros à en croire les proportions par rapport aux autres animaux. Mais les proportions avaient sans doute peu d'importance, se dit Nina à la réflexion, car les oiseaux et les poissons étaient de la même taille que les rennes. Elle voyait des signes presque indiens, sans savoir pourquoi elle pensait cela, des bouts de sapin, un soleil, ou peut-être était-ce un personnage dans un soleil. En bas à gauche de la croix, Nina voyait une espèce de bateau dans un cercle. Sous le trait de séparation se dessinait ce qui ressemblait à un grillage. Puis il y avait encore ces losanges à cheval sur la ligne. Sur le côté droit, de drôles de vagues bordaient le tambour. Nina était frappée par l'asymétrie des motifs, par leur finesse. Elle tentait de se convaincre que tout cela pouvait avoir une signification pour des gens. Mais dans quel langage ? pensa-t-elle. Son regard se reporta sur la croix. Elle était large, avec une double épaisseur et son centre était formé d'un losange. Chaque branche de la croix portait un symbole différent, et le centre du losange en portait encore un autre. Nina regarda Klemet, espérant capter dans les yeux de son compagnon un éclair de compréhension.

– Qu'en penses-tu ?

Klemet était perdu. Il ne pensait pas l'avouer. Pas tout de suite. Mais en découvrant ce tambour illisible, il réalisait le fossé qui le séparait de la culture sami.

Qui l'avait toujours séparé. Des dizaines de chercheurs auraient tué père et mère pour tenir ce tambour entre leurs mains. Or Klemet était incapable de voir quoi que ce soit. Brutalement, il comprenait qu'il avait grandi à l'écart de la culture sami et qu'il était tout aussi étranger qu'une Nina à ce qui représentait pourtant le cœur de cette culture. Et de cette histoire. D'un coup, des mots de son oncle lui revenaient en mémoire. Les Sami avaient été victimes d'une guerre de religion. D'une authentique guerre de religion. Et ils avaient perdu. Klemet en était un exemple criant. Face à un tambour qui aurait dû éveiller en lui des sentiments bouleversants, il restait démuni.

Klemet regarda à nouveau le tambour. Le trait de séparation était placé très haut sur le tambour. La croix était au milieu de la plus grande des deux parties délimitées par ce trait de séparation. La croix était richement ornée. Était-ce inhabituel ? Klemet aurait été bien infichu de le dire. Il pouvait identifier des rennes, des poissons, des oiseaux, des sapins peut-être, des montagnes, peut-être encore, des tentes sami sans doute. Il n'en était même pas sûr. N'essaye pas de jouer les experts, se dit-il. Tu fais un bien piètre Sami !

– Il faut appeler Tor, rappela Nina.

– Oui. Autant le mettre au courant. Mais dis-moi Nina, toi qui n'es pas Sami et ne connais pas cette culture, qu'est-ce que tu vois sur ce tambour ? Un œil novice y voit peut-être mieux certaines choses…

Nina avait déjà passé le premier cap de la surprise totale, elle commençait maintenant à s'imprégner des signes.

– Oui, dit-elle, c'est vrai, je m'imagine certaines choses, mais je suis déjà influencée par l'histoire qui colle à ce tambour. Je vois beaucoup de tentes sami. Pourquoi ?

Je ne sais pas. Cette frontière, ou cette séparation, je pour-rais bien voir une limite entre ce qu'il y a au-dessus de la mer et ce qu'il y a en dessous. Les losanges, je verrais bien des icebergs. La partie sous-marine est bien plus importante. Un lac qui cacherait quelque chose ? Un village englouti ? Lors de la construction d'un barrage. Klemet, tu disais que tu étais venu travailler pour la pre-mière fois dans la région lors des manifestations d'Alta. N'était-ce pas contre la construction d'un barrage ?

Klemet se souleva et reprit le tambour. Il le retourna, l'observa sous plusieurs angles.

– Très bon comme théorie ça. Tu vois, j'étais telle-ment parti sur les vagues souvenirs de mon oncle, avec ces histoires de frontière entre royaume des vivants et des morts que… Un village englouti. Un village ou une mine engloutie…

– Ou les deux !

– Ou les deux…

– Cette espèce de grillage à cheval sur la ligne pour-rait être comme une échelle entre les deux côtés du niveau de l'eau.

– Une échelle… Pourquoi pas ?

– Là, un bonhomme stylisé qui tient deux croix : un pasteur ? Et là, tu vois une croix qui symbolise le soleil, mais si tu penses différemment, comme avec tes royaumes des morts. Si ça n'a rien à voir avec le soleil. Moi, je verrais plutôt une sorte de boussole, ou une rose des vents. Et là, ce cercle, une boussole encore, suggéra Nina.

– Mais pourquoi deux boussoles ?

– Pourquoi ? Je ne sais pas. La personne qui a dessiné ce tambour avait peut-être beaucoup de choses à cacher.

– Ou à raconter, murmura Klemet l'air sombre.

Le Shérif arriva dix minutes plus tard. Il n'avait plus l'air fatigué du tout. Rentré d'Hammerfest, il était vêtu du pantalon gris à poches sur les cuisses et de la parka bleu marine. Tor Jansen était visiblement d'humeur combative. Klemet ne l'avait pas vu dans sa tenue de terrain depuis des lustres. Le régime réglisses laissait des traces. La tenue était un peu trop moulante. Mais quelle importance ! Klemet se dit que son chef, ou ex-chef, devait avoir une revanche de taille à prendre.

Klemet avait pris soin de dissimuler le tambour à l'intérieur d'un coffre. Il offrit une bière au Shérif.

– Qu'est-ce qu'il s'est passé à Hammerfest ? demanda Klemet.

– Hammerfest ! Un tas de rigolos. La région est noyautée. Soit tu trouves des travaillistes dans le moindre placard…

– Comme toi, précisa Klemet avec un sourire.

– Me fais pas chier… soit tu as le Parti du progrès qui tire les ficelles et manipule les conservateurs. Ça se passe comme ça à Oslo, eh bien je peux t'assurer que c'est du pareil au même dans cette région paumée du Finnmark. Les gens sont aussi cons que dans la capitale !

Nina paraissait choquée d'entendre le commissaire parler ainsi. Tor Jensen n'y fit pas attention.

– Le Parti du progrès ?

– Ça ne m'étonnerait pas. Ils montent en puissance dans la région. Même ici, dans le Nord rouge ! Ils ont le lobby des scooters avec eux !

– Le lobby des scooters ?

Le Shérif se tourna vers Nina, agacé par sa question.

– Tu n'es pas censée être au courant, dans la police des rennes ? Le lobby des scooters, bordel de merde ! Klemet, explique, c'est ton boulot.

Le Shérif était vraiment en colère, se dit Klemet, amusé de l'entendre jurer ainsi.

– Les utilisateurs de scooters veulent pouvoir se balader dans les montagnes quand ils ont des congés, comme pour le week-end de Pâques, qui est l'un des plus beaux week-ends dans la région, avec encore beaucoup de neige partout et beaucoup de soleil. Les Norvégiens de la côte partent en famille en scooter pour trois ou quatre jours dans leur petit cabanon sur la toundra, le long des fleuves. Mais c'est l'époque où les femelles rennes mettent bas, et les troupeaux ne doivent absolument pas être dérangés, sinon les femelles peuvent abandonner leur faon et ça occasionne de grosses pertes pour les éleveurs. Donc, conflits. Il n'y a pas que ces histoires de scooters, mais ça résume à qui tu as à affaire.

– Et ce putain de lobby des scooters est bougrement puissant dans les villes de la côte. Le Parti du progrès y pioche des électeurs à foison, sans se forcer.

– C'est pareil côté suédois, à Kiruna, précisa Klemet. Tu as aussi un sacré lobby des scooters là-bas. Des gens qui ne veulent pas restreindre leurs loisirs, balade en famille, chasse ou pêche, quelles que soient les raisons invoquées.

– Il est hors de question de laisser Brattsen foutre le bordel partout, s'emporta à nouveau le Shérif.

Klemet resta silencieux un moment, regardant les flammes éclairer le visage en colère du Shérif. Il tourna la tête vers Nina, assise sur ses talons. Ils se fixèrent quelques longues secondes, puis Nina l'encouragea de la tête. Klemet se décida.

– J'ai une bonne et une mauvaise nouvelles.

– Ne joue pas avec mes nerfs Klemet, je t'assure que ce n'est pas le moment !

Klemet fit comme s'il n'avait pas entendu.

– La bonne nouvelle d'abord : nous avons fait un progrès majeur dans l'enquête. Un très gros progrès. Beaucoup de gens vont pousser un très gros soupir de soulagement. La mauvaise nouvelle maintenant : cela risque de mettre un stop à tout le reste de l'enquête. Ou, plutôt, notre hiérarchie va se contenter des arrestations lancées par Brattsen pour proclamer les affaires closes la veille de l'ouverture de la conférence de l'ONU.

– Vous avez retrouvé le tambour ?!

– Le coffre, derrière toi.

Tor se retourna précipitamment.

– Doucement, précisa Nina, c'est fragile.

Le Shérif sortit la couverture et l'ouvrit délicatement. Il resta un bon moment à le regarder.

– Jamais vu un machin pareil.

Klemet expliqua dans quelles conditions le tambour avait été retrouvé. Le Shérif hocha la tête.

– Elle est tout de même complice de recel. Qui d'autre est au courant ?

– Personne.

– Humm, grogna le Shérif en reprenant le tambour. Et que raconte-t-il ce fichu tambour ? Vous avez trouvé ?

La mine fermée des policiers le renseigna.

– Voyons voir… Beaucoup d'animaux dans votre bazar… Serpent, quelque chose de dangereux apparemment. Des phoques là…

– J'avais cru voir des oiseaux, des corbeaux peut-être, dit Nina.

Le Shérif fit la moue.

– Phoques, corbeaux, des bestioles en tout cas. Sur la droite, des oiseaux, ou des montagnes. Là, sur la gauche, ce sont des tentes, comme sur la croix. Et puis on dirait bien une espèce de traîneau tiré par un renne. Ces points sur le traîneau, ça pourrait être, quoi, des enfants ? Ou des moustiques. Ou non, du minerai de fer peut-être ? Qu'en dites-vous ? Et ces personnages stylisés, on dirait bien qu'ils tiennent... des pistolets.

Le Shérif poussa un long soupir.

– Vous avez trouvé une explication ?

– Non. Une théorie pour l'instant, de Nina.

Klemet invita sa collègue à raconter.

Le Shérif écouta la jeune femme en hochant la tête.

– Une mine ou un village englouti. Pas bête. Ça pourrait se tenir après tout. La question qu'on peut se poser maintenant, c'est si ce tambour ne raconte que cette histoire, ou s'il nous donne aussi des indications sur l'emplacement de ce village ou de cette fameuse mine engloutie. Et le lien avec le meurtre de Mattis ?

– Mattis en avait après le pouvoir du tambour. L'argent ne l'intéressait pas, dit Klemet.

– L'argent ne l'intéressait pas tant qu'il ne s'agissait que des menues sommes qui étaient sa seule perspective, avec ses petits tambours pour touristes et la viande de quelques rennes. Mais la perspective de beaucoup d'argent peut transformer les gens, Klemet, même les moins intéressés, crois-moi. En tout cas, pour l'instant, vous avez ce tambour, c'est déjà formidable. L'affaire n'est pas totalement résolue, mais le retour du tambour va déjà calmer les esprits.

– Nous n'avions pas pensé remettre le tambour tout de suite, rectifia Nina.

Tor Jensen regarda la jeune femme avec un air incrédule. Il regarda Klemet, qui semblait abonder dans ce
sens. Ils sont sérieux, paraissait penser le Shérif.

– Nina a raison, expliqua Klemet. La réapparition
du tambour et l'arrestation des éleveurs marqueront la
fin des enquêtes car tout le monde sera trop content de
clore ce bazar à la veille de la conférence. Nous savons
qu'il n'en est rien. Nous avons besoin de temps. Et
nous avons besoin de toi.

– Mais bon Dieu, je ne suis plus rien, et vous n'êtes
plus sur le coup, tu as déjà oublié ?

– C'est quitte ou double, rétorqua Klemet. Si nous
perdons, nous perdons un peu plus, voilà tout. Mais si
nous parvenons à résoudre les affaires, le bénéfice t'en
reviendra aussi. On dira alors que tu auras assumé tes
responsabilités même dans l'adversité, que tu auras
pris des décisions risquées et courageuses, et tout le
monde sera si content de s'en tirer à si bon compte que
toutes ces petites irrégularités seront vite oubliées.

– Oui mais si ça capote…

– Si ça capote, tu es bon pour le Spitzberg, et
encore, sans la prime d'isolement.

Le Shérif regarda à nouveau le tambour. Il en
caressa le tour.

– Je rentre. Je n'ai pas vu ce tambour. Et vous non
plus. Vous avez intérêt à bien tenir Berit. Demain, je
te ramènerai le dossier que je t'avais constitué sur ton
géologue français. Klemet et Nina, vous avez trois
jours. Pas plus.

44

Mardi 25 janvier.
Lever du soleil : 9 h 18 ; coucher du soleil : 13 h 45.
4 h 27 mn d'ensoleillement.
Gumpi de Johan Henrik, Laponie intérieure,
et Kautokeino.

L'arrestation de Johan Henrik s'était déroulée sans
encombre au petit matin, exactement comme Rolf
Brattsen l'avait prévu. Le berger avait sans doute envi-
sagé de prendre la poudre d'escampette, mais les policiers avaient bloqué les voies potentielles. Cela avait
d'ailleurs provoqué des problèmes inattendus car le
froid était plus vif encore que les jours précédents. À
part quelques rares nuages, le ciel était immaculé et le
thermomètre était tombé à près de moins quarante
degrés. La fuite de Johan Henrik aurait de toute façon
été de courte durée. Par ce froid, même les bergers
hésitaient à sortir. L'un des policiers avait des enge-
lures et les autres, à cause de l'attente longue et silencieuse, étaient frigorifiés. Heureusement pour eux,
Johan Henrik, voyant les issues bouchées, n'avait pas
tenté sa chance. Le berger avait juré, craché, menacé, il
avait assuré que la police serait tenue pour responsable
si son troupeau se mélangeait à ceux des voisins. Mais,

suivant scrupuleusement les instructions, les policiers étaient restés intraitables. Pressés d'en finir, ils avaient juste laissé Johan Henrik prévenir son fils afin qu'il organise la garde du troupeau en son absence.

L'interpellation d'Olaf Renson avait été bien plus compliquée. Mais là aussi, Brattsen s'y était attendu. Renson était rompu aux pratiques médiatiques et il disposait d'un bon réseau rapidement mobilisable. Brattsen avait lui-même supervisé l'opération, tout en restant légèrement en retrait. Le vieil Olsen lui avait conseillé de ne pas trop se montrer afin de se préparer une position de repli. « Si ça marche comme prévu, lui avait dit le vieux paysan, il sera toujours temps de te montrer et de te mettre en valeur. Nos amis sauront te rendre hommage. » Oui, le vieil Olsen pensait à tout.

Renson prenait son petit-déjeuner à l'hôtel Thon lorsque les policiers étaient venus le trouver. L'un des agents lui avait notifié une convocation. Comme prévu, Renson s'était indigné, commençant à pousser des cris scandalisés, prenant à témoin le personnel de l'hôtel et les quelques clients attablés. Il avait fait état de sa qualité d'élu, criant au scandale, à la discrimination. Brattsen avait briefé les policiers : fermeté, mais pas de violence. Et encore moins de commentaires. Pas question de lui donner des arguments. Les policiers n'avaient rien pu faire quand Renson avait demandé au personnel de prévenir la presse. Il avait ensuite été assez malin pour faire traîner son départ, sans opposer de résistance directement répréhensible, jusqu'à l'arrivée de Mikkelsen, le journaliste de la NRK, et de quelques collègues. Une fois les journalistes réunis, Renson s'était laissé embarquer, criant à l'erreur judiciaire, accusant les policiers d'incompétence et de racisme, et fustigeant l'absence de vrais policiers sami pour faire régner une justice sami en territoire sami. «Nous n'avons que faire de quelques Sami qui collaborent avec le système norvégien. Je suis victime d'une injustice intolérable qui illustre une fois de plus à quel point notre besoin d'autonomie accrue est crucial ! »

Brattsen avait été ravi. De lui-même Renson faisait porter la responsabilité de son arrestation sur Klemet Nango. Le vieil Olsen avait eu raison. Si l'affaire tournait mal, aux yeux des habitants Nango paraîtrait facilement comme le responsable.

Nina et Klemet venaient d'entendre à la radio les déclarations outrées de Renson sur les Sami collabos lorsque la voiture personnelle de Klemet, une vieille Volvo rouge, s'arrêta devant la maison de son oncle Nils Ante, à Suohpatjavri. Les deux policiers s'étaient fait discrets. Ils avaient laissé leur uniforme chez eux. Cette fois-ci, Mlle Chang avait entendu la voiture arriver et elle accueillit Klemet et Nina sur le pas de la porte, enveloppée dans une couverture polaire.

– Salut Klemet, c'est ta copine ?

– Ma collègue, sourit Klemet, amusé par la rapide familiarité de la jeune Chinoise. Mon oncle est là ?

– Viens, il finit son petit-déjeuner.

Le petit groupe entra dans la cuisine d'où parvenait une musique scandée par des instruments que Klemet ne parvint pas à identifier.

– Des instruments chinois. Formidable, cette sonorité, s'exclama Nils Ante. J'essaye de combiner ça avec un joïk que j'écris pour la grand-mère de Changounette. Ah, et voilà ta petite copine, enfin !

– Nina est ma collègue. Nous patrouillons ensemble.

– Et tu viens patrouiller jusqu'à chez moi ?

– Il faut que je te parle de quelque chose.

– Bah, écoute plutôt le début de mon joïk.

Nils Ante coupa l'appareil et se mit à entonner un chant de gorge mélodieux, mains tournées vers sa jeune compagne.

> *Les jours sont longs,*
> *quand je ne peux rencontrer*
> *celle à qui j'ai laissé mon cœur.*

Nils Ante partit dans de longues vocalises, repre- nant les mêmes termes qu'il répétait en modulant sans fin. Mlle Chang lui tenait la main, pleine de tendresse, et buvait ses paroles envoûtantes. L'exer- cice dura trois longues minutes, et Klemet commen- çait à perdre patience.

– Il ne s'agit bien sûr que de la première strophe, finit par dire Nils Ante. Alors, tu aimes ?

– C'est très beau, comme d'habitude, lâcha Klemet. La dernière partie est un peu mélancolique, mais très jolie.

– Et toi, Nina, qu'en penses-tu ?

Nina ouvrait de grands yeux.

– Euh, je n'ai rien compris, dit-elle en éclatant de rire.

Mlle Chang éclata de rire à son tour, bientôt suivie par Nils Ante.

– Ce joïk est pour ton amie ou pour sa grand-mère ? demanda Klemet.

Nils Ante lui répondit d'un clin d'œil.

– Attends la suite. Alors, que me vaut cette deuxième visite en si peu de temps ? Les vautours se sont rapprochés ?

Klemet fit un signe à Nina qui posa la couverture sur la table de la cuisine.

– Mlle Chang sait tenir sa langue ?

– Comme si ma vie en dépendait. Alors ?

Nina souleva un pan de la couverture. Nils Ante accueillit le tambour avec un long sifflement. Il chaussa ses lunettes et s'en approcha. Avant de regarder les signes, il commença par en apprécier la courbe, les contours, la texture. Il observa le dos de l'objet, les coutures. Il hochait la tête, en connaisseur.

– Je ne te savais pas spécialiste des tambours à ce point, remarqua Klemet.

– Pourquoi viens-tu me voir alors, neveu inculte ? Tu espères bien que je pourrai te dire deux ou trois choses, tout de même ? Je ne peux pas te garantir l'authenticité de ce tambour, si c'est ce que tu veux. Il a en tout cas l'air de respecter toutes les règles de l'art. Il faudrait une analyse plus fine pour déterminer les composants, comme l'encre par exemple. Mais il est de très belle facture. J'imagine que c'est celui qui avait disparu du centre Juhl ?

Klemet acquiesça silencieusement.

– Mais les signes sur ce tambour sont assez fascinants. Je n'y connais pas grand-chose. Je suis plus porté sur les joïks, comme tu le sais. Mais je vois deux ou trois choses. La partie haute est assez simple. Tu as une scène de chasse, avec cet homme qui tend son arc. Il pourchasse deux rennes. Il est entouré de sapins plutôt fournis. Une scène de chasse heureuse, prolifique. Et ces triangles avec des points au milieu…

– Des icebergs non, avec la partie émergée et celle immergée ?

– Blabla. Ce sont des tentes sami bien sûr, et les points symbolisent les habitants. Ces tentes sont peuplées. Tu vois là un campement sami avec de nombreux habitants et beaucoup de gibier, des sapins fournis qui symbolisent aussi l'abondance. Ce que tu vois est une scène heureuse.

Nina écoutait en ouvrant de grands yeux, mais Klemet était tout aussi fasciné de voir le sens caché du tambour apparaître par petites touches.

– Mais vous remarquez sûrement quelque chose, non ? Cette scène heureuse qui raconte une vie de village harmonieuse est concentrée sur une partie minuscule du tambour, tout en haut. Ce trait, comme tu le sais Klemet, sépare le monde des vivants du monde des morts…

– Nous avions imaginé que cela pouvait être autre chose, comme le niveau de la mer ou d'un lac, qui aurait enfoui un village ou une mine…

– … qui sépare le monde des vivants du monde des morts, reprit Nils Ante comme s'il n'avait pas entendu, avec un monde des morts énorme, comme je ne me rappelle pas en avoir vu de si grand sur des tambours. Une fois encore, je ne suis pas spécialiste. Mais un indice est très parlant. Sous les tentes avec les points symbolisant les habitants, tu trouves les mêmes tentes renversées, mais vides cette fois. Comme si les habitants les avaient évacuées. Ou comme s'ils étaient morts. Et ce monde des morts est effrayant par sa taille. Le chaman devait avoir du boulot avec tout ça. Et l'époque devait être sacrément dure pour ces pauvres bougres…

– Que veux-tu dire ? demanda Klemet.

– Un tambour magique comporte tout un tas de figures. Et à travers tous ces signes, le chaman exprime la philosophie de la vie et la vie des hommes. Et celui-ci est très sombre. Ce serpent, par exemple, m'inquiète.

Il doit symboliser le mal, car tu sais bien qu'il n'y a pas de serpent en Laponie. Et tu vois ces figurines, là…

– Ces tentes tu veux dire ?

Nils Ante soupira.

– Ce sont des déesses, neveu deux fois inculte. Mais si ce sont celles que je crois, je m'étonne, car elles se baladent en principe par trois, et là, elles ne sont que deux…

– Et… ?

– Et je vais te donner le nom de quelqu'un qui pourra t'aider. Tu iras le voir de ma part. Un bonhomme un peu étrange. Il a consacré toute sa vie à ces tambours.

Nils Ante griffonna un nom sur un morceau de papier et chercha le numéro dans son téléphone portable.

– Hurri Manker. S'il est encore en vie, il te dira deux ou trois choses intéressantes, j'en suis sûr. Il habite à Jukkasjärvi.

– Là où il y a l'hôtel de glace ? releva Nina.

Jukkasjärvi n'était pas très loin de Kiruna, en Laponie suédoise. Avant de devenir célèbre pour l'hôtel de glace qui accueillait des milliers de visiteurs du monde entier, le petit village de Jukkasjärvi avait été un centre essentiel pour le commerce sami. Il était situé sur le fleuve, facilitant les échanges à une époque où les routes n'existaient pas.

– Appelle-le, conseilla Nils Ante, il se balade souvent dans la région. Et reviens me voir après. J'aurai peut-être fini mon joïk.

Dès qu'ils furent sortis de la maison de Nils Ante, après de nombreuses accolades avec Mlle Chang, Klemet appela le numéro. Une voix chevrotante répondit. Klemet expliqua en quelques mots sa requête, sans donner trop de détails. Les policiers avaient de la chance. Hurri Manker était en visite toute la journée à Karesuando. S'ils se dépêchaient, ils pourraient se voir dans l'après-midi, avant qu'il ne reparte pour Jukkasjärvi.

Klemet et Nina mirent aussitôt le cap vers le sud. Le tambour avait encore de nombreux secrets à livrer. La visite chez le vieil Olsen attendrait un peu. Klemet repensa aussi aux indications qu'Eva Nilsdotter leur avait données. Identifier les lieux potentiels dans le laps de temps dont ils disposaient allait relever de la mission impossible.

45

Mardi 25 janvier.
Laponie intérieure.

André Racagnal estimait avoir passé suffisamment de temps sur le premier site. Il avait fait des découvertes intéressantes. Il lui fallait envisager un détour par Malå afin de vérifier des données et voir ce que les carottes, si elles existaient pour les endroits voulus, pouvaient raconter de beau. La difficulté avec l'or, Racagnal ne l'ignorait pas, était que ce métal précieux avait été recherché par l'homme depuis des millénaires. Les spécialistes partaient donc du principe que tous les grands gisements d'or avaient déjà été découverts depuis belle lurette. S'il existait un tel gisement en Laponie, cela ferait sensation dans le monde de l'industrie minière.

Racagnal et son guide lapon étaient repartis tôt ce mardi matin. Racagnal lui avait expliqué où il devait arriver, et quel type de faille il recherchait. Ils avaient roulé pendant près de deux heures éreintantes avec une visibilité quasi nulle. Aussi incroyable que cela puisse paraître, ce diable de Sami avec son bonnet en feutre bleu à quatre pointes l'avait amené exactement là où il espérait. La neige était maintenant bleue avec quelques flammèches couleur de feu. Le soleil devait se lever vers 9 h 15, mais ses reflets sur le ciel enflammaient déjà tout l'horizon. Le contraste des couleurs était brutal. Racagnal aimait cette acidité des teintes. Elle correspondait mieux à sa vision du monde.

Racagnal s'arrêta face au ciel embrasé. Tout l'horizon, où qu'il se retourne, était constitué de montagnes aplanies couvertes de neige, dénudées. La lumière du soleil rebondissait de sommet en sommet. Toute la toundra se réveillait en même temps. La région qui s'étalait sous ses pieds était essentiellement granitique. Le géologue sortit une carte. On devait trouver de nombreux filons de granulite et de quartz d'orientation ouest-sud-ouest vers est-nord-est. Certains filons relevés sur la carte paraissaient intéressants à observer. Il se reporta à la vieille carte du paysan. Une fracture plus ou moins nette et irrégulière dans le granit. Que cachait-elle ? L'auteur de la carte, pourtant pointilleux, avait à certains endroits fait de minuscules relevés de coupes géologiques qui renvoyaient à des points précis. Ce genre de coupes reportées sur une carte géologique était tout à fait inhabituel. Le carnet devait être plus précis encore. Cette coupe-ci indiquait de la granulite remplie par une argile kaolinique et des morceaux de roches diverses. De l'autunite se trouvait apparemment disséminée sous forme de paillettes et d'agrégats. Racagnal était dubitatif. Cela ne l'avançait guère pour son gisement d'or. Les vieilles cartes de Malå et les carnets qui devaient les accompagner se révéleraient sûrement précieux. Mais il faudrait au moins quarante-huit heures pour aller à NGU. Une éternité. Or le temps lui manquait terriblement.

Nina découvrait de jour le trajet entre Kautokeino à Karesuando, emprunté de nuit quelques jours plus tôt lorsqu'ils avaient rejoint l'Institut géologique à Malå. Cette partie de la Laponie était inhabitée, désolée. Inhumaine, pensa Nina. Son regard se faisait rêveur. Sans qu'elle sache pourquoi, ce paysage dur et magnifique l'amena vers son père. Il possédait cette notion innée du bien et du mal, qui semblait si bien coller à ce relief sans nuances. Ça devait venir avec les gènes dans ces petits villages des fjords norvégiens. Et pourtant, cela n'avait pas empêché son père de… de quoi, au fait ? De pourrir sa vie et celle de sa famille ? Nina refusa d'approfondir la question. Elle se secoua sur le siège.

– Fatiguée ? demanda Klemet.

– Non, je me secoue les neurones, sourit-elle avec une tristesse que Klemet ne perçut pas.

– Oui, étrange histoire, pas vrai. Je suis curieux de rencontrer ce Hurri.

Chacun resta perdu dans ses pensées encore un moment. Le froid cristallisait l'humidité sur les vitres de la voiture, en dépit du chauffage à son maximum. Sur la route, le soleil renvoyait des reflets bleus sur le verglas. Les pneus à clou permettaient d'avaler les kilomètres sans avoir l'impression de risquer sa vie au moindre virage. Ils étaient passés en Finlande.

– C'est par là que le père d'Aslak était parti à la recherche de ses rennes passés du mauvais côté de la frontière.

– Il craignait une amende, c'est ça ?

– Oui. Les tracés des frontières ont foutu en l'air la vie des éleveurs de rennes, tu peux aussi le dire comme ça, dit Klemet. Je n'en suis pas sûr, parce que c'était tabou chez moi, mais je crois que ça a dû contribuer à ce que mon grand-père doive arrêter l'élevage de rennes.

– Les frontières, mais pourquoi ?

– Avant, la Laponie était une seule terre où les Sami étaient seuls. Ensuite, les bergers finlandais par exemple, se sont retrouvés coincés, privés des pâturages d'été le long de la côte norvégienne, et privés des pâturages d'hiver qu'ils avaient dans ce qui est aujourd'hui le nord de la Suède. Ils n'ont pas eu d'autre choix que de commencer à nourrir leurs rennes. C'est comme ça que les Finlandais ont monté des fermes d'élevage de rennes. Chez eux, l'élevage n'a plus rien à voir avec ce qu'on connaît en Norvège ou en Suède. On a tué leur élevage traditionnel. C'est aussi pour ça qu'ils ont été si hargneux avec les bergers suédois ou norvégiens qui laissaient traîner leurs rennes du mauvais côté de la frontière.

– C'est bizarre d'avoir fait ça.

– Le père d'Aslak y a laissé sa peau par peur d'une amende qu'il n'aurait pas pu payer. Mon grand-père a dû arrêter l'élevage pour les mêmes raisons, sûrement parce que sa route de transhumance avait été coupée par ces fichues frontières. Et les troupeaux ont été concentrés de part et d'autre des frontières. Des tas de conflits ont commencé comme ça. Et si tu veux mon avis, ces frontières ont tué beaucoup d'éleveurs.

15 h 30. Karesuando (Laponie suédoise).

Hurri Manker était un drôle de personnage qui laissait pas mal de gens sceptiques. Les plus négatifs pensaient qu'il profitait honteusement des touristes en leur faisant croire qu'il était chaman et en leur servant une sorte de soupe chamanique new age. Ils avaient vu des affichettes publicitaires et son site Internet où il promettait des performances extraordinaires. Il agrémentait, disait-on, de légendes terribles et farfelues ses sorties sur les terres soi-disant sacrées de ses ancêtres. D'autres disaient cependant qu'il avait de réels pouvoirs, évidemment mystérieux, et qu'il était capable de miracles. Raison de plus, chuchotaient-ils, pour s'en méfier.

La vérité était que Hurri Manker était un Sami des villes, l'un des premiers Sami à avoir suivi une formation universitaire complète. Empruntant même son nom de famille, il avait suivi les traces d'un oncle, un ethnologue suédois réputé qui le premier avait étudié systématiquement les tambours. Hurri Manker était titulaire d'un doctorat, membre de plusieurs sociétés savantes, invité à de nombreuses conférences. Cet authentique érudit était aussi considéré par les musées et l'académie comme le meilleur spécialiste mondial vivant des tambours chamaniques, notoriété acquise à force de voyages, de recherches et d'études.

Sa réputation sulfureuse provenait plutôt de ses engagements de jeunesse, à l'époque où, jeune étudiant, il s'était jeté passionnément dans la première lutte politique des Sami, dans les années 1970. Dans ce milieu volontiers traditionnel et conservateur, il s'était fait de nombreux ennemis farouches qui le chargeaient de tous les maux gauchistes de la création. Hurri Manker, qui aimait jouer de mauvaise foi et d'humour cynique, s'amusait follement de cette réputation imméritée mais ne faisait surtout rien pour la combattre. Au gré des rencontres, il aimait au contraire en rajouter, certain que sa réputation n'en sortirait qu'encore plus déformée et grandie.

La patrouille P9 trouva ce petit bonhomme à moitié chauve et aux discrètes lunettes rondes dans le presbytère du modeste temple de Karesuando, éclairé à la bougie. L'église en pierre et en bois était entièrement recouverte de givre et les arbres qui l'entouraient étaient lourdement courbés sous le poids de la neige. Le village de quatre cents habitants, à cheval sur les frontières suédoise et finlandaise ne contenait que quelques fermes où toute vie semblait tétanisée par le froid. De la fumée s'échappait des cheminées. De faibles lueurs tremblotaient çà et là aux fenêtres. Nul rideau bien sûr, en ce haut lieu du laestadiannisme. Le prédicateur Lars Levi Laestadius avait vécu ici plusieurs années de sa vie. D'ici, il avait mené sa croisade contre le péché et l'alcool, partant à la conquête des âmes sami. Dans un tel lieu oublié du monde, aux confins de tout, le visiteur comprenait vite qu'on ne pouvait devenir qu'alcoolique ou mystique. Karesuando n'était pas un lieu qui autorisait la nuance. Ici, le gris était condamné. Noir ou blanc, il fallait basculer.

Le pasteur était parti en tournée. Hurri Manker les accueillit comme s'il était chez lui. Il était vêtu d'une épaisse parka vert kaki, d'un pantalon de combinaison et de bottes en peau de rennes. Une écharpe lui voilait la moitié du visage. Après les avoir salués, Manker remit sa chapka en poil de renard. Il portait des gants fins, afin de pouvoir tourner les pages des registres, et il se frottait souvent les mains pour se les réchauffer. Le pasteur avait baissé le chauffage en partant et la température n'excédait pas les dix degrés. Hurri Manker retira ses lunettes et ses petits yeux malicieux détaillèrent les policiers.

– La police des rennes, dit-il d'une voix enjouée. J'en ai souvent entendu parler. Vous voilà enfin. Très honoré !

Les policiers ne savaient pas s'il était sérieux ou pas.

– Nous venons vous voir dans le cadre d'une enquête criminelle et nous faisons appel à votre entière discrétion, précisa d'emblée Klemet. Tout ceci est strictement confidentiel.

– Je comprends, assura Manker en soufflant de la buée. Vous m'avez parlé d'un tambour sami en votre possession et, en guise de préambule, je vous dirai tout de suite que je suis extrêmement sceptique. Extrêmement, insista-t-il. Je connais tous les tambours sami existants. Si je ne les ai pas vus personnellement, j'ai étudié tous les documents s'y rapportant. Aucun ne se balade comme ça.

– Il s'agit du tambour qui a été dérobé au centre Juhl, compléta Nina.

– Et que vous avez retrouvé ! Félicitations. Mais mon avis reste le même. Depuis le début, j'ai été très sceptique sur ce fameux tambour de Kautokeino qui semble sortir de nulle part.

Décidément, le chercheur était bien à l'image du lieu. Sans nuances.

– Mais vous acceptez quand même de le voir, n'est-ce pas ?

– Évidemment ! Je vais peut-être avoir droit à un second Noël, qui sait ? Et puis les histoires de tambours, vrais ou faux, me passionnent toujours. Allez, montrez-moi votre petit trésor.

Nina ouvrit délicatement la couverture sur l'épaisse table du petit presbytère. Hurri Manker avait rechaussé ses lunettes. Klemet et Nina retenaient leur souffle, comme un jeune couple qui attendrait le verdict d'un médecin lors de la première échographie. Manker soufflait sa buée, observant le tambour avec attention. Il ne disait rien. Son silence était insupportable. Il sortit une loupe de son attaché-case vieillot et s'attacha aux signes tracés sur la peau. Il mouilla un doigt et le passa sur un symbole, en portant le doigt à sa bouche. Il toucha la peau du tambour. Il prit un fin scalpel et coupa un minuscule bout de peau. Il fit de même avec un petit morceau du cadre en bois.

– Je reviens, dit-il.

Nina et Klemet se regardèrent, s'interrogeant du regard. Ils ne savaient quoi penser. Hurri Manker revint rapidement. Il déposa une petite caisse sur la table et en sortit un microscope électronique portatif.

– Vous êtes sacrément bien équipé, nota Nina. C'est le modèle qu'utilise notre police scientifique.

– Quand on travaille dans des régions comme la Laponie ou la Sibérie, comme je le fais, on ne peut pas se permettre d'oublier quelque chose au labo ou se dire qu'on repassera dans l'après-midi avec le matériel adéquat. Quand je pars en mission, je transporte mon labo mobile avec moi, toujours. Eh eh, je coûte cher aux contribuables... Tenez, venez tenir cette lampe comme ça, s'il vous plaît, dit-il à Nina.

Il se plongea dans l'étude du morceau de peau. Il prit quelques notes sur un carnet.

– Je reviens.

Il sortit à nouveau. Klemet secouait la tête, exaspéré. Nina était tout aussi muette, impressionnée par cette atmosphère glaciale et tendue. Hurri Manker revenait déjà avec une autre caisse, plus volumineuse. Elle était rembourrée de matériel isolant. Manker prit un coton-tige, le trempa dans une solution et frotta l'un des symboles. Le coton-tige se colora légèrement. Il répéta l'opération plusieurs fois. Il prépara plusieurs tubes et plongea les cotons-tiges dans des solutions. Il brancha aussi un appareil électronique. Plusieurs cadrans et de minuscules lumières s'allumèrent.

– Attendons quelques minutes. Que diriez-vous d'un bon chocolat brûlant avec des boules à la cannelle ?

Il disparut sans attendre leur réponse. Manker avait l'air de s'amuser à faire durer le plaisir, jouant avec les nerfs des policiers. Il revint avec un petit plateau. Il le posa et observa les tubes et l'appareil.

– Les symboles ne vous intéressent pas ? demanda Klemet d'un ton agacé.

Hurri lui répondit d'un sourire moqueur. Il s'amusait.

– Bien sûr qu'ils m'intéressent. Ils m'intéresseront plus encore lorsque j'en saurai plus sur ce tambour. Dois-je le considérer comme un objet authentique ou non ? Vous me direz qu'il peut être intéressant même s'il est faux. Mais on ne peut l'analyser de la même manière. Et on ne peut en attendre la même chose. Il faut donc savoir avec quels matériaux il a été réalisé, quel bois, quel type de peau, quelle encre. Ensuite, ensuite... il faut toujours garder le meilleur pour la fin, non ?

Klemet lui adressa un sourire crispé.

– D'abord le bois. Du bois de bouleau. Un bon début, n'est-ce pas ? Le tambour a été taillé en grande partie dans un nœud. Méthode traditionnelle élaborée, qui dénote une bonne connaissance. Vous voyez, on a ensuite vidé le nœud en forme de bol et il a été complété par une bande de bois sur laquelle on a tendu une peau. C'est une belle peau, la peau épilée d'un faon de renne d'un an environ. Femelle selon toute vraisemblance, dans la plus pure tradition. Notre fabricant a respecté toutes les règles de l'art. Je peux vous dire qu'il vient de la région de Lahpoluoppal, entre Kautokeino et Karasjok. L'encre maintenant. Du travail à l'ancienne encore. La couleur sang, le goût et les résultats des premières analyses à partir de mes réactifs laissent peu de place au doute, nous avons une encre constituée avec quatre-vingt-quinze pour cent de certitude de sève d'écorce d'aulne mélangée à de la salive. Assez traditionnel là encore. Parfois, on utilisait aussi du sang de renne, suivant ce que l'on avait sous la main. Il faudrait aussi un examen plus poussé, mais je suis sûr qu'il s'agit d'une texture traditionnelle.

– Il est authentique ? insista Nina.

Hurri Manker regarda la jeune policière, puis son collègue. Il avait perdu son œil moqueur. Il s'attarda cette fois sur les symboles. Quand il releva les yeux, les deux policiers virent pour la première fois une profonde émotion marquer son visage. Il avait la gorge serrée quand il parla enfin.

– Nous sommes en face d'un authentique tambour. Mais pas n'importe lequel. Sur les centaines ou les milliers de tambours qui ont existé en Laponie, il ne reste à ce jour que soixante et onze tambours dans le monde, soixante et onze connus, recensés, répertoriés, authentifiés. Je les connais tous, par cœur. Certains sont chez des collectionneurs, d'autres dans des musées, d'autres encore ont disparu. Mais nous en avons malgré tout des descriptions précises. Aussi puis-je vous assurer, dit-il d'un ton lent et solennel, que nous sommes ici en présence d'un soixante-douzième tambour.

Il releva la tête, et les policiers aperçurent des larmes dans ses yeux.

46

Mardi 25 janvier.
Kautokeino.

Le commissariat de Kautokeino était en pleine effervescence. Il ne possédait pas de réelle cellule sécurisée comme celles dont les commissariats de la côte étaient pourvus. Les cellules les plus fréquentées étaient celles où les fêtards du samedi soir allaient se dégriser sous l'œil placide des policiers. La dernière fois que la cellule de garde à vue avait été utilisée remontait à l'été précédent lorsque deux touristes, un Allemand et un Finlandais, s'étaient battus à cause d'une jeune fille qui n'arrivait pas à se décider. En attendant que la cellule soit vidée des bidons et tas de bois qui l'envahissaient, Olaf et Johan Henrik avaient été placés dans la cuisine. Les policiers venaient régulièrement prendre un café et discuter avec les deux hommes. Johan Henrik boudait ouvertement, refusant de parler à quiconque tandis qu'Olaf Renson ne décolérait pas, maudissant les policiers.

Un petit attroupement s'était constitué devant le commissariat. Compte tenu du froid très vif, les courageux n'étaient pas nombreux. Un brasero avait tout de même été installé. Une poignée de partisans de l'Espagnol venait régulièrement se relayer devant le brasero. Deux pancartes avaient été élaborées à la hâte, un peu maladroitement. On y lisait « Libérez les éleveurs » et « Justice pour les Sami ».

D'autres partisans se réchauffaient dans l'entrée du magasin de vente d'alcool dont l'entrée était située à côté de celle du commissariat. Ils se relayaient ainsi toutes les dix minutes pour résister au froid. Johan Mikkelsen était déjà venu les interviewer et un premier sujet avait été diffusé. Les photos commençaient aussi à circuler sur Internet et, comme d'habitude, elles étaient accompagnées de leur lot de commentaires haineux.

Dans la cuisine, Rolf Brattsen était venu toiser les deux éleveurs. Il s'efforçait de ne pas montrer qu'il jubilait, mais il n'y parvenait pas.

– Vos quartiers seront prêts dans quelques minutes, dit-il avec un large sourire. Nous allons enfin pouvoir vous héberger comme il se doit, dans une bonne petite taule, comme tout bon Norvégien. Vous ne voudriez pas de traitement de faveur, n'est-ce pas ? Ou alors vous voulez une cellule en forme de tente peut-être ?

Il partit d'un éclat de rire, prenant à témoin les deux policiers chargés de leur surveillance dans la cuisine.

– Vous faites une grossière erreur et cela vous coûtera cher, cria Olaf Renson. Vous n'avez rien contre nous. Cette histoire d'oreilles est ridicule. L'affaire qui nous a opposés est oubliée depuis longtemps, tout le monde le sait.

– Bah bah bah, on sait bien que vos histoires ne s'arrêtent jamais. Elles sont comme des cancers. Elles se propagent. On les croit éteintes, et elles rejaillissent sous une autre forme. Mais cette fois-ci, nous irons jusqu'au bout de cette affaire. Vos amis de la police

des rennes nous ont transmis de nombreux éclaircisse-
ments. Nous allons mettre tout ça à profit.

– Ce ne sont pas nos amis !

– Ah bon ? fit Brattsen d'un ton faussement innocent. Je croyais que sur la toundra, on les considérait
comme une police sami…

– Va au diable, Brattsen, vous êtes tous pareils.
Mais nous allons changer tout ça. Cela fait trop longtemps que vous agissez comme bon vous semble dans
cette région.

– Je tremble, ironisa Brattsen en sortant de la cuisine, mais c'est vrai que tu ne rechignes pas à utiliser
des méthodes peu conventionnelles…

Karesuando.

Hurri Manker avait conservé le silence un long
moment.

Il se recueille, jugea Klemet, observant la position
de l'universitaire sami. Il donnait l'impression de
méditer. Enfin, il releva la tête et les yeux. Son regard
était apaisé.

– C'est la première fois qu'un authentique tambour
est identifié depuis la Deuxième Guerre mondiale.

– Et tu es absolument certain qu'il est authentique ?

– Oui, absolument. Je réserve encore mon expertise
sur sa datation exacte. Je ne suis pas suffisamment
équipé pour cela. Soit il est ancien et admirablement
conservé, soit il est plus récent et fabriqué selon des
méthodes anciennes et avec des matériaux anciens.

– Tu connais des gens capables aujourd'hui de
fabriquer de tels tambours à l'ancienne ?

– J'en connaissais un. Il a été assassiné voici deux semaines.

– Mattis Labba ?!

– Mattis, oui. Un être à la tête tourmentée, mais admirablement doué de ses mains. J'ai travaillé il y a longtemps avec lui pour apprendre les techniques de fabrication ancestrales. Mais ces dernières années, il buvait trop. Il n'était plus fiable.

– Mattis aurait pu fabriquer un tel tambour ?!

– Oh pas ces dernières années, non, il n'avait plus vraiment le niveau malheureusement. Mais il en a été capable. Et avant lui son père, et son grand-père, et son arrière-grand-père.

– Que veux-tu dire ?

– Je veux dire qu'il appartient à une famille qui s'est transmis de génération en génération un savoir-faire exceptionnel pour la culture sami. Ils ne se trans-mettaient pas seulement ce savoir-faire manuel, mais aussi la symbolique et le pouvoir des signes. Mattis a eu tendance à mal interpréter ce pouvoir. Il en atten-dait trop de choses. Il a grandi trop vite sans père. Anta s'était un peu écarté de son fils. Je crois qu'il ne le trouvait pas à la hauteur de la tâche. Et Mattis en souffrait beaucoup. Mais c'est une autre histoire. Pour en revenir à la famille Labba, leur tradition remonte à plusieurs siècles.

– Donc Niils Labba aussi avait ce don ?

– Son grand-père oui, comme je vous le disais, et ainsi sur des générations. Leur famille, et deux ou trois autres en Laponie, se transmettaient ce savoir. Je vous parle d'un aspect de la tradition sami qui est extrême-ment peu connu. Et qui dérangerait sûrement beaucoup de gens si cela devenait de notoriété publique. Mais certaines familles ont de fait agi comme gardiennes de certaines traditions devenues secrètes par la force des choses, à cause des poursuites menées par les troupes royales et les pasteurs à partir du XVIIe siècle.

– Et ce tambour ?

– J'imagine que cela fait partie aussi des choses qui se sont transmises de génération en génération. Pour les protéger, tout simplement.

– Et les symboles ?

Hurri Manker hocha la tête.

– La séparation entre les deux mondes donne une place énorme au monde des morts. Énorme.

– Avec une scène de chasse et de vie dans un village peuplé, avec des arbres fournis, signe d'abondance, tout en haut, et le même village vide en dessous.

– Tout à fait. Vous n'avez pas besoin de moi si vous savez tout !

– Je crains que notre connaissance s'arrête là.

– Oui, ce village vidé est un premier signe inquiétant. Des signes de cette nature ne sont pas surprenants en soi. La religion sami préchrétienne s'appuyait sur de nombreux dieux de la nature et sur les phénomènes naturels. Pour les Sami, toute chose avait une âme. La nature possédait une âme, elle était vivante. Et la puissance qui s'exprimait à travers les phénomènes naturels faisait l'objet d'un culte particulier. Cette grande croix avec un losange au milieu représente ainsi le soleil. Le symbole est classique sur de nombreux tambours. On l'appelle Beaivi. Très utile pour chasser les mauvais esprits et la maladie. Maintenant, regardez ce que le soleil porte sur ses branches. En haut, nous avons une divinité.

– Ce n'est donc pas une tente ?

Manker sourit gentiment.

471

– Une divinité, comme ces deux-là à gauche, mais j'y reviendrai plus tard. Celle qui est sur le soleil s'appelle Madderakka. Très importante. Elle est à l'origine de toutes choses. Elle est l'ancêtre, la femme-chef. Elle reçoit l'âme humaine. Elle a une faculté essentielle puisqu'elle forme dans son corps les enfants à naître. Mais une chose m'inquiète énormément… ce sont ces petits points sur sa tête.

– Ils n'y sont pas d'habitude ?

– Non, et ces points ne peuvent avoir, malheureusement, qu'une seule signification : le malheur. Nous avons ici affaire à une Madderakka qui est méchante. Ces points peuvent être utilisés pour marquer la dangerosité. Auquel cas cela jette une ombre très très noire sur ce royaume des morts. Et ça ne m'étonne pas quand je vois le reste.

– Quel reste ?

– Eh bien revenons à ces deux déesses dont je vous parlais, ces deux-là, à gauche du tambour. On les trouve à des endroits différents parfois, selon les traditions et les régions de Laponie. On les trouve généralement par trois. Ces trois déesses sont les trois filles de Madderakka, la femme-chef. Chez les Sami, l'âme d'une personne voyageait en plusieurs étapes, de déesse en déesse. La plus à droite est Sarakka. Sarakka est la fille aînée. On dit aussi qu'elle est la plus distinguée. Sarakka est celle qui la première recueille l'âme remise par sa mère. Sarakka permet ensuite à cette âme de devenir un fœtus. Jadis, les femmes sami accouchaient dans les tentes ou dans les huttes de tourbe au milieu desquelles vous trouviez un âtre.

– C'est toujours le cas, nota Nina.

Hurri, tout à son explication, n'entendit même pas la réflexion de Nina.

– Et Sarakka habitait dans l'âtre des tentes. Raison pour laquelle on l'appelait la mère du feu. On lui prête le rôle de gardienne des femmes. Même après la christianisation forcée des Sami, l'enfant baptisé au temple était parfois ramené à la maison et baptisé à nouveau avec un nouveau nom en l'honneur de notre Sarakka.

– Que devenait l'âme ensuite ? demanda Nina.

– Vous aviez cette déesse que l'on trouve à gauche de Sarakka. On l'appelle Juksakka. Elle est la déesse de l'Arc. On la reconnaît facilement avec son arc, d'ailleurs. J'ai un faible pour cette Juksakka, voyez-vous, parce qu'elle transforme les filles en garçons.

Nina ouvrit de grands yeux étonnés.

– Oui, chez les Sami, tous les enfants sont des filles au départ, dans le ventre de leur mère. Les futurs garçons passaient par elle. Inspecteur, dit-il à Klemet, nous lui devons beaucoup toi et moi.

– Je m'en rappellerai à l'occasion, promit Klemet. Mais tu parlais de trois déesses.

– Oui, et d'ailleurs, vous voyez les arbres qui les entourent. On voit que la place est largement laissée pour la troisième déesse. Voyez où est placé l'arbre de gauche.

– Oui, c'est exact, constata Nina.

– Il manque une déesse. La troisième fille. Elle s'appelle Uksakka. Uksakka habite tout à fait à l'entrée de la tente ou de la hutte, en fait juste sous l'ouverture. On la surnomme parfois la femme de la porte. Et vous savez quel était son rôle ? Elle surveillait l'entrée et la sortie. Elle assurait la protection de la mère et de l'enfant après la naissance. Elle les protégeait de la maladie, et permettait à l'enfant de grandir. Elle habitait symboliquement à l'entrée, devant l'âtre, pour empêcher les enfants de tomber dans le feu. Et je ne vois qu'une façon d'interpréter cette absence.

Les policiers restèrent silencieux.

– On veut nous faire comprendre que les gens sont démunis face au danger. Et si vous ajoutez l'absence d'Uksakka à la méchanceté de Madderakka, la femme-chef, vous avez tous les ingrédients pour une histoire hors du commun. Ce tambour est unique car il semble nous raconter une histoire. Revenons au soleil. Les symboles accrochés aux autres branches du soleil. Ils sont faciles à lire. À gauche, vous avez un soldat, celui avec un arc dans chaque main. À droite, avec deux croix, vous avez un pasteur. Et tout en bas vous avez le symbole du roi, vous voyez, avec sa couronne. Un soldat, un pasteur et un roi, tous sous la coupe d'une mauvaise Madderakka.

Les sourcils de Nina se froncèrent. Elle réfléchissait intensément.

– Est-ce que le soldat, le pasteur et le roi seraient les instruments de cette fameuse catastrophe ?

– Pas mal du tout, s'exclama Hurri, sincèrement impressionné. Je pense que tu tiens quelque chose de central. Oui, tu as sûrement raison. Et pour que Madderakka, la reine-mère, soit ainsi de mèche avec tous les symboles du pouvoir terrestre des envahisseurs, la catastrophe devait être de taille. Et regarde, tu as deux gros corbeaux juste au-dessus de Madderakka, entre elle et les filles déesses. Mais observons le reste, maintenant. Nous avons ce village vidé. Quelque chose s'est passé. On veut nous faire comprendre ça, car il est juste en dessous du village habité. Ce contraste doit nous interpeller. Et à droite du village vous avez ce signe que je vois un peu comme une porte. Il y a un

474

aspect symbolique autour de cette porte qui m'échappe un peu.

Le professeur leva les yeux sur les policiers, quêtant une aide, mais rien ne venait.

– Mettons que ce soit une porte. Ou un bâtiment. Ou un monument. Je sèche pour l'instant. Allons en dessous. Regardez ces motifs très réguliers. Étonnant, non ? D'autant plus étonnant qu'ils représentent sans doute une sorte d'hallucination. Mais, à nouveau, nous sommes dans le noir, car cette hallucination nous conduit à des cercueils. Quatre cercueils. La mort. Beaucoup de morts. Nous avons l'explication du village vidé. Les gens sont morts. Mais pourquoi cette hallucination, d'où vient-elle ?

Hurri était soucieux.

– Sous les cercueils, vous avez même un bateau funéraire. Vous voyez, ce navire renversé avec une croix. Et ces personnages, à côté du bateau funéraire, sont aussi renversés. Des morts sûrement. Ce sont les mêmes personnages que vous voyez à l'endroit, à droite de la porte ou du monument. Ils sont passés de vie à trépas. Qui sont-ils ?

– Ils portent une arme dans la main, remarqua Nina, quelle arme ?

– Oui, une arme. Une hache. Ou un pistolet peut-être ?

– Un pistolet ? intervint Klemet avec une moue. Ce n'est pas une arme très fréquente en Laponie. Surtout si c'est ancien.

– Cela pourrait être des soldats en tout cas, suggéra Nina.

– Mais les soldats sont symbolisés avec des arcs, non ? rétorqua Klemet en interrogeant Hurri Manker du regard.

– C'est vrai. On peut bien sûr imaginer des soldats représentés de différentes façons, et on trouvera des représentations différentes suivant les auteurs de tambours. Mais le fait est qu'un même auteur s'en tient généralement à une même symbolique. Il dessinera toujours les soldats de la même manière.

Hurri Manker se resservit une tasse de chocolat et mordit dans son gâteau à la cannelle. Il avait le nez rougi par le froid, mais il ne se plaignait pas. La bouche à moitié pleine, il continua à promener son doigt transi sur la partie droite du tambour.

– Un renne qui remorque un traîneau. Première fois que je vois ça. Et ces points sur le traîneau. Un traîneau méchant ? Ça ne tient pas.

– Quelqu'un a suggéré des pierres, indiqua Klemet.

– Ah oui, c'est plus logique en tout cas. Un traîneau pour transporter des pierres.

Manker demeura silencieux. Sa tête dodelinait. Il semblait évaluer des hypothèses. Sa mémoire devait fonctionner avec toute l'énergie possible pour passer en revue les centaines de symboles qu'il avait relevés sur d'autres tambours. Et pour établir des corrélations.

Hurri Manker ouvrit la bouche, mais parut changer d'avis. Il replongea dans ses réflexions.

– Si ces personnages portent effectivement une arme, qu'il s'agisse d'une hache, d'un pistolet d'un fusil ou autre chose, il leur arrive quelque chose et ils meurent, dit Klemet. On peut bien penser que ce sont les mêmes.

– Sauf si ceux qui sont renversés ont perdu une bataille face à ceux qui sont de l'autre côté, rectifia Nina.

Hurri Manker était toujours silencieux, comme sourd aux remarques des policiers, les yeux plissés derrière ses petites lunettes rondes.

– L'esprit qui a dessiné ce tambour me fascine, finit par dire Hurri Manker. Je pense que la lecture doit se faire à plusieurs niveaux. Il voulait sûrement cacher quelque chose, au cas où le tambour serait tombé entre de mauvaises mains, mais en même temps il voulait délivrer un message important.

– Si vous regardez les autres symboles, qu'en dites-vous ? l'encouragea Nina.

– Tu as raison, procédons par élimination. Là, ce carré surmonté de deux croix, tu as un temple. Pas d'hésitation. On peut remarquer qu'il est placé à l'opposé des corbeaux, par rapport au soleil. Faut-il y voir un signe ? Je ne sais pas. En bas à droite du tambour, nous avons comme un secteur différencié du reste. Ces cônes en bas. Je pensais à un campement sami au départ, mais je penche plutôt pour des montagnes, et puis entre les deux autres montagnes plus à gauche soit un col, soit un soleil qui se lève ou se couche. Et puis un renne, bien visible, ainsi que deux poissons et une barque. Et au milieu de cette partie, une croix. Très étonnant.

– Une croix symbole religieux ou une croix pour marquer un emplacement ? demanda Nina.

– Bingo, répondit Hurri Manker. Une fois de plus tu as peut-être bien une intuition de génie ! Pourquoi pas ?

– La belle affaire, nota Klemet, une croix entre deux montagnes, on va vite trouver…

– Mais vous avez ces poissons et ce bateau, poursuivit Hurri Manker. Donc un lac poissonneux.

– Formidable, cela limite le choix à une petite centaine de lacs, facile.

– Et le renne indique peut-être un pâturage, voire une voie de transhumance, continua Manker.

– Et tu trouves que ça nous avance beaucoup ?
insista Klemet.

Dans le dos du professeur, Nina fit les gros yeux à
Klemet qui lui répondit par un soupir silencieux.

– Gardons ça de côté, balaya Hurri. Moi, je trouve
qu'on progresse. Il reste ce cercle, en bas à gauche du
soleil. Très étrange aussi. Un personnage au milieu, et
quatre autres figurines placées sur le cercle. Trois
d'entre eux sont des humains. Mais l'un a des points
au-dessus de la tête.

– Un être malfaisant ? souffla Nina.

– Oui, sûrement. Et l'animal à côté est un loup.
Un loup à côté d'humains pour entourer cet autre
personnage.

– Chez les Sami, dit Klemet à Nina, on parle souvent de l'homme comme d'un loup à deux pattes.

– Tu ne crois pas si bien dire, releva Hurri. C'est
peut-être justement ce que nous signifie ce dessin. Des
hommes mauvais comme des loups.

– Mais celui au milieu alors ? demanda Nina.

– Il porte des skis, comme tu peux voir, et un bâton
de ski. Les Sami ne skiaient qu'avec un seul bâton. Le
ski symbolise l'hiver, mais aussi le mouvement. Dans
l'autre main, on dirait bien qu'il porte la même arme
que les autres, mais renversée.

– Un déserteur ! s'exclama Nina. Ou un soldat qui
refuse de tirer. Ou d'exécuter un ordre ! Et qui essayait
de fuir !

Hurri Manker regarda à nouveau Nina, plein d'admiration.

– Je ne sais pas si c'est ça, mais c'est magnifique. Il
faudra que je t'emprunte à la police quelques semaines
pour examiner mes autres tambours. Il nous reste
encore deux signes à voir. Ce serpent d'abord. Il

478

m'intrigue, car il n'y a pas de serpent en Laponie, n'est-ce pas ?

– Évidemment, nota Klemet. Alors quoi ?

– L'absence de serpent en Laponie n'empêche pas que notre fabricant de tambour peut savoir qu'un tel animal existe. Le serpent peut être la marque d'une intervention extérieure. Ou il faut chercher peut-être dans la forme de ce serpent, dans son orientation. Je serais tenté de le relier à la partie carte du tambour.

– La partie carte ? Qu'entends-tu par là ? dit Nina.

– Plus nous avançons, plus j'ai la conviction que ce tambour, pour être authentique, n'en est pas moins extraordinaire. Dans le sens où il ne tient pas un rôle classique. Et j'ai la certitude, ou, soyons modeste, la quasi-certitude qu'il se compose en fait de deux tambours en un. L'un qui nous raconte une histoire terrible, et l'autre qui nous indique un lieu.

– Le lieu de cette catastrophe ?

– Je parierais bien un thermos géant de chocolat brûlant, oui.

– Et ces signes le long du côté droit du tambour, ces espèces de vagues, reprit Klemet. Une chaîne de montagnes peut-être, la frontière entre la Norvège et la Suède ? Cela pourrait nous aider à situer cette croix, si elle indique un emplacement.

– Oui, mais je persiste à croire que l'auteur s'en tient à ses symboles. Les montagnes sont à cheval sur le bord du tambour, ce n'est pas neutre. Quand tu parles de vagues, tu es bien plus près de la vérité que tu ne le crois…

– Des aurores boréales ! s'exclama Nina.

Hurri Manker la regarda avec l'air satisfait du maître qui savait ne pas être déçu par son élève favori.

479

– On peut se demander ce qu'elles font là, dit Hurri Manker. Surtout vu la place importante qu'elles occupent sur le bord du tambour. Je ne pense pas qu'elles soient juste pour décorer. Tout a un sens sur ce tambour. Faut-il les relier à cette hallucination ? Je ne pense pas. C'est tentant, mais les aurores en sont trop éloignées.

Klemet prit un air un peu rêveur.

– Mon grand-père, que j'ai peu connu, me racontait des tas d'histoires extraordinaires avec les aurores. Il avait dû… arrêter l'élevage de rennes, mais il disait que les aurores leur servaient de compas pendant les transhumances.

– Ah, voilà qui est intéressant, nota Hurri.

– Oui, il disait que les aurores allaient toujours d'est en ouest.

Hurri Manker leva la main, pour intimer le silence. Il venait d'avoir une idée. Il fermait les yeux, puis les rouvrit.

– Cette aurore nous indique alors une direction. Le nord tout simplement.

Hurri Manker riait, heureux de sa découverte.

– Sacré chaman ! On aurait facilement pu prendre le tambour face à soi dans le sens de la hauteur et dire que le nord était en haut. Et non ! Pour situer, il faut le retourner de quatre-vingt-dix degrés. Chapeau l'artiste ! Cette aurore nous indique dans quel sens prendre le tambour. Et le mouvement d'est en ouest nous dit comment placer l'est et l'ouest sur le tambour, et donc le nord. Notre carte commence à se dessiner. Évidemment, cela reste trop vague pour moi.

– Mais peut-être pas pour nous, chuchota Klemet.

Le policier repensait aux évaluations géographiques réalisées avec l'aide d'Eva Nilsdotter, la géologue en chef du NGU. En voilà une qui ferait une drôle de Madderakka...

47

Mardi 25 janvier.
Route 93.

Les policiers avaient repris la direction du nord dans la vieille Volvo de Klemet. Le tambour était soigneusement enroulé dans sa couverture.

– Tu as pensé à la même chose que moi ? interrogea Klemet.

– La malédiction évoquée par Niils Labba quand il a remis le tambour à Henry Mons en 1939 ?

– Oui. Tout se recoupe. Je me demande si le tambour a été fabriqué par Niils ou bien si c'est l'un de ses ancêtres.

– Nous devrons attendre les analyses complémentaires de Hurri Manker.

– Oui, même si je pense que l'âge exact de ce tambour n'est pas d'une importante primordiale pour nous. Eva Nilsdotter parlait de ce gisement fabuleux qui avait porté malheur mais que personne n'avait jamais pu identifier.

– Et tu te souviens du carnet de Flüger à propos du gisement qu'il recherchait ? « La porte est sur le tambour. » Et « Niils a la clef ».

– Oui. Dommage, j'aimais bien l'idée de ton village ou de ta mine engloutie.

– Le tambour raconterait cette malédiction. Je pense au renne qui porte des pierres, ce doit donc être du minerai. On utilisait les rennes pour le transport du minerai.

– La mine… mais alors cette fameuse porte, ce pourrait être la porte, ou l'entrée de la mine, et non pas d'un bâtiment. La porte symbolise la mine, Nina, ce doit être ça. Et d'ailleurs, le renne qui transporte le minerai part de cette porte, avec ces petits bonhommes arme à la main. Des gardes peut-être.

– Ou des mineurs ! Avec des pioches ! Ce ne sont pas des armes, Klemet ! Rappelle-toi ce qu'a raconté Hurri : l'auteur d'un tambour utilise toujours la même méthode pour dessiner ses symboles. Sur ce tambour, le soldat est représenté avec deux arcs, comme le symbole sur l'une des branches du soleil. Je suis sûre que ce sont des mineurs. Et ceux qui sont renversés, ce sont les mêmes mineurs, mais morts. Et, dans ce cercle, un mineur encore qui essayait de fuir à ski et qui a été rattrapé.

Le regard de Nina brillait d'une intensité que Klemet ne lui avait jamais vue. La jeune femme tenait le tambour devant elle, l'orientant pour l'exposer au mieux à la petite lampe du plafonnier. Klemet jetait des coups d'œil brefs vers sa collègue. Il reporta son attention sur la route plongée dans l'obscurité. Ils restèrent silencieux le reste du trajet. Ils ne croisèrent que trois poids lourds, aussi menaçants que des monstres issus de l'abîme, avec leurs lampes habillant les cabines et leurs phares puissants balayant la toundra et réveillant des ombres inquiétantes qui s'éteignaient tout de suite après leur passage. Ils laissaient dans leur sillage des nuages d'une neige survoltée, comme si les flocons exprimaient leur colère d'avoir été dérangés.

Nina s'était assoupie. Klemet repensait aux événements depuis le début de cette affaire. Dans quelle histoire Mattis s'était-il retrouvé embarqué ? Tout portait à croire qu'il avait été manipulé. On avait abusé sa bonne foi. Et sa naïveté. Mattis, héritier d'une lignée de chamans gardiens de secrets sami ? Klemet avait du mal à voir le simple berger dans ce rôle. Si Mattis avait été conscient de ce rôle qu'il aurait dû tenir et qu'il savait ne pas avoir la capacité de tenir, alors il avait eu une bonne raison de sombrer dans le désespoir. J'aurais peut-être réagi comme lui, pensa Klemet. Qu'aurais-je fait à la place de mon grand-père, quand il a pris cette décision d'abandonner l'élevage de rennes ? Je me serais peut-être accroché, et j'aurais fini par sombrer comme Mattis. Peut-être. Klemet n'était pas sûr. Son père n'avait pas sombré. Il avait vécu cette vie errante, passant d'un petit boulot à l'autre, entre la ferme du vidda et la mine de Kiruna.

À l'approche de Kautokeino, en milieu de soirée, Klemet s'arrêta à Suohpatjavri. Il hésita à réveiller Nina, puis laissa tourner le moteur, augmenta un peu le chauffage, attrapa le tambour et entra sans frapper dans la maison de son oncle. Dès que la porte fut fermée, il entendit sa voix mélodieuse en provenance de l'étage.

Chang aux yeux noirs de Suohpatjavri,
Tous les trésors à la même,
Elle est jeune, elle est riche, elle est belle,
Elle a deux mille rennes qui l'aiment,
Et les verts pâturages dansent pour elle.

Klemet attendit en silence sur le pas de la porte. Le joïk, qui reprenait les mêmes paroles sur des mélodies de gorge parfois différentes, dura de longues minutes. Nils Ante chantait au milieu de la pièce, sous l'œil ravi et ému de Mlle Chang, assise près de l'ordinateur. L'écran était tourné vers Nils Ante. Dans un coin de l'écran, Klemet aperçut la vieille grand-mère de Mlle Chang reliée par Skype. Il se demanda quelle heure il pouvait bien être en Chine. La vieille Chinoise se mettait à applaudir et à parler en même temps. Tout d'un coup, Mlle Chang se leva comme un ressort et contourna Nils Ante pour venir prendre Klemet par la main.

– Ma grand-mère vous a encore vu et elle vous a même reconnu ! s'exclama la jeune Chinoise, ravie.

– Décidément, vous êtes mieux protégés qu'avec un système d'alarme, s'amusa Klemet, en adressant un signe de la main à la grand-mère chinoise, qui lui répondit aussitôt, avec des gestes saccadés au rythme de la liaison Internet. Je vois que le joïk se précise, dit Klemet à l'attention de son oncle.

– Ah, je t'avais dit, je commence à rentrer dans le vif du sujet. Je pense que cela fera un joli morceau. On testera sur YouTube et j'essaierai de le présenter au festival de Pâques. Allons boire un café.

Les deux hommes saluèrent la Chine de la main et descendirent.

– Où est ta charmante collègue ?

– Endormie au chaud dans la voiture. Nous revenons de Karesuando. Hurri Manker était là-bas.

– Alors ? s'impatienta Nils Ante, en prenant une cafetière traînant depuis quelques heures sur une plaque chauffante pour en remplir deux tasses.

Klemet raconta les savantes découvertes de Hurri Manker. Madderakka, la mère maléfique avec ses pointillés sur la tête, Uksakka la grande absente, le roi, le soldat et le pasteur, l'hallucination, le village déserté, le transport de minerai, l'aurore boréale. Il évoqua aussi leurs propres suppositions : des mineurs peut-être, un déserteur ou fuyard. Nils Ante buvait son café à petites gorgées sans perdre un mot des explications de son neveu. Quand Klemet eut fini, Nils Ante avait eu le temps de leur resservir du café deux fois. Il en refit puis se plongea dans l'examen silencieux du tambour, étalé dans sa couverture sur la table de la cuisine. Il était ému et recueilli. Comme Hurri quelques heures plus tôt.

– Humm. Sais-tu à quoi me fait penser l'histoire que paraît raconter ce tambour ? À celle de la colonisation de notre pays.

– Allons bon. Explique.

– Les royaumes scandinaves ont commencé à s'intéresser à la Laponie pour le commerce des peaux et, petit à petit, pour ses richesses naturelles. Le bois, l'eau, les minerais.

– Je sais, l'Espagnol nous rebat assez les oreilles avec tout ça, à clamer que les Sami sont victimes de pillage, comme les Indiens d'Amérique.

– Il n'a pas tort, l'Espagnol. Mais ce que tu ignores apparemment, ce sont certains épisodes vraiment tragiques de cette colonisation. Quand elle a commencé, au XVIIe siècle, il n'y avait aucune route en Laponie. C'était terre inconnue. Le commerce se pratiquait le long des fleuves, l'été. Quand le royaume de Suède a commencé à chercher des minerais pour payer ses guerres et fabriquer des armes, il a monté des expéditions exploratoires et envoyé des cartographes. De petites mines ont été exploitées. Dans les conditions que tu peux imaginer à cette époque, au bout du monde, loin de tout. Ça devait être épouvantable. Dans quelles conditions devaient-ils travailler ? J'en ai des frissons rien que d'y penser. Les Suédois recrutaient des Sami de force pour ça. Et ils utilisaient les rennes pour transporter le minerai jusqu'aux rivières. Voilà l'histoire. Les Sami qui refusaient étaient battus, emprisonnés. Tu vois sur quoi repose la richesse de ces beaux royaumes nordiques. Ça n'a pas marché bien sûr. Toutes ces petites mines ont fermé les unes après les autres. Des Sami y ont perdu la vie. Des paysans scandinaves ont récupéré des terres à bon compte comme ça, avec la bénédiction de la Couronne, trop contente que la Laponie soit domestiquée. Mais jusque-là on jouait petit, quand même. Il a fallu attendre deux cents ans avant que les Suédois ne reviennent en force, avec le chemin de fer cette fois.

– Et c'était pareil côté norvégien et finlandais ?

– Peu importe, tout était mêlé à l'époque. Les frontières sont venues plus tard en Laponie. Ils ont tous essayé de se remplir les poches sur le dos des Sami. Ce tambour raconte l'histoire d'une de ces mines. Mais sûrement pas n'importe laquelle. Cette histoire de morts, de village vidé de ses habitants, de malédiction, cela me rappelle un chant qui raconte une histoire de ce genre. Tu sais que les joïks ont été pendant des siècles notre façon à nous de transmettre notre histoire. Tous ces cercueils sont horribles. Et ces corbeaux. Et ces morts. Jusqu'à ce village. Klemet, ce tambour nous parle d'un village sami exterminé. J'ai toujours espéré que cette légende était fausse. Mais je ne vois pas d'autre explication. Tout se tient quand on regarde ce tambour. Et ce ne sont pas seulement les soldats qui en sont la cause. Ce symbole d'hallucination n'est pas là par hasard, à l'entrée de la mine. C'est lui qui tue. Un mal inconnu les a décimés. Il faut que tu trouves, Klemet, avant qu'il ne tue encore si ce gisement est mis à jour à nouveau…

48

Mercredi 26 janvier.
Lever du soleil : 9 h 13 ; coucher du soleil : 13 h 50.
4 h 37 mn d'ensoleillement.
8 h 45. Kautokeino.

Un petit air de printemps soufflait sur Kautokeino. Avec une rapidité comme la Laponie en était coutumière, le climat s'était brusquement adouci. Les nuages maintenaient une température clémente de moins dix-sept degrés. L'air était respirable et le froid largement supportable. Devant le commissariat, la troupe de manifestants s'était épaissie. Une douzaine de Sami étaient rassemblés autour du brasero. Les pancartes étaient plus nombreuses également. Les revendications restaient du même ordre. Mais on sentait que le ton se durcissait. « Honte à la justice », « Arrêtez la chasse aux innocents ». Les deux éleveurs gardés à vue avaient passé leur première nuit en cellule.

Conformément aux consignes de Klemet, Nina ne s'était pas arrêtée au commissariat. Elle était passée devant et avait directement rejoint la tente de Klemet après avoir acheté le *Finnmark Dagblad* et l'*Altaposten*. Son collègue avait déjà préparé du café.

Aucun écho ne leur était parvenu sur la localisation du géologue français. Ils devaient partir à sa recherche. Nina pensait à la mise en garde de Nils Ante, que Klemet lui avait rapportée en la raccompagnant chez elle la veille au soir. Il fallait faire vite, avant que le gisement ne tue à nouveau. Auparavant, les policiers devaient effectuer une visite discrète chez Karl Olsen afin de voir si le paysan pouvait les renseigner sur son père.

La voiture du Shérif était arrivée presque en même temps que celle de Nina devant chez Klemet. Tor Jensen était toujours caparaçonné dans son uniforme de terrain, plus remonté que jamais. En dépit des nuages, la luminosité était forte, et il portait des lunettes de soleil qui accentuaient son allure martiale. Il les enleva en entrant sous la tente et jeta sur les peaux de rennes deux dossiers.

– Racagnal et sa boîte. Je t'ai mis dans le second dossier des choses sur la compagnie qui l'employait ici pendant son premier séjour.

Klemet lui servit une tasse de café et ouvrit le premier dossier. C'était une copie de celui que le Shérif lui avait déjà fait passer quelques jours plus tôt. Racagnal travaillait depuis douze ans pour la Française des minerais. Il avait écumé les quatre coins de la planète et mis ses connaissances au service de trois compagnies au fil des ans, pas plus. Il avait démarré sa carrière dans une compagnie française qui d'après le dossier avait fermé ses portes dans les années 1990. Entre-temps, Racagnal avait rejoint une société chilienne, Mino Solo, pour le compte de laquelle il avait rempli des missions en Amérique latine et en Europe. C'était le seul élément nouveau par rapport au premier dossier que lui avait remis le Shérif. Racagnal travaillait pour Mino Solo lorsqu'il avait effectué un long séjour en Laponie, entre 1977 et 1983, œuvrant autant sur des projets miniers que sur des barrages.

– Alors ? demanda Nina.

– Rien de brûlant, répondit Klemet. À part ces précisions sur Mino Solo, la boîte pour laquelle il a travaillé en Laponie par le passé. Mais je n'arrive pas à croire à une simple coïncidence. Ce type, un spécialiste, jaillit de nulle part et le tambour disparaît peu de temps après. Et Mattis est retrouvé poignardé.

– Lis le second dossier avant de te plaindre, conseilla le Shérif.

Klemet tira quelques feuilles. Il contenait un rapport de police et quelques coupures de journaux. Cette partie-là était nouvelle. Les documents évoquaient la société chilienne Mino Solo. Ou plutôt sa présence en Laponie entre les années 1975 et 1984, avant qu'elle soit obligée de quitter la région. Deux affaires de corruption. Des abus de pouvoir. Plusieurs enquêtes environnementales bâclées. Des menaces. Des plaintes de riverains. Des dégradations anonymes. Le rapport de police était très sévère mais, dans la plupart des cas, aucune preuve n'avait pu être apportée. Les articles de presse montraient en tout cas une vive tension, avec plusieurs manifestations. Sur une photo, Klemet reconnut Olaf Renson, très jeune, brandissant une pancarte où l'on pouvait lire « Que vive le fleuve, Mino Solo dehors ». Mino Solo était décrite comme la compagnie minière qui focalisait tous les méfaits de l'industrialisation de la Laponie, apportant avec elle sa vague de troubles. Plusieurs centaines d'ouvriers et d'ingénieurs norvégiens et étrangers de plusieurs compagnies avaient à cette époque envahi les petits villages sami. Les problèmes avaient été légion et tout le monde avait poussé un énorme soupir de soulagement lors de la clôture des chantiers. Klemet reposa le dossier, les yeux fixés sur un point invisible.

– Un fleuve !

Le Shérif et Nina le regardèrent sans comprendre.

– Un fleuve. Le serpent est un fleuve ! Merde, comment j'ai pu être aveugle à ce point ? Nina, amène le tambour, vite.

Nina venait de comprendre. Klemet devait avoir touché juste. Le Shérif paraissait toujours perdu. Ils se penchèrent tous les trois sur le tambour.

– Évidemment, la mine passe près d'un gros fleuve. C'est logique. Il fallait transporter le minerai. Même avec des rennes, on ne devait pas pouvoir transporter le minerai sur des distances trop longues dans ce type d'environnement.

Klemet se retournait déjà vers un coffre en bois dont il tira un jeu de cartes au 50 000e de la région. Il en étala plusieurs sur les peaux de rennes. Il alluma des lampes pour compléter l'éclairage des flammes.

– Par la mairie, nous savons que ce géologue français est parti explorer trois zones réparties sur un périmètre étendu à l'est et au sud-est de Kautokeino, jusqu'à la frontière finlandaise. Ensuite, Eva Nilsdotter, la patronne du NGU, a remarqué que les trois zones du Français se ressemblaient. Ce qui laissait penser qu'il cherchait à partir de descriptions précises. Ce géologue devait donc bien partir sur la piste d'un gisement particulier décrit dans un document particulier. Notre hypothèse est qu'il s'agit du même gisement que celui recherché par le géologue allemand en 1939.

– Pourquoi ? l'interrompit le Shérif.

– Un faisceau de coïncidences pour l'instant, rien de concret, je te l'accorde. Mais cela repose notamment sur l'étude des photos de 1939. Eva Nilsdotter a pu éliminer l'une des trois zones en estimant la distance parcourue par Flüger en 1939. Il reste que sur ces zones, et même sur celle éliminée, une rivière suivait à peu près le même tracé. Elle démarre au nord-ouest, part vers le sud, remontent vers l'est et redescend à nouveau vers le sud-est. Et maintenant, regardez : si vous prenez le tambour, si vous le tournez en fonction des aurores boréales qui indiquent à peu près le nord, cela colle presque parfaitement. Le serpent suit exactement ce tracé. Ça fait plus qu'un faisceau de coïncidences, non ?

– Fascinant, ne put s'empêcher de constater le Shérif.

– Cela signifie, dit Klemet, que ce géologue français est à la recherche de la mine du tambour…

– Sans avoir vu le tambour ! compléta Nina.

– La vieille carte géologique dont parlait Eva doit donc bien exister quelque part. Peut-être en a-t-il eu connaissance. Le NGU nous a parlé d'un haut-plateau, d'un lac vers le sud-est, et de zones très fracturées vers le nord-est. Là encore, si on regarde les éléments de relief du tambour, avec les montagnes, un lac, ça paraît coller à peu près. Regarde cette carte. Si tu l'orientes comme ça… tu as ta rivière qui coule, un lac ici, des montagnes plus élevées de chaque côté. Et là, s'exclama Klemet en pointant du doigt sur la carte, le gisement, indiqué par la croix sur le tambour. Il est quelque part dans ce périmètre. Et c'est là que l'on trouvera le géologue français !

Laponie intérieure.

André Racagnal avait écarté plus rapidement la deuxième zone. Il avait tout de même réalisé des prélèvements. Dans les milieux professionnels, il passait pour le meilleur pisteur des boulders, ces roches que les glaciers ont arrachées à un filon et déplacées au gré de leur avancée. Remonter la trace de boulders intéressants pouvait vous amener à des gisements. Lors de la première phase, quand il s'agissait de partir à l'aventure au petit bonheur la chance, l'observation patiente était sa première vertu, sa force. Les collègues les plus anciens qui l'avaient observé dans cette phase l'avaient affublé du surnom de Bouldha, le Bouddha des boulders. Facétieux, les bonshommes ! Mais les mêmes avaient remarqué comment il se transformait lorsqu'il avait identifié un boulder qui pouvait le mener jusqu'à un gisement prometteur. De Bouldha, il devenait Bouldogue. Facile, mais cela les amusait. D'une certaine façon, ils n'avaient pas tort. Lorsqu'il reniflait la piste d'un bon boulder, il oubliait tout ce qui l'entourait. Sur cette deuxième zone explorée, il n'avait pu exprimer que le côté Bouldha de sa personnalité. Il restait un peu frustré. Mais il se consolait. Il disposerait d'un peu plus de temps pour cette troisième zone où il arrivait enfin.

Sans cette vieille carte géologique, il n'aurait jamais pu avancer aussi vite. Depuis ce mercredi matin, il avait déjà parcouru de nombreux kilomètres. Il se fichait maintenant de respecter les autorisations pour le scooter. S'il avait un problème avec ça, le vieux péquenaud n'aurait qu'à se débrouiller pour lui arranger l'affaire avec l'aide de son con de flic. Le ciel était nuageux mais la luminosité forte. Racagnal jeta un œil à la carte puis au paysage qui l'entourait. Il s'était engagé dans une vallée tourmentée et dénudée, à part ces quelques arbustes tordus au ras du sol. La neige était peu abondante et Racagnal pouvait apercevoir de nombreux rochers affleurant qui pimentaient l'étendue blanche et ondulée de tâches brunâtres. Le géologue français avait observé une bonne vingtaine de roches. Il avait relevé, comme sur les deux autres zones observées, des quartz en quantité, des micas intéressants, des feldspaths d'un rose émouvant. Racagnal était dans une zone fortement granitique, et c'est bien ce qu'il recherchait. Seule son expérience lui permettait de relever la présence importante de quartz. Depuis ce matin, il maniait souvent son long marteau suédois, brisant de nombreuses roches. Les éclats étaient révélateurs. Il sortait parfois sa loupe, mais il avait pu, à l'œil nu, identifier ces quartz qui avaient l'allure de petits bouts de verre à l'éclat gras.

Il était 11 h 12 lorsque Racagnal eut toutefois l'impression de progresser sérieusement pour la première fois. Il aimait la précision et il nota l'heure dans son carnet de terrain. Mais cette progression l'emmenait dans une direction totalement inattendue. Depuis le début, sous l'influence du vieux paysan obsédé par sa mine d'or, Racagnal avait suivi cette piste du métal jaune. À l'état naturel, il était devenu très exceptionnel de trouver de l'or en quantité satisfaisante. Le métal précieux se découvrait à l'état d'éclats. À 11 h 12, Racagnal avait trouvé ce nouveau boulder, à moitié enfoui sous la neige, pas très gros. Sa forme très arrondie indiquait qu'il avait été traîné longtemps par le glacier. La roche était noirâtre, et c'est cela qui avait intrigué Racagnal. Il ne sentait plus le froid lorsqu'il brandit son marteau pour briser le boulder. Des aspérités jaunâtres apparurent. Elles étaient très vives. Racagnal maîtrisa sa respiration. Calme-toi, Bouldogue, dit-il à voix basse, sentant l'adrénaline l'envahir. Il appela son guide et lui dit d'installer l'abri avec les peaux de rennes sur le sol. Racagnal était méticuleux. Il respirait profondément pour contenir l'adrénaline. Il y parvenait souvent. Il regardait le Sami installer le matériel. Racagnal sortit la cuisine portative pour faire du café. Il aimait ce cérémonial. Comme avec les petites garces qu'il coinçait. Quand on pensait approcher du but, il ne fallait surtout pas précipiter les choses. Prendre son temps. Sentir. Jouir de l'adrénaline qui saturait son âme. Et tant pis s'il ne s'agissait que d'une fausse alerte. Les roches pouvaient le décevoir ou ces petites garces lui échapper. C'est pour ça qu'il était d'autant plus important de profiter de ces instants préliminaires. Il sortit enfin sa loupe, se délectant du jaune intense qui jaillissait de la roche noire. Il eut même envie d'associer le Lapon.

– Regarde, lui dit-il simplement.

Le Sami s'approcha. Son regard n'exprimait rien d'identifiable pour Racagnal. Racagnal haussa les épaules et regarda à nouveau le jaune intense de la roche. Il fit quelques pas jusqu'à la remorque du scooter et en sortit un appareil de mesure, un SPP2, une sorte de pistolet d'un kilo qui marchait sur piles. Il attacha la ceinture de cuir de l'appareil. Il changea les piles. Avec ce froid, il en consommait trois fois plus qu'en Afrique. Son SPP2 commençait à faire du bruit à cent chocs par seconde. Mais les blocs de granit qui l'entouraient poussaient le bruit à trois cents chocs. Il s'agissait de la radiation naturelle, trompeuse. L'or pouvait se trouver dans ces environnements de failles au milieu des roches magmatiques. Il fallait savoir passer outre ces couinements du SPP2.

Depuis près d'une semaine, il avait utilisé une bonne trentaine de piles déjà. Son SPP2 avait mesuré des radioactivités normales pour la région, parfois jusqu'à quatre cents chocs par seconde. Trois fois déjà, il avait mesuré des petites pointes à près de cinq cents chocs par seconde. Ces mesures n'étaient qu'une simple routine pour tout géologue confirmé. Cette fois-ci, c'était différent. Pour la première fois, il dut changer de gamme. La mesure dépassait les cinq cents chocs par seconde. Il passa sur l'échelle suivante, qui étalonnait jusqu'à mille cinq cents chocs. Le SPP2 couina plus fort et l'appareil indiqua plus de sept cents chocs par seconde. Racagnal observa à nouveau le boulder. Il ne s'agissait pas que de granit, mais d'un bloc altéré, traversé par une fissure. Il respira profondément et regarda autour de lui. Les collines pelées et coiffées de neige conservaient leur secret mais Racagnal saurait les faire parler.

– Reste ici, dit-il à Aslak.

Il détacha la remorque et grimpa sur le scooter, équipé seulement de son SPP2 et de son marteau. Vas-y, Bouldogue, cherche, lâcha-t-il pour lui-même en démarrant brutalement. Il n'eut pas à parcourir des kilomètres. Il avança seulement d'une centaine de mètres à flanc de colline, écrasant au passage quelques bouleaux nains, et s'arrêta près d'un renfoncement. Plusieurs grosses pierres étaient éparpillées, mais l'une d'elles seulement l'intéressait. Elle était un peu plus grosse que la précédente. Il sortit son SPP2 et l'alluma. L'appareil couina à nouveau tellement fort que Racagnal dut à nouveau changer de gamme. Il passa sur cinq mille. La mesure affichée lui fit battre le cœur. Le SPP2 annonçait maintenant quatre mille chocs par seconde. Racagnal reposa vivement son appareil, attrapa son marteau et, poussant un cri de bûcheron, l'abattit sur la roche. Il en prit un morceau et observa le même jaune intense perdu dans la roche noire.

– Putain, souffla-t-il lentement. C'est pas de l'or. C'est de l'uranium !

Racagnal releva la tête et regarda autour de lui. Le Sami était assis sur les peaux de rennes, tourné dans sa direction. Depuis le flanc de la colline où il se trouvait, il voyait le contrebas de la vallée qui s'étalait loin sous ses yeux. Le soleil était puissant, bien que voilé par les nuages. Il scintillait sur la neige brillante d'où ne sortaient çà et là que quelques branches de bouleaux dénudées qui formaient des touches sombres impressionnistes sur cette étendue immaculée qui s'étendait, bordée à l'horizon par quelques douces montagnes gris-bleu. Il se sentit traversé par un frisson exquis.

– Ce vieux con de bouseux croit chercher de l'or et son putain de gisement est un putain de gisement d'uranium, dit-il en élevant légèrement la voix.

Il sourit légèrement.

– Ah, mais ça change tout. On va plus rigoler du tout, mon petit vieux…

Soudain, il se mit à hurler à pleins poumons, malgré le froid.

– Quel cooon ! De l'uranium ! Quel cooon !

Racagnal se mit à rire comme un dément, brandissant son marteau en un geste de défi, tourné vers le soleil qui restait cloîtré derrière la brume.

Au loin, le berger sami ne perdait pas une miette du spectacle. S'il ne comprenait pas tout, un mot, au moins, ne lui échappa pas.

498

Klemet gara sa Volvo rouge devant l'étable. Afin de faire moins protocolaire, sachant que la police des rennes était officiellement détachée de l'affaire, Nina et lui avaient décidé qu'il se rendrait seul chez Karl Olsen afin d'essayer de l'interroger sur le portrait dont Berit Kutsi lui avait parlé.

Pendant ce temps, il fut convenu que Nina ferait la tournée des stations-service de Kautokeino. Elle devait discrètement se renseigner sur les huiles utilisées par les scooters de la région, afin de remonter la piste de celle retrouvée sur la cape en peau de renne de Mattis.

Klemet frappa à la porte. Il entendit des pas. Le vieil Olsen, tête un peu penchée, vint lui ouvrir. Après un instant de surprise vite refoulée, il le détailla d'un air soupçonneux.

– La police des rennes ? Et en civil en plus ? Allons bon !

– Bonjour, le salua poliment Klemet.

– Qu'est-ce qu'il y a ? coupa hargneusement Olsen.

– Je voulais juste te montrer une photo, avança prudemment Klemet.

– Ça a un rapport avec le tambour ou la mort de Mattis ? contra Olsen l'air toujours hargneux.

– Je ne crois pas, éluda Klemet.

– Parce que j'avais cru comprendre que vous n'étiez plus dans le coup, non ? Tu ne me rendrais pas une visite sans motif, contre les ordres, par hasard ? insinua Olsen, l'air suspicieux.

– Jamais de la vie, protesta Klemet. C'est plus par curiosité, parce que mon vieil oncle a cru reconnaître sur une photo qu'il a retrouvée quelqu'un que tu pourrais connaître.

Sans laisser le temps à Olsen de protester, Klemet lui montra la photo agrandie de l'homme moustachu.

– Et alors ? grogna le paysan, la mine méfiante.

Klemet resta silencieux, poussant la photo sous le nez d'Olsen.

– C'est mon père, finit par dire Olsen. Le vieux est mort depuis belle lurette. Crac. Rupture d'anévrisme. Crac. Terminé. Mais la photo est vieille. D'où sort-elle ?

– Il était au milieu d'un groupe de personnes qui faisaient une randonnée en Laponie juste avant la Deuxième Guerre mondiale.

– Sais pas. Pas au courant. Rien à voir. Et c'est quoi le rapport ? Et pourquoi t'es ici ?

– Tu n'as pas de raison de t'inquiéter Karl, sourit Klemet pour l'apaiser. Qu'est-ce qu'il faisait ton père ?

– Ben il était agriculteur ! Quelle question…

Klemet hochait la tête silencieusement.

– Il t'aurait parlé de cette expédition avec des étrangers juste avant guerre ? Il aurait évoqué peut-être une histoire de mine, aussi ?

– Le vieux, il causait pas. Rien. Parlait pas. Des histoires de mines ? Et pourquoi pas des histoires de trolls ? Allez, ouste, du balai. Le vieux, il travaillait la terre. Et puis crac, rupture d'anévrisme. Rien d'autre à dire.

Klemet comprit qu'il ne pouvait pas insister au risque d'éveiller plus encore les soupçons d'Olsen. Il le remercia silencieusement, salua de la main et partit. Sur le pas de la porte, il se retourna tout de même.

– Un géologue français se balade dans le coin depuis un moment. Il a obtenu des permis du comité des affaires minières. Tu ne saurais pas par hasard s'il aurait évoqué une vieille carte géologique de la région qu'il aurait eue en sa possession ?

– Non, connais pas ce type-là. Il a voulu me rencontrer. Mais connais pas. Et jamais entendu parler d'une carte comme ça.

Klemet le remercia d'un signe de tête. Quand il démarra et passa devant la maison, il aperçut Olsen, dans sa cuisine, parlant au téléphone avec des gestes nerveux.

Les heures suivantes furent parmi les plus agitées que Racagnal ait vécues depuis belle lurette. Il poursuivit ses investigations sur la zone. Il se référait souvent aux différentes cartes, l'ancienne ou les modernes, couvrait son carnet de notes et de croquis, relevait des échantillons, brandissait à tout-va son scintillomètre pour mesurer la radioactivité. Il progressait lentement, et pestait contre le jour qui se mit à baisser trop vite. Mais sa conviction était faite.

Lorsque le soleil fut couché et le bivouac monté pour la nuit, il s'installa devant sa radio. Le Sami était en train de faire bouillir du renne. Racagnal s'était octroyé ce petit plaisir pour fêter sa découverte. Avec le fusil qu'il avait pris au Sami, il avait tiré un renne quelques heures plus tôt et le Lapon s'était chargé de le dépecer et de le préparer. Les quartiers de viande étaient déposés dans les arbres nains qui ployaient sous la charge.

Racagnal appela d'abord Brattsen. Le policier lui demanda quelques instants, afin de s'isoler, puis il le reprit. Racagnal fut bref.

– Vous pourrez dire à Olsen que j'ai trouvé quelque chose. Quelque chose peut-être de très gros, si ce que je pense se confirme. Mais ce n'est pas ce qu'il croyait. Attendez-vous à une grosse surprise.

– Qu'avez-vous trouvé ?

– Je ne peux pas encore vous le dire, pas par radio. Il me faut encore quelques jours. Mais dites à Olsen que notre fortune pourrait bien être faite.

Brattsen était surexcité, Racagnal l'entendait bien, et il se délectait d'imaginer l'impatience des deux Norvégiens. Il donna sa position actuelle et indiqua son plan pour les jours à venir.

– Vous êtes bien sûr de vous ? s'inquiéta Brattsen.

– De ce côté-là, soyez tranquille. Seul, je n'y arriverai pas, même si je suis excellent. Et rassurez-vous, ce sera discret.

Il termina la conversation.

Il entra ensuite en contact avec la centrale logistique opérationnelle de sa compagnie. Près de Paris, dans la tour de la Défense qu'occupait la Française des minerais, vingt-quatre heures sur vingt-quatre un département spécial était à l'écoute des dizaines d'équipes réparties aux quatre coins de la planète. Il s'identifia et expliqua qu'il voulait être mis en contact immédiatement avec le géologue en chef de permanence. On lui passa rapidement un homme habitué à prendre des décisions rapides. Cela pouvait sembler paradoxal dans un monde où l'on s'intéressait à l'évolution de la terre, où l'on mesurait les délais en dizaines de millions d'années, où les explorations s'étalaient souvent sur des années. Mais le monde de l'industrie minière était aussi soumis aux règles les plus capitalistiques qui soient, où la mesure du temps était celle des salles de marché. La moindre annonce pouvait parfois avoir des conséquences fabuleuses ou terrifiantes sur le cours de l'action. Cette réalité-là imposait des décisions rapides qui pouvaient se révéler très payantes.

Le géologue en chef connaissait Racagnal depuis longtemps. Il connaissait tous les aspects de sa personnalité, même les plus controversées, mais il avait décidé depuis longtemps que cela ne le regardait pas s'il préférait les adolescentes aux femmes plus mûres. Il enregistra tout de suite le sérieux de l'exposé de Racagnal, entrevit comme lui le potentiel énorme. Il abonda à toutes ses requêtes.

– Je vais t'envoyer Brian Kallaway, dit le géologue en chef. Un jeune gars très brillant. C'est le meilleur glaciologue que nous ayons sous la main actuellement. Un Canadien. Et la géologie du Canada ressemble comme deux gouttes d'eau à celle de ta Laponie, je ne t'apprends rien. Il peut partir dès demain matin et tu l'auras sur zone dans la journée. Je lui fais effectuer le survol basse altitude requis pour la prospection radio-métrique. Quelle méthode tu veux sur le terrain ? Électrique, électromagnétique ou magnétique ? Ou une étude géochimique ?

– Je vais manquer de temps.

Racagnal se rendit compte que, pour sa compagnie, le facteur temps importait peu. Il se reprit.

– Un round de licence va intervenir dans quelques jours. J'ai besoin de bétonner immédiatement, sinon ça risque de nous passer sous le nez. Des Norvégiens sont déjà dans le coin. Envoie-moi ce Kallaway, qu'il fasse en arrivant ses mesures aériennes sur la zone que je t'ai indiquée. Mais qu'il soit discret. Rappelle-lui bien que l'exploitation de l'uranium est interdite dans les pays nordiques et tout ce qui y touche est ultrasensible.

Racagnal raccrocha. Ce soir, il allait déguster ce renne. Il ne manquait qu'une petite, comme cette Sofia qui s'était refusée à lui. Mais bientôt on ne pourrait plus lui refuser grand-chose.

Karl Olsen attendait Rolf Brattsen sur le parking de l'enclos à rennes habituel. Le vieux paysan se massa la nuque avec vigueur. Son mal n'avait fait qu'empirer ces derniers jours, au fur et à mesure que l'excitation le gagnait. Deux semaines étaient passées depuis cette première rencontre et elles avaient été utilisées au mieux, il devait en convenir.

Il se versa une tasse de café brûlant et avala une gorgée en aspirant bruyamment. La mise à l'écart de Tor Jensen avait provoqué des tensions. Les travaillistes s'étaient retrouvés coincés. Le gouvernement travailliste à Oslo voulait des résultats et c'est précisément l'argument que l'opposition de droite avait utilisé au niveau régional. Pour sauver la face, le conseil régional du Finnmark, tenu par les travaillistes, avait déclaré que Jensen était provisoirement appelé en mission de coordination pour la sécurité de la conférence de l'ONU, mais personne n'avait été dupe. Olsen s'en était assuré. Il imaginait bien que, dès la fin de conférence de l'ONU, les travaillistes allaient rendre les coups. Mais il n'en avait cure. Il vit arriver la voiture du policier. La portière passager s'ouvrit.

– J'ai reçu la visite de ton cow-boy de la police des rennes. Il posait des questions, l'air de rien. Avec une vieille photo de mon père que je ne connaissais pas. J'aime pas ça. Mais alors pas du tout.

– Nango ?

Brattsen prit son air buté. Il avait l'air contrarié.

– Tu as dit au téléphone que tu devais me dire quelque chose ? poursuivit aussitôt Karl Olsen, en se tournant douloureusement vers le policier.

– Le Français a trouvé quelque chose d'énorme, paraît-il.

– Quoi !? Déjà ? Il aurait réussi ?

504

– Il semble. Il paraissait très sûr de lui. Il doit faire venir un spécialiste de Paris pour garantir son coup.

– Un spécialiste de Paris ? Je n'aime pas ça. Tu ne crois pas qu'il va essayer de nous doubler ce salopard ?

– Ce n'est pas un enfant de chœur.

– Je n'aime pas ça, répéta le paysan.

– Il m'a donné sa position.

– Ah ?

– À cent cinquante kilomètres d'ici environ, vers le sud-est.

Le paysan se massait la nuque en réfléchissant. Il vida le café refroidi par la fenêtre et se resservit. Il buvait à petites gorgées puis posa sa tasse sur le tableau de bord.

– On va aller là-bas. Tu trouveras bien un prétexte pour t'y rendre. Je veux tenir ce type à l'œil maintenant.

– Je ne sais pas si c'est très prudent. Les deux éleveurs sont en garde à vue. On s'attend à ce que je mène les interrogatoires. Et certains s'étonnent qu'Aslak ne soit pas au poste avec Renson et Johan Henrik.

– Raison de plus pour se lancer à la poursuite d'Aslak. Tu vois, tout s'arrange, tu as ton excuse. Et les interrogatoires, ils peuvent bien attendre. Il faudrait qu'on parte là-bas sans tarder.

– Je peux tirer un peu, mais sûrement pas au-delà de la conférence. Je dois interroger les éleveurs demain. Je pourrais partir là-bas vendredi ou samedi.

– Eh bien tu vois, c'est parfait. Je quitterai la ferme dès cet après-midi, pour Alta. Je dirai que je vais faire des courses quelques jours. Et je te rejoindrai.

Le policier acquiesça de la tête. Olsen voyait à sa tête que Brattsen était un peu dépassé.

– Tout sera fini très bientôt, petit, le rassura le paysan. La distribution des licences est imminente, et plus rien ne nous arrêtera ensuite. Il faut juste s'assurer que ce Français trouve bien notre mine d'or. Et qu'il ne fasse pas de conneries. Mais tu vas bien t'occuper de lui, hein ? Après tout, c'est toi le futur patron de la sécurité de cette mine, pas vrai… ?

49

Nina était revenue en fin d'après-midi de sa tournée des trois stations-service de Kautokeino. Il faisait nuit noire du fait de la couverture nuageuse. Le froid était plus mordant que dans la journée. Ou peut-être était-ce la fatigue, se dit Nina. Elle était allée directement à la tente de Klemet. Elle poussa la tenture et vint s'accroupir près du feu. Elle enleva ses gants et se frotta longuement les mains. Klemet était de l'autre côté de l'âtre, épluchant des dossiers.

– L'huile retrouvée sur la cape de Mattis ne vient pas d'un scooter, lança-t-elle en continuant à se frotter les mains au-dessus des flammes.

Klemet referma son dossier. Il attendait la suite.

– J'ai vérifié tous les composants sur les bidons vendus en station-service, parlé avec des gens qui venaient faire le plein et avec les vendeurs des stations. Aucun doute possible. Les scooters n'utilisent pas ce type de produit. Ni les voitures d'ailleurs. L'huile en question est utilisée dans les tracteurs, les gros outils mécaniques ou les poids lourds. Elle est d'une marque que je ne connaissais pas.

Nina plongea sa main dans sa parka et en retira son carnet.

– La marque est Arktisk Olje. Le nom de l'huile est… Big Motors Super Winter Oil.

– Et tu dis qu'il s'agit d'une huile spéciale pour les tracteurs et les engins mécaniques, type machines agricoles, j'imagine ?

– Oui, et les poids lourds.

La tenture se souleva, laissant entrer un souffle d'air froid. Le Shérif vint se poser à côté de Klemet. Il déboutonna sa parka et sa veste de treillis bleu marine trop étroite, poussant un soupir de soulagement.

– Bon, vos projets maintenant ? Votre voiture de patrouille est restée garée devant chez toi un peu trop longtemps. Vous ne devriez pas traîner ici.

– Je sais, le coupa Klemet. Mais bon Dieu, nous n'arrêtons pas de courir plusieurs pistes à la fois et à des siècles d'écart. Et tout ça en cachette de Brattsen sur un territoire immense où tout se sait en un clin d'œil !

– Vous avez le tambour, et vous savez qui l'a volé. C'est déjà formidable, Klemet.

– Je suis passé chez Olsen tout à l'heure, et je l'ai trouvé très suspicieux à mon égard.

– Olsen, le conseiller municipal du FrP ?

– Oui. Le fameux moustachu sur la photo d'Henry Mons était son père. J'ai senti que ça lui coûtait de me le dire.

Nina releva la tête en entendant la nouvelle.

– Son père ? continua le Shérif. Le père d'Olsen et le grand-père de Mattis se sont donc retrouvés ensemble sur cette même expédition de 1939 ? Drôle de coïncidence.

– Pas vraiment quand j'y pense, cela s'est transmis avec les générations. Mattis travaillait parfois chez Karl Olsen, se rappela Nina. Berit nous a dit qu'il y retrouvait deux autres bergers, John et Mikkel, qui faisaient de la mécanique…

– … sur les tracteurs et les engins agricoles du vieux Olsen, compléta Klemet, les yeux soudain figés sur ceux de sa collègue, qui venait de réaliser en même temps qu'elle articulait les mots.

Tout était éteint dans la ferme de Karl Olsen lorsque la Volvo rouge de Klemet s'avança tout doucement. Le policier s'était assuré que personne ne pouvait le voir pour s'engager sur le chemin. Il aurait sans doute eu du mal à justifier sa présence en ce lieu, sans mandat, en civil, alors qu'il était censé être sur la toundra « à compter les rennes ». Klemet alla se garer derrière la grange. Un coup de fil anodin à Berit, officiellement pour s'assurer qu'elle restait toujours à disposition pour des questions éventuelles, avait suffi pour qu'elle lui apprenne que le paysan venait de partir pour plusieurs jours à Alta. John et Mikkel devaient venir entretenir du petit matériel, mais pas avant le lendemain matin. Berit elle-même ne passerait que le lendemain après-midi s'occuper des vaches.

L'idée d'une visite nocturne et illégale chez le paysan ne plaisait guère au Shérif. Nina était plus catégorique encore : hors de question, tout simplement. Klemet avait grommelé quelque chose d'inaudible et le Shérif avait tranché en déclarant qu'il parlerait au juge de Tromsø le lendemain matin et qu'il se faisait fort d'obtenir des moyens légaux. Ils se séparèrent sur cette décision de bon sens.

Lorsque ses collègues furent partis, Klemet passa à son garage, remplit un petit sac et, s'assurant que la rue était vide, il partit. Il lui fallut quinze minutes pour rejoindre la ferme, après avoir fait des détours. Il s'était garé le long d'un chemin secondaire passant derrière le bâtiment. Il pouvait ainsi y accéder en marchant seulement une petite centaine de mètres, lui évitant ainsi d'emprunter l'allée.

Il resta deux longues minutes assis dans sa voiture, moteur éteint. Klemet avait ouvert une fenêtre pour entendre le moindre bruit suspect. Le froid l'enveloppa rapidement. Il se maudit de s'être équipé trop légèrement.

Il sortit une petite lampe à la lumière discrète et s'avança vers la grange. Il parcourut lentement la distance, s'arrêtant régulièrement. Il parvint à l'entrée de la grange. La porte était ouverte. La grange était très vaste. Elle accueillait deux tracteurs et pas moins de trois engins destinés à cultiver les champs. Tous les murs étaient équipés de tableaux supportant des outils et du matériel léger ainsi que des étagères. Une impressionnante collection de couteaux était accrochée. Par précaution, Klemet enfila des gants légers avant de regarder les lames, les unes après les autres. Aucun couteau n'était du modèle ayant servi à poignarder Mattis. Cela ne voulait rien dire. Les cachettes possibles abondaient dans une ferme. Mais Klemet n'était pas venu pour cela. Il balaya les coins de la grange et finit par trouver. Plusieurs jerricans de cinq litres d'huile étaient alignés près d'une vieille armoire et de gros bidons cabossés de fuel. Les bidons étaient de plusieurs sortes mais deux d'entre eux étaient de la Big Motors Super Winter Oil de marque Arktisk Olje.

Satisfait, Klemet rebroussa chemin. Il sortit le nez de la grange, observa les alentours. Il regarda, à quelques centaines de mètres en contrebas, la route principale avec ses lampadaires qui éclairaient de rares voitures. Il s'apprêtait à sortir lorsqu'il entendit un camion approcher sur l'allée. Il vit bientôt ses phares balayer la vaste cour de la ferme. Klemet se recula précipitamment. Qui pouvait bien venir chez Olsen en son absence ? Il referma délicatement la porte de la grange et alla se cacher dans un recoin. Le camion s'arrêta et le moteur stoppa. Une porte s'ouvrit bientôt et Klemet entendit une masse heurter le sol. Puis il entendit un bruit de pas. Et un siffle-ment. Le chauffeur du poids lourd sifflait un air pop. L'homme semblait être seul. Klemet tenta de regarder à travers deux planches disjointes, mais il ne voyait rien. Il entendait l'homme sauter sur place, pour se réchauffer sans doute, tout en continuant à siffler. Les secondes, interminables, s'écoulaient. Klemet se sur-prit à essayer de trouver quel était le morceau sifflé. Le bruit fut soudain couvert par celui d'un autre véhi-cule qui s'engageait sur l'allée. Une camionnette die-sel, pensa Klemet. Les phares balayèrent la cour puis s'éteignirent, avec le moteur. Deux portières cla-quèrent. Les trois hommes se retrouvèrent en se don-nant l'accolade. Il reconnut assez facilement la voix de Mikkel, l'un des bergers travaillant pour Ailo Finnman et occasionnellement à l'entretien des engins du vieux Olsen. La tuile, pensa Klemet. Il va entrer dans la grange. Il chercha du regard, dans la pénombre, un endroit où se cacher mieux. Mais les pas ne s'approchaient pas de l'entrée. Les trois hommes restaient dans la cour. L'un d'entre eux venait d'ouvrir la porte du camion et Klemet estima qu'un autre ouvrait la porte arrière de la camionnette. Les deux véhicules étaient côte à côte. Il entendit un homme manipuler le monte-charge du camion. Les hommes ahanaient. Ils transportaient apparemment des cartons ou des marchandises d'un véhicule à l'autre, vraisemblablement du poids lourd à la camionnette. Klemet sentait le froid l'envahir. Cinq bonnes minutes passèrent ainsi. Il avait laissé ses gros gants dans la voiture et le bout de ses doigts commençait à lui faire mal. Dehors, les trois hommes s'arrêtèrent enfin. Ils refermèrent les portes des véhicules. Ils allumèrent des cigarettes. Ils parlaient de marchandises. Klemet tendit l'oreille. Ses soupçons se confirmaient. Les trois hommes se livraient à un trafic. Un homme, John vraisemblablement, disait qu'il faudrait rapidement un nouveau stock de cigarettes. Il devait lui passer un papier car celui que Klemet identifiait comme John précisait à son interlocuteur que la liste des alcools était sur le papier. L'autre répondit enfin qu'il devait revenir dans trois jours. Il s'agissait d'un Suédois. Klemet entendit quelqu'un siffloter et claquer des doigts. Puis ils se saluèrent. En remontant dans sa cabine, le Suédois lança « Hasta la vista, guys » et claqua la portière. La camionnette démarra la première. Elle fit un tour dans la cour et ses phares vinrent éclairer la cabine du poids lourd. L'œil rivé à l'interstice, Klemet reconnut l'espace d'une seconde le chauffeur suédois au tatouage.

50

Jeudi 27 janvier.
Lever du soleil : 9 h 08 ; coucher du soleil : 13 h 56.
4 h 48 mn d'ensoleillement.
Kautokeino.

Devant le commissariat de Kautokeino, la foule avait encore grossi. Les manifestants s'étaient organisés. Un vrai petit campement commençait à se former, débordant sur une partie de la place du marché, face à la mairie. Certains éleveurs avaient remorqué des gumpis. Trois braseros fournissaient de la chaleur à la trentaine de manifestants qui se trouvaient là. Certains passaient de bon matin avant d'aller au travail. De nouvelles pancartes faisaient leur apparition.

Brattsen se fraya un passage, l'air bougon, bousculant un éleveur qui portait une pancarte où était inscrit en grosses lettres tracées à la main « Halte à la colonisation ». Brattsen avait son air mauvais des grands jours. Il aurait bien insulté ce mec avec son bonnet bleu à quatre pointes. Mais il devait se faire violence. Il était maintenant chef de la police à Kautokeino. On lui avait conseillé de se tenir. La fonction comportait apparemment aussi un rôle de représentation. Représentation ! Bordel ! Tas de bureaucrates ! Le vieil

Olsen lui avait dit qu'on était près du but et qu'il fallait se tenir à carreau. Le vieux paysan n'arrêtait pas de lui parler de son père et de lui rappeler son futur poste de chef de la sécurité de cette mine miraculeuse. Le salaire serait juteux. Et Brattsen n'aurait plus besoin de prendre des gants avec les Sami et tous les autres parasites de la société. En arrivant devant la porte du commissariat, il se retourna et lança un regard de défi aux manifestants groupés en arc de cercle à une dizaine de mètres. L'affrontement resta silencieux. Brattsen fit demi-tour, entra sans saluer. Il se servit une tasse de café et descendit au sous-sol. Il demanda au policier de faction d'ouvrir la cellule. Les deux éleveurs sami n'avaient pas eu l'occasion de faire leur toilette ce matin. Brattsen les toisa.

– Alors ? Vous avez vraiment des sales têtes ce matin. Des vraies têtes de coupables, ricana Brattsen. On va se parler tous les trois, pas vrai ?

Renson se leva et affronta Brattsen du regard.

– Tu peux te garder ton arrogance, Renson, elle te servira pas à grand-chose ici.

Brattsen se retourna en entendant des pas. Tor Jensen se planta devant lui, un étrange sourire aux lèvres. Il était suivi d'un petit homme en costume et d'un policier.

– Continue ton travail Brattsen, lui dit le Shérif sans se départir de son sourire. Monsieur le juge et moi allons faire une petite perquisition. Rien qui vaille de te déranger au milieu de tes interrogatoires.

– C'est quoi ce bordel ? éclata Brattsen.

– Monsieur le juge est pressé. Nous te raconterons plus tard si nécessaire, dit le Shérif, ce qui est bien la moindre des choses pour le grand patron de la police de Kautokeino, n'est-ce pas monsieur le juge ?

Brattsen jura dans sa tasse de café, mais il savait qu'il n'obtiendrait pas de réponse du juge, qu'il savait acoquiné au Parti travailliste. Il serra la mâchoire et fit demi-tour.

– Je reviens vous interroger quand vous aurez moins des tronches de malfrats, cria Brattsen en disparaissant par les escaliers.

Nina et Klemet attendaient le juge et le Shérif à l'entrée de l'allée menant à la ferme d'Olsen. Ils utilisaient toujours la Volvo rouge du policier. Ils préféraient encore œuvrer en civil. Ils devaient partir à la recherche de ce Racagnal, mais Klemet voulait en avoir le cœur net.

Le juge procéda rapidement. Des policiers firent des relevés d'huile de moteur. Les agents travaillaient consciencieusement, prenaient des photos. Ils enveloppèrent les bidons d'huile et les placèrent dans une camionnette. Ils saisirent également les couteaux et passèrent la grange au peigne fin.

Le juge était déjà devant la maison d'Olsen. Un policier ouvrit facilement la porte. À Kautokeino, les gens ne ressentaient pas le besoin d'installer des serrures compliquées. Pendant que le Shérif et le juge examinaient le rez-de-chaussée, Klemet monta directement, suivi par Nina. Les deux policiers trouvèrent la chambre du vieux Olsen et son odeur acide. Ils reconnurent sans effort le père de Karl Olsen sur les photos. Il s'agissait de photos de famille pour la plupart. Mais on apercevait aussi le père Olsen dans la nature, dans ses champs, posant parfois avec d'autres personnes, des employés surtout. Sur ces photos-là, on le sentait dominateur, adoptant une attitude paternaliste. Les employés – ils avaient l'allure soumise –

étaient souvent un genou en terre, face au photographe, quand le père Olsen trônait derrière, une main sur leur épaule.

– Celui-ci est l'interprète de la mission de 1939. Il est resté travailler chez Olsen apparemment. La photo date de 1944, remarqua Klemet.

– Et là on voit Karl Olsen avec son père, continua Nina. C'est la seule photo où on les voit ensemble. Olsen n'est pas bien vieux là-dessus. Moins de dix ans, je dirais. Il est même plus petit que le détecteur de métaux que son père porte en bandoulière.

– On dirait bien que le père Olsen a attrapé la fièvre des minerais lors de sa participation à l'expédition de 1939. Il a poursuivi à son compte par la suite.

– Tu ne crois pas si bien dire, dit Nina, qui venait de découvrir le minuscule cagibi. Elle jeta un œil à l'intérieur, vit le coffre, des vieilles cartes, des vieux journaux, de vieilles caisses. Tout sentait le rassis. La policière feuilleta quelques papiers.

– Ce doit être les cartes qu'utilisait le père d'Olsen, supposa Nina. Il s'appelait Knut.

Les policiers poursuivaient leur examen des photos.

– Berit a dit que les autres photos avaient été placées au grenier, nota Klemet. Allons voir si nous pouvons les faire parler.

Ils montèrent par l'escalier étroit qui menait à un grenier visiblement peu utilisé. Il était assez vaste et bien rangé, sauf un coin où de vieilles caisses étaient placées sans ordre apparent. Klemet trouva les cartons dont Berit avait parlé. Ils contenaient les photos de la famille de son épouse. Ils n'avaient pas l'air de rigolos. Ils lui rappelaient sa famille laestadienne, avec les mêmes airs accusateurs.

– Klemet, tu devrais venir voir, lui cria Nina de l'autre bout du grenier.

Derrière deux caisses, Nina, accroupie, montrait du doigt deux appareils allongés côte à côte. L'un d'entre eux était le détecteur de métaux observé sur la photo de la chambre. Nina pointait du doigt le second appareil, et plus particulièrement la marque. Elle sauta aux yeux de Klemet.

– Un compteur Geiger, s'exclama le policier. Le compteur Geiger de 1939.

– Oui. Et je crois que Flüger n'est pas mort d'une chute, dit Nina d'une voix soudain sourde. Elle montrait du doigt l'extrémité de l'appareil.

Sur la boîte du compteur Geiger, des traces brunes étaient encore visibles. Ils eurent la même idée : et s'il s'agissait de vieilles traces de sang ?

Brian Kallaway sauta de l'hélicoptère qui venait de le déposer près du bivouac de Racagnal. La Française des minerais avait bien fait les choses, comme souvent lorsqu'elle sentait les gros coups. Elle était alors capable de mobiliser les moyens qui s'imposaient. En atterrissant, l'hélicoptère avait déposé un énorme filet qu'il avait transporté sous lui pendant le vol. La grosse palette en bois enveloppée par le filet contenait un scooter, des bidons d'essence, des caisses de matériel et de provisions.

Racagnal observa le jeune Canadien avec ses petites lunettes rondes et il se fit aussitôt son opinion sur le glaciologue que la boîte lui avait dépêché : un Mickey, un Mickey surdiplômé déguisé en aventurier. Un de ces jeunes types qui ne savaient pas partir sans s'entourer de tonnes de gadgets pour faire pro. Le gars portait une épaisse parka multipoches aux revêtements spéciaux, des bottes d'expédition pour le pôle Nord, des lunettes de glacier dernier cri autour du cou. On voyait que sa barbe de trois jours était très soigneusement taillée. Une poche spéciale était aménagée dans la manche pour un GPS miniaturisé. Il portait au côté, comme une arme, son marteau Estwing ultra léger. Racagnal compta au moins deux dosimètres sur sa combinaison, ce qui ne l'étonna pas un instant. Nombreux parmi les jeunes géologues étaient ceux qui s'entouraient de précautions à outrance. Racagnal se rappelait l'époque où on transportait les blocs d'uranium dans les sacs à dos et où on les exposait dans son bureau sans s'inquiéter de bouffer quelques radiations. Depuis une dizaine d'années, il avait fallu reléguer tous ces échantillons radioactifs dans les entrepôts. Trop dangereux. Tout était devenu trop dangereux. Kallaway dépliait déjà ses capteurs solaires portables pour alimenter ses appareils électroniques. Racagnal ricana ouvertement en découvrant l'attirail ultramoderne embarqué par le Canadien. Kallaway ne comprit pas pourquoi son collègue riait de la sorte. On lui avait juste dit que Racagnal était un pro de la vieille école, un peu rugueux.

– 14 h 20, annonça Kallaway en regardant sa montre d'un air satisfait. Je ne pense pas qu'il aurait été possible de faire plus vite. Heureusement que le climat était doux, sinon le pilote n'aurait pas voulu décoller.

Racagnal secoua la tête. Ce type portait en plus une montre Polimaster PM1208 qui intégrait un compteur Geiger miniaturisé ! Un super-Mickey, pas de doute. Il attendit que l'hélicoptère redécolle, direction Alta, puis il se tourna vers Kallaway.

– Les relevés aériens ? demanda-t-il sèchement.

Le Canadien semblait déçu de ne pas avoir reçu quelques mots de sympathie pour l'efficacité avec laquelle il avait si rapidement rejoint le fin fond de la Laponie, avec tout le matériel requis, moins de vingt heures après avoir reçu son ordre de mission. Il avait réussi à effectuer des mesures aériennes. Dans la plupart des cas, les premières mesures d'exploration pour l'uranium s'effectuaient par les airs. Cela permettait de ratisser de vastes étendues. Un tel procédé demeurait bien sûr aléatoire. Si le minerai d'uranium était à un mètre de profondeur, ou sous un lac, l'appareil ne détecterait rien. Mais cela permettait souvent de déterminer des régions susceptibles d'être intéressantes. Brian Kallaway alla serrer la main d'Aslak, qui lui rendit sa poignée de main sans un mot, puis il approcha un appareil de la table pliante qu'il avait dressée. Il étala une carte à côté.

– Cette partie contient plusieurs spots, annonça Kallaway. Où avez-vous trouvé vos boulders ?

Racagnal reporta ses découvertes sur la carte du Canadien.

– Bien, dit celui-ci, je commence tout de suite. Je vais commencer par explorer cette partie-là. Et vous, continuez par là. Et nous progressons ensuite selon cet axe, et nous croiserons avec cet axe-là qui remonte par cette rivière. Nous ne devrions pas en avoir pour plus de deux heures.

Tandis que le Shérif et le juge étaient repartis pour le commissariat, Klemet et Nina avaient rejoint le domicile de Klemet où attendaient leur matériel et leurs uniformes délaissés depuis plusieurs jours. Le compteur Geiger allait être envoyé aussitôt pour analyse afin de s'assurer que les traces brunes étaient bien du sang. Le juge avait également ordonné qu'un prélèvement d'ADN soit effectué sur le cadavre d'Ernst Flüger, enterré au cimetière de Kautokeino. Si nécessaire, le juge ordonnerait aussi un examen de la boîte crânienne du géologue allemand.

Klemet et Nina étaient en train de finir d'ajuster leurs pantalons de treillis gris et leurs épaisses vestes bleu marine.

– Ce que je pense, dit Klemet après un long moment de silence, c'est que cet interprète, dont Henry Mons t'avait parlé, a dû causer un peu trop. Il a dû raconter à Knut Olsen ce que le vieux Niils Labba avait dit au géologue allemand, cette histoire de tambour, de mine, de carte. Ça a dû exciter son imagination.

– Ça explique en tout cas pourquoi il a disparu peu de temps après le départ d'Ernst Flüger et de Niils Labba, souligna Nina. Il les a suivis, tout simplement. Et il a dû attendre que Niils Labba s'absente pour s'en prendre au géologue allemand. Il l'a peut-être menacé. L'autre s'est peut-être défendu. Et Knut Olsen l'aurait alors frappé avec le compteur Geiger.

– Oui. Il n'a pas trouvé le carnet en tout cas. Mais peut-être a-t-il trouvé la carte, la fameuse carte dont Eva parlait.

– Elle arrive bientôt de Malå ?

Klemet regarda sa montre.

– Elle devrait être là dans deux ou trois heures.

– Tu crois vraiment que cette vieille carte géologique était dans le petit cagibi chez Olsen ?

– Elle nous le dira, j'espère. Je lui ai aussi donné les indices du tambour afin qu'elle puisse les intégrer dans son analyse des cartes, dit Klemet, pas mécontent qu'Eva Nilsdotter vienne à Kautokeino. Klemet nota que l'épisode embarrassant au cours duquel il avait embrassé Nina paraissait oublié. Elle n'était pas rancunière. Elle était extrêmement avare de commentaires sur son petit copain, ce pêcheur du Sud. Il ne connaissait pas ce pêcheur chanceux, mais il lui était sympathique, ne serait-ce que parce qu'il lui avait permis de rabrouer ce prétentieux flic de Kiruna qui se donnait des grands airs. Il n'avait pourtant pas échappé à Klemet que Nina avait paru troublée après sa dernière rencontre avec Aslak, le jour de son départ pour la France, une dizaine de jours plus tôt, quand il lui avait offert un bijou après l'accident du renne. Le souvenir de sa dernière rencontre avec le berger, lorsque celui-ci les avait interceptés à ski alors qu'ils traversaient son territoire, était encore pénible pour Klemet. Pourquoi devait-il toujours associer l'image d'Aslak à un sentiment de malaise ? Klemet le savait bien. Il le savait, et il n'arrivait pas à s'y faire.

Il regardait Nina qui terminait de boutonner sa veste de treillis bleu marine. L'écusson de la police des rennes luisait sur sa manche. Nina palpait sa veste, remettait des objets dans les poches. Elle sortait un carnet, le feuilleta et le remit en place dans sa poche de poitrine. Elle eut du mal à l'enfoncer et fouilla dans sa poche pour voir ce qui gênait. Elle tira un petit sachet. Elle parut se rappeler quelque chose et son visage rougit légèrement. Le cadeau d'Aslak. Elle vit que Klemet s'en était aperçu.

Elle ouvrit le petit sachet.

– Je ne l'avais même pas ouvert, dit-elle pour se justifier, l'air un peu gêné.

Klemet ne disait rien. Il fit le tour de ses affaires, ramassa ses sacs et sortit pour terminer de charger la voiture. Il fit encore deux allers-retours ainsi et s'estima prêt. Il attendait sur le pas de la porte, mais

Nina, qui s'était assise à la table du salon, paraissait occupée.

– Nina, allons-y.

– Un instant, lui dit-elle.

Klemet soupira et s'avança vers la cuisine. Il allait se verser un verre d'eau. En passant derrière Nina, il jeta un œil sur ce qu'elle faisait. Elle avait sorti une feuille de papier et griffonnait des espèces de dessins.

– Tu crois que c'est le moment ? s'agaça Klemet.

Nina poussa vers lui le papier et l'objet d'Aslak. Il s'agissait, à première vue, d'un pendentif. De l'étain sans doute, métal coutumier parmi les Sami. Klemet ne sut pas reconnaître les formes. Elles étaient plutôt arrondies et l'ensemble n'avait rien de symétrique. Deux espèces de boules surmontaient l'ensemble. Sur la partie inférieure, une espèce de jambe à droite s'opposait, à gauche, à une forme courbe qui serpentait. Les courbes étaient toutefois harmonieuses et, même si Klemet ne voyait pas ce que cela représentait, il dut admettre que de l'objet se dégageait une certaine beauté. Le pendentif était suspendu à un cordon en peau de renne torsadée. Nina poussa le papier plus près de lui. Elle avait dessiné plusieurs esquisses et, pour finir, elle avait rassemblé les lettres G P S et A. G et P en haut, S et A en dessous.

– Ce n'était pas très dur, sourit Nina. Mon père avait l'habitude de faire des choses comme ça pour se calmer. À partir de notre nom de famille, ou de son prénom, ou du mien, ou de n'importe quoi. Prendre les lettres et les déformer pour leur donner une allure artistique, presque comme un cachet parfois. Il s'était fait un anneau de cette façon, avec les premières lettres de son prénom, de son nom et de celles de ma mère. Ma mère ne l'a jamais porté, elle trouvait ça vulgaire, je crois. Mais mon père portait souvent son anneau. Tu vois, il a pris les premières et dernières lettres des deux parties de son nom composé, Gaup et Sara.

En regardant à nouveau le pendentif, Klemet reconnut cette fois les formes arrondies. Avec un petit effort, les lettres devenaient évidentes. Nina sourit, contente d'elle-même, ramassa le pendentif et prit la feuille de papier qu'elle plia.

– Bien, allons-y maintenant, lança-t-elle gaiement.

Elle ouvrit de grands yeux surpris quand Klemet, qui n'avait pas bougé, l'arrêta. Ils étaient collés l'un à l'autre. Klemet tendit la main vers elle.

– Redonne-moi le pendentif, s'il te plaît…

Nina se recula d'un pas et sortit le sachet. Elle tendit le bijou à Klemet, s'efforçant de sourire. Le policier le prit entre les doigts et ne le quitta plus des yeux. Il ferma les paupières, les rouvrit et le fit tourner devant Nina, amusée maintenant par le comportement de son collègue. Il prit enfin le bijou entre deux doigts.

– Le s, Nina. Regarde bien le s.

Nina souriait toujours. Tout d'un coup, son sourire se figea. Elle porta la main à sa bouche et s'assit brutalement sur la chaise.

– Oh mon Dieu, s'écria-t-elle. Ce s ! Cette forme ! Mon Dieu, c'est exactement l'un des signes… sur une oreille de Mattis !

51

Jeudi 27 janvier.
Laponie intérieure.

Le glaciologue canadien avait déployé toute la technique et le savoir-faire dont il était capable. Il travaillait vite. En l'espace de deux heures, il avait pu identifier deux nouveaux boulders. Il était indéniable que leur concentration en uranium était plus qu'intéressante. Exceptionnelle. D'après les mesures de son SPP2, les boulders étaient très prometteurs.

– J'ai des anomalies à huit mille chocs avec produit jaune, déclara-t-il avec enthousiasme.

Le glaciologue de la Française des minerais appartenait à cette catégorie de spécialistes que les gens comme Racagnal n'utilisaient qu'avec parcimonie. Question de fierté. Mais dans les pires des cas, les boulders avaient pu être traînés sur vingt kilomètres et il devenait presque impossible de remonter à leur source. Un type comme Kallaway était alors un mal nécessaire. Celui-ci avait bondi de joie en découvrant, à deux kilomètres et demi environ, un boulder bien plus anguleux, signe qu'il avait moins circulé. On se rapprochait donc de la source !

Le glaciologue canadien avait passé quelques heures à réaliser les premières analyses et surtout à examiner les cartes du périmètre. Avant de partir, le service documentation avait téléchargé sur son ordinateur portable tous les rapports disponibles sur la zone souhaitée. Installé dans le bivouac, relativement protégé du froid alentour, Kallaway rentrait des données sur son portable, remettant souvent en place ses petites lunettes rondes et poussant régulièrement des exclamations enthousiastes. Le Canadien avait renoncé à communiquer avec le guide sami, qui paraissait tout aussi lointain et fermé que son collègue français. Mais Kallaway s'en moquait. On avait besoin de lui, et il allait donner le meilleur de lui-même, dans les meilleurs délais, et la compagnie serait à coup sûr satisfaite de sa prestation. Il devait admettre que cet ours mal léché de Français avait fait preuve d'une intuition exceptionnelle jusqu'à présent. Il avait eu du mal à le croire quand Racagnal lui avait révélé depuis combien de temps seulement il était parti sur le terrain. Lorsqu'en début d'après-midi, au retour de sa première exploration déjà si riche, il avait communiqué par radio avec le siège, il avait cru bon de vanter la trouvaille de son collègue Bouldha. Dès qu'il eut raccroché pourtant, Racagnal s'était approché et lui avait balancé une formidable gifle, le laissant à moitié groggy et surtout complètement abasourdi.

– Ne t'avise jamais de m'appeler Bouldha, espèce de petit trou du cul, et tu ne dis pas un mot sur ce que tu trouves à la radio, à personne.

Klemet et Nina n'avaient plus perdu le moindre instant. La découverte de la marque de l'oreille de Mattis était sensationnelle. Mais elle signalait de nouvelles difficultés. Tout en roulant vers le centre de Kautokeino, Klemet tentait de mettre de l'ordre dans ses idées.

– Mattis a été assassiné parce qu'il était entré en possession de ce tambour qui marque l'emplacement d'une mine. Pourquoi est-il mort ? Soit parce qu'il l'avait volé, soit parce qu'il ne voulait pas le donner. Quelqu'un lui a fait croire qu'il pourrait en récupérer le pouvoir et a abusé de sa faiblesse. Aslak ?

– Tu vois Aslak vouloir prendre possession d'une mine ? Cela ne ressemble pas au personnage…

– Non, mais Aslak pourrait-il en avoir après le tambour, pour le pouvoir qu'il détiendrait ?

– Tu veux dire qu'Aslak serait une sorte de chaman ?

– Aslak, un chaman…

– D'après ce que je crois avoir compris, poursuivit Nina, les vrais chamans ne vont pas crier sur les toits qu'ils sont chamans. Alors pourquoi pas lui, il en a les côtés mystérieux, non ? Et il semble très respecté par les Sami.

Klemet secouait la tête. Inconsciemment, il avait ralenti l'allure.

– Je ne sais pas. C'est… c'est juste que ça ne colle pas à l'image que j'ai de lui.

– Quelle image, Klemet ? s'énerva soudain Nina. Celle qui te fait fuir pour une excuse bidon quand tu devais l'interroger ? Je serais bien curieuse de savoir quelle image tu as exactement d'Aslak, Klemet. Moi j'ai joué franc-jeu avec toi. J'aurais pu me taire sur l'histoire du bijou, je t'assure que ça aurait été moins gênant pour moi. J'ai choisi de t'en parler.

Klemet restait silencieux, concentré sur la route verglacée. Il ouvrit la bouche. Mais la referma. Il avait été sur le point de raconter, mais avait changé d'avis.

– Ceux qui sont derrière ce tambour cherchent une mine, reprit Klemet. Ils ont manipulé le pauvre Mattis. Ce Racagnal cherche la mine qui est indiquée sur le tambour, nous le savons maintenant. La question est de savoir si ce Français a agi seul. Est-ce lui qui a pu poignarder Mattis pour lui faire avouer où était le tambour ?

– Je pensais que tes soupçons allaient vers Mikkel et John ? objecta Nina.

– Mais nous n'avons pas vérifié si le vieux, Henry Mons, connaissait ce Racagnal. Ils pourraient être de connivence, après tout ?

Ce fut au tour de Nina de garder le silence un moment.

– Non, trancha-t-elle finalement. Ou, s'ils le sont, Henry Mons n'est sûrement pas au courant. Il aurait pu être manipulé aussi. Mais je n'y crois pas. Mons avait un profond respect pour Niils Labba. Il était sincèrement ému en évoquant son histoire. Je suis bien plus intriguée par le rôle qu'a pu jouer Knut Olsen, le père du paysan.

– En tout cas, je n'arrive pas à concevoir qu'Aslak ait pu trucider Mattis, insista Klemet. Quelque chose dans les relations passées entre Aslak et Mattis m'échappe. Johan Henrik pourrait peut-être nous éclairer, mais il est impossible d'aller le voir dans l'immédiat à cause de Brattsen.

– Berit sait peut-être quelque chose, suggéra Nina. Elle m'a paru très évasive l'autre jour lorsque nous avons montré la photo d'Aslak.

Klemet se repassa la scène, et il se souvint clairement de l'air distant de Berit, sans qu'elle pût pour autant voiler un certain trouble. Il regarda dans le rétroviseur, mit son clignotant et fit un large demi-tour pour monter vers le centre Juhl. Il se gara sur la route au-dessus du centre. Une minute plus tard, Klemet frappait à la porte de Berit.

Elle vint ouvrir. Elle ne parut pas étonnée de voir les deux policiers et les fit entrer dans la cuisine après qu'ils se furent déchaussés. Elle avait les yeux gonflés. Elle avait sûrement beaucoup pleuré. Klemet fit un signe de menton à Nina.

Nina prit la main de Berit et jeta un œil sur Klemet. Il hocha la tête.

– Berit, nous avons certaines raisons de croire qu'Aslak aurait pu… qu'il aurait pu être celui qui a poignardé Mattis, dit Nina rapidement. Ou qu'il lui a, en tout cas, taillé les oreilles.

Berit se tourna brusquement vers Nina, reprenant sa main et la plaquant sur sa bouche, ne pouvant étouffer un cri. Son regard affolé se posa sur Klemet, qui continuait à hocher la tête, silencieusement. Berit éclata en pleurs entre ses mains.

– Oh mon Dieu, sanglotait-elle, sans plus s'arrêter.

Nina la prit par les épaules, tentant de la consoler.

– Berit, nous savons que tu étais très proche de Mattis, nous sommes désolés. Mais nous devons…

Berit releva soudain la tête, le regard bouleversé, et transformé par une flamme tragique.

– Ce n'est pas pour Mattis que je souffre maintenant, pleura-t-elle en criant presque, c'est pour Aslak ! Oh mon Dieu, Aslak, mon Aslak, dit-elle en replongeant sa tête dodelinante entre ses mains.

Klemet et Nina se regardèrent tout aussi étonnés l'un que l'autre.

– Berit, Berit, que veux-tu dire ? la secoua doucement Nina.

– Ce n'est pas lui, ce n'est pas lui !

Berit hoquetait, le regard désespéré, comme si son monde s'écroulait.

Brian Kallaway et André Racagnal s'apprêtaient à repartir. Ils allaient pousser l'exploration un peu plus loin. Aslak resterait au bivouac. Racagnal ne craignait pas que le Sami s'échappe. Le géologue français continuait par sécurité à envoyer environ toutes les deux heures un message radio apparemment anodin et non compromettant à Brattsen. La menace de représailles sur son campement paraissait suffire. Pourtant, à bien y réfléchir, Racagnal n'en était plus sûr. Le regard que portait le berger sur lui chaque fois qu'il passait à proximité le troublait. Il n'était pas inquiet. Il avait encore moins peur. Le Sami, lui, aurait dû avoir peur. Ou exprimer la crainte. Il n'en était rien. Il n'était jamais pressé, ne disait jamais rien. Il le regardait. Ne le quittant que rarement du regard. Il se nourrissait encore de ses provisions à base de renne, dormait dans son coin. Jamais il ne s'était mis en état de dépendre de Racagnal pour quoi que ce soit. Il restait souvent à moitié allongé, appuyé contre une peau de renne roulée, à l'observer. Un lion qui attend sa proie. Et qui sait qu'elle ne lui échappera pas. Voilà à quoi me fait penser ce Lapon de merde... Racagnal venait d'être traversé par l'évidence. Le Sami se comportait comme un prédateur qui avait le temps pour lui. Un loup sûr que sa proie ne lui échapperait pas.

– Qu'est-ce que tu as, connard ? lui cria Racagnal. Tu veux mon poing dans la gueule ?

Brian Kallaway parut étonné de la brusque colère de son collègue, mais il n'osa rien dire. Il termina de s'équiper, enfilant son casque, et baissa les yeux quand Racagnal le regarda, l'air furibard.

Nina s'était relevée. Tandis que Berit Kutsi continuait à hoqueter, elle voyait que Klemet pensait la même chose qu'elle. Et que tous deux refusaient d'y croire. Berit aurait-elle pu commettre… l'inconcevable ? Elle ? Non ! Plus rien ne collerait ! Ce serait trop fou. Nina posa ses deux mains sur les épaules de Berit et la secoua énergiquement.

– Berit, il faut nous dire. C'est trop important !

La Sami se retourna enfin, présentant un visage implorant aux policiers.

– Aslak, commença-t-elle en reprenant peu à peu le contrôle de son émotion. Aslak. Il a été… oh mon Dieu, Seigneur…

– Il a été quoi, Berit ?

Elle prit une profonde inspiration.

– Il a été mon seul amour.

La révélation arracha des mines stupéfaites aux deux policiers. Ils s'attendaient à un aveu de taille, mais rien ne les avait préparés à un tel secret. Berit et Aslak !

Berit se moucha profondément. Nina s'assit à sa droite. Klemet aussi tira une chaise à sa gauche. Même la bougie parut trembloter, pour se mettre à l'heure des confidences.

Berit avait le regard fixé sur la fragile bougie au milieu de la table, seule lumière de la pièce, et elle ne la quitta plus des yeux durant la demi-heure qui suivit. Pas une fois, les policiers ne l'interrompirent.

Jamais, assura Berit, il ne s'était passé quoi que ce soit de charnel entre eux. Aslak n'avait jamais su non plus de quel amour Berit se languissait. Ses élans étaient demeurés des illusions qu'elle tentait d'absoudre dans une prière effrénée. Il lui était arrivé plus d'une fois d'aller en cachette observer Aslak conduire ses rennes le long d'un vallon. Combien de fois l'avait-elle ainsi admiré lancer son lasso ou se saisir à bras-le-corps d'un renne dans l'enclos pour le marquer ou le castrer d'un coup de dents. Combien de fois avait-elle ainsi frémi de sensations inconnues et violentes, lumineuses et éreintantes. Et que de rêves. Et de nuits agitées. Berit ne voulait plus rien cacher désormais. Elle raconta ce rêve qui revenait si souvent. Elle regardait toujours la petite bougie, faible mais intense. Ce rêve toujours si vif où elle marchait à quatre pattes au milieu du troupeau de rennes, où elle était un renne. Et où Aslak l'attrapait au lasso.

Ses espoirs muets s'étaient volatilisés le jour où Aslak avait rencontré celle qui était devenue son épouse, Aila. Aila était alors si jeune. Elle avait à peine quinze ans lorsqu'elle avait été promise à Aslak. Le père d'Aslak était alors déjà décédé. Anta Labba, le père de Mattis, était celui qui avait arrangé l'affaire. La future épouse venait de sa famille. Aila avait quinze ans, elle était fine, joyeuse, elle préparait déjà bien les peaux et elle était une habile artisane. Berit n'avait eu aucune chance. Berit avait désiré mourir. Mais on avait besoin d'elle à la maison. Son jeune frère handicapé avait occupé ses pensées et ses actes. Dans ses rêves, pourtant, elle avait toujours été celle d'Aslak. Tel avait été le destin de Berit Kutsi. Entre d'un côté les empressements suspects du pasteur Lars Jonsson qui voulait qu'elle sente le péché pour mieux répondre à l'appel de Dieu et de l'autre sa passion silencieuse pour celui qu'elle considérait comme le meilleur Sami que Dieu ait pris sous sa coupe. Elle avait choisi la voie du recueillement et du dévouement aux autres.

Elle s'était arrêtée un long moment, mains croisées devant elle, tête légèrement penchée, regardant rêveusement la petite flamme dans la semi-pénombre de la cuisine.

– Ne faites pas de mal à Aslak, finit-elle par dire pour rompre le silence.

Elle avait l'air soulagé de s'être ouverte. Les policiers attendaient la suite. Car ils sentaient que l'histoire ne s'arrêtait pas là. Klemet réalisa que Nina et lui étaient sur la même longueur d'onde, et cela lui plut. Le silence ne leur faisait pas peur. Les secondes s'ajoutaient aux secondes. Berit donnait l'impression de mener une lutte intérieure. Mais Klemet savait qu'elle avait fait le plus dur et qu'il suffisait d'attendre. Ils attendaient. La bougie tremblotait, diminuant d'intensité. Berit la fixait du regard. La pénombre se resserrait sur elle.

– Dieu sait que notre religion ne connaît pas de saints, commença Berit. Mais s'il y en avait un, Aslak serait celui-là. Tout ce qu'il a fait pour sa femme...

– Que veux-tu dire ? la relança Nina.

– Avez-vous rencontré Aila ?

Nina opina.

– Vous avez vu alors qu'elle n'a pas toute sa tête. Je vous ai dit qu'elle était bien belle. Quand ils se sont connus, elle avait quinze ans. Lui en avait vingt-cinq. Et Mattis, mon Dieu, Mattis avait vingt ans. C'était en 1983. L'époque était agitée sur le vidda. C'était quelques années après cette histoire de barrage dont les gens voulaient empêcher la construction sur la rivière Alta, tu te rappelles peut-être, Klemet... Les gens étaient amers.

Nina repensait aux coupures de journaux parlant des manifestations. Elle revit la photo avec Olaf Renson, jeune militant contestataire.

– Aslak était en dehors de tout ça. La politique ne l'a jamais intéressé. Il vivait dans un autre monde. Certains lui en ont fait le reproche, mais c'est ainsi. Il a une telle intégrité que les gens ont fini par lui ficher la paix. Certains l'ont même respecté pour ça. En tout cas, le barrage s'est construit. Tu te rappelles peut-être, Klemet, ou peut-être étais-tu déjà parti, ou pas encore revenu, je ne sais plus, mais la région a été envahie par des centaines de travailleurs étrangers. Et il s'est passé… des choses. Cette année-là, en 1983, un de ces étrangers s'en est pris à la jeune femme d'Aslak. Cela s'est passé dans un de ces tunnels qu'ils construisaient pour le barrage. Un soir, quand il n'y avait plus personne. Elle a été violée là, dans le tunnel. Tu le savais, Klemet ?

Pour la première fois, Berit releva la tête. Klemet secouait la tête. Non, il n'avait pas su. Il ne pouvait effacer Aslak de son esprit. Il sentait l'émotion le gagner. Il hocha la tête pour dire à Berit de continuer.

– Presque personne n'a su. Et ceux qui ont su n'ont rien fait. Que valait une pauvre Lapone face à ces étrangers si importants pour le barrage. Un policier a su. Il n'a rien fait. Il est mort maintenant. J'ai prié pour son âme. Aila a été violée. Elle avait quinze ans. Elle était promise à Aslak. Ils devaient se marier quand elle aurait eu dix-huit ans. Elle savait qu'elle était promise à Aslak. Elle ne voulait pas décevoir son oncle, Anta Labba. Elle ne voulait surtout pas perdre Aslak. Elle était au désespoir. Elle ne savait pas que j'étais amoureuse d'Aslak. Elle est venue me voir un jour. Mon Dieu qu'elle était belle. Mais mon Dieu, son malheur… Elle a posé ses mains sur son ventre, et j'avais compris. Elle m'a suppliée de l'aider. À genoux, Seigneur, elle m'a suppliée de l'aider à supprimer cet enfant.

Berit ramena ses mains devant son visage. Sa poitrine se soulevait. Elle poussait des soupirs hachés. Elle contrôla son émotion.

– Je n'ai pas pu. Je ne pouvais pas. Aila est repartie, elle était tellement désespérée, elle pleurait tellement, comme une enfant de quinze ans qui ne comprenait pas. Oh mon Dieu, ces larmes et ces cris, je la vois encore devant moi qui se tenait la tête en criant et en pleurant.

La gorge de Berit se serra. Elle éclata à nouveau en larmes, secouée d'énormes hoquets déchirés. Elle s'était affaissée sur la table et pleurait, tête sur les bras, cachant son visage secoué de spasmes.

Nina et Klemet fixaient la bougie mourante, attendant que Berit se reprenne, le ventre noué par le drame. Quand elle se redressa, sa voix était devenue lointaine, étrangère, comme si quelqu'un d'autre parlait par sa bouche. Elle ne fixait plus la bougie. Elle regardait au loin, par la fenêtre aux bords givrés. Elle parlait très lentement.

– J'ai su après. L'enfant est né. Un garçon. Aila l'a mis au monde toute seule. Puis elle l'a emmené au-dessus du barrage, un jour où le barrage était ouvert. Elle a… elle… elle a vu le corps du bébé rebondir sur les rochers. Et, après ça, elle a perdu la raison.

Berit s'arrêta un long moment. La bougie était sur le point de se consumer entièrement.

– Après cela, Aila n'a plus jamais été la même. Elle hurlait parfois «Lapset, lapset», «Enfant, enfant», comme une bête blessée, et elle lançait les mains dans le vide au-dessus d'elle. Comme si elle voulait rattraper quelque chose. Elle n'a plus jamais parlé.

La bougie s'éteignit complètement. Lâchant une dernière petite volute de fumée. La pénombre fut bientôt envahie par le halo de la lune. Une clarté très douce dessina les visages de Berit et des policiers.

– Comment as-tu su ? demanda Nina.

– Aslak. C'est la dernière fois où nous nous sommes parlé. Je n'ai plus jamais osé lui adresser la parole après ça. Mais Aslak n'a pas renié Aila. Il s'est occupé d'elle. Comme un saint.

Nina aperçut l'ombre du visage de Klemet. Il hochait la tête en silence. Il a l'air de comprendre, pensa-t-elle.

Berit resta seule dans la cuisine sombre lorsque les policiers se levèrent pour partir. Quand Nina et Klemet s'approchèrent de la porte, la voix faible et presque méconnaissable de Berit les atteignit péniblement, sortant de la pénombre où elle disparaissait.

– Ne faites pas de mal à Aslak…

52

Jeudi 27 janvier.
Laponie intérieure.

André Racagnal regardait Brian Kallaway. Le
Mickey ne l'avait plus appelé Bouldha. Racagnal se
méfiait pourtant toujours de lui. Il restait à ses côtés
quand le jeune prenait la radio, pour s'assurer que le
Canadien tienne sa langue. L'autre se sentait épié. Il
devenait nerveux. Mais sa nervosité avait également
une autre cause. Après avoir passé à nouveau de nombreuses heures à faire parler les roches, à mesurer avec
son SSP2, à fouiller les cartes, à reporter ses trouvailles
sur la vieille carte géologique, il avait, mains trem-
blantes, poussé une carte devant Racagnal.

– C'est là… dit-il en balbutiant. Nous serons dessus
demain matin. C'est sûr. J'ai relevé des anomalies à
huit mille chocs avec produit jaune. Incroyable. Nous
allons vers quelque chose d'énorme.

– Alors, c'est ça que ce fameux type avait dessiné
sur sa carte, dit Racagnal comme pour lui-même. Lui,
il ne savait probablement pas ce qu'il était en train de
trouver. Mais il voyait des roches jaunes. Il s'imaginait que c'était de l'or. Il ne comprenait pas qu'il était
sur de l'uranium.

– Vous avez sûrement raison, cette carte paraît assez ancienne, l'uranium n'a pas présenté d'intérêt avant la Deuxième Guerre mondiale. Mais il en va tout autrement aujourd'hui ! C'est formidable, vous vous rendez compte. Il faudra encore beaucoup de mesures et de forages. Mais si le gisement est à la hauteur, comme l'indiquent nos trouvailles et ce que laisse supposer la carte, la Française des minerais va prendre une place de leader sur le marché mondial de l'uranium. C'est énorme !

– Ouais, tu l'as dit, concéda Racagnal. Mais je te rappelle notre petit deal, coco. Pour l'instant, tu fermes bien ta petite gueule, c'est toujours clair ?

– Euh, oui, bien sûr, bredouilla le Canadien, qui avait espéré que l'imminence d'une découverte majeure adoucirait son collègue.

Il hésita une seconde, puis continua.

– Quelque chose m'inquiète tout de même.

– Ah ouais ?

– Non pas que ça m'inquiète, mais ça me chiffonne plutôt.

– Ben vas-y, accouche…

– Voilà, d'après mes différents calculs, mes projections, les transferts sur la carte ancienne, les comparaisons que je fais, les…

– Abrège, bordel !

– Cet énorme gisement d'uranium pourrait être tout à côté de la rivière Alta. Son exploitation, s'il se révèle commercialement rentable, sera vraiment limite. Il faudra des conditions de sécurité maximale car le risque serait énorme. Ce ne serait pas un problème pour nous, je pense, nous avons l'expertise requise. Mais j'imagine le pire si une petite compagnie s'emparait du projet avant nous. Les conséquences pourraient vraiment être dramatiques. Imaginez des tonnes de résidus radioactifs qui tomberaient directement dans l'Alta. Inutile de vous faire un dessin, j'imagine. Toute la région serait condamnée, toutes les villes sur le fleuve devraient être évacuées. Et j'imagine que ce serait la fin de l'élevage de rennes par la même occasion. Heureusement que nous saurons éviter tout cela, n'est-ce pas ? Cela coûtera très cher, mais le jeu en vaut peut-être la chandelle.

– T'as fini ton petit cours ? On peut continuer peut-être ? On va tout plier maintenant, transbahuter le bivouac pour être d'attaque à l'aube demain. C'est demain que tout doit se faire, tu piges, parce que les dépôts de licence tombent. C'est notre dernière chance. Et la tienne aussi, si tu veux un avenir dans ce métier, pigé ? Il faut que tu me fasses des étincelles demain !

Il se tourna, sentant le regard du Sami dans son dos. Il pointa le doigt vers le Sami. Ce dernier n'avait pas compris un mot, mais comme Racagnal s'en doutait, le Sami ne le quittait pas des yeux.

– Et toi, lui cria-t-il le doigt toujours tendu, plie-nous ce bivouac. Nous partons dans une heure.

Racagnal se méprenait juste sur un point. Avec son os de renne entre les lèvres, qu'il mordillait tranquillement, Aslak ne suivait pas ses yeux. Il regardait une fois encore ce qui pendait à son poignet, cette gourmette en argent qu'il avait déjà vue sous sa tente la première fois. Et que sa femme avait reconnue.

Eva Nilsdotter venait d'arriver de Malå. La directrice de l'Institut géologique nordique avait retrouvé les policiers de patrouille P9 au commissariat. Rolf Brattsen n'y était pas revenu depuis un moment. Il avait fini les interrogatoires des deux éleveurs sami et était parti peu après, disant qu'il partait vérifier des éléments sur le terrain. Personne n'avait osé lui demander quoi. Il était apparemment dans un état survolté, à la fois excité, agressif et enthousiaste. Personne ne savait quand il devait repasser.

Devant le commissariat, les manifestants ne lâchaient pas prise. L'emprisonnement prolongé des deux Sami commençait à provoquer des réactions en chaîne. Les deux hommes étaient engagés politiquement et certains autres partis du Parlement norvégien commençaient à s'inquiéter de ce qui se passait dans le Grand Nord. Ils s'en inquiétaient d'autant plus que d'après les reportages de la NRK, des banderoles « La Laponie aux Lapons » commençaient à faire leur apparition.

Eva Nilsdotter retrouva les policiers dans le bureau de Nina. La géologue avait l'air concentré.

– Mes petits cocos, attaqua-t-elle d'entrée, vous avez pêché du gros, sans le savoir. D'abord, aucune des vieilles cartes retrouvées dans le cagibi de votre paysan ne correspond au carnet de Flüger que nous avons retrouvé et examiné à Malå. Mais on sent que ce type s'est intéressé de près à quelque chose. En revanche, je me suis penchée un peu plus sur votre affaire et sur les indices provenant du tambour, pour les recouper avec l'aide de mes équipes. Rappelez-vous ce que je vous avais dit. Flüger parlait de minerais jaunes, de blocs noirs altérés. Nous avons recoupé aussi avec les relevés aériens d'avant le moratoire sur l'uranium et vous vous retrouvez ici avec une zone radioactive avec granit où il y a du schiste alunifère, une espèce de schiste à partir duquel on peut produire de l'uranium. Ne me regardez pas avec ces yeux de merlans frits. Ça veut dire que vous avez potentiellement un gisement d'uranium quelque part dans cette zone. Si ça tombe entre les mains de petits rigolos, si seulement ils tentent de faire des sondes à l'explosif pour aller gratter des échantillons plus profonds, sans vouloir attendre les équipements adéquats de carottage, ça conduira à une contamination et à une catastrophe écologiques majeures, avec le fleuve qui coule à côté. Sans compter les risques avec le radon. Je vous en avais parlé. Sur un site minier d'uranium bien foutu, ça ne posera pas de problème. On équipe les gars comme il faut, on pratique les ventilations adéquates, on peut bosser. Mais, sans ça, le radon te file presque garanti un cancer du poumon. Et si en plus tu clopes, t'as toutes les chances d'y passer. Ce radon est une vraie saloperie. Je me demande si ce n'est pas ça qui a décimé les gars de votre tambour. Montrez-moi la photo du tambour.

Klemet lui sortit une photo agrandie.

– Regardez. Vos hallucinations ou je ne sais trop quoi. De la mine au cercueil. Direct. Je ne sais pas de quand il date, votre tambour, mais vos mineurs, c'est peut-être bien le radon qui les a déglingués. Tu as ça dans certaines mines aujourd'hui même, en Afrique ou ailleurs, où on ne prévient pas les gars des dangers. Si les mineurs fument, en plus, ils crèvent très vite. Mais c'est insidieux. Le radon est inodore. Je suis certaine que les Sami à l'époque fumaient comme des pompiers. Et ils devaient picoler aussi. Les Suédois devaient les amadouer avec du tabac et de l'alcool, comme partout ailleurs quand on dompte les bons sauvages. Votre mine du tambour, vos bonshommes ne savaient pas que c'était de l'uranium, évidemment. Ils pouvaient s'intéresser au produit jaune parce que c'était utilisé à l'époque dans les cours royales pour décorer les céramiques ou les verres. Si le minerai transporté était bien de l'uranium, dans une petite mine pourrie sans ventilation, où le radon restait en suspens, ça a pu vous faire un carnage parmi la population de mineurs, garanti.

Rolf Brattsen et Karl Olsen s'étaient retrouvés à l'écart de Maze, sur la route 93, à mi-chemin entre Alta et Kautokeino. Le commissaire par intérim avait l'air grognon. Brattsen avait laissé sa voiture dans un endroit discret et avait rejoint le vieux paysan dans son pick-up. Le dernier message reçu par le géologue français était pressant. Olsen ne lui faisait pas confiance. Et plus il réfléchissait, plus il craignait que ce diable de Français ne le double. Car s'il trouvait vraiment ce gisement miraculeux, il pourrait bien aller le déclarer dans son dos. Et alors, lui, Karl Olsen, qui avait poursuivi le rêve de son père toute sa vie, n'aurait plus que ses yeux pour pleurer. Et ça, il n'en était pas question. Pas après avoir arrangé tout ce qu'il avait entrepris avec tant de patience. Il se tourna difficilement vers Brattsen, grimaçant de douleur à cause du tiraillement dans son cou. Brattsen ne lui apportait pas de bonnes nouvelles. Ses collègues avaient l'air de soupçonner quelque chose, du fait de son attitude vis-à-vis du géologue français. Et la colère grondait, paraît-il, à cause de ces deux foutus Lapons. Avec leurs réseaux dignes des cocos, ils fichaient le bazar. La position de Brattsen était fragilisée.

Olsen ne pouvait pas compter sur cet âne bâté. Son air buté ne cachait décidément rien d'autre qu'une immense bêtise. Il commençait cependant à entrevoir une solution. Il pourrait peut-être à la fois préserver la position de Brattsen, car il aurait encore besoin de lui à l'avenir. Et surtout s'assurer que le gisement ne lui échapperait pas.

– On a la position du Français ? demanda Olsen, les yeux plissés.

– Oui, ça au moins, nous l'avons. C'est dans un endroit complètement abandonné. Aucun pâturage n'est dans ce coin. Personne n'y va jamais, et c'est au bout du bout du monde.

– Alors c'est simple, dit le vieux. T'inquiète pas, tout va s'arranger, petit. Ton Français, on va aller le voir, de loin. S'en approcher. Dès qu'on sera sûr qu'il a bien trouvé ce qu'il doit trouver, tu vas lui tomber dessus, tu comprends ? C'est toi qui vas l'arrêter. Ils pourront rien te dire, les autres, tu comprends, petit ?

– Oui, c'est bien. Mais ça n'empêche pas que sa compagnie risque de déposer le dossier.

Olsen ne montrait rien. Il connaissait la réponse. Mais il voulait que Brattsen arrive lui-même à la conclusion qui s'imposait.

– Eh oui, bien sûr, et il risque de raconter en plus, s'attrista faussement Olsen.

– Oui, il risque de raconter qu'il a fait ça pour vous, dit Brattsen, l'air embêté.

– Oh je ne pensais même pas à ça, dit le vieux Olsen. Je pensais plutôt qu'il pourrait raconter que c'est toi qui lui as mis dans les pattes la petite Ulrika, tu te rappelles, la petite serveuse de quinze ans… dit le vieux Olsen, en observant avec satisfaction que Brattsen venait brusquement de changer d'expression.

53

Vendredi 28 janvier.
Lever du soleil : 9 h 02 ; coucher du soleil : 14 h 02.
5 heures d'ensoleillement.
7 h 30. Laponie intérieure.

Racagnal et Kallaway étaient partis très tôt. La nuit avait été courte, froide et agitée. Kallaway était éprouvé par la tension. En avalant son petit-déjeuner, il avait expliqué précisément à Racagnal ce qu'il fallait faire. Grâce aux boulders, il avait déterminé le chemin emprunté par le glacier. Ce glacier-là avait bien pu se déplacer à un mètre par jour. En remontant cette ligne, grâce à l'étude des cartes géologiques, on allait pouvoir s'approcher. Et l'étude de la vieille carte géologique que Racagnal avait pu se procurer sans vouloir dire comment ne laissait plus aucun doute : ils étaient, selon les calculs de Kallaway, à moins de trois cents mètres d'un gisement d'uranium de première importance.

– Bon, on peut y aller ? avait coupé Racagnal, appuyé sur son marteau de géologue suédois.

Le soleil n'était pas encore levé mais, grâce à la neige, la luminosité serait bientôt suffisante. Ils n'avaient pas de temps à perdre. Il fallait remplir la licence au plus tard lundi pour la réunion du comité des affaires minières qui se tenait mardi, le 1ᵉʳ février.

Kallaway avait chargé son scooter, vérifié la radio. Il se voyait déjà en train d'annoncer la nouvelle à Paris. Ça allait être énorme. Il souriait tout seul, sans remarquer que Racagnal l'observait. Le Canadien fit un petit geste de la main au guide sami.

Kallaway était guilleret. Suivi par Racagnal, il parcourut rapidement les quelques centaines de mètres qui le séparaient du flanc de la montagne. Jamais il ne s'était senti aussi fébrile. Pour la dernière approche, il enfila une paire de raquettes en fibres ultralégères. Ils étaient arrivés en suivant presque la crête dont la pente s'accentuait à l'approche du sommet. Kallaway parvint presque en haut, et il s'arrêta. Juste derrière le sommet aplani, un pan de montagne disparaissait en une espèce de toboggan. Kallaway s'avança un peu le long de la crête pour avoir une vue de côté du toboggan. Son regard se figea. Au milieu de ce dénivelé impossible à repérer à moins d'avoir le nez dessus, il aperçut une ombre, ou peut-être un éboulis étrange. Il avait emporté une puissante lampe torche ct la braqua. L'ombre disparut. Elle laissa la place à un renfoncement. Il descendit prudemment le long du toboggan et arriva sur le renfoncement.

– Racagnal, cria-t-il, venez tout de suite !

Le Français, qui le suivait de peu, approcha, s'appuyant sur son marteau. Il vit.

– L'entrée d'une ancienne mine…

Kallaway s'avança. L'entrée de la mine était minuscule. Il fallait se courber en deux pour entrer. Kallaway promenait sa torche, gorge serrée. Il se retourna et se heurta au souffle de Racagnal.

– Continue, lui dit le Français, je t'assure.

544

Kallaway n'était pas du tout rassuré. Cassé en deux, il pénétra par l'étroit goulot en essayant de ne pas glisser. Celui-ci mesurait toutefois à peine deux mètres et formait un léger coude. Il débouchait sur une petite salle d'environ cinq mètres sur trois. Le plafond était à peine à un mètre vingt du sol en roc. Les murs avaient été frappés de façon irrégulière. Certaines parties des parois rocheuses étaient plus creusées que d'autres, révélant les filons que les mineurs avaient suivis.

Kallaway siffla.

– Vous vous rendez compte ? Des types sont venus jusqu'ici pour trouver du minerai.

Il prit son marteau Estwing et frappa la roche. Cela avait toutes les apparences du pechblende, le minerai naturel de l'uranium.

– Elle remonte à quand, cette mine, à votre avis ?

– Aucune idée. Ce que je sais, c'est que des mecs sont venus prospecter en Laponie dans les années 1600. Ça pourrait bien être une mine de cette époque. Mais on va pas se faire un cours d'histoire maintenant. Braque ta lampe par ici.

Kallaway déplaça le faisceau de sa lampe. Racagnal mit en marche son SPP2. Il le régla sur mille cinq cents. Le couinement de l'appareil monta au maximum tout de suite. Dans l'espace clos, le bruit devint insupportable. Kallaway se boucha les oreilles. Racagnal ne réagissait pas. Il tourna le bouton sur cinq mille et lança la mesure. Le couinement fut au maximum de son intensité en un quart de secondes. Kallaway, qui avait abaissé ses mains, les releva prestement, le visage grimaçant. Racagnal montrait un signe de nervosité. Il régla le SPP2 sur quinze mille. Deux fois seulement dans sa vie, il avait eu besoin de régler son SPP2 sur cette fréquence, la fréquence maximale. C'était il y a quelques jours, sur un boulder, et lors d'une mission à la mine de Cigar Lake, au Canada, où la concentration était la plus importante au monde, avec deux cent dix kilos d'uranium par tonne de minerai, soit deux cents fois plus que la plupart des gisements de la planète.

Le couinement grimpa à nouveau très rapidement pour atteindre une fois encore le maximum. Quinze mille chocs par seconde ! Kallaway regarda Racagnal, les yeux ronds derrière ses lunettes rondes. Le gisement de Cigar Lake venait selon toute vraisemblance d'être surclassé.

9 h. Kautokeino.

La patrouille P9 allait enfin partir lorsque Klemet, qui s'apprêtait à monter en voiture, vit son oncle Nils Ante marcher vers l'entrée du commissariat. Klemet fut stupéfait. Ça devait bien être la première fois qu'il voyait son oncle approcher d'aussi près d'un commissariat. Un hôtel de police était l'un de ces lieux, avec les églises, que l'oncle avait toujours tenté de fuir. Klemet lui fit signe de la main. Il était d'autant plus surpris que son oncle était accompagné d'Hurri Manker, le spécialiste des tambours. Que faisait-il aussi loin de Jukkasjärvi ? Que faisaient-ils ensemble ? Klemet pesta. L'urgence était désormais d'aller cueillir Racagnal avant qu'une catastrophe n'éclate. Il n'avait pas totalement levé l'incertitude sur le lieu à rejoindre, et c'était un souci supplémentaire dont il se serait bien passé. Il allait aussi être obligé de recueillir des indices, de relever des traces. Heureusement, le temps l'aiderait. L'hiver, dans la neige, il est plus difficile de dissimuler ses empreintes. En attendant son oncle qui venait vers lui, Klemet jeta un regard inquiet vers le ciel. Le soleil se levait à l'instant, et la magie opérait à nouveau. Mais Klemet voyait aussi dans le ciel des signes inquiétants. En milieu d'après-midi, le temps risquait de virer à la tempête. Alors, adieu jolies traces…

– Salut, mon neveu. Tu as retrouvé l'uniforme ? Ça ne te va pas très bien, tu sais… J'ai des petites choses à te dire. On reste ici à se geler ou on va chez toi ? Mon ami Hurri, que je n'avais pas revu depuis quelques années, a été bouleversé par ton histoire de tambour. Il a absolument voulu venir en parler avec moi. Il a fait tout ce chemin exprès.

– Nina, dit Klemet en s'adressant à sa collègue déjà assise, nous allons cinq minutes dans le garage. Nils Ante, nous sommes vraiment très pressés.

Le petit groupe descendit au garage de la police dont le portail était encore ouvert. Klemet montra un petit recoin du garage où deux divans défoncés se faisaient face. Au milieu, une vieille chaise en bois pouvait encore supporter le poids de deux cendriers à moitié pleins. Il s'agissait du coin fumeur du commissariat. Tout le monde s'assit. Sauf Nils Ante. Klemet n'en crut pas ses oreilles lorsque son oncle commença à entamer un joïk. Des policiers qui passaient dans le garage s'arrêtèrent, stupéfaits. En apercevant Klemet et Nina en compagnie du joïkeur, ils haussèrent les épaules et poursuivirent leurs occupations.

– Ce joïk me rappelle quelque chose, réfléchit Nina.

Mais Klemet se leva, exaspéré, fusillant son oncle du regard.

– C'est pour ça que tu me fais perdre mon temps ? explosa-t-il. Pour me chanter la version définitive de ton joïk à ta Chinoise ? Viens, Nina, nous partons !

Il fit deux pas, aperçut le regard malicieux d'Hurri Manker, qui le retint par la manche.

– Écoute ton oncle, ça peut t'intéresser.

– Ce n'est pas le joïk de Mlle Chang, souligna Nils Ante, l'air vexé. Tu n'as pas franchement écouté quand je l'ai chanté. Et je te prierai de montrer un peu de respect pour elle, ce n'est pas ma Chinoise, c'est ma Changounette.

Klemet poussa un soupir exaspéré.

– Alors quoi ?

– Le joïk. Il y avait un joïk, expliqua Hurri. Je n'ai pas fait attention au symbole au début, tant le reste était riche. Il occupe pourtant une place de choix, au milieu du soleil, vous savez, cette croix qui porte Madderakka, le roi, le soldat et le pasteur. Je n'étais pas sûr que cela avait une importance quelconque, mais j'ai voulu en avoir le cœur net. Nous avons cherché avec ton oncle. Il est merveilleux, avec une mémoire encyclopédique insensée des joïks. Mais l'idée de génie de ton oncle, ça a été de faire le lien avec Mattis, et donc avec un des joïks de Mattis.

– Le joïk que tu chantais, Nils Ante, est le même que celui que chantait Mattis lorsque nous lui avons rendu visite, juste avant sa mort, s'exclama Nina.

– Et Mattis chantait le joïk de son père, qui lui-même chantait le joïk de son père, continua Nils Ante, ravi d'avoir cloué le bec à son neveu. J'ai retrouvé ce joïk dans mes vieux enregistrements. Si tu le sors du contexte du tambour, tu peux avoir l'impression d'être en présence d'un joïk parmi d'autres. Un joïk sombre, très sombre même, mais il y en a d'autres comme celui-ci. Il évoque également un territoire précis. Il parle d'un torrent qui se déverse dans un lac, d'une berge du lac à la forme de tête d'ours, il parle d'un petit îlot dans ce lac.

– Je pense, poursuivit Hurri Manker, que ce joïk, avec toutes ces précisions, servait à indiquer l'endroit où se trouvait le tambour. C'est ma conviction. Et le joïk disait aussi que cette histoire devait ne jamais être oubliée, de génération en génération. C'est une mise en garde d'outre-tombe. Le fabricant de ce tambour, qui remonte à la fin du XVIIe siècle – j'en suis sûr maintenant – devait s'assurer de la transmission de ce message. Vous savez que les Sami, à l'époque, ne savaient pas écrire. Celui-ci savait fabriquer des tambours, et il savait joïker. Nous ne saurons jamais ce qu'il est advenu de lui, malheureusement. Mais grâce à son joïk, il s'est assuré que quelqu'un découvrirait un jour son tambour et le secret qu'il renfermait. Et il chante : « Andtsek fit du café sur le flanc de l'ouest. Le jour se leva. Leurs troupeaux s'étaient mêlés, de chaque côté de la vallée. L'autre Jouna était de l'autre côté de la vallée. » Nous pensons qu'il donne ici la précision qui manque sur le tambour. Tu disais que vous hésitiez entre deux zones de recherche ?

Klemet sortit les deux cartes qu'il portait dans la poche de son pantalon. Il les étala sur ses genoux. Son oncle vint se pencher au-dessus de lui.

– La vallée aux deux gués et aux deux pâturages. C'est ici, dit Nils Ante, pointant du doigt un point sur l'une des cartes.

54

Vendredi 28 janvier.
Intersection des routes 93 et 92. Cafétéria Renlycka.

La voiture de patrouille de la P9 roulait rapidement sur la route 93, en direction du nord. Racagnal avait forcément dû passer par là pour rejoindre les territoires qu'il pensait explorer. L'accélération des événements ces derniers jours, jusqu'à la découverte du tambour et son décryptage, avaient plongé Klemet dans une sorte d'euphorie. Dans un premier temps. Mais plus il s'imprégnait de cette histoire, plus il s'assombrissait. Le drame qui avait décimé des villages sami au XVIIᵉ siècle pouvait-il se reproduire aujourd'hui ? La mobilisation des Sami comme Olaf Renson dans les années 1980 contre des compagnies comme Mino Solo montrait en tout cas que la donne avait changé. Un peu. Les Sami n'avaient pas dû se révolter à l'époque. Mais les événements récents montraient aussi que tout pouvait rebasculer. Saurait-on, même si le danger était énorme, résister à l'exploitation d'une mine d'uranium ?

Klemet mit son clignotant pour se garer devant la cafétéria Renlycka, qui appartenait à l'épouse de Johan Henrik. Celui-ci était toujours en garde à vue, mais le juge, qui était resté à Kautokeino, avait dit à Klemet que Johan Henrik et Olaf pourraient sortir le soir même. Comme la conférence de l'ONU démarrait ce dimanche soir par une réception, la libération des deux bergers semblait une excellente idée à tout le monde. Le juge voulait toutefois les garder encore un peu, le temps d'attraper Mikkel et John. L'interpellation de deux autres bergers risquait de passer pour de l'acharnement contre les Sami, mais on avait au moins cette fois des éléments de preuve tangibles, grâce aux traces d'huile.

Deux poids lourds étaient garés sur le parking. L'un immatriculé en Russie, l'autre en Suède. Klemet et Nina entrèrent dans la cafétéria. L'épouse de Johan Henrik était derrière sa caisse. À une table dans un coin, un homme seul était assis. Ils se saluèrent de la tête. Les policiers s'approchèrent de la caisse. Ils commandèrent un café. La femme de Johan Henrik ne paraissait pas très heureuse de les voir.

– As-tu vu passer cet homme ? lui demanda Klemet en lui tendant une photo de Racagnal.

– Oui, dit-elle sans hésiter. Il était assis à la même place que le chauffeur russe, au coin, avec plein de cartes. Il a passé un long moment ici.

– Te rappelles-tu quel jour c'était ?

Elle resta un instant songeuse. Un sifflement enjoué parvint des toilettes, en même temps que la chasse était tirée.

– Ça devait être un vendredi, ou un mardi. Je m'en rappelle parce que le chauffeur qui siffle dans les toilettes s'arrête tous les mardis et les vendredis ici. C'est sa route habituelle. Et je me souviens qu'il a un peu chahuté l'homme de ta photo.

– Et tu sais vers où il allait ?

– Tout ce que je sais, c'est qu'il voulait aller au campement d'Aslak. Il n'a rien dit d'autre.

– Il n'est pas repassé depuis ?

– Non.

Klemet paya les cafés et ils allèrent s'asseoir au moment où la porte des toilettes s'ouvrit. Le second chauffeur en sortit en sifflotant et en claquant des doigts.

– Ma petite poule chérie, tu me prépares mes sandwichs, je reviens dans cinq minutes. Après y faut que j'me casse. Igor, cria-t-il au chauffeur russe, t'en profite pas pour draguer ma fiancée !

Le chauffeur russe rigola et lui fit un petit signe de la main. L'autre sortit en sifflotant. Klemet venait de reconnaître le chauffeur suédois, celui aux tatouages, l'homme des petits trafics. Il chuchota à l'oreille de Nina. Les deux policiers suivirent du regard le Suédois. Il enfila une combinaison de travail fourrée et ouvrit une armoire en fer installée sous la remorque. Klemet posa sa tasse de café. Là-bas, le chauffeur suédois venait de sortir un bidon. Un bidon d'huile de marque Arktisk Olje. La même que dans le garage du vieux Olsen. Nina aussi avait compris.

Le chauffeur vida le contenu du bidon par un entonnoir et alla jeter le bidon vide dans un container. Il revint ensuite vers la cafétéria en sifflotant. Et en essuyant énergiquement ses mains huileuses sur la combinaison déjà maculée.

Brian Kallaway n'avait jamais été aussi excité de sa vie. Quel succès ! Le gisement qu'il venait de découvrir, ou plutôt de redécouvrir, pourrait faire de la Française des minerais le leader mondial du minerai d'uranium. Et lui, Kallaway, avait pu remonter la piste du gisement ! Grâce aussi, il le concevait, à l'instinct de chasseur de Racagnal. Kallaway était fou de joie. Ils étaient revenus aux scooters. Kallaway se sentait pousser des ailes. Euphorique. Il était euphorique. Il en oubliait même le sale caractère de Racagnal. Il lui donna une tape sur l'épaule, en rigolant. Heureux, il était heureux.

Il décrocha la radio, dans le coffre du scooter, et lança un appel au siège de la Française des minerais à la Défense. Il fallait absolument qu'il partage cette nouvelle extraordinaire. Il se retourna, tout sourire, vers Racagnal.

– Sans vous offenser, André, je comprends vraiment pourquoi on vous surnomme Bouldogue. Vous avez fait un boulot épatant.

Le Canadien se retourna vers la radio, pour régler l'appareil, lançant son appel. Il n'entendit pas quand Racagnal lui demanda très doucement ce qu'il avait l'intention de dire à la radio. Tout à la joie du message qu'il allait lancer, Kallaway n'entendit pas non plus quand Racagnal lui dit qu'il n'aurait pas dû l'appeler Bouldogue. La dernière chose qu'il vit fut le mouvement rapide d'une ombre longue et fine sur le sol devant lui. Il eut à peine le temps de sentir une douleur fulgurante lorsque le marteau suédois de Racagnal lui éclata le crâne.

L'interpellation du chauffeur suédois n'avait pas été de tout repos. Le jeune homme s'était débattu, jetant des cris d'orfraie et insultant les policiers. Klemet s'était finalement étalé sur lui et Nina lui avait passé les menottes dans le dos. Étouffé par sa combinaison qui, dans cette position, lui comprimait la poitrine, le Suédois avait perdu la force de crier. Il s'était peu à peu calmé, ce qui ne l'empêchait pas de continuer à déverser des tombereaux de grossièretés sur eux. Klemet avait laissé le chauffeur sous la surveillance de Nina. Elle appela le commissariat et le Shérif lui promit que des équipes seraient sur place dans quinze minutes au plus tard.

Dehors, Klemet enfila des gants et ouvrit la porte passager du camion. Il monta dans la cabine et s'installa, regardant autour de lui. Il entreprit la fouille systématique de la cabine, de la couchette, des armoires. Il retourna tout. Il passa sur les revues porno ou de mécanique, les cartouches de cigarettes, les bouteilles de vodka entamées. Il trouva enfin ce qu'il cherchait. Le Suédois n'avait pas fait franchement d'effort. Le lourd poignard était accroché dans sa gaine à une grosse ceinture en cuir suspendue dans une étroite penderie, derrière le siège du chauffeur. Klemet le prit délicatement et tira la lame. Il l'observa puis la referma et emmena le ceinturon à la cafétéria. Le Suédois était toujours allongé, mains dans le dos, au pied de Nina. Elle finissait de relever l'état civil du chauffeur russe, fit des photos de ses papiers et le laissa partir. Klemet montra le couteau à Nina et le balança devant le nez du chauffeur suédois. Il prit un air mauvais et cracha.

– Tu as peut-être quelque chose à nous dire, avant que ça ne dérape franchement pour toi… lui dit Klemet.

Au loin, des sirènes se firent entendre. Si Brattsen avait été là, il aurait ironisé sur l'arrivée de la brigade légère. Les renforts de Kautokeino envahissaient le petit parking de la cafétéria Renlycka. La femme de Johan Henrik était toujours impassible, avec son petit tablier, derrière sa caisse.

– Alors ? reprit Klemet, en balançant à nouveau le poignard.

– Quoi, t'as jamais vu un poignard lapon ? gouailla le Suédois, l'air goguenard.

Son visage sarcastique vira au blême l'instant suivant. La porte de Renlycka venait de s'ouvrir pour laisser la place au Shérif et à cinq policiers de Kautokeino qui encadraient deux bergers au visage piteux et fuyant. Mikkel et John.

John avait l'air morfondu.

– C'est la première fois qu'on se retrouvait devant la grange du vieux Olsen, je te promets, Klemet. Ce que tu as vu, c'était la première fois. C'était une bêtise. Mais c'était juste un peu d'alcool et de clopes, pas de quoi fouetter un chat.

– Ce n'est pas de ça dont je veux vous parler. Mais de la mort de Mattis…

John ouvrit des yeux totalement ahuris. Il regarda tour à tour le Suédois, puis Mikkel, qui paraissait au bord de l'éclatement.

– C'est pas moi, hurla soudain Mikkel, c'est pas moi. On devait juste récupérer le tambour, c'est tout, c'est tout, je le jure ! C'est pas moi !

– Pour qui ? hurla aussitôt Klemet, à trois centimètres du visage de Mikkel.

– Pour le vieil Olsen ! hurla Mikkel, terrorisé. Et Mattis l'avait pas. Il était bourré. Mattis, il était bourré. Mais je lui aurais jamais fait de mal. Je voulais pas y aller seul, mais c'est pas moi, c'est pas moi, je le jure ! J'avais même pas de poignard, c'est pas moi, dit-il en commençant à sangloter. Moi, j'ai juste mis le feu à son scooter.

– Et que faisait Aslak avec toi ? hurla à nouveau Klemet.

– Aslak ? Aslak ? Y avait pas d'Aslak, il était pas là, Aslak ! pleura Mikkel. Y avait juste moi et…

Par terre, le Suédois ne disait plus un mot. Il se contenta de cracher en direction de Mikkel.

55

Vendredi 28 janvier.
Laponie intérieure.

Aslak vit le Français revenir seul au bivouac. Ses vêtements étaient souillés. Il avait le visage fermé. À un détail près. Ses pupilles étaient dilatées. Il tenait son marteau ensanglanté. Il ne faisait rien pour le cacher. Il prit la radio. Il parla comme un automate lorsqu'il entra en contact avec un autre homme, un Norvégien. Il lui donna une position.

– Ce n'est pas très loin de notre gisement. Venez vite, avant la tempête. Vous serez satisfaits.

L'homme avait ensuite coupé la radio. Aslak ne le quittait pas des yeux. Le mal. Il se rappelait sa femme. Que faisait-elle ? Elle ne devait plus avoir à manger. Que ferait-elle ? Aslak devait partir. Si les hommes de la radio venaient ici, alors peut-être qu'il n'y avait plus personne chez lui pour menacer sa femme. Aslak tenait toujours son couteau dans sa botte en poils de renne. Il ne l'avait jamais quitté. L'homme au marteau croyait qu'Aslak acceptait sa loi. Mais un homme comme Aslak n'acceptait pas le mal.

Il revoyait le signe que sa femme avait tracé. Il avait compris qu'il devrait faire quelque chose. Peut-être sa femme retrouverait-elle alors la paix. Peut-être pas la raison. Mais la paix. Elle avait été trop malheureuse pour espérer être heureuse à nouveau. Elle n'était plus que malheur. Et souffrance. Et cris.

En voyant l'homme arriver avec son marteau souillé, Aslak avait compris. Le ciel se chargeait de nuages gris foncé. La tempête allait venir. Comme ce jour où son grand-père était parti. Il était parti seul, un soir de tempête d'hiver, comme le faisaient les vieux devenus des fardeaux pour le clan. Ils partaient seuls dans la toundra, et on ne les revoyait jamais. Aslak détaillait les nuages. La même tempête que quand Aslak avait sept ans, à l'internat de Kautokeino. Le même jour. Son grand-père était parti. Et lui aussi était parti. Il avait sauté. À sept ans. Dans la tempête. Sans se retourner.

Il pensa à son troupeau, aux chiens. Il avait failli. Un bon berger n'abandonnait jamais ses bêtes. Il regardait l'homme, immobile à dix mètres de lui. Et il pensa à Mattis. Il pensa au cadavre de Mattis qu'il avait trouvé, alerté par la fumée de son scooter. Il se rappela ce qu'il avait dit. Les lois des hommes avaient tué Mattis. Leurs règles, et leur envie d'en avoir toujours plus. Les gens comme l'homme en face de lui avaient provoqué la perte des éleveurs. Mino Solo avait semé le malheur. Et lui, l'homme au marteau, avait semé le malheur deux fois. Il allait payer deux fois.

Derrière sa caisse, la femme de Johan Henrik n'avait rien perdu de la scène lorsque le Suédois avait été trahi par Mikkel. Elle s'était approchée de Klemet.

– Le vieil Olsen, il est passé ce matin. En voiture. Très tôt. Il est venu remplir son thermos de café. Dans sa voiture, il y avait aussi votre collègue, celui qui fait la chasse aux Sami. Et ils sont partis par là, dit-elle en montrant la direction de la route 92, vers le nord-est, là où les nuages s'accumulaient.

Klemet et Nina ne perdirent pas un instant. Ils partirent, suivis par une patrouille supplémentaire de Kautokeino. Le Shérif devait prévenir le juge afin qu'il aille faire ouvrir le coffre du vieil Olsen. On pourrait peut-être y trouver des choses intéressantes. Ils roulèrent jusqu'à l'embranchement où Klemet gara l'équipage. Les policiers agissaient vite, en silence, sachant ce qu'ils devaient faire. Quelques minutes plus tard, les quatre scooters filaient le long d'une faille qui bordait un monticule dont le flanc à la neige durcie et scintillante était couvert d'arbustes squelettiques et tourmentés. Ils s'engagèrent le long d'une rivière glacée qui serpentait puis la quittèrent quelques kilomètres plus loin pour s'engager dans la montée du plateau. Klemet devina au loin le campement d'Aslak. Le calme apparent l'inquiéta. Il ne voyait aucune fumée. Il accéléra. Qu'est-ce qui avait bien pu pousser Aslak à commettre un tel acte sur Mattis ? Klemet était bien placé pour savoir qu'Aslak était capable de choses incroyables. Des actes qu'aucun être au monde n'oserait. Les quatre scooters ralentirent en approchant des huttes d'Aslak. Les hommes dégainèrent leurs armes que le Shérif leur avait apportées du commissariat à la cafétéria. Ce contact était bizarre. C'était la première fois, depuis que Klemet était dans la police des rennes, qu'il sortait armé. Les deux autres policiers firent le tour des huttes. Aucun bruit ne filtrait. Klemet fit signe à Nina de tenir la tenture de la hutte principale. Il tenait son pistolet nerveusement. Nina souleva d'un coup la tenture et Klemet se jeta en avant. Il s'arrêta aussitôt. Nina le suivit dans la foulée. Elle comprit aussitôt.

Klemet restait debout, l'arme le long de la cuisse, regardant le corps d'Aila. Nina s'agenouilla. Elle avait le visage bleu. Elle était morte depuis plusieurs jours sans doute. De froid. Le feu n'était plus entretenu depuis trop longtemps. Elle était allongée sur le dos. Bras encore jetés devant elle. Comme si elle avait voulu retenir quelque chose qui lui avait échappé.

Toujours à genoux, Nina attira l'attention de Klemet. Le policier suivit son regard. Sur un coin de terre battue, près de l'âtre, quelqu'un avait tracé avec le doigt les lettres MOSO. MOSO, pour MinO SolO.

– Les signes des oreilles… murmura Klemet.

56

Vendredi 28 janvier.
Laponie intérieure.

André Racagnal observait le Lapon. Ce type l'avait toisé depuis le début. Il le regardait encore, avec son bonnet à quatre pointes et son lasso en bandoulière. Mais il n'avait plus besoin de lui. Tout allait s'arranger maintenant. Il allait s'assurer que ce salopard de paysan remplisse sa part du contrat. Tout irait bien avec des mecs comme ça. Il allait exploiter cette putain de mine, et les gens seraient à ses putains de pieds. Et il allait se faire une putain de brochettes de petites salopes en rentrant. Le vent s'était levé maintenant, et des flocons étaient soulevés autour de lui. Quel froid, putain ! Il passa sa main rougie sur son visage. Il avait chaud. Et ce connard qui n'arrête pas de me regarder. Il souleva son marteau et avança vers le Lapon. Ce connard ne bougeait pas. Racagnal n'avait plus besoin de lui. Fini le Lapon. Il avait servi. Il pouvait le jeter. Il s'avança encore. L'autre ne le quittait pas des yeux. Putain, j'aime pas ce mec. Il avançait doucement. L'autre finit par se redresser. Il voyait ses yeux, sa mâchoire tendue, son nez froncé. Le loup attend son heure.

– Allez, dit-il, on va plier le bivouac. On repart sur la vallée suivante. L'autre nous attend un peu plus loin. On approche de la fin. Tu pourras bientôt rentrer chez toi et retrouver ta petite femme. Et tu auras tes chiens.

Il approcha encore. Il tendit son SPP2 au Lapon.

– Tiens, range-le dans sa boîte, dit-il en le posant sur la petite table pliante.

Le Lapon dut se tourner légèrement pour attraper l'appareil. Pendant un quart de seconde, Racagnal ne serait plus dans son champ de vision. Le Lapon se redressa et tendit prudemment la main vers l'appareil.

Il n'était plus qu'à un mètre. Racagnal agit avec toute la brutalité dont il était capable. Le marteau suédois vola dans l'air et s'abattit dans un choc. Un craquement abominable se fit entendre. Mais ce putain de Lapon avait dû anticiper son coup. Racagnal l'avait touché à l'épaule. La clavicule avait sûrement dû éclater en morceaux sous la puissance du choc. La surprise d'avoir raté le crâne du Lapon lui fit perdre contenance à peine trois secondes. Trois secondes de trop. Le Lapon avait sorti de sa botte un gros poignard au manche imprégné de graisse. La suite se passa presque au ralenti. Malgré son épaule démolie, l'homme lui avait foncé dessus. Racagnal n'avait plus le recul pour le frapper une seconde fois. Il avait essayé de le repousser de sa main libre. Racagnal n'avait pas compris quand l'autre avait ouvert son énorme mâchoire et lui avait attrapé la main entre ses dents. Il avait aussitôt hurlé. Mais cette mâchoire était pire qu'un piège. Dans l'instant suivant, sans qu'il puisse faire quoi que ce soit si ce n'est sentir la peur l'envahir d'un coup, le Lapon lui avait tranché le poignet d'un coup de poignard. Racagnal lâcha d'un coup son marteau pour se tenir le poignet sanguinolent. Il hurla de douleur tandis que la neige se teintait de rouge. Le Lapon le menaçait de son couteau, mais ne l'achevait pas. Il se pencha, sans le perdre de l'œil, vers la main dans la neige. Mais ce n'était pas la main qui l'intéressait. Il ramassa la gourmette en argent qui avait glissé du poignet. Le Lapon se redressa.

– Mino Solo, dit-il seulement. Mino Solo.

Les policiers avaient prévenu le commissariat de leur découverte. Le Shérif envoyait aussitôt une équipe. Le juge avait mené une perquisition, approfondie cette fois, ce qui lui avait permis de faire ouvrir le coffre d'Olsen. On venait juste de retrouver des papiers qui montraient les liens entre Olsen et le géologue français, mais aussi une ébauche de contrat de travail pour Brattsen, comme chef de la sécurité d'une mine. Sans compter une lettre d'une gamine du village âgée de quinze ans qui racontait comment Racagnal l'avait violée.

Les policiers étaient repartis. Le ciel se couvrait de plus en plus. La visibilité était encore à peu près bonne, mais le temps ne tarderait pas à devenir infernal. Nina s'était inquiétée. Comment allait-on trouver le bon endroit dans cette tempête ? En dépit des nuages, le froid tombait rapidement. Ils auraient dû rentrer, reprendre la chasse plus tard.

Klemet la rassura. La montagne était en lui. Plus que jamais. Il avait en tête les détails du tambour, du joïk, des cartes. Ils se remirent en route. Klemet menait les policiers, ralentissant à peine. Nina avait raison. Le temps pressait. Il fallait être un pilote expérimenté pour se frayer un passage à travers la toundra par ce temps. Le vent soufflait presque à l'horizontale. En dépit de son casque intégral, Nina sentait l'air glacial s'immiscer au niveau de sa tempe gauche. Elle avait l'impression qu'on lui enfonçait la pointe d'un couteau dans la tempe. Elle aurait voulu mettre son gant sur son casque pour stopper un instant cette douleur, mais elle n'osait pas lâcher le guidon de son scooter, de peur de perdre le contrôle de sa lourde machine. Elle voyait que le pire était encore à venir. Droit devant, alors que le soleil n'était pas encore couché, des nuages noirs barraient l'horizon.

Klemet corsa la difficulté en choisissant de couper par une vallée escarpée. La plupart des éleveurs l'évitaient. Klemet s'y engagea sans hésiter, sachant que cela lui ferait gagner un temps précieux. Les autres policiers suivaient courageusement. Enfin, il déboucha de l'autre côté de la vallée. Il descendit par un flanc en pente douce, jusqu'au lit d'une rivière aux coudes retors. Au détour d'un virage, il faillit heurter un homme agenouillé presque au milieu de la petite rivière. L'homme, dont le visage était couvert de contusions et de sang, prit un air ahuri en voyant le scooter qui s'arrêta à moins de deux mètres de lui. Olsen !

Le vieux écarta les bras et montra un scooter accidenté à moitié planté dans la poudreuse. Le pilote n'avait pas vu un gros rocher enfoui sous la neige. Un corps était étendu un peu plus loin. Inanimé.

– Ah, vous nous sauvez, s'exclama Olsen, le visage plein d'espoir, malgré sa douleur à la nuque qui lui arrachait une grimace. Cet incapable ne sait pas piloter. Je voulais l'emmener sur la trace d'un dangereux malfaiteur, il…

Il perdit vite son assurance lorsque Klemet le bouscula sur le côté et retourna le corps de Brattsen, qui avait perdu connaissance. Il laissa les deux autres policiers les interpeller et s'occuper d'eux, et reprit sa route, suivi par Nina et fonçant vers la tempête.

Racagnal secouait la tête. De douleur et d'incompréhension. Il gémissait. Mais l'autre ne semblait pas vouloir le tuer. Il reprit un peu espoir quand le Lapon dénoua son lasso et l'attacha. Il serrait fort. Mais il le tirait maintenant. Il le tirait, il se mettait en marche, il suivait les traces du scooter de Racagnal.

Ils marchèrent une éternité. Racagnal trébuchait, s'enfonçait dans la neige. Il hurlait de douleur à chaque chute. Le froid s'attaquait à son moignon, la douleur était intenable. Il transpirait dans le froid qui s'abattait autour d'eux. La tempête annoncée s'était levée et le ciel commençait à disparaître. Le vent soufflait maintenant avec force, balayant tout. Ils marchaient au milieu des flocons tourbillonnant dans tous les sens. Il criait, insultant le Lapon. Mais celui-ci le tirait en avant, et le tirait encore, insensible à la tempête et à sa propre douleur qui grandissaient. Ils marchèrent encore et le souffle du vent s'apaisa presque bientôt. Il reconnut le toboggan. Le Lapon avait pu suivre les pas jusqu'ici. L'autre le tira brutalement, il chuta encore, cria, jura.

Puis, tout d'un coup, il se retrouva face à l'entrée de la mine. Le Lapon le tira encore, l'obligeant à se baisser. Il le jeta au milieu de la grotte, dans le noir, l'obligea brutalement à se redresser. Il sentit que le Lapon faisait quelque chose avec lui, mais il ne voyait rien. Il réalisa soudain quand il était trop tard. La corde l'enserrait aux épaules, aux bras, aux cuisses. Elle passait partout. Il tomba. Incapable de bouger. Il ne pouvait plus se tenir le moignon. Il criait comme un dément, de rage, de douleur, de peur. Il allait crever ici. Il hurlait. Il sentit tout d'un coup que l'autre lui mettait quelque chose dans la bouche. Il résista, mais dut lâcher. Le Lapon lui remplissait la bouche de minerai d'uranium. Il était incapable de crier maintenant, la bouche remplie de cette saloperie. Le Lapon lui arracha le foulard qu'il avait autour du cou et le lui noua autour de la bouche. Par la très faible clarté qui venait du petit tunnel de la mine, Racagnal, épuisé, vaincu, vit la silhouette du Lapon se redresser.

– Mino Solo. Pour Aila.

Klemet avait reconnu la vallée sans y être jamais venu. Nina et lui trouvèrent le bivouac abandonné. Le scooter. Le marteau ensanglanté. La tempête avait éparpillé objets et papiers. Une table avait volé plus loin. Le vent balayait tout. Klemet et Nina ne se parlaient pas. Le ciel s'était fortement assombri, alors qu'il était à peine 14 heures. Nina montra à Klemet de vagues traces qui partaient dans la tempête. Il était impossible de voir à plus de dix mètres. L'horizon était bouché. Ils remontèrent sur leur scooter et suivirent la piste, ni trop lentement, pour ne pas s'enfoncer dans la neige, ni trop vite, pour ne pas heurter un obstacle. Klemet avait peur. Il ne l'aurait avoué à personne. Mais il avait peur. Toute sa vie il avait essayé de surmonter sa peur de ces tempêtes terribles qui terrassaient la toundra. Il pensait y être parvenu, par la force de l'esprit, s'exposant, seul, au noir menaçant et glacial des tempêtes. La peur revenait à l'approche d'Aslak. Il le savait. Mais Aslak avait fait quelque chose d'horrible. Il devait payer. Klemet devait l'arrêter. S'il était encore en vie. Ils avançaient toujours lentement. Les traces devenaient de plus en plus difficiles à suivre. La neige devenait hostile, la tempête se refermait sur eux. Klemet avait aperçu à deux reprises des traces rouges dans la lueur des phares.

Cette tempête… La même, exactement la même. Il rejetait l'image, mais elle s'imposait à lui. Lui, gamin, à sept ans. Sur le rebord de la fenêtre de l'internat de Kautokeino. Avec dans un petit sac les provisions qu'il avait patiemment accumulées pendant plusieurs jours. Des provisions pour deux. Pour rejoindre sa ferme. Pour fuir cette école qui, lui et son ami, les battait quand ils parlaient sami. Il était sur ce rebord de fenêtre, face à la nuit noire, glacée, et face à la tempête qui soufflait. Trente kilomètres dans la nuit, par moins trente degrés. Dans le noir le plus absolu. À sept ans… Mais c'était la même tempête aujourd'hui, il le savait. Son souffle vrillait les oreilles de Klemet. Il avait mal, mais se forçait à continuer. Le vent se moquait de sa combinaison, s'immisçait partout. La même tempête, la même frayeur. Elle s'insinuait dans les recoins de sa mémoire. Il arriva à un endroit de la montagne où les traces suivaient deux directions. Vers la gauche, elles partaient un peu en contrebas, comme vers une espèce de toboggan. Mais on ne voyait rien derrière, à cause de la tempête. Il mit son scooter en direction de l'autre piste, qui montait vers le sommet. Les traces étaient infimes. Celles d'un homme seul. Il leva son visage crispé par la tension. Il suivit le cheminement des phares qui fouillaient le vent mêlé de neige soufflant à l'horizontale. Là-haut, presque noyé par la violente bourrasque, sous son bonnet à quatre pointes, une épaule affaissée, la silhouette d'Aslak l'attendait.

Klemet respira profondément. Il se tourna vers Nina. À travers la tempête, elle voyait le visage défait et bouleversant de son collègue.

– Attends-moi ici, cria-t-il simplement, la voix rauque.

Klemet reprit sa progression. Ces derniers mètres le rapprochaient du cœur de la tempête. Il savait que cette confrontation était inévitable. Même Nina l'avait compris. Il s'arrêta devant Aslak. Le berger avait l'air épuisé. Ses traits s'étaient creusés. Sa cape de renne était imbibée de sang au niveau de l'épaule. Il souffrait, mais ne le montrait pas. Il avait les mains vides, mais les poings serrés. Klemet respirait profondément. Le premier mot devait venir de lui.

– Pourquoi, Aslak ? Pourquoi Mattis ? cria Klemet, pour couvrir la tempête.

Le visage d'Aslak avait perdu sa dureté. La souffrance et la fatigue adoucissaient ses traits. Le coin de ses yeux tombait légèrement. Aslak secoua la tête, retenant une grimace de douleur. Il avait le visage fouetté par le vent et par la neige, les cils et la barbe mangés de givre.

– Mattis était mort quand je suis arrivé, cria Aslak à son tour. J'ai pleuré, Klemet. Pour la première fois de ma vie, j'ai pleuré.

Klemet vit qu'Aslak était sincère. Et qu'il ne lui coûtait pas de faire cet aveu.

– Quand j'étais enfant, je ne pleurais pas. Pour Aila, avec l'enfant, je n'ai pas pleuré. Mattis a été victime des hommes. Des règles. De l'Office des rennes. De ces compagnies. Mino Solo était la pire. Tu dois le savoir. Tous étaient coupables. La mairie. Ceux qui donnent les permis. Ils savaient, pour Aila. Ils n'avaient rien fait pour elle. C'est pour ça, les oreilles. Il faut que les gens sachent.

– Pourquoi tu n'es pas venu me voir ? cria Klemet, les yeux plissés pour se protéger des cristaux glacés qui lui piquaient le visage.

– Je ne crois pas en ta justice, Klemet.

– Ce sang sous les yeux de Mattis ? hurla Klemet.

– Nos anciens, Klemet. Le premier jour du retour du soleil… après la longue nuit d'hiver, on trempait un anneau de bois dans le sang, Klemet. On regardait le soleil du premier jour à travers l'anneau pour aider ceux qui avaient perdu l'esprit.

Aslak resta silencieux. Ses yeux se fatiguaient. Il semblait à Klemet qu'il y voyait de l'humanité pour la première fois de sa vie.

– Mattis avait perdu l'esprit, cria Aslak. À cause de tout ça. Je lui ai placé l'anneau. Il est mort le jour du retour du soleil. Mais il a retrouvé l'esprit dans l'au-delà. Il est en paix.

Aslak tendit un poing vers Klemet. Il ouvrit la main. Elle contenait la gourmette ensanglantée de Racagnal.

– Prends. Tu donneras à Aila. Elle comprendra.

Klemet regarda Aslak, sa respiration s'accéléra. La gourmette portait les lettres d'argent MO-SO. Il sentait l'émotion le gagner. Il prit la gourmette.

– Aslak…

Klemet secoua la tête. Dans ses yeux, des larmes commençaient à se mêler à la neige. Il ne sentait plus le fouet de la tempête sur sa peau. Il criait toujours, pour couvrir le vent.

– Aslak… Aila est morte. Nous l'avons retrouvée tout à l'heure. Le froid l'a tuée.

Klemet vit Aslak fermer les yeux, brièvement. Ses deux poings, serrés jusque-là, se relâchèrent. Comme s'il venait tout d'un coup de prendre une décision qui le détendait. Sa silhouette était de plus en plus voilée par la tempête, tandis que le ciel s'assombrissait toujours. Le halo des phares se rétrécissait sur lui. Aslak s'approcha de Klemet à le toucher. Il ne criait presque plus.

– Klemet, fais que mon troupeau ne souffre pas.

Les deux hommes se regardaient. Klemet tentait de maîtriser sa peur du noir qui se refermait sur lui. Il devait dire quelque chose, mais il se sentait paralysé. Aslak commença à faire demi-tour.

– Aslak ! cria encore Klemet. Où est le Français ? Je dois t'arrêter, Aslak !

Aslak se retourna. Il voyait le regard de Klemet.

– Je vais retrouver le monde juste des montagnes, lui cria Aslak.

Puis il s'approcha au plus près de Klemet.

– Tu as peur ? lui demanda Aslak, dont le visage affichait pour la première fois une grande douceur.

Klemet le regardait sans rien dire, la poitrine gonflée d'émotion.

– Tu n'as pas de raison d'avoir peur, dit plus doucement Aslak.

– Tu ne sais pas ce que je pense ! s'écria soudain Klemet.

– Je sais ce que tu pensais.

– Tu sais quoi ? hurla Klemet, dont les yeux s'emplissaient de larmes qui lui faisaient mal. On avait sept ans ! Bon Dieu, sept ans.

– Mais nous devions le faire ensemble, Klemet. C'était notre promesse.

Klemet ne put contenir son émotion plus longtemps. Il s'affala en pleurs sur son scooter, pleurant comme un enfant, sans plus pouvoir s'arrêter.

Nina, en contrebas, assista impuissante à la scène. Elle vit Aslak se tourner et s'éloigner tandis que le corps de son collègue était secoué de soubresauts. Mais elle ne fit pas un geste.

Lorsque Klemet releva la tête, Aslak avait disparu dans la nuit polaire.

RÉALISATION : IGS-CP À L'ISLE-D'ESPAGNAC
IMPRESSION : CPI BRODARD ET TAUPIN À LA FLÈCHE
DÉPÔT LÉGAL : SEPTEMBRE 2013. N° 112357 (73334)
IMPRIMÉ EN FRANCE